文化视角下的中国古代文学动态演变研究

马晓霞 徐 艳 毛国宁 编著

中国原子能出版社

图书在版编目(CIP)数据

文化视角下的中国古代文学动态演变研究/马晓霞,
徐艳,毛国宁编著.--北京:中国原子能出版社,
2018.7

ISBN 978-7-5022-9270-6

Ⅰ.①文… Ⅱ.①马… ②徐… ③毛… Ⅲ.①中国文
学－古代文学史－研究 Ⅳ.①I209.2

中国版本图书馆 CIP 数据核字(2018)第 178320 号

内 容 简 介

中国古代文学与其所处的历史时代及其当时的文化发展状况密切相关,因而在对中国古代文学进行研究时,必须立足其发展的时代,并切实站在文化的视角,以得出更为客观深刻的研究结论。

本书共有八章内容,分别对文化视角下的先秦文学、秦汉文学、魏晋南北朝文学、隋唐五代文学、宋代文学、辽金元文学、明代文学和清代文学进行了翔实论述。

本书能够为人们进一步研究中国古代文学提供一些创新性的线索,也能够帮助人们更为深入地理解和把握整个中国古代文学的发展脉络。

文化视角下的中国古代文学动态演变研究

出版发行	中国原子能出版社(北京市海淀区阜成路 43 号　100048)
责任编辑	张　琳
责任校对	冯莲凤
印　　刷	三河市铭浩彩色印装有限公司
经　　销	全国新华书店
开　　本	787mm×1092mm　1/16
印　　张	16.75
字　　数	407 千字
版　　次	2019 年 8 月第 1 版　2019 年 8 月第 1 次印刷
书　　号	ISBN 978-7-5022-9270-6　　定　价　66.00 元

网址:http://www.aep.com.cn　　E-mail:atomep123@126.com
发行电话:010-68452845　　　版权所有　侵权必究

前　言

　　文学对于任何一个民族和国家来说,都有着极为重要的作用,它不仅能增强民族凝聚力,提升国家的文化实力,而且能丰富人的精神文化生活,提高人的综合素质能力。因此,世界各个国家都十分重视文学的发展与创作,我国也不例外。

　　在我国文学的发展中,古代文学是不容忽视的一个重要组成部分,它不仅是中华文明的重要组成部分,而且是世界上最悠久的文学样式之一,历经过3000多年的发展,以其辉煌的成就成为全人类文化遗产中的艺术瑰宝。当然,中国古代文学在发展的过程中,有时出现高潮,有时陷入低谷,但始终不曾中断,而且在漫长的发展过程中出现了多姿多彩的体裁、题材、风格与流派,形成了多样化的文学理论、文学现象和文学潮流,产生了一代又一代的杰出作家和数不胜数的优秀作品。中国古代文学与其所处的历史时代及其当时的文化发展状况密切相关,如《毛诗序》有云:“情发于声,声成文谓之音。治世之音安以乐,其政和;乱世之音怨以怒,其政乖;亡国之音哀以思,其民困。故正得失,动天地,感鬼神,莫近于诗。”因此,站在文化的视角,按照历史发展的顺序,对中国古代文学的发展历史和发展成就进行全面展示,能够帮助人们更好地把握特定历史时期的文学特色。基于此,特撰写了《文化视角下的中国古代文学动态演变研究》一书。

　　本书共包括八章内容,分别对文化视角下的先秦文学、秦汉文学、魏晋南北朝文学、隋唐五代文学、宋代文学、辽金元文学、明代文学和清代文学进行了详细研究。本书在具体的论述过程中,注重将文学的发展变化与特定的历史发展背景以及作家创作相结合,力争生动地展示出每一时期文学的发展与演变。此外,全书叙述脉络清楚,逻辑严谨,内容翔实,语言简明扼要。相信本书的出版,能够为广大的中国古代文学爱好者深入了解中国古代文学提供一条良好的途径。

　　本书在撰写的过程中,参考了许多中国古代文学方面的相关著作,也对国内外大量的研究成果进行了参阅、吸收和采纳,由此获得了丰富的研究资源。在此,向这些学者致以诚挚的谢意。由于时间、水平与精力有限,本书难免存在一些不足之处,恳请广大读者批评指正。

作　者

2018 年 6 月

目　　录

第一章　文化视角下的先秦文学研究

先秦是秦朝建立之前的历史时代，也是中国历史上最长的一个时段。其下限为公元前221年秦始皇统一全国，上限具体到哪个时期并没有确切的说法。作为人类文明的源头，先秦时期的文化发展为后世的文化发展奠定了基础。先秦文学也正是伴随着先秦多元一体的文化格局发展而来的。诗歌和散文是最早的文学样式。

第一节　多元一体的文化格局

从旧石器时期开始，由于起源和地域的不同，中国文化呈现出多元性，各文化在产生和发展的初期都形成了自身的特点。这种种族滋生地多源性不断地延续与发展着，到了新石器早中期，中华大地上的文化多姿多彩，展现着齐头并进的面貌。新石器中期以后，随着各文化不断的发展，地域的扩张和人口的迁徙越来越频繁，各文化之间的交流也越来越密切，而这些文化都是自成体系、各有特色的，交流之后必有冲突和对立，对立之后必是征服和同化，于是以黄河中下游为核心汇聚，逐渐融为一体，形成了多元一体的中华文化。可见，中国长期以来的多元一体的文化格局在先秦时期就已形成了。

一、远古文化姿态

人类产生以后，就有了历史，也就有了人在历史活动中所创造的文化。中国文化的远古源头正是因此而被逻辑地确定的。从元谋人、蓝田人（陕西蓝田）、北京人（北京周口店）到马坝人（广东曲江）、长阳人（河北长阳）、丁村人（山西汾县）再到柳江人（广西柳江）、资阳人（四川资阳）、河套人（内蒙古河套）、北京山顶洞人，在这样一个从猿到人的发展过程中，中国古文化逐渐萌生并发展起来。

中华文化在中国大地上的发生，一开始即呈多元状态。不但黄河流域，而且长江流域、珠江流域，甚至东三省等北方地区以及青藏高原，都有旧石器及新石器时代文化遗址的广泛发现，我国远古时期的文化也就因此呈现出多姿多彩的状态。火的使用是旧石器时代先民的一项具有划时代意义的文化创造。北京猿人文化遗址内已发现猿人用火后的灰烬，出土了大量因烧灼而变色破裂的石块、骨骼，甚至还有木炭。这一切确凿地证明了，距今50万年前的北京猿人已能熟练地使用火，并能有效地保存从自然界取来的火种。

除了火的使用以外，在仰韶文化的典型遗址——半坡村遗址中，还可以看到，我们的原始先民已学会了农作、狩猎、制陶，发明了彩绘陶画和简单的音乐舞蹈；在大汶口文化遗址中除了有更加精美的陶器外，还出现了冶铜、酿酒、制玉、象牙雕刻等新的工艺。

与物质文化的发展相适应，远古时期的观念文化也呈繁花初绽的现象，而原始宗教与原始艺术便是其主要的存在形态。中华先民原始宗教崇拜的对象非常广泛，大致可分为自然崇拜、生殖—祖先崇拜和图腾崇拜三大类。对大自然（太阳、大地）的崇拜是先民最原始的崇拜形式之一，在仰韶文化遗址出土的陶器上，人们常常发现太阳图形的纹饰。与此同时，出于对自身繁衍的非常关注，又产生了炽热的生殖崇拜。从辽宁牛河梁和东山嘴红山文化遗址发掘出来的高腹丰臀、乳房硕大的陶塑女神像，在相当广阔的新石器文化遗址中发现的男性生殖崇拜物——石祖和陶祖，以及发现于新疆呼图壁县境内的大型生殖崇拜岩画，都展示了先人们对生命祭祀的庄严情感。与自然崇拜和生殖—祖先崇拜相比，图腾崇拜则是较为高级的宗教形式。从考古发掘和神话传说中，发现和保留了我国远古时代丰富的图腾崇拜资料。远古神话中相传黄帝率熊、罴、貔、貅、豹、虎六兽同炎帝殊死搏斗，这六兽其实就是指以其为各自图腾的六个氏族。另外，还有鱼、鸟、蛙、龟、蛇、猪、马，以及人们想象出来的动物，如龙、凤等都曾是中华先民崇拜并奉为本族徽帜的图腾物。

二、百家争鸣的学术思想

中国文化在走过了远古的萌生时期之后，至夏、商、周开始进入真正意义上的发生期。而商代甲骨文的发现则使这一时期的文化发展第一次有了文字的记载。由于生产水平的落后和认知水平的局限，这一时期的文化是以神为本的，用《礼记·表记》中的话来说就是"殷人尊神，率民以事神"。这种以"天帝""上帝"为最高存在的神学观念曾广泛地见诸我国古代最早的文字、典籍以及青铜艺术品之中。

公元前722年，周平王被迫东迁。这不仅标志着天子权威的失落，而且意味着中国历史从此进入了诸侯纷争的春秋战国时代。这是一个"争地以战，杀人盈野；争城以战，杀人盈城"（《孟子·离娄下》）的时代。然而，就在这充满血火与战乱的动荡时代，中国文化却进入了自己的第一个辉煌时期——百家争鸣时期。

春秋战国时期的社会大变革、大动荡不仅为当时的知识分子提供了丰富多样的思想素材，而且也使他们"救世之弊"的社会责任感倍增。这可以说是"百家争鸣"出现的最重要的文化背景。按照西汉学者刘歆的说法，气象恢宏的先秦诸子百家争鸣中，最重要的有儒、墨、道、名、法、阴阳、农、纵横、杂、小说十家。

孔子是儒家学派的创始人。他通过对周礼的研究和整理，把带有天道神学色彩的礼转换成伦理道德之礼，而这个礼的核心就是仁。仁的基本含义就是爱人。作为孔子之孙子思的再传弟子——孟子则进一步阐发了孔子的仁学思想，他提出了仁、义、礼、智的四端说，并将儒家学说发展成一套比较完整的"达则兼善天下，穷则独善其身"的修身理论。这一理论在先秦就有"显学"之称。在汉武帝"独尊儒术"以后，孔孟之道更是成为中国传统文化的道统之学，对后世很多方面的发展都产生了影响。

墨家学派的创始人是墨子。如果说自春秋末年到战国初期是儒家学说广为流行的话，那么，到战国中期就是"孔墨显学"并行天下。墨子出身贫贱，史籍中称其为"贱人""鄙人"。从《墨子》一书中看出，他不仅是个思想家，还是个社会活动家。他组织了我国最早的学术社团，加入的人大多是"耕稼树艺""纺绩织纴"之人。可见其信徒大多是直接从事劳作的下层群众，以手工业者人数最多。也因此，墨家学说强调物质生产劳动在社会生活中的地位，反对满足生存最基本需要之外的消费，企图以普遍的爱停止战乱取得太平，与此同时又尊崇天神，鼓吹专制统治。这些思想典型地映现出小生产者和小私有者的文化性格。墨家学说在秦汉之后逐渐衰落。

道家学派的始祖是老子。相传老子曾做过周王室史官,他还曾和孔子讨论过"周礼"。但面对着礼崩乐坏的争霸局面,他与孔子的积极有为精神相反,主张无为而治。在他看来,"人法地,地法天,天法道,道法自然"(《老子》二十五章),而自然是无为的。为此他创立了崇尚自然无为之学的道家。与孟子大约同时代的庄子则进一步发挥了老子的这一自然无为思想,并在自己的人生活动中处处遵循这种无为逍遥的生存方式。

除了儒、墨、道三家,名家、法家、阴阳家、农家在当时也非常有影响。名家的代表人物是惠施与公孙龙。名家好辩,当时被称为辩者。惠施与庄子不仅交往甚多,而且有过许多著名的辩论。《庄子》一书中保存了惠施"合同异"等一些著名的命题。公孙龙的著名命题则有"离坚白""白马非马"等。名家的好辩往往因为混淆名与实、一般与个别的区别而流于诡辩,但其辩证思维的思想对于启迪人的智慧无疑是有积极意义的。

法家的主要代表人物有李悝、商鞅、申不害、慎到、韩非等。李悝著《法经》,商鞅实行"法治",申不害、慎到则相继提出重"术"、重"势"的思想,到韩非集法(政令)、术(策略)、势(权势)之大成,建构成完备的法家理论。史书记载秦王嬴政读《韩非子》一书,竟至废寝忘食的程度。法家也是战国时期的"显学",后来成为秦王朝统治天下的政治理论。

以邹衍为重要代表人物的阴阳家,其特点是"深观阴阳消息"。所谓阴阳消息,即阴盛则阳衰、阳盛则阴衰的变易之道。阴阳家认为阴阳的矛盾双方互为消长,一生一灭,构成自然界与社会万事万物运动发展的终极原因和基本方式。运用阴阳消长模式来论证社会人事是阴阳家的一大创造,而从时间、空间的流转变化中去把握世界则是阴阳家别具特色的思维方式。

与孟子同时的楚国人许行则是农家的代表,其学说只散见于《孟子滕文公上》。他主张统治者应与民同耕、同食。这种平均主义的农民意识对中国古代历史的影响也极为深远。

除了上述诸子学说之外,以张仪、苏秦为代表的纵横家,主张"合纵连横",由于其直接为君主权术作论证,故其思想影响不大。而"兼儒道,合名法"的杂家则主要是折中糅合了诸家学说,故也无太大的影响力。小说家则被认为是记录"街谈巷语"的小道而不被看重。由此可见,真正构成百家争鸣核心的是儒、道、法、墨诸家,这些思想作为一种文化传统对之后的中国历史产生了极为广泛而深远的影响。

三、春秋战国时期的区域文化

中国境内文化的地域性在原始社会已经出现,西周大封诸侯国使之更加强化,所谓"越人安越,楚人安楚,君子安雅,是非知能材性然也,是注错习俗之节异也"(《荀子·荣辱篇》)。中国最早的诗歌总集《诗经》中的《国风》按十五个地区汇编诗歌,开文化地域类分之先河。总体来看,春秋战国时代地域特征明显的文化有以下几类。

(1)齐鲁文化。齐国在泰山以北地区,属姜太公领地;鲁国在泰山以南地区,为周公长子伯禽领地;两地相当于今山东省。鲁国礼仪规格与周天子相同,保存有仅次于周天子的礼器典册。春秋各诸侯国礼崩乐坏时,唯有鲁国保存完好。管仲、孔子、墨子、孟子、孙武、邹衍等文化巨匠都诞生于齐鲁。《春秋》史书也以鲁国史事为中心。鲁文化本周礼、重传统,成了儒家的温床;齐文化依周礼又多变通,稷下学宫设150年,诸子荟萃,争鸣不已。所谓稷下多辩士,邹鲁产圣人。阴阳家的空灵流转、儒家的肃穆、兵家的睿智、法家的功利都在齐鲁,尤以儒家的肃穆为重。以后逐渐弥盖中原,披及百代,成为中华文化的正宗。

（2）三晋文化。三晋即晋国，由唐国改称，周成王弟叔虞封地，称唐公，也称唐虞。战国初韩、赵、魏三家分晋，所以称三晋。相当于今山西和河南中北部及河北中南部。三晋经济和文化发达，是法家的策源地，李悝、慎到、申不害、吴起、商鞅、韩非都是晋人。三晋中赵国偏北，民风强悍，所谓"燕赵多慷慨悲歌之士"，又与胡人邻接，有赵武灵王"胡服骑射"的壮举，开学习域外文化之先河。三晋又是中原逐鹿之地，权术捭阖的纵横家如苏秦、公孙衡、张仪等也诞生于此。所以，顺时言变的法家、鼓舌而论的纵横家、带唐虞遗风而慷慨悲歌之奇士多出于三晋。

（3）秦文化。秦国以今陕西关中、汉中为核心，东起函谷关，西达陇中，先世本为西戎嬴姓部落，西周中叶始受封为附庸国。周幽王被杀后，襄公面临的抉择是拥戴平王，或者拥戴携王。秦襄公慎审时势后，转向拥戴平王，并派兵护送，被封为诸侯，赐岐山以西之地。因长期与中原文化疏离，秦文化带有明显的功利主义色彩，津津乐道于农战、攻伐、垦荒、开塞等与国计民生有关的问题，《淮南子·要略》云："秦国之俗，贪狼强力，寡义而趋利。"秦国宗法观念不强，所以早早大胆引进贤能人才，力图早日强盛。百里奚、商鞅、尉缭、王翦、张仪、公孙衍、白起、范雎（睢）、吕不韦、李斯这些文韬武略之士纷纷从列国西涌入秦，充分施展才能，使秦国强盛起来。秦文化以追求功利、严明法纪见长，勇于进取、励精图治的法家学说在此找到了实施的最佳环境，使秦国后来居上，创横扫六合、一统天下之伟业。

（4）楚文化。楚国先人早在殷周之际已立国于湖北荆山一带，周成王时受封为楚，故又称荆楚文化。春秋时期楚国的范围大致包括今湖北、湖南、河南、安徽等地区。荆楚偏居南国，当中原地区轻天重民思想出现时，荆楚继续保留鬼神巫术，好玄思幻想，以虚无为本，庄子道家产于此。山川秀丽、民族混杂、巫风盛行，文明与蒙昧交织，也孕育了浪漫主义文风，幽远奇特变幻的庄子散文和屈原楚辞在楚地的土壤里引领风头。楚文化幽远清丽、奇幻玄思的特点影响了整个中国南部地区。

从上述文化来看，齐鲁文化、三晋文化和秦文化属于北方文化，而楚文化处于南方文化，它们因为地域的区别形成了不同的总体特点，前者雄浑壮阔，而后者幽丽清奇。当然，除了这几种地域文化，还有吴越文化、巴蜀文化、燕文化等，它们共同构筑了中国多元一体的文化格局。

第二节　文学的萌芽

文学的起源是和人的精神联系在一起的，因而比较难追溯。再者，在先秦时期，文化的各个领域还没有那么分明，是以一种综合的形态呈现出来的。如果一定要发掘文学的源头，那么原始的歌谣可以看作我国诗歌的萌芽标志，而甲骨和器物上的叙事或记言可以看作我国散文的萌芽标志。

一、原始歌谣

原始歌谣产生于远古时期。作为萌芽中的文学样式，早在文字产生之前，原始歌谣就已经在人们的口中吟咏传唱，经过漫长的时间，才用文字记下零星片段，由于时间久远和口耳相传导致的变异，很难说它们在多大程度上还能保持原貌了。但是，从这些零星片段和古籍的记载中，我们还是可以窥见一些原始歌谣的真实面貌的。

原始人类在劳动过程中，由于筋力的张弛和工具运用的配合，都有其一定的间歇和一定的强弱,这样循环往复就形成了一种节奏,这种带有节奏的劳动使人自然地发出一种与劳动节奏相适应的呼声。这种呼声具有一定的高低和间歇,在一定场合,或者重复而无变化,或者变化而有规律,于是就产生了节奏。这种简单的节奏,就是诗歌韵律的起源,也是原始歌谣的雏形。比如《淮南子·道应训》中说:"今夫举大木者,前呼'邪许',后亦应之,此举重劝力之歌也。"其中,作者肯定了劳动所发出的有节奏的呼声为劳动诗歌。

仅仅有韵律和节奏还不能称为真正的诗歌,必须要有一定的内容,才是真正有意义的诗歌。原始人类在长期的劳动中,锻炼了大脑和发音器官,使之逐渐发达,逐渐产生了思维和语言。后来,思维和语言在劳动实践中又不断发展,语言由简单的呼喊发展为音节分明,以至于能够作为人类交流思想和交际的工具,这时候,带有节奏的呼声中添上一些抒发自己感受的语言,便成为有意义的诗歌了[①]。可见,原始歌谣也正是在原始人类的劳动中逐渐产生的。例如,《吕氏春秋·音初》所载禹时涂山氏之女所歌的"候人兮猗","兮猗"为表感叹的语气词,只"候人"二字有实义,可歌词便有了明确的意义;后来《诗经》的"于嗟麟兮""猗嗟昌兮"(见《麟之趾》《猗嗟》)等,都可以理解为原始歌谣形式的遗留。

原始歌谣绝大多数都已经消失了,虽然在一些古籍中时有记载,但是真正保留下的为数极少。传说的所谓尧舜时代的歌谣,如《击壤歌》《康衢谣》《卿云歌》《南风歌》等,皆属后人伪托,不可信。只有在古籍中保留的极少量的质朴歌谣,从它们所表现的社会生活和稚拙的手法来看,还多多少少保存着原始的形态。原始歌谣主要包括原始祭歌、原始劳动歌谣、原始图腾颂歌、原始民族史诗、早期爱情歌谣。

原始祭歌就是原始人民在祭祀活动中创作的歌谣,与祭祀有较为密切的关系。例如,《蜡辞》:

> 土,反其宅! 水,归其壑!
> 昆虫,毋作! 草木,归其泽!(《礼记·郊特牲》)

再如,《驱旱魃咒》:

> 神,北行! 先除水道,决通沟渎!(《山海经·大荒北经》)

这两首都是为了某些实际目的而祭祀神灵的歌谣,它们的年代已经不可得知。早期祭祀活动中,人们相信语言尤其是韵语具有神奇的魅力,能够诱导鬼神的活动,所以,它被经常运用到祭祀中。

原始劳动歌谣,即原始人民在劳动中创作的歌谣,大多与劳动过程和内容有关。比如,《吴越春秋》卷九所载的《弹歌》:

> 断竹,续竹;飞土,逐宍。

这是一首非常古老的歌谣,反映的是原始人制造弹弓和狩猎的过程,语言古朴,具有韵律。

原始图腾颂歌、原始民族史诗和早期爱情歌谣没有确切、完整的内容流传下来,但是在一些古籍中有记载。比如,《吕氏春秋·音初》:

---

① 郑孟彤. 中国诗歌发展史略[M]. 哈尔滨:黑龙江人民出版社,1981:2.

有城氏有二佚女，为之九成之台，饮食必以鼓。帝令燕往视之，鸣若谧隘。二女爱而争搏之，覆以玉筐。少选，发而视之，燕遗二卵，北飞，遂不反。二女作歌，一终曰：燕燕往飞！实始作为北音。简狄吞燕卵而生契。

这讲述了原始图腾颂歌和原始民族史诗的由来。

作为远古时期的文学形式，原始歌谣是具有一定的原始文学特点的。首先，原始歌谣具有口头性和集体性。原始歌谣的产生可以追溯到文字产生之前，在人们的劳动中诞生，又在人们的口头代代相传，只是有了文字后，才将这些歌谣记录下来，因而，原始歌谣具有口头性。又因为原始歌谣并没有确切的作者，它又是在集体劳动中起源和形成，所以，我们可以认为原始歌谣具有集体性。其次，原始歌谣形式简单、内容质朴，具有很强的实用功利性。由于远古时期的文化发展水平不高，也就决定了原始歌谣不可能有很复杂的形式，从流传下来的作品来看，大多以二言为主。又因为远古时期的社会生产力水平很低，祭祀活动盛行，人们大多以原始歌谣进行劳动内容的描绘，或者用于宗教祭祀，体现出很强的实用功利性。最后，原始歌谣具有诗、乐、舞紧密结合的特点。原始歌谣最初只在口头流传，并常与原始的音乐、舞蹈结合在一起，后来有了文字，才逐渐有人把它记录下来，因而就具有了诗、乐、舞紧密结合的特点。

二、甲骨和器物上的叙事或记言

一般说来，散文的产生，有赖于文字的成熟。中国早期较为成熟的文字，通常认为是甲骨文，所以散文的源头，只能追寻到商代。甲骨卜辞往往是对占卜过程，或祷祝的内容、结果的载录；由于需刻录在龟甲或兽骨上，篇幅不可能太大，比较简洁。

从现有的甲骨文来看，其在叙事或记言上，已经较为清晰。例如：

癸卯卜，今日雨。其自西来雨？其自东来雨？其自北来雨？其自南来雨？

——（《卜辞通纂》375）

戊戌卜贞，今日旦，王疾目，不丧明？其丧明？

——（《殷墟文字乙编》64）

上述文字所记清楚、明确，事关雨水、农事、王目之疾，有疑问，有推测，有担忧。形式较为整齐，语句含有感情。这类作品，还有《易经》中的卦、爻辞。其共同特点是内容简单，形式朴拙，文辞省略，不成篇章。

此外，在传世的数千件商、周有铭彝器中，也可见到早期散文的萌芽。铸器勒铭原为颂扬祖先功德，昭示子孙，永保政权代代相传。"夫鼎有铭，铭者，自名也。自名以称扬其先祖之美，而明著之后世者也"。（《礼记·祭统》）这些铭文保留了较早的史家记事文字，可说是史家之文的源头。例如，《小臣邑斝》和《丁巳尊》：

癸巳，王易（赐）小臣邑贝十朋，用作母癸尊彝。惟王六祀，乡日，在三月。

——（《续殷文存》下）

丁巳，王省夔京。王易小臣俞夔贝，惟王来征夷方，惟王十祀有五，乡日。

——（《殷文存》上）

其文辞虽仍简略，却能紧扣制作彝器这一中心，明确记述时间、地点、人物和事件；内容涉及赏赐、祭祀或征讨,形式也大体一律。铭文特点大多如此。

商代彝器传世者不多,今存者多周铭。西周铸器勒铭为一时风尚,彝器之丰远过于商。内容既富,文字也大增,如《毛公鼎》铭文长达 490 余字,形式亦颇讲究。有的还杂以韵语,如清道光年间出土于陕西宝鸡虢川司的《虢季子白盘》,铭文 111 字,记述虢季子白奉周王命伐猃狁于洛之阳,立战功受赏于周庙,作宝盘以记之。主旨与商彝相似而叙事更详,不仅记事,而且记言,除首句外还一韵到底,体现了初期散文韵散相杂的特点。总之,殷商甲骨卜辞,《易经》卦、爻辞和商、周彝器铭文,都是散文萌芽时期的代表作。

第三节　上古神话及其文学意义

神话是人类祖先留下的宝贵精神财富,它不仅是文学内容的一种,也是原始社会里包含宗教、政治、哲学、科学、史学以及艺术风俗等在内的浑然一体的社会意识形态。由于当时社会生产力极为低下,人类面对自然界的无穷变化和威力,无法认识,于是以天真的想象来解释自然,幻想天地万物各有神在指挥和控制,从而创造了许多神的故事。人类祖先又根据自己从事生产斗争的经验,创造了许多神化的英雄,并在这些英雄身上寄托了人类征服自然的理想,因而神话都充满着积极浪漫主义精神。本节主要对上古神话及其文学意义进行分析。

一、上古神话的产生与内容

在原始社会,生产力水平十分低下,面对难以捉摸和控制的自然界,人们会不由自主地产生一种神秘和敬畏的感情,而一些特殊的灾害性的自然现象,如地震、洪水以及人类自身的生老病死,等等,尤其会引起惊奇和恐慌。由此,人们幻想出世界上存在着种种超自然的神灵和魔力,并对之加以膜拜,自然在一定程度上就被神化了。上古神话也就由此产生。

(一)上古神话的产生

上古神话最早应产生于旧石器晚期,也就是晚期智人时代。在这一阶段,人类与自然经历着一种特殊的互动关系。从诞生之日起,人类就开始了与自然界的斗争。然而,人在这个社会中从未被赋予过突出的地位。人是这个社会的一部分,但人在任何方面都不比其他任何成员更高级,人与动物、植物全部处于同一个层次上。人类一方面竭力要宣泄征服自然界的欲望,另一方面又感到自己的无力。这种矛盾导致人类既要求认识自然力并找到征服自然力的方法,又恐惧自然力。于是,在远古人的意识中,把自然力加以形象化,并且在想象中征服了自然力,进而借助这种想象,鼓舞人类在实践活动中去改造自然、支配自然。这是上古神话产生的心理基础。

上古神话产生时,人类还处于野蛮时期的低级阶段。原始人类便以自身为参照,运用想象的方式类化万事万物,认为它们和人一样是有生命、有意识、有灵魂的。他们将各种自然现象、自然物与自己完全等同起来,赋予它们形体、生命和意识,将它们"形象化""人格化"。原始人类同样以自身为参照去理解自然万物的运作逻辑,以为有一个能够超越自身并操控着自然界中的一切的更大灵魂——神的存在,这样又将自然物神化。

在"万物有灵论"的指引下,原始人运用上古神话思维,开始了语言和思想的想象,以一种我们只能猜想的逻辑形式建构出了上古神话。在原始人的心目中,实际事件和想象的建构是浑然一体的,想象出来的上古神话被当作事实。

原始初民按照自己能够感知到的具体形象去理解自然界。具体说来就是,原始初民以为自然界的一切都和人一样有形象、有意志、有思想,于是原始初民就用人格化的方式去同化自然力。所以,上古神话中神的形象,就是人类按照自然界和人类自身的模子塑造出来的。例如,中国上古神话中的神,几乎没有一个真正的人形:人类始祖女娲伏羲,是人首蛇身;居住在昆仑山上的西王母,是个豹尾虎齿的半人半兽;禹为了治水,曾变成一头大熊;水神共工这样的大神,是九首蛇身……这些"人神异形"的神,正是原始初民用人格化的方式同化自然力的结果。而且也说明在原始人们看来,人与动物可以互相通婚、互相变形、互相演化。

可惜的是,上古神话虽然精彩美妙,但这些神话却没有得以很好的保存。几乎没有一本专门系统地记载上古神话的典籍,只有部分上古神话散见于《尚书》《诗经》《庄子》《列子》《楚辞》《山海经》《淮南子》《左传》《尚书》等典籍中。此外,零碎的、片段的散见于诸多典籍中的上古神话也没有形成以一神为主宰的神与神之间具有内在联系的系统的神系,各路大神各自为战占据一方主导一行。从现存的上古神话中我们可以看到伏羲、炎帝、黄帝、帝俊、颛顼、帝喾、唐尧、虞舜等帝王的相关神话传说,看似形成了中国神话的"群帝",但这却是一个人为的政治性的"历史系统",而非上古神话的原貌。除此之外,还有一些关于盘古、女娲、蚩尤、共工等的神话似乎也具有主神的地位,但彼此之间没有明确的隶属关系,神祇们我行我素,表现出非系统、分散而独立的格局。即便当中存在一些朦胧的"系统",也是后世流变过程中历史化的痕迹,没有形成一个完整的神系系统。

(二)上古神话的内容

上古神话的内容概括起来主要包括以下五个方面。

第一,宇宙起源神话。宇宙起源上古神话是解释人类和动植物赖以生存的宇宙或世界起源的上古神话。汉文古籍记载的盘古开天辟地上古神话是中国古代最早的也是最为著名的宇宙起源上古神话。盘古是开天辟地的大神,他用身体撑开了天地,使混沌的世界清朗起来,最终把世界创造成了现在的样子。盘古不仅分开了天和地,同时也是天地之间万事万物的缔造者:

> 首生盘古,垂死化身,气成风云,声为雷霆,左眼为日,右眼为月,四肢五体为四极
> 五岳,血液为江河,筋脉为地理,肌肉为田土,发髭为星辰,皮毛为草木,齿骨为金石,
> 精髓为珠玉,汗流为雨泽,身之诸虫,因风所感,化为黎甿。(《五运历年纪》)

这种"垂死化身"的宇宙观,暗喻了人和自然之间的相互对应关系。这还是一则典型的卵生上古神话,认为宇宙是从一个卵中诞生出来,这种看法在世界各地的原始初民中普遍存在。卵生是一种极其普遍的生命现象,先民们便由此设想宇宙也是破壳而生的。宇宙卵生上古神话对中国的阴阳太极观念有极重要的影响。同时,宇宙生成的人格化、意志化过程也反映了先民对人类自身力量的高度肯定。"宇宙卵"这类上古神话的出现与人类童年时期的直观思维有关。他们看到自然界的春华秋实、鸟类孵蛋等现象而联想到人类的起源。在他们看来,人类和自然界的一切生物几乎都是繁衍生殖的。

第二，人类起源神话。先民们不但对宇宙的起源非常感兴趣，而且也极大地关注着人类自身的起源。人类起源上古神话往往和宇宙起源上古神话交织在一起，在某种程度上可以说，人类起源上古神话是宇宙起源上古神话的延续或补充。有关人类起源的上古神话，应首推女娲的故事。女娲补天，显示出她作为宇宙大神的重要地位。女娲经过奋力的拼搏和辛勤的劳动，终于重整宇宙，为人类的生存创造了必要的自然条件。女娲不仅有开辟之功，她也是人类的创造者。除了人类的共同始祖外，各部族也有自己的始祖上古神话。商民族的始祖契是简狄吞食燕卵而生，周民族始祖后稷的诞生和经历更具传奇色彩。《诗经·大雅·生民》中记载：姜嫄因踩到天帝的足拇指印而受孕，顺利地产下稷，姜嫄觉得不祥，便把他丢弃在窄巷、树林、寒冰等处，但稷却一直得到牛羊、樵夫、鸟的救助，奇迹般地存活了下来，并在种植农作物方面表现出极大的天赋，最终成为周人的始祖。几乎各部族都有这类上古神话，而且不少在结构或情节上有着相似之处。

第三，文化起源神话。文化起源上古神话讲述的是远古时期一切与文化因素有关的新发现和新发明。在中国汉文古籍记载的上古神话中，远古燧人氏由鸟啄树而生火得到启发，教民钻木取火；女娲作笙簧，伏羲画八卦、制琴瑟，教民结网；神农氏教民播种五谷，且自尝百草，发明了医药；仓颉造文字；后稷作稼；夏鲧作城；高原作室等。对于这些给人类带来有益的、意义深远的发现和发明的人物，学术界启用了一个术语，叫文化英雄。因此，上述上古神话中的燧人氏、女娲、伏羲、神农氏、仓颉等都具有文化英雄的特质。在中国的上古神话传说中，后羿是弓箭的发明者，同时也是一个神射手。在原始初民的生活中，弓箭的发明是一件大事，因此，作为弓箭发明者的后羿就被人们赋予了无上的勇力和荣誉。正是凭着自己发明的弓箭和神技，后羿为民除害，造福人类，凿齿、九婴、大风、猰貐、修蛇、封豨等害人的妖孽都死在了后羿的箭下。不过，后羿最为辉煌的业绩，还是他射落了九个太阳。此外，还有一些上古神话显示了人类英雄突出的个性和勇气，显示了人类自身不可动摇的信念，如精卫填海、夸父逐日等。

第四，洪水神话。洪水上古神话通常是以洪水为主题或背景的上古神话，在世界各地流传的非常广泛。在中国汉民族的古代文献中所保留的洪水上古神话，主要把洪水看作一种自然灾害，着重要揭示的是与洪水抗争、拯救生民的积极意义，看重的是人的智慧及斗争精神。在有关洪水的上古神话中，鲧禹父子毫无疑问地成为最杰出的英雄。为了止住泛滥于人间的水灾，鲧不惜冒生命危险去盗窃天帝的息壤。鲧因盗息壤而引起了天帝的震怒，最终被天帝所杀。鲧的悲惨遭遇，即使在后世，也一样赢得了后人深切的尊敬和同情。鲧由于志向未竟，死不瞑目，终于破腹以生禹，新一代的治水英雄也由此而诞生了。禹继承了鲧未完成的志向，一开始采取和鲧一样的"堵"的方法，但洪水凶猛，禹仍然难以遏止不断泛滥的洪水。经过分析，禹变"堵"为"疏"，开始采用疏导的方法。弥漫天下、祸害人间的洪水终于被大禹制服了，与此同时，一个不辞辛劳、为民除害而又充满智慧的英雄形象也开始在中国文化史上树立了起来。中国的洪水上古神话集中反映了先民们在同大自然作斗争的过程中所积累的丰富经验和表现出的超常智慧。

第五，英雄神话。英雄上古神话又称战争上古神话，这种上古神话与起源上古神话不同，主要讲述的是神族之间的战争。中国中原地区流传着有关黄帝的战争上古神话。黄帝和炎帝是活跃在中原的两个大部族的首领，分别兴起于相距不远的姬水和姜水，他们在向东发展的过程中发生了严重的冲突。黄帝和炎帝曾为争夺帝位在阪泉之野发生过一次残酷的战争，《新书·益壤》称当时的战场是"流血漂杵"。而黄帝居然能驱使熊、罴等猛兽为前驱参加战斗，更为这次战争增添了神奇的色彩。黄帝率领的熊、罴、狼等猛兽可能是指以这些动物为图腾的部落，它们分别代表不同的部落跟随着黄帝参加战斗。阪泉之战以黄帝的胜利而告终，从而导致了炎黄两大部族的融合，华夏民族也由此而正式形成，并最终发展成为中华民族的主要成分。这则上古神话实际是对一次历史事件的记录和解释。黄帝等远古之神之间征战的上古神话，在一定程度上反映了氏族社会各大部落间的兼并与反兼并的战胜。上古神话中的黄帝和蚩尤等虽然是半人半兽的上古神话形象，但是，经过中国文人的修饰之后，人性的成分逐渐增多，已经开始接近历史人物传说了。

二、上古神话的文学意义

上古神话的文学意义主要表现为其对小说诞生的影响。随着人类社会的不断发展，社会分工和社会阶层不断产生，人类也在原有神话的基础上对其进行修正、补充或重新创造，从而使得其中的神的形象更趋近于人，神话故事也更加合理和完美。而这种做法也在很大程度上孕育了古代小说。

神话传说是古代小说的源头之一，这主要表现在以下几方面。

第一，神话传说为小说的孕育做了基本准备。从现存文献来看，神话传说基本上都具备了基本的情节和人物，这也符合小说创作的要求。虽然部分神话传说的情节较为单一、模糊，人物形象也并不十分丰满，但它已经和小说较为接近了。

第二，神话传说是后世小说创作的重要素材来源。被零散地记录下来的中国古代神话为后世的小说创作提供了大量的题材，尤其是神怪题材，后来的志怪小说，其很多题材更是直接从上古及晚出的神话传说中吸纳而来。后世小说在创作过程中，常常借助神话传说的奇特想象，利用神话故事中的人物形象和故事情节进行再创作，从这一方面来说，神话传说也是后世小说创作的重要素材来源。尤其是明清时期的神魔小说，很多都是对神话故事的采用和塑造，其典型代表就是《西游记》。

第三，神话传说中的浪漫主义情节和叙述风格是后人进行小说创作的重要来源，对后世小说产生了巨大的影响，甚至部分神话传说成了后世小说创作的母题，如《镜花缘》中就有一些《山海经》的影子；魏晋南北朝时期的志人志怪小说的取材与手法就深受神话故事中的一些故事情节、叙事方法的直接影响。

第四，神话传说直接影响了后世小说创作的叙事模式。中国古代神话虽然简略，但是却在一定程度上表现出了一定的叙事结构以及叙事的动态流程。其中，神话的叙事结构有时甚至可以形成一种叙事模式而具有原型的意义，这也成为后世小说所模拟的对象。

第五，神话传说的散文叙事形式直接影响了后世小说的创作。上古神话作为语言传述行为被记录、整理成为文字形式，并具有时间、地点、角色等构成要素和有因果联系、循序发展的情节。神话一旦被记录下来，这记录的文本就天然地获得了一种文体的特点，神话正可以通过这一文本作为中介影响小说。例如《山海经》中对大禹治水的描写，故事结构要素齐全、平铺直叙中不失情节曲折，虽然不能算作小说，却奠定了古代小说的思想和艺术基础。

第六，神话传说直接影响了后世小说的创作情感。神话体现了原始社会时期，人类祖先对生产劳动等社会生活状况及其对外在的客观现实的认识、思想与观念，它是人类祖先最初的意识形态的集中体现,包含着人类祖先对外界的感受与对自身的思考。随着人类社会的不断发展,这些蕴含着浓郁的情感因素的神话意象通过中华民族的繁衍一代代地被传承了下来,在中华民族的内心深处蕴藏深厚的情感。后世小说创作中运用了神话原型的作品,自觉不自觉地都把作者或者读者带入原始先民曾经有过的那种深厚的情感体验之中,并用来缓释现实的压力、超越平凡的世俗。例如,蒲松龄的《聊斋志异》,不仅运用了大量的神话素材,而且更将其当作一种精神寄托,用小说中描写的故事和人物辛辣地讽刺丑恶的现实社会,表达自己对残酷现实的厌弃和对神话世界的皈依。

第七,神话传说直接影响了后世小说创作的艺术思维。人类祖先以大胆的想象力、夸张的推理创设出种类丰富的神话与传说力图解释神秘的自然界,如盘古开天辟地、女娲补天、共工怒触不周山等。想象是神话最基本也是其最重要的艺术特征。这一特征促进后世小说开始进行虚构艺术思维,从而确立了后世小说的虚构思维特征,大大推进和促进了中国古代小说文体的确立,使中国古代的单纯叙事文学在向小说靠拢的过程中前进了一大步。

总之,中国古代神话孕育了小说,为小说的形成、发展以及大放光彩做出了重要贡献。

第四节　诗歌比兴传统的确立与浪漫的楚文化

先秦时期是中国古代诗歌最初产生的时间。这个时期出现的《诗经》和楚辞,共同构成了中国诗歌史的源头,也决定了中国诗歌的发展方向。

一、诗歌比兴传统的确立

《诗经》是我国最早的一部诗歌总集,代表了先秦时期中国古典诗歌的一个高峰,它反映了先秦时期人们各方面的生活,表现出不朽的艺术魅力,具有深厚丰富的文化积淀。它对赋、比、兴手法的运用真正确立了诗歌的比兴传统,对后代诗歌产生了深远的影响。

《诗经》大多数诗篇的作者是不可考的。从收集和整理的途径来看,这些作者包括当时住在城市或郊区的一般平民、受压迫的奴隶以及当时的贵族和公卿列士。不少作品来自民间,在流传过程中不断修改、加工,属于集体创作。

这部诗集共收集了上自西周初年(公元前 11 世纪)下迄春秋中叶(公元前 6 世纪)约五百年的诗歌,又称为《诗》或《诗三百》。《诗经》共有 305 篇,另有 6 篇笙诗。按照音乐的不同,《诗经》可以分为风、雅、颂三类。

"风"又称为"国风",即各地区的乐调,包括周南、召南、邶风、鄘风、卫风、王风、郑风、齐风、魏风、唐风、秦风、陈风、桧风、曹风、豳风,共 160 篇。其中,周南、召南、豳都是地名,王是指东周王畿洛阳,其余是诸侯国名。

"雅"训为"正",指朝廷正乐,周王朝将王畿之乐称为雅乐。雅分为大雅、小雅,大雅 31 篇,小雅 74 篇,共 105 篇。

"颂"为宗庙祭祀之乐,是向神灵报告功德以及政教面貌的赞颂诗,包括周颂 31 篇,鲁颂 4 篇,商颂 5 篇,共有 40 篇。

《诗经》的内容是极为丰富而广泛的,涉及当时社会生活的各个方面,如政治、经济、军事、文化以及各种民俗风气、世态人情等,深刻地反映了当时人们的生活和情感。根据《诗经》的思想内容,可以将诗经中的诗歌分为以下六类。

(1)祭祖颂诗,大多是歌功颂德之作,但是也有一定的历史意义和文学价值,主要集中在大雅和"三颂"之中,如《大雅·生民》:

> 厥初生民,时维姜嫄。生民如何?克禋克祀,以弗无子。履帝武敏歆,攸介攸止。载震载夙,载生载育,时维后稷。
>
> 诞弥厥月,先生如达。不坼不副,无菑无害。以赫厥灵,上帝不宁。不康禋祀,居然生子。
>
> 诞寘之隘巷,牛羊腓字之。诞寘之平林,会伐平林。诞寘之寒冰,鸟覆翼之。鸟乃去矣,后稷呱矣。实覃实訏,厥声载路。

这是《大雅·生民》的前三章,是用一个神话故事来叙述周族始祖后稷的出生过程,这种感天而生的神话故事说明了当时周族还处于知其母而不知其父的母系氏族社会。

(2)燕飨诗,多以君臣、亲朋欢聚为主要内容,表现出上层社会生活中和谐融洽、欢快热烈的气氛,也体现了礼的规则和人的内在道德规范,如《小雅·鹿鸣》:

> 呦呦鹿鸣,食野之苹。我有嘉宾,鼓瑟吹笙。吹笙鼓簧,承筐是将。人之好我,示我周行。
>
> 呦呦鹿鸣,食野之蒿。我有嘉宾,德音孔昭。视民不恌,君子是则是效。我有旨酒,嘉宾式燕以敖。
>
> 呦呦鹿鸣,食野之芩。我有嘉宾,鼓瑟鼓琴。鼓瑟鼓琴,和乐且湛。我有旨酒,以燕乐嘉宾之心。

这一段诗写的是在这样的欢聚宴饮之上,君王对嘉宾不加吝啬地赞美,而嘉宾也赞美君王,并向君王进谏有益的治国方策。

(3)农事诗,真实地记录了与周人农业生产相关的宗教活动和风俗礼制,反映出西周时代农业生产的景况、生产方式、生产规模、生产力水平以及与农事相关的思想观念、制度仪式等,具有很高的认识价值,如《豳风·七月》:

> 七月流火,九月授衣。一之日觱发,二之日栗烈。无衣无褐,何以卒岁?三之日于耜,四之日举趾。同我妇子,馌彼南亩,田畯至喜。

这里选取的是《豳风·七月》的第一章,总括全诗,从岁寒写到春耕开始,语言朴实无华,完全用铺叙的方式写成,全面深刻地反映了西周农人的生活状况,揭示了农夫与贵族生活的悬殊,表现了农夫的哀怨和不满。

(4)婚姻爱情诗,或表现婚姻的不幸,或描写结婚和夫妻家庭生活,或反映青年男女热烈追求自由爱情婚姻,或表现男女相慕相恋、相思相爱等,主要集中在国风中,如《邶风·静女》:

> 静女其姝,俟我于城隅。爱而不见,搔首踟蹰。
>
> 静女其娈,贻我彤管。彤管有炜,说怿女美。
>
> 自牧归荑,洵美且异。匪女之为美,美人之贻。

这首诗描写的是男女幽会的场景,精短活泼,极富有戏剧性,寥寥数笔便精准地刻画出男女主人公的性格特征。

又如《周南·关雎》：

> 关关雎鸠，在河之洲。窈窕淑女，君子好逑。
>
> 参差荇菜，左右流之。窈窕淑女，寤寐求之。求之不得，寤寐思服。悠哉悠哉，辗转反侧。
>
> 参差荇菜，左右采之。窈窕淑女，琴瑟友之。参差荇菜，左右芼之。窈窕淑女，钟鼓乐之。

这首诗是一首著名的情诗，被排在《诗经》的第一篇，表现一位男子对淑女的爱慕与追求。为了心上人，诗中主人公彻夜不眠，雎鸠的阵阵鸣叫诱动了小伙子的痴情，使他独自陶醉在对姑娘的一往情深之中。种种复杂的情感油然而生，渴望与失望交错，幸福与煎熬并存。诗中许多句子都蕴含着很深很美的含义，千古传颂的佳句有"窈窕淑女"，既赞扬她的"美状"，又赞扬她的"美心"，可说是前后呼应，相辅相成。又如"辗转反侧"句，极为传神地表达了恋人的相思之苦。而最后一句"钟鼓乐之"，更是"千金难买美人笑"之类的故事的原本。

(5)讽喻诗，主要保存在国风和"二雅"之中，小雅中的讽刺诗不仅指斥政治的黑暗，悲悼周王朝国运已尽，还感叹自身的遭遇，倾泻对谗佞小人的怨恨，如《小雅·正月》：

> 正月繁霜，我心忧伤。民之讹言，亦孔之将。念我独兮，忧心京京。哀我小心，癙忧以痒。
>
> 父母生我，胡俾我瘉？不自我先，不自我后。好言自口，莠言自口。忧心愈愈，是以有侮。
>
> 忧心惸惸，念我无禄。民之无辜，并其臣仆。哀我人斯，于何从禄？瞻乌爰止，于谁之屋？
>
> 瞻彼中林，侯薪侯蒸。民今方殆，视天梦梦。既克有定，靡人弗胜。有皇上帝，伊谁云憎？

这首诗是周王朝的一位失意官吏所作，诗人怨恨上天昏聩，揭露了当时政治的腐朽、统治者的残暴，悲悼周王朝的沦亡。

大雅中的讽刺诗带有一定的节制，虽也针砭时弊、情绪激愤，但是多带有规谏之意，如《大雅·民劳》：

> 民亦劳止，汔可小康。惠此中国，以绥四方。无纵诡随，以谨无良。式遏寇虐，憯不畏明。柔远能迩，以定我王。
>
> 民亦劳止，汔可小休。惠此中国，以为民逑。无纵诡随，以谨惛怓。式遏寇虐，无俾民忧。无弃尔劳，以为王休。
>
> 民亦劳止，汔可小息。惠此京师，以绥四国。无纵诡随，以谨罔极。式遏寇虐，无俾作慝。敬慎威仪，以近有德。
>
> 民亦劳止，汔可小愒。惠此中国，俾民忧泄。无纵诡随，以谨丑厉。式遏寇虐，无俾正败。戎虽小子，而式弘大。
>
> 民亦劳止，汔可小安。惠此中国，国无有残。无纵诡随，以谨缱绻。式遏寇虐，无

俾正反。王欲玉女,是用大谏。

这首诗是西周贵族所作,诗中描写了平民百姓极度困苦疲劳之状,劝告厉王要体恤民力,安民防奸。

国风中的讽喻诗则辛辣犀利地对统治者加以揭露和嘲讽,表达普通民众对统治者的怨愤,如《鄘风·墙有茨》:

> 墙有茨,不可扫也。中冓之言,不可道也。所可道也,言之丑也。
> 墙有茨,不可襄也。中冓之言,不可详也。所可详也,言之长也。
> 墙有茨,不可束也。中冓之言,不可读也。所可读也,言之辱也。

这首诗采用重章的形式,反复揭露宫室中发生的诸多丑事,层层递进,讽刺了贵族统治者淫乱无耻。从整体上来看,这首诗每章前两句起兴含有比意,以墙上有茨,本不可以扫除干净为喻,暗示宫闱中淫乱的丑事被统治者严密封锁,但这种事是掩盖不住、抹杀不了的,诗人先说"不可道""不可详细""不可读"后说"言之丑""言之长""言之辱",起到了欲盖弥彰的特殊效果。诗人特意点到为止,以不言为言,调侃中露讥刺,幽默中见辛辣,比直露叙说的讽刺更加尖锐。

(6)战争徭役诗,或歌颂统治者的武功,或表达团结御侮的意志,或流露对战争的厌倦和对和平生活的向往,或描写出了战争和徭役带给人们的痛苦,如《王风·君子于役》:

> 君子于役,不知其期。曷至哉?鸡栖于埘,日之夕矣,羊牛下来。君子于役,如之何勿思!
> 君子于役,不日不月。曷其有佸?鸡栖于桀,日之夕矣,羊牛下括。君子于役,苟无饥渴。

这首诗从日常生活写起,以思妇的口吻抒发了对徭役的不满和对丈夫的思念。

又如《小雅·采薇》中的一节:

> 昔我往矣,杨柳依依。今我来思,雨雪霏霏。行道迟迟,载渴载饥。我心伤悲,莫知我哀!

这首诗写士兵从回忆中回到现实,陷入了更大的伤悲之中,表现出他们对战争的厌倦,对自身遭遇的无限哀伤。

《诗经》在中国文学史上具有崇高的地位和深远的影响,它奠定了我国诗歌的传统。首先,它的创作大多来源于生活、来源于现实,抒写真情实感,表现出关注现实的热情、强烈的政治和道德意识、真诚积极的人生态度,这种"风雅"精神影响了一代又一代的中国人。可以说,"风雅"精神已经成为后世诗歌健康标准,引导后世诗歌向着积极、健康的方向发展。其次,它开创了我国抒情诗的传统。《诗经》中的作品大多是抒情言志之作,而抒情性也是《诗经》之所以流传至今的一大因素,它吸引着后人学习和创作,使抒情诗成为我国诗歌的主要形式。最后,《诗经》中的比兴手法,给后世以极大的影响。

"'赋'有铺叙和直言之意,指直接叙述描写的手法;'比'就是以更具体形象而又比较熟悉、易于理解的事物来打比喻;'兴'有起兴的意思,乃是借助其他事物作为诗歌发端,以引起所歌咏的内容。"①在《诗经》中,赋是最基本的、最基础的表现手法,也是运用最为广泛和普遍的表现手法,如《豳风·七月》《豳风·东山》等叙事性较强的作品。比兴的大量运用是比较特别的。有的将整首诗都以比拟的手法表达情感,如《豳风·鸱鸮》;有的在一首诗中部分运用比的手法,如《卫风·淇奥》;有的以比喻来表达抽象的心理状态,如《邶风·柏舟》;有的以比喻来刻画人物,如《卫风·硕人》;等等。兴的作用和用法也是多种多样的,有的是含有比喻或者象征意义的兴句,如《周南·桃夭》;有的兴句以自然环境的描写来烘托气氛,如《秦风·蒹葭》;有的从反面起兴,如《小雅·苕之华》;有的兴句与下文在内容的联系并不明显,只是起着调节韵律、唤起情绪的作用,如《唐风·采苓》;等等。比兴手法的成功运用,使《诗经》中的艺术形象塑造得更加生动、形象,在后来的诗歌创作中,比兴手法越传越新,越用越妙,对后世文学创作产生了较大影响。

二、浪漫的楚文化

(一)楚文化与楚辞的产生

楚辞的产生与当时复杂的社会、文化背景是分不开的。楚国本来是僻处南夷的一个独立部落,由于地处偏远,周公制礼作乐、变革中原文化时,楚国受到的影响也比中原诸国小,在习俗文化和审美趣味方面同北方中原各国相比,也别具风貌。中原各国早在西周初年由于宗法制度的确立,就已经摆脱了巫术宗教文化的阶段,进入宗法文化的历史阶段时,楚地仍然弥漫着浓重的原始宗教气氛,即楚地特有的巫风文化。《汉书·地理志》中称楚人"信巫鬼,重淫祀",在楚国,下至平民百姓,上至君王对巫术都无限迷狂。这种巫风文化影响着楚国的音乐、绘画、舞蹈等艺术的各个方面,而这些艺术很多又与祭神有关,充满了奇异的浪漫色彩。楚辞的创作就受到这种巫风文化的影响。祭神的场面、气氛,巫歌巫舞所表现出来的那种神奇迷离的浪漫精神和飘逸、灵动、艳丽的美学风格都在楚辞部分作品中体现出来。屈原的《湘君》《湘夫人》《山鬼》等作品就是以楚地民间祭歌为基础进行创作的,《离骚》中的灵氛、巫咸的出现,也与巫风有关。

楚地民歌对楚辞的创作有很大影响。楚地民歌的历史十分悠久,并且有着自己的特点,从一些典籍上所保存的楚地民歌来看,它们的形式特点与楚辞十分相像,如《孺子歌》:

> 沧浪之水清兮,可以濯我缨,
> 沧浪之水浊兮,可以濯我足。

很显然,民歌中"兮"字的使用,句式的长短参差,也都是楚辞的基本形式,这说明楚地民歌与楚辞一脉相承。

楚辞的产生也是多种文化相互影响、渗透、融合的结果。一方面,虽然楚国地处偏远,与中原的习俗文化和审美趣味不同,但毕竟楚国贵族源于中原,因而在春秋战国时期,中原和楚国有着广泛的文化交流,楚国文化,尤其是社会制度和政治思想方面,和中原有很多相同之处。楚国士人经常自觉地学习中原文化,楚国王公卿士在盟会或议事时也常常征引《诗》《书》中的

---

① 马积高,黄钧. 中国古代文学史[M]. 北京:人民文学出版社,2009:45.

话。因而,中原文化中的历史观念、价值取向以及文学创作上的艺术手法、体裁、语言也深深影响了楚国士人以及楚国的文学创作。从楚辞的创作来看,其中体现的政治理想和抱负、比兴手法的运用、句式篇章的结构等方面,都可以看出有中原文化的影响。从另一个角度来说,楚辞也可说是在南北两大文化合流的基础上产生的。楚国北方与中原各国接壤,而东、西、南三方则与比它落后和原始的部族毗邻,因而除了主要受楚国文化和中原文化的影响,东夷、西夏、北狄、南蛮等多种边缘地区的文化也对楚辞的产生起到了推动作用。从历史上看,楚地文化的产生就是多种文化融合的结果,"楚文化是既承袭中原文化、又有深厚本土基础的多元文化,是上古四大集群文化通过黄河流域中原文化集聚、中介、传递,通过长江流域江汉文化融汇、改造、消化,在春秋战国时代楚国国土上开花结果的'高级'文化"①。楚辞就是在这多种文化的交融之下产生的。

另外,从历史和文化的发展规律来看,战国时期是古代社会发生剧烈变革的时期,新事物不断出现,语言的表达也随之发展,人们需要用比以四言为主的《诗经》诗句更长、变化更自由、可以容纳更多双音词和多音词的诗歌,来表达更为细致复杂的思想感情。于是,这就促使楚辞产生了。

(二)楚辞简介

楚辞是继《诗经》之后,中国古代诗歌的又一源头,在形态上、抒情方式上、思想意识上,有着与《诗经》截然不同的精神素质与艺术风格。它突出的浪漫主义精神气质以及象征的表现手法,对后世文学产生了极为深远的影响。

"楚辞"之名,最初见于西汉武帝之时,本意是楚地的歌辞,是汉代人为这种地方色彩十分鲜明的新诗体所起的名称。《史记·酷吏列传》记载:"庄助使人言买臣,买臣以'楚辞'与助俱幸,侍中,为太中大夫,用事。"这是现在可知最早提及"楚辞"的文献资料,此时,"楚辞"已经成为一种专门的学问,与"六经"并列。汉成帝时,刘向把战国末年楚国人屈原、宋玉的作品以及汉代人模仿这种体裁所写的作品汇集成书,定名为《楚辞》,因而,在某些方面,"楚辞"也指一部诗歌总集的名字。宋黄伯思对楚辞做了一个比较精准的定义,他在《翼骚序》中云:"屈宋诸骚,皆书楚语,作楚声,纪楚地,名楚物,故可谓之'楚辞'。"即楚辞是指以具有楚国地方特色的乐调、语言、名物而创作的诗赋。

由于屈原的《离骚》是楚辞的代表作,因此,后人又把楚辞称为"骚体"。另外,由于楚辞和汉代赋作之间存在着渊源关系,楚辞在汉代又被称作"赋",所以屈原作品也被称为"屈赋"。

(三)屈原的《离骚》

屈原,名平,相传为湖北丹阳秭归人。大约生于楚宣王三十年(前340),卒于楚顷襄王二十一年(前278)前后。他是楚王室的远房宗亲,才华过人,起初深得楚怀王信任,被任为左徒。但是,由于他的改革主张与措施从根本上触犯了旧贵族集团的利益,因而遭到宗室重臣的强烈反对和恶毒诬陷。昏聩的怀王听信谗言,"怒而疏屈平"。于是屈原被迫离开郢都,流放汉北。此后,屈原又曾被重新起用,只是不久以后,他再次遭人谗害,被放逐于江南,漂泊于长江、洞庭

---

① 萧兵. 楚辞文化[M]. 北京:中国社会科学出版社,1990:1.

湖、沅水、湘水间,永远不能返回郢都,其"美政"理想彻底破灭。最终投汨罗江而死。

屈原是对楚辞的开创与发展做出巨大贡献的人物。《汉书·艺文志》记载屈原作品共有25篇,东汉王逸《楚辞章句》收入了24篇,即《离骚》《九歌》(11篇)、《天问》《九章》(9篇)、《远游》《卜居》等。汉代以后,不断有人对屈原的作品进行甄别。现代的楚辞研究者多认为《远游》《卜居》三篇非屈原本人所作,而《招魂》却属于屈原的作品。这样,屈原的作品总共是23篇。

《离骚》是屈原的代表之作,也是楚辞中最具有代表性的作品。全诗373句,2490字,为我国古代最长的政治抒情诗。在文学史上常以"风""骚"并称,用"风"来概括《诗经》,用"骚"来概括《楚辞》。一般认为,"离"是"罹"的假借字,"骚"是忧患的意思,"离骚"意为遭受忧患。可见,《离骚》就是诗人根据楚国的政治现实和自己的不平遭遇,创作的一首政治抒情诗。由于诗中尽情地抒写了诗人的身世、思想和境遇,因此也被视为屈原生活历程的形象记录,可以看作诗人的自叙传。

《离骚》集中反映了诗人对楚国黑暗腐朽政治的愤慨和他深厚的爱国情感,以及对自己遭受不公平待遇的哀怨和对理想的不懈追求。全诗可分为三部分:第一部分是诗人介绍了自己身世以及为国的抱负和理想,回溯了自己在改革弊政过程中受谗被疏的遭遇;第二部分是诗人对未来出路的探索;第三部分是写诗人在极度的苦闷彷徨中,向古代神巫询问出路,表现了他对人生道路的痛苦思索和艰难抉择,突出了对楚国的挚爱之情。

作为一首政治抒情诗,屈原在诗中对黑暗的政治现状进行了全面的揭露和批判:

> 民好恶其不同兮,惟此党人其独异。
> 户服艾以盈要兮,谓幽兰其不可佩。
> 览察草木其犹未得兮,岂珵美之能当?
> 苏粪壤以充帏兮,谓申椒其不芳。

诗人对损害楚国根本利益的小人进行了全面的揭露与批判,把那些小人贪得无厌、颠倒黑白、嫉妒贤人、投机钻营的嘴脸一一勾画出来,表达了自己诚挚的爱国之心。

他还在诗中陈述了自己的"美政"理想——"举贤而授能兮,循绳墨而不颇",还列举了一些事例加以说明,如:

> 说操筑于傅岩兮,武丁用而不疑。
> 吕望之鼓刀兮,遭周文而得举。
> 宁戚之讴歌兮,齐桓闻以该辅。

诗中塑造了一个坚贞高洁的抒情主人形象:"朝饮木兰之坠露兮,夕餐秋菊之落英。""制芰荷以为衣兮,集芙蓉以为裳。""扈江离与辟芷兮,纫秋兰以为佩。""朝搴阰之木兰兮,夕揽洲之宿莽。"诗人正是以这种外化的高洁美来显现其内质的高洁美,并成为后世文人的楷模和民族精神的象征。

在艺术特色上,《离骚》加入了历史故事、神话传说以及一些幻想情节,使诗歌具有浪漫主义特性:

> 饮余马于咸池兮,总余辔乎扶桑。
> 折若木以拂日兮,聊逍遥以相羊。

前望舒使先驱兮,后飞廉使奔属。

鸾皇为余先戒兮,雷师告余以未具。

吾令凤鸟飞腾兮,继之以日夜。

飘风屯其相离兮,帅云霓而来御。

纷总总其离合兮,斑陆离其上下。

吾令帝阍开关兮,依阊阖而望予。

诗人驰骋想象,糅合神话传说、历史人物和自然形象构成诗歌奇幻的世界。这类奇幻、浪漫的超现实想象在诗中被大量使用,为诗歌增添了非凡的魅力。

同时,美人、香草的意象也是《离骚》的奇特之处。诗中的美人的意象一般被解释为比喻,或是比喻君王,如"惟草木之零落兮,恐美人之迟暮",或是自喻,如"众女嫉余之蛾眉兮,谣诼谓余以善淫"。而香草作为一种象征物,它一方面指品德和人格的高洁;另一方面和恶草相对,象征着政治斗争的双方。诗中的香草作为装饰,支持并丰富了美人意象。

此外,《离骚》中还有很多楚地方言,增强了诗歌的地方特色和语言表现力。总之,《离骚》是中国历史上的旷世杰作,对后世产生了极为深远的影响。

从屈原所创作的《离骚》来看,楚辞作为一种新的诗歌样式,具有以下两个突出的特点。

第一,从体制方面来说,楚辞的典型句式是五字句和六字句,其作品铺张夸饰,讲求辞藻华丽,规模宏大,节奏不同、字数不等的句子互相穿插交错,并且灵活地使用语气词"兮"及其他虚词,使诗歌形式更为灵动,就使得楚辞的音调显得抑扬顿挫,富于变化,从而打破了四言句两字一顿的单调格式。

第二,从创作方法看,楚辞则富有鲜明的南部地方色彩,在风俗习惯、自然景色以及地理名物等方面的描写,无不带有楚地的特征,突出表现了浪漫主义的特质,成为南方文化的代表。

第五节　散文的黄金时代

从殷商到战国,我国散文由萌芽至成熟。伴随着诸子勃兴,百家争鸣,以及发达的史官文化,散文步入黄金发展时代。

一、历史散文的创作

先秦时代,散文经历了其产生、发展的历程,并出现了我国散文发展史上的第一座高峰。我国古代史官文化十分发达,因此,记载事件的历史散文在散文史上首先成立。历史散文的逐渐成熟,开启了我国叙事散文的传统。早期记言之书《尚书》标志着长篇散文体制的形成。之后的第一部编年体史书《春秋》,被视为早期的记事之书,而同样是编年体史书的《左传》则被看作史传文学的源头。稍后又出现了国别体史书《国语》《战国策》,其中,《国语》是我国第一部国别体史书。限于篇幅,这里主要对历史散文中《春秋》《左传》《国语》《战国策》进行分析。

(一)《春秋》

《春秋》是"五经"中字数颇少却被阐释得最多的经典。全书用16 000余字编年记载了从鲁隐公元年(前 722)到鲁哀公十四年(前 481)共 242 年间,以鲁国为主的东周诸侯国之间重大的历史事件,文字简洁,平均每年的记事不超过 9 条,每年记事总字数不足 70 字,最短的几条记事仅用 1 字,最长的两条记事仅 47 个字,但涉及的方面很广,包括诸侯攻伐、盟会、篡弑及祭祀、灾异、礼俗等。

《春秋》尊王攘夷,正名定分,维护统一,反对僭越。这种思想倾向,只是在史事的记述以及用字选词中显示出来,往往以一字寓褒贬。比如"杀"的意思,就分有罪为"诛",无罪为"杀",下杀上曰"弑"。又如写战争,有钟鼓曰"伐",无钟鼓曰"侵",轻行掩其不备曰"袭"。这些词语大都表现了作者的感情倾向。

《春秋》突出的地方在于其记事的特点,具体表现为完整性、时序性,具有劝诫君王的政治功能。先秦典籍大多数没被完整传于后世。但是,《春秋》不仅被完整传下来,而且在当时诸侯国的史书中有特殊性,表现为记事完整和强调记事时间,有着劝诫君王的功能。《春秋》叙事简洁,不少篇章酷似今天的新闻标题或者导语。《春秋》有这样的记载:"夏五月,郑伯克段于鄢",这短短的几个字,就包括了新闻导语所需的时间、人物、事件、地点等几要素。可谓直接孕育了后代的新闻写作。因"春秋笔法"的写作特点,《春秋》被看作一部具有"微言大义"的作品,并为后世"定名分""制法度"提供了参照的范本。另外,《春秋》在写作上的这一特点,也对后世史家治史影响颇大。

(二)《左传》

《左传》在西汉时被称为《左氏春秋》,因为西汉人认为它是为传述《春秋》而作,到了东汉时,改名为《春秋左氏传》,简称《左传》。《左传》近 20 万字,记事上起鲁隐公元年(前 722),与《春秋》一样,下止于鲁哀公二十七年(前 468),比《春秋》多 13 年。《左传》最后附鲁悼公四年(前 463)事一条,结尾提到晋韩氏、魏氏灭知伯之事。而据《史记》所载,韩魏杀知伯发生在鲁悼公十四年(前 453),依此,则《左传》记事比《春秋》多 27 年。与《春秋》相比,《左传》记事详明,情节曲折,语言优美,乃是一部卓越的历史著作和文学著作,是我国第一部详细、完整的编年史。

《左传》的内容极为丰富,它不仅记载了春秋列国的政治、外交、军事各方面的活动及有关言论,较为真实、具体地展现了那一时期的历史面貌。同时也记载了天道、鬼神、灾祥、卜筮、占梦等事情,反映了当时社会人们的思想观念、宗教活动、风俗文化等。作为编年史,《左传》的情节结构主要是按时间顺序交代事件发生、发展和结果的,但也间或使用了倒叙和预叙的手法,从而加强了事件的故事性和戏剧性。从整体上看,《左传》叙事详密完整,脉络分明,有首尾完整的结构。例如,僖公二十三年、二十四年所记晋公子重耳出亡及返国的故事,整个故事时间跨度长达 19 年。在此期间,重耳出亡历经狄、卫、齐、曹、宋、郑、楚、秦诸国,牵涉事件繁杂琐碎。尤其难能可贵的是在充满故事性的叙述中,注意刻画人物性格,有些历史人物刻画得栩栩如生。

《左传》从多方面暴露了统治集团的内部矛盾,如隐公元年所记述的郑国国君母子之间、兄弟之间、君臣之间所发生的各种错综复杂的矛盾和斗争,极其委曲详尽。它十分真实而深刻地揭露了统治者的荒淫残暴,《左传》通过历史记载,还表彰了许多有见识、对国家有贡献的人物。从《左传》的主要思想倾向来说,主要表现为三点。第一,体现了鲜明的民本思想。作者通过许多历史事实的记叙,强调国君应该"养民如子"(《左传·襄公十四年》),"国之兴也,视民如伤(唯恐惊动),是其福也;其亡也,以民为土芥,是其祸也"(《左传·哀公元年》)。第二,批判统治阶级的罪恶。作者常以嫌恶的心情揭露统治者凶残暴虐、荒淫无耻等丑恶本性。第三,对于社会变革,阶级关系的调整,已经能用历史发展的观点来看待。

从新闻标题式的《春秋》,到文笔优美、引人入胜的《左传》,这是一个长足的进步。《左传》叙事详密完整,脉络分明,富于故事性、戏剧性,有紧张、动人的情节,有首尾完整的结构。《左传》在描写战争方面尤具特色,作者往往居高临下,驾驭全局,不拘泥于战场上一刀一枪的描写,而是将政治斗争、外交斗争以及人物关系贯穿其中;大多都不是只写战场较量,而是从战前写起。作者往往是着重把笔墨用在战前的背景、战争的准备、双方的士气、人心的向背、力量的对比以及战后的反应等方面,使人悟出战争的胜负并非偶然。另外,作者写战争,不只是简单地交代过程,往往穿插了许多看似闲笔的细节,绘声绘色,活灵活现,大大增强了其文学性。《左传》又可以说是中国文学史上第一部注意写"人"的作品。作者善于在矛盾冲突中刻画和描写人物形象,同时又从人物的一系列活动中展示历史的发展变化。作者还善于通过细节刻画人物形象,写出不同人物的不同个性特征。行人辞令之美,是《左传》在记言方面最为引人注目的成就。当时,诸侯之间关系复杂,出于政治斗争的需要,行人往来十分讲究外交辞令。《左传》将这样的一些辞令记载下来,稍加润色,便文采斐然。《左传》写行人辞令往往能从中反映出行人的性格及其所属国家或政治集团的地位、实力。这些人大都思路敏捷,能言善辩,但各自又有独特的风采。其中一个重要特点就是逻辑严密,其中典范之作是"烛之武退秦师"。此外,《左传》的叙述语言也非常美,其特点一是"文约义丰",二是具有形象感。例如宣公十二年《晋楚邲之战》中的"中军、下军争舟,舟中之指可掬也",宣公十二年《楚师围萧》中的"师人多寒,王巡三军,拊而勉之。三军之士皆如挟纩",等等,都是很好的例子。总之,《左传》行人辞令之美、文辞之妙受到后代的推崇。

总之,《左传》不仅是一部内容丰富的历史文献,而且也是一部非常优秀的文学作品。它上承《尚书》《春秋》的传统,下开《战国策》《史记》的先河,在历史散文的发展过程中,起着重要的桥梁作用。其叙事的生动简练、肖物传神和富于文学色彩,后来的许多历史著作都望尘莫及。它为后世的史传文学发展以及小说、戏曲的创作,乃至新闻写作,提供了丰富的题材和写作经验。

(三)《国语》

《国语》是我国第一部国别史,记事起于周穆王,止于鲁悼公,分《周语》《鲁语》《齐语》《晋语》《郑语》《楚语》《吴语》《越语》,共7万余字,二十一卷。因主要是记言,故称《国语》。大约成书于战国初年。《国语》中,《晋语》篇幅最多,共九卷,占全书篇幅近1/2,偏重于记述晋文公的事迹;《周语》记录了东西周的历史,侧重论政言;《鲁语》记春秋时期鲁国之事,但不是完整的鲁国历史,很少记录重大历史事件,主要是针对一些小故事发议论;《齐语》记齐桓公称霸之事,主要记管仲和桓公的论政之语;《郑语》则主要记史伯论天下兴衰的言论;《楚语》主要记楚灵王、昭王时期的事迹,也较少记重要历史事件;《吴语》独记夫差伐越和吴之灭亡;《越语》则仅记勾践灭吴之事。《国语》各部分文风不同,开头的《周语》《鲁语》浑朴平实,居于篇末的《吴语》《越语》则欣赏智慧权谋。可见,《国语》的作者应是一个系统,这其中包含《国语》的作者、编者和传诵者。

《国语》记叙了治国安邦之道,称霸诸侯之术,克敌制胜之策,罗致贤才之法,发展经济之路,凝聚民心之教,天时人事之应,明辨尊卑之礼,修身律己之事。《国语》还描绘了上起周穆王征犬戎下迄韩、赵、魏联合灭智伯的 524 年间活跃于历史舞台上的各色人物。这些人物形象大体上可以分为国君、谋臣、小人物、女性等几个类别。《国语》中的国君分为正面和反面形象两类,前者有任用管仲、变法称霸的齐桓公,谨慎稳重、谋虑周全的晋文公,少年老成、中兴复霸的晋悼公,卧薪尝胆、灭吴雪耻的越王勾践等;后者又有重用佞臣、贪暴专断的周厉王,不循礼法、一意孤行的周宣王,见利忘义、心胸偏狭的晋惠公,心智昏聩、汰侈愎谏的楚灵王等。《国语》中的谋臣或忠于国事,识贤纳贤;或忠贞宽厚,勤勉俭约。例如忠诚耿介、犯颜直谏的召公,辅佐晋悼公复霸的韩厥和魏绛,足智多谋、帮助勾践报仇雪耻的范蠡等。《国语》中的女性形象不是很多,但有些女性却被刻画得栩栩如生,个性鲜明,她们之中有崇德守礼的,有聪明睿智的,有具有反抗精神的,也有阴险狡诈的。

《国语》虽记事广博,但其通篇所表现的天人观、礼治观、兴亡观、君主观、重民、通变等思想内容都与国家政治教化紧密相连,其所选材料始终围绕"道训典,献善败"的主旨,盖编著此书的目的在于供君主垂鉴咨政,因而《国语》中劝诫内容远多于颂美之词。在叙事方面,《国语》形成了自己的特色,常用追叙、插叙、铺垫、衬托等手法,使文章富于故事性,增强表现力;善于用想象和虚构的文学手法来补充历史;在叙事过程中也十分注重场面描写。

《国语》思想倾向有与《左传》相一致之处,如对民意的重视。但《国语》重在记实,作者只对历史事件作客观记述,不加评论。由于所记之人、所记之言各异,《国语》思想比较驳杂。综观《国语》全书,所记内容大多围绕尊奉礼法、修德治国等精神内涵,体现了崇礼重民的儒家思想。可以说,《国语》继承了西周以来的敬天保民思想,但增加了更多理性因素。它一方面强调天命,遇事求神问卜;另一方面由对天命的崇拜,转向对人事的重视。

（四）《战国策》

《战国策》也是一部国别体史书,是战国末年和秦汉间人所纂集的一部史料汇编,作者主名已无可考。该书杂记东周、西周、秦、齐、楚、赵、魏、韩、燕、宋、卫、中山 12 国之事,其记事时代上接春秋,下至秦并六国,约 240 年(前 460—前 220)。

《战国策》的内容,主要是写战国时代纵横家的言论与活动,保存了纵横家的著作和言论,但也杂取了各家的观点,其中有道家(如《齐策四》《秦策三》《楚策四》)、儒家(如《齐策四》)、墨家(如《赵策三》)、法家(如《赵策五》)的观点,思想是复杂的。《战国策》的首要值得称道的地方是对人物形象的塑造。在《战国策》以前,史传文学没有对人物直接的容貌描写,直接的心理描写也不多。到《战国策》,对人物容貌、心理的描写则已经成为一种自觉的手法。全书对战国时期社会各阶层形形色色的人物进行生动鲜明的描写,尤其是一系列的"士"的形象,更是写得栩栩如生。纵横之士如苏秦、张仪,勇毅之士如聂政、荆轲,高节之士如鲁仲连、颜周等,都个性鲜明,具有一定的典型意义,代表了士的不同类型。《战国策》还以波澜起伏的情节,个性化的言行,传神的形态和细节来描写人物。作者不满足于平铺直叙,有意追求行文的奇特。除了人物塑造突出,《战国策》在语言上也取得了不小的成就。在《战国策》中,策士廷说诸侯之辞,臣讽君主之辞,以及不同意见的辩难,都反映出春秋战国时期从容不迫的行人辞令,体现出了语言艺术的高超。在进行说理的时候,《战国策》中的策士往往体现出了自己的主体意识,对君王采用训诫式劝说,策士在进行游说中也常常会通过各种手段来创造一个有利于自己的游说环境,以增强游说的效果。《战国策》还用大量的寓言故事、逸闻掌故来增强说服力。寓言的巧妙运用,成为《战国策》文章的一大特点。例如,《燕策二》苏代以鹬蚌相争,说赵惠王不应伐燕,以免强秦坐收其利。为突出主人公的"说能",《战国策》还运用了大量的夸饰和虚构。

总结来说,《战国策》辩丽横肆的文风,雄隽华赡的文采,是当时纵横捭阖时代特征的体现,标志着先秦叙事散文语言运用的水平。其语言艺术更是具有承上启下的作用,秦汉时期的政论散文、汉代辞赋都受到《战国策》的影响,甚至连司马迁的《史记》中描绘人物形象,也从其中吸取了养分,有些精彩的篇章、段落,司马迁甚至原样录入。汉代初年贾谊、邹阳的文章都明显有《战国策》铺扬张厉的遗风,宋代"三苏"文章纵横驰骋,也同学习《战国策》有关。

二、诸子散文的创作

诸子散文出现的时间大约是春秋末年到秦统一以前。由于春秋战国时期正是"圣王不作,诸侯放恣,处士横议"(《孟子·滕文公下》)的时代,过去被贵族所垄断的学术文化在不断地下移,使得士这个阶层迅速崛起,成为实际上掌握知识文化最多的阶层。与此同时,私人讲学的兴盛,也促进了学术文化的繁荣,从而出现了百家争鸣的局面,诸子散文就是在这种条件下蓬勃发展起来的。诸子散文既是中国散文的一个新起点,也是一个巅峰,为后世文章建立了不朽的范式。限于篇幅,这里主要对诸子散文中的《老子》《论语》进行分析。

(一)《老子》

《老子》集中反映了老子的哲学思想,其作者是老子,据司马迁的《史记·老子列传》中记载,老子姓李,名耳,字聃,楚国苦县人,为"周守藏室之史"。老子担任史官时,孔子曾向他请教过周礼。后来老子见周王朝衰败,遂弃官而走。

《老子》一书虽然只有 5 000 多字,但是却以精辟的语言阐述了老子的哲学思想以及人生观、社会政治观。

在哲学思想方面,老子提出了以"道"为中心的宇宙观。《老子》第四十二章说:"道生一,一生二,二生三,三生万物",即世界万物生成的过程是"道"首先生出"一","一"再分为"二","二"就是阴阳。"负阴而抱阳",即阴阳结合,以达到"冲气以为和",即生万物。"道"是看不见,摸不着的,是没有声音、没有形体,最终归于静止的东西。"道法自然",在老子看来,道是宇宙的起源,是一切事物存在的依据和法则。但就是这样一个至关重要的"道",它仍然要遵循规律法则,要以"自然而然"为法则。从这个立论出发,老子进一步提出了应该保持"自然"、遵循"道"的种种观点,《老子》中的这种观念表明了老子对自然状态事物的尊敬和向往。

在人生观和社会政治观方面,老子强调自然无为、守朴柔弱。所谓自然无为,是指一切顺乎自然,"辅万物之自然,而不敢为"(第六十四章)。值得注意的是,《老子》提出的"无为"只是要求人的所作所为限制在一定的程度和范围之内,只要这些行为没有破坏事物的自然状态,不但都是可以接受的,而且也是万事万物运行和存在所必需的。《老子》中所说的"无为"具体指的是那些激烈的、突然的、违法常规的、对自然状态带来改变的种种行为。所谓守朴,是指保持无知、无欲、纯朴、原始的状态。由此出发,老子将无知、无欲置于十分重要的地位,从而提出了

"见素抱朴,少私寡欲,绝学无忧"(第十九章)的主张。所谓柔弱,则是指处于雌柔卑弱的状态。老子认为,"强梁者不得其死"(第四十二章),"坚强者死之徒,柔弱者生之徒"(第七十六章),因此人们应安守柔弱,"自知不自见,自爱不自贵"(第七十二章),发扬不争、谦下、收敛和"不敢为天下先"(第六十七章)的精神。

从文学的角度来看,《老子》有着自己的文学特色。《老子》采用了以韵文为主,韵散结合的方式,语句富于变化,有时短句、长句、奇语、偶语参差错落。《老子》的修辞也极具特色。比如第二章中的几句话:"有无相生,难易相成,长短相形,高下相倾,声音相和,前后相随。"作者连用了"有无""难易""长短""高下""前后"五对反义词来说明事物之间对立统一的关系,表现出作者思想认识中的辩证法因素。

总之,作为道家经典的《老子》极大地推动了他所在时代的思想发展,他以抽象的"道"为核心,并由此伸展到伦理道德、人生政治等现实世界,然后又从这些具体问题返回到"道",建构了一个气象恢弘、自圆自足的理论体系,开创了中国古代哲学思想的先河,不仅对后来的庄子、法家学派产生过重要的影响,还影响了道家的产生。同时,《老子》中的一些观点,如不争、谦退、知足、功成身退等,已经成为中国人的处世方式,构成了中华民族传统文化的一部分,时至今日仍然在影响我们的社会生活。

(二)《论语》

《论语》主要记载了孔子(前551—前479)及其弟子的言行,是由孔子弟子及其再传弟子纂录而成的,大约成书于战国初年。《论语》共有20篇,492章。每篇标题取自首章首句中的两个字,各篇之间没有时间的先后顺序,每篇内各章之间也没有共同的主题。

《论语》中包含了丰富的内容,具体来说,这些内容主要包括以下三方面。第一,《论语》中所记录的关于孔子的言行,历来都被认为是了解孔子的最可信的资料。在《论语》中,有许多关于孔子言行的记载,其中也包括孔子对文学的一些看法,这些看法有许多精到之处。第二,《论语》中对孔子的思想和性格进行了生动、鲜明的描写。第三,《论语》中除了记录了孔子的言行、思想、性格等外,也记录了一些生活片段,反映出了孔子与某些人之间错综复杂的关系,如师生关系、孔子与当权者的关系等。

《孔子》20篇中,各篇的主题都不同。其中,《学而》篇的主题是学习,但是这里所说的学习并不单指读书,掌握一定的知识和技能,更在于品德的修养和磨砺。《学而》篇只有几章是直接谈学习的,大多是记录为人处世、齐家治国等基本的品德。《为政》篇的主题是从政,孔子围绕着仁政德治,论及以德服人,以孝参政,知人举贤,取信于民等,回答了鲁哀公、季康子、孟懿子、孟武伯(鲁国君臣)关于为政的问题和子张"干禄"求仕的问题。《八佾》篇的主题是礼仪,记载了孔子对各种僭礼行为的批评,记载了孔子关于为礼要敬、临丧要哀、君臣相处和君子交往要依礼的主张。《里仁》篇的主题是仁道,强调了选择仁道以自处的重要性;无论环境夷险、遭遇穷通,仁者其心自安,宠辱不惊;无论好人坏人,仁者其心自明,并能真诚正直地表达自己的好恶,而宽容别人;不仁之人,则困境乐境都不能安处久居,所喜所厌亦不能真实好恶。此外,与仁德密切相关的忠恕孝悌,与仁德互相联系的礼义智耻等在《里仁》篇中也有论述。《公冶长》篇中论述的主要内容是孔子对古今人物的评价,如孔子对公孙侨、晏婴、季孙行父、宁俞、伯夷、叔齐等前人的评价,孔子对公冶长、南容、端木赐、冉雍、仲由、冉求、公西赤、颜回、宰予等弟子的评价。《雍也》篇论述的内容可以分为两大部分:第一部分为前十六章,论述的内容为评议人物的贤否得失,如冉雍、颜回、仲由、端木赐、冉求等;第二部分为后十四章,论述的内容为谈论仁、道、智、礼、中庸、圣贤、君子等。《述而》篇主要记录了孔子的志行。孔子之志,多为自述,是孔子的自我评述。孔子之行,大多是弟子对孔子的印象,是弟子对孔子的评价。《泰伯》篇论述的内容主要包括孔子对尧、舜、禹、文武、泰伯的赞颂,记曾子语五章,孔子泛论。《子罕》篇论述的内容主要包括续记孔子之志行,与"述而"篇遥相呼应;孔子勉人为学之言。《乡党》篇主要记载了孔子在朝和闲居时的衣食住行、言谈举止、生活习惯等。《先进》篇主要记述了孔子对学生的评价。《颜渊》篇和《子路》篇内容大同小异,都主要是孔子回答弟子及鲁、卫君臣等之问,而谈求仁、为政、致知、举贤、交友的道理。《宪问》篇中,孔子既对子产、管仲、晋文、齐桓、孟公绰、臧武仲、公孙拔等历史和当时人物进行了评价,同时还对原壤、"阙党童子"等普通百姓进行了评价。另外,孔子还对为人处世之道进行了谈论。在《卫灵公》篇中虽然孔子也对为人处世之道进行了谈论,但谈论较多的是什么样才是君子,并以君子、小人对比,如君子矜而不争,群而不党;君子固穷,小人穷斯滥矣;君子不以言举人,不以人废言;君子求诸己,小人求诸人;君子不可小知而可大受也,小人不可大受而可小知也。《季氏》篇一至三章就当时鲁国政治发议论,其余仍多为君子论。《阳货》篇记载了孔子拒绝出仕以帮助阳货,公山弗扰以费叛而召孔子,费叛以中牟叛而召孔子,孔子意欲前往,将以有为,但终未成行,孔子虽然有经世致用的抱负和才能,但没有适当的机遇,加上本篇载孔子斥乡愿、责鄙夫、批小人、恶郑声,以及"予欲无言"和今不如昔之叹。《微子》篇载微子去国,箕子为奴,比干被杀,柳下惠三黜,鲁国乐官四散,上古逸民隐居,又载齐、鲁不用孔子,接舆、长沮、桀溺、荷蓧丈人等对孔子的批评,则"圣道之不行"的旨意更加明显。《子张》篇记载了孔子去世之后其弟子的言论,反映了孔子学说得以传承光大,特别是子贡赞美孔子的三章内容对孔子进行了极高的评价,这些评价得到了后世的认可,奠定了孔子在历史上的重要地位。《尧曰》篇历叙尧、舜、禹、汤、武王治国平天下之大端,并以孔子知命、知礼、知言之说为结尾,《论语》编定者尊孔之意显而易见。

《论语》集中体现了孔子的思想,他的核心思想是"仁"。在《论语》中一共用了109次"仁",有58个章节谈到"仁",对孔子"仁"的思想可以这样理解:"仁"是孔子思想的核心,后人把孔子的思想概括为"仁学"。孔子认为"仁"就是"爱人"。"爱人"作为"仁"的重要精神内涵具有广泛的适用性,由"爱人"所推导出的一系列思想都深刻体现出孔子对一般社会民众的关注,以及对整个人类社会发展中实现人际间共同和谐发展的关切,这种以博大宽厚的胸怀来爱护民众的精神,是"仁"的一种表现方式,即孔子的民本思想。在如何实行"仁"的问题上,孔子主张要克制自己,恢复"礼治",即"克己复礼为仁"。这里的"礼"就是社会秩序中的行为标准和规范。孔子把"礼"作为行"仁"的规范和目的,使"仁"和"礼"相互为用,这样便建构了一种和谐的共存关系。孔子还主张"推己及人",即"己欲立而立人,己欲达而达人"和"己所不欲,勿施于人"。前者是说:自己要想站得住脚,也要设法让别人站得住脚;自己的事要想行得通,也要设法让别人的事行得通。孔子实质上是在说:在自己谋求生存与发展的同时,也要帮助他人生存与发展。后者是说:自己不想要的东西,就不要强加给别人。"己所不欲,勿施于人"是儒家思想的精华,也是中华民族根深蒂固的信条。

从文学的角度来看,《论语》具有五个特点。第一,《论语》采用了语录体,它或记录孔子的只言片语,或是记录孔子与弟子及时人的对话,呈现出了短小简约的特点,还没有构成单片的、形式完整的篇章。第二,《论语》虽以说理为主,同时也常常抒情。书中在记录孔子及其弟子的言谈时,总是力求如实地反映出他们丰富而复杂的感情,许多文句和章节,带有浓厚的抒情色彩。第三,句法灵活多变,舒展自如。第四,善于将抽象的哲理凝聚于具体的形象之中,使深奥的理论文学同时具有盎然的诗意,让读者得到美的享受。第五,《论语》的语言具有通俗化、口语化的特征。《论语》中的有些文句,简直是现场记录。

总之,《论语》言近旨远、词约义丰,是一部涉及人类生活诸多方面的儒家经典著作,它教给了后人如何为人处世的道理,对当代人具有重要的借鉴意义。《论语》除了在语言艺术以及故事记叙等方面对中国文学史产生了重要的影响,它所首创的语录体也常常被后人所效仿。例如,《论语》出现之后的《孟子》《墨子》《荀子》以及其他一些文章都受到了语录体的极大影响。

第二章　文化视角下的秦汉文学研究

公元前 221 年,秦灭六国,建立起中国历史上第一个中央集权的国家。秦废除分封制,实行郡县制,又在全国范围内"统一法度衡石丈尺,车同轨,书同文字",统一了度量衡和文字,奠定了大一统的基础。公元前 209 年,陈涉起义,秦灭亡。尽管秦只存在了十余年,但大一统帝国及其制度,为后来的汉王朝所继承,并由汉武帝实现了意识形态的统一,形成了中国封建社会的基本面貌。从汉武帝"独尊儒术"到东汉殇帝时期,是儒家思想和大一统政治制度的相互整合、发展时期,其间经过西汉末期帝国的衰败、王莽和光武帝的变故,但儒家思想一直居于社会的绝对统治地位,以儒家思想为主导的传统文化形态正式成立。秦汉时期的文化以政治大一统为基本核心,它从总体上显示出恢弘壮阔的美学特征。士人在认同大一统的过程不断调节自己的心态和行为方式,他们一方面为一个空前盛大的王朝备受鼓舞,以飞扬的气势和瑰丽的文采,来迎合自己的时代;另一方面,他们又不得不从战国士人理想中挣脱出来,调适自己的社会角色,并在迅速边缘化的过程中,抒泄着一个阶层的忧伤和愤懑。这一时期的文学创作突出地反映了时代文化的特点。

第一节　动荡起伏的社会思潮和异彩纷呈的学术文化

秦汉时相继出现的大一统政权,在制度和文化上存在着传承关系,有很多共同点。汉代在加强中央集权制度方面取得新的历史成就,使大一统封建制度得到巩固和发展。在崭新的政治体制下,新生地主阶级表现出虎虎生气,人民群众的创造精神也得到充分发挥,他们在社会经济、政治、思想文化等领域共同建树了不朽的功绩。总的来说,秦汉时期的社会思想颇富宽容性,由此也使得社会思潮动荡起伏,而学术文化精彩纷呈。

一、动荡起伏的社会思潮

(一)秦代"以法为教"的文化传统

从秦国的历史看,"尚法"的思想是有深远传统的,"商鞅变法"是公元前 4 世纪的事,当时就曾使得秦国的"妇人婴儿皆言商君之法"(《战国策·秦策一》)。后来商鞅虽被处死,但"秦法未败"(《韩非子·定法》)。秦国正是在"法治"的基础上飞跃发展,最后统一六国。法家思想无疑在秦人中有深远的影响。但统一六国之后秦朝就不一样了,其他六国之中,除法家思想之外,诸子百家的思想都很活跃,并且战国中后期开始,一方面百家不相水火,另一方面又在互相影响、互相吸收。六国虽灭,六国的各家各派还在。在此基础上,非秦国出身而又身为秦国相父的吕不韦,"集智略之士",编了一部《吕氏春秋》,试图作为统一王朝的治国纲领。这部书是新道家的代表作,它"采儒墨之善,撮名法之要"(《史记·太史公自序》)。但是《吕氏春秋》没有被秦始皇采纳,他欣赏韩非的思想主张,起用李斯实行"法治"。但"法治"推行曾遭到社会乃至朝廷内的非议。社会思潮的多种多样,并且妨碍了当时政令的推行,因而就采取了所谓禁"《诗》《书》百家语"及"以吏为师"等措施。可以说,法家思想在秦代被定为统治的指导思想,因而形成了秦代的严刑峻法。但在整个社会思潮中,它并未形成一统地位。

(二)从推崇"黄老"到"独尊儒术"

道家思想在战国后有很大的发展,形成了老庄和老黄两大派别。汉初所说的道家,主要是黄老道家(新道家),是以《吕氏春秋》的出现为形成标志的,虽然秦始皇没有采纳吕不韦所制定的这一政治纲领,但是也没有株连吕不韦及其宾客。宾客中有道家思想的人大量分散在各地,继续著书立说,或者授徒传学。整个秦代,道家学者的活动有迹可循,汉初许多"善为黄、老言"的老人,都是从秦代过来的。例如《史记·乐毅列传》所记那个曹相国之师盖公、乐臣公,以及其他记载中提到的王生、黄生、司马季主等人,都是在秦时传学授徒的。秦的博士官中有无道家人士,似乎也可以肯定回答,当时具有道家思想的卢生就是博士之一,汉初"四皓"也是秦博士,这几个人或与方士、仙人有关,也与当时的道家思潮密切关联。秦始皇周围充斥着各种思想、各家学说的人,当然也有道家。博士官职掌的"百家语"中,也有道家这一影响甚大的书籍,如《老子》《庄子》以及黄帝书等。《史记·秦始皇本纪》所记刻石文字,也明显地反映了道家思潮的影响。刻石文字中反映道家思想的文字有:"秦圣""体道行德""太平""无极"等。"道""德"两字本来各家都有,但是以道为体、德为用则是道家思想的突出特点,这一点在《韩非子·解老》中解释得很清楚,有"体道""德者道之功""德泽于人民"等的解说,而刻石中"行德""德惠"等正是这样来的,这与儒家学者以"道德"为修养标准绝不相同。刻石中"圣"字不少,歌颂秦始皇的"圣德""圣治""圣烈""圣志",不仅有"大圣""大圣作治"的泛称,而且使用了"秦圣"("秦圣临国")这样的专称。这"圣人""圣治"的思想,几乎是直接从《老子》中来的:"是以圣人抱一为天下式"(二十二章),"一"就是"道",这句话与《老子》三十九章中"侯王得一以为天下正"是同样的意思。虽然秦始皇并未按照《老子》"圣人无为""圣人去甚、去奢、去泰"等要求去做,但称"秦圣"却是按"为天下式"的"圣人"来理解的,是作为一个最高统治者,所以他的"圣德广密,六合之中,被泽无疆",只有《老子》中把"圣人"当最高统治者(《庄子·天道》有"帝王圣人"和"帝王天子"提法)。

可以肯定,"秦圣"的称号,是受道家思想影响的。儒家的"圣人"则主要是指有最高道德的人,而不专指最高统治者。"太平""无极"更是道家思想。这些思想在整个秦始皇时期,看来没有大的变化,"体道行德"在秦始皇二十八年(前219),"秦圣临国""嘉保太平""常治无极"等在秦始皇三十七年(前210)。

从秦始皇的求仙活动也可以看到秦代的道家思潮。秦始皇企求长生不老,对当时已广为流行的仙人、仙药发生浓厚的兴趣,秦始皇二十八年(前219)遣徐市入海求仙人,以后多次派人寻找仙人、仙药,三十一年(前216)以其"寻仙之志,因改腊日嘉平"(《史记·秦始皇本纪》《集解》引《太原真人茅盈内纪》),三十五年(前212)"自谓真人"等。投其所好,"则方士言之不可胜数"(《史记·封禅书》)。言仙人、仙药的方士不可胜数,正是一股强大社会思潮的反映。《史记·封禅书》中还出现了"方仙道"这样的名称,而卢生说始皇对"真人"的描述,与《庄子·大宗师》的语言几乎完全一样。

神仙思想与道家思想开始合流,成为秦代社会思潮中不可忽略的一个内容。

从汉高祖到文帝、景帝,都把主要的注意力放在休养民力方面,在文化领域,实行的是与黄老之学相适应的宽弛政策。从汉开国到武帝即位之初,休养生息,无为而治政策实行几十年,取得了巨大的成果,人民生活得到极大改善。遵用黄老之术导致的文景之治得到了"周云成康,汉言文景,美矣"(《汉书·景帝纪》)的高度历史评价。此时的文化建设,也出现了复兴的势头,学术事业重新受到重视,传习学术渐成风气。到景帝之时,以儒生为主体的知识分子群体已形成很强的势力,有很大的社会影响。武帝即位后,政府有了足够的经济实力去兴造功业,民众经多年休养生息,也具备了承担国家责任的能力。此时,因循守成的黄老之学已不再适合社会需要,开创历史新局面的时代要求,呼唤着新的统治思想。黄老之学中的积极成分主要来自儒家学说,当社会需要更张振作之时,儒家思想便代之而起,把中国历史引向了一个辉煌的新时期。

汉武帝渴望建功立业,积极提倡奋发向上的儒家学说。即位之初就改变了"不任儒者"的政策,任命好儒术的窦婴为丞相,田蚡为太尉,赵绾为御史大夫,主持政府重要部门。又礼请著名儒生申培公入朝,认真咨询儒家礼制等方面的问题。建元六年(前135)尊崇黄老的窦太后病逝,武帝完全掌握执政权,加快了崇儒的步伐。儒学地位空前提高,改变了学术发展的方向。

为了解除人们的思想疑虑,牢固树立起适应大一统政治的权威思想,武帝多次与贤良方正们就治国统治思想问题展开讨论。大儒董仲舒在对策中论述德教是致治的关键:"圣王已没,而子孙长久安宁数百岁,此皆礼乐教化之功也。……古之王者明于此,是故南面而治天下,莫不以教化为大务。立大学以教于国,设庠序以化于邑,渐民以仁,摩民以谊,节民以礼,故其刑罚甚轻而禁不犯者,教化行而习俗美也。"(《资治通鉴·汉纪九》)他博引古今、有理有力的论证深深打动了踌躇满志,正欲大举更张的汉武帝。董仲舒指出大一统是宇宙的普遍法则,可是没有统一的思想与之适应,统治者就无法保持一统的局面;法令、政策、制度经常改变,难以遵循,也会导致社会不稳定。汉武帝采纳了这个建议,实行"罢黜百家,独尊儒术"的文化政策。将儒学正式定为官方政治学说,实现了政治统治思想的转换。中国两千余年封建社会的基本思想基础由此奠定。武帝"卓然罢黜百家,表章六经",为开创新的历史局面奠定了坚实的思想基础。

儒学地位提高后,由于自身学术的发展,及禄利之路的刺激等,内部的派别斗争逐渐激烈起来,影响了作用的发挥,满足不了社会对它提出的更高要求。因此,宣帝亲自主持召开了石渠阁经学会议。会议缓解了儒学的内部矛盾,加强了儒学与封建政治的联系。

从成帝河平三年(前26)开始,西汉政府在广求天下图书的基础上,对国家藏书进行了一次大规模的整理工作。刘向、刘歆父子相继主持此项事业,使许多古代典籍得以保留,不但对以往学术作了系统清理工作,促进了当时学术发展,而且开创了历史文献学的基本规模,在中国文化史上建树了不朽的功绩。

西汉末期,在儒学宗教化气氛下,谶纬形成一股社会思潮。它的兴起,固然由于方士化儒生望风希旨,要世取资,更重要的是没落统治者大力提倡,用作思想武器。王莽篡汉时谶纬发挥了重要作用,光武帝建立东汉政权,也利用了谶纬这一工具。

经过王莽之乱到光武帝重建大一统政权这一从动荡到整合的过程,人们对历史与现实的看法较前更加丰富,统治者对政权建设也有了新认识,于是对官方统治思想——儒家学说理解与阐释的分歧再次突出起来。说到底,经义歧义的根本是对封建政治理解的不同,因此,修补、充实董仲舒的新儒家学说,进一步确立与大一统制度相适应的意识形态,成为东汉初期统治者迫切需要解决的问题。汉章帝下诏让政府文化官员及诸儒在白虎观讨论五经异同,形成一部新的儒家法典——《白虎通义》。它依据儒家经典展开论述,掺杂了大量谶纬神学内容,宗旨是论证现存封建社会的合理性,中心内容是对大一统国家制度的阐述。书中进一步强调君主的独尊地位,把五行学说与封建伦理紧密结合起来,确立三纲六纪的等级秩序,产生了相当大的社会历史影响。

董仲舒的"独尊儒术",并不只是孔子的思想,而是融进了法家和阴阳家等其他学派的思想。只是,讲求思想上的统一,即只尊重儒家的学说。儒家思想的主导地位由此确定,并进一步推而广之,成为整个封建社会的主导思想。

(三)汉末社会思潮嬗变

汉末社会思潮的嬗变,主要体现在经学的衰落和清谈之风的兴起。

汉代经学的发展,到章帝白虎观会议时达到顶峰。汉朝为了私有天下,不但在政治、经济上巩固其统治,而且在思想上统制人民。当时经学,成为用以统制思想言论的工具。故学术定于一尊之后,经学便成为追求利禄的捷径,儒学成了正宗犹如政权成了正统。当时经学分成经今文学派与经古文学派。它们之间之争,实质上是取得了正统地位与未取得正统地位的儒学派别之争,也就是利禄之争。刘歆的《移书让太常博士》,为两学派公开论争之始。新莽篡位,崇尚古文,东汉兴起,废黜莽制,故东汉设立五经博士,仍沿西汉之旧,因而经今文学派,仍处于优势地位。

豪族地主势力是东汉政权的支柱,而它本身又分裂为不同的集团,包括皇族集团、外戚集团、宦官集团、关陇集团、儒学集团等。各豪族集团共同压迫剥削农民,共同反对庶族地主。不同豪族集团又各有特殊利益,互相发生不可调和的矛盾,围绕着争夺权力的斗争,不同集团相互结合而又分离,个别分子依违动摇于不同集团的现象更是随时出现。

和帝以下历代东汉皇帝都是短命夭折,下一代皇帝都是幼年即位。这些小皇帝往往由外戚拥立,实际权力都落到外戚集团手中,皇帝成为外戚的工具。当小皇帝成年之后,为了摆脱外戚控制,又往往依靠宦官势力消灭外戚权臣。这样,实权又落入宦官手中,皇帝又成为宦官的工具。东汉后期,外戚与宦官两个集团交替掌握政权,皇权成为他们争夺的对象。在这种统治阶级内部纷争的影响下,东汉政权日益腐败,走向分崩离析。

东汉实行察举、征辟制度,被举、辟的士人便成为举主、府主的门生、故吏,相互结成封建宗法式的政治关系。由于提倡经学,东汉还形成一些累世治经的豪强家族,有的甚至累世皆为公卿。这是官僚集团的主要来源。官僚集团在东汉后期也是一股政治力量,但没有像外戚、宦官那样成为争夺皇权的主力。

安帝、顺帝时相继扩充太学,笼络儒生,顺帝时太学生多至3万余人。地方的郡国学和精舍(私人学校)学生数量更多。太学生多出自豪族家庭,他们本来与官僚集团有千丝万缕的联系,又是官僚队伍的后备军,自然与官僚集团的政治态度一致。

在这样的背景下,官僚士大夫中出现了清议之风,从品评人物发展到议论国事,对东汉后期政治产生了巨大影响。太学很自然成为清议的中心,而善于清议的人被视为天下名士。当时窦武、刘淑、陈蕃被标榜为一代宗师,号称"三君";李膺等八人被标榜为人中英杰,号称"八俊";郭太等八人被标榜为道德楷模,号称"八顾";张俭等八人被标榜为引导他人追随宗师的人,号称"八及";度尚等八人被标榜为能以财救人,号称"八厨"。这种品评实际上只是官僚集团的"公论"。

当时的太学生受到风起云涌的农民起义的震动,深感东汉王朝有崩溃的危险。他们认为外戚、宦官的黑暗统治是导致政权危机的主要原因,力图通过清议反对外戚特别是宦官势力,以挽救东汉统治。属于"三君"之一的陈蕃和属于"八俊"的李膺、王畅受到太学生的特别推崇。清议主要攻击宦官势力,引起宦官集团的反击。宦官势力诬告清议人物"共为部党,诽讪朝廷""共为部党,图危社稷"(《后汉书·党锢列传序》),引起最高统治者的震怒,东汉统治者于是大肆镇压,这就酿成桓帝延熹九年(166)和灵帝建宁二年(169)迫害"党人"的事件,即有名的"党锢之祸"。两次"党锢"延续18年之久,大批官僚、士人遭到迫害,直到黄巾起义发生后,"党人"才被赦免。

二、异彩纷呈的学术文化

秦汉两代的学术文化,异彩纷呈,如兵学有所建树,史学逐渐成熟,流行起了谶纬。不过,突出的是经学成为主流,今古文之争也异常激烈。

孔子以后,古来相传的《易》《书》《诗》《礼》《乐》《春秋》等著作逐渐被人们视为基本经典,称六经,或六艺。儒家还把六经(其中《乐》有目无书,或说其书久已失传,因而也称五经)的创作及整理权垄断过来,说它们是先王的旧典,经孔子整理才流传下来。汉代,五经取得了官方认可的法定权威地位,对它们的传习研究也形成专门学问。作为古代基本经典,五经对中国历史产生了决定性的影响,经学也理所当然成为传统学术的核心。

汉代是经学的正式形成时期,汉武帝独尊儒术后,经学成为显学,得到很大发展。虽然由于天人感应学说的影响和利禄之路的诱引,出现了神秘化和一经说至百余万言的烦琐化倾向,其成绩还是应该肯定的。首先,今文学派和古文学派,对于儒家经典的阐释与研究都取得了相当大的成就,为后人研习提供了基本可靠的底本和基本可信的初步解说,奠定了经学的基础。其次,经学与现时政治紧密相关,开创了通经致用的治学传统,决定了中国学术的根本方向。

汉代的经学在流传过程中,出现今古文之争。所谓今文经,是指用汉代通用的隶书写下的经典;古文经,则是用秦汉以前通行的古文大篆写下的经典。大体说来,今文经学继承先秦诸子遗风,欲以其道术经纬天下,主张通经致用。他们注重对微言大义的阐释,讲述的重点是历史哲学和政治哲学。古文经学在章句训诂典章名物上多所用心,重历史而不重哲学,倾向于承担保存与传布文献的责任。他们各得一端,为谁得儒学真传的问题展开了论争。这一论争从西汉末年开始,延续到清朝末年,直到现在学界仍有不同的看法。

汉代今古文的争论,史书上明白记载的有四次。

哀帝以前,立在学官的《五经》及各家学说,都是今文。刘歆在校理国家图书时,发现了一些古文经传,建议立《左氏春秋》《毛诗》逸《礼》古文《尚书》于学官。哀帝令刘歆与五经博士讨论,诸博士不愿理睬。刘歆请求丞相孔光支持,孔光又不肯。刘歆便写了一封《移让太常博士书》,申明自己的见解。信中论述:今文经传经秦火之后,已残缺不全,而且有的著作虽由经师口耳相传后成书,毕竟不如当时笔录之书可信。古文经传或出于孔子宅壁(古文《尚书》、逸《礼》),或作者亲见孔子(《左氏春秋》),都信而有征。这封信因否定了当时经学传承家法,引起诸儒怨恨。名儒光禄大夫龚胜愤而上书辞职,大司空师丹奏告刘歆改乱旧章,非毁先帝所立。刘歆在强大的压力下,自求外放,出为河内太守,古文经传自然不得立于学官。王莽篡汉,刘歆以佐命之功被立为国师,因为古文经适应王莽改制的需要,上述四部经典才被立为学官。这是第一次争论。

王莽倒台,古文博士随之废除,但古文经的地位已有所上升。东汉光武帝时尚书令韩歆上奏,请立《费氏易》《左氏春秋》博士。建武四年(28)正月,光武帝令公卿、大夫、博士等于云台讨论此事。今文学家范升认为:"《左氏》不祖于孔子,而出于丘明,师徒相传,又无其人,且非先帝所存,无因得立。"韩歆、许淑等与之辩论。会后,范升又上奏,言"《左氏》之失凡十四事",指出如立《左传》博士,将造成"五经奇异,并复求立,各有所执,乖戾分争"的局面。古文学家陈元闻之,诣阙上疏与之争。两人又反复辩论十余次,最后光武帝决定立《左氏》博士。此举引得诸儒议论纷纷,正赶上博士人选李封病故,《左氏》复废。这是第二次争论。

此后,信仰古文学的人渐渐多起来,连一些今文经师也颇涉猎古文学,今古文之争也深入对各自短长的比较上来。章帝建初元年(76),古文家贾逵承帝命条奏《左传》大义长于《公羊》《谷梁》二传者;又言今古文《尚书》同异,成书三卷,撰齐、鲁、韩三家《诗》与《毛诗》同异。今文家李育尝读《左传》,虽乐其文采,但以为其不得圣人意,且多引图谶,不合理义,作《难左氏义》四十一事。建初四年(79)召开白虎观经学会议时,贾、李又就此展开辩论,二人"往返皆有理证"。这是第三次争论。

第四次争论发生于东汉末年。当时兼通今古文的学者日多,两大学派的调和倾向已很明显。《公羊》学大师何休与其师博士羊弼追述李育之意,作《公羊墨守》《左氏膏肓》《谷梁废疾》,以伸《公羊》之义,而绌《左》《谷》二传。他所攻击的已不局限于古文。郑玄作为经学的集大成者,乃作《发墨守》《针膏肓》《起废疾》,以难之。何休见其书,慨叹:"康成(郑玄字)入吾室,操吾矛,以伐我乎!"

郑玄集今古文学于一体,对汉代儒学进行了一番总结性的研究,形成所谓郑学。郑学起而经今古文之争暂息,儒学随之发生变化。

第二节　从民间巷陌走到文人案头的诗歌

秦汉时期,辞赋和散文首先发展起来,相对来说诗坛比较冷落,一直到汉乐府诗和文人五言诗的出现,诗歌才重新迸发出新的生命力。两汉时期,乐府诗作为一种来自民间巷陌可以演唱的新诗体,以其娴熟巧妙的叙事手法、丰富多彩的艺术画面、灵活多样的诗歌样式,真实、全面、深刻地反映了汉代的社会面貌,成为中国古代诗歌的新范本;而东汉文人诗的出现则更新了诗歌的样式,使五言诗成为一种具有独特审美个性的艺术形式,并对后世诗歌的发展和创新产生了深远的影响。

一、乐府及乐府诗

《诗经》是经过周代乐官整理的。到了秦汉,也出现了管理乐官、整理音乐的官署,叫乐府。

1977 年出土的秦错金甬钟,钟柄上刻有"乐府"二字,可见秦朝已经有乐府机构。这说明汉代乐府是继承秦制而来的。汉初惠帝时已有乐府令,武帝扩大了乐府的建制与职能。西汉末哀帝登基(前 6)后,下诏罢乐府官,汉代再无乐府建制。到东汉,黄门鼓吹署为天子群臣宴乐提供歌诗,实际也就是起到了西汉乐府的作用。东汉的乐府诗也主要是由黄门鼓吹署收集、演唱,并由此得以保存。

乐府的任务主要有三个:一是管理乐工。据《汉书·百官公卿表》记载,武帝时,乐府由汉初的一令一丞,改为一令三丞,由他们负责招募、培训、组织乐工。至成帝时,乐府的人员已有八百余人,成为一个规模庞大的音乐机构。二是采集民歌。这一方面继承了先秦时期民歌采集制度,通过收集民歌"观风俗,知薄厚",了解民情;另一方面也在于汉代音乐人才缺乏,雅乐已经失传,只能通过采集民歌来丰富乐府的曲目。三是协律作歌。他们除了将民歌整理出来供朝廷演奏使用之外,有时也将帝王、贵族和文士创作的诗篇制曲配乐,组织乐工演唱,服务于朝廷的祭祀、朝会、燕享等场合的娱乐需要。

经过汉代乐府采集和整理的民歌很多。《汉书·艺文志》说:

> 自孝武立乐府而采歌谣,于是有代、赵之讴。秦、楚之风,皆感于哀乐,缘事而发,亦可以观风俗,知薄厚云。

它收录了 314 篇歌诗,如吴、楚、汝南歌诗 15 篇,雁门、云中、陇西歌诗 9 篇等,此外还有邯郸、河间、齐郑、淮南、左冯翊、京兆尹、河东蒲、洛阳、河南、南郡等地的歌诗。这说明汉乐府所收集整理的民歌地域之广,又说明当时把这些可以演唱的民歌叫歌诗。且这些歌诗都是有旋律、曲调,可以歌唱的。因此,后代也将这些汉代的民歌称为汉乐府。但是,这些收集整理的歌诗大部分都已经散失了。到了南朝时期,沈约在编著《宋书·乐志》时,开始辑录汉乐府民歌。此后,徐陵的《玉台新咏》、隋代王僧虔的《伎录》和智匠的《古今乐录》以及唐代吴兢的《乐府古题要解》、宋代郑樵的《通志·乐略》等都收录了一些汉乐府民歌,但收集最完备的还是宋代郭茂倩的《乐府诗集》,其中汉乐府主要保存在"郊庙歌辞""相和歌辞""鼓吹曲辞"和"杂曲歌辞"中,尤以"相和歌辞"为多。《乐府诗集》还另有八大类,则多收录汉代到唐代的各类乐府诗。

汉乐府诗歌的内容非常广泛,都是"感于哀乐,缘事而发"的作品。这里所说的"事",包括故事、政事、职事、民事。如刘兰芝和焦仲卿的故事、秦罗敷抵制太守调戏的故事,如郊庙祭祀、朝会用乐,如歌颂雁门太守忠于职守,描写从军老人回乡,如孤儿行贾、男女相恋等,这些各个阶层日常发生的事情都可以作为乐府诗歌的题材。这里所说的哀乐,正是反映了各阶层的欢乐、痛苦、哀怨和愤怒。

有些乐府诗叙述的是平民百姓悲惨的生活景象。《平陵东》就是写强盗和官府勾结劫持善良的义公,要他卖牛犊来交罚款。《妇病行》则写一个平民家庭妻死儿幼、丈夫和孤儿饥寒交迫的悲惨生活。《孤儿行》写一个孤儿受到兄嫂的虐待,不仅要外出贩卖东西,还要在家做饭、养马、挑水、养蚕、种瓜。他头上生虮虱,满脸皆尘土,手足满是裂痕,冬无夹袄,夏无单衣,过着牛马不如的生活。但他还不敢跟兄嫂说一声苦,只能暗中落泪,感叹自己生不如死。有写贫病交困而难以生存的,如《艳歌行》写"兄弟两三人,流宕在他县。故衣谁当补? 新衣谁当绽?"该诗叙述了主人公受尽屈辱,虽终年劳作,却衣不蔽体,深深地感到"远行不如归"。《东门行》叙述了一个市民不甘食无米、穿无衣的生活,不顾妻子的劝告,铤而走险踏上了反抗的道路。

　　还有的乐府诗描写战争、徭役给人民带来的痛苦。例如,《战城南》用乞乌招魂的方式写了战争的惨烈以及将士的悲壮,气氛凝重;《十五从军征》则叙述了一个十五从军、八十退役的老兵无家可归的悲惨景象。还有写贵族富豪们的荒淫奢侈,如《相逢行》写一个侍郎的家庭,其黄金为门、白玉为堂、堂上置酒、名倡演唱、两妇织锦、小妇调瑟。再如,《长安有狭斜行》写兄长二人是官吏,弟弟则在京城卖官鬻爵,骄横跋扈。

　　男女爱情一直是历代民歌最具有青春气息和艺术活力的题材,汉乐府也不例外,而且占了很大的比重。其中既有写相亲相爱的海誓山盟,如《上邪》：

　　　　上邪！我欲与君相知,长命无绝衰。山无陵,江水为竭,冬雷震震,夏雨雪,天地合,乃敢与君绝!

　　《上邪》列举了五种极难出现的自然现象,来表白自己对爱情坚贞不移。也有写男女的相思与哀愁的,如《客从远方来》等;还有写失恋的痛苦,如《有所思》;也有写遭到遗弃而毅然决绝的,如《白头吟》;还有写男女离婚后相逢的情景的,如《上山采蘼芜》等。

　　两汉乐府诗还表达了强烈的乐生恶死愿望。乐生和恶死是紧紧联系在一起的,是一个问题的两个侧面,两汉乐府诗人将人们对死亡的厌恶之情坦率地传达出来,同时又以虚幻的形式把乐生愿望寄托在与神灵的沟通上,如郊祀歌《日出入》：

　　　　日出入安穷,时世不与人同。

　　　　故春非我春,夏非我夏,秋非我秋,冬非我冬。

　　　　泊如四海之池,遍观是邪谓何?

　　　　吾知所乐,独乐六龙。

　　　　六龙之调,使我心若。訾,黄其何不徕下！

　　这首诗由太阳的升降联想到人的个体寿命。太阳每天东出西入,永远没有穷尽。然而,人的个体生命却是有限的,生为出,死为入,一出一入便走完了人生,从而和反复出入、永恒存在的太阳形成鲜明对比。于是,作者大胆地想象,太阳之所以成为永恒的存在物,是因为它在另一个世界运行,那里一年四季的时间坐标不同于人世间。诗人期待可以驾驭六龙在天国遨游,驮载神马进入太阳运行的世界。

　　由于汉乐府是"缘事而发"的,因而诗歌极其重视叙事性。它常常通过故事情节来塑造人物形象,语言朴实自然,具有一定的浪漫色彩。最能体现这些艺术特征的是《陌上桑》和《孔雀东南飞》。

　　《陌上桑》写一位坐着高车的太守,在路上看到一位采桑女子秦罗敷貌美,上前搭话,被罗敷拒绝的故事。它既写出了罗敷的美丽、机智和应答的得体,也嘲讽了太守的轻佻与无耻。

　　《孔雀东南飞》主人公刘兰芝因为婆母过于挑剔,难以在焦家生活下去,被遣归娘家,但她与丈夫焦仲卿的关系很好,二人话别时立誓互不相负。刘兰芝回家后,县令、太守纷纷前来提婚,她的兄长答应了婚事。焦仲卿闻讯来见刘兰芝,两人相约同死。在新婚当天,刘兰芝投池自尽,焦仲卿也上吊自缢。二人死后被合葬,魂魄化为鸳鸯,相向而鸣,永不分离。这首诗塑造了刘兰芝勤劳、美丽、刚烈的形象,为了自己的尊严,为了自己爱情的纯洁而与命运抗争。她宁为玉碎不为瓦全的精神,千百年来感染了无数的读者。《孔雀东南飞》形成的建安时期,正是乐府民歌发生转变的时期。汉乐府民歌最初是来自民间的,由于这种艺术形式长时间地存在,必然会引起文人的注意,所以有很多文人模仿乐府民歌进行创作。建安时期,这种模仿开始成为一种潮流。曹氏父子就是其中突出的代表。建安以后,也有许多诗人继续写作乐府诗,他们从汉乐府中寻找素材和灵感,不断拓展汉乐府的艺术容量。例如,六朝陆机、潘岳、萧纲、沈约、徐陵、陈后主等人都有拟乐府,而鲍照则在拟乐府的过程中开始更新诗体,又经过许多人努力,促成了歌行体的出现。到了唐朝,杜甫创作新题乐府,而张籍、王建、白居易、李绅等人创作乐府诗,则只是发扬乐府"感于哀乐,缘事而发"的精神,在题目、内容、形式上已经与汉乐府差异很大了。

由此可见,乐府不仅是一个音乐机构。而且还是一种诗歌体裁,最初专指汉代乐府民歌,后来扩展到汉魏六朝模拟、仿写的乐府诗,而变为一类诗歌的称呼。唐代诗人用乐府称名他们的讽喻诗,是侧重表明他们对汉乐府"缘事"精神的继承,乐府在这时被作为一种文学精神加以提倡。到了宋代以后,由于词、散曲、剧曲,有时也被称为"乐府",但这些"乐府",除了配乐演唱的方式与汉乐府有点类似外,其他方面与汉乐府的关系已经很疏远了。

二、文人诗

文人诗与民歌是有区别的:第一,文人诗是文人的个人创作,它有别于民歌的因传唱而日益完善;第二,文人诗的构思意识更加鲜明,具有鲜明的个性特征,这与民歌"饥者歌其食,劳者歌其事"的自发性不同;最后,汉魏之际的文人诗多数是没有音乐形式的,这与民歌的合乐而歌的传播方式是有区别的。因此,文人诗的兴起,从一定意义上说,是把诗歌从音乐中解放了出来,使之成为一种具有独特审美个性的艺术形式。汉魏文人诗的出现,经历了一个漫长的积累过程。从周代尹吉甫作《大雅·崧高》、"家父"作《小雅·节南山》、"寺人孟子"作《小雅·巷伯》与屈原作《九歌》等,许多文士都进行了大量的文学创作。但这些作品更多的是对民歌的模仿,也就是说采用民歌的形式,用合乐演唱的方式来传播,因而个性化的色彩较为薄弱。但这种创作越来越多,到了东汉,随着辞赋将朗诵作为一种新的传播方式推广开来,有些文人开始尝试着创作用于诵读而不是歌唱的五言诗,从而使文人诗得以发展起来。

秦汉时期的文人诗,有楚歌、四言诗、五言诗、七言诗。

(一)楚歌

从汉代楚歌的发展可以窥见汉代文人诗的兴起和发展过程。楚歌即用楚地方言歌唱、楚地音乐伴奏的楚地的风土歌谣,带有鲜明的楚文化色彩,多在隔句末尾缀以"思"或"兮"字,在汉代宫廷颇为流行。比如汉高祖刘邦的《大风歌》,汉武帝刘彻的《秋风辞》,乌孙公主细君的《悲秋歌》等。综观汉代楚歌的创作状况,可以发现,两汉楚歌作品并不多,但有很多出于文人之手,就这些个人自主抒情创作的作品来说,西汉时期的楚歌以宫廷之作居多,大多抒发个人的抑郁之情,感叹命运的无常,预示着文学新主题的发展,格调和形式保持了比较原始的楚歌形态,代表作品有《大风歌》《秋风辞》等;东汉时期的楚歌创作主要是赋作中的歌词以及琴曲歌词,咏唱内容开始转向关注社会,诗人们批判现实,表达对现实的不满,格调和形式显示出向新诗体,即五言诗体、七言诗体过渡的形态,代表作品有梁鸿《适吴诗》,班固的《白雉诗》等。另外还有一些庙堂歌诗,主要是歌功颂德,缺乏真情实感。

从楚歌的发展来看,它还是一种比较原始的文学形式,诗乐舞不分。但在长期的演化过程中,楚歌歌词创作也逐渐脱离歌曲而成为独立的语言艺术创作,表现出一种辞赋化和诗化。首先，由于楚歌歌词与楚辞类似，又因为汉朝辞赋兴盛，因为文人楚歌体创作的发展便向着辞赋化发展。其次，由于楚歌本身的特点，文人多用来抒发悲思伤感，成为言志抒怀的一种特征的体裁，因而又趋于抒情诗化，与骚体诗相似。这一点，从后世把一些楚歌称为"诗"也可以看出来。楚歌在发展到一定阶段后，已经成为一种独特的诗歌艺术。

（二）四言诗

四言诗在汉代有着正统雅诗的地位，因而在五言诗确立统治地位以前，有很多文人创作四言诗。汉代文人创作的四言诗是以《诗经》为典范的，一般分为两种：一种属于歌功颂德的庙堂诗歌，近似于《诗经》中的大雅和颂，如司马相如《封禅颂》和《郊祀歌》中的部分作品等；另一种是怨刺之诗，近似于《诗经》中的小雅，如韦孟《讽谏诗》，傅毅的《迪志诗》等。两汉四言诗虽然没有五言诗的成就大，但也经历了一个衰微和复苏的阶段。

随着历史发展，到了东汉后期，儒学衰微，儒家思想文化的统治有所松动，传统雅正的诗歌艺术观念有所改变，并且传统的四言诗体也在音节上发生了一些变化，形成了以双音节词为主的韵语句法。于是四言诗也开始摆脱桎梏，逐渐复苏，出现了许多内容真实、形式活泼、语言优美的四言诗，如朱穆《与刘伯宗绝交诗》，仲长统的《见志诗》等。这些诗开拓了四言诗的新境界，给予四言诗新的意义。这里重点说朱穆的《与刘伯宗绝交诗》和仲长统的《述志诗》。

朱穆（100—165），字公叔，后汉南阳宛（今河南南阳）人。桓帝时，官至冀州刺史，为人刚正不阿。其《绝交诗》云：

> 北山有鸱，不洁其翼。
>
> 飞不正向，寝不定息。
>
> 饥则木揽，饱则泥伏。
>
> 饕餮贪污，臭腐是食。
>
> 填肠满嗉，嗜欲无极。
>
> 长鸣呼凤，谓凤无德。
>
> 凤之所趋，与子异域。
>
> 永从此诀，各自努力。

诗中，朱穆将富贵骄奢的刘伯宗比作北山的鸱，而自比为凤鸟，表现了他对权贵的蔑视。

仲长统（179—220），字公理，山阳郡高平（今山东省微山县两城镇）人。仲长统因有志不达，怀才不遇，愤世嫉俗，乃作《述志诗》二首以明志。诗表现了他对现实的愤慨，对儒家传统思想的不满，是汉末社会震荡、儒学衰微时期士人苦闷彷徨的写照。其第二首说：

> 大道虽遗，见几者寡。
>
> 任意无非，适物无可。
>
> 古来绕绕，委曲如琐。
>
> 百虑何为，至要在我。
>
> 寄愁天上，埋忧地下。
>
> 叛散《五经》，灭弃《风雅》。
>
> 百家杂碎，请用从火。

抗志西山,游心海左。

元气为舟,微风为舵。

翱翔大清,纵意容冶。

作品所描写的"抗志西山,游心海左"的高大的抒情主人公的自我形象,正是作者鄙视尘俗的反抗精神的表现。

(三)五言诗

五言诗是汉代以后中国古代诗歌史上最主要的体裁之一,因而汉代文人诗歌最重要的成就就是确立一种新的诗歌样式——五言诗。

五言诗产生于民间。远古时期,二言与三言句式的联合就成为五言的形式。例如《诗经》中的《召南·行露》《小雅·北山》等,即有了五言的雏形。秦代出现的民谣《长城歌》:生男慎勿举,生女哺用脯。不见长城下,尸骸相支拄。它已经采用五言诗作为形式。

随着时间的推移,汉乐府中五言歌谣越来越多。由于五言诗采用二言三言组合的方式,一个句子本身可以形成一个独立的叙述单元,不需要像《诗经》四言和"楚辞"那样,需要两个句式上下相抗、前后呼应才能说明一件事情,因而增加了诗歌的叙述容量,而且在同样对举的两个句式中,它既可以采用对偶来渲染场面,也可以直接叙述,形成流畅而自如的叙述风格。因而这种五言诗一出现,便以参差错落、表述便捷得到了人们的喜爱。

五言诗的发展也有一个长期的过程。早在汉代以前,《诗经》、楚辞中就已经有零散的五言诗句了,但是直到汉代,才有了非常接近五言诗的作品,如汉武帝时期李延年所作的歌:"北方有佳人,绝世而独立。一顾倾人城,再顾倾人国。宁不知倾城与倾国,佳人难再得。"西汉时,民间五言歌谣已经比较流行了,例如《汉书·贡禹传》中记载汉武帝时的民谣:"何以孝悌为? 财多而光荣。何以礼仪为? 史书而仕宦。何以谨慎为? 勇猛而临官。"因而在西汉乐府诗中,也能看到一些五言体,不过至今为止没有确切的资料证明有西汉文人五言诗,五言诗在西汉也始终没能成为通行的文学样式。

西汉后期,当五言诗在民间崛起的时候,文人写诗却仍然用着四言体和楚歌体,他们把五言体视为"俗调",认为五言只用于"俳谐倡乐","雅音之韵,四言为正,其余虽备曲折之体而非音之正也"(挚虞《文章流别论》)。但是,随着历史的发展,五言诗越来越显示出其想表达新的思想感情,适应新的语言状况,满足新的审美要求的优势。比起四言诗,它虽然每句只多了一个字,但却具备了更大的弹性,可以更方便地容纳双音词和单音词,解决了双音词和单音词配合的问题。它的"二三"节奏,有奇有偶,变化多端,圆转流走,更富于韵律美。因而,比起楚歌和四言体,五言体的优点更多,更适宜时代的发展。

东汉时期,五言歌谣继续产生,东汉乐府中的五言体已经占据主要地位。随着民歌的流传,新鲜活泼、富于表现力的五言体逐渐引起文人们的注意。东汉初年,终于开始出现文人创作的五言诗。真正意义上的文人诗创作一般认为始自班固的《咏史》。此前的文人创作,还是以歌诗的形式出现,带有明显的民歌痕迹。《咏史》是一首叙事诗,叙述的是发生在汉文帝十三年(前167)缇萦救父的故事。此后,张衡创作了《同声歌》。全诗用新婚女子自述的口吻,写了新婚之夜的胆怯之情、勤劳品德和深沉爱意。他的《四愁诗》改造骚体而成七言诗,每章首句还残留着"兮"字,其余则都是标准的七言句式。班固和张衡对五言诗、七言诗的改造,极大地提升了这两种诗体的艺术品位,使更多的文人采用这些新的诗体进行创作。因而到东汉后期,文人五言诗的创作就逐渐繁荣并成熟了起来。

辛延年的《羽林郎》虽然被《乐府诗集》收入"杂曲歌辞",但这首应该属于文人诗,至多也是模仿民歌而创作的五言诗。这首诗叙述的是卖酒的胡女拒绝西汉大将军霍光的家奴金吾子调笑的故事,颂扬了胡女不慕富贵、不畏权势的精神。诗歌条理分明,多用排偶句,叙述模式和过程与《陌上桑》很类似。东汉末期的秦嘉和他的妻子徐淑有多篇赠答的诗文,这些诗文记述了他们之间的离别相思之情。秦嘉有四言诗《述昏》、五言诗《赠妇诗》,徐淑有《答秦嘉诗》等,每一篇都写得缠绵悱恻。

除了上述有作者姓名的诗,还有一批无名氏的古诗。

这些古诗,据钟嵘《诗品》说,有"陆机所拟十四首","其外《去者日已疏》四十五首",总数至少也有五十九首。今存者尚有:《文选》所载《古诗十九首》,李陵《与苏武诗》三首,《苏子卿诗》四首,《玉台新咏》卷一所载《古诗八首》中的《四座且莫喧》《悲与亲友别》《穆穆清风至》《兰若生春阳》四首,《古诗类苑》所载《橘柚垂华实》《新树蕙兰葩》《步出城东门》三首,《古文苑》所载李陵《录别诗》八首,苏武《答李陵诗》三首,《古文苑》所载孔融《杂诗》二首(据逯钦立《先秦汉魏晋南北朝诗》一书考证,此二诗应属李陵《录别诗》)。据上述记载,今存完整的古诗尚有四十六首。经古今学者考证,这些诗内容风格相近,大抵都产生于东汉末年桓、灵之世的下层文人之手,已是很成熟的文人五言诗。这些古诗中,成就最高、最能代表汉代文人五言诗成就的是《古诗十九首》。

现在一般研究者认为,《古诗十九首》非一时一人之作,约产生于东汉末年桓、灵之世,其作者姓名已佚。其内容主要是反映当时中下层士人的生活和思想感情,思想比较复杂,大抵可分为下列两类。

一类是写游子思妇的相思离别之苦。

东汉末年,外戚宦官相继把持朝政,士人的队伍也迅速扩大,太学生发展到三万余人,士人入仕的路子越来越窄。他们不得不离乡背井,或投奔权贵,或进谒州郡,以图谋取一官半职。这就是这些游子思妇之诗产生的社会背景。加上这些士人文化修养较高,诗都写得缠绵婉转,真切动人。

如《行行重行行》一诗,就将思妇对久别不归的丈夫的思念与怨情写得非常细腻。该诗云:

> 行行重行行,与君生别离。
> 相去万余里,各在天一涯。
> 道路阻且长,会面安可知?
> 胡马依北风,越鸟巢南枝。
> 相去日已远,衣带日已缓。
> 浮云蔽白日,游子不顾反。
> 思君令人老,岁月忽已晚。
> 弃捐勿复道,努力加餐饭。

首二句追叙初别,直抒哀怨的起因,抚今追昔,笼罩全篇。"相去万余里"六句申言路远难会,并用胡马越鸟为喻,责备丈夫不知留恋家乡,用比兴手法,写出她的一片怨情。"相去日已远"六句承上转入写自己思念之深,蹉跎岁月之苦,"浮云蔽白日"喻有所惑,"游子不顾反"点出负心,更表露出她的怨意。末二句一笔带转,以勉强宽慰自己作结。这种强解正写出她无可奈何的怨情之深。诗歌用浅近无华的语言,委曲尽致地写出了这个思妇的相思与牵挂。全诗没有出现"怨"字,但她对丈夫久出不归的一片怨情却渗透纸背。

《古诗十九首》写游子思妇内容的诗还有《明月何皎皎》《青青河畔草》《去者日已疏》《凛凛岁云暮》《孟冬寒气至》《客从远方来》。此外,《涉江采芙蓉》《庭中有奇树》写对亲人的思念,也可归入此类。

另一类是写追求功名富贵的强烈愿望与仕途失意的苦闷哀愁。

中国封建士人的奋斗目标就是"学而优则仕",这时期的士人也是如此。《古诗十九首》唱出了他们的这种强烈愿望:"人生非金石,岂能长寿考?奄忽随物化,荣名以为宝"(《回车驾言迈》);"何不策高足,先据要路津。无为守贫贱,轗轲长苦辛"(《今日良宴会》);追求荣名、难耐贫贱的愿望表现得非常坦率。但当时政治黑暗,仕途阻滞,因此,《古诗十九首》中充满了士人沉沦失意的哀愁和对世态炎凉的愤懑。他们感叹知音难遇:"不惜歌者苦,但伤知音稀。愿为双鸿鹄,奋翅起高飞"(《西北有高楼》),在那你争我夺的社会里,这是诗人的切身体验。他们责难朋友不予提携:"昔我同门友,高举振六翮。不念携手好,弃我如遗迹"(《明月皎夜光》),由于竞争激烈,使友情也发生了变化,坚如磐石的友谊成了虚名,这不仅反映政治状况的混乱、人际关系的复杂,也揭露了封建道德的虚伪。

《古诗十九首》无论抒游子思妇思念之情,或发人生短促、功名难遂之叹,实际上都反映了中国封建社会中一般文人士子共同的世俗情感。它既不以政治功利为目标,也不是社会动乱的产物,而是封建社会中文人个体自我意识觉醒的结果。《古诗十九首》的产生,标志着中国文人诗创作道路的一个重要转折,开创了一个突破"风骚美刺"传统,以抒写文人士子自身命运、世俗情怀为主的新的诗歌创作领域;扭转了汉乐府民歌向叙事诗发展的方向,而转向抒写个人情怀的抒情化的方向发展。同时,也开创了一种新体诗,即具有真挚质朴而又文雅自然的艺术风格、雅俗兼具的文人五言诗新体。这在客观上也标志着中国诗歌发展进入了一个新时代,即以文人五言诗创作为主的时代,为魏晋六朝诗歌的发展创造了条件,为唐诗的繁荣做出了一定的贡献。

《古诗十九首》的艺术成就非常突出。钟嵘的《诗品》说它"文温以丽,意悲而远,惊心动魄,可谓几乎一字千金"。融情入景、借景抒情是《古诗十九首》的重要抒情手法之一。其中许多景物与环境的描写,都是诗人主观感情的极好烘托与渲染,如《明月皎夜光》一首:

> 明月皎夜光,促织鸣东壁。
>
> 玉衡指孟冬,众星何历历。
>
> 白露沾野草,时节忽复易。
>
> 秋蝉鸣树间,玄鸟逝安适?
>
> 昔我同门友,高举振六翮。
>
> 不念携手好,弃我如遗迹。
>
> 南箕北有斗,牵牛不负轭。
>
> 良无盘石固,虚名复何益!

诗的内容是写诗人于深秋季节见物换星移、时序转变而产生的朋友相交不终、世态炎凉的感叹。诗一开篇即描写秋夜景色的凄清，衬托出失意士人的孤独与惆怅。"明月"二句既是写眼前之景，也暗示着诗人忧心忡忡，通宵不寐。"玉衡"二句描写由月出到月落，暗示秋夜漫漫，诗人愁不成寐的情景。"白露"二句写节序推移、功名不就的慨叹，这和人情今昔冷暖的变化在诗人内心感受上投下的阴影是分不开的。秋蝉没落向尽，玄鸟去寒就暖，两相对比，更进一步联想起自己与"同门友"的现实处境。这些都是写景，却处处关合着作者的感情变化。经过这番烘托渲染，才跌宕出诗的主旨：友情淡薄。诗中的景物描写无一不是用以表现作者的主观心情，情与景是紧密结合的。这种情景相生的写法，《古诗十九首》中比比皆是。如《回车驾言迈》开头四句写春天野外"东风摇百草"的凄凉景色，正衬托出诗人空虚无聊的悲哀；《孟冬寒气至》写孟冬的凛冽寒气，北风的惨厉凄苦，众星的清冷孤寂，月缺月圆的无穷变化，都暗示出女子空闺独守的寂寞，怀人念远的离愁。这些都是依靠情景交融的手法增强了诗歌的抒情效果。

选择某些生活细节来抒写作者的内心感情，使抒情诗带有叙事成分，这是《古诗十九首》抒情的又一特色。例如，《西北有高楼》一首就写了一位女子在高楼弹琴的事情，用以抒发作者知音难遇的感慨；《迢迢牵牛星》一首也叙述了织女织布的神话故事，用以表现诗人"盈盈一水间，脉脉不得语"的苦闷；《凛凛岁云暮》一首写了抒情女主人公梦中会见丈夫的情节，更衬托出她孤独无聊的感情。

运用比兴是《古诗十九首》抒情的又一手法。比兴是《诗经》开创的一种表现手法，它言近而旨远，含蓄蕴藉，余味无穷，如《冉冉孤生竹》一首云：

> 冉冉孤生竹，结根泰山阿。
> 与君为新婚，菟丝附女萝。
> 菟丝生有时，夫妇会有宜。
> 千里远结婚，悠悠隔山陂。
> 思君令人老，轩车来何迟！
> 伤彼蕙兰花，含英扬光辉。
> 过时而不采，将随秋草萎。
> 君亮执高节，贱妾亦何为！

先以竹结根泰山阿，比喻妇人托身于君子，已很贴切。接着又用"菟丝附女萝"比喻新婚夫妇感情的缠绵，更深入了一层。然后以"菟丝生有时，夫妇会有宜"宕开一笔，引出夫妇远离，怨女旷男，会合失宜，人不如物之会合有期的感慨。这里人、物、情三者交替描写，充分表达了女主人公的满腔怨情。接着又描写蕙兰花当春焕发的容光和过时不采的怨艾，更把主人公的怨情和盘托出。

明白晓畅、浅近自然，而又精练丰富、情味隽永，是《古诗十九首》语言的重要特色。如"客从远方来，遗我一书札。上言长相思，下言久离别。置书怀袖中，三岁字不灭。一心抱区区，惧君不识察"。（《孟冬寒气至》）如同口语，而一种真挚深厚的感情却如可触及。

较多地运用叠字是《古诗十九首》语言的又一特色，如《迢迢牵牛星》一首云：

> 迢迢牵牛星，皎皎河汉女。
> 纤纤擢素手，札札弄机杼。
> 终日不成章，泣涕零如雨。

> 河汉清且浅，相去复几许？
>
> 盈盈一水间，脉脉不得语。

这些叠字的使用，更增加了语言的节奏美与韵律美，读来更加韵味悠长。

《古诗十九首》是我国诗歌史上文人五言诗的第一批丰硕成果，有其独特的艺术成就和重要的地位。刘勰称其"五言之冠冕"，钟嵘称其"惊心动魄""一字千金"，历来受到人们推崇。它的出现标志着文人五言诗的成熟，揭开了我国诗歌发展新的一页，是建安诗歌的先导。

（四）七言诗

七言诗也经过了一个长时间的形成过程，在先秦时期，已经出现七言的语句和类似七言的诗句了。在西汉时期，也已经出现集中连用大量七言句的诗了。乐府民歌中也有七言的诗句出现，《汉书》中也记载了不少七言的民间歌谣。另外，《汉书·东方朔传》说东方朔有"八言七言上下"；《文选·北山移文》注引《董仲舒》有"七言琴歌二首"这也说明，西汉时期已经存在"七言诗"的概念了。西汉并没有留下完整的七言诗。东汉前期，据《后汉书》记载，杜笃有《七言》东平王刘苍有《七言别字诗集》，但没有流传下来。现存班固《竹扇赋》存残篇，由两句一转韵的十二句七言句构成，是一首可以视为完整的七言诗，原来系于赋尾。张衡的《四愁诗》，是汉代最早较为完整的七言诗。《四愁诗》是张衡出任河间相时所作，有着深刻的政治社会背景。当时社会中的阶级矛盾、民族矛盾异常尖锐，张衡屡次向皇帝上书，建议改除邪弊，清理国政，但丝毫没有被采纳。诗人眼看自己的政治抱负不能实现，国家日益衰败，他的思想陷入苦闷和彷徨的境界，故写《四愁诗》表达其忧国伤时的心情。此诗是一首经过改造的楚骚体诗，除每章首句中间的"兮"字外，其余都是标准的七言诗句。全诗共分为四章，按东南西北顺序依次展开。美人赠给诗人金错刀、金琅玕、貂襜褕、锦绣段，诗人想以英琼瑶、双玉盘、明月珠、青玉案作为回报。然而山高水远、路途艰险，使他无法到达美人所在的地方，以至于心情烦闷而忧伤。

关于《四愁诗》的艺术成就，唐吴兢《乐府古题要解》卷下说："《四愁》，汉张衡所作，伤时之文也。其旨以所思之处为朝廷，美人为君子，珍玩为仁义，岩险雪霜为谗诮。其流本出于《楚辞》《离骚》。"清沈德潜《古诗源》卷二说："心烦纡郁，低徊深情，《风》《骚》之变格也。"总体来看，作者采用比兴手法，写他对所思美人的怀念，象征他对理想的追求，追求过程中所遇到的险阻艰难，象征着小人的阻挠；追求不遇而产生的忧伤，正是他对时局忧伤的比拟。比如，诗歌的第一章：

> 我所思兮在太山，欲往从之梁父艰。
>
> 侧身东望涕沾翰，美人赠我金错刀。
>
> 何以报之英琼瑶，路远莫致倚逍遥，何为怀忧心烦劳。

诗中的"美人"象征着诗人想象中的"圣君"，他住在雄伟的"太山"之上。"美人"赠给诗人"金错刀"，表达了对诗人的敬重；诗人对这样的明君也以诚相报，"英琼瑶"象征着诗人对朝廷的一片赤诚，表示自己向朝廷奉献自己治国安邦的忠诚和韬略。然而，诗人的理想并不容易实现，"梁父艰"是当时恶势力的隐喻，这些阻碍着诗人不能实现自己的政治理想，而侧身西望"涕沾翰"，比喻自己报国无门的忧思。这是《诗经》《楚辞》比兴手法的继承与发展，抒情委婉而又酣畅淋漓，感情真挚而又动人；另外，诗中还采用了《诗经》中常用的重章叠唱的表现手法，反复咏叹,加重抒情气氛。在形式上,此诗也突破骚体的格局,以七言为主,在七言诗的发展史上也占有重要地位。

第三节　辞赋的兴盛与史传文学的高峰

辞赋起源于战国后期,最初文学家们在创作辞赋时常以问答体的方式来铺陈描写,因而最初辞赋的篇章大都十分短小,均在二百字左右。进入汉代以后,辞赋对各种文体兼收并蓄,成为处于时代中心位置的文体形式,盛极一时。此外,秦汉的史传文学也发展到了高峰。

一、辞赋的兴盛

汉代的辞赋类作品,依其内容和表现形式,大体可以分为两种类型。一种以抒情为主,体制基本与先秦的楚辞相同,这类作品一般称为"辞"或"骚",又叫骚体赋;另一种以状物为主,铺排摹绘,夸饰文采,这类作品是一般所说的"大赋"或"汉赋"的典型。到东汉中后期,汉赋出现了一种句法类似于大赋但篇幅比较短小、铺叙摹绘的成分减少而抒情成分极大增加的赋作,这类作品一般称为"抒情小赋",是汉赋发展的新趋向。骚体赋流行汉初,这种赋在形式上受楚辞影响,篇幅都不甚长,内容多抒发身世感慨,情调一般比较抑郁。汉初的骚体赋中成就最大的当属贾谊和枚乘。在汉初的散体大赋作者中,成就最突出的有枚乘和司马相如。进入东汉以后,散体大赋逐渐衰落,抒情小赋逐渐兴起。在抒情小赋作家中,成就最高的作家当属张衡。

(一)贾谊的辞赋创作

贾谊(前200—前168),洛阳(今河南洛阳东)人。贾谊少年聪慧,18岁就以能诵诗书、善属文闻名于郡中。后以廷尉吴公之荐,被召为博士,时间不长,即被超迁为大中大夫。贾谊是一位具有远见卓识的政治家、思想家,对秦及汉初的政治经济均有过深入的研究,他从巩固汉朝的统治出发,提出过诸如削弱诸侯势力、积贮粮食、抵抗匈奴以及建立封建等级秩序等一系列主张,其中有的为文帝所采用,有的则为后来的武帝所实施,极有功于西汉皇朝。然而,正当他以过人的才学识量深受皇帝器重,功业发展如日中天之时,却遭到权贵忌害。文帝以贾谊才能过人,准备任以公卿之位,朝中大臣周勃、灌婴等百般阻拦,间以谗言,于是文帝开始疏远他,贬为长沙王太傅,后迁梁怀王太傅。文帝十一年(前169),梁怀王堕马死,贾谊自伤"为傅无状",郁愤而死。

贾谊在辞赋的创作中继承了楚辞中骚体的创作特色,创作出了一系列骚体赋,其中最著名的篇章为《吊屈原赋》《鹏鸟赋》《旱云赋》。

抒情述志、情感浓郁,是贾谊辞赋的重要特色,这一点与楚辞有明显的承继关系,而与后来的汉赋有别。《吊屈原赋》借凭吊屈原而抒发自己政途受挫、怀才不遇的幽愤:

> 遭世罔极兮,乃陨厥身。呜呼哀哉,逢时不祥!鸾凤伏窜兮,鸱枭翱翔。阘茸尊显兮,谗谀得志;贤圣逆曳兮,方正倒植。世谓随、夷为溷兮,谓跖、𫏋为廉;莫邪为钝兮,铅刀为铦。吁嗟默默,生之无故兮。斡弃周鼎,宝康瓠兮。腾驾罢牛,骖蹇驴兮;

骥垂两耳,服盐车兮。章甫荐履,渐不可久兮。嗟苦先生,独离此咎兮。

该赋以一连串的比喻和对比描摹出了楚国黑白颠倒、完全丧失了公正的社会现实,表达了自己对屈原悲惨命运的看法。同时,因为与屈原的遭遇相类,贾谊也在赋中融入了对自身不幸的悲哀,既是为屈原伤悼,又是自我伤悼,感情深挚而沉痛。

《汉书·贾谊传》说:"谊既以适(谪)去,意不自得,及渡湘水,为赋以吊屈原。……谊追伤之,因以自谕。"就是拈出了贾谊借屈原之酒杯,浇己心之块垒的意义。贾谊的情感世界中,既有屈原遭遇用塞黜贤、颠鸾倒枭之罔坱乱世的"旧悲愤",也有天下统一之后士人怀才不遇的时代特征。贾谊作品抒情述志的另一种表现,是幽愤而后的豁达。这一点在《吊屈原赋》中已霸端倪:"凤漂漂其高逝兮,固自引而远去。……所贵圣人之神德兮,远浊世而自藏。"到了《鹏鸟赋》,更纯然是齐同生死、乐天知命的表白:"万物变化兮,因无休息。斡流而迁兮,或推而还。……其生兮若浮,其死兮若休;澹乎若深渊之静,泛乎若不系之舟。不以生故自宝兮,养空而浮;德人无累,知命不忧。"在《鹏鸟赋》中,贾谊假借与鹏鸟的对话,表达了福祸相倚、造化无常的思想和"德人无累,知命不忧"的处世态度。从该作的思想上看,显然受到道家影响。

此外,《旱云赋》还表现了贾谊忧国忧民的深切抱负:"农夫垂拱而无聊兮,释其锄耨而下泪。忧疆畔之遇害兮,痛皇天之靡惠。"并把矛头直指政治的败坏:"怀怨心而不能已兮,窃托咎于在位。……何操行之不得兮,政治失中而违节。"在此,贾谊由一己怀才不遇的忧愤,扩展到了对国家、人民的忧患之上。

(二)枚乘的辞赋创作

枚乘(? —前140),字叔,淮阴(今江苏淮安)人,古籍《汉书》记载为淮阳(今河南淮阳)人。原为吴王刘濞郎中。枚乘因在七国之乱前后两次上谏吴王而显名,后拜在梁孝王帐下,汉景帝下召升枚乘为弘农都尉。作为西汉初年一位辞赋大家,枚乘的赋作流传至今的有五篇,其中《七发》最为重要。

《七发》写楚太子有病,吴客前去探视,"说七事以启发太子"(《文选》卷三十四李善注),因以名篇。赋中,吴客认为楚太子患病的根由在于"久耽安乐,日夜无极""纵耳目之欲,恣支体之安",要想治愈,必须改变不健康的生活方式,遂讲述音乐、饮食、车马、宫苑、田猎、观涛、要言妙道七件事,一步步启发太子。七件事中,以观涛的描写最为精彩:

> 其始起也,洪淋淋焉,若白鹭之下翔;其少进也,浩浩凒凒,如素车白马帷盖之张;其波涌而云乱,扰扰焉如三军之腾装;其旁作而奔起也,飘飘焉如轻车之勒兵。六驾蛟龙。附从太白;纯驰浩蜺,前后络绎。颙颙印印,椐椐强强,莘莘将将;壁垒重坚,沓杂似军行。訇隐匈礚,轧盘涌裔,原不可当。观其两旁,则滂渤怫郁,闇漠感突;上击下律,有似勇壮之卒,突怒而无畏。蹈壁冲津,穷曲随隈,逾岸出追;遇者死,当者坏。……诚奋厥武,如振如怒;沌沌浑浑,状如奔马。混混庵庵,声如雷鼓。发怒庢沓,清升逾趾,侯波奋振,合战于藉藉之口;鸟不及飞,鱼不及回,兽不及走。

这一段描写极尽铺排,充分显示了汉初散体大赋的典型特征。还有此赋采用的主客问答的形式,也是散体大赋的一般结构方式。

《七发》完全失去了作者自我的真情实感,整篇作品不见抒情的语句,没有作者喜怒哀乐的表现。与贾谊情感浓郁的赋作相比,这是一个根本性的转变。在遣辞造语方面,《七发》也不同于贾谊赋作的质朴无华,而走向了繁难和华丽。另外,《七发》以主客问答的形式结构全篇。因此可以说,《七发》具备了散体大赋的一切特点,是标志散体大赋(或称新体赋)确立的第一篇作品。它还引起后来文人的模仿,以七段成篇,形成所谓"七体",如傅毅作有《七激》,刘广世作有《七兴》,张衡作有《七辩》等。

(三)司马相如的辞赋创作

司马相如(前179—前117),字长卿,蜀郡成都人。在辞赋的创作道路上,司马相如可谓大家,他的散体大赋中最著名的当属《子虚赋》和《上林赋》。

《子虚赋》假托楚国使臣子虚向齐国的乌有先生夸耀楚王游猎云梦的盛况,乌有先生批评子虚"不称楚王之德厚,而盛推云梦以为高,奢言淫乐而显侈靡",然后顺势讲出了齐国地域之辽阔,物产之丰饶。《上林赋》紧承《子虚赋》,先写亡是公对子虚、乌有的批评,认为其"不务明君臣之义、正诸侯之礼,徒事争于游戏之乐,苑囿之大,欲以奢侈相胜,荒淫相越,此不可以扬名发誉,而适足以贬君自损也"。之后,又借亡是公之口大肆铺陈上林苑的壮丽以及天子射猎的盛况,以压倒齐楚,渲染大一统帝国的无比繁荣富庶。最后,又写天子幡然悔悟,发布了一系列崇德爱民的措施。

从《子虚赋》和《上林赋》这两赋内容的宏阔、用事的广博、结构的雄伟、文采的绚烂上来看,它们都很好地体现了司马相如"合綦组以成文,列锦绣而为质"和"包括宇宙,总览人物"这样的作赋主张。

(四)张衡的辞赋创作

张衡(78—139),字平子,南阳西鄂人。张衡出生于一个下层社会的贫穷家庭,自小便接触到社会下层劳动群众的一些生活与生产实际,从而为日后的创作奠定了良好的基础。在张衡的创作中,他留下的辞赋有十几篇,其中既有散体大赋,也有抒情小赋。散体大赋以《二京赋》为代表,此赋模拟班固《两都赋》,"精思傅会,十年乃成"(《后汉书》卷五十九《张衡列传》),故规模更为宏大,成为以京都为题材的赋作中篇幅最长者。但其影响最大的还是抒情小赋《归田赋》:

> 游都邑以永久,无明略以佐时。徒临川以羡鱼,俟河清乎未期。感蔡子之慷慨,从唐生以决疑。谅天道之微昧,追渔父以同嬉。超埃尘以遐逝,与世事乎长辞。于是仲春令月,时和气清;原隰郁茂,百草滋荣。王雎鼓翼,仓庚哀鸣;交颈颉颃,关关嘤嘤。于焉逍遥,聊以娱情。尔乃龙吟方泽,虎啸山丘。仰飞纤缴,俯钓长流。触矢而毙,贪饵吞钩。落云间之逸禽,悬渊沉之鲨鲡。于时曜灵俄景,继以望舒。极般游之至乐,虽日夕而忘劬。感老氏之遗诫,将回驾乎蓬庐。弹五弦之妙指,咏周、孔之图书。挥翰墨以奋藻,陈三皇之轨模。苟纵心于物外,安知荣辱之所如。

作为中国文学史上第一篇描写田园隐居乐趣的作品,《归田赋》又是第一篇比较成熟的骈体赋,在内容、形式和写作艺术上都深刻影响了后来辞赋的发展。这首赋表达了张衡超脱污浊尘世,归隐田园的愿望:"超埃尘以遐逝,与世事乎长辞";同时也曲折地流露出对于现实政治的不满。

二、史传文学的高峰

秦亡汉立,汉初统治者基于秦王朝短暂覆灭的教训,首先做的是对成功与败亡的历史经验的理论总结。汉兴定天下之时,"太中大夫陆贾记录时功,作《楚汉春秋》九篇"(《后汉书·班彪列传》)。到了汉武帝时代,随着大汉帝国的兴起,文化建设也进入一个高潮。适应于历史总结的需要,史传文学的发展也进入了高峰,其标志就是司马迁的《史记》。《史记》是文与史相结合的典范,它不但在史传文学发展史上,就是在中国文学史上,都堪称"一部波澜壮阔、包罗万象、雄伟无比的史诗"①。班固的《汉书》是继《史记》而起的又一部优秀纪传体史书,在历史文学上也取得了很大成就。其语言艺术与《史记》各有千秋。总的来说,《史记》文笔富于变化,简洁明朗,风格潇洒奇谲,笔锋犀利,颇有奇气。《汉书》文笔严密整饬,典雅富丽,宏博详赡,也自有其优长之处。赵晔的《吴越春秋》在体例上兼有编年体和纪传体史书的特点,也具有很高的文学价值。

(一)司马迁的《史记》

司马迁(前145—前90),字子长,冯翊夏阳(今陕西韩城)人。其父司马谈在汉武帝建元年间(前140—前135)做了太史令,司马迁即随其父迁至长安茂陵显武里。他10岁就学习古文字,随后又向当时的经学大师董仲舒学习《公羊春秋》,向孔安国学习古文《尚书》,打下了渊博的学识基础。汉武帝元封元年(前110)其父病逝。元封三年(前108)司马迁继任太史令。太初元年(前104)受命主持制订"太初历",并正式动手写作《史记》。天汉三年(前98)因李陵事下狱受腐刑。太始元年(前96)遇赦出狱,任中书令。太始四年(前93),《史记》的写作基本完成。以后事迹不详,大概死于汉武帝末年或汉昭帝初年。

《史记》首先是一部伟大的历史著作,是我国封建正史——二十四史之首,对我国史学有重大影响。第一,它创造了纪传体的形式,成为后来封建正史的典范。《史记》是我国第一部纪传体通史,它记载了从传说中的黄帝到汉武帝太初年间大约3 000年的历史。全书采用以历史人物为中心,通过为历史人物写传记来写出整个时代的历史。共分130篇,由十二本纪、十表、八书、三十世家、七十列传五个部分组成。本纪记载历代帝王的政迹,是全书叙事的提纲;表是各个历史时期的简要大事记,是全书叙事的联络和补充;书是关于天文、历法、水利、经济、文化等方面的专门史;世家主要记述贵族侯王的历史;列传则是各种不同类型、不同阶层人物的传记(少数列传记外国史和少数民族史)。这五种体例,以本纪为纲,互相配合,体制严密,既反映出几千年错综复杂的历史面貌,又刻画出一批栩栩如生的历史人物形象,开我国纪传体正史的先河。第二,它改变了分封割据的历史概念,建立了大一统的历史观。

《史记》不仅建立了我国纪传体的史学,也开创了我国的传记文学,是我国第一部传记文学总集。《史记》问世之后,中国才算有了真正意义的传记文学。《史记》的本纪、世家、列传中所描写的一系列历史人物,如同一轴历史人物画卷,生动地展现了广阔的社会生活,不仅表现了

---

① 刘大杰.中国文学发展史(上)[M].上海:上海古籍出版社,1997:166.

司马迁对历史的高度概括力和卓越的见识,也表现了司马迁卓越的审美能力和杰出的艺术才能。

《史记》的文学成就突出地表现在塑造了许多栩栩如生的历史人物的艺术形象。司马迁为了写好历史人物,在历史题材的提炼和组织、人物性格的描写等方面都积累了丰富的经验,表现了他独特的审美观念和审美趣味。

司马迁写人物最善于抓住人物一生中最有典型意义的事件和行动,进行细致描写,以突出人物主要的性格特征。例如,《项羽本纪》写项羽的一生,除开头一段写了他起义前的几件小事之外,突出写他参加反暴秦斗争的八年历史。这八年历史又分两个阶段,前三年(前209—前207)写他率领起义军推翻暴秦的战斗历程,后五年(前206—前202)写他在楚汉战争中由强变弱、被刘邦战败的经过。这八年之中,又突出写他三件大事:巨鹿之战、鸿门宴和垓下之围。巨鹿之战写他叱咤风云、勇冠三军,摧毁秦军主力,成为反秦斗争中众望所归的英雄人物。鸿门宴写他天真坦率,优柔不忍,以致轻纵敌手,养虎为患的坦荡胸怀。垓下之围写他慷慨别姬,勇敢突围,斩将刈旗,所向披靡的英雄气概和单凭个人之勇,终于陷入四面楚歌,最后不得不引剑自刎的悲剧结局。通过这三个场面,突出他喑呜叱咤、勇武过人、直率磊落而又刚愎自用、善于斗力而不善于斗智的性格特点。

历史人物的生平性格情况复杂,往往既有优点,也有缺点。全面介绍,影响人物性格的突出;略去一面,则影响历史的真实。为了解决这一矛盾,司马迁巧妙地运用互见法来调节二者的关系,使之完整统一。互见法是将一个人的某些事迹分散到其他传记中去叙述,以便在主传中塑造完整的人物形象的描写方法。例如,《项羽本纪》集中笔墨叙述巨鹿之战、鸿门宴和垓下之围三个关键的历史事件,突出项羽喑呜叱咤、英勇善战的英雄性格,而项羽在政治、军事方面犯的一系列错误,甚至个性中残暴嗜杀的一面,在本传中只是轻描淡写,一笔带过,或略而不载,却分散在《高祖本纪》《陈丞相世家》《淮阴侯列传》等篇中补叙出来。这样做,既忠于历史的真实,又不损害人物形象的完整。

《史记》写人物还有一个重要特点:它既不平铺直叙地介绍梗概,也不静止地介绍人物言行,而是通过许多紧张斗争的场面,将人物置于复杂的矛盾冲突的尖端,让人物在紧张的斗争中,表现他们各自的长处和弱点,表现他们各自的性格特征。例如,《鸿门宴》整个故事,斗争尖锐,矛盾复杂,而在司马迁笔下却写得井井有条,一波未平,一波又起,前后相因,腾挪跌宕,把当时的斗争形势,用艺术的画面再现出来,各个人物的形象,如项羽的骄傲自大,坦率轻信;刘邦的善于听取意见和会笼络人;张良的沉着机智,从容不迫;范增的老谋深算,居尊自用;樊哙的粗豪勇猛,临危不惧,无不在这场斗争中得到充分的表现。故事化的手法和生动的场面描写,使《史记》的人物传记饶有波澜,人物形象各具特色,因而成为文学与史学相结合的典范著作。

《史记》在语言上最大的特色是善于用符合人物身份的语言来表现人物的神情和性格特点。《史记》所写人物,既各有不同性格也各有不同语言。如刘邦、项羽在起义前都见过秦始皇,都说了一句表达其观感的话。项羽说:"彼可取而代也。"语气坦率,表现了他强悍直爽的特点。而刘邦却说:"嗟乎,大丈夫当如是也!"说得委婉曲折,表现了他沉着蕴藉的特点。

《史记》描写人物的动作、神态,也极精确传神,往往用极少的语言,就生动有力地渲染出环境气氛或人物的情态心理。如荆轲刺秦王未成,反被秦王刺伤,这时,荆轲"倚柱而笑,箕踞以骂",八个字描绘出一个侠义之士视死如归、英勇不屈的悲壮情景。

《史记》在叙述和议论中,常常引用民谣、谚语和俗语。如《淮南王列传》引用民谣"一尺布,尚可缝;一斗粟,尚可舂;兄弟二人不相容"来讽刺汉文帝与诸王兄弟之间的倾轧。《李将军列传》引用"桃李不言,下自成蹊"来表彰李广"木讷少言"而受人尊敬,都很精练深刻。《史记》引用古代史书,如《尚书》,也把古奥难懂、佶屈聱牙的古语,改写成汉代通俗的书面语言,表明司马迁在语言上赞成通俗化,反对复古,从而保证了《史记》语言风格的统一。

(二)班固的《汉书》

班固(32—92),字孟坚,扶风安陵(今陕西咸阳东北)人。班固出身儒学世家,其父班彪、伯父班嗣,皆为当时著名学者。在父祖的熏陶下,班固博览群书,于儒家经典及历史无不精通。建武三十年(54),班彪过世,班固从京城迁回老家居住,开始在班彪《史记后传》的基础上,撰写《汉书》,前后历时20余年。汉和帝永元元年(89),大将军窦宪率军北伐匈奴,班固随军出征,任中护军,行中郎将,参议军机大事,大败北单于后撰下著名的《封燕然山铭》。后窦宪因擅权被杀,班固受株连,死于狱中。班固死后,《汉书》未完成的《天文志》和八表,和帝令其妹班昭和同郡人马续补写,至此全书才告成功。

《汉书》体例基本上沿袭《史记》,只是改"书"为"志",废"世家"并入"列传",全书由十二纪、八表、十志、七十列传四部分100篇组成,记载了西汉一代从汉高祖元年(前206)到王莽地皇四年(23)共229年的历史。《汉书》是我国第一部纪传体断代史,为后来各朝正史开创了新的体例。

东汉之初,儒家思想在思想界已居统治地位,班固接受正统儒学的影响较深;他又出身于世代仕宦家庭,其姑祖是西汉成帝的婕妤,与汉王朝关系密切;加上《汉书》是奉旨修撰,必须遵循最高封建统治者的旨意,因此《汉书》的唯心主义天命论和封建正统思想比较浓厚。但是,《汉书》也有其独特的成就。

第一,班固对史实的记载详尽严谨。《汉书》比《史记》记载了更多更有价值的史料,甚至与《史记》重叠的部分也作了许多补充,如《史记·屈原贾生列传》把贾谊仅仅写成一个落魄文人,传中只收录了他的《吊屈原赋》《鹏鸟赋》。《汉书·贾谊传》则收集了他的《陈政事疏》等一些重要论文,将贾谊写成一个政治家。《汉书》除对《史记》的重叠部分作了有价值的补充之外,还新写了汉武帝以下七篇帝纪,创作了100多个人物的传记,志表中增加了《百官公卿表》《刑法志》《食货志》《地理志》《艺文志》等,对西汉一代的官制和刑法制度、财政经济、政治地理以及西汉的学术源流、著作目录作了系统的叙述和记录。《汉书》还有一个特点,就是在人物传记中,喜欢全文收录历史人物的奏疏、辞赋等作品,几乎成为西汉文章的总汇,保存了许多政治、文学史料,这也是它的史料价值的重要方面。

第二,班固根据儒家的政治观点和伦理道德观念,对西汉统治者的荒淫残暴作了揭露,对一些仁惠爱民的统治者作了歌颂。例如,《外戚传》中记叙了宫闱中的种种秽行,尤其是写汉成帝和赵昭仪亲手杀死许美人儿子的一段,充分揭露了统治者残忍险毒的本质。这也是《汉书》值得肯定的地方。

第三,《汉书》长于叙事,尤其讲究锤字炼句,表述事物准确凝练。如叙述王莽擅改币制的后果,寥寥数语,清楚明了:"于是农商失业,食货俱废,民涕泣于市道,坐卖买田宅奴婢铸钱抵罪者,自公卿大夫至庶人,不可称数。"再如《王贡两龚鲍传》说贡禹为河南令时,"以职事为府官所责,因免冠谢。禹曰:'冠壹免,安可复冠也!'遂去官"。一件小事,贡禹的鲜明个性便跃然纸上。在对历史状态、历史趋势及政治变故的描述上,班固也有极强的驾驭文字的能力。《西域传》对西域诸国的地理方位、山川溪谷、道路远近的描述,明晰如在眼前。《食货志》对从古至新莽的经济状况、经济政策及发展演变,叙述得有条不紊,详略得当,严整有度。《霍光传》更是班固写政治变故的得意之作,该传于纷繁杂乱的众多头绪中剪裁有度,将武帝托孤、燕王谋反、昌邑王废立以及宣帝即位、霍氏败亡写得跌宕起伏,有声有色,人称《汉书》第一传。另外,书中《高帝纪》《陈胜项籍传》《楚元王传》《霍光金日磾传》《萧望之传》《翟方进传》《儒林传》等篇章,在叙事方面也都取得了不同的成就。

第四,《汉书》还善于刻画人物。西汉一代的各阶层人物,在班固生花妙笔之下,异态纷呈,个性鲜明。和司马迁一样,班固不仅善于描写人物事业大节,还特别善于在细节上刻画人物,以见其人格和心灵。例如,《王莽传》记王莽未得位时侍王凤疾"亲尝药,乱首垢面,不解衣带连月","母病,公卿列侯遣夫人问疾,莽妻迎之,衣不曳地,布蔽膝。见者以为僮使,问知其为夫人,皆惊"等事,刻画了他的虚伪、矫饰。《陈万年传》中记陈万年教子,其子陈咸瞌睡不止,万年大怒,问其故,陈咸说:"具晓所言,大要教咸谄也。"一个"谄"字,将陈万年为人的谄媚奉迎、卑鄙无耻表现得淋漓尽致、入木三分。班固还通过刻画人物来表现当时的人情世态、官场丑恶。《朱买臣传》写朱买臣拜官前后众人对他的态度,朱买臣未出示印绶之前,"会稽吏方相与群饮,不视买臣",对他不理不睬,及至看到印绶,个个战战兢兢,互相推推挤挤,在院里排好队,等着拜谒买臣。班固巧妙地着意描写官吏们当场由极其傲慢到大惊失色的明显变化,刻画他们惯于欺下媚上的卑琐心理,借此反映了整个官场的庸俗、虚伪习气,不用一句评论,极尽讽刺意味。班固还在书中塑造了很多可歌可泣的历史人物,如《杨胡朱梅云传》中记朱云直谏之事:

> 成帝时,丞相故安昌侯张禹以帝师位特进,甚尊重。云上书求见,公卿在前,云曰:"今朝廷大臣上不能匡主,下亡以益民,皆尸位素餐,孔子所谓鄙夫不可与事君,苟患失之,亡所不至者也。臣愿赐尚方斩马剑,断佞臣一人以厉其余。"上问:"谁也?"对曰:"安昌侯张禹。"上大怒,曰:"小臣居下讪上,廷辱师傅,罪死不赦!"御史将云下,云攀殿槛,槛折。云呼曰:"臣得下从龙逢、比干游于地下,足矣!未知圣朝何如耳?"御史遂将云去。

在这里,班固一反典雅淳厚的写作风格,写得惊天动地,鬼泣神惊,将朱云激切直谏、忠贞报国的刚直性格生动地呈现在读者面前,让人一读难忘。

《汉书》在文学表现上还有一个特点,就是收录了大量优秀文章。纵观历代纪传体史书,《汉书》所收文章数量之多,堪称第一。西汉一代有价值的文章,《汉书》几乎搜罗殆尽。更为重要的是,班固能将这些文章熔冶剪裁,使之与《汉书》文字有机汇合,为《汉书》增添了文采,"使其叙事简明而翔实,立论义赅而理丰,传人准确而生动"①。

总之,和《史记》一样,《汉书》在文字表述上也达到了极高的水平,其在后代也一直受到人

---

① 许殿才. 汉书典雅优美的历史记述[J]. 史学史研究,1996(1):7.

们推崇,被当作古文写作的典范。

(三)赵晔的《吴越春秋》

赵晔(?—约83),字长君。会稽山阴(今浙江绍兴)人。早年县吏,奉檄迎督邮,耻于斯役,弃官去犍为郡资中(今四川资阳)拜经学大师杜抚为师学习韩诗。著作有《诗细历神渊》《吴越春秋》等。《吴越春秋》全书所叙重要事件都明确标示年代,但实际并不准确,多有讹误。《吴越春秋》叙事完整,全书以吴越争霸为主线,具体到各章又都有自己的重点,保持相对独立性;各章之间前后贯通,一脉相承,讲述的故事具有连续性。

《吴越春秋》的故事情节曲折多变,引人入胜。书中许多故事在正史中有记载,但作者把它们写入本书时不是原封不动地袭用,而是依据传说或发挥想象,增加了许多生动的细节。比如,对于伍子胥奔亡过程中的渡江、乞食二事,《史记·伍子胥列传》总共用了一百余字加以叙述,其中乞食一事尤为简略。到了《吴越春秋》中,这两件事所占篇幅甚多,长达六七百字。其中渡江一节增加了躲避侦探、渔父唱歌、芦中待餐的情节,乞食一节出现击绵女形象,并对她的身世节操加以详细交代。在《史记·伍子胥列传》中,渔父和击绵女的结局如何,司马迁没有点明,而在《吴越春秋》中,这两个人相继自杀,为的是保守机密,保护伍子胥,同时击绵女还是为了保全自己的节操。和《史记》的相关记载相比,《吴越春秋》对伍子胥奔亡一事的叙述不但文字量大增,情节复杂,而且险象环生,扣人心弦,更富有小说的特征和魅力。《吴越春秋》中的许多情节,是通过移植联缀而把本来互不相关的故事糅合在一起,但依然给人以真实感,产生震撼人心的力量。

《吴越春秋》的许多故事荒幻离奇,具有浓郁的浪漫色彩。《吴越春秋》是在正史的基础上演绎而成,其中许多人物和事件在历史上确实存在,有其现实基础;另外,《吴越春秋》又吸收了许多神话传说和民间故事,它的荒幻离奇主要源于此。在追溯吴越两国祖先时,分别讲述了姜嫄履大人迹生后稷和夏禹娶涂山氏的传说。在吴王占梦事件中,公孙圣因直言不讳被杀,临死前他称自己将在深山散为声响。后来吴王兵败,在秦余杭山呼唤公孙圣的名字,三呼三应。书末又称,伍子胥、文种相继被杀后,"伍子胥从海上穿山,胁而持种去,与之俱浮于海。故前潮水潘侯者,伍子胥也;后重水者,大夫种也"。这是以浪漫的想象寄托对伍子胥、文种的同情,他们生而为英雄,死而为神灵,是用勾连人神的方式为全书作结。卷九的袁公与处女比试剑术场面,袁公飞上树变为白猿,运用恍惚迷离的笔法贯通物我,模糊了人与兽的界限。类似的超越时空、出入生死的情节在《吴越春秋》中是大量的,开志怪小说的先河。

《吴越春秋》注重人物形象的刻画,书中的几位主要人物如伍子胥、范蠡、勾践等人都写得很成功,个性非常突出,尤以伍子胥的形象最为丰满。他奔亡吴国之后,前期小心谨慎,后期成了托孤老臣之后,则直言强谏,出语激切,写出了人物性格的发展。《吴越春秋》特别注重对于人物形象的外貌描写,以此突出人物的个性特征。伍子胥"身长一丈,腰十围,眉间一尺",是位伟岸的男子汉大丈夫。刺杀吴王僚的专诸"确颡而深目,虎膺而熊背",是不怕艰险的勇士模样。写伯嚭则是"鹰视虎步",以此突出他的专功善杀之性。类似的外貌描写在此之前尚不多见,它对后代小说的人物形象刻画有很大影响。

第四节　秦和西汉时期的散文

秦汉是中国古代散文诸体渐趋完备的时期。秦代由于持续时间短暂和对文化实行了专制的政策,基本上抑制了文学的发展,可以称述者,只有在统一六国之前由秦相吕不韦召集门客编成的《吕氏春秋》和李斯的《谏逐客书》。秦统一后出自李斯之手的泰山等地刻石为我国最早的碑文体。汉兴以后,陆贾、贾谊、刘安诸人总结前代历史教训和诸子百家之说,其文铺张扬厉,纵横捭阖,犹有战国遗风。董仲舒的策对和刘向的奏议叙录以如何巩固中央集权制为讨论重点,雍容典重,宏博深奥,形成汉代议论文的主导风格。此时,历史散文也出现了里程碑式的杰作,如班固的《汉书》。

一、秦代的散文

(一)吕不韦的《吕氏春秋》

吕不韦(? —前235),姜姓,吕氏,名不韦,卫国濮阳(今河南省安阳市滑县)人。战国末年著名商人、政治家、思想家,官至秦国丞相。《吕氏春秋》是吕不韦召集门客集合百家九流之说编写成的,成书年代在公元前239年左右。《吕氏春秋》既为吕不韦门客集体编成,内容自然不免驳杂,所以《汉书·艺文志》把它列为"杂家"。在该书所取的各家学说中,以道家、儒家、阴阳家思想为主。但是它与纯粹的儒道阴阳各家学说都有不同,在杂取各家为己所用的过程中,也对各家学说进行了改造,从而构成自己的理论体系。全书分十二纪,每纪5篇;八览,每览8篇;六论,每论6篇。再加一篇序文,共161篇(今存160篇)。全书条分理顺,篇章划分十分整齐,从结构上就把它组合成了一个所谓"法天地"的完整体系。十二纪按照一年十二个月的顺序排列,是时间的纵向流程,古人认为季节的推移源于天的作用。八览是由八方、八极等观念而来,是空间的横向划分,来自地理范畴。至于六论,则是由六亲、六义等人间事象脱胎而来。

《吕氏春秋》出于众人之手,风格不完全统一。但是其中有些文章精练短小,文风平实畅达,用事说理颇为生动,仍然可以称得上是优秀的文学散文。例如,《重己》篇讲自己的生命如何重要,先从人不爱倕之指而爱己之指、人不爱昆山之玉而爱己之玉说起,层层深入,语言朴素恳切。《贵公》篇讲"圣人之治天下也,必先公"的道理,先提出论点,再以荆人遗弓、桓公问管仲等具体事例说明,叙述生动明快。其他如《贵生》《用众》《顺民》《正名》《察传》《似顺》等篇也各有特色。

《吕氏春秋》在寓言的创作和运用上很有自己的特色,往往先提出论点,然后引述一至几个寓言来进行论证。如《当务》篇先提出"辨""信""勇""法"四者不当的危害,然后就连用"盗亦有道""楚有直躬者""齐人之勇"和"太史据法"四个寓言来说明道理。《察今》篇为了说明"因时变法"的主张,后面也连用"荆人涉澭""刻舟求剑"和"引婴儿投江"三个寓言。该书的寓言生动简练,中心突出,结尾处往往点明寓意,一语破的。

(二)李斯的《谏逐客书》和石刻铭文

李斯(? —前208),楚国上蔡(今属河南)人。曾经跟从荀子学习帝王之术。公元前247

年入秦，为秦相吕不韦舍人。因说秦始皇统一六国，拜为长史、客卿。秦统一，李斯为丞相。设立郡县，统一文字和度量衡，下令焚书而倡导"以吏为师"。秦始皇卒，李斯随同赵高矫诏，逼迫秦始皇长子扶苏自杀，而立其少子胡亥为帝。不久，李斯遭赵高诬陷入狱，被腰斩于咸阳之市。

李斯入秦十年（前237），适值韩国苦于秦国征伐，乃使水工郑国说服秦国开凿水渠，企图耗费秦国人力而不能攻韩。事被发觉，秦国的宗室大臣认为，那些外来人大抵都是各诸侯国派来游说和充当间谍的，建议秦王把一切来自外国的客人都驱逐出境，李斯也在被逐之列。于是李斯写了《谏逐客书》这一封信给秦始皇，指陈逐客的错误。《谏逐客书》以逐客不利于秦的统一为中心，首先铺述历史上客卿辅助秦国并使之国富兵强的事实，以明客卿不曾有负于秦；其次陈述秦始皇看重外国的玩好之物，而轻视客卿的事实，论定其重物轻人的错误；最后分析纳客和逐客的利害关系，指出逐客非但不利于秦的统一大业，还会使秦国趋于危亡。文章罗列众多事实，极力铺陈，如：

> 今陛下致昆山之玉，有随和之宝，垂明月之珠，服太阿之剑，乘纤离之马，建翠凤之旗，树灵鼍之鼓。此数宝者，秦不生一焉，而陛下说之，何也？必秦国之所生然后可，则是夜光之璧不饰朝廷，犀象之器不为玩好，郑、卫之女不充后宫，而骏良駃騠不实外厩，江南金锡不为用，西蜀丹青不为采。所以饰后宫、充下陈、娱心意、说耳目者，必出于秦然后可，则是宛珠之簪、傅玑之珥、阿缟之衣、锦绣之饰不进于前，而随俗雅化、佳冶窈窕赵女不立于侧也。夫击瓮叩缶，弹筝搏髀，而歌呼呜呜快耳者，真秦之声也。《郑》《卫》《桑间》《韶虞》《武象》者，异国之乐也。今弃击瓮叩缶而就《郑》《卫》，退弹筝而取《韶虞》，若是者何也？快意当前，适观而已矣。今取人则不然，不问可否，不论曲直，非秦者去，为客者逐。然则是所重者；在乎色、乐、珠、玉，而所轻者，在乎民人也。此非所以跨海内、制诸侯之术也。

这段文字，大肆铺排秦王喜好外国珍宝、玩好、美色、音乐的事实，敷陈谐偶，颇具纵横家法。然后提出秦王逐客的政令，举重若轻。使重物与轻人形成鲜明对比，事理昭彰。末尾作结，指出秦人"逐客以资敌国，损民以益雠"的危害，有极强的理论说服力和艺术感染力。整篇文章辞采华美，排比铺张，音节流畅，理气充足，挟战国纵横说辞之风，兼具汉代辞赋之丽。

秦始皇统一中国之后，曾多次巡游各地并刻石表功。现存刻石文共有7篇，这些刻石文大都出自李斯之手，以四字为句的韵文写成。其中除琅琊台刻石文为两句一韵外，其余峄山刻石文等6篇皆三句一韵，文辞整饬简洁，读来朗朗上口，是秦文学的独创。例如，东巡第一篇刻石文《峄山刻石》，首述秦王嬴政继承王位，然后歌颂他统一天下的功绩，表达出群臣在抚今追昔中对他产生的敬仰。

从总体上看，秦刻石文都写得气魄雄伟，文字典雅，以浑朴为体，然而，各篇铭文又各具特色。《泰山刻石》其词庄严，其体精深硕大；《之罘刻石》《东观刻石》《碣石刻石》或颖锐，或收敛，变化多端，而且都写得短小精悍。《琅琊台刻石》则铺张扬厉，囊括并吞之气，震荡于文字中间。《会稽刻石》亦篇幅较长，其中考验事实，称颂秦政，所言尤详，全文清峻为体，前后对比鲜明。

二、西汉的散文

西汉的散文主要涉及政论和哲理方面，与先秦诸子散文相比，无论从内容的丰富，形式的完备，风格的多样，语言的变化来看，都有新的发展。西汉政论哲理散文以务实求用为宗，所以抒情成分较少。西汉的散文发展，可分为前期、中期、后期三个阶段。

（一）西汉前期的散文

从高祖、惠帝、吕后、文帝到景帝期间为西汉说理散文发展的前期。此时，战国期间百家争鸣的气氛，虽经秦朝十多年的阻隔，但遗风尚存，而政治环境却发生了根本性的变化，太平统一的局面代替了战乱和分裂。因此，汉初的一些散文作家一方面受到百家争鸣遗风的熏染，畅所欲言、干预政治的意识仍然高涨；另一方面，战国时的那种救世弭乱的主题，不得不转化为维持太平统一的局面，为新王朝提供长治久安之策。所以，这时的散文作家，形式上大多继承先秦诸子的文风，表现出一种气势磅礴、感情激切、纵横驰骋、铺陈张扬的风格；内容上都能写出新的时代主题，即总结秦之所以亡、汉之所以兴，作为巩固现政权的借鉴。影响较大的西汉前期散文家主要有贾谊和晁错。

贾谊的政论文兼有战国纵横家的文风，善于在历史事实的强烈对比中分析利害冲突，在描写的铺张渲染中造成充沛气势，议论说理毫无顾忌，行文畅达，语言犀利，富于文采。如《过秦论》为了渲染秦国的声威，就极力夸张六国合纵抗秦的盛况："常以十倍之地，百万之众，叩关而攻秦"，而其结果则是秦人"追亡逐北，伏尸百万，流血漂卤"，"秦无亡矢遗镞之费，而天下诸侯已困矣"。但这个"威震四海"的王朝，却被"率罢散之众数百"的陈涉"奋臂大呼"，即土崩瓦解。在这种渲染对比之中总结出亡秦的教训："仁义不施而攻守之势异也"，就极为有力。

晁错（前200？—前154），颍川（今河南禹县）人。少学申商刑名于张恢。文帝时，以文学为太常掌故，奉命从济南伏生受《尚书》，迁博士，拜太子家令，举贤良文学，对策高第。景帝即位，迁御史大夫，请削藩，于是吴楚七国反，以诛错为名，遂被景帝以朝衣朝冠腰斩于东市。他的著名政论文有《贤良文学对策》《言兵事疏》《论贵粟疏》《守边备塞疏》等。晁错的论文切实中肯，逻辑严密，条理清晰，语言明白晓畅，体现了作者对现实社会的深刻观察和匡救时弊的政治热情。如《论贵粟疏》，晁错一方面写农民"春不得避风尘，夏不得避暑热，秋不得避阴雨，冬不得避寒冻，四时之间，亡日休息"，"尚复被水旱之灾，急政暴赋，赋敛不时"，"于是有卖田宅、鬻子孙以偿责者矣"。而另一方面写富商大贾"男不耕耘，女不蚕织，衣必文采，食必粱肉"，他们"因其富厚，交通王侯，力过吏势"。在这种具体而强烈的对比之下，指出现实政治的不合理："今法律贱商人，商人已富贵矣；尊农夫，农夫已贫贱矣。故俗之所贵，主之所贱也；吏之所卑，法之所尊也。上下相反，好恶乖迕，而欲国富法立，不可得也。"从而提出"人粟拜爵"的主张以解决农业的出路。这种议论，切中时弊，这种主张，切合实际。尤其是《言兵事疏》，分析"匈奴之长技三，中国之长技五"，提出以己之长攻敌之短；《守边备塞疏》提出于"要害之处"，"设立城邑"，厚其利禄，使民父子相保，实行寓兵于农的办法；分析非常深刻，措施亦切实可行，比贾谊的"试以臣为属国之官以主匈奴"，"必系单于之颈而制其命"的大话实在得多。

（二）西汉中期的散文

西汉中期，包括汉武帝、汉昭帝、汉宣帝三代（前140—前49）。这个时期的政论说理散文也在发生重要转变，一方面西汉前期那种纵横驰骋的文风仍在延续，但已接近尾声，而以董仲舒为代表的那种平易朴实、雍容典雅的文风正在形成。而与董仲舒同时的淮南王刘安依然倾向于道家。

董仲舒(前179—前104),广川(今河北景县)人。历任江都王和胶西王相,后托病辞官,"以修学著书为事"。其著作甚多,今存有《贤良对策》3篇(又称为《天人三策》)、《春秋繁露》82篇。但最能代表他的思想和文风的,莫过于《天人三策》了。

《天人三策》下篇最末一段中,董仲舒提出:

> 《春秋》大一统者,天地之常经,古今之通谊也。今师异道,人异论,百家殊方,指意不同,是以上无以持一统;法制数变,下不知所守。臣愚以为诸不在六艺之科、孔子之术者,皆绝其道,勿使并进,邪辟之说灭息,然后统纪可一而法度可明,民知所从矣。

作者所强调的"大一统",实质上指的就是君主集权专制。"大一统"也并非《春秋》本来的思想,而是公羊家对《春秋》进行穿凿附会解释的结果。但这正好符合汉朝统治的需要,当时面临的任务正是要把汉王朝在政治领域所建立起来的"大一统"集权专制,扩展到意识形态领域。

刘安(前179—前122),淮南厉王刘长之子,汉武帝之叔父,以汉文帝十六年(公元前164)袭封淮南王,汉武帝元狩元年以谋反被发觉自杀。刘安与其门客集体编著了《淮南子》,亦名《淮南鸿烈》。《淮南子》的思想杂有儒墨名法阴阳,但以道家为主,与汉武帝"独尊儒术"是相对立的。其文风"诡异瑰奇",具有先秦诸子,特别是《庄子》文章的风格。而其瑰丽铺陈又具有散体大赋的特点。如《原道训》描写道的性质说:

> 夫道者,覆天载地,廓四方,析八极,高不可际,深不可测。包裹天地,禀授无形;原流泉浡,冲而徐盈;混混滑滑,浊而徐清。故植之而塞于天地,横之而弥于四海,施之无穷而无所朝夕。舒之幎于六合,卷之不盈于一握。约而能张,幽而能明,弱而能强,柔而能刚。横四维而含阴阳,纮宇宙而章三光。甚淖而滒,甚纤而微,山以之高,渊以之深;兽以之走,鸟以之飞;日月以之明,星历以之行;麟以之游,凤以之翔。

这种文章,其汪洋恣肆,颇似《庄子》;其铺张扬厉,杂以疏密不等之韵,则似汉赋。

(三)西汉后期的散文

西汉后期从汉元帝初元元年直至新莽地皇四年(前48—23),共70余年。受新儒学影响,这时的政论哲理散文内容上无不充斥着阴阳灾异之说。政论家讲天人相与,灾异谴告,主要是讲人君不可违天行事。写作上引经据典,尤其是引用《诗经》的诗句作为理论依据。西汉后期代表这种文风的有刘向和受刘向影响的谷永、鲍宣等。

刘向(前77?—前6),本名更生,字子政,沛(今属江苏)人,他的政论哲理散文有《洪范五行传》、奏疏及任校书之职时写的目录学著作《别录》。汉元帝时,外戚宦官弄权,皇室衰微,国政日非,刘向屡次上书言事,奏疏中多利用自然灾异来附会当时政治,弹劾宦官外戚,揭露小人当权、政治混乱的状况,如《条灾异封事》一段:

> 今陛下开三代之业,招文学之士,优游宽容,使得并进。今贤不肖浑殽,白黑不分,邪正杂糅,忠谗并进。章交公车,人满北军,朝臣舛午,胶戾乖刺,更相谗诉,转相是非。传授增加,文书纷纠,前后错缪,毁誉浑乱。所以营惑耳目,感移心意,不可胜载。分曹为党,往往群朋,将同心以陷正臣。正臣进者,治之表也;正臣陷者,乱之机

也。乘治乱之机,未知孰任,而灾异数见。此臣所以寒心者也。

这里应用了天人感应的观点进行论述,不仅以阴阳休咎讨论时政得失,而且引用灾异推演的说法来攻击外戚宦官。

刘向的奏疏不仅抨击了外戚宦官,而且他还敢于揭露君主穷奢极欲对国家的严重危害。如其著名奏疏《谏起昌陵疏》就揭露成帝掘民墓为自己营造规模过大的坟墓,以致"死者恨于下,生者愁于上",写得情真意切,且全文不讲阴阳灾异。刘向的文章说理畅达,从容不迫,从舒缓平易中表现出深沉恳切的感情,显示出儒者的风度。

谷永(生卒年不详),字子云,长安(今陕西西安)人。少为长安小史,元帝建昭中举为太常丞,成帝时,举方正直言,对策上第,官至大司农。谷永数上书言得失,奏疏中充斥着阴阳灾异之说,如元延元年(公元前12)上的《灾异对》,就揭露了人民的灾难与统治者的凶恶。文中还说"天下乃天下之天下,非一人之天下也",这在封建皇权已经确立的时代,敢于这样说话,是比较大胆的。

鲍宣(生卒年不详),字子都,渤海高城(今河北盐山东北)人。他好学明经,哀帝时为豫州牧,征为谏大夫,后拜司隶。王莽秉政,宣不趋附,以事逮之入狱,自杀。他对哀帝宠信外戚子弟及幸臣董贤,谏诤甚切。他在《上书谏哀帝》中说:

> 凡民有七亡:阴阳不和,水旱为灾,一亡也;县官重责,更赋租税,二亡也;贪吏并公,受取不已,三亡也;豪强大姓,蚕食亡厌,四亡也;苛吏徭役,失农桑时,五亡也;部落鼓鸣,男女遮造,六亡也;盗贼劫略,取民财物,七亡也。七亡尚可,又有七死:酷吏殴杀,一死也;治狱深刻,二死也;冤陷亡辜,三死也;盗贼横发,四死也;怨仇相残,五死也;岁恶饥饿,六死也;时气疾疫,七死也。民有七亡而无一得,欲望国安,诚难;民有七死而无一生,欲望刑措,诚难。此非公卿守相贪残成化之所致邪?

言辞少文而多实。其揭露之深刻,在中国散文史上,也是鲜见的。

第五节 东汉时期的散文

东汉前期,伴随西汉阴阳五行化的今文经学而兴起的谶纬神学盛行于世。这种学说一是烦琐,二是迷信。这时,开始兴起的古文经学则是反古文经学。古文经学的一个特点是"通训诂""举大义""不为章句",即所谓"通人恶烦,羞学章句"。东汉的主要古文经学家,如桓谭、班固、王充、贾逵、许慎、马融、郑玄等人都博通群经。反对谶纬是古文经学的另一特点。桓谭、尹敏、王充、张衡、荀爽、荀悦都斥责谶纬,说它不合经义,非孔子所作。特别是王充,更著书反对谶纬,是东汉最著名的思想家。这个时期的优秀政论哲理散文,内容上提倡古文经学,不提倡乃至批判谶纬之说;文风亦有复古的倾向。东汉后期,政治日趋腐败,神学化的今文经学逐渐遭人唾弃,"举大义"的古文经学得以大兴,各种异端思想相继出现,由通儒而趋通脱,成为时尚。这时的散文作家目击时艰,尖锐地指摘时弊,评论政治得失,提出救弊扶危的主张,文多愤激不平之气。语言日趋骈偶也是这时散文的发展趋势。著名的政论哲理散文作家有王符、崔寔、荀悦、仲长统等。下面重点说王充、王符的散文。

一、王充的散文创作

王充(27—97?),字仲任,会稽上虞(今属浙江)人。出身"细族孤门",曾做过郡功曹、州从事等小官,自免还乡,汉和帝永元中病卒于家。其著作不少,多已亡佚,今存者唯《论衡》85篇(其中《招致》一篇有目无书)。

《论衡》的第一个特点是"疾虚妄",即深刻地批判了以"天人感应"为核心的谶纬迷信。王充继承和发展了古代唯物主义思想,认为世界是由物质性的"气"所构成,"人死而精气灭",不能成为鬼;天也不是有意志有目的的神,否定了"灾异谴告""祥瑞"等荒诞的说法。他说:"世俗所患,患言事增其实;著文垂辞,辞出溢其真。"(《艺增》)他作《论衡》就是批评这种失真的虚妄之言。

《论衡》的第二个特点是论述范围非常广泛,其84篇文章,涉及了历史与现实,政治与思想的各个方面:《自然》《物势》诸篇说明了他的宇宙观;《变虚》《异虚》《感虚》《福虚》《祸虚》《寒温》《变动》诸篇批判了天人感应说;《讲瑞》《指瑞》诸篇批判了祥瑞思想;《问孔》《刺孟》《儒增》诸篇批判了儒书中的虚妄成分;《死伪》《纪妖》《订鬼》《难岁》诸篇批判了迷信观念。《论衡》所讨论、批判的范围非常广泛,但集中点是批判图谶。

《论衡》的第三个特点是论证全面,征引广博。作者每论述一个问题,总是不厌其烦地论说古今,事实理论,反复论证,信笔所之。故行文舒缓,说理透辟,富有说服力量。

《论衡》的第四个特点是语言浅近通俗。王充反对虚美之文,认为"口则务在明言,笔则务在露文"(《自纪》),"夫笔著者,欲其易晓而难为,不贵难知而易造;口论务解分而可听,不务深迂而难睹"(《自纪》)。他的文章正贯彻了他的这一主张。

二、王符的散文创作

王符(生卒年不详),字信节,安定临泾(今甘肃镇原)人。以庶出为乡人所贱,加以耿介不同于俗,游宦不得升迁,于是愤而隐居著述,终身不仕。今存其著作《潜夫论》十卷,36篇,大多是讨论治国安民之术的政治论文,少数涉及哲学问题。他对当时社会政治的批判是广泛而尖锐的。他历数当时经济、政治及社会风气等方面本末倒置、名实相违的种种情况,指出此"皆衰世之务",并引用许多历史教训来警告统治者。他把社会祸乱的根源归咎于统治者的昏暗不明,向往贤能治国,明君尊贤任能,信忠纳谏,要求统治者"论士必定于志行,毁誉必参于效验",建议采取考功、明选等措施来改革吏治;他反复强调"国以民为基,贵以贱为本"(《救边》),即使谈天命,也说"天以民为心,民之所欲,天必从之"。强调统治者要重视民心的向背;他强调要崇本抑末,重视发展农桑,爱惜民力;他批判迷信卜筮、交际势利等不良社会风气。这些批判皆切中时弊。汪继培《潜夫论笺自序》称其思想体系"折中孔子,而复涉猎于申商刑名韩子杂说,未为醇儒",可见其思想已杂有法家成分。他的文章,是非明确,内容切实,说理透辟,指斥尖锐,且引经据典,纵横而论,犀利尖刻;语多排偶,表现了东汉后期政论哲理散文骈偶化的趋势。

第三章　文化视角下的魏晋南北朝文学研究

中国历史进入魏晋南北朝，便开启了一个长期分裂的时代。全国长期处于分裂，社会动乱不休，政权更迭频繁。从黄巾起义到汉末大乱，从三国鼎立到短暂的西晋统一，后又是八王之乱，导致南北分裂长达 270 多年。在中国这块版图上曾经一度出现过十几个大大小小的国家。这一时期，由于国家分裂，政权不稳定，各种力量为了争夺权力或扩大统治范围，互相进行着激烈的斗争。战乱和分裂是魏晋南北朝的时代特征，对应于文学，魏晋南北朝文学是典型的乱世文学。敏感的作家们在战乱中最容易感受人生的短促，生命的脆弱，命运的难卜，因此真实地反映现实的动乱和人民的苦难；既抒发了建功立业壮志和积极进取精神，也流露了壮志难酬的悲凉幽怨情绪。该时期的作品具有鲜明的时代特征和个性特征，形成了雄健深沉、慷慨悲凉的独特风格。

第一节　动乱时代中思想文化的断裂与重构

魏、晋、南北朝历时近 400 年。在这近 400 年中，除西晋有过近 40 年全国统一的局面外，中国长期处于分裂状态，政治动荡，战乱频仍，阶级矛盾尖锐，朝代更替频繁。

东汉后期，由于统治阶级的残酷剥削，阶级矛盾不断激化，政治极端黑暗；加之外戚和宦官的交替专权，使东汉政权日趋腐败。例如，汉和帝即位以后，窦太后临朝听政，而其兄窦宪为大将军，"威震朝廷"。汉安帝即位后，邓太后临朝，后兄邓骘秉政。汉顺帝即位后，梁氏掌权，其父梁商、兄梁冀为大将军，仅梁冀掌权就达 24 年之久。梁冀秉政期间，收刮四方赏财，"充积藏室"。为了狩猎取乐，他"多拓林苑，禁同王家，西至弘农，东界荥阳，南极鲁阳，北达河、淇……殆将千里"(《后汉书·梁统列传》)，作为他的园苑。而宦官专权同样骄横跋扈。《后汉书·宦官列传》揭露了宦官专权的丑行："虽时有忠公，而竟见排斥。举动回山海，呼吸变霜露。阿旨曲求，则光宠三族；直情忤意，则参夷五宗。汉之纲纪大乱矣。"在宦官、外戚的斗争中，由官僚士大夫结成的政治集团也在起作用。宦官专权，使朝中的官僚遭到排挤和压抑，加剧了他们之间的矛盾，终于爆发了东汉历史上有名的两次"党锢之祸"。在当时诸种矛盾中，民族间的矛盾也很尖锐，统治者对从边境迁到内地的少数民族也进行了残酷的掠夺，引起了西羌等人的反抗，曾发生了两次延续数年的大暴动。这些无不给东汉王朝以沉重的打击。还有当时不可抗拒的水、旱、虫、疫等各种天灾接连而至，使百姓的生活更是雪上加霜，使本来就已经激化的各种矛盾都达到了白热化的程度，终于在 184 年爆发了规模宏大的黄巾农民大起义。一些豪强在镇压中扩充了军事实力，纷纷拥兵自强。董卓带兵进入了洛阳，掌管朝政大权，专横跋扈。各路豪强势力联合讨董，拉开了天下混战的序幕，使中国社会从此进入了长期混战的状态。混战更严重地破坏了社会经济，生灵涂炭，中原大地到处呈现一幅相同的画面："千里无鸡鸣"(曹操《蒿里行》)、"白骨蔽平原"(王粲《七哀诗》)。正如百姓所歌："天下大乱兮市为墟，母不保子兮妻失夫。"(《后汉书·黄埔嵩列传》)从东汉后期的董卓之乱,到三国时的魏蜀吴之争,呈现的是"生灵板荡,关洛荒芜"(《晋书·地理志上》)的局面。

曹操是这个时期的著名政治家。他靠镇压黄巾起义扩大了军事力量,之后又把汉献帝迎到许县,取得了挟天子以令诸侯的政治优势。经过官渡之战,他歼灭了北方士族豪强代表袁绍的主力,接着又北出卢龙塞击败了与袁氏残余势力勾结在一起的乌桓蹋顿单于,平定了北方。264年,魏灭蜀。次年,司马炎称帝,西晋建立。太康元年(280),晋灭吴,分裂近八十年的中国获得统一。建国初年,晋武帝实行了一些有利于发展农业生产的政策,促成了太康年间的经济繁荣。随之西晋上层统治集团内部矛盾加剧,先是"贾后之乱",后是"八王之乱",人民再遭劫乱,国势日衰。加之西北少数民族崛起,时时内犯,不久晋怀帝、晋愍帝便做了他们的俘虏。317年,司马睿在建康称帝,建立东晋政权。东晋政权的支柱乃是南渡的西晋世族和旧有的东吴地方豪族,他们和西晋统治者一样贪婪、腐朽。东晋偏安江南百年,内乱从未间断,著名的就有王敦之乱、苏峻之乱和桓玄之乱。江南经过东吴开发,本属富庶之乡,由于东晋统治阶级任意兼并土地,盘剥农民,使得民众流亡、人口锐减的现象日甚一日。史书记载,从宁康二年(374)到太元十八年(393),19年中,农民起义就有6次之多。在镇压农民起义的过程中,庶族地主阶层的代表人物刘裕壮大了力量,不久代晋自立,建立了宋。刘宋(420—479)以后,相继出现了齐(479—502)、梁(502—557)、陈(557—589)三朝,历史上称宋、齐、梁、陈为南朝。因为东吴、东晋和南朝都曾建都于建康,故史书上将它们合称为六朝。

从西晋末年到东晋末年,北方一直是各少数民族首领角逐的场所。在一百六十多年中,几个少数民族首领先后建立了成、代、汉、前赵、后赵、前凉等十六个割据政权(其中也有汉人建立的政权),史称"五胡十六国"。440年,北魏拓跋部(鲜卑)统一北方,和南方刘宋政权并存。到了南朝梁时,北魏分化为西魏(535—557)、东魏(534—550)。550年,高欢之子高洋废东魏,建立北齐;宇文泰之子宇文觉废西魏,建立北周。577年,周武帝宇文邕灭北齐,统一中国北部。581年,外戚杨坚逼周静帝让位,建立隋朝。589年,晋王杨广兵伐陈后主成功,中国重归统一。历史上把我国北方从北魏到北周灭亡这段时期统称为北朝。

一个时代的士人心态,必将直接影响这一时代的文学思潮、审美观念和创作风气。魏晋社会分裂动荡的时局,对当时士人的思想意识、审美观念、文学创作都产生了重要的影响。我们知道,儒家思想是随着汉代大一统政权的建立而被确定其正统地位的,汉代末年大一统政权动摇了,那么盛极一时的儒家思想就必然随之失去其统治力量。皓首穷经的士人从儒家经典的禁锢中解救出来,他们思想活跃,积极思索,对人生、对天道等提出自己异于传统观念的看法,表现出一种人性的觉醒。到了正始年间,道家思想复兴,玄学思潮兴起,士人的"生活、思想、文艺一整个文明的核心是庄子。他们说'三日不读《老》《庄》,则舌本间强'。尤其是《庄子》,竟是清谈家的灵感的泉源。从此以后,中国人的文化上永远留着《庄子》的烙印"[①]。士大夫文人在新的精神支撑下,对个体人格、生存方式等有了新的选择。他们要冲破儒家名教的锁链,还心灵自由的自我,追求的是"颖悟、旷达、真率。如果再加以概括,则可以说是追求艺术化的人生。或者说是用自己的言行、诗文、艺术使自己的人生艺术化"[②],这就是魏晋风流。他们所追求的

① 闻一多. 闻一多全集[M]. 北京:生活·读书·新知三联书店,1982:279-280.
② 袁行霈. 中国文学史(第二卷)[M]. 北京:高等教育出版社,2005:12.

艺术,"必须是自然的,是个人本性的流露",可谓"有生则有情,称情则自然"(向秀《答养生论》),即弃功名以求自适。

第二节　建安时代文学的振兴

建安是东汉汉献帝刘协的年号,一般指 196—220 年期间的一段时期。但是文学史上的建安时期与历史上的建安时期并不完全吻合。文学史上讲的建安文学,实际上指的是从建安初年到魏明帝太和七年(232)这一历史阶段的文学。随着文人的倡导以及社会的发展,这个时期的文学出现了一些新变化。刘勰即云:"自献帝播迁,文学蓬转。……观其时文,雅好慷慨,良由世积乱离,风衰俗怨,并志深而笔长,故梗概而多气也。"(《文心雕龙·时序》)刘勰的这段话,充分说明了当时建安文学繁荣发展的盛况,尤其是诗、赋领域异常活跃。

一、建安时代的诗歌创作

建安时期,在曹氏父子的招聚和感召下,一批同时代的文人云集魏都,形成了规模不小的文坛。他们相互切磋,彼此唱和,促成了诗歌创作的高潮。以"三曹"(曹操、曹丕、曹植)、"建安七子"(王粲、孔融、陈琳、徐幹、阮瑀、应玚、刘桢)以及女诗人蔡琰(文姬)为代表创作的诗歌被称为建安诗歌。这一时期,社会动荡,人民饱受国家分裂之苦。面对国家的不幸,诗人们常常借笔墨来抒发自己的感情。他们一面同情水深火热中的百姓,一面抒发自己想在乱世中立功立德的感情。也因如此,建安诗歌大多数反映了汉末的社会动乱,具有较强的写实性,因此,建安时期的诗歌具有史诗的性质。说它们是"诗史",是它们以抒情方式言及时事。例如,曹操的《蒿里行》"生民百遗一,念之断人肠",曹植的《送应氏》"中野何萧条,千里无人烟。念我平生亲,气结不能言",王粲的《七哀》"路有饥妇人,抱子弃草间……悟彼《下泉》人,喟然伤心肝"等,每一首都表现了当时现实的社会场景,表达了作者对百姓身处水深火热的同情。在建安诗人中,诗歌创作影响较大的是曹操、王粲、蔡琰。

曹操(155—220),字孟德,小字阿瞒,沛国谯(今安徽亳县)人。祖父曹腾是宦官,父亲曹嵩是曹腾的养子。曹操虽然出身微贱,但少时豪放不羁,好权术,有大志。董卓乱起,他参加了讨伐董卓之役。建安元年(196),他迎献帝迁都许昌,自任大将军和丞相,"挟天子以令诸侯",成为北方实际的掌权者。

曹操是建安诗歌的中心人物,也是在诗歌方面开一代风气的人物。他的诗歌是其个人气质与时代精神相结合的产物,也是其复杂内心世界的真诚袒露,但留存至今的只有 20 余首,且都是乐府诗。不过,这些诗歌既反映现实,又有很深的感慨,显示出他独特的成就,体现了一代诗风。

曹操现存的乐府诗总共有 21 首,其中有三言,有四言,有五言,而以四言居多。乐府诗中既有表现游仙题材的《气出唱》《陌上桑》,也有表现历史题材的《短歌行·周西伯昌》,当然更多的题材还是表现当时的社会现实和作者的生活感受的。《薤露行》中描写了何进谋诛宦官不果,致使董卓劫持国柄,杀少帝、焚洛阳、西迁长安而使百姓备受灾难的时事。诗人目睹了洛阳惨象,不禁感到一阵悲伤。在《蒿里行》中,诗人也表达了类似的情感。诗歌《蒿里行》主要写了袁绍联合众人攻讨董卓,结果军心不齐而惨遭失败,诗人感慨乱世,感慨人心,流露出无奈和哀伤。他的《苦寒行》"北上太行山，艰哉何巍巍；羊肠坂诘屈，车轮为之摧。树木何萧瑟，北风声正悲。熊罴对我蹲，虎豹夹路啼。溪谷少人民，雪落何霏霏……行行日已远，人马同时饥。担囊行取薪，斧冰持作糜"，形象地表现了北上并州征讨高幹、行军太行山中的艰苦。他创作的《度关山》提倡执政者要爱民、守法，廉洁奉公；《对酒》则在乱世凄惨的背景下，想象出一幅太平盛世的图画。这两首诗都是对社会现实的真实描述，表现了汉末吏治不修的事实。

曹操用乐府旧题进行创作，表现出了强烈的革新精神。首先，在题材内容上进行了创新，比如《薤露行》《蒿里行》本是挽歌，曹操却用它们来写汉末的社会动乱，只取其馈惋哀伤的调子。其次，在句式上进行了改变，比如《薤露行》《蒿里行》古辞本为杂言体，曹操却将它们创作成五言体。曹操不仅五言诗取得了很高的艺术成就，他的四言乐府诗在建安文人中也是首屈一指。曹操的四言诗语言凝练、流畅，内容转换自然，没有几个文人能赶得上他。无论四言、五言，曹操的语言总是那样质朴，能以本色相见。钟惺用"真心真话""不出于假"（《古诗归》卷七）来概括曹操诗歌的特点，可以说是非常准确的。

曹操的诗是学习汉乐府结出的硕果。他的诗继承汉乐府的传统，既反映现实，又有很深的感慨，语言古朴率真。他的诗于悲凉之中含跌宕慷慨之气，如其《步出夏门行·龟虽寿》：

神龟虽寿，犹有竟时。腾蛇乘雾，终为土灰。

老骥伏枥，志在千里。烈士暮年，壮心不已。

盈缩之期，不但在天。养怡之福，可得永年。

幸甚至哉，歌以咏志。

接连用"神龟""腾蛇"和"老骥"三个比喻，从正反两面引出"烈士暮年，壮心不已"的主题，情怀慷慨，真气回荡。就艺术形式而言，曹操的四言诗也为已经板滞僵化了的四言体注入了活力。

曹操是建安文坛的领袖，他不仅以自己的创作开风气之先，而且还以其对文学的倡导，为建安文学的繁荣和发展做出了贡献。"建安七子"除孔融之外，都是建安年间先后归附曹操的。其余如女诗人蔡琰、书法家梁鹄、音乐家杜夔、李坚，学者邯郸淳、仲长统，诗人繁钦等，也都为曹操所用。这些文人以饱满的热情，创作出许多优秀作品，与曹氏父子共同开创了"建安文学"的繁荣局面。

王粲（177—217），字仲宣，山阳高平（今山东微山）人，是曹魏时期著名的辞赋作家。刘勰在《文心雕龙》中说："仲宣溢才，捷而能密，文多兼善，辞少瑕累，摘其诗赋，则七子之冠冕乎！"曹丕在《典论·论文》中说："王粲长于辞赋。"

王粲的诗歌流传至今的有 23 首，主要围绕个人的身世感伤抒写，情发于中，故能真实感人，又因常感物而发，故能做到"局面阔大"。

《七哀诗》三首是王粲的代表诗作，其中以第一首最为著名：

西京乱无象，豺虎方遘患。复弃中国去，委身适荆蛮。

亲戚对我悲，朋友相追攀。出门无所见，白骨蔽平原。

路有饥妇人，抱子弃草间。顾闻号泣声，挥涕独不还。

未知身死处，何能两相完？驱马弃之去，不忍听此言。

南登霸陵岸，回首望长安。悟彼下泉人，喟然伤心肝。

这首诗作于诗人离京避难荆州途中,因而诗中主要写的是自己为躲避董卓部将李傕、郭汜作乱长安而避难荆州途中的所见所闻,中以"出门无所见,白骨蔽平原"形象描绘了战乱后生灵涂炭的惨象,以"路有饥妇人"六句深刻揭示了战乱给人民带来的深重灾难。全诗深刻地表达了诗人对军阀纷争的深恶痛绝,以及对离乱百姓的深切同情。同时,诗中的语言简朴,情感悲凉而深沉,有着较强的艺术感染力。

王粲还写过一些在邺下时期与曹丕、曹植兄弟以及其他文人唱和的作品,如《公宴诗》等。虽然这些作品都是些"怜风月、狎池苑"之作,可在诗歌题材的开拓以及诗歌技巧的探索等方面,还是具有一定的积极意义的。

蔡琰(177—?),字文姬,原名昭姬,晋时为避司马昭讳,改字文姬,是东汉末年大文学家蔡邕之女,三国时期著名女诗人、琴家,中国古代第一位女诗人。曾被掳掠到南匈奴,嫁左贤王,育有二子,后于建安十二年(207)被曹操用金璧赎归,再嫁于董祀。

蔡琰有五言长诗《悲愤诗》一首,另有骚体《悲愤诗》和《胡笳十八拍》,内容虽与五言《悲愤诗》无大差别,然其词意冗复,体制亦与同时之七言诗不同,研究者多以为二诗系后人伪托之作。

五言《悲愤诗》是汉代第一部由文人创作的长篇叙事诗。诗以女主人公的生活经历为线索,揭露了汉末政治的黑暗、社会的混乱以及军阀混战的罪恶和人民遭受的苦难。它和民间长篇叙事诗《孔雀东南飞》可以合称为古代叙事诗中的双璧。它们的出现,标志建安时期五言诗已经高度成熟。《悲愤诗》是叙事诗,但它抒情色彩很浓。诗的前四十句原原本本地叙述女主人公被掳掠的经历,情词惨痛,它所提供的内容比历史记载丰富、生动得多。诗从董卓之乱的大背景写起,然后落到个人的遭遇上来。诗中说:"卓众来东下,金甲耀日光。平土人脆弱,来兵皆胡羌。猎野围城邑,所向悉破亡。斩截无孑遗,尸骸相撑拒。马边悬男头,马后载妇女。长驱西入关,迥路险且阻。"读这些句子,我们就会想到史书上的有关记载:董卓遣其部将李傕、郭汜"击破河南尹朱俊于中牟,因掠陈留颍川诸县,杀略男女,所过无复遗类"。"卓尝遣军至阳城,时人会于社下,悉令就斩之。驾其车重,载其妇女,以头系车辕,歌呼而还。"(《后汉书·董卓传》)董卓的暴乱,史书能道其大概,而被掳掠者的痛苦境遇却只有身经其事的作者才能细致入微地反映出来。

《悲愤诗》的写作显然受到过汉乐府中以自述口吻叙事的叙事诗(诸如《十五从军征》《孤儿行》等)的影响,但它在规模、体制上却大大超过了它们。在艺术上有几点很突出:一是以叙事为主。二是挑选一些典型场面、细节,集中抒发诗人心中的悲愤。如被掳途中所受的虐待、在南匈奴与儿子分别时的情景。三是写出了人物曲折复杂的心理变化。如她急于南归,但又难舍儿子;她怀着希望归来,可回来后却得不到亲人的温暖;虽然再嫁新人,而她又自觉鄙贱,对未来的生活怀着恐惧心理。诗人一次又一次地陷入精神痛苦的旋涡中,诗感动人的重要原因就在于她真实地写出了这种曲折、复杂的心思。四是情感悲愤而言辞朴素。诗人只是把她的亲身经历如实说出来,就像在和一位妇女谈心回忆往事一样,一点也不做作,一点也不隐晦。诗以哀痛为主,但"其词明白、感慨"(《竹庄诗话》卷二引苏轼语),不像"七子"含思婉转,不尽发露。句句自肺腑中出,平易至极,却有强大的感染力。

二、建安时代的辞赋创作

东汉中期,辞赋创作的风格发生了转变。总体上说是由体物大赋向抒情小赋转变。到了建安时期,抒情小赋创作成为辞赋写作的主导。"建安七子"中的王粲以及"三曹"中的曹植是建安时期辞赋创作的典型代表,曹丕在《典论·论文》里说:"王粲长于辞赋,徐幹时有齐气,然粲之匹也。如粲之《初征》《登楼》《槐赋》《征思》,幹之《玄猿》《漏卮》《圆扇》《橘赋》,虽张(指张衡)、蔡(指蔡邕)不过也。"在建安时期的作家中,曹植的辞赋也是赫赫有名,被后人所称颂的,曹植现存赋尚有四十余篇。他的赋皆以情意动人。

王粲的辞赋流传下来的大都残缺不全,有的仅仅是存残句,唯一完好无缺者只有一篇,即《登楼赋》。《登楼赋》作于王粲在荆州依附刘表之时,当时,王粲虽依附于刘表,但并没有得到刘表的重用,郁郁寡欢,产生了怀才不遇的感慨,又眼见国家离乱,有家难归,内心的忧惧和悲愤难以排解,故而借助登楼骋望之机寓情于景,写下了这篇小赋。这篇赋先是描绘了荆州的险要与富庶,并抒发了自己因战乱而与故乡阻隔的情怀:

> 登兹楼以四望兮,聊暇日以销忧。览斯宇之所处兮,实显敞而寡仇。挟清漳之通浦兮,倚曲沮之长洲。背坟衍之广陆兮,临皋隰之沃流。北弥陶牧,西接昭丘。华实蔽野,黍稷盈畴。虽信美而非吾土兮,曾何足以少留!

由此可见作者怀念乡土的殷切。旧乡既不能归,人生时光大量的消逝,而时世的清平极难盼到,乃忧惧此生之虚度,恐不能见用于世。而此时所目击的社会景象,仍在继续恶化,这正是违反己志而感到触目惊心的,因此在内心激起极强烈的矛盾,以至于不能自制,这完全是违反开始所要登楼的愿望的。作者的形象在赋中呈现得非常鲜明,他由登览而怅望、而深思、而徘徊,终于带着激烈的矛盾情绪下楼,以至于归去不能成眠。其时间则由白昼而经晚暮以至夜半。其情绪则由舒缓而紧张,由单纯而复杂。这一切使人充分感触到一个遭乱流离而满怀身世之忧的文人形象:

> 遭纷浊而迁逝兮,漫逾纪以迄今。情眷眷而怀归兮,孰忧思之可任?凭轩槛以遥望兮,向北风而开襟。平原远而极目兮,蔽荆山之高岑。路逶迤而修迥兮,川既漾而济深。悲旧乡之壅隔兮,涕横坠而弗禁。昔尼父之在陈兮,有归欤之叹音。钟仪幽而楚奏兮,庄舄显而越吟。人情同于怀土兮,岂穷达而异心!

最后,作者进一步抒发了自己时难未平、壮怀莫展的感慨:

> 惟日月之逾迈兮,俟河清其未极。冀王道之一平兮,假高衢而骋力。惧匏瓜之徒悬兮,畏井渫之莫食。步栖迟以徙倚兮,白日忽其将匿。风萧瑟而并兴兮,天惨惨而无色。兽狂顾以求群兮,鸟相鸣而举翼。原野阒其无人兮,征夫行而未息。心悽怆以感发兮,意忉怛而憯恻。循阶除而下降兮,气交愤于胸臆。夜参半而不寐兮,怅盘桓以反侧。

总之,这篇赋将伤感乱离、思念故乡与自悲不遇三种感情有机地融合在一起,生动地展现了广阔的社会背景,很好地表达了乱世之中失意士子的慷慨悲凉情怀。

曹植(192—232),字子建,曹丕之弟,曹操的第四个儿子。少年时期,曹植就聪明好学,能诵读《诗》《论》及辞赋数十万言。他在十几岁的时候就可以写得一手好文章,连曹操都对其文章赞叹不已。由于他才学出众,曹操几乎想要立他为太子。但是遭到了曹丕的极力阻挠,后曹丕登位后,曹植被赐死。

曹植是曹魏时期最为杰出的辞赋作家之一,现存辞赋(包括残文逸句)有51篇,加上"七"体如《七启》《七咨》和赋体文如《髑髅说》之类的有58篇。他的辞赋大都是"触类而作",内容包括自己的生平遭际、升沉哀乐、与亲友的欢会离别以及自己对军国大事的看法等。这些作品,或低徊咏叹,或慷慨悲歌,或抑郁愁苦,或奋发激昂,或浅近如话,或文采缤纷,体现出鲜明而多样的风格。

在曹植的众多赋中,《洛神赋》最为著名,也最能代表他的艺术成就。他作这篇赋的动机,仍在表达他对于理想愿望的追慕。他在赋中所描写的洛神,就是他所追慕的理想愿望的具体化身,但终因限于制度,即赋中所谓的"人神道殊",而不能如愿以偿。赋的意义,如结合曹植的生平愿望和其他许多诗篇所抒写的感情来考察,极易明白。过去有人认为是因思慕甄氏而作,并曾命名为《感甄赋》,完全是无稽之谈。

《洛神赋》的创作,乃是取法于宋玉的《神女赋》,它在结构和人物的形体及衣饰的描写上,和宋玉的《神女赋》《登徒子好色赋》有着继承性关系。但它比起《神女赋》,在结构上更为完美,这表现在人物形象上使读者获得更充分具体的感触,这主要由于作者按照水神的身份,在情节上有着明晰恰当的开展和安排。而在人物形象的描写上,作者笔下的洛神之美,不是静止在图画上的,而是在生动活泼的行动上表现着惊人的艳采。例如:

> 其形也,翩若惊鸿,婉若游龙。荣曜秋菊,华茂春松。仿佛兮若轻云之蔽月,飘飖兮若流风之回雪。远而望之,皎若太阳升朝霞;迫而察之,灼若芙蕖出渌波。……于是洛灵感焉,徙倚彷徨,神光离合,乍阴乍阳。……体迅飞凫,飘忽若神,凌波微步,罗袜生尘。动无常则,若危若安;进止难期,若往若还。

而她以那样惊人的艳质,却在与人接触之际,隐露出这样微妙动人的深情:

> 动朱唇以徐言,陈交接之大纲。恨人神之道殊兮,怨盛年之莫当。抗罗袂以掩涕兮,泪流襟之浪浪。悼良会之永绝兮,哀一逝而异乡。无微情以效爱兮,献江南之明珰。虽潜处于太阴兮,长寄心于君王。

但终因"人神道殊",在可望而不可即的情况下消逝,因而使人感到怅惘而悠然无尽。这种对于洛神可望而不可即的怅惘,实质上乃是曹植对于自己所梦寐追求而不可得的理想愿望的怅惘。《洛神赋》虽是继承和学习《神女赋》而创作的,但曹植却在赋中表现了他运用高度才华所发挥出的创造性,因而在情节结构和人物形象上比《神女赋》更为完善,更富于感染力。

三、建安时代的散文创作

建安散文是两汉散文的重要组成部分,但是其散文的风格以及艺术风貌却与两汉散文有着较大的差别。西汉中期到东汉中期主要推崇新儒家散文的"汉文本色"。建安散文强调突出自我、以气为主,这与汉代散文动辄"本经立义"、悬置自我、泯灭个性,自然不同。建安散文在艺术风格上追求通脱、清峻的风格,这与两汉散文追求醇厚、典雅、平实的文风亦不相同。刘勰最先用清峻来概括诗文的艺术特色,"风清骨峻"(《文心雕龙·风骨》)。刘师培用来概括建安文风,并说它是"魏武治国,颇杂刑名"(《中国中古文学史讲义》第三课)所致。鲁迅沿用其说,并用"简约、严明"(《魏晋风度及文章与药及酒之关系》)对其进行进一步概括。后来论建安文学特征,人们就多用清峻对其进行概括。清峻有清朗、峻健的意思。作为描述语言艺术特征的清峻,则可理解为清约、峻直。通脱,即随便之意,"想说什么便说什么""想写的便写出来"(《魏晋风度及文章与药及酒之关系》)。建安时期,散文文风的发展有两种趋势:一是由清峻、通脱走向质朴,以曹操为代表,但是曹操之后,逐渐走向衰落;二是由清峻、通脱走向华靡,以孔融、曹丕、曹植为代表,这种文风一直绵延不绝,直到隋、唐。

曹操的散文,"从通脱得力不少,做文章时又没有顾忌,想写的便写出来"(鲁迅《魏晋风度及文章与酒及药之关系》),因而显得豪爽、坦率、质朴、自然而通脱。而在曹操的散文中,最具异彩的是他的教令。例如,在《让县自明本志令》一文中,他自述了自己的身世和夙愿,坦率而恳切,而且毫不讳言地表明了自己的功高盖世:

> 今孤言此,若为自大,欲人言尽,故无讳耳。设使国家无有孤,不知当几人称帝,几人称王。或者人见孤强盛,又性不信天命之事,恐私心相评,言有不逊之志,妄相忖度,每用耿耿。

对于曹操说的这几句话,鲁迅说他"倒并没有说谎"。因为他在写这篇文章时正值建安十五年(210),当时三国鼎立的局面刚刚确定,而北方还在打仗,曹操虽然已经具有了相当的势力,但尚非踌躇满志,正当用人之秋,因而肯推心置腹。明代张溥在《汉魏六朝百三家集题辞》中称这篇文章"似乎欺人,未尝不抽序心腹,慨当以慷也",并因此使得文章显得非常自然。

孔融(153—208),字文举,鲁国(今山东曲阜)人。孔子二十世孙,官至少府(九卿之一)。为人跌宕、简傲,因反对曹操,为曹操所杀。

钱基博说:"建安文章,雅壮多风,结两汉之局,而开魏、晋之派者,盖融有以先之也。"(《中国文学史》第三编)孔融是以他散文的气势雄迈、文辞典丽而领建安文风之先的。实际上,他正是在东汉后期文风与建安文风之间起承传作用的重要作家,也是建安文风由通脱趋于华靡的前驱。所谓"气扬采飞",正是他散文艺术风貌的生动写照。

孔融为人严正刚直,负气不屈,心有所思即笔有所书,故文如其人,总以气胜。刘熙载说孔融"遒文壮节"(《艺概·文概》),实可解释为孔融将其凛凛壮节不加掩饰地显现出来,才有了他气势雄迈的"遒文"。其《论盛孝章书》,要求曹操火速解救为孙权所困的盛宪,说桓公救人之道、燕王纳贤之术,笔带感情,逞性而言。从语势的豪荡激越,可见其救友之心如何急切。其《报曹公书》,说郗虑"贬毁之于己(指郗氏承望曹操风旨,以微法奏免融官事),犹蚊虻之过也",已显出胸怀的坦荡。又说"人心不相似"云云,就不单是辩白,而是抑操扬己,有自傲之意。故苏轼谓"其论盛孝章、郗鸿豫书,慨然有烈丈夫之风"(苏轼《乐全先生文集叙》)。其实,孔融之文多具英伟豪杰之气,张溥即谓"东汉词章拘密,独少府诗文,豪气直上,孟子所谓浩然,非邪"(《汉魏六朝百三家集题辞·孔少府集题辞》)。

孔融的文章可称为张扬个性之作,难得的是内含真趣之美。但他有时说得兴起,便滔滔汩汩,几不可止。加上情绪激动,常有偏激之语。虽然文章气势浩荡,而立论不够深刻、论述不够严密的情形却时有所见,以至曹丕说他"体气高妙有过人者,然不能持论,理不胜词,至于杂以嘲戏"(《典论·论文》)。例如,他的《与曹操论盛孝章书》一文对当时名士盛孝章的危难处境进行了详细叙述,并从友情的基点出发,呼吁曹操能够救助盛孝章,言语恳切,感情真挚,很能打动人心;他的《又难曹公禁酒书》一文以开玩笑的口吻罗列事实揭穿了曹操禁酒的目的是"但惜谷耳",写得痛快淋漓且锋芒毕露。

此外,孔融的散文,结构疏散、章法灵活。这也是作者以气运词、有意无意追求气势之美的结果。他的文章,大致的框架是有的,细说其结构方式则很难。因为作者本来就没有受所谓文法的束缚,只是飞辩骋辞,溢气坌涌。决定文章走向的是气,连接段落词句的还是气。其《论盛孝章书》,开篇便对"岁月不居,时节如流",慨叹不已。说到曹操和自己年过半百,而"海内知识、零落殆尽",一下落到盛孝章身上。说到盛氏"困于孙氏",忽然冒出《春秋传》语。接着,又回头说到孝章"实丈夫之雄",曹操应当弘扬"友道",援之以手。继而又说到"今之少年,喜谤前辈,或能讥评孝章",似为孝章一辩。再说曹操今日"匡复汉室","实须得贤"。最后又把昔日昭王求贤盛事演染一番。全篇文字承接不严,内容跳跃性强。看似东说西说,总不离劝曹操速救盛宪之意。文章结构疏散而张力强劲,实乃义气鼓荡所致。

曹丕推崇文有道壮之气,喜欢文章词采华美。他是推动建安散文由清峻、通脱走向华靡的重要人物之一。曹丕在建安时期,创作许多优秀的散文。做皇帝之后,说话毕竟要慎重,所以称帝前的散文最能见出其艺术本色。具体来说,曹丕散文的艺术特色主要表现在以下几个方面。

首先,曹丕能够将往事娓娓道来,生动形象,以情动人。例如,《典论·自叙》"余又学击剑,阅师多矣。……笑曰:'昔阳庆使淳于意去其故方,更授以秘术;今余亦愿邓将军捐弃故伎,更受要道也。'一坐尽欢。"曹丕用自然、活泼的语言,把当年得意事说得活灵活现,情节生动,使人读来亲切有味。曹丕的叙事散文,有极尽铺排、尽力描写的特点。这一点在《自叙》中就能体现出来。葛洪认为曹丕的诗有"过度称扬"的嫌疑"洪见《典论·自叙》,末及弹棋、击剑之事,有意于略说所知,而实不数少所便能。不可虚自称扬"(《抱朴子·外篇》卷五十)。其实,曹丕只是担心叙述不够详尽,所以,在叙述的过程中,故意对事件进行张扬,以至词胜于事。

其次,曹丕深受汉末黄老思想的影响,在接受元气自然论的基础上,能够学习前人优秀的思辨方式,因而其立论有许多独到之处。例如,《典论·论文》中说:"文以气为主。气之清浊有体,不可力强而致。譬诸音乐,曲度虽均,节奏同检,至于引气不齐,巧拙有素,虽在父兄,不能以移子弟。"全都是观点的陈述,并没有过多的论据去阐述这些观点。《又与吴质书》说"孔璋章表殊健,微为繁富;公幹有逸气,但未遒耳",也是直接对七子得失进行评论,没有例子对其进行论证。本来,说理论断语多,易使散文气势磅礴、刚健有力,但是曹丕语气优柔,其文并不以刚健胜。

最后,曹丕的散文有着华美的语言,骈偶的气息也比较重,还有着非常浓郁的抒情气氛。即使是议论文,他也能写得情致缠绵、一唱三叹,如《典论·论文》一文:

　　盖文章经国之大业,不朽之盛事,年寿有时而尽,荣乐止乎其身,二者必至之常期,未若文章之无穷。是以古之作者,寄身于翰墨,见意于篇籍,不假良史之辞,不托飞驰之势,而名声自传于后。故西伯幽而演《易》,周旦显而制礼,不以隐约而弗务,不以康乐而加思。夫然则古人贱尺璧而重寸阴,惧乎时之过已。而人多不强力,贫贱则慑于饥寒,富贵则流于逸乐,遂营目前之务,而遗千载之功。日月逝于上,体貌衰于下,忽然与万物迁化,斯志士之大痛也。

在这一段引文中,以感慨发端,对文学事业的重要历史地位进行了论述,而且在论述过程中,不管是说理还是抒情,都娓娓道来,极有感染力。而且,这一段的引文中体现出明显的骈偶中带着散文的气势,表明了曹魏时期的文章风格走向了抒情化和骈偶化。

他的散文中所抒发的多为当下的悲欢契阔之情,能够随境生趣,摇曳多姿。例如,他在《与朝歌令吴质书》一文中运用华丽的辞藻和整齐的语句描述了自己与挚友吴质的深情厚谊:

> 每念昔日南皮之游,诚不可忘。既妙思六经,逍遥百氏;弹棋间设,终以六博;高谈娱心,哀筝顺耳;驰骋北场,旅食南馆;浮甘瓜于清泉,沉朱李于寒水。白日既匿,继以朗月,同乘并载,以游后园。舆轮徐动.参从无声。清风夜起,悲笳微吟。乐往哀来,怆然伤怀。余顾而言,斯乐难常,足下之徒,咸以为然。今果分别,各在一方。元瑜长逝,化为异物。每一念至,何时可言!方今蕤宾纪时,景风扇物,天气和暖,众果具繁。时驾而游,北遵河曲,从者鸣笳以启路,文学托乘于后车。节同时异,物是人非,我劳如何!

这篇文章追忆了作家与友人的深厚情谊,表达了作家与挚友离别的感伤,写得文情并茂,很能打动人心。

曹植的散文和曹植的诗、赋一样也分为前后两个时期。在这两个时期分别表现出不同的艺术特色。

在前期,曹植的散文辞藻华丽,如其《与吴季重书》:

> 前日虽因常调,得为密坐,虽燕饮弥日,其于别远会稀,犹不尽其劳积也。若夫觞酌凌波于前,箫笳发音于后,足下鹰扬其体,凤观虎视,谓萧曹不足俦、卫霍不足侔也。左顾右盼,谓若无人,岂非吾子壮志哉?过屠门而大嚼,虽不得肉,贵且快意。当斯之时,愿举泰山以为肉,倾东海以为酒,伐云梦之竹以为笛,斩泗滨之梓以为筝,食若填巨壑,饮若灌漏卮。其乐固难量,岂非大丈夫之乐哉?然日不我与,曜灵急节,面有逸景之速,别有参商之阔。思欲抑六龙之首,顿羲和之辔,折若木之华,闭蒙汜之谷。天路高邈,良久无缘,怀恋反侧,如何如何!

这篇回信内容简单,描述了昔日聚会的场景,歌颂了对方在朝廷的贡献。这篇文章是作者在席间口述的,因而论作比较随意,并没有严密的逻辑可言。此信的前半部分用了大量的文字来叙述前日宴会的欢乐时光,可惜时光短暂,就要别离。例如"若夫觞酌凌波于前,箫笳发音于后,足下鹰扬其体,风叹虎视,谓萧、曹不足俦、卫、霍不足侔也。""当斯之时,愿举泰山以为肉,倾东海以为酒,伐云梦之竹以为笛,斩泗滨之梓以为筝。"等写得何等生动!

在后期,由于受到曹丕父子的压制和迫害,生活颠沛流离,因而后期的散文创作也多忧愁之感。曹植后期的散文中,最有代表性的就是令、表、疏。

令即命令。曹植保存下来的令,都作于黄初时期。清人吴淇说:"陈思人黄初,诗思更加沉著。故建安之体,如锦绣黼黻,而黄初之体,一味清老也。"(《六朝选诗定论》)虽然吴淇是对黄初时期诗风进行的概括,但"沉著""清老"的风格同样也适用于散文。其《赏罚令》,以说理为主。这与之前畅所欲言的风格已经大不相同。

曹植作的表、疏有很多，出于太和时期的作品则最为优秀。刘勰对曹植的表、疏评价很高，说"陈思之表，独冠群才。观其体赡而律调，辞清而志显，应物制巧，随变生趣，执辔有余，故能缓急应节矣"（《文心雕龙·章表》）。例如，《求自试表》：

> 若使陛下出不世之诏，效臣锥刀之用，使得西属大将军，当一校之队；若东属大司马，统偏师之任，必乘危蹈险，骋舟奋骊，突刃触锋，为士卒先。虽未能擒权馘亮，庶将虏其雄率，歼其丑类，必效须臾之捷，以减终身之愧，使名挂史笔，事列朝策，虽身分蜀境，首悬吴阙，犹生之年也。

这段文字写的是他恳求明帝能够给他机会为国建功，以便了却自己的毕生之念，写得情绪昂扬、意气风发，似乎将积蓄了多年的愤懑及心志倾泻而出，感情极其真挚，十分有震撼力。

总之，建安时期的文学有了较为迅速的发展，这种发展不是偶然的，而是有着孕育它的种种因素：一是建安作家经历了汉末的大动乱，许多人卷入了战乱的旋涡，有的甚至被推到社会底层。曹操固不必说，他的大半生在战争中度过，曹丕、曹植也都有过戎马生活的经历。王粲曾举家被迫由洛阳迁徙长安，后来又被迫流寓荆州，亲眼见到了人民流离失所的惨象。女诗人蔡琰的命运更苦，在董卓之乱中被掳，陷身胡地十余年。这些广泛的社会经历，使文人们扩大了视野，体察了民情，故其诗歌具有较充实的社会内容和真情实感。《文心雕龙·时序》云："观其时文，雅好慷慨，良由世积乱离，风衰俗怨，并志深而笔长，故梗概而多气也。"二是社会大动荡的时代，往往也是思想大解放的时代。由于东汉后期儒学的正统地位被削弱，道家和刑名法术思想抬头，士人的独立人格追求日益强烈，他们的人生价值、人生信仰、行为准则、生活方式以及思维方式也都在发生变化。在这种背景下，建安作家对文学价值有了新的体认，作家间形成了以诗文相互竞争又相互切磋的文学批评风气，表现出高度的"文学自觉"精神，也极大地促进了建安文学的繁荣。三是对诗骚乐府传统的继承。诗骚的比兴传统在这一时期许多作家（如三曹、王粲、徐干、刘桢等）的创作中都有所继承和弘扬。汉乐府民歌的写实精神以及叙事抒情的艺术技巧，更大大吸引了建安诗人。曹操将《诗经》已有的四言诗提升到一个新的境界，并首开向汉乐府民歌学习的风气，他的诗"被之管弦，皆成乐章"（《魏志·武帝纪》），建安作家的诗歌几乎没有不受汉乐府民歌影响的。四是曹氏父子的倡导和带头创作。曹氏父子既是政治上的权势人物，又是文学爱好者。他们奖励文学，招揽文士，如"七子"、杨修、繁钦、蔡琰等人都被招致邺下，形成一个富有生气的文人集团。

第三节　魏末晋初文学的演进

魏末晋初，以司马氏为首的"伪饰儒教"的世家大族，掌握了政权，文学的政治环境不同于建安时期。然而，自建安以来，讲求风力、风骨、骨气与词彩，或者说讲究情文并茂，思想性与文学性、现实主义与浪漫主义兼胜，已成为我国文学的优秀传统，不是政治压力、儒教统治所能掩抑得了的。此其一。这时候的儒学是一种披着老庄外衣，即讲自然与名教"将毋同"的儒学，与汉朝神学化的儒学有所差别。与容忍"任自然"一样，世族统治者也不能不容忍某种程度的文学自由。此其二。世族对文学的要求，也不是一无可取。例如他们要求"绮丽"，这有助于文学所主张的美学的发展。此其三。持此以看正始文学与太康文学，就可知它不是退步，而是在建安文学的基础上,继续演进。

一、正始文学

正始是魏废帝齐王曹芳的年号,所谓"正始文学",实际是指从正始开始的魏国后期文学。这一时期,以何晏、王弼为首,用老、庄思想糅合儒家经义,开创了玄学清谈的风气。谈玄析理,放达不羁;名士风流,盛于雒下,世称"正始之音"。从政治形势而言,其时正是司马氏集团与曹魏集团激烈争夺政权的时期,几乎每隔二三年,便有一次征伐和诛杀。在这样残酷的气氛下,文学作品里批判现实的内容,大都采取迂回隐约的方式,旁敲侧击,形成"厥旨渊放,归趣难求"(《诗品》)的独特风貌。正始文学的代表作家有阮籍、嵇康等。

阮籍(210—263),字嗣宗,陈留尉氏(今河南开封)人,"建安七子"之一的阮瑀的儿子。他早年"本有济世志",有名于时,是当时的曹魏集团和司马氏集团都竭力笼络的对象。然而,他既看不惯曹魏集团的腐败,也不满于司马氏集团的奸诈虚伪及篡权野心,故而极力想要避开这两大集团的争斗。曹爽被杀后,司马氏集团加紧篡权,对异己大肆屠杀。此时的阮籍因担心自己会招来杀身之祸,故而饮酒狂放,采取了消极抵抗、玩世不恭的态度。

阮籍为人鄙弃礼法,任情自适,在文学上造诣较深,其诗歌、辞赋、散文创作均有较高成就。

在诗歌创作上,阮籍的诗歌被王夫之誉为"旷代绝作",以《咏怀诗》82首为代表作。《咏怀诗》并非作于一时一地,而是阮籍对政治感慨的记录,是他对当时的社会愤懑而凄厉的呐喊,是他对自己充满矛盾与痛苦心灵的袒露,因而思想与内容都较为复杂,令读者难以琢磨。正如钟嵘《诗品》中所说:"言在耳目之内,情寄八荒之表……厥旨渊放,归趣难求。"同时,这些诗写理想,抒感慨,发议论,极大地影响了后世政治抒情组诗的创作。

《咏怀诗》中笼罩着难以排解的忧思和悲哀,这也是整个诗组的基调,如其八十二首:

> 夜中不能寐,起坐弹鸣琴。薄帷鉴明月,清风吹我襟。
>
> 孤鸿号外野,翔鸟鸣北林。徘徊将何见?忧思独伤心。

在这首诗中,诗人运用象征的手法,刻画了一位孤独、彷徨、绝望,深夜不寐的抒情主人公形象,寄托了自己的孤独感。清人方东树说:"此是八十一首发端,不过总言所以咏怀不能已于言之故。"

《咏怀诗》的内容丰富,有的通过描写鸟兽虫鱼,来表现对自己命运的无奈;有的通过描写花草树木由繁华变为憔悴,来比喻世事的反复无常;有的以追求美女失败来比喻自己理想的无法实现;有的通过对凤凰羽翼摧伤的描写,寄予自己满怀才华与壮志却总是遭受压抑的不幸。例如,其十七首:

> 独坐空堂上,谁可与欢者?出门临永路,不见行车马。
>
> 登高望九州,悠悠分旷野。孤鸟西北飞,离兽东南下。
>
> 日暮思亲友,晤言用自写。

在这首诗中,诗人描写的情形是独坐无人,出门也无人,登高亦无人,自己能够看到的只有孤鸟和离兽。此时,彷徨无主之情满溢于纸上。在这样的局面中,诗人深刻地感觉到了自己的理想和壮志都已经化成了泡影。

在辞赋创作上,阮籍的赋流传至今的有六篇,其中《鸠赋》《猕猴赋》《清思赋》最为出众。

《鸠赋》《猕猴赋》是两篇咏物赋,以禽兽为题材,都带有寓言性质,以寻常禽兽说人生感受,意在言外。《鸠赋》序谓"嘉平中得两鸠子,常食以黍稷,后卒为狗所杀,故为作赋"。其中,"两鸠子"貌似是在隐喻齐王曹芳与高贵乡公曹髦,赋中"狂犬之暴怒,加楚害于微躯",好像是指司马氏父子加害魏帝的事情。《猕猴赋》说猕猴"体多似而匪类,形乖殊而不纯;外察慧而内无度兮,故人面而兽心;性偏浅而干进兮,似韩非之囚秦;扬眉额而骤肿兮,似巧言而伪真",这里虽然指的是猴,其实是在骂人,主要是痛斥"人面兽心"的人的可恶。

《清思赋》是述志赋,这篇赋受玄学的影响最深,其中虽然有很多想象、形容之词,但实际上是以论为赋。其所言之理可以用这篇赋开始的几句来概括:"余以为形之可见,非色之美;音之可闻,非声之善……是以微妙无形,寂寞无听,然后乃可以睹窈窕而淑清。故白日丽光。则季后不步其容,钟鼓阗铃则延子不扬其声。夫清虚寥廓则神物来集,飘飖恍惚则洞幽贯冥,冰心玉质则激洁思存,恬淡无欲则泰志适情。"其中,"清虚寥廓""飘飖恍惚""冰心玉质""恬淡无欲",都是写"清思"的应有之心境。可见,作者主要想谈论人的性情修养问题。另外,这篇赋还表达着这样一个观点,就是不因为万事万物而使自己的心累。这就充分体现出了玄学以无为为本的本体论。

从阮籍的《清思赋》中,我们也可以看出,阮籍在极力地写一个清虚的境界。这个境界实际上就是一个无所系念、不受约束、可以自由驰骋与想象、恍惚缥缈的精神天地。

在散文创作上,阮籍的散文以《大人先生传》最为著名,其在体制上融合了两种体格,即问答体文赋和骚体赋,具体以问答展开辩论、以骚体进行描写。这篇赋体散文通过刻画鄙视现实、"应变顺和,天地为家,运去势,魁然独存,自以为能足与造化推移,故默探道德,不与世同"的大人先生,深刻揭露了弱肉强食的社会现实和虚伪透顶的社会风习。

在这篇散文中,阮籍借大人先生之口将那些礼法之士比作裤子上的虱子,从而形象地表达了自己的愤世嫉俗之情:

> 汝独不见夫虱之处于裈之中?逃乎深缝,匿乎坏絮,自以为吉宅也;行不敢离缝际,动不敢出裈裆,自以为得绳墨也;饥则啮人,自以为无穷食也。然炎邱火流,焦邑灭都,群虱死于裈中而不能出。汝君子之处寰区之内,亦何异夫虱之处裈中乎!

这样的比喻可谓极为生动巧妙,笔锋也可谓辛辣之至。这颇能显出《大人先生传》的文风特征。从写作手法上来看,《大人先生传》贯穿了丰富的想象、夸张的形容,并用瑰丽的言辞创造了高远阔大的境界和超尘拔俗的巨大形象。在文中,阮籍不仅直述其恶、明言其非,而且多用反诘句、多用包含了诸多短句的长句,使得文章如同排浪迭涌,颇有气势。

嵇康(223—263),字叔夜,谯国铚(今安徽宿县西)人。出身低微,但资质不凡,性格峻烈,喜博览,好庄老,质性自然,恬静寡欲。曾为魏的中散大夫,与曹氏政权有了不可分割的关系,故而他在政治上与司马氏集团不合作。后来,他终因拒绝与司马氏集团合作,并对司马氏假名教之名行篡权之实的丑行进行嘲讽而被杀。

嵇康的文学创作,主要是诗歌和散文。他的诗,以表现其追求自然、高蹈独立、厌弃功名富贵的人生观为主要内容。其中《幽愤诗》作于其蒙冤系狱时,可视为其绝命诗。这首诗词锋爽利,语气清峻。嵇康的四言诗《赠秀才入军》共十八章,内容是想象其兄嵇喜在军中的生活,情

趣洒脱,如第九章:

> 良马既闲,丽服有晖。左揽繁弱,右接忘归。
>
> 风驰电逝,蹑景追飞。凌厉中原,顾盼生姿。

想象其兄日后在军中的戎马骑射生活,形象鲜明,灵动生姿。与曹植《白马篇》相比,既有游侠的英武豪侠气概,又多了一种洒脱神情。又如第十四章:

> 息徒兰圃,秣马华山。流磻平皋,垂纶长川。
>
> 目送归鸿,手挥五弦。俯仰自得,游心太玄。
>
> 嘉彼钓叟,得鱼忘筌。郢人逝矣,谁与尽言。

想象其兄在行军休息时游猎弹琴、神情悠然的高超境界,也表现了自己的寂寞怀念之情。语言自然天成,形象而又传神。"目送归鸿,手挥五弦"是嵇康理想人格的写照,也是向来为人称道的妙句。

嵇康的诗歌作品还表现了一种清逸高雅的意境,而这常常是通过景物衬托创造出来的。例如,《赠秀才入军》就多次描写这种意境:"轻车迅迈,息彼长林。春木载荣,布叶垂阴。习习谷风,吹我素琴。咬咬黄鸟,顾俦弄音。"(第十二章)写春天驾车出游,休息在树木载荣、阳光映照下的地上铺满浓浓绿阴之处,又有和风吹拂,鸟鸣、琴声相伴,其意境新鲜、惬意。又如第十三章:"浩浩洪流,带我邦畿。萋萋绿林,奋荣扬晖。鱼龙瀺灂,山鸟群飞。驾言出游,日夕忘归。"那围绕都城浩浩荡荡奔流的河水,岸边奋荣扬晖茂密青翠的绿林,以及那腾跃的鱼龙、群飞的山鸟等景物,构成了一幅万物争荣的春光图。诗人以此创造一种大自然欣欣向荣、充满活力的意境,具有极强的艺术感染力。"息徒兰圃,秣马华山。流磻平皋,垂纶长川。目送归鸿,手挥五弦。俯仰自得,游心太玄。"(第十四章)这更是为诗人所追求的清逸高雅的意境。

嵇康的散文以玄理论文居多,流传至今的散文作品也相对较多,有《养生论》《答向子期难养生论》《声无哀乐论》《管蔡论》《明胆论》《释私论》《难宅无吉凶摄生论》《难张辽叔自然好学论》《答张辽叔释难宅无吉凶摄生论》《卜疑》《与山巨源绝交书》《与吕长悌绝交书》《太师箴》《家诫》《圣贤高士传》等。

《与山巨源绝交书》是一篇最能体现嵇康人格特征和另类散文艺术风貌的文章。它名传千古,至今为人所称颂。山巨源即"竹林七贤"中的山涛,他中途出仕为吏部郎,后得升迁,便推举嵇康也入仕途。嵇康对司马氏是相当不满的,因而十分生气,为了表明自己的拒不合作态度,也为了抒发对山巨源的鄙夷和对黑暗时局的不满,便作了此书。嵇康在书中以老、庄思想为指导,先写自己越礼教而任自然的放纵生活,揭露官场的阴暗龌龊,极力讽刺与挖苦山涛,直说自己非汤、武而薄周、孔,并极端蔑视世俗生活。从表面来看,他拒绝的是山涛的举荐,其实他是借此宣布了自己和司马氏集团的彻底决裂。

在《与山巨源绝交书》中,嵇康行文恣肆、出语尖刻,极力发泄自己胸中的愤怒之气,充分显示了他大无畏的叛逆精神。例如:

> 吾昔读书,得并介之人,或谓无之,今乃信其真有耳。性有所不堪,真不可强。今空语同知有达人无所不堪,外不殊俗,而内不失正,与一世同其波流,而悔吝不生耳。老子、庄周,吾之师也,亲居贱职;柳下惠、东方朔,达人也,安乎卑位,吾岂敢短之哉!

又仲尼兼爱,不羞执鞭;子文无欲卿相,而三登令尹,是乃君子思济物之意也。

从中我们可以感受到作者的激昂之情。

关于嵇康的散文,前人的评价还是相当高的。李充在其《翰林论》就曾说:"研求名理而论生焉,论贵于允理,不求支离。若嵇康之论,成文矣。"刘师培解释说:"李氏以论推嵇,明论体之能成文者,魏、晋之间,实以嵇氏为最。"刘勰在《文心雕龙·体性》中指出阮籍、嵇康体性有异,"嗣宗倜傥,故响逸而调远;叔夜隽侠,故兴高而采烈",还在《文心雕龙·才略》中指出:"嵇康师心以遣论,阮籍使气以命诗,殊声而合响,异翮而同飞。"

二、太康文学

太康文学是指西晋建国后大约四十年间的文学,这个时期的文学是西晋文学的繁荣时期,形式主义的文风日趋严重,片面追求文学形式的华美,文学成就并不是很高;这个时期的文人都自觉地追求作品的艺术表现形式,他们的作品大都充满了华丽的辞藻,描写繁复详尽并且大量运用排偶,辞采艳丽成了这个时期诗文的主要特色。太康文学的代表作家有陆机、潘岳、左思等人。

陆机(261—303),字士衡,吴郡华亭(今上海松江县)人。出身士族。祖陆逊为东吴丞相,父陆抗为东吴大司马。陆机文才倾动一时,有"太康之英"之称。与其弟陆云合称"二陆"。当时权臣贾谧当政,广收文士,号为文章二十四友,陆氏兄弟亦入其列。后入成都王幕,为平原内史,世称陆平原。其诗文原有集,散佚。今有宋人辑《陆士衡集》十卷。陆机诗多为模拟乐府、古诗之作,重藻绘排偶,极少创新。拟古诗占其全部诗作一半以上。陆机的十二首拟古诗,多刻意雕藻,追求绮靡。例如,《拟西北有高楼》:

> 高楼一何峻,迢迢峻而安。绮窗出尘冥,飞陛蹑云端。
> 佳人抚琴瑟,纤手清且闲。芳气随风结,哀响馥若兰。
> 玉容谁能顾,倾城在一弹。伫立望日昃,踯躅再三叹。
> 不怨伫立久,但愿歌者欢。思驾归鸿羽,比翼双飞翰。

该诗虽与所拟之诗内容相似,但辞藻比原诗更绮丽。陆机的拟古诗基本都表现了这种风格。又如《塘上行》:"发藻玉台下,垂影沧浪渊。霑润既已渥,结根奥且坚。"赠尚书郎顾彦先诗二首》其二:"玄云拖朱阁,振风薄绮疏。"《为顾彦先赠妇诗二首》其一:"京洛多风尘,素衣化为缁"等,无不显示了辞藻富赡,英华膏泽的特色,表现了雕琢语言的深厚工力。陆机诗骈偶的特色也异常突出,超过了前代,代表了西晋的创作风尚,如《赴洛道中作诗》二首、《塘上行》《招隐诗》《折杨柳行》《豫章行》《苦寒行》《猛虎行》等,骈对偶句,在其诗歌中,比比皆是,极尽锤炼之能事。

陆机也是西晋时期的散文名家,尤善骈体文。《辩亡论》(上、下)是他的代表作,《辩亡论》(上、下)主要就是探讨孙皓灭亡的原因,其写法受到了《过秦论》的影响。

《辩亡论》上篇主要是称颂孙坚、孙策,尤其是孙权的功业,而对于孙亮、孙休、孙皓三主,颂扬之词较少。陆机极力写前三主在位时的丰功伟业,就与后三主在位时的国势衰弱形成了强烈反差。《辩亡论》下篇,先写孙权为什么成功,接着驳斥吴国灭亡是因为蜀国这一说法,最后阐述吴国灭亡的症结所在。

全文构思如黄侃所说:"上篇主颂诸主,下篇扬其先功,而皆致暗咎归命(孙皓)之意。"(《文选平点》)总的来说,这篇论文论事说理,好铺陈,且造句追求整齐、文辞藻丽。

陆机的散文名篇还有《吊魏武帝文并序》。这篇文章是陆机游秘阁看见曹操遗令而作的。他的这篇文章不像贾谊的《吊屈原文》,既悼念屈原又为自己感伤,陆机的伤怀、感想全是为曹操而发,并含有讥讽之意,正如黄侃谓"此文消辱魏武,亦云尽酷,特托云伤怀耳"。"吊文之发,不自伤情,明矣。"(《文选平点》)

潘岳(247—300),字安仁,荥阳中牟(今属河南)人。少以才思敏捷见称于乡里,号为"神童"。长大后更是才华出众,又兼之长相俊美,风流儒雅,谈吐温婉,被时人称为"璧人"。曾任河阳令、著作郎、给事黄门侍郎等职,后世称"潘黄门"。原有诗文集十卷,后散佚。今存明人张溥辑《潘黄门集》一卷。潘岳的代表作《悼亡诗》共三首,主要叙写丧妻后的悲痛之情,婉转曲折,描写繁复,情景交融。试看其一:

> 荏苒冬春谢,寒暑忽流易。之子归穷泉,重壤永幽隔。
> 私怀谁克从,淹留亦何益?僶俛恭朝命,回心反初役。
> 望庐思其人,入室想所历。帏屏无仿佛,翰墨有余迹。
> 流芳未及歇,遗挂犹在壁。怅恍如或存,回惶忡惊惕。
> 如彼翰林鸟,双栖一朝只。如彼游川鱼,比目中路析。
> 春风缘隙来,晨霤承檐滴。寝息何时忘,沉忧日盈积。
> 庶几有时衰,庄缶犹可击。

该诗叙写亡妻与己阴阳两隔,服丧一年之后,准备离家赴任的情景。此时诗人满腹哀伤,可"情独私怀,谁者可语"(宋玉《神女赋》)!他看着住宅就想起亡妻,走进内室就想起她的踪迹。自己神志沮丧地思念被阻隔在深邃地下的妻子,却不能见到她。诗人对妻子的思念不仅没有随着时间的流逝而减弱,反而带给他的是越来越沉重的哀伤。生离死别,悼念之痛,完全熔铸在诗篇中。读之令人潸然。全诗按冬去春来、寒暑流易的时间与空间的顺序平铺直叙,表达了诗人哀怨欲绝的悲痛心情,语言浅近而感情深厚,诗中虽有意复词繁之处,但也被真情所掩盖。第二首写深夜独眠,看到皎皎月光洒进窗内时,对亡妻的思念情形:"岁寒无与同,朗月何胧胧。展转眄枕席,长簟竟床空。"可谓情真意笃。第三首写诗人欲赴朝任职,临行之前到亡妻墓地,"徘徊墟墓间,欲去复不忍"的情景,诗人是"悲怀感物来,泣涕应情殒",写尽了哀情。正因为潘岳悼亡诗写得情思绮丽,对死别的伤痛表达得极其强烈,因而其后"悼亡"成为悼念亡妻的特指。后世哀悼亡妻,皆以"悼亡"为题,可见,其悼亡诗在诗歌发展史上的重要地位。

相比诗歌,潘岳的赋成就更高。潘岳今存赋有二十余篇,大体可以分为四类:一为咏物,如《橘赋》《安石榴赋》《朝菌赋》等;二为纪行,如《西征赋》;三为抒怀言志,如《秋兴赋》《闲居赋》等;四为诉哀言悲,如《怀旧赋》《悼亡赋》《寡妇赋》等。在这四类中,以抒怀言志、诉哀言悲之作抒情性最强。

潘岳抒怀言志的赋,写景叙事,语词简练;情意深挚,境界高远。例如,《秋兴赋》借秋景以抒愁怀,用对遁世之乐的向往来表达自己对现实处境的不满。又如《闲居赋》通过描叙田园景色和家人团聚之乐,来抒写自己对闲居生活的向往。张溥评价该赋:"《闲居》一赋,板舆轻轩,浮杯高歌,天伦乐事,足起爱慕。"(《汉魏六朝百三家集题辞·潘黄门集题辞》)

潘赋抒情性最强的应是诉哀言悲之作。例如,《怀旧赋》写的是对已故岳丈和妻弟的怀念:

> 今九载而一来,空馆阒其无人。陈荄被于堂除,旧圃化而为薪。步庭庑以徘徊,涕泫流而沾巾。宵展转而不寐,骤长叹以达晨。独郁结其谁语,聊缀思于斯文。

行文如诗,情随词出,语语动人。

此外,潘岳的哀辞也很出色。"哀辞是哀悼短命夭折者的文章,诔是累列死者德行以示作者伤悼之情的文章。两者一般以散句作序,正文则四言为句者多。"①

潘岳的哀辞,词短情长,凄婉悲切,而文辞富于变化。其哀辞,有的以其他丧事之痛和此一丧事之痛合叙以吐哀,如《金鹿哀辞》谓"呜呼上天,胡忍我门! 良嫔短世,令子夭昏。既披我干,又剪我根! 槐如瘣木,枯荄独存";有的以凄厉鸟声引发心中之悲,如《刘氏妹哀辞》谓"鸟鸣于柏,乌号于荆,徘徊踯躅,立闻其声。相彼羽族,矧引人情。叩心长叫,痛我同生";有的呼天悲号,尽吐其哀,如《王氏哀辞》谓"彼苍者天,胡宁斯忍! 曾未弱笄,无疾而陨。"种种手法,都是为了突出自己的"哀"。

左思(约 250—305),字太冲,齐国临淄人。他的家庭虽然世代儒学,但社会地位寒微,父亲左熹从小吏起,官至侍御史。在武帝泰始(265—274)年间,他的妹妹左芬被选入宫,他即移家到洛阳,求得一个秘书郎的官职,以便能充分地阅读书籍。从这时起,他即以十年的时间著成《三都赋》。由于地位低微,他的赋最初未被重视,后来得到当时名位崇高的皇甫谧、张载、刘逵等为其作序和注解,张华又赞赏其为班固、张衡之流,于是豪贵之家争相传写,洛阳为之纸贵。晋惠帝时,左思依附权贵贾谧,为文人集团"二十四友"的重要成员。永康元年(300),因贾谧被诛,遂退居宜春里,专心著述。后齐王司马冏召为记室督,不就。太安二年(303),因张方进攻洛阳而移居冀州,不久病逝。

左思现存的诗只有 14 首,都精美可观,其中《咏史诗》8 首,可推为这一时期杰出的诗作。在这一组诗中,我们可以充分感到作者卓越的情操,及建安时代的慷慨之气。它们虽是"咏史",而实质仍是"咏怀",乃是作者借古代人事以抒发自己的人生感慨。从这组《咏史诗》中,首先我们感到诗人具有不凡的功业理想和高尚的远弃荣华的情操,这两者集中表现在第一首中:

> 弱冠弄柔翰,卓荦观群书。著论准《过秦》,作赋拟《子虚》。
> 边城苦鸣镝,羽檄飞京都。虽非甲胄士,畴昔览穰苴。
> 长啸激清风,志若无东吴。铅刀贵一割,梦想骋良图。
> 左眄澄江湘,右盼定羌胡。功成不受爵,长揖归田庐。

在这首诗中,诗人抒发了自己不凡的功业理想以及高尚的情操。这样的胸襟与气度是十分豪壮动人的,从中也可以看出诗人高度自负的个性、不凡的抱负以及功成身退的人生理想。

除了诗歌,左思的赋也很出名,其《三都赋》是"洛阳纸贵"的开创者。《三都赋》为《蜀都赋》《吴都赋》《魏都赋》的合称。三赋分别以三国时代蜀都益州、吴都建业、魏都邺城之事为题材,极言"蜀都之富""大吴之巨丽""魏都之卓荦"。在结构上三赋相互关联,用"西蜀公子言于东吴王孙"的方式说蜀都,用"东吴王孙"笑答西蜀公子的方式说吴都,用"魏国先生"对蜀、吴二客郑

---

① 熊礼汇.魏晋南北朝文学史[M].武汉:武汉大学出版社,2009:127.

重相告的方式说魏都。其结构形式从司马相如《子虚赋》《上林赋》中来,吴、蜀二客对魏国先生扬魏抑吴、抑蜀之诚服,即《三都赋》立意所在。从晋承魏统的角度看,作者肯定魏都之卓荦,实于西晋统一天下有颂扬之意。

《三都赋》和两汉京都大赋在写法上有很大的不同,左思言物必"依其本",叙事必"本其实",其序云:

> 盖诗有六义焉,其二曰赋。扬雄曰:"诗人之赋丽以则。"班固曰:"赋者,古诗之流也。"先王采焉,以观土风……然相如赋《上林》而引"卢橘夏熟",扬雄赋《甘泉》而陈"玉树青葱",班固赋《西都》而叹以"出比目",张衡赋《西京》而述以"游海若",假称珍怪,以为润色,若斯之类,匪啻于兹。考之果木则生非其壤,校之神物则出非其所,于辞则易为藻饰,于义则虚而无征。且夫玉卮无当,虽宝非用;侈言无验,虽丽非经。而论者莫不诋讦其研精,作者大抵举为宪章。积习生常,有自来矣。余既思慕《二京》而赋《三都》,其山川城邑,则稽之地图;其鸟兽草木,则验之方志。风谣歌舞,各附其俗;魁梧长者,莫非其旧。何则?发言为诗者,咏其所志也;升高能赋者,颂其所见也。美物者贵依其本,赞事者宜本其实。匪本匪实,览者奚信?且夫任土作贡,《虞书》所著;辨物居方,《周易》所慎。聊举其一隅,摄其体统,归诸诂训焉。

左思不赞同汉大赋"假称珍怪,以为润色"的做法,其《三都赋》中提到的山川、鸟兽草木以及风谣歌舞都是有据可循的。正因如此,"故其赋言山川,几可视为三国山川志;言鸟兽草木,几可视为三国鸟兽草木志;言风谣歌舞,几可视为三国风谣歌舞志"[1]。

但是,《三都赋》虽然延续了汉大赋的套路,堆砌名物、铺张扬厉、层层铺叙、文辞富赡,因而创意不足。同时,赋中只有描写蜀地富饶及风俗的两段较有警策性,其他的大都缺乏精彩生动之笔。

第四节　恬淡的东晋文学

西晋末的战乱,造成东晋文学人才锐减,且辗转到江东,文坛规模和质量皆与西晋不可同日而语。从中原迁至江东的士大夫们很快在这里形成了偏安的思想。他们沿袭了魏晋之际的清谈之风,崇尚玄学,标榜旷达,在谈玄风气中逃避悲痛的现实。许多文士热衷谈玄,常"达旦微言",为此怠于政事,疏于几案。玄学在鼓励文士追求旷达闲适的精神境界同时,也使他们与现实生活发生疏离,以至遗落世事,不理俗务,导致社会责任感的普遍减弱。同时,玄学也使文士在人生态度上趋向淡漠,泯灭人生应有的热情,逐渐形成了颇具恬淡特色的东晋文学。从其发展历程上来看,东晋文学大致上可分为前、中、后三个时期,前期(317—344)文人,多是西晋精英劫后孑遗,如庾亮、温峤、郭璞、葛洪、李充、张亢、庾阐、干宝等。从文学水平来衡量,唯郭璞的《游仙诗》最引人注目。

郭璞(276—324),字景纯,河东(今山西省南部)闻喜人。西晋建平太守郭瑷之子。少习经术,博学有高才,讷于言论,好古文奇字,妙于阴阳历算,精于卜筮。永嘉之乱后,郭璞因避乱来

---

① 熊礼汇.魏晋南北朝文学史[M].武汉:武汉大学出版社,2009:143.

到江南，先后在殷祐、王导幕下任参军，后被元帝提升为著作佐郎，又升为尚书郎。明帝时，郭璞为王敦的记室参军，后王敦阴谋叛逆，令郭璞卜筮，郭璞因反对王敦谋逆称卜得凶卦，起事必无成，由此触怒王敦被杀。王敦动乱被平定后，晋王朝追封其为弘农太守。

郭璞生前以阴阳卜筮之术闻，当时誉为"璞之爻筮，虽京房、管辂不过也"（王廙《上中兴赋疏》）；史籍中如《世说新语》所载亦多以一筮者面目出现，颇有神妙玄奥事迹。然而其文章亦优，朝廷曾令他与王隐共撰晋史，事见《晋书·王隐传》。又因其诗、赋、散文成就，于东晋初亦称一流。

在诗歌创作上，郭璞的成就主要体现在其游仙诗的创作上，他的游仙诗不仅数量多，而且质量高，为他之前的文人所无法企及。因此，钟嵘的《诗品》中评郭璞的游仙诗道"词多慷慨，乖远玄宗，而云'奈何虎豹姿'，又云'戢翼栖榛梗'，乃是坎壈咏怀，非列仙之趣也"。可见，郭璞游仙诗成就之高。

郭璞的游仙诗原作总数不详，今存完篇及残诗共约十九首。完整的有十首，被编为一组，称《游仙诗》。其内容各有侧重，且非一时一地之作。从思想内容上看，郭璞的游仙诗或者通过对游仙生活的描述，寓意人在有限的生命中难以企及的事物，或者表达现实人生包括对抗现实的隐逸都是无望的，只有超脱人世的神仙生涯是美妙的思想感情，因此，在郭璞的游仙诗中，很多都是在咏叹隐逸不如游仙。例如其《游仙诗》第九首：

> 采药游名山，将以救年颓。呼吸玉滋液，妙气盈胸怀。
> 登仙抚龙驹，迅驾乘奔雷。鳞裳逐电曜，云盖随风回。
> 手顿羲和辔，足蹈阊阖开。东海犹蹄涔，昆仑蝼蚁堆。
> 遐邈冥茫中，俯视令人哀。

这首诗写"采药游名山"感受到的"登仙"之乐，和对世人碌碌求生、年命短暂的可怜。诗歌借想象中神仙居处和生活情态，形象鲜明而生动，抒写了清隐山林和高蹈游仙生活境界，赞美游仙的无穷高大，结尾的"遐邈冥茫中，俯视令人哀"更通过游仙的视角哀悯世人蚁蝼似生活、蜉蝣般短命，其他更多寄托，不脱游仙之本旨。

就特色来看，郭璞的游仙诗在题材上表达其身处乱世所萌生的隐逸之志，故其诗与两晋之际流行的玄言诗一味谈玄迥然不同，亦与单纯歌咏仙家生活或一味宣扬求仙访道思想的诗作有异。因此，刘勰在《文心雕龙·明诗》中称"江左篇制，溺乎玄风。嗤笑徇务之志，崇盛亡机之谈。袁、孙已下，虽各有雕采，而辞趣一揆，莫与争雄。所以景纯《仙篇》，挺拔而为俊矣"。

郭璞的赋被称为"中兴之冠"，《晋书》本传谓曰："璞著《江赋》，其辞甚伟，为世所称。后复作《南郊赋》，帝见而嘉之，以为著作佐郎。"可见，郭璞在赋的创作上的成就。在众多的赋中，最出名的当为《江赋》《南郊赋》和《流寓赋》。《江赋》为一长篇大赋，写长江源流始终，气势雄奇，辞采蔚丽，造语壮伟。《南郊赋》主要写元帝践祚建邺之郊祀典礼，场面宏壮，气氛庄严。《流寓赋》写郭璞自故乡闻喜至洛阳期间一路所见，表现出郭璞关心国家黎庶的心情，显示出相当社会责任感。该赋虽言及王侨轻举，有出世之想，但基本上能面对现实，怀乡土之眷恋，兴时局之感慨，诉流离之苦难。

郭璞的散文，今存不少，如《省刑疏》《因天变上疏》《皇孙生上疏》等。这些作品多是郭璞在尚书郎这一官位上的上书作品，文中常以阴阳之理，说天象人事。然而所持立场，颇为正道，不妄发蛊惑言论。例如,他曾上《谏留任谷宫中疏》,主张将"妖蛊诈妄者"任谷逐出皇宫,力劝元帝"简默居正,动遵典刑","不宜令谷安然自容,肆其邪变"。

中期(345—396)时间跨度较长,此时过江文士多已作古。在文坛上活跃的是在江东成长起来的新秀,主要代表是孙绰、许询、王羲之、袁宏、曹毗。他们大多出身门阀士族,拥有富足的物质生活,社会责任感普遍淡薄,而把对玄学的清谈爱好发展到了极致。此时为玄言诗的高潮期。东晋的文人们写了大量的用于论述老庄、佛典的诗文,诗述玄理,统称为玄言诗。此类诗文大都抄袭佛典道经上的玄言词句,语言空洞玄奥,诗风恬淡。下面以孙绰为例对其进行分析。

孙绰(314—371),字兴公,太原中都(今山西平遥南)人,后定居会稽。幼年丧父,寄身外家。少时即慕老庄,有隐居志趣,曾游放山水十余年。出仕后历任尚书郎、廷尉卿、著作郎等职。

孙绰是以玄理为题材创作玄言诗的一代文宗,他在中国诗歌发展史上有着不可忽视的地位:第一,他以玄理入诗拓宽了诗歌的表现领域,增加了诗歌的深沉性和含蓄性;第二,由于他对山水刻画的需要而刺激了当时及后世对语言艺术愈益精致的讲求,使中国诗歌进入了一个新的发展境界;第三,他使诗歌在那种追寻自得情趣和尘外之思的诗风中,开启了对自然声色描写,使自然景物成为诗歌艺术中一种独立的审美对象,促进了山水诗的发轫和发展。

孙绰的创作体现了其玄学本体论的影响,别具特色而又有明显的缺陷。其诗充满玄理道义,形式呆板,枯淡乏味。如《答许询》:

> 仰观大造,俯览时物。机过患生,吉凶相拂。
>
> 智以利昏,识由情屈。野有寒枯,朝有炎郁。
>
> 失则震惊,得必充诎。

在这首诗中,涉及了哲学家们常会讨论到的吉凶、智识、情利、得失等话题,有着相当浓厚的老庄思想,枯淡乏味。

孙绰也善于从山水景物的描写中阐发玄理,抒写逍遥自得的精神情怀,如《秋日》:

> 萧瑟仲秋月,飂戾风云高。山居感时变,远客兴长谣。
>
> 疏林积凉风,虚岫结凝霄。湛露洒庭林,密叶辞荣条。
>
> 抚菌悲先落,攀松羡后凋。垂纶在林野,交情远市朝。
>
> 澹然古怀心,濠上岂伊遥。

诗中描写的是仲秋时分万木萧条的景物,表达了诗人的人生感慨。虽然该诗归仍不离老庄,但却并不高谈道家的玄虚哲理,而只是表明道家的人生态度,且这种态度也是在对秋日景象的感应上生发的,因而有着一定的人生实感和较为鲜明的形象。在玄言诗充塞诗坛的当时,这等作品自然可算是佳胜之作了。

除了诗歌之外,孙绰在赋的创作上成就也很高。他的赋以《遂初赋》为代表。这首赋至今仅存序文残句,云:"余少慕老庄之道,仰其风流久矣!却感於陵贤妻之言,怅然悟之。乃经始东山,建五亩之宅,带长阜,倚茂林,执与坐华幕击钟鼓者同年而语其乐哉!"可见这首赋是他早年服膺老、庄,悠游林下的山居之作,表达了他早年的人生理想,即隐逸山中,扶老而死。

后期(397—420),主弱臣强,战争残酷,险象环生,又有诸多文士被害,加之王羲之、谢安等去世,文坛本显沉寂,幸有陶渊明,为东晋后期文学写上了璀璨的一页。在经历了游仙诗的飘逸和玄言诗的平淡之后,东晋文学终于迎来了发展的黄金时期。陶渊明开田园之先河,独树一帜,最先扯起文学革命的旗帜,向玄言文学发出挑战。如劲风扫过,阴霾散去,文学天空始现本来面目,清新而明朗。

陶渊明(365—427),字元亮,一说名潜,字渊明,私谥靖节,世称靖节先生,浔阳柴桑(今江西九江)人。父早亡,多在外祖父孟嘉家里生活。外祖父家里藏书多,给他提供了阅读古籍和了解历史的条件。在经历了几次不成功的出仕后,他终于不愿"为五斗米而折腰",从此返回山林,躬耕于农事。时代思潮和家庭环境的影响,使他接受了儒家和道家两种不同的思想,培养了"猛志逸四海"(《杂诗》其五)和"性本爱丘山"(《归园田居》)的两种不同的志趣。

陶渊明是东晋最有成就的诗人,他的诗主要写的就是自己从仕宦到归田的生活体会。陶渊明是一位创新的先锋,他使诗歌与日常生活相结合,把春种秋收的田园生活和桑麻鸡狗等都写进诗里,开创了田园诗这种新的题材。安贫乐道与崇尚自然,是陶渊明思考人生得出的两个主要结论,也是他人生的两大支柱。他的清高耿介、洒脱恬淡、质朴真率、淳厚善良及对人生所作的哲学思考,连同他的作品一起,为后世的士大夫筑了一个精神的家园。

陶渊明诗的题材主要有田园诗、咏怀诗、咏史诗、行役诗、赠答诗。陶渊明弃官之前田园诗作品有《和郭主簿》二首、《癸卯岁始春怀古田舍》二首、《癸卯岁十二中作与从弟敬远》《荣木》等,这些作品都是其在官间歇期在家所作。这时经济条件较好,诗中洋溢着欢欣愉悦、自满自得情调。例如,《和郭主簿》之一。诗中"弄书琴""作美酒""吾自斟"的悠闲自在生活,令人陶醉。"弱子戏我侧,学语未成音"的场面让诗人内心发出"此事真复乐"的感叹。其中,田园隐逸诗成就最高。

陶渊明的田园隐逸诗有的描写了躬耕的生活体验,这是其田园隐逸诗最有特点的部分,也是最为可贵的部分;有的描写了农村的凋敝以及自己生活的穷困;有的描写了劳动的艰辛;还有的是通过描写田园景物的恬美、田园生活的简朴,表现自己悠然自得的心境,如《归园田居》其一:

> 少无适俗韵,性本爱丘山。误落尘网中,一去三十年。
> 羁鸟恋旧林,池鱼思故渊。开荒南野际,守拙归园田。
> 方宅十余亩,草屋八九间。榆柳荫后檐,桃李罗堂前。
> 暧暧远人村,依依墟里烟。狗吠深巷中,鸡鸣桑树颠。
> 户庭无尘杂,虚室有余闲。久在樊笼里,复得返自然。

这首诗的前八句诗人讲述了自己辞官归隐的原因,之后写他自己的田园,通过田亩、草庐、榆柳、桃李、远村、近烟、狗吠、鸡鸣等景物,描写了一幅情趣盎然、温暖亲切、美好安宁的田园景象,表现出了浓厚的闲适恬静的气氛,最后两句表达了诗人回归田园之后的愉悦之情。

陶渊明的田园隐逸诗不看重物象的形似,而是重在写心,以景写情,以形写神,以客观物象或事情传达自己对世界、对人生的领悟和哲思,如《饮酒》其五:

> 结庐在人境,而无车马喧。问君何能尔?心远地自偏。
> 采菊东篱下,悠然见南山。山气日夕佳,飞鸟相与还。
> 此中有真意,欲辨已忘言。

这首诗写的是淡远、悠闲、静谧的景象,诗人的心境与这种景象完美地契合在一起,分不清何者为我,何者为物。可见即使是眼前的实景,一旦摄入诗中,也融入了诗人的主观感情。同时,这种远离车马的喧嚣的悠然自得的生活,使诗人获得了自由而恬静的心境。

随着年龄的增大、生活的日益贫困以及躬耕岁月的长久,陶渊明越来越感到农事劳动的辛苦,因而他后来的诗作中越来越多地表现了劳动的艰辛,如《归园田居》其三:

> 种豆南山下,草盛豆苗稀。晨兴理荒秽,带月荷锄归。
>
> 道狭草木长,夕露沾我衣。衣沾不足惜,但使愿无违。

在这首诗中,诗人描写了自己劳作的辛苦,每天一大早就要去田里锄草,回来的时候已是月亮东升的夜晚了,衣衫上都已经被草木上的露水打湿。由此可以看出,诗人的劳动是多么辛苦。虽然劳作十分艰辛,但诗人为了坚守自己的人生志趣仍在日复一日、年复一年地扛起锄头亲自劳作,这是十分值得人们崇敬的。

除了诗歌之外,陶渊明的赋和散文也比较有名。陶渊明的赋流传至今的只有三篇,即《感士不遇赋》《闲情赋》和《归去来兮辞》,其中又以《归去来兮辞》最为著名。宋代的欧阳修在评价这篇赋时曾说:"晋无文章,惟陶渊明《归去来兮辞》一篇而已。"

《归去来兮辞》作于陶渊明自彭泽令上辞官归隐之际。在这篇赋之前,有一段散文体的小赋,说明了作赋的原委,即"因事顺心,命篇曰《归去来兮》"。此后,陶渊明在赋中详细描述了自己归家途中的情景、归家后与家人团聚的情景、来年春天耕种的情景等。虽然这些情景无不出其想象,但却形象而生动地表达了他摆脱官场后即将回归田园的喜悦和对隐逸生活的由衷热爱,以及在历经困惑并最终找到人生归宿后的满足和惬意。这篇赋在结构上自然流转,在语言上真诚质朴,并多用骈偶句,在平易流畅中流露出了整饬之美,是陶渊明脱离仕途回归田园的宣言。

陶渊明的散文以散句为主,而且不尚气势,以情致见长,代表性的作品是《桃花源记》。《桃花源记》大约写于东晋末年,或更晚一些到刘宋初年,描绘了一个乌托邦的理想社会:

> 林尽水源,便得一山,山有小口,仿佛若有光。便舍船,从口入。初极狭,才通人。复行数十步,豁然开朗。土地平旷,屋舍俨然,有良田美池桑竹之属。阡陌交通,鸡犬相闻。其中往来种作,男女衣着,悉如外人。黄发垂髫,并怡然自乐。
>
> 见渔人,乃大惊,问所从来,具答之。便要还家,设酒杀鸡作食。村中闻有此人,咸来问讯。自云先世避秦时乱,率妻子邑人来此绝境,不复出焉,遂与外人间隔。问今是何世,乃不知有汉,无论魏晋。此人一一为具言所闻,皆叹惋。余人各复延至其家,皆出酒食。停数日,辞去。此中人语云:"不足为外人道也。"

可见,这个桃花源社会建筑在大家参加劳动、没有剥削和压迫、没有君主、没有战乱的理想基础上。这里的人们,在"春蚕收长丝,秋熟靡王税"的社会条件下进行着自由的个体劳动,儿童和老年人也得到很好的生活照顾。这里的人与人的关系是融洽亲切的,甚至对一个素不相识的外来客人也"便要还家,设酒杀鸡作食"。这里的人还保持着祖宗传下来的几百年的古老风习:"俎豆犹古法,衣裳无新制。"这里人与人之间没有倾轧,没有竞争,看不出任何矛盾和进步,以至他们感到"怡然有余乐,于何劳智慧"。桃花源的历史,是没有朝代更换,没有战乱事件作标志的。他们"乃不知有汉,无论魏晋"。渔人所说的一切改朝换代的事,在他们听来只值得叹惋而已。他们甚至连一本反映自然季节的历书也没有,"草荣识节和,木衰知风厉;虽无纪历志,四时自成岁"。

从现实情况来看,陶渊明所描绘的这个乌托邦幻想却具有较大的局限性,他因为不理解社会矛盾的实质,只是曲折地反映封建自然经济时代农民不满意封建剥削的情绪和要求,因而把消灭剥削压迫的理想寄托在生产力极度落后的"怡然有余乐,于何劳智慧"的社会基础上,这实际上也是由他作为封建社会制度下小私有者狭隘的视野所决定的。但是需要注意的是,散文中桃花源的人们由于"先世避秦时乱,率妻子邑人来此绝境,不复出焉,遂与外人间隔"的原因却与东晋当时的社会现实具有一定的关系。自汉朝末年以后,中国历史上经历了多次极大的动乱。广大人民时刻生活在兵灾战祸的威胁之下。人们为了逃避战乱灾祸,往往逃到深山绝境中去生活。东晋时期,由于南北分裂,北方处在五胡十六国互相攻杀的战争中,就有一些地主官僚率领了客户农民逃入深山险境聚居避乱,设防自卫。南方也因为战乱不断,不少人"举余家俱避难"于山林之间,可见,这篇散文还是有一定的社会基础的。

第五节 繁荣的南朝文学与务实的北朝文学

永嘉南渡之后,中国文学的发展实际上已随之南北分流。由于士族南迁,江南文化得到迅速发展,南朝文学成为当时的文学主流,各文体都有所发展,文学创作出现了繁荣局面。南朝时期,一般从宋武帝刘裕代晋(420)算起,至陈后主祯明三年(589)为止,共170年。因而南朝文学是指宋、齐、梁、陈四代的文学,这个时代的文学可以说是士族的文学。主要特点是:创作活动受到空前的重视,文坛呈现病态的繁荣,作家及作品的数量远远超越前代;作品内容缺乏,但题材有所开拓,形式技巧趋于成熟;文学理论得到进一步发展。北朝(386—581)是我国历史上与南朝同时代的北方王朝的总称,其中包括了魏、齐、周等王朝。北朝文学,在许多文学史著作中都谈得很少,研究文学史的人,大抵对北朝文学评价不高。从总的趋势来看,北朝文学的发展是和少数民族的汉化及北方文人接受南方文学的影响同步进行的。尽管如此,北方文学仍保持了自身的特色:重实用、尚真挚、求朴野。

一、繁荣的南朝文学

南朝四代的统治时间都比较短,所以在文学思想上没有严格界限。主要有以谢氏家族为代表的元嘉文学思想、以沈约为中心人物的永明文学思想及以皇室世族为代表的宫体文学思想。

元嘉文学思想指的是活动于元嘉时期的一批作家的文学思想倾向,代表作家上起晋宋之交的谢灵运和颜延之,下及大明、泰始之际的鲍照和谢庄。他们注重描绘山川景物,讲究辞藻的华丽和对仗的工整,在推动文学摆脱玄言文风取得独立地位上做出突出贡献。其中,谢灵运的创作最具代表性,这里以他为例进行分析。

谢灵运(385—433),陈郡阳夏(今河南太康)人,晋室南渡后世居会稽(今浙江绍兴)。小名"客",人称谢客,又因袭封康乐公,人称谢康公、谢康乐。谢灵运出身士族大地主家庭,祖父是东晋名将谢玄。他本来在政治上也很有抱负,但他生活在晋宋易代、政局混乱、社会动荡的年代,故而在政治上一直不得意,仕途坎坷。《宋书》本传说他"自谓才能宜参权要,既不见知,常怀愤愤"。因此,当他出任永嘉太守之后,不论是在任还是隐居,都肆意遨游,纵情山水。最后在做临川内史时,因起兵抗拒逮捕而被擒,放逐于广州,最终在广州被杀。

谢灵运的山水诗将自然界的美景引入其中,使山水成为独立的审美对象,为中国诗歌增加了一种题材。而且,他的山水诗将诗歌从"淡乎寡味"的玄理中解放了出来,还加强了诗歌的表现力和艺术技巧,并影响了一代诗风。

谢灵运的山水诗大都写于被贬永嘉之后。在这些诗中,他"尚巧似"(钟嵘《诗品》上)和"极貌以写物"(刘勰《文心雕龙·明诗》),善于捕捉自然山水的变化及其特征,不肯放过寓目的每一个细节,然后用精工绮丽的文辞进行细腻入微的刻画,力图将它们一一真实地再现出来,如《石壁精舍还湖中作》:

> 昏旦变气候,山水含清晖。清晖能娱人,游子憺忘归。
> 出谷日尚早,入舟阳已微。林壑敛暝色,云霞收夕霏。
> 芰荷迭映蔚,蒲稗相因依。披拂趋南径,愉悦偃东扉。
> 虑澹物自轻,意惬理无违。寄言摄生客,试用此道推。

在诗中,诗人描写了精舍所临湖中的景色,准确而又精妙,并表达了自己从中所获得的愉悦之感。

谢灵运的山水诗在注重刻画描摹山水景物的同时,又经常融情于景,寓理于情,抒发自己的人生感慨。这在《登池上楼》一诗中有着鲜明的体现:

> 潜虬媚幽姿,飞鸿响远音。薄霄愧云浮,栖川怍渊沉。
> 进德智所拙,退耕力不任。徇禄反穷海,卧疴对空林。
> 衾枕昧节候,褰开暂窥临。倾耳聆波澜,举目眺岖嵚。
> 初景革绪风,新阳改故阴。池塘生春草,园柳变鸣禽。
> 祁祁伤豳歌,萋萋感楚吟。索居易永久,离群难处心。
> 持操岂独古,无闷征在今。

诗中,诗人通过各种方式来表达自己内心的郁闷之情,或是比兴,用虬和鸿的进退得所来说明自己进退失据,或是以景写情,用生趣盎然的江南春景来衬托自己内心的抑郁,或是直抒胸臆来诉说自己独居异乡的孤苦。全诗通篇情景交融,不同的景物只是诗人情绪变化的背景。

永明文学思想是南齐武帝永明年间以聚集于竟陵王萧子良左右的"竟陵八友"(沈约、谢朓、王融、萧衍、萧琛、范云、任昉、陆倕)为代表的文人在创作中提出的一种强调诗歌的声律,语言有自然声调的抑扬文学思想。当时,由于南朝皇室与其他世族的关系不同于东晋,趋于缓和。到梁武帝统治的四十八年间,世族在政治上的力量已不如从前,偏于自保。世家子弟在政治上但求与皇室合作,就有更多的精力投入文学创作当中。当时的世家子弟要获得社会声誉,文学创作便是捷径。文学才能在士族中成为衡量社会价值的重要尺度,皇室对文士持鄙视和羡慕的双重心理,仍然表现出对文学的爱好。少有文学底蕴的帝王也以极大的努力跻身于文人的行列。世族以一门能文、"文才相继"(《南史·王筠传》)而自豪。南朝不止一次出现帝王和文人争胜以及嫉妒文人的事例,正可以说明他们对文学的重视。《南史·文学传》说:"降及梁朝,其流弥盛。盖由时主儒雅,笃好文章,故才秀之士,焕乎俱集。"这可以说明当时上层社会重视文学创作和文坛的繁荣情况。从宋初到陈末,规模较大的文士集团有"竟陵八友"与永明文人集团。创作活动受到空前的重视,作品的社会功能又日见其广。钟嵘说齐梁诗歌创作:

"今之士俗,斯风炽矣。才能胜衣,甫就小学,必甘心而驰骛焉。于是庸音杂体,人各为容,至使膏腴子弟,耻文不逮,终朝点缀,分夜呻吟。"(《诗品序》)当时诗歌创作的繁盛,固然与统治者倡导、喜爱有关,却也是文学走向普通的日常生活、走向感性化所致。

在永明诗人中,较大的是沈约和谢朓。沈约(441—513),字休文,吴兴武康(今属浙江)人,汉族,南朝文学家、史学家。家族社会地位显赫,祖父沈林子,宋征虏将军。父亲沈璞,宋淮南太守,于元嘉末年被诛。沈约孤贫流离,笃志好学,博通群籍,擅长诗歌和辞赋。沈约在永明体产生的过程中起了不容忽视的作用。

沈约的诗歌成就较为突出。钟嵘《诗品》以"长于清怨"概括沈约诗歌的风格。这种特征主要表现在他的山水诗和离别哀伤诗之中。

沈约的山水诗具有清新之气,不过其中又往往透露出一种哀怨感伤的情调。如《登玄畅楼》:

> 危峰带北阜,高顶出南岑。中有陵风榭,回望川之阴。
> 岸险每增减,湍平互浅深。水流本三派,台高乃四临。
> 上有离群客,客有慕归心。落晖映长浦,焕景烛中浔。
> 云生岭乍黑,日下溪半阴。信美非吾土,何事不抽簪?

这首诗对景物的描写既清新又流畅自然,对于景物变化的捕捉和描摹更是使诗歌的境界有了一种动态之势。但是,诗人通过登高临眺的所见烘托"离群客"这一孤独的形象,进而使眼前之景和"归心"融为一处。

沈约的赋大都篇幅较小,并常常将柔靡的情思与鲜丽的物色相结合,因而写得清辞流溢、冶思荡漾。另外,他的赋以内容为依据,大致可以分为四类,即艳情赋、咏物赋、咏怀赋和闲适赋。

沈约的艳情赋中,最为典型的作品是《丽人赋》:

> 有客弱冠未仕,缔交戚里,驰骛王室,遨游许史。归而称曰:狭斜方女,铜街丽人。亭亭似月,嬿婉如春。凝情待价,思尚衣巾。芳逾散麝,色茂开莲。陆离羽佩,杂错花钿。响罗衣而不进,隐明灯而未前。中步檐一息,顺长廊而回归。池翻荷而纳影,风动竹而吹衣。薄暮延伫,宵分乃至。出暗入光,含羞隐媚。垂罗曳锦,鸣瑶动翠。来脱薄妆,去留余腻。沾妆委露,理鬓清渠。落花入领,微风动裾。

在这篇赋中,作家细致精美而又淋漓尽致地描写了一位女子美艳娇羞的神态。同时,作家在对女子的神态进行描述时,又巧妙地与其活动环境相结合,从而使其神态更加惟妙惟肖。

沈约的咏物赋中,最为典型的作品是《高松赋》和《反舌赋》。在《高松赋》中,他先是对高松生长的环境进行了介绍,接着生动描绘了高松的形象:

> 若夫蟠株耸干之懿,含星漏月之奇,经千霜而得拱,仰百仞而方枝。朝吐轻烟薄雾,夜宿迷鸟羁雌。露虽滋而不润,风未动而先知。既梢云于清汉,亦倒景于华池。

在文章的最后,作家对高松在艰苦的环境中依然坚韧挺拔的形象进行了赞颂。

在《反舌赋》,作家首先是说反舌鸟与其他的鸟一样,没什么特别,而且长得也不好看,但是叫声十分悦耳动听;其次对反舌鸟的叫声进行了生动形象的描写;最后作家进行了抒情,表明自己年事已高,渴望能回归田园,静下心来倾听反舌鸟的叫声。

沈约的咏怀赋中,最为典型的作品是《愍涂赋》。在这篇赋中,他首先是通过回忆往昔表现了自己身处异乡、无依无靠的孤独悲伤之感;其次写到快乐总是短暂的,而悲伤则长久让人难以忘怀;接着借助气势宏大但基调悲凉的景物描写,对自己的渺小与孤单进行了反衬,也奠定了整篇赋的情感基调;最后对自己进行了宽慰,不要沉浸在悲伤之中,要一直勇敢地向前走。整篇赋情景交融,且感情真挚,读来不禁令人感动。

沈约的闲适赋中,最为典型的作品是《郊居赋》。在这篇赋中,他通过精心的构思、谋篇、布局,对郊居东田的自然景观进行了热情歌咏,并在字里行间渗透出自己对隐居生活的向往和追求。

谢朓(464—499),字玄晖,陈郡阳夏(今河南太康)人,因与谢灵运同族,故有"小谢"之称。初为豫章王参军,后为随王萧子隆镇西功曹参军,转文学。因文才出众备受随王赏识,但也因此遭人忌妒和诬陷,遂调还京都,任尚书殿中郎,掌中书诏诰。因在建武二年(26)出任宣城太守,固有被人称为"谢宣城"。东昏侯永元元年被诬参与谋反下狱死。

谢朓在诗歌创作方面最突出的贡献是进一步发展了谢灵运所开创的山水诗,并探索了新诗体。在山水诗方面,他继承了谢灵运山水诗清新、细致的特点,但又不同于谢灵运那种对山水景物作客观描摹的手法,而是通过对山水景物的描写来抒发情感意趣,进而达到情景交融的地步。这既避免了谢灵运山水诗的晦涩、平板及情景割裂的弊病,又摆脱了玄言的成分。《晚登三山还望京邑》一诗鲜明地体现了谢朓山水诗的这一特色:

> 灞涘望长安,河阳视京县。白日丽飞甍,参差皆可见。
>
> 余霞散成绮,澄江静如练。喧鸟覆春洲,杂英满芳甸。
>
> 去矣方滞淫,怀哉罢欢宴。佳期怅何许,泪下如流霰。
>
> 有情知望乡,谁能鬒不变?

这首诗作于诗人出任宣城太守,离京赴任之时。诗中,诗人以自然而流畅的语言,对京城秀丽的景色进行了描绘,表达了自己对京城的留念,抒发了自己浓郁的思归之情。诗歌的前两句以用典起始,借王粲、潘岳之典来抒发自己的愁思。中间六句描写了江天美景,然后层层抒情。以乐景衬愁情,更见其愁。

在探索新诗体方面,谢朓积极参与了永明体的创作,讲究平仄四声的永明声律的运用,因而其诗歌"圆美流转",音调和谐流畅,读来朗朗上口,悦耳铿锵。从《游东田》一诗中,可以很好地看出谢朓这一类诗歌的特点:

> 戚戚苦无悰,携手共行乐。寻云陟累榭,随山望菌阁。
>
> 远树暧阡阡,生烟纷漠漠。鱼戏新荷动,鸟散余花落。
>
> 不对芳春酒,还望青山郭。

诗中,情景相生,错落有致,充满了诗情画意;语言晓畅、清新、富于思致,音韵铿锵、富于变化,增强了诗歌的形象性以及音韵美。

除了诗歌外,谢朓的赋也很出色。谢朓的赋流传至今的有9篇,即《思归赋》《游后园赋》《临楚江赋》《杜若赋》《酬德赋》《高松赋》《七夕赋》《拟宋玉风赋》和《野鹜赋》。这些赋大都体制短小,声律协调,且有着浓郁的抒情色彩。

《思归赋》是谢朓的赋中较为著名的一篇,作于其任东海太守之时。在赋中,他对自己"薄暮而归"后悠闲的田园生活进行畅想,进而表达了自己对清净生活的向往与追求。而这也是他忧惧现实的政治生活、渴望获得解脱的真实写照。

《酬德赋》也是谢朓赋中写得较为出色的一篇,是他在擢升吏部侍郎后为了酬答沈约的相知之恩而创作的。在赋中,他着重对自己与沈约之间深厚诚挚的友谊进行了阐述,但同时也对南齐朝廷内部激烈的政治斗争以及自己因卷入政治斗争而产生的内心痛苦进行了生动而真实的反映,进而表达了自己希望能够与朋友一起远离腥风血雨的现实社会而去过自在的隐居生活的愿望。整篇赋写得可谓低徊而哀婉,读来令人动容。

宫体文学指以梁简文帝萧纲为首倡导的,包括庾肩吾、陈后主(陈叔宝)、庾信、徐陵、徐摛以及刘孝威等宫廷文人以及梁元帝萧绎为代表的文学流派,其典型代表就是宫体诗。

宫体诗主要是南朝君主和贵族声色娱乐生活的反映,题材以咏物、艳情居多,在情调上伤于轻艳,在风格上则比较柔靡缓弱。宫体诗人的视野仅仅是在宫墙范围之内,尤其是集中到了女人身上,对宫女的形体容颜、服装首饰、梳妆打扮、行走坐卧等都着力进行了描写。

宫体诗在形式上多采用新体,宫体诗人"转拘声韵,弥尚丽靡"(《梁书·庾肩吾传》)、"好为新变,不拘旧体"(《梁书·徐摛传》),也在一定程度上促进了新体诗的发展。宫体诗发展到陈代,更趋轻靡,内容空虚,风格浮艳。在宫体诗派的作家中,诗歌创作影响较大的是萧纲、陈后主(陈叔宝)。

萧纲(503—551),字世缵,南兰陵(今江苏武进)人。梁武帝第三子,由于长兄萧统早夭而被立为太子并继承帝位。太清三年(549),侯景之乱,梁武帝被囚饿死,萧纲即位,大宝二年(551)为侯景所害。

萧纲今存诗 200 多首,但内容单薄,情韵不足。他所作的艳情诗多含蓄,如《咏内人昼眠》:

> 北窗聊就枕,南檐日未斜。攀钩落绮障,插捩举琵琶。
> 梦笑开娇靥,眠鬟压落花。簟文生玉腕,香汗浸红纱。
> 夫婿恒相伴,莫误是倡家。

以上这首诗是一首典型的宫体诗,诗中通过对女性睡态的细致描写,呈现在人们面前一幅生动鲜美的睡美人图,旨在表现夫妻之间爱情的甜蜜与温馨。但诗中的文辞艳靡,意浅而繁,遭到了后人的诟病。

陈后主(553—604),名叔宝,字元秀,吴兴长城(今浙江长兴)人,南朝陈最后一代皇帝。在位时曾大建宫室,生活奢侈,常与妃嫔、文臣游宴,制作艳词。隋军南下时,自恃长江天险,不以为然。祯明三年(589),隋军入建康,陈叔宝被俘。后在洛阳城病死。

陈后主的诗作流传的并不多,以《玉树后庭花》流传的最为广泛:

> 丽宇芳林对高阁,新装艳质本倾城。映户凝娇乍不进,出帷含态笑相迎。
> 妖姬脸似花含露,玉树流光照后庭。花开花落不长久,落红满地归寂中。

这首诗景与人相互映衬,意象美不胜收,在一定程度上代表了宫体诗的最高水平。诗歌的开头两句对宫中的环境进行了概括,并化用了汉朝李延年"一顾倾人城,再顾倾人国"的诗句映衬美人的美丽。第三到第六句对美人们应召见驾时风情万种、仪态万千的情态进行了细致的描写。最后两句呼应开头,对宫中美人的"倾国倾城之貌"进行了重点的描绘,这也成为陈后主贪恋美人、留恋后宫的最好注脚,因而这首诗也被看成有名的亡国之音。

二、务实的北朝文学

历史上的"北朝"大致开始于公元386年鲜卑族拓跋珪重建代国,而结束于隋文帝杨坚于公元581年废周静帝,建立起隋朝,但文学思想影响或许要更长些。在这个时期中,十六国的混战,经济惨遭破坏,又典籍随文人南下,北方文化,几乎破坏殆尽。文学思想在发展上很难分出明确的不同时间段落,有文学思想迹象可寻从北魏才开始。由于南北政权的长期对峙和许多少数民族人居黄河流域,使北朝的魏、齐、周三代,在文学方面的情况和南朝不很一样。南北朝文学的差别,《隋书·文学传》曾有所论述,认为南朝文人"贵于清绮",擅长诗歌;北朝文人"重乎气质",便于作应用文字。近人刘师培作《南北文学不同论》,也认为"北朝文人,舍文尚质"。但钱钟书先生在《管锥编》中指出,北朝文人其实都是模仿南朝的,只不过在辞藻绮丽方面还有些不及,并非他们在文风上有什么独创。这一见解,主要是因南方的庾信、王褒和颜之推,还有"北地三才子"对南方文化的推崇。其实只是在艺术技巧方面有所模仿,在内容方面却与南朝文学有所不同。这主要是由于北方曾经经历了长期战乱,又由于各族的杂居和逐步融合,在文化上相互影响,生活状况、心理状态都与南方有所不同。北魏道武帝拓跋珪和太武帝拓跋焘以游牧民族首领入主中原,既有睥睨被征服者的自大,又有面对先进的汉族文化而产生的自卑。在此畸形心态的支配下,北魏虽任用汉官,酌情应用汉族政权制度,逐渐发展农业,但对汉族文化始终持拒斥和猜忌态度,导致北朝文学难以繁荣。文人所作,大多重实用而少文采。因此反映在文学作品中的思想感情以及风格也有所差别。《北史·崔浩传》记载:"能为雅(杂)说,不长属文,而留心于制度科律及经术之言。"这是当时文人创作情况的反映。

与南朝时期的文学创作相比,北朝时期的文学创作成就相对较低,并且鲜有特别优秀的创作者。在北朝历史上,取得较大文学成就和文学影响的代表文人是庾信。

庾信(513—581),字子山,南阳新野(今河南)人,梁朝著名宫廷诗人庾肩吾之子。梁元帝承圣三年(554),庾信奉命出使西魏,而梁朝旋即被西魏所灭,他因此被迫滞留北方,屈节仕出。西魏灭亡后,他又仕北周,官至骠骑大将军。尽管受到了北朝的礼重,但庾信的内心始终充满了屈辱和亡国之痛,最终满怀忧怨地在北方去世。

庾信一生的文学创作,以42岁出使西魏为界,可分为前后两期。前期的诗歌,有供君王消遣娱乐的性质,思想内容轻浅单薄,诗风伤于内容轻、艳,富于辞采之美。后来,沉醉于太平景象的梁朝政权,因侯景之乱而濒于破碎。梁元帝试图在江陵复振,却很快毁于西魏。庾信以使臣身份出使长安,因江陵陷落而不得南归,历仕西魏及北周。他"虽位望通显,常有乡关之思",以乡关之思发为哀怨之辞。庾信后期的文学创作,并没有完全抛弃前期的风格,部分诗作依然是雍容华贵,且多艳情成分,不过他后期的诗作多蕴含较为丰富的思想内容,充满深切的情感,笔调劲健苍凉,艺术更为成熟。正如杜甫在《戏为六绝句》中所说的那样"庾信文章老更成,凌云健笔意纵横"。例如,《拟咏怀》其七:

> 榆关断音信,汉使绝经过。胡笳落泪曲,羌笛断肠歌。
>
> 纤腰减束素,别泪损横波。恨心终不歇,红颜无复多。
>
> 枯木期填海,青山望断河。

诗中,诗人运用屈骚传统手法,以妇人自比,写出了自己与南方的隔绝,抒发了自己对家乡故国的深切怀念,在意境上十分接近蔡文姬的《悲愤诗》。全诗意蕴深挚、凄凉,语言精美,极为感人。

同时,庾信也是赋史上最杰出、最重要的辞赋作家之一,流传至今的辞赋有 15 篇,包括《春赋》《七夕赋》《灯赋》《对烛赋》《镜赋》《鸳鸯赋》《荡子赋》《三月三日华林园马射赋》《小园赋》《枯树赋》《伤心赋》《象戏赋》《竹杖赋》《邛竹杖赋》和《哀江南赋》。其中,以《小园赋》最为著名。

《小园赋》是一篇抒情骈赋,细致描绘了小园的美丽景色以及自己田园生活的恬淡:

> 鸟多闲暇,花随四时。心则历陵枯木,发则睢阳乱丝。非夏日而可畏,异秋天而可悲。一寸二寸之鱼,三杆两杆之竹。云气荫于丛著,金精养于秋菊。枣酸梨酢,桃榹李薁。落叶半床,狂花满屋,名为野人之家,是谓愚公之谷。试偃息于茂林,乃久羡于抽簪。虽有门而长闭,实无水而恒沉。三春负锄相识,五月披裘见寻。问葛洪之药性,访京房之卜林。草无忘忧之意,花无长乐之心。鸟何事而逐酒,鱼何情而听琴。

如此美丽的小园景色、如此闲适的生活却无法唤起作家的愉悦心情,这表明作家的闲适只不过是丧失生机后的麻木。在赋的最后,作家将自己的愁苦心境与身世遭遇联系起来,抒发了自己被迫羁留北方的痛苦以及自己对国家的无限怀念。

此外,庾信还是北朝时期最为杰出的骈文作家,"其骈偶之文,则集六朝之大成,而导四杰之先路,自古迄今,屹然为四六宗匠"(《四库提要》)。庾信有《庾子山集》传世,内有骈文 10 卷,但大多是表启碑铭类的文章,虽然有着十分精美的形式,但并不具有较大的价值。而较有价值和意义的是寄寓故国之思的一类作品,《思旧铭序》一文是其中的代表作。

《思旧铭序》是庾信为了哀悼梁观宁侯萧永而作的,萧永是梁宗室,在江陵被西魏攻破时,和庾信同时被羁留北方,后因饥饿而死。文中,庾信先追叙了在故国破亡之际他与萧永的不幸遭遇,将国家重大变故中不论是富贵之人还是贫贱之人都同归于尽的悲凉情景生动地展现了出来:

> 河倾酸枣,杞梓与樗栎俱流;海浅蓬莱,鱼鳖与蛟龙共尽。焚香复道,讵假游魂?载酒属车,宁消愁气?芝兰萧艾之秋,形殊而共瘁;羽毛鳞介之怨,声异而俱哀。所谓天乎,乃日苍苍之气;所谓地乎,其实抟抟之土。怨之徒也,何能感焉!

在这里,作家通过哀悼亡友,抒发了自己的故国沦亡、身世飘零之悲,感情真挚。另外,文中大量运用了典故,句式是平仄相间的四六句,而且音韵铿锵,表明骈文的发展已经进入了一个新的时期。

第四章 文化视角下的隋唐五代文学研究

隋唐时期,统治者采取了开明宽松的文化政策,在这样的大环境下,散文、诗歌、传奇、词等各方面都有了全新的发展,文学呈现出高度繁荣的发展态势。之后的五代时期,词的进一步兴盛,为宋词达到巅峰奠定了良好的基础。本章主要对这一时期的文学发展进行研究。

第一节 开明宽松、吐纳万方的文化环境

隋文帝开皇九年(589)统一全国,结束了 270 余年南北分裂的政治局面。但隋朝只维持了不到 30 年。隋炀帝大业十三年(617),关陇贵族集团的代表人物李渊、李世民在风起云涌的农民起义战争中起兵太原。翌年(618)五月,李渊即帝位于长安,改国号曰唐,并先后平定了其他武装力量,于武德七年(624)统一了全国。唐太宗贞观四年(630)打败突厥,原属东突厥的各属国,归属唐朝,推尊唐太宗为天可汗,唐朝遂取代势力强大的突厥而成为东亚盟主。贞观八年(634)大败吐谷浑,贞观十四年(640)平定高昌,高宗显庆二年(657)打败西突厥。唐朝势力之强大,延续一百余年,直至唐玄宗开元、天宝年间而达到高峰。天可汗的实际存在,达一百二十余年之久。唐代是中国古代封建社会最为繁盛的时期,它在许多方面的开明措施都有利于文学的发展。其国力之昌盛、制度之完备、思想之开放、文化之繁荣,在整个中国古代发展历史上都堪称典范。在这样的时代环境下,唐文化盛大恢宏、兼收并蓄、百花齐放,唐人表现出勃发的生命精神和极为自由的人生信仰,这必然为唐代文化的繁荣、文学的繁荣奠定坚实的基础和高昂的基调。尤其是盛唐时代,诗坛异常繁盛,诗歌创作清新多样,诗人辈出。他们突破了齐梁靡丽诗风的束缚,以丰富的生活、饱满的热情、优美的形式、纯熟的技巧,表现着新的时代,歌唱着新的生活。

一、强盛的国力对文学的影响

作为上层建筑一部分的文学艺术,其发展必然以一定的经济实力为基础。唐初在发展生产的同时切合实际国情,在经济方面进行了大胆而有实效的改革,促进了国力的迅速发展。唐代的经济在唐玄宗开元年间发展到巅峰状态。

唐代之强盛还表现在疆域的广大与开拓,唐之疆域及势力所达之处的确极为广阔,其国势之强盛、国威之远扬无与伦比。在这个基础上,承袭六朝并突破六朝的唐文化,博大清新,辉煌灿烂,蔚成中国封建文化的高峰,也是当时世界文化的高峰。

唐代国力的强盛、社会的安定为文学发展提供了雄厚的物质条件,尤其为唐诗的兴盛发展提供了良好的社会环境。可以说,李白高涨的浪漫主义精神,即是盛唐时代精神的产物,其《将进酒》《天马歌》等诗歌皆为盛唐时代精神之表现。唐代经济的繁荣为文学的繁荣提供了必要的物质基础:如果没有开元盛世,杜甫就不可能写出"稻米流脂粟米白,公私仓

廪俱丰实"的壮丽诗篇。国力强盛,使知识分子意气风发,强烈地追求"济苍生""安社稷"的理想,热情地向往建功立业的不凡生活。大唐盛世在中国乃至世界文明史上的显赫地位都是公认的,那种"一览众山小"的壮伟胸襟与"长风几万里"的雄阔气度,更是令后世之人高山仰止、心驰神往。

二、开明宽松的政治环境对文学的影响

政治和文学的关系极为密切,政治往往影响文学,文学也总在一定程度上反映政治。这种密不可分的关系不仅表现为文学的题材、内容总与政治有着千丝万缕的联系,作家在现实政治生活中也总持有自己的政治态度,同时还表现在政治家的开明、政治环境的宽松与否决定着文学的发展和繁荣状况。唐代社会总体上政治较为清明,特别是贞观时期,政体具有很大的包容性、开放性,能够容纳社会不同阶层的代表,接受不同的政治意见,这种开明宽松的政治环境为唐文学的繁荣提供了必要的保证。唐代几乎没有任何文禁,人们可以比较自由地发表自己的见解,谈自己的看法,甚至直接向皇帝提意见,批评皇帝,很少因言获罪。在唐代,作为文学的最主要形式,诗歌与政治在反映与被反映、渗透与相互渗透的关系中不断融合,共同发展。诗人一直被称为社会的良心,有社会良知的诗人都是铁肩担道义,与国民共忧患,唐人以诗性精神融合政治意识,为天地立心,为国家立言。在当时诗坛上,诗人们写诗很少顾虑,诗歌的内容和形式都听诗人任意调度。唐代很多诗人在自由创作的天地里,写诗撰文无所顾忌,常常把当时的最高统治者作为批评抨击的对象,这在别的任何朝代都不可能存在,而唐代诗人却能幸免文祸,足以说明政治环境的开明宽松。可以说,没有这种开明政治和宽松的政治环境,就不可能有今天我们所见到的繁荣的唐诗,就不可能有李白、杜甫这样超一流的大诗人。

国力的日渐强大,为士人展开了一条宽阔的人生道路。唐人入仕,较之前代有更多途径。开科取士,唐沿隋旧,而更加发展成熟。唐人开科,分常选与制举。科举之外,尚有多种入仕途径,如入地方节镇幕府等。入仕的多途径,为寒门士人提供了更多的机会。一批较接近广阔社会生活的寒门士人进入文坛,使文学离开宫廷的狭窄圈子,走向市井,走向关山与塞漠,这对文学的发展也是意义重大的。而且,在这样的环境下,唐代士人对人生普遍持一种积极的、进取的态度,这也对他们的文学创作产生了极大的影响。

三、吐纳万方的外交政策对文学的影响

北朝汉胡文化的融合,在唐代加速了进程。唐代统治集团的这种思想倾向,安史之乱以后有所改变,严华夷之防的思想,在韩愈的维护道统的主张之后,有所抬头。但是道统论的提倡,对于宋以后的正统思想的重新主导思想领域和内敛心态的形成,可能起先导作用,而对于中唐以后的整个社会生活,却并无实际的影响。

唐代经济发达,国力强盛,政治上又是十分开明通脱,所以在对外文化交流方面就体现出一种开放之势,具有一种海纳百川的闳博气魄。唐代文化辉煌成果得益于唐代的文化开放政策,唐代统治者以空前的热情与自信开拓疆域,解放思想和意识形态,这种开明的文化政策和开放的社会生活,使唐代文化在宽松的社会环境中健康成长,最终成就了光耀千古的文化伟业。唐朝是当时世界经济文化的交流中心,享有极高的国际声誉,各国商人、使节、贵族、学者、

僧侣、艺术家不断往来中国。唐代社会经济的繁荣发达,为对外开放奠定了坚实的物质基础。随着对外开放的逐步扩大与深入发展,给唐代社会注入了许多新鲜的活力。唐代的思想文化艺术广泛吸收域外国家和民族的优秀成果,使唐人的精神文化生活变得更加丰富多彩。唐朝在对外开放中,凡是有利于本国发展的事物都积极引进,为我所用,这种博采众长的吐纳襟怀给唐王朝带来了巨大的回报,那就是使其经济、政治、文化全面繁荣。对外交流对于唐代文学尤其是唐诗也产生了巨大影响,扩大了诗人的视野,丰富了诗人的精神生活,为唐诗的创作提供了丰富素材,也激发了诗人创作的热情。

唐王朝实行积极对外开放国策,积极与其他国家或民族开展政治交往或进行商贸交易,因此陆路和水路均十分发达。唐代以前陆路通向国外的道路主要是继汉、隋以来的"丝绸之路"。到了唐代陆路交通更为通畅,北路经蒙古高原到西伯利亚,西路经"丝绸之路"到西域中亚、欧洲,西南路经四川到吐蕃、尼泊尔、印度,或经南诏、缅甸到印度,东路经辽东到朝鲜。唐朝当时可以与国外通商的贸易路线已多达七条,随着陆路、海路贸易的迅速发展,唐都长安成为著名的国际大都市。长安经济的繁荣吸引了大批外国使者、商人、留学生、僧侣等通过陆路或海路来到长安,为此长安专门设有如鸿胪寺、礼宾院等接待外国使者和商人的机构,还设有商馆、市监、市舶司等机构来具体管理外贸活动。长安的高度繁荣对整个唐朝都具有巨大的贡献,中外文化的交流使长安具有了世界性的意义,除了带来巨大的经济利益之外,还给唐朝带来了影响深远的异域色彩,各色人等从四面八方聚集而来,他们均想在长安有所作为,于是日常生活中都表现出昂扬向上的进取精神,他们任侠使气,豪气冲天,可以说,长安人的精神气质直接影响了整个唐朝人的精神风貌。除长安外,洛阳、扬州、广州、凉州、敦煌、弓月城等都是对外开放和贸易的著名商业城市。

唐代在对外交流中广泛吸收他国优秀的文化,这为大唐文化的发展繁荣提供了重要的新鲜血液,唐代文化的高度繁荣,与其大量吸收了异域文化特质密切相关。唐代对外开放为文学提供了丰富的创作素材,对唐文学的繁荣产生了重要影响。由于对外开放,外国物品大量涌入中土,来往于大唐的外国人活动日趋频繁,他们的生活方式、奇异见闻、思维方式、经营之道,对唐人来说是清新异样的,对于文人创作来说更颇为新奇。唐传奇的许多故事均与域外风物见闻相关,小说家们以其敏锐的目光,关注着这些典型的人物形象,并将之付诸笔端。唐传奇中对域外风情、物品及外国人在中国生活的奇特方式、奇能异巧的刻画和描述随处可见。对外开放扩大了唐人的视野,激发了他们的创作欲望,综观《全唐诗》,常常可以看到以中外交往为题材的诗篇,给人们耳目一新的感觉。

唐代以其雄浑博大的气魄,对世界文化采取兼收并蓄的态度。对外开放不但促进了唐代生产技术的进步与发展,而且丰富了唐人的精神文化生活,激发了唐代文学艺术的繁荣与创新。唐文化以本土文化为主体,对外来文化进行能动的选择、改造和吸收,从而将之融为整个唐文化的有机组成部分。唐代在向世人展现其博大的胸怀、恢宏的气势、昂扬勃发的进取精神的同时,还以其生机勃勃、兼容并蓄的开放性格、多种多样的表现形式、鲜艳绚丽的色彩而被后人所永远迷恋倾倒。

四、繁荣发展的艺术对文学的影响

唐代绘画、书法、雕塑的繁荣,也影响了文学。我国书法,至晋而风韵标举,臻于化境。此后北朝雄健而南朝俊秀,至隋而渐合南北之两长,然法未大变。唐人始大变法度。初唐书法名家辈出,欧阳询、虞世南、褚遂良、薛稷、陆柬之、孙过庭诸人,如群星会聚,形成我国书法史的又一高峰。最能传神地体现唐代士人昂扬精神风貌的,是张旭和怀素的草书,两人均每于醉后走笔狂书,龙蛇游走而莫测其神妙。书法中的这种自由纵恣的气象,与盛唐诗人,特别是李白歌诗的精神风貌,甚为相似。

唐人恢宏的胸怀气度与对待不同文化的兼容心态,创造了有利于文化繁荣的环境。史学、书法、绘画、雕塑、音乐、舞蹈都有很大的发展。

唐初设立史馆,出于以史为鉴的目的,修《梁书》《陈书》《北齐书》《周书》《隋书》五史。后又以太宗御撰的名义修《晋书》和以私修官审的形式修《南史》和《北史》。八史的修撰,提供了丰富的修史经验,不久便有刘知幾的《史通》出来,广泛地论述史学问题,反映了一种求实的思想倾向。这种思想倾向,与文学潮流的发展同步。初唐的文学潮流,逐步向着反伪饰、求真情的方向发展,并从此一步步地摆脱南朝文风的影响。史学上的求实与文学上的求真,同样是崇实思潮的产物。史家对于文学问题的论述,更直接影响着文学的走向,如《隋书·文学传论》《北齐书·文苑传赞》《周书·王褒庾信传论》和各史中的作家传、传论中精彩的文学见解,与初唐诗风朝着合南北文学之两长,旨深、调远、辞巧,声律风骨兼备的方向发展不无关系。

唐代绘画,在我国绘画史上也进入了一个新时期。此期绘画已分科。人物画家有阎立本、尉迟乙僧、吴道子、张萱、周昉、韩滉等。山水画家如李思训、王维、张璪、郑虔等人,都是我国绘画史上名声煊赫的人物。花鸟动物画家如曹霸、韩干、韦偃的马,边鸾的花鸟,也都名盛一时。唐代壁画最盛,画于宅院、寺庙、道观、殿宇、公庭、驿廨。书法、绘画、雕塑的高度成就,也影响着文学,我们从唐诗中可以明显地看到这一点。唐人咏画、题画诗,《全唐诗》中著录有 189 首。许多重要诗人如李白、杜甫、王昌龄、岑参、高适、王维都有题画、咏画诗。在唐代,诗画的融通有了更大的发展。画论诗论交融渗透、相互影响,绘画不仅成为诗的题材,也影响诗的艺术表现技巧。唐诗中色彩表现的丰富细腻,意境的画意,传神的技巧,都与绘画艺术的高度发展有着这样那样的关系。

音乐和舞蹈的繁荣,与文学发展也有着密切的关系。在唐代,燕乐的发展产生了一种诗歌的新形式:词。燕乐用诗于歌唱,从绝句开始,后来才因调填词。《全唐诗》中涉及乐舞的更多,这些作品对乐声与舞容的精妙描写,充分说明唐代乐舞的高度繁荣,为唐诗表现领域的拓展带来了十分深刻的影响。

第二节　渐趋合流的隋代文学

永嘉南渡之后,士族南迁,江南文化得到了迅速发展,南朝文学成为中国文学发展的主流。当起于北方的隋、唐政权重新统一中国后,融合南北文学之所长,并在此基础上创造新文学,是文学进一步发展首先必须解决的问题。

北周大定元年(581),相国隋王杨坚受周禅即帝位,改元开皇,国号隋,是为隋文帝。开皇九年(589),隋师渡江入建康,南朝的最后一位皇帝陈后主投降,陈亡。中国经历了 270 余年的南北分裂,至此重新统一。

隋代文学的作者,基本上由两部分人组成:一是北朝诗风的代表,多为北齐、北周旧臣,如卢思道、杨素、薛道衡等；二是把南朝诗风直接带入隋朝的由梁、陈入隋的文人，如江总、许善心、虞世基、王胄、庾自直等。由于南朝的文学比较发达，在诗歌体式和表现形式方面，为北方作家提供了可资借鉴的方便。如卢思道采用以"思妇—征夫"为内容的南朝歌行体，写出了反映边塞军旅生活的名作《从军行》，将描写的重心转到了"征夫"身上，以关塞苦寒生活为背景，抒写北地边塞生活的真情实感，多贞刚之气，有苍劲骨力，体现了北方诗人重气质的特色，历来为人所称道。杨素是隋朝的开国重臣，亲历征战，对边塞风霜行役的军旅生活体验尤深，在诗中表现得也更为真切。

北方文人在学习南朝文学的表现手法时，诗风也发生变化。如卢思道的《棹歌行》《美女篇》《夜闻邻妓》《后园宴诗》等，着意描写女性的体态服饰和媚眼纤腰，难免由此而流于轻艳。薛道衡的名作《昔昔盐》，因其中的佳句"暗牖悬蛛网，空梁落燕泥"而见称于世，诗中所写乃南朝诗常见的闺怨题材，清辞丽句，委婉细腻，情调和趣味偏于齐梁风格。

在隋文帝时代，北、南两种诗风是同时并存的，甚至在同一作家的创作中体现出来，但到隋炀帝杨广即位之后，身边聚集了一批南朝文士，隋代文学就明显地向重文采的南朝诗风方面发展了。虞世基是南朝文士中较有名望的一位，隋炀帝即位后，他成为深受器重的文学侍从，所作应制诗《四时白纻歌》《奉和望海诗》等，着意于辞采的华美和对仗的工整，纯粹是为作诗而作诗。相比之下，倒是隋炀帝本人所作的乐歌中，有一些清丽明快之作。隋炀帝也常以此自负，以天子之尊，却附庸风雅，以文学领袖自居，常聚集文人宴饮赋诗，沿袭梁、陈贵族文人以诗为娱的生活方式，使诗歌创作转向咏物和咏宫廷生活琐事，很快就走向了贵族文学的末路。终隋一朝，南、北文学的合流仅限于诗风的相互影响，呈现出明显的合而不同的过渡性质。

至于隋代的散文，处于骈体已很难发展而散体未能振起的阶段。隋初有李谔的《上隋高帝革文华书》，反对文华藻饰，提倡复古。隋文帝听其言，企图用政治力量来改革六朝以来的浮靡文风，但收效甚微。隋三十余年的散文，依然维持着南北朝散文发展的局面，并未稍有变革，这一时期写得好的文章，几乎都是骈体文。但骈体文在六朝已被徐陵、庾信作到了顶点，此后的作者多效颦学步而每况愈下，故即使以骈体而言，隋文也显得平庸，无足称道。

总体而言，隋代文学成就不高，只有诗歌较之前有了一些突破，一些重要诗人如卢思道、薛道衡、杨素等的诗歌创作代表了隋代文学的最高成就。本节主要对这几个人的诗歌创作进行分析。

一、卢思道的诗歌创作

卢思道（531—582），字子行，范阳（今北京附近）人。曾仕北齐为黄门侍郎，北周时授仪同三司，隋初官至散骑侍郎。今存《卢武阳集》，存其诗 27 首。

卢思道的诗歌长于七言，善于用典，对仗工整，语言流畅，开初唐七言歌行先声，在隋初地位较高。他的代表作为《从军行》：

> 朔方烽火照甘泉，长安飞将出祁连。
> 犀渠玉剑良家子，白马金羁侠少年。
> 平明偃月屯右地，薄暮鱼丽逐左贤。
> 谷中石虎经衔箭，山上金人曾祭天。

　　天涯一去无穷已,蓟门迢递三千里。
　　朝见马岭黄沙合,夕望龙城阵云起。
　　庭中奇树已堪攀,塞外征人殊未还。
　　白雪初下天山外,浮云直上五原间。
　　关山万里不可越,谁能坐对芳菲月?
　　流水本自断人肠,坚冰旧来伤马骨。
　　边庭节物与华异,冬霙秋霜春不歇。
　　长风萧萧渡水来,归雁连连映天没。
　　从军行,军行万里出龙庭。
　　单于渭桥今已拜,将军何处觅功名?

　　这首诗采用了征夫思妇的传统模式,前半部分写将士们英勇出击杀敌,后半部分写思妇闺愁春怨,结尾对一心追求功名的将军作了讽刺,用意深刻。全诗风格上既刚劲雄健,又清丽流畅,语言雅典,工于对偶,巧于用事,谐于音律,对后代的边塞诗产生了一定的影响。

二、薛道衡的诗歌创作

　　薛道衡(540—609),字玄卿,河东汾阴(今山西万荣)人。历仕后魏、北齐、北周。隋朝建立后,历任吏部侍郎、检校襄阳总管、播州刺史等职,后任司隶大夫,因故获罪入狱,被隋炀帝缢杀于狱中。薛道衡在隋代文坛上声名显赫,今存有《薛司隶集》一卷,存诗20余首。

　　薛道衡善于融合南北朝诗歌的特点,用精巧的语言描写人物细致的内心情感活动,如他的代表作《昔昔盐》:

　　垂柳覆金堤,蘼芜叶复齐。
　　水溢芙蓉沼,花飞桃李蹊。
　　采桑秦氏女,织锦窦家妻。
　　关山别荡子,风月守空闺。
　　恒敛千金笑,长垂双玉啼。
　　盘龙随镜隐,彩凤逐帷低。
　　飞魂同夜鹊,倦寝忆晨鸡。
　　暗牖悬蛛网,空梁落燕泥。
　　前年过代北,今岁往辽西。
　　一去无消息,那能惜马蹄。

　　这是一首闺怨诗,通过一系列有代表性的景物衬托思妇的空虚、孤寂和苦闷,将思妇的思念之情话画了出来。尤其是"暗牖悬蛛网,空梁落燕泥"一联,在当时广为传诵,这句对仗工整,体物细腻,通过对典型环境的描写,将思妇的孤独寂寞的内心世界完全表现出来,语言工巧而感情真切。这首诗在格律上已大体接近初唐五言排律,除首尾两联之外,中间各联句句皆对,大部分地方平仄都合乎律诗要求。

　　他还有一首广为传诵的诗《入日思归》:

> 入春才七日,离家已二年。
> 人归落雁后,思发在花前。

这首诗写思乡之情,语意委婉曲折,细腻深情,颇有南朝诗的风致。

三、杨素的诗歌创作

杨素(544—606),字处道,弘农华阴(今属陕西)人。初仕北周,封清河郡公。入隋后加封上柱国,官御史大夫。今存诗二十余首。

杨素诗风"雄深雅健",如《出塞》其二:

> 汉虏未和亲,忧国不忧身。
> 握手河梁上,穷涯北海滨。
> 据鞍独怀古,慷慨感良臣。
> 历览多旧迹,风日惨愁人。
> 荒塞空千里,孤城绝四邻。
> 树寒偏易古,草衰恒不春。
> 交河明月夜,阴山苦雾晨。
> 雁飞南入汉,水流西咽秦。
> 风霜久行役,河朔备艰辛。
> 薄暮边声起,空飞胡骑尘。

这首诗是诗人从军纪实之作,反映了他领兵出塞与突厥作战的生活体验,描写了塞外的荒寒景色和将士们的艰苦生活,表达了自己卫国安边的豪情壮志。全诗风格深沉、雄健,语言简易古雅。

第三节　诗国高潮的来临

初唐时期,南北朝文学完成了由对立走向融合。贞观诗坛上,围绕在唐太宗李世民身边的北方文人和南朝文士分别以其"重乎气质""贵于清绮"的诗学传统影响着文学的发展,而如何利用南朝文学"贵于清绮"的声辞之美来表现唐代"重乎气质"的恢弘气象和贞刚之势是初唐诗人所要解决的重点,也是南北诗风融合的关键。中国古典诗歌之旅,滥觞于《诗经》《楚辞》,后历经秦、汉、魏晋南北朝和隋代的潜滋暗长、回环往复,抵达唐朝终至高潮,风光无限。初、盛、中、晚唐诗各具特色,皆具丰采。唐代政治的开明、国力的强盛、思想的活跃、生活的富足以及诗艺的崇尚为诗人们提供了广阔的生活与心灵空间,良好的社会外部条件通过诗人心灵个性的大力张扬和创造才能的充分施展,最终酿造了唐诗不可重现的、具有鲜明个性特征的诗国高潮。有唐代,明人胡应麟在《诗薮》外编卷三中曾这样说过:"甚矣,诗之盛于唐也!其体,则三、四、五言,六、七、杂言,乐府、歌行、近体、绝句,靡弗备矣。其格,则高卑、远近、浓淡、浅深、巨细、精粗、巧拙、强弱,靡弗具矣。其调,则飘逸、浑雄、沈深、博大、绮丽、幽闲、新奇、猥琐,靡弗诣矣。其人,则帝王、将相、朝士、布衣、童子、妇人、淄流、羽客,靡弗预矣。"

一、初唐时期的诗歌创作

初唐比起盛唐、中唐的诗歌成就要小一些,却是盛唐、中唐诗歌的基础。这个时期,出新人,作新诗,立新论,完成了盛唐文学所需要的一切历史性准备工作,同时,也加速并大体完成了由宫廷诗人集团主导诗坛向着社会中下层诗人集团主导诗坛的历史性转化过程。

在唐初的四五十年里,就像《新唐书》中所说的"承陈隋风流,浮靡相矜",诗歌的创作总体上还是沿袭齐梁余习。以上官仪为代表的宫廷诗人,他们在形式上重视声律、用典,所写内容也大多是一些歌功颂德的应制之作。"上官体"诗歌具有"绮错婉媚"的特点,诗歌巧妙地避开了华丽辞藻堆砌的凝滞呆板,运用了风花雪月等自然风物的"影带"效果,以敏锐的审美感受能力,体悟人间百态的变化,注意景物的色彩料理及其之间的合理配合,追求诗的声辞之美,重视诗的形式技巧,形成了"绮错婉媚"的风格,"绮错"是对偶工切、词汇错落、和谐整齐,"婉媚"就是诗风柔靡华美。作为该派诗歌的领袖人物,上官仪提出了"六对""八对"之说,以音义的对称效果来区分偶句形式,将诗歌的整体意象从一般的词性字音研究,扩展到联句的整体意象配置。其中,六对的包括:正名对(如天地对日月);双声对(如黄槐对绿柳);双拟对(如春树对秋池);同类对(如花叶对草芽);叠韵对(如彷徨对放旷)连珠对(如萧萧对赫赫)。八对的包括:双拟对(如"议月眉欺月,论花颊胜花");异类对(如"风织池间树,虫穿草上文");回文对(如"情新因意得,意得遂情新");连绵对(如"残河若带,初月如眉");动名对(如"送酒东南去,迎琴西北来");叠韵对(如"放荡千般意,迁延一介心");双声对(如"秋露香佳菊,春风馥丽兰");隔句对(如"相思复相忆,夜夜泪沾衣;空叹复空泣,朝朝君未归")①。虽然在现在看来,不管是六对,还是八对,都有些浅显无奇。但在当初,上官仪的这种提法确是有作用的。

高宗时,王勃率先起来反对雕饰华艳的诗风,接着,杨炯、卢照邻、骆宾王也起而响应。这四位诗人都属于一般士人中确有文才而自负很高的诗人,官小而才大,名高而位卑,心中充满了博取功名的幻想和激情,郁积着不甘居人下的雄杰之气,被合称为"四杰"。"四杰"的创作活动集中在唐高宗至武后时期,当他们以才子齐名出现于文坛而崭露头角时,怀着变革文风的自觉意识,有一种十分明确的审美追求:反对纤巧绮靡,提倡刚健骨气。不过,由于"四杰"都位卑才高、恃才傲物,不能为贵族统治者所容,生活道路都十分坎坷,所以他们所提倡的反唯美主义的文学运动并没有进行得十分彻底。纵然如此,他们的创作削弱了宫体诗的实力,促进了下层诗人的诗歌的发展与进步,使诗歌的题材从宫廷、闺房、台阁走向了市井、江山与赛末,从男女艳情扩大为对人生价值的追求及对宇宙哲理的思索。因此,可以说"初唐四杰"的诗歌富有革新的进取精神和昂扬的感情基调,转变了初唐宫廷体的诗风,是盛唐之音的前奏。

继"四杰"之后,陈子昂更为彻底地批判齐梁诗风,大力提倡建安风骨,明确提出以复古为革新的文学主张,他曾在《与东方左史虬修竹篇序》中明确提出要恢复和发扬建安、正始的传统,重视"兴寄"和"风骨",这既是陈子昂的美学理想,也是他对建安风骨和正始之音所作的理论概括:"文章道弊五百年矣,汉魏风骨,晋宋莫传,然而文献有可征者。仆尝暇时观齐梁间诗,彩丽竞繁,而兴寄都绝,每以永叹,思古人,常恐逶迤颓靡,风雅不作,以耿耿也。一昨于解三处

---

① 罗根泽. 中国文学批评史(第 2 册)[M]. 上海:上海古籍出版社,1984:2、12-13.

见明公《咏孤桐篇》,骨气端翔,音情顿挫,光英朗练,有金石声。遂用洗心饰视,发挥幽郁。不图正始之音,复睹于兹;可使建安作者,相视而笑……"他的诗作也能显示出迥拔时俗的刚健风骨。在创作时,他摒弃华丽辞藻和颓靡习气,运用朴实无华的古体诗形式和魏晋咏怀、咏史诗的比兴寄托手法,抒写政治生活中的思想感受,反映现实政治的弊端和人民的苦难,表达自己的抱负和失意情怀,具有沉郁悲凉而又高雅恬淡的独特风格。正是陈子昂诗歌的理论与实践,进一步廓清了六朝以来的绮靡诗风,为唐诗的健康发展开辟了道路。

二、盛唐时期的诗歌创作

盛唐在唐诗发展史上时间较短,但成就却最高,其间涌现了一大批风格各异的杰出诗人。他们怀着宏伟的理想和抱负,以蓬勃的生气和热烈的感情,表现了那个时代种种激动人心的生活。他们思想乐观积极,胸怀宏大壮阔,殷璠的《河岳英灵集序》曰:"既闲新声,复晓古体;文质半取,风骚两挟;言气骨则建安为传,论宫商则太康不逮",确立了"盛唐气象"这一诗歌美学风格。需要指出的是,这里的"盛",不是指经济、政治、军事等范畴,而是就诗歌创作而言,其主要表现在诗歌的质量与剟度风貌上。

在这一时期,伴随着盛唐文人士子从军热和隐逸风而勃兴的是边塞诗和山水田园诗,以高适、岑参为代表的边塞诗派和以王维、孟浩然为代表的山水田园诗派尽管在题材、风格和审美情趣上有种种不同,但其基调都是健康、明朗、清新自然而富有生气的,都扩大了唐诗的题材,从不同方面以新奇的意境、丰富的技巧充实了唐诗的宝库。具体来说,盛唐国力强大,勇于开边,边境战争频繁,在疆土日益扩大的同时,民族经济更趋繁荣,文化交流日益频繁。诗人因此对边塞生活渐渐关心,对边塞的知识也日渐丰富。边塞不再只是荒凉可怕之地,而是成为猎奇之所,甚至成为建功立业、完成人生志向的重要舞台。在这样的社会历史条件下,边塞生活成为诗人们共同注意的主题之一,边塞诗不断增多,并涌现出一批重要的边塞诗人,其中,高适、岑参是代表。高适的诗歌在反映现实的深度方面超过同时代的许多诗人,应时而生的追求不朽功名的高昂意气与冷峻直面现实的悲慨相结合,使他的诗有一种慷慨悲壮的美。他习惯于以政治家的眼光来观察、分析边塞的现状,把战争和国家的安危、人民的苦乐联系在一起考虑,因此其创作的题材广泛,思想深刻。高适的边塞诗常用铺排对比,直抒胸臆,有对边塞的纷扰不宁表示忧虑的"一到征战处,每愁胡虏翻""惆怅孙吴事,归来独闭门",有深刻思索战争意义的"青海只今将饮马,黄河不用更防秋",也有歌颂战士英勇作战的"相看白刃血纷纷,死节从来岂顾勋"等。

与高适一样,岑参也是一个热衷于进取功名的诗人,有着强烈的入世精神。两次出塞,岑参在边地生活达六年之久,对边塞的征战生活和自然风光有较深体验,对那里的山川河流、风物气候、音乐舞蹈乃至民情风俗都十分熟悉。第一次出塞时,岑参就写了不少边塞诗,如《武威送刘判官赴碛西行军中作》《早发焉耆怀终南别业》《敦煌太守后庭歌》《碛中作》《武威送刘单判官赴安西行营便呈高开府》等。第二次出塞,又一次给岑参提供了成为边塞诗大师的机会。这次入幕的幕主封常清,是他上一次出塞时的幕友,昔日幕友的成功,对他也是一种激励。这一时期他所写的诗,多为献给封常清的颂扬之作,以及幕友间的道别之作,虽然思想性并不强,但却都是其边塞诗的代表作。岑参的诗以浓厚的异域情调,遒劲活泼的语言,大胆夸张的想象,昂扬奔放的气势,形成雄奇瑰丽的风格,在唐代边塞诗中独标一格,成为盛唐之音的突出代表。

他的诗歌无论是在内容上，还是在表现形式上对诗歌的发展都有一定的贡献。在内容上，在立功边塞的慷慨豪情的支配下，岑参印象中的军旅生活、边塞风物、异域风情，全都变得神奇瑰丽起来，并热情地加以歌颂，丰富了边塞诗的题材。在表现形式上，岑参借鉴了高适等人七言歌行纵横跌宕、舒卷自如的体势而加以创新，尚散不尚偶，且句式极多变化，使诗歌舒卷自如，长短合意，形式接近乐府，但完全不用乐府古题而自立新题。用韵十分灵活，有基本上一韵到底的，也有两句换韵或三句换韵的，视所写内容而定。声韵或轻快平稳，或急促劲折，音节宏亮而意调高远，显示出奔腾跳跃、错落参差的语言美，使得诗情富于跳跃变化，句式拗怒峭拔。

与此同时，盛唐山水田园诗继承了陶渊明、谢灵运山水田园诗的精神旨趣，在大自然中追求任情适意、快然自足的乐趣，领会老庄超然物外、与大化冥合为一的境界；自东晋以来形成的澄怀观道、静照忘求的审美观照方式，在盛唐进一步与仙境和禅境相融合，促使许多抒写方外之情的山水诗形成了优美空静的意境。这一题材因与封建士大夫逍遥世外的生活密切有关，有些诗歌难免流露慵懒孤冷的消极情绪。但与南朝山水诗相比，盛唐山水诗又增添了新的内容，不但境界阔大，情调也较为健康。祖国雄伟壮丽的名山大川开拓了诗人们的眼界和胸襟，鼓舞了他们奋发进取的热情，净化了他们崇尚真挚淳朴的审美理想。因此热爱祖国和热爱生活的思想感情，使盛唐山水田园诗呈现出不同于历代山水田园诗的崭新面貌。在众多的山水田园诗人中，成就最高的主要是王维和孟浩然两位大家。王维的诗歌情趣恬静悠闲，风格清新淡远，由于诗人的心境极为淡泊、宁静，不含任何杂念，所以一草一木，一泉一石，皆能打动诗人的心，所见所闻皆是美之所在，形之于诗，则是空灵清净、平淡之境。在山水田园诗的写作上，王维善于用清新的笔调精致地描绘山林幽美清空的境界，以及生活在这静美环境中的闲情逸致。这类诗中最为人们称道的是《辋川集》绝句，这组诗为他的辋川别墅二十景留下了精美传神的写照，不仅再现了丰富多彩的自然美，而且融进了高于自然的理想美。诗人通过虚实关系的巧妙处理，将山水形貌的精细刻画与更富于艺术想象的境界结合起来，使五绝这种最短小的诗歌形式具有极高的概括力，让每一处景物都能表现出最美的意境，引起穷幽入微的联想。王维的山水田园诗以"入禅之作"为主，诗风自然淡泊。王维最受人重视和对后世影响最大的是他隐居终南、辋川时的"入禅之作"，这是他最优秀的"山水田园诗"，禅意盎然，如孤鸿落照，灭没于江天之外，创造了清幽静谧的诗歌意境，读来使人身世两忘，被称为"禅诗"。王维诗中的禅意，集中地表现为空与寂的境界。在人世间他难以找到这种境界，便寄兴于空山寂林，到大自然中去寻求。空、寂二字简直成了他诗中的口头禅。这常人眼中的孤独寂寞之境对王维而言却是不可多得的，因为他所欣赏的正是人在寂寞时方能细察到的隐含自然生机的空静之美。那空山青苔上的一缕夕阳、静夜深林里的月光、自开自落的芙蓉花等所展示的无一不是自然造物生生不息的原生状态，不受人为因素的干扰，没有孤独和惆怅，有的只是一片空灵的寂静，而美的意境就产生于对这自然永恒的空、静之美的感悟之中。无心于世事而归隐山林，与松风山月为伴，不仅没有丝毫不堪孤独的感觉，反而流露出自得和闲适。王维诗中的禅意还表现为无我的境界。他对于空寂的追求，有时连他自己的存在也遗忘了。可以说，王维总结了自陶、谢以来山水田园诗的全部成就，并在前人基础上进一步解决了运用动静虚实相生之理以简化意象、追求象外之趣的问题，在创造静美的意境和处理空间的表现手法等方面，为后世的文人诗和文人画树立了极高的艺术标准。

孟浩然的山水诗则较多地带着隐士的恬淡与孤清，自然平淡。由于大半生住在农村，孟浩然也写过一些田园诗,常于平凡诗句中透露出亲切之感,生活气息相当浓厚,如《过故人庄》一诗语言朴素平淡,表达了诗人对恬淡的田园生活的热爱。孟浩然以比兴寄托和壮逸之气充实了南方山水诗的骨力。他以不刻画不雕琢的白描手法写景抒情,直寻兴会,形成了冲淡清旷的风格,创造了浑融完整的意境,给盛唐山水田园诗提供了重要的艺术经验,代表着盛唐南方山水诗的最高成就。

玄宗开元年间,唐朝国力达到鼎盛,人们对国家前途充满希望,因而建功立业、实现抱负变成了诗人们最大的人生追求。当时的诗人大都乐观向上、充满自信,即使接触到社会的黑暗面也都以盛唐人特有的豪迈气魄来宣泄痛苦,因此,在他们的诗歌中充满着对理想前途的展望和对人生失意的宣泄,李白就是这种诗歌创作潮流中最杰出的代表,他以热烈追求光明、猛烈抨击黑暗、敢于蔑视权贵的诗篇唱响了盛唐诗歌的最强音。在盛唐诗人中,李白是艺术个性最鲜明的一位;在中国诗歌史上,他的作品的艺术个性也是独一无二的。李白是继屈原以来最为杰出的伟大浪漫诗人,作为一个浪漫主义诗人,热爱自由、追求自由是李白诗中最为突出的特点,这种特点表现在诗歌的形式上就是他不肯让诗歌格律束缚自己,为了畅快淋漓地抒情写意,李白诗歌往往脱去笔墨蹊径,不受常规所限制。他较少写作律诗,在现存的 900 多首诗中,七律只有 12 首,五律也不过 70 多首。他的律诗如《夜泊牛渚怀古》《送友人》等也往往不拘对仗,别具一格。他最擅长的是七言歌行和七言绝句,歌行的篇幅一般都比较长,容量也大。其句式长短错落,形式自由灵活,又常换韵,很便于作者纵横驰骋。因此李白常用它表达热烈奔放的思想感情,塑造雄伟壮阔的艺术形象,《远别离》《将进酒》《日出入行》《梦游天姥吟留别》等都是最能体现其七言歌行语言特点的典范之作。李白作诗,常以奔放的气势贯穿,讲究纵横驰骋,一气呵成,具有以气夺人的效果。李白诗中颇多吞吐山河、包孕日月的壮美意象。他对宏伟巨大的壮观事物似乎尤为倾心,大鹏、巨鱼、长鲸以及大江、大河、沧海、雪山等,都是他喜欢吟咏的对象。在这不凡的浩大气势里,李白诗作体现的是自信与进取的志向和傲世独立的人格力量。李白的诗歌带有强烈的主观色彩,诗篇气势雄放,想象奇妙,语言清新自然而又瑰丽多彩,有强烈的抒情气息,形成天马行空、飘逸不群的艺术风格,成为后人追慕难及的典范。李白诗歌塑造形象的方式往往是非常奇特大胆的。当现实生活中的事物不足以表现他所追求的境界和情感时,他更多地从神话和传说中汲取素材;他不屑于对客观事物作具体细致的描写,而擅长借助丰富的想象、奇特的比喻和大胆的夸张等表现手法来宣泄情感、突出形象,取得一种惊世骇俗的美感效果。李白崇尚"清真"的自然之美,在他看来,"清真"不仅是一种自然清纯的诗风,更重要的是一种质朴率真的、冲破了灵魂栅栏的生命状态,这种生命状态祛除了一切"雕饰",留下了未经损伤的"天然"。他以自己天才的艺术实践将中国古代诗歌的自然之美推进到了一个新的高度。李白的诗歌创作追求清丽自然的语言风格,清丽自然的语言是锤炼之后返朴归真的结果,妙造自然、风韵天成是其追求的目标。李白似乎对"清"特别钟情,尤其在谈及音乐时,更是频频使用,如"清歌""清声""清吹""清乐""清弦""清琴""清管"等,以此来形容其天籁之美。所谓"清",就是"清水出芙蓉"没有任何的铅华脂粉,芳泽自现,而"真"则是"清"的必然本质,即突破意识形态和世俗束缚的本真情感。因此,李白诗歌的语言呈现出一派质朴、纯净、凝练、明丽、流畅、自然的景象。总之,李白继承了《庄子》汪洋恣肆的文风、奔放豪迈的想象以及无所羁绊的夸张和比喻,也继承了其追求理想,不与现实同流合污的精神。对于《离骚》,李白也继承了其上天入地的求索精神、高度的爱国主义以及比喻、拟人、夸张的艺术手法。不过可惜的是,李白天才的诗风是很难学习的,在中国历史上虽有很多人受李白的影响,但始终无法复现李白。

到了玄宗天宝以后,唐朝国力急转直下,残酷的社会现实使得诗人们的浪漫主义豪情渐渐退却,转而体现现实社会中的种种危机和矛盾,其代表诗人就是杜甫。由于经历了社会动乱,亲身感受了动乱给人民带来的不幸和灾难,因此他的诗歌真切地反映了盛唐末期的"诗史"。杜甫既是盛唐时代最后的一位诗人,又是首开中唐诗风的第一位诗人。他的反映民生疾苦的诗歌为中唐写实诗风的发展开辟了道路。杜诗的出现使中国诗歌继《诗经》《楚辞》以及陶渊明诗歌之后再一次与中国文化的核心价值发生了重要关联。如果从儒家文化的角度来观照杜甫诗歌,我们会感受到其鲜明、具体的"诗圣"人格,会感受到其中凸显出的厚重拙大的忧患意识,如《自京赴奉先县咏怀五百字》一诗以愤怒的激情谴责了朝廷权贵的肆意挥霍。尤其"朱门酒肉臭,路有冻死骨"两句,集中揭露了贫富悬殊的社会现实。这种思想和情感贯串于杜甫的整个诗歌创作中,真实而深刻地反映了当时的历史状况。对人民的深切关怀,对残暴政治的批判,正是儒家思想的精华,由于杜甫把这种基本精神深深地沉积到他的诗歌中,所以,他的诗歌才深深地植根于民族文化的深处,才有着恒久的魅力。因此,杜甫及其诗歌被冠以"诗圣"与"诗史"实不为过。杜甫早期的诗歌内容多歌颂祖国的山川,表现自己的壮志。十年困守长安的生活使得杜甫认清了社会现实,他的诗风也开始有了较大的变化。安史之乱带来了无数灾难,战乱生活很自然地成为诗歌的创作题材。而写社会底层老百姓苦难的,是从安史之乱起前后进入创作高潮的诗人们。杜甫则是最早而且最全面反映这场大战乱所造成的大破坏、大灾难的诗人,他写了这场战争中的许多重要事件,写了百姓在战争中承受的苦难,以深广生动、血肉饱满的形象,展现了战火中整个社会生活的广阔画面。常被人提到的重要的历史事件,在他的诗中都有反映。至德元年(756)唐军陈陶斜大败,继又败于青坂,杜甫因此创作了《悲陈陶》《悲青坂》;收复两京,杜甫因此创作了《收京三首》《喜闻官军已临贼境二十韵》;九节度兵围邺城,眼看胜利在即,杜甫因此创作了《洗兵马》,此诗提到了胜利的消息接踵而至,提到了回纥军助战、在长安受到优待的事,提到了平叛诸将的功业,反映了此一事件在当时造成的普遍心理。后来九节度兵败邺城,为补充兵员而沿途征兵,杜甫因此创作了著名的"三吏""三别",充分反映了当时动乱的现实和人民的苦难。杜甫的有些诗,虽然不是直接写时事,只写一己的感慨,但由于他处在颠沛战乱之中,与这场灾难息息相关,心之所向,情之所系,未离时局,因此从他的感怆里,我们可以感受到当时社会的某些心理状态。从认识历史的真实面貌说,这一类诗,也具有诗史的意义。在杜甫的世界观里,儒家所倡导的"仁民爱物"和"民为邦本,本固邦宁"的民本思想始终占主导地位。基于这种民本思想,杜甫特别关心人民的生活状况,始终把反映人民苦难当作自己义不容辞的责任。他的许多诗作都有力地反映了人民的苦难,深刻地揭示了封建社会的黑暗面,揭示出人民遭受苦难的根源。杜甫的诗风沉郁顿挫,"沉郁"主要是指情感的深厚、浓郁、忧愤、蕴藉;"顿挫"则包括语言的刚健、遒劲,音调的铿锵有力,章法的曲折变化等因素。从唐诗的发展看,杜甫是一位承先启后的人物。由于杜甫少陵体诗兼备众体而又自铸伟辞,积累了极其丰富的艺术经验。中唐以后,白居易、元稹继承了杜甫少陵体诗缘事而发、写生民疾苦的一面,且受到杜甫五言排律夹叙夹议的影响;韩愈、孟郊、李贺则受到杜甫少陵体诗的奇崛、散文化和炼字的影响;炼字在晚唐更发展成苦吟一派;李商隐的七律得力于杜甫少陵体诗中七律的组织严密而跳跃性极大的技法。宋以后,杜甫的地位更高,影响力长久不衰。

三、中唐时期的诗歌创作

755 年,安史之乱爆发,从此唐代社会和文学先后迈入一个新的时期,文学史上称其为中唐。中唐前期,由于战争频发,整个社会呈现为动荡衰敝之势,盛唐诗歌所体现出来的昂扬之气已经消失不见,取而代之的是一种孤独寂寞的冷落心境,体现出远淡的情致,这在大历诗人的诗歌创作中体现的较为明显。大历诗人的青少年时期多在开元盛世后期度过,受过盛唐文化的熏染,但历过长达八年的安史之乱后,面对国力空虚、权奸当道、政治黑暗、阶级矛盾尖锐的社会现实,盛唐时期所形成的积极进取和乐观自信的态度逐渐丧失,热切的干世欲望转为消极隐遁之思。这个时期在当时诗坛影响较大的是以钱起、李端为代表的大历十才子与以江南吴越为活动中心的刘长卿、韦应物等人这样两大诗人群体。他们的诗歌创作由崇尚汉魏风骨转向了追慕以谢朓为代表的六朝清丽纤秀之风,由阳刚之美转向了阴柔之美,从而形成了这一时期所具有的独特风格。

大历诗人之后,以白居易、元稹为代表的尚实、尚俗、务尽的写实讽喻诗崛起,一方面在创作上继承了《诗经》、汉乐府民歌反映和批判现实的思想艺术传统,另一方面在理论上继承了以《乐记》《诗大序》为代表的儒家诗教观念,同时吸取了杜甫讽喻时政、描写民生疾苦、反映现实的成就,在贞元元和年间形成创作热潮,反映社会现实。他们用"寓意古题,刺美见事"的古题乐府和"因事立题,无复依傍"的新题乐府进行创作,都重视以时事和现实题材入诗,都重视客观写实和比兴讽喻手法的运用,都重视诗歌的社会接受和直接效应,因而也都重视表达和语言的浅切通俗,文学上将这些诗人的行为称为"新乐府运动"。在这场文学运动中,白居易、元稹等系统地阐述了新乐府诗歌创作的理论主张。这些理论主张和富有现实内容的新乐府诗歌作品,发扬了《诗经》、汉魏乐府和杜甫以来的现实主义诗歌传统精神,对推动诗歌面向社会现实、干预时事政治,为中唐和唐诗的复兴做出了积极的贡献,在中国文学史上留下了光辉的一页,并对后世诗歌产生了积极的影响,其中,白居易和元稹的诗歌成就最为显著。白居易的诗歌主张和诗歌创作,以其对通俗性、写实性的突出强调和全力表现,在中国诗史上占有重要的地位。在诗歌的创作过程中,白居易主张诗歌应作为诗人表达情志的工具,他的诗歌创作核心就是将现实与政治相结合,将艺术写实与政教讽喻相结合,通俗地表达出社会现实。白居易产生这种创作主张主要来源于当时唐朝的社会环境。安史之乱以后,唐朝社会凋敝、民生艰难,在入仕之前,白居易曾亲身体验过、看到过民生之艰,而文人的自觉性会促使其自觉不自觉地向写实讽喻靠拢。他认为诗歌必须既写得真实可信,又浅显易懂,还便于人乐歌唱,才算达到了极致。他之所以提出上述诸多要求,主要是因为他认为这是达到补察时政的必要手段。在创作的过程中,白居易积极主张恢复采诗制度,上以"补察时政",下以"泄导人情"。针对当时政治昏暗、上下碍塞的现状,他强调"欲开壅蔽达人情,先向歌诗求讽刺"(《采诗官》)。白居易写实讽喻诗大体有两个基本倾向:其一是对下层民众苦难生活的深刻反映,其二是对上层达官贵人腐化生活和欺压人民之恶行的尖锐揭露。而他在创作这些诗歌时,常常将"其事核而实,使采之者传信也"(《新乐府序》)作为创作基础,严格地取材于真实的现实人物和事件。因此,我们翻阅他著名的写实讽喻诗,都能发现他的诗歌中所描写的社会现实都能在历史记载或其他史料中找到材料来印证,这首先说明了其诗歌"真实"的一面。同时,白居易又对他所描写的生活现象进行了选择、提炼和概括。为了使主题突出,产生强烈的社会效应,他常采取"一题咏一事"的写法。"一题各言一事,意旨专而一","其意既专,故其言能尽。其言能尽,则其感人也深。"(陈寅恪《元白诗笺证稿》)这是他的写实讽喻诗常常超过元稹等人同类作品的原因。

作为新乐府运动的积极参与者,元稹很好地实践了以反映现实干预政治的行为,这实际上也是新乐府运动的思想核心。元稹实践以反映现实干预政治的行为就是创作了一批写实讽喻诗,而其行为也体现了中唐时期的社会现实。元稹对社会现实的这种理性思考主要体现在两个方面。首先,面对国力衰退、民生凋敝、朝政腐败的苦难现实,元稹发挥儒家的"民本"思想,在诗歌中直面多难的现实。他站在平民百姓的立场上,继承并发扬了杜甫的诗中对民生的忧患意识,描写了很多表现贫苦乱离中的老百姓的生活。为了达到"直歌其事""其事核而实"的目的,与白居易一样,元稹也采用了平实朴素、简明晓畅的语言,换言之,诗人运用了白描的手法来展现社会现实。诗歌直切深沉苦痛的民生之苦,透露出一种以新的社会观者的角度来展现中唐时期的社会构成的眼光,使读者对当时的社会能有一个直观的感悟和了解。因此,在元稹的写实讽喻诗中,忧患意识就成为其共同底色。而在展现这种忧患意识的同时,诗人又进行了深一步的理性思考,即在感慨民生多艰的同时,将造成这种现象的原因加入对家国民生的拷问之中,从而使得他的写实讽喻诗具有一种对国家危机的理性思考。其次,在诗歌创作过程中,元稹继承了孔子的"兴观群怨"原则,将诗歌的社会功能从陶冶性情的美学工具进一步扩展,赋予了诗歌更多社会功能,使其完成了从风雅变为通俗的转变。这样一来诗歌的作用就在初唐、盛唐时期的为政治服务的基础上,进一步得到深化。

中唐晚期,由于生活圈子狭小,生活趣味贫乏,一些诗人失去了盛唐诗人的浪漫幻想和开朗心情,愤世嫉俗、褊狭狷介成为这些诗人的共性,激烈的科场竞争又造成了当时"轻寻常"的"时俗"和"力行险怪取贵仕"的风尚,因此这些诗人追求新奇的表现手法,崇尚奇峭险怪、生涩奥衍的审美趣味,善于驰骋想象,在构思、命意上痛下功夫,在遣字造句上好难争险。在这种类型的诗人中,韩愈和孟郊是最具代表性的两位诗人。韩愈曾创作了不少诗篇反映了中唐时期的社会现实,记录自己对这些事实的感想、评断,表现了进步的立场和鲜明的态度,但在不断地遭遇了一连串的挫折与失败后,韩愈将创作转向追求诗歌诗境的艰、险、雄、奇等方面,希望以此来证明自己的价值,因而,在这期间,韩愈借由创作型的思维,对描写的物象进行了十分突出的主观剪裁。韩愈在对描写物象进行剪裁方面更重视心智、胆力和对物象的主观裁夺,他一再说:"研文较幽玄,呼博骋雄快"(《雨中寄孟刑部几道联句》);"雕刻文刀利,搜求智网恢"(《咏雪赠张籍》);"规模背时利,文字觑天巧"(《答孟郊》)。从这一层面来说,韩愈的诗文更加注重"幽玄",搜求"智网"复辅以"雕刻",造端命意、遣词造句则要力避流俗,觑寻"天巧",足见韩愈的创作取向。在诗歌的创作中,韩愈还强调,诗歌创作应"能自树立,不因循"(《答刘正夫书》),要大胆创新,"勇往无不敢"(《送无本师归范阳》)。在他看来,诗歌"若使乘酣骋雄怪,造化何以当镌劖!"(《酬司门卢四兄云夫院长望秋作》)这已经不是要"笔补造化"了,而是在向造化宣战。他把"词必己出"(《樊绍述墓志铭》)作为自觉的审美追求。在这些富有创造性的文艺和诗歌美学思想指导下,韩愈吸引和团结同道,并且首先运用自己非凡的才情和功力进行开拓,终于创造出了中国诗歌史上独树一帜的雄奇险怪的艺术风格,并形成了以他为旗帜以奇险为特征的诗歌流派。

同韩愈一样,在早期,作为一名文人,孟郊也试图通过描写写实来反映社会生活,而由于长年潦倒,他对苦难的社会现实有切身体验,他对穷愁者肉体和精神苦难的描写往往能刻画入骨,因此创作了一系列直抒胸臆的作品。由于长期境况潦倒,怀才不遇,再加上种种挫折的打击,晚期孟郊也逐渐走上了以诗的构思和艺术表现之"奇""险""新"表达自身价值的道路,创作了一系列"劌目鈌心""掐擢胃肾",而又出人意料的诗作。孟郊的这些诗作很受韩愈推崇,韩愈《在荐士》中说道:"有穷者孟郊,受材实雄骜。冥观洞古今,象外逐幽好。横空盘硬诘,妥帖力排奡。敷柔肆纤余,奋猛卷海潦",充分体现了孟郊诗歌之奇。孟郊的诗歌造景不仅别开生面,而且思新意奇,同时又不脱离生活实际感受。在诗歌的创作中,孟郊很少像韩愈那样以文为诗、逞才使气,而是将功夫用在深处细处。这也许正是因为他的才力不如韩愈,而选择了较适合于自己的方向。孟郊的这种诗歌创作方式一改大历以来诗歌创作流连光景、点缀升平的风格,呈现出一种冷、峻、奇的风格。

在写实讽喻、韩孟两个诗派之外异军突起的情况下,刘禹锡与柳宗元虽然未能自立一派,但其正道直行、自强不息的人品和蕴藉自然、流丽顿挫的诗品给后世以很大的影响。刘禹锡的诗歌内容深广,格调较高。诗歌中不论是表现社会现实的重大题材,还是抒写自己坎坷遭遇的诗篇都是这样,充满着积极向上的乐观情调。与当时活跃在文坛中心的韩、孟、元、白诸人有很大不同,刘禹锡一生的大部分时间都是在穷僻荒远的贬所度过的,所以抒写内心的苦闷、哀怨,表现身处逆境而不肯降心辱志的执着精神,便成了他的诗歌创作的主要内容。刘禹锡诗歌创作中数量最多就是抒情言志诗,这也与他仕途常年不得志相关。这类诗主题广泛,形式多样,以情动人,佳者妙处横生,隐含哲理。这类诗可分为两种:一种是学习民歌而写成的民歌体抒情言志诗,另一种是即景、酬赠、纪行等抒情言志诗。由于长期的不得志,刘禹锡也创作了不少即景抒情言志诗,这些诗具有形象鲜明、感情炽烈、韵调优美的特色,因而给人留下了深刻的印象,如其著名的《酬乐天扬州初逢席上见赠》。在元白、韩孟两派诗歌大变的潮流中,刘禹锡从"视风骚、宗盛唐"的传统创作方法出发,开辟了自己的新路。他的诗浑然天成,神情豪爽,优美明快,含蕴深厚,这都是盛唐诗的基本特点。但他又能凭借自己在政治生活中的独特体验以及对社会问题的深刻观察,创造出独具卓见的讽刺、咏史、言志诗,并从民歌中吸取新鲜的题材和生活内容,以爽朗幽默的风神和委婉深厚的韵味形成自己独特的诗歌意境。

与刘禹锡一样,柳宗元一生的大部分时间也是在穷僻荒远的贬所度过的,所以在诗歌的内容上,他们十分相近,都主要为抒写内心的苦闷、哀怨,表现身处逆境而不肯降心辱志的执着精神。但在诗歌的特色上,柳宗元的诗歌具有自己独特的特色。首先,柳宗元的诗歌不论何种题材的作品,都带有贬谪的情味。贬谪情成了他诗歌的基本情调,有时直接道出,有时间接表达。他总是在反复吟叹自己在政治生涯中的不幸遭遇,抒发寂寞愤郁的贬谪之感和思乡之情,以及重新振作、大展宏图的希望。在贬谪的几十年中,他总是闷闷不乐,郁郁寡欢,这样的感情基调也促使其诗歌总是透露出沉郁、内敛的色彩。其次,柳宗元的山水诗的风调与盛唐的大异其趣,没有李白的奔放浪漫,也没有王维的静穆幽清,山水味道减少,而贬居活动内容增多。由于他对所写的山水风光具有独特的感受,他笔下的山水诗已经不复盛世风采,而带着时代衰落的影子,格调显得孤傲清峻。最后,柳宗元的诗形式淡薄自然而内涵丰厚。前人多将柳诗与陶渊明、韦应物的诗风联系在一起,认为:"柳子厚诗在陶渊明下,韦苏州上……所贵乎枯淡者,谓之外枯而中膏,似淡而实美,渊明、子厚是也。"(《东坡题跋·评韩柳诗》)从风格之淡泊古雅一点上看,部分柳诗与陶、韦诗确有近似之处,亦即都能以其接近自然、不事藻绘的风貌给人以清新淡雅之感。不过,柳宗元诗风与陶渊明、韦应物虽然相近,但却有一定的差异:陶渊明的诗淡泊而近自然,最能反映心境的平和旷达;韦应物的诗淡泊而近清丽,令人读后怡悦自得。而柳宗元的诗则于淡泊中寓忧怨、见峭厉,尽管诗人曾有意识地将此忧怨淡化,但痕迹却未能全然抹去,加上诗人在遣词造句上多作经营,致使不少诗作仍于隐显明暗之间传达出冷峭的信息。

另外,在这众多的诗人中,年轻诗人李贺以其独具创作性的诗歌创作夺得了"诗鬼"之称,成为中唐诗坛上的一颗璀璨明星。李贺诗歌具有较为强烈的浪漫色彩,而他的诗歌的这种色彩,除了具有韩孟诗派的凄艳诡激的色彩,也带有楚辞的幽丽情调。李贺在短短 27 年的生涯中,将其卓荦的才华和全部精力都投入诗歌创作上,骑驴觅诗,苦吟成性,呕心沥血,废寝忘食(李商隐《李长吉小传》),把作诗视为生命之所系。这一方面导致他对社会不可能有较深刻的理性认识,而时时耽于幻想;另一方面则使得他的诗作融入了极为浓郁的伤感意绪和幽僻怪诞的个性特征,表现重点也从韩愈的粗猛豪横、孟郊的冷峭枯寂转向对主体心灵的全力开掘和虚幻意象的巧妙营造,由此形成了与韩、孟颇有差异的凄艳诡激的诗风,而这种诗风主要体现在诗歌的语言、语境与意象上。李贺的诗歌语言十分注重瑰美奇峭,何孟春的《余冬序录》称"李长吉诗,作不经人道语",李维桢的《昌谷诗解序》称其语言"只字片语,必新必奇"。可见其语言之奇峭。而其诗境更是诡异、幽僻。翻开李贺诗集,那奇特的造语、怪异的想象和幽奇冷艳的诗境便会迎面扑来,宛如进入了一个别样的世界。李贺十分注重诗歌色彩意象的表现,因此,在诗歌中他常常以色彩意象来借代或比喻某些事物,如他以"碧华"借代暮云,以"长翠"借代水,"玉龙"借代剑,以"紫云"比喻紫砚等。李贺还十分擅长运用通感,将特定的环境气氛和主观情感注入客观景物的色彩特征之中,熔铸词语意象,更是李贺常用的修辞手法。此外,李贺对冷艳凄迷的意象有着特殊的偏爱,并大量使用"泣""啼"等字词使其感情化,由此构成极具悲感色彩的意象群。如《南山田中行》中的"冷红泣露娇啼色";《昌谷北园新笋四首》中的"露压烟啼千万枝"等,这些诗句在其诗集中俯拾即是。在物象的情态上,他也极尽渲染描绘之能事。可以说,李贺就像一位高明的画工,一眼觑定事物的本质特征,便倾全力摹状绘形,敷彩设色,构造五彩斑斓的画图,又在此画图的关键色彩上加以哀伤的字眼,注入强烈的主观感受,使得其笔下的诸多意象都呈现出一种哀感顽艳甚或病态美的特征。

四、晚唐时期的诗歌创作

随着唐代危机的进一步加深,晚唐时期士人的心态发生了巨大变化。由于朝廷控制的州县减少,官位紧缺,朝中重要职位又为朋党及有权势者所据,一般士人在仕途上进身机会很少,加上科场风气败坏,许多拙于钻营的有才之士在考场上长期受困,甚至终身不第。受国事无望、抱负落空、身世沉沦的士人心态的影响,晚唐诗歌偏重于对内心情感的描写,注重表现自己体验到的心灵世界。伴随着咀嚼闲散生活的滋味、怀古咏史、爱情闺阁以及吟咏士人日常生活的诗作的大量增加,晚唐的诗歌常给人以情怀压抑、悲凉空漠之感。杜牧、李商隐是晚唐时期诗歌创作的代表人物。他们在艺术上趋向于表现细腻幽微的情思,特别是李商隐,追求朦胧情思、朦胧境界的细腻幽约的美,在唐诗的发展史上又开拓出一个全新的境界。

杜牧留下的诗有 400 首左右,有揭示社会矛盾的政治诗,有紧密结合现实的咏史诗,有关心国家兴亡的爱国诗,有抒发情志的咏怀、酬送寄赠诗,有歌颂祖国壮美山河的田园山水诗,有反映妇女苦悲遭遇的诗等,但以前三类为主。杜牧的政治诗、爱国诗、咏史诗,甚至咏怀诗、酬送寄赠诗,大部分是从关心时政、国家前途命运着眼的,同情人民,歌唱人民。有许多诗篇,我们很难说它属于政治诗,还是爱国诗。杜牧性格豪俊,时代造成的抑郁愁思并没有使他走向消沉凄恻。因此,他既有抑郁情怀,又有劲健豪宕情思。因为有这种豪俊的性格,所以有他青年时代那一段"十载飘然绳检外""十年一觉扬州梦,赢得青楼薄幸名"的生活,有他那些俊爽清丽的绝句。在这些千百年来脍炙人口的绝句里,他给予人们的是一种豪爽明朗的悠扬情韵。杜牧的诗不仅艺术上别具一格,而且思想内容丰富,情调积极健康,具有一定的认识意义和颇高的美学价值。受人格和政治抱负的影响,杜牧一直关注社会重大问题,针对安史之乱、藩镇割据、战乱连年的社会现象,创作了《感怀诗》。杜牧站在历史的巅峰来评论唐肃宗以后诸朝在藩镇问题上的功过得失,尽管对唐宪宗有过誉之处,但却表明了他渴望明主、渴望恢复"贞观之治"的迫切心情。杜牧的咏史诗歌,或观古知今,或借古论今,或托古论今,紧密结合现实。其重要的内容就是借唐明皇荒淫误国、酿成安史之乱的史实,来讥讽当朝,抒发伤时愤世之情。杜牧咏史诗歌也常通过意象来表达他对历史的看法,如《题宣州开元寺水阁阁下宛溪夹溪居人》。他的写景抒情诗更是通过意象来抒发自己对古今的所思所想,可谓借古托今,如《泊秦淮》,被清代评论家沈德潜推为"绝唱"。

李商隐一生郁郁不得志,有抱负而终身坎坷。他关心朝政,而职位卑微,对于弊政空有愤慨。他因人生之偶然机遇,前为牛党令狐楚所提携,后为李党王茂元所赏识,以致被挤入党争的夹缝中。他无心于党争,而于党争中之是非,则又以其刚正之政治品质表现了鲜明的倾向。李商隐感情浓烈而性格内向,郁结于心而不易坦露,思虑层深而往往欲语还休。虽不易坦露,虽欲语还休,而强烈之情感活动又往往不可已。凡此种种,都造成了诗歌创作中特有的感情表达方式,即深情绵邈、曲折幽微,而且常常朦胧隐约,不易确解。在李商隐现存的约六百多首诗中,政治诗占了六分之一,包括直接反映现实政治的时事诗和包含着政治批判内容的咏史诗,另外主要就是爱情诗了。李商隐的诗广纳前人所长,他的五言古诗《行次西郊作一百韵》学杜甫,《海上谣》学李贺,七言古诗《韩碑》学韩愈。他成就最高的是近体诗,尤其是七律。这方面他继承了杜甫七律锤炼谨严、沉郁顿挫的特色,又融合了齐梁诗的浓艳色彩和李贺诗的幻想象征手法,形成了深情绵邈、绮丽精工的独特风格。在用典上,他掌握了杜甫用典的技巧,借助恰当的历史类比,使不便明言的意思得以畅达,使容易写得平淡的内容显得新鲜。他爱情诗中还善于用神话志怪故事,点染意境气氛,深得李贺诗神奇中见真实的想象本领。李商隐善于使用意象曲折抒情,含蓄构境,创造了诗歌的朦胧情思与朦胧境界,扩大了诗的感情容量,提供了诗的一种更细腻更复杂的表现方法。他常借助环境景物的描绘烘托情思或暗寓情事,大量运用比兴寄托的手法,或借古喻今,或托物咏志,使诗歌作品具有了特殊的朦胧美,这些精湛的技巧在他七绝中也有很好的表现。当然,他用典也有很多晦涩难懂的地方,所以元好问《论诗绝句》说:"诗家总爱西昆①好,独恨无人作郑笺"。

此外,贾岛、姚合、方干、李频、温庭筠、皮日休、陆龟蒙、司空图、韦庄等人的诗歌创作也在晚唐时期的诗坛上占有着一定的地位。这些人中的多数对朝廷采取一种冷漠的态度,他们有时对现实黑暗感到不满,有时则采取一种避世的态度。在诗歌艺术上,则主要表现为两种倾向:一是艳丽与清丽,二是追求淡泊情思与淡泊境界。

---

① 指西昆派,即宋初以杨亿、刘筠、钱惟演三人为代表的一个文学流派。主要特点表现在诗歌方面,形势上模拟李商隐,追求辞藻,声律、用典。

第四节　文体的继承、融合、革新与发展

初唐、盛唐时期,文人虽然沉醉于诗歌创作,但也创作了不少骈文、辞赋和散文。唐初散体文章的创作相对显得较为冷落,主要是一些奏、论、书、序、碑等文体。不过从现存的文章来看,散文明显吸收了骈文的表达技巧,形成骈散结合的特点。骈文作为一种成熟的文体,常被唐初文人用于写作应对、颂圣等应用文章,也被用于抒发个人情感,因此数量相对较多,成就也高于其他形式的文章。辞赋是文人干谒投献的主要工具,唐代制科中有诗赋的名目,因此文人也有创作辞赋的热情。骈文、辞赋在唐代前期有一定程度的发展。安史之乱后,唐代曾出现过短暂的中兴气象,中央政权的稳定、经济和文化的发展促发了士人参与政权的积极心态。辞赋、律诗都有形式上的限制,而散体单行的古文则最为自由。于是,古文运动便在贞元元和年间(785—820),应时代的需要而蓬勃发展起来。发生于中唐时期的古文运动是一场由骈体到散体的文体与文风的革新。韩愈、柳宗元利用散文感怀言志,创造了精练畅达、富有表现力的古文形式,革除了六朝的柔靡文风,开创了中国文学史上以唐宋八大家为代表的古文传统。韩柳的古文运动奠定了此后散文发展的方向和规模,直接启示了北宋的文学革新运动,对后世影响深远。但到了晚唐时期,古文开始走向衰落,骈文呈现出了复兴趋势。

一、文体的继承

自魏晋以来直至初、盛唐,流行的一直是骈体文("时文")。六朝以来,随着诗的格律化,文也不断趋于骈俪化。作为一种文体,骈体文跟格律化的诗歌一样,是六朝文学的结晶和主要特征。但是,骈文形式上的过分束缚会使它的表达功能受到很大妨害,而从政教需要的角度来看,骈文更显得不切实用。因此,六朝以来,文章的发展越来越显示出弊病。首先,骈体文过度膨胀,奏议、论说、公文、信札等各种实用文体都被纳入骈文的范围。其次,骈体文由于过度讲究格式,实际成了一种"格律文",其受到的束缚越来越严重。从而导致了程式化的风气。文章本应有的抒情、叙事、说理等各种功能反而被削弱了。弊病的存在和实际的需要,使骈文在中唐显得内外交困,文体的改革也就不可避免了。但初唐时期,骈文非但没有衰落,反而进入了全盛时期。李唐虽起于北方,但在建立政权后以汉族文化的传承者自居,喜欢代表着南朝文化风尚的骈文。唐太宗李世民自己也颇有兴味地进行骈文创作,他为诗歌《帝京篇》所作的序文就是用骈文写的。《全唐文》录虞世南文章 30 多篇、上官仪文章 20 篇,均为骈体,多为宣颂功德或游戏娱乐之作,刻画细致,文辞典丽,极尽雕琢之事。初唐的骈俪文章风行一时,这一时期骈文的数量要远远多于散体文。

高宗时期,依旧沿袭江左余风,骈文极为盛行。这时期的作家如许敬宗、李义府等,都是骈文的高手,但他们的骈文大体上还是沿袭南北朝的格式。其间,上官仪虽曾对诗歌对仗规律进行总结,其骈文作品的平仄要求却并不严格。

由于武则天爱好文章辞采,不少官员因文才藻丽而得以飞黄腾达,朝廷上下争相追求华丽文风。讲究对偶工整、雕琢辞藻的骈文几乎占领了散文的全部领域,甚至连分析案例的书判和对策,都变成了词章漂亮的骈文。

二、文体的融合

科举考试对诗赋的提倡,影响了骈文,致使其逐渐律化。唐初科举沿袭隋制,以诗赋取士,列为专科,骈体奏章,视同型典,骈文体式也便进一步规范化。徐师曾《文体明辨序说》论唐初赋体的律化说:"六朝沈约辈出,有四声八病之拘,而俳遂入于律。徐庾继起,又复隔句对联,以为四六,而律益细焉。隋进士科专用此体,至唐、宋盛行,取士命题,限以八韵。要之,以音律谐协、对偶精切为工。"赋体如此,骈文也受到影响,徐、庾音律化的骈文被唐人广为仿效,使唐初骈文显示出了极为鲜明的律化的倾向。这主要表现为两个方面:首先,句与句、联与联之间平仄对应。这种对应又分两种情况。一种是极为精严的对应;另一种是只要求音节点上的字平仄对应。其次,句脚的用韵,律化的骈文也有押韵和不押韵两类。押韵的骈文基本上保留齐梁时期骈文押韵的特点,而不押韵的骈文句脚则大体上按"仄顶仄,平顶平"(即"平仄仄平平仄仄平……"反复使用)的格式安排。

而最能体现高宗武后时期骈文律化的作家便是"初唐四杰"。四杰的骈文与辞赋创作,在继承六朝韵文的文辞、音韵之美的同时,摒弃了文辞繁缛、声情浮靡的文风。他们提倡"刚健"与"适意",强调声情并茂,为骈文、辞赋带来了流畅、盛大的气势,对后世有所影响。

三、文体的革新

自神龙时期开始,文坛上悄然兴起了一股改革骈文之风。而高呼这一改革之风的便是陈子昂,他以具有新质风貌的文章一鸣惊人,变骈体为散体,制颓波而尚朴质,革浮侈而宗风雅,起衰靡而倡雅正之功,以成功的实践体现了文章改革的要求,使人耳目一新。

陈子昂胸怀大志,能够站在历史与国家的高度观察、品评社会人生,这使他具有超出一般文人的思想境界。他写文章重在言事,他所关注的是社稷民生的现实问题,因此,他抱有满腔的匡世济民的情怀,如《谏灵驾入京书》中,为了阻止高宗归葬长安,陈子昂从几个层次说服皇帝,文章写得丝丝入扣,合情合理,全面透彻,其中有正有反,有批评有建议,有忠告有警示,每一个层次之间都有紧密的内在联系,使文章在整体上显示出极强的逻辑力量。这篇文章在行文上摒弃了当时所流行的骈俪句式和华丽间语,变骈为散,以表情达意为本,用问造句也不作浮泛之语,语言质朴自然,明朗畅达,在整体面上与唐初的文章迥异,接近于自然畅达的古代散文。可以说,陈子昂的文章有力地冲击了当时的写作观念,突出了文章为世而用的思想,尚实有物,慷慨刚健,疏朴自然的散文一扫骈俪之文卑弱之习,开唐代散文风气之先,给人以振奋,得到时人的广泛传诵,对文坛,特别是对唐代以及后世的政治文学影响较大,成为唐代古文运动的先导。

天宝年间,古文运动先驱李华、萧颖士、贾至等文人为了称颂统治者扭转文风、复兴风雅的功绩,提出效法三代古文,使儒术和古文的复兴与大唐继承唐尧虞舜之治的盛明气象相称。安史之乱后,大唐经历的剧烈变化,促使文人们开始认真地思考拯救国家命运的办法。从肃宗到德宗贞元年间,复古思潮十分盛行。元结、独孤及、崔元翰、权德舆等人都大力主张用散文"尊经""载道"。他们和李华、萧颖士、贾至等人一样,认为时世的治乱取决于礼乐的兴衰,文章和音乐一样,具有移风易俗的作用,关系到国家的兴亡。

随着复古思潮的盛行,散文得到了较快的发展。古文运动的先驱们利用书、论和文集序等体裁,写下了大量议论散文,阐发他们复兴古道、改革文风的主张。韩愈、柳宗元将复兴儒学思潮推向高峰。韩愈最突出的主张是重新建立儒家的道统,以孔孟之道的继承者和捍卫者自居,他猛烈攻击宗旨与儒道相悖的佛教和老庄思想,同时又对儒道的内容加以清理,排除从两汉以来不断掺入的种种杂说,提出自己对圣人之道的解释,从而改变了汉晋以来的许多传统观念。与韩愈有所不同的是,柳宗元更重视的乃是源于啖(助)、赵(匡)学派不拘空名、从宜救乱的经世儒学。

永贞元年亦即贞元二十一年(805),以王叔文为首,柳宗元、刘禹锡、吕温等为中坚的一批进步士人,发起了一场旨在打击宦官集团的政治革新运动,实施了一系列改革措施,使贞元弊政,廓然一清。中兴的愿望促成了儒学的复兴,促成了政治改革。正是在这样的背景下,文体文风的改革得到了发展。换言之,是经世致用的需要促成了文体文风改革高潮的到来。

韩愈、柳宗元明确提出"文以明道"的主张。韩愈一再说自己"修其辞以明其道"(《争臣论》),其主要目的,除了致力于建立儒家道统外,便是用"道"来充实文的内容,使文成为参预现实政治的强有力的舆论工具。柳宗元最初"以辅时及物为道"(《答吴武陵论非国语书》),将全副精力都投入更具实效性的政治改革运动中,改革失败后才转主张以文来明其"道"。由此可见,韩、柳二人出于相同的政治目的,不约而同地走向了以文明道、反对不切实际的文体文风的路途。他们将文体文风的改革作为其政治实践的组成部分,赋予文以强烈的政治色彩和鲜明的现实品格,去其浮靡空洞而返归质实真切,创作了大量饱含政治激情、具有强烈针对性和感召力的古文杰作。韩愈还以文坛盟主的地位,对从事古文写作的人予以大力扶持和称赞,在他周围,聚集了张籍、李翱、李汉、皇甫湜、樊宗师、侯喜等一大批古文作者,声势颇为强盛。柳宗元当时身在南方贬所,但因其创作古文的声势和影响,吸引了很多进士前去拜访。至此,由儒学复兴和政治改革所触发、以复古为新变的"古文运动"高潮便到来了。在古文运动中,韩愈和柳宗元在广泛学习经史诸子百家散文和辞赋的基础上,摒除了冗长散漫、骈散夹杂式的文章结构,根据当代口语提炼新的散文语言,创造出上继先秦两汉散文、以奇句单行为主的新文体,以及与这种文体相适应的多种艺术表现方法。他们还突破了散文一向主要应用于政治和学术论文的局限,写下了大量抒写性情、鸣其不平、讽世刺俗、感怀兴寄的文学性散文,使散文能与诗赋一样抒情写景、感怀言志,在文学的范畴内取得了对骈文的优势。此外,韩愈抗颜为人师,广收门徒,柳宗元对求教的后辈悉心指点,养了大批青年作家,扩大了古文运动的影响。

作为"古文运动"的中心人物,韩愈、柳宗元的散文创作可谓别开生面,气象为之一变。

韩愈的论说文从内容上可分为两类,一类重在宣扬道统和儒家思想,如《原道》《原性》《原人》等,但因其思想陈旧且少文学色彩,故价值不高;另一类也或多或少存在着明道倾向,但重在反映现实,揭露矛盾。在这类论说文中,《师说》最有代表性。它针对当时士大夫阶层耻于从师、轻视学习的社会风气,开篇便提出"古之学者必有师"的中心论点,接着层层深入,借用古今、幼长、下层艺人与上层官僚等多方位的对比,从正反两方面申说"必有师"的道理,提出了崭新的师道思想。韩愈的《原毁》《讳辩》《争臣论》《论佛骨表》,都是反映时代精神、抒发愤慨不平、对社会现实深刻批判的佳作,大气磅礴、笔力雄健、排宕顿挫、感情激烈是其共同特点。不过,韩愈的杂文更为自由随便一些,或长或短,或庄或谐,文随事异,各当其用,如《进学解》《送穷文》重在发牢骚、泄怨气。韩愈杂文中最瞩目的是那些嘲讽现实、议论犀利的精悍短文,如

《杂说》《获麟解》《伯夷颂》等,形式活泼,不拘一格,有很高的文学价值,对后世也颇有影响。其中最为人称道的是《杂说四》中的"世有伯乐,然后有千里马。千里马常有,而伯乐不常有……"之说。文章通篇以马喻人,表现作者对人才受压抑的悲愤,构思精巧,寄慨遥深。韩愈继承了先秦两汉经史百家的全部成就,又吸取了辞赋骈文的表现手法,根据当代口语的发展,对散文的语言和结构进行了彻底的革新。他从日常生活口语中提炼和创造出大量贴切新颖的比喻和言简意赅的成语。此外,他还将骈四俪六的偶对改为单字奇句的排比对仗,字法句法灵活多变。对于骈文的句法,他也能适当吸取,加之语调流畅、错落有致,更增加了文章的气势。这种创造性地运用多种辞语的表达方式,使他的散文语言形成了简练、鲜明、生动、准确的特点。

柳宗元年轻时才华横溢,抱负远大,政治上失意以后,从别的角度冷静地思考着各类哲学、政治、社会、人生问题,他所留下来的 400 多篇散文,大多是在贬官以后写的,包括《贞符》《封建论》《六逆论》《时令论》《断刑论》《天说》《天对》《非国语》等一系列政治、哲学论文,还有一批闪耀着思想火花而又意味隽永的短篇杂文。柳宗元的论说文逻辑严密、立论摧心破的,往往直接从要害处入手,就正反两面提出质疑,结论也就水到渠成。柳宗元还写下了许多文学性散文,有两个显著特征。一是正话反说,借问答体抒发自己被贬被弃的一怀幽愤,如《答问》《起废答》《愚溪对》。此类作品仿效先秦诸子的对话体,悲悯自己不知明哲保身,以致触罪被黜,一废不起的命运,或反话正说以寄托牢骚,或直道本心以抒写悲愤,呜咽悲怆,不胜酸楚。二是巧借形似之物,抨击政敌和现实,如《骂尸虫文》《宥蝮蛇文》《憎王孙文》《斩曲几文》等。这些作品以恶禽臭物指谗佞的比兴讽喻手法,用尸虫、猴、蝮蛇等恶物比喻伺人隐微失误的谗人、躁乱凌暴、嚣张一时的小人,以及天生毒害无辜的奸邪。对上层社会的邪恶作了穷形尽相的描绘,痛快淋漓地发泄了作者对他们的无比憎恨。语言辛辣,笔无藏锋,嬉笑怒骂,痛快淋漓。柳宗元的寓言文大都结构短小而极富哲理意味,如《三戒》(《永某氏之鼠》《临江之麋》《黔之驴》)、《罴说》《蝜蝂传》等。柳宗元的传记文与抒情文也颇有佳者,如《捕蛇者说》《段太尉逸事状》《童区寄传》《宋清传》《种树郭橐驼传》等。《祭吕衡州温文》是柳氏抒情文中最动人的一篇。山水游记是柳宗元散文中的精品,也是作者悲剧人生和审美情趣的结晶,如《囚山赋》《永州龙兴寺东丘记》《小石城山记》《至小丘西小石潭记》。在描写山水的过程中,作者有时采用直接象征手法,借"弃地"来表现自己虽才华卓荦却不为世用而被远弃遐荒的悲剧命运。但多数情况下,作者则是将表现与再现两种手法结合起来,令人读后为之怦然心动。柳宗元的山水游记是真正的艺术性的文学,美的文学。他善于选取深奥幽美型的小景物,经过一丝不苟的精心刻画,展现出高于自然原型的艺术之美。

总之,韩、柳在散体文创作上有着众多的开拓。首先,他们在勇于创新的基础上建立新的散文美学规范。如前所述,他们在文学观念上否定了六朝的"文笔"之分,把散文引入了杂文学的发展路途;但在创作实践中却颇为重视辞采、语言和技巧,突破了一切文体的界限和陈规旧制,把大部分应用文写成了艺术性很强的文学散文。其次,他们将浓郁的情感注入散文之中,大大强化了作品的抒情特征和艺术魅力,把古文提高到了真正的文学境地。韩文如长江大河,澎湃流转,作者横绝奔放的气魄借其滔滔雄辩而溢诸行墨之间。更重要的是,韩愈在应用文中感怀言志,以感激怨怼奇怪之辞,发其穷苦愁思不平之声,既变"笔"为"文",又使"文"具备了源于现实的情感力度。与韩文相比,柳文则如崇山峻岭,简古峭拔,立意精警。他的书信,充溢着锥心泣血的身世之悲;他的游记,渗透了人与自然的亲和之情。

四、文体的发展

到了晚唐时期，古文开始衰落，骈文复兴。这两种文体虽然各有独立存在的用途和价值，但因古文运动明确以反对骈文为目的，所以实际上是互为消长的。晚唐时政治日趋腐败，宦官专权、朝廷党争、藩镇强大，已成为唐王朝致命的痼疾。文人们在忧时悯乱、感伤身世之余，转而以沉迷声色自我麻醉。爱好华艳纤巧的风尚重新又在文坛上流行起来。骈文的复兴与这一背景有关。此外，赋和骈文题材内容的扩大也促进了自身的发展。

古文运动的胜利和韩柳的创作实践对中唐散文的发展产生了深远的影响，其诸多追随者如李翱、李汉、皇甫湜、樊宗师、沈亚之，以及积极支持古文运动的欧阳詹、刘禹锡、白居易等，而且绝大多数作者都已改用散文写作疏议、碑志、序文等各种应用文，文学性散文较前大大增加。但是，到了晚唐时期，古文开始衰落，能称上散文大家只有杜牧和孙樵。

杜牧的散文主要都是政论，代表作有《罪言》《原十六卫》《战论》《守论》《与时宰论用兵》等。这些政论涉及面广，就兵农刑政各方面的措置提出种种建议，但他最关心的是藩镇问题。除政论外，记叙文如《燕将录》《窦烈女传》，书信如《上泽潞刘司徒书》等，都表现了他对河北割据形势的深切忧虑。杜牧论事的散文在立意造句方面颇有独创性，对古文句法的发展做出了不小的贡献。《阿房宫赋》是一篇初具规模的散文赋。文章通过描写阿房宫的兴建及其毁灭生动形象地总结了秦朝统治者因为骄奢而亡国的历史教训，向唐朝统治者发出了警告，表现出一个封建时代正直的文人忧国忧民、匡世济俗的情怀。前半篇铺陈阿房宫的壮丽和宫人生活的奢华，根据想象将历史还原成活生生的画面。后半篇论阿房宫的奇观是耗尽天下民力所致，以建筑宫殿所费的材料与农夫工女、九州城郭、仓廪粟帛的数字相比，形象地揭示出秦因民怨难遏而亡、阿房宫正是鉴证的道理，构思新颖，大量使用隔句相对的排比，虽极意铺陈，却无堆砌之弊，辞采瑰丽而无绮靡之感。

孙樵的文章形式多样，也有一些较好的文学性散文。他大力鼓吹皇甫湜求难求异的理论，主张"储思必深，摛词必高，道人之所不道，到人之所不到。趋怪走奇，中病归正"（《与王霖秀才书》），认为这才是韩愈作文的"真诀"。所以他的《逐痁鬼文》《骂僮志》亦步亦趋地模拟韩愈的《送穷文》和《进学解》；《乞巧对》《寓居对》几乎就是柳宗元《乞巧文》的翻版。除了堆砌铺排、多用难字以外，他还有一些文章将韩柳所创造的一些艺术手法无限夸大，以求花样翻新，如《龙多山记》《兴元新路记》。

由于晚唐社会矛盾日趋突出，很多文人无意心向政治，转而走上消极颓废一途，胸襟既狭，视野复窄，寄情声色之乐，追求形式之美，于是骈文卷土重来，整个文坛再度为骈体文风所笼罩。晚唐令狐楚、李商隐、温庭筠、段成式等人都擅长骈文，其中李、温、段三人齐名，时号"三十六体"（三人在其从兄弟中皆排行第十六，故有此称）。他们大力提倡以四字、六字相间为句的四六文，重辞藻、典故、声韵、偶对，向唯美主义方向发展，并将骈文广泛应用到书信、公文、表奏等各种文体中，不少作品无异于文字游戏。在创作技巧和文风上，他们的骈文则有了一些新的变化，大都雕镂精工，用典深僻，辞采繁缛，偶对切当，风格更为华丽浓艳，其中以李商隐骈文最具代表性。

李商隐自称"或时得好对切事，声势物景，哀上浮壮，能感动人"（《樊南甲集序》）。他的骈文虽称四六而骈散兼行，得错综之美，富有情韵。李商隐"尤善为诔奠之辞"（《旧唐书》本传），他的《奠相国令狐公文》《祭外舅赠司徒公文》《祭裴氏姊文》等都写得很有特色。当然,李商隐还有不少章、表、书、启类作品,"以碎裂为工,以纤妍为态"(朱鹤龄《新编李商隐文集序》),一味用典,文意晦涩,过于重视辞采,缺乏动人的情感力量。

骈文进入俗文学是唐代骈文发展的重要动向。如张鷟的传奇小说《游仙窟》全用骈文写作,他还有《龙筋凤髓判》四卷,亦用骈文作判词,这种四六制牍沿用至清。其他唐传奇小说也大多文辞华美,行文之中,间作对偶之辞,显然是骈俪影响。

与此同时,晚唐小品异军突起,大放光彩。这是韩、柳杂说、寓言小品等类文体在新形势下的继续和发展,也是晚唐日趋尖锐的各种社会矛盾下的产物。晚唐小品有三个基本特点:一是篇幅短小精悍,"随所著立名,而无一定之体"(吴讷《文章辨体序说·杂著》);二是多为刺时之作,有的放矢,批判性强;三是情感炽烈,生气贯注。其代表作家有皮日休、陆龟蒙、罗隐等人。

第五节 唐传奇与通俗文学的发展

一、唐传奇的发展

初、盛唐是唐传奇的兴起期。彼时,文人方致力于诗歌创作,散文文体改革尚未进行,恐怕是传奇作者较少的原因。现存的几篇主要作品有王度的《古镜记》、无名氏的《补江总白猿传》、张鷟的《游仙窟》等。这一时期的唐传奇小说还留有魏晋南北朝时期志怪小说的影子,在题材与内容上偏向于收集奇怪之事,但在人物刻画和情节安排上已经有了显著的提高,描写也更为生动,为唐传奇后来的发展打下了基础。

从唐代宗到唐宣宗这一百多年的时间里,唐传奇迎来了它的创作高峰,由于摆脱了六朝志怪题材和写法的束缚,主要进行面向现实的创作,故涌现了一大批著名作家作品。这一时期所存的完整作品约四十种,多以现实生活为题材,涉及历史、政治、爱情、豪侠、梦幻、神仙等诸多方面,主要作品有沈既济(生卒年不详,约代宗德宗时人)的《任氏传》和《枕中记》,白行简(776—826)的《李娃传》《三梦记》,元稹的《莺莺传》,李公佐(贞元元和时人)的《南柯太守传》《谢小娥传》《庐江冯媪传》《古岳渎经》,陈鸿(贞元元和年间人)的《长恨歌传》《东城老父传》,蒋防(元和长庆时人)的《霍小玉传》,沈亚之的《湘中怨解》《异梦录》《冯燕传》《秦梦记》,李景亮(生卒年不详,曾应贞元十年科举)的《李章武传》,李朝威(生卒年不详)的《柳毅》,陈玄祐(生卒年不详)的《离魂记》等。无论从社会意义和艺术水平看,中唐都是唐传奇的高峰。

唐传奇在经过发轫期的准备、兴盛期的火爆之后,在晚唐时进入退潮期,呈现出了由盛转衰的局面。在题材方面,晚唐传奇小说大多远离现实,剑侠、鬼神、灵异故事较多,呈现志怪色彩。所以,晚唐传奇的演变从总体上说,并不是新的发展,而是在一定程度上向以六朝志怪为代表的古小说的回归。它反映了晚唐文学创造精神的衰落和小说发展的曲折。这一时期传奇呈现出两个特点。一是大量传奇作品特别是专集的出现,表明唐传奇的创作仍处于繁荣阶段,其数量甚至超过中唐。传奇专集,有袁郊(咸通间人)的《甘泽谣》一卷,薛用弱(长庆大和时人)的《集异记》三卷(原书已佚,今辑八十八篇),薛渔思(生卒年不详)的《河东记》三卷,皇甫枚(咸通光启时人)的《三水小牍》三卷(佚一卷,今辑六十一则),康骈(僖宗乾符进士)的《剧谈录》(今有《学津讨原》本),皇甫氏(名不详,唐末人)的《原化记》一卷(今存五十余则)等。单篇如房千

里的《杨娟传》、薛调的《无双传》无名氏的《郑德磷传》及传为杜光庭（懿宗咸通进士）所作的《虬
髯客传》等，内容涉及扶危济困、除暴安良、快意恩仇、安邦定国等方面，突出了豪侠人格的坚韧
刚毅、武功的出神入化和功业的惊世骇俗，从而展现出一种高蹈不羁奔腾流走的生命情调，成
就较高。二是这个时期又出现了数量众多的笔记杂录体的志怪和逸事小说集，如志怪小说集
有段成式的《酉阳杂俎》二十卷、续集十卷，柳祥的《潇湘录》十卷，张读的《宣室志》十卷，补遗一
卷；轶事小说集有李肇的《唐国史补》三卷，张固的《幽闲鼓吹》一卷，范摅的《云溪友议》三卷（一
为十二卷本），孙棨的《北里志》一卷，苏鹗的《杜阳杂编》三卷等。实际上，作为文学体裁的唐传
奇已逐渐模糊其自身特征，出现与六朝笔记体小说相混合或融合的趋势。

在唐传奇的发展过程中，以王度的《古镜记》、白行简的《李娃传》、元稹的《莺莺传》、薛调的
《无双传》等最为有名，这里主要对其进行具体分析。

（一）王度的唐传奇创作

王度生平，《隋书》和两《唐书》里都没有记载。孙望《王度考》根据许多材料考证出王度确
有其人，是王通和王绩的哥哥。

《古镜记》是隋末唐初的作品，叙述王度和其弟王绩所携的一面古镜的奇异经历，贯串大小
十几个故事，其中有的描写相当细致动人，但仍带有较浓厚的志怪色彩，表现出转变时期的特
点，是唐传奇的开山之作。《古镜记》基本上是一篇自叙传，以古镜的奇迹为中心线索，有意识
地把古镜的好几个神奇故事组织起来，开头先交代古镜的来源，然后说明追叙宝镜奇迹的原
因，继而按时间先后历述古镜的神异故事。当说到王度奉诏撰国史，欲为苏绰立传时，又插叙
了古镜与苏绰的关系，最后写到古镜预示"宇宙丧乱"的迹象，于大业十三年七月十五日失踪，
因而作者发出了"王室如毁，生涯何地"的哀叹。《古镜记》写于大业十三年之后，大概在隋王朝
覆灭前夕，或者在隋亡之后，把已经实现的事写成预言，更显示古镜的神奇。据王绩《与陈叔达
重借隋纪书》说，王度"大业之末，欲撰《隋书》，俄逢丧乱，未及终毕"，可见他果然遭遇了隋末的
丧乱，不久即死。王度自己是重阴阳的（《中说·天地篇》），他把古镜的隐现和隋朝的存亡联系
在一起，实际上恐怕只是一种寓言，隐喻了对隋王朝的哀悼。

《古镜记》是唐代小说的先声，是从志怪发展到传奇的过渡作品。它带有六朝志怪的余风，
但作者匠心独运，以古镜为描写对象，又始终贯串着王度的活动，写物而又写人，显然可以看出
作者有意在写文章，与六朝志怪的简单记事大不相同，不仅仅是一个情节增多、篇幅扩大的问
题。王度既是历史人物，又是小说人物，这种传记性的小说，正是中国古代小说的一大流派。
从另一方面说，真人假事或者在真人真事的基础上加以适当的虚构，正是中国古代小说常用的
一种写作方法。

（二）白行简的唐传奇创作

白行简（776—826），字知退，祖籍太原，到其曾祖父时后迁下邽，生于河南新郑，著名文学
家白居易之弟。元和二年（807）进士，授秘书省校书郎，累迁司门员外郎，主客郎中，又曾任度
支郎中，膳部郎中等职。著有文集十卷，文辞简易，有其兄风格。

《李娃传》约作于唐贞元十一年（795 年），主要写的是妓女李娃与荥阳生的爱情故事。荥
阳生赴京应试，与名妓李娃相恋，在资财耗尽之后被鸨母设计逐出，流浪街头，做了丧葬店唱挽

歌的歌手。一次他与其父荥阳公相遇,被父亲痛遭鞭笞,差点被打死,之后沦为乞丐。在一个风雪天倒在了街上,为李娃所救,后来二人同居。在李娃的护理和勉励下,荥阳生身体恢复,发愤读书,终于登第为官,李娃也被封为湃国夫人。这篇小说的成功之处是塑造了李娃的多面性格。作为一个妓女,李娃一出场便以妖艳的姿色吸引了荥阳生,并大胆让荥阳生留宿,"诙谐调笑,无所不至",表现得温柔多情。但李娃深知自己不可能与身为富家子弟的荥阳生有结果,于是她跟大部分妓女的选择一样,要甩掉已经没钱的荥阳生。于是李娃参与了鸨母设计的骗局,驱逐了荥阳生。当她再次遇到荥阳生后,内心真正的感情才开始迸发出来,对这位已"枯瘠疥疠,殆非人状"的昔日情人不禁产生出了强烈的怜惜之情和愧悔之心,"前抱其颈","失声长恸",并毅然与鸨母决绝,专为全力照顾、支持荥阳生,并最终使他功成名就。面对再次荣华富贵的荥阳生,李娃并没有抱不切实际的幻想,而是十分理智地提出分手,给对方以重新选择婚姻的充分自由。后来,在家长的主礼下,二人结为眷属。可见,这个故事对封建社会的门第观念和家长统治制度,揭露得非常深刻。荥阳公在儿子不争气当唱挽歌的挽郎时将他置于死地,毫无父子之情,这正是封建家长制的极端表现。而在小说最后,作者请出荥阳生的父亲来做主,一变初衷,让他们正式结婚。最后还要表彰一下,说李娃"妇道甚修,治家严整","封汧国夫人"。这样的结局在现实生活中不能说绝对不可能,但总是不够典型的。《李娃传》的喜剧结尾,在一定程度上表达了人民群众的理想,并没有削弱多少整个故事的现实主义风格。

小说塑造了一个光彩夺目的女性形象,李娃是一个聪明、美丽而又坚强、热情的妓女,她有着过人的清醒、明智、坚强、练达、善良和宽宏,也构成了李娃性格中最有特色的闪光点。

荥阳生是小说的中心人物,但始终处于从属地位。荥阳生幼稚单纯,又庸碌无能,作者精细地写出了他怎样由一个世家公子沦落为挽歌郎和乞丐,后来又折节读书,成为回头的浪子。

《李娃传》在中国文学史上影响很大,首先表现为在塑造妓女形象上有独特的成就,李娃的性格和感情很丰满,她的自我牺牲精神甚至比法国小仲马笔下的茶花女更为伟大。其次故事的情节构思有一定的开创性,后世小说、戏曲中有不少"落难公子中状元"的题材就滥觞于此。团圆结局在一定范围内也有冲击封建婚姻制度的积极意义。白行简只凭一篇《李娃传》,就使他成为中国小说史上的著名作家而无愧色。

(三)元稹的唐传奇创作

元稹(779—831),字微之,洛阳人(今属河南)人,出生于长安(今陕西西安)。他是北魏鲜卑族拓跋氏后裔。贞元九年(793)明经及第,十年后与白居易同以书判拔萃科登第,元和元年(806)又与白居易一起以制科入等,授左拾遗,后转监察御史。元稹生性激烈,年少时,参政意识和功名欲望甚强,锐气颇足,敢言直谏,摘发权贵,屡屡上书论事,指摘时弊,或实地纠劾,惩治猾吏。也因此而多次遭贬,先后为江陵士曹参军、唐州从事、通州司马、虢州长史,元和末年回朝,历任膳部员外郎、祠部郎中、知制诰等,并于长庆二年(822)拜平章事,因与裴度发生冲突,为相仅四个月即被罢免。罢相后,出为同州、越州刺史,颇有政绩。53 岁得暴疾卒于武昌任所。有《元氏长庆集》,存诗 830 余首。

元稹的《莺莺传》在唐代传奇中可以说是影响最大的作品,因为后世用这个题材编写的戏曲特别多,实际上已经大大超过了它本身的作用。小说叙述了张生与莺莺的相见、相悦、相欢的全过程,但最后却以张生的"始乱终弃"作为了这篇小说的结局,使得整个故事由喜到悲,也使得人物性格得到了较为突出的体现。故事的男主人张生游蒲州时居住在普救寺中,遇到了暂寓于此的表亲崔家母女,但是正好碰伤蒲州兵变,张生设法保护了崔家。感于救命知恩,崔夫人设宴答谢,并命女儿莺莺出拜张生。几经催促之后,莺莺才出来拜见张生。张生惊其美艳,后来转托婢女红娘送去两首《春词》逗其心性。莺莺当晚即作《明月三五夜》一诗相答,暗约张生在西厢见面;但当张生如约来后,她却"端服严容",大谈了一通"非礼勿动"的道理。在张生几乎陷入绝望之后,莺莺在红娘的陪伴下最终委身于张生,后来由于不能与张生成为夫妻,最终成为二人彼此断绝了关系。在小说结尾处,张生曰:"大凡天之所命尤物也,不妖其身,必妖于人。使崔氏子遇合富贵,乘宠娇,不为云,不为雨,为蛟为螭,吾不知其所变化矣。"张生称莺莺为"尤物""必妖于人",完全撇清了他与莺莺之间的关系,最终使得一份美好的爱情成为封建礼教下的牺牲品。

小说成功地塑造了崔莺莺这个典型的女性形象,她不同于《任氏传》里的妖狐、《柳毅传》里的龙女,而是现实社会里的人;也不同于李娃,她不是妓女而是名门闺秀。她的确知书达礼,又富于文才,然而爱情往往是会战胜理智的,因而造成了终身遗恨。当她初见张生的时候,"以郑之抑而见也,凝睇怨绝,若不胜其体者",完全是一个"娇""骄"二气兼备的少女,但后来她在红娘的陪伴下和张生私定终生。可惜他们的欢乐像梦境一样短暂,不久张生又赴西京应考,就和莺莺分手了。从后面崔莺莺的几封信件中可以看出她怨而不怒,充分体现了温柔敦厚的诗教传统,却可以看出莺莺的性格越来越坚强。从这篇小说中,我们能看到作为封建伦理束缚下的莺莺的动摇性。对于爱情的向往,使得莺莺能够接受张生的爱慕,但畏于封建礼教又使得她无法摆脱自责的心理,正是由于这种自责心理的存在,使得她与张生最终没能够走在一起。

张生则是被作者美化了的男性形象。文中始终没有对他进行批判,甚至还称其为"善补过者"。但作者的这种偏颇并没有影响到小说,《莺莺传》的真实性还是很高,对后世影响也很大。张生与莺莺的故事被后人改成了诸多的艺术形式,其中最为有名的是元人王实甫所作的《西厢记》,在这部作品中,人物的性格得到了更为丰满的刻画,特别是其中的红娘形象,更是为人所称道。时至今日,红娘已经成为婚姻中牵桥搭线者的代名词。

(四)薛调的唐传奇创作

薛调(829—872),河中宝鼎(今山西万荣)人。宣宗大中朝进士及第,宪宗时曾任户部员外郎加驾部郎中、翰林学士承旨等职。咸通十三年暴卒,赠户部侍郎。著有传奇小说《无双传》等。

《无双传》是唐代后期单篇传奇中的佳作,写王仙客与他舅舅刘震的女儿无双的爱情故事。王仙客和无双青梅竹马,两小无猜。王仙客母病危托孤,与无双的父亲刘震约定二人婚姻。但当仙客服丧期满,回到京师之后,刘震依然待以舅甥之礼,否认曾经许婚。这时,节度使李希烈、姚令言反叛,皇室及百官奔逃。危急中,刘震急召仙客称:"与我勾当家事,我嫁与尔无双。"而等仙客先押送财物逃出城外,刘震全家却被关在城里。三年后,叛乱平定,仙客回到京城,遇见刘家老仆塞鸿,才知道舅父因任朱泚的伪官已被处极刑,无双被没入后宫。但王仙客并没有死心,因金吾将军王遂中推荐,做了富平县尹,知长乐驿,继续探听无双的下落。功夫不负有心人,有一次宫中派三十名宫女到园陵去,途经长乐驿,王仙客终于探听到了无双的下落。而仙客则假作理桥官,与无双相会。无双在床褥下留书给仙客,告诉他富平县的古押衙是人间有心人,可去求他设法。王仙客果然去求了古押衙。古押衙老谋深算,耐心等待时机,先从茅山道士那里弄来了麻醉药,再让无双的婢女采苹假作中使,说无双是逆党,赐药令她自尽。当时死去,再把尸体赎出来,让她复生。古押衙把所有参与这个行动的人,包括塞鸿都杀死灭口,最后自杀,一共死了十余人。仙客不知其术,初以为无双已死。直到最后王仙客与刘无双团聚才知始末,逃回故乡,终为夫妇五十年。小说并没有神怪的内容,但富于神奇色彩。它的特点在于古押衙救出刘无双的密谋险举,并不是用奇袭强夺,而是采用假死的手法,把爱情和豪侠的题材结合在一起,构成了曲折离奇的情节,有强烈的传奇性,这正是唐代传奇的特征之一。小说塑造古押衙这个人物,他感于王仙客优厚的礼遇,不惜以死相报,是一个奇特的豪侠。小说采用了倒叙法揭开谜底,救人的情节都是在事成之后才告诉王仙客的,也是一种比较新颖的结构。《无双传》在艺术上很有特色,比前期的传奇更注重于情节构思,显示出作者有自觉的创造意识,因此可以说是唐后期传奇的杰作。

二、通俗文学的发展

唐代的通俗文学主要表现为说唱艺术的初潮。说唱艺术是广泛流行于民间的一种音乐、文学和表演相结合的文学表现形式,用来讲唱历史、传说叙事及文学作品,以叙述功能为主、兼有抒情功能。中国古代说唱文学由来已久,到唐代又有了重大发展,对古代小说的演变起到了推动作用。

目前从文献中可考察的说唱的起源有两个,一是俳优小说,二是佛教唱导。最早的说唱艺术记载于《孔子家语·相鲁》中:"有顷,齐奏宫中之乐,俳优侏儒戏于前。"可见,"俳优侏儒"是古已有之的宫廷表演艺人。

荀子的《成相篇》也记载道:"人主无贤,如瞽无相。"可见,当时已经有了说唱这一艺术形式,但这些说唱多为宫廷的俳优表演,这些俳优多由侏儒和瞽师担任。

汉代以后,有关宫廷俳优的记载更多了,其中相当突出的是与"小说"的关联。例如刘向的《列女传·周室三母》能隐约推测出它当属于宫廷的一种表演技艺,不过其中的"令瞽诵诗,道正事",表明瞽师在讽诵诗篇外,也讲"正事"。

根据《史记》卷七十一叙及樗里子滑稽多智,《索隐》曰:"俳优之人出口成章,词不穷竭,如滑稽(一种酒器)之吐酒不已也。"《汉书》卷五十七又曰:"俳优侏儒所以娱耳目乐心意者。"可见,俳优是一种以语言表演为主,带有明显的调笑性质的宫廷娱乐活动。而这种娱乐活动不仅限于宫廷,也逐渐在民间蔓延开来。

随着社会的进步与发展,俳优小说开始逐渐世俗化,转而成为市人小说。元稹的《酬翰林白学士代书一百韵》中也有"光日听话移"作者自引"尝于新昌宅说《一枝花话》,自寅至巳,犹未毕词"的语句,表明"市人"说话(书)表演的内容已相当丰富。

"唱导"是一种声文并茂的宗教说唱形式,具有一定故事性和娱乐性,对说唱艺术的影响是不言而喻的,最初出现于南北朝时期。佛教唱导的目的是"宣唱法理,开导众心",唱导者要具备"声、辩、才、博"四个方面,唱导的内容要从出家僧众、君王长者及普通百姓等的身份、修养出发,因人而异。

佛教唱导发展到唐代之后,出现了"俗讲"的形式。俗讲就是一种连说带唱、绘声绘色的讲经方式,是在唐代社会崇佛风气盛行和城市经济繁荣的历史条件下出现的通俗化的文艺宣传形式,其目的首先是把佛教经典艺术化、形象化。"俗讲"的底本就是"变文"。寺院僧侣在宣讲佛教经义和故事时,一面讲唱一面展开一种称为"变相"的图画相配合,"变文"的名称或即由此而来。变文,或简称"变",由韵文和散文交错组成,内容原为佛经故事,后来范围扩大,包括历史故事、民间传说等。在敦煌遗书中,标名"变文"或"变"者有《破魔变文》《降魔变文》《大目乾连冥间救母变文》《汉将王陵变》《舜子变》《前汉刘家太子变》等。这些作品,形式不完全一致,《舜子变》基本为六言韵语,而《前汉刘家太子变》则以散体叙述为主,其他则为说唱相间散韵结合,同时,有的还辅以图画的提示语。

俗讲变文可分为两类:一是以佛经故事为主的,这类变文通过佛经故事的说唱,宣传佛家的基本教义,但不直接援引经文,如《破魔变文》《降魔变文》《大目乾连冥间救母变文》等;另一类以历史题材为主,多以某一历史人物为中心,将历史记述与民间传说相结合。如《舜子变》《前汉刘家太子变》《伍子胥变文》等。俗讲变文的形式,一般是说唱相间,散韵结合。说白用浅近文言,杂有四六句式,唱词主要是七言诗句。先用散文叙述故事,再用韵文复述故事主要内容,或者描写重要的场面和人物对话。这样说一段,唱一段,直到故事结尾。

俗讲变文的形式,一般是说唱相间,散韵结合。说白用浅近文言,杂有四六句式,唱词主要是七言诗句。先用散文叙述故事,再用韵文复述故事主要内容,或者描写重要的场面和人物对话。这样说一段,唱一段,直到故事结尾。说唱的比重各不相同。有的以唱为主,如《目连救母变文》《王昭君变文》等,有的以说为主,如《降魔变文》《伍子胥变文》《汉将王陵变》等。俗讲变文实际上是一种说唱结合的长篇叙事文学,如《敦煌变文集》中的《季布骂阵词文》,全用七言诗,四千四百多字,从结尾"莫道词人唱不真"一句看,这是一种用作演唱的长篇叙事诗歌。对于长篇叙事诗不够发达的汉民族,它无疑是一种新的文学形式。演唱佛经故事的变文虽然意在弘扬佛法,但它带来了佛教文学幻想瑰丽奇特、布局宏大壮伟的特色。

变文大多首尾完备,线索清晰,情节波澜起伏、具有悬念,体现了作者为吸引听众而精心构思的努力,促进了后世小说的发展。俗讲变文不但是后代弹词宝卷等民间通俗文学的源头,而且影响到我国古代小说戏剧体制的形成和发展。戏曲的唱白结合,话本小说和章回小说中诗词歌赋骈文描写的掺杂,都可以从变文散韵相间、说唱结合的形式中看到脱胎的印记。

在说唱艺术中还有另一种文体值得关注,即俗赋。俗赋内容丰富,但多有禽兽、荣酒之类琐屑题材,与正统诗文的抒写对象不同,并且在风格上也往往带有谐谑色彩。在文体与表现方法上,也活泼多样,如不少赋文采用的是"问对体"的形式,即由一方提出问题,另一方给予回答,在诘难中体现出谐谑倾向。因多有代言体对话,颇类戏剧表演。这些特点使其很自然地成为说唱文学的一个基础,如刘谧之《庞郎赋》曰:"坐上诸君子,各各明君耳,听我作文章,说此河南事。"[①]就有说唱的意味。在汉代,已经有了俗赋的存在如扬雄的《逐贫赋》、张衡的《髑髅赋》等。虽然流传下来的篇目较少,但俗赋对小说发展的意义是不容忽视的。汉以后,俗赋仍有发展,敦煌俗赋的发现便证明了这一点。

---

① 徐坚. 初学记[M]. 北京:京华出版社,2000:115.

第六节　词的兴起与五代十国文学

一、词的兴起

词是曲子词的简称，即有曲谱的歌词。词从隋代开始出现，正式诞生于唐代，敦煌民间词的发现就是一个有力的证明。当时，一些接近民间的诗人，采用民间词的曲调，吸取民间词的表现形式来创作，因此便出现了文人词。中唐之后，诗人填词的人数逐渐多了起来。到了晚唐，才出现专门从事词创作的专业词人。

词起源于何时，至今未取得一致看法。有人认为南朝乐府中某些歌词如萧衍、沈约写的《江南弄》即其雏形。南宋朱弁《曲洧旧闻》说："词起于唐人，而六代已滥觞矣。"更多的宋人认为词最早产生于隋代。王灼《碧鸡漫志》卷一说："盖隋以来，今之所谓曲子者渐兴。"张炎《词源》卷下也说："粤自隋唐以来，声诗间为长短句。"

自南北朝以来，西域音乐不断传入，并渐渐与我国民间歌曲相结合，至唐代已产生出许多动听的乐曲，这种新乐曲往往被选作宴会时的演奏曲，称为燕乐（讌乐、宴乐），词主要就是为配合这种燕乐而创作的。而且，唐代随着城市经济的繁荣，市民阶层文化需求的扩大，民间流传的俚曲小调被大量吸收入城市之中。《旧唐书·音乐志》："自开元以来，歌者杂用胡夷、里巷之曲。"可知正是这种胡夷新声和里巷俗曲的结合，促成了词的真正兴起和发展。大体说来，词在燕乐风行的初、盛唐于民间孕育生长，中晚唐、五代时经过一些文人的创作逐步成熟和定型，至两宋而大盛。现存的唐代早期的词主要有敦煌民间词和早期文人词。

现在所知最早的唐代民间词，是清末在敦煌发现的曲子词。清光绪二十六年（1900），从敦煌莫高窟藏经洞中发现了词的抄卷，可惜的是，1907 年，受英政府雇佣的匈牙利人斯坦因，从敦煌掠夺走 9 000 件左右的精品。1908 年，法国伯希和又刮取敦煌文物精华 6 000 多卷。后经朱孝臧从董康自伦敦抄回的斯 1 441 卷，得 18 首。经刘复从巴黎抄回的伯 2 838 卷，得 14 首。并经龙沐勋参校，合二为一收入《疆村遗书》，始得以完好如初。1950 年，王重民辑为《敦煌曲子词集》三卷，所收共 161 首。除少数作品有署名如温庭筠等人外，绝大多数为民间无名氏所作，时代则大多作于唐玄宗至五代时期，是现存最早的唐五代民间词。其中的主要抄卷是《云谣集杂曲子》，共 30 首，结集较《花间集》还要早 30 年左右，是我国第一部词的总集。1955年出版的任二北《敦煌曲校录》是从罗振玉所编的《敦煌拾零》、刘复的《敦煌掇琐》、许国霖的《敦煌杂录》、日藏《大正新修大藏经》《北京图书馆钞敦煌卷子》部分抄件收录所得，合计 56 调，失名 30 调，共有词 545 首（其中包括大曲 5 调，5 套 20 首）。敦煌词的题材十分广泛，王重民《敦煌曲子词集·叙录》说："今兹所获，有边客游子之呻吟，忠臣义士之壮语，隐君子之怡情悦志，少年学子之热望与失望，以及佛子之赞颂，医生之歌诀，莫不入调。"其中虽也有闺情花柳之作，但总的说来，它多半反映的是下层人民的生活状态和思想感情，具体来说，主要包括现实政治词、爱情词和闺怨词。敦煌民间词继承了中国民歌的优良传统，在历史的洪流中又形成了自己的特色，对后代词曲的发展产生了重要的影响。首先，多用问答体，出现了联章词和慢词。敦煌民间词中有不少作品是通过答问的形式来表现人物的形象与个性的。其次，白描手法和比兴手法的广泛应用。敦煌民间词中有不少篇章都非常出色地运用了白描手法，如《天仙子》

《内家娇》《洞仙歌》等都以白描写法见胜。再次，即事抒情，语言尖新。唐代民间词写景极少，叙事特多，许多词的意境创造都是通过叙事抒情来完成的，这和后来文人词强调"即景抒情""情景交融"有很大的不同，而且往往是情节曲折，有首有尾。这种艺术表现手法，实开柳词之先声。最后，词体多样。敦煌民间词的形式也反映了词创体初期的状态和民间状态，如有衬字，有和声，字数不定，平仄不拘，叶韵不严，咏调名本意者多，等等，说明早期词尚未定型，格律上还比较粗糙，但也表现出民间词清新质朴甚至俚俗的风格。可见，敦煌民间词不但内容丰富多彩，而且艺术风格也是多样化的，在词史以及整个文学史所起的作用是不可低估的。只是到了文人手里之后，才把题材弄得狭窄起来了。

最早文人词产生于何时，历来有较大的争论。但有一点可以肯定的是，文人词的出现当在民间词广泛流传之后，而且比齐言诗入乐的时间较晚。韩翃、张志和、韦应物、戴叔伦、王建、白居易、刘禹锡等是公认的第一批文人词作者，传世的作品虽不多，且限于小令，但有不少佳作。不过，唐代初期文人词是形式短小、题材广泛，受民间词影响较明显，风格多清新、明快、活泼，且多以写诗手法写词，较少适应词调特点而形成独特风格。作家于词多间或为之，词作皆附录于其诗集中。这种现象一直到晚唐温庭筠才有改变。

二、五代十国文学

（一）五代十国的词创作

五代时期，西蜀与南唐相对稳定，成为当时经济文化的重心，吸引了大量的文人，且统治者心怀苟安，君臣相与逸乐，弦歌宴饮，寄情声色，由此产生了大量剪红刻翠的词，很多的文人开始加入词的创作行列中，形成了花间词派。与此同时，偏安江南的南唐是词的另一个发展中心，与西蜀并峙。由于南唐统治的江南地区经济发展的程度较西蜀高，文化基础也较厚，故南唐词人除了追求花月歌酒的感官刺激外，还追求更高雅的精神生活，涉足于其他一些学术、艺术领域，这给词创作提供了良好的发展条件。

花间词派成员以温庭筠、韦庄为首，他们创作的词在内容、形式与风格上大体相近，都是以华丽的文字，婉约的表现手法，集中描写女性的美貌与服饰的鲜艳等，表达离愁别恨以及男女相思之情的，因此形成了一个派别。欧阳炯在《花间集序》中说："则有绮筵公子，绣幌佳人，递叶叶之花笺，文抽丽锦；举纤纤之玉指，拍按香檀。不无清绝之词，用助娇娆之态。自南朝之宫体，扇北里之倡风。何止言之不文，所谓秀而不实"，道出了花间词的本质特点。

温庭筠是被《花间集》列于首位的词人，他是词史上是对后代影响最大的一位词人，其词多写妇女生活与美女形象，风格秾丽绵密，开创了花间的词体词风，吴梅《词学通论》中说："大抵初唐诸作，不过破五七言为之，中盛以后，词式始定，迨温庭筠出，而体格大备。"龙榆生《词曲概论》亦说："单就艺术成就来讲，温庭筠要算长短句歌词发展史上一个主要角色。"温庭筠（812—866），字飞卿，太原祁（今山西祁县）人，唐初宰相温彦博之裔孙。年少敏悟，长于诗赋，又善音乐，《旧唐书》本传说他"能逐弦吹之音，为侧艳之词"，诗、乐皆擅长，故其词在格律上律精韵胜，流传甚广。因"不修边幅"，"与新进少年狂游狭邪"，为当时士大夫所不齿。虽屡次应考，均未得中，又家道中落，坎坷终身。他生性耿直，嫉恶如仇，喜讽刺权贵，多触忌讳，又疏狂不羁，纵酒放浪，多游坊曲妓馆，不合封建士大夫的道德规范，这些让他的仕途更加不顺畅。约在 48 岁时才得以授隋县尉,后为幕府僚吏,任方城尉,官终国子助教,世称"温助教"。所存之词,《花间集》收 66 首,《全唐诗》附词 59 首,近人刘毓盘辑成《金荃词》一卷 76 首。温庭筠的词,绝大多数是以女子为描写对象,她们大致是妓女、宫女、战士妻子、商妇、采莲娃或女冠之类。其所着重描写的,不外是仪容、服饰之美和悲欢离合之情,以浓艳的色彩、华丽的辞藻,构成一种金碧辉煌的富贵气和香泽浓烈的脂粉气。这正是城市繁华,统治阶级享乐生活的鲜明反映。风格以秾丽绵密为主,颇为符合晚唐的时尚和用女音演唱以娱宾遣兴的音乐文学需求,是地地道道的香艳文学和"软性"文学的代表。温庭筠在描写妇女形象时,他往往从容貌、服饰、情态上细致描画,笔触柔媚,设色绮丽,散发着浓烈的脂粉气,宋孙光宪《北梦琐言》说:"温词有《金荃集》,盖取其香而软也。""香而软"是温词的第一大特色。而最能体现这种特色的,莫过于他的《菩萨蛮·小山重叠金明灭》和《更漏子·玉炉香》两组词了。温词内容虽然并无太大价值,然其词所显示的艺术形式与表现方法之丰富精美,对于词的艺术特征的形成和词的发展无疑是有重大贡献的,可谓上承齐梁,下启花间词。尤其是那浓艳香软、深隐细密的词风,直接影响了五代的一批词人。

韦庄是另一个成就很大的花间词人,他与温庭筠并称"温韦"。同为领袖词坛的作家,但他所倡导的是与温词略有不同的另一种风格,注重个人主观感情的抒发,风格清新流丽而疏淡,内容亦多为男欢女爱、离愁别恨和流连光景之类,宛曲柔美,被称为花间别调,被后世花间词人所认同和尊崇。韦庄(836—910),字端己,京兆杜陵(今陕西西安附近)人。僖宗广明元年(880)在长安应举,中和二年(882)始离长安去洛阳,作《秦妇吟》长诗,记述在长安时见闻,流传甚广。59 岁才考取进士,62 岁时奉使入蜀,不久返京,66 岁时再度入蜀,西川节度使王建辟为掌书记。王建称帝,韦庄为宰相,从此终身仕蜀,定居在浣花溪杜甫草堂故址,故其诗集名曰《浣花集》。他的词《全唐诗》收 54 首,其中 48 首载于《花间集》,后刘毓盘辑为《浣花词》一卷共55 首。韦庄的词主要也是写女人、相思、离别之类,但风格与温庭筠迥异,他善于以清新自然的语言、婉变细腻的笔调写离愁别绪,而又能灌注自己的真情实感,清简劲直而不流于浅露,笔直而情曲,辞达而感郁,总的风格可以用"清简"二字加以概括,与温庭筠词的"秾丽"恰好形成鲜明的对照,如《菩萨蛮·人人尽说江南好》《浣溪沙·夜夜相思更漏残》等。韦词不但善于运用自然清淡的语言、明秀如画的形象去刻画出那种婉约的离愁别怨,而且结构疏朗,往往一首词甚或几首词只叙说一件事或一层意思。温、韦词的风格虽不同,但同为词史上第一批大量写词,甚至以词名世的作家;在促进词体的成熟、使词逐渐摆脱完全依附于音乐和附庸于诗的地位而成为有独立生命的抒情体方面,具有同等的贡献,故历来温、韦并称。后世许多词人,特别是五代时一批被称为"花间派"的词人都深受其影响。

偏安江南的南唐是另一个词的中心,与西蜀并峙。由于南唐统治的江南地区经济发展的程度较西蜀高,文化基础也较厚,故南唐词人除了追求花月歌酒的感官刺激外,还追求更高雅的精神生活,涉足于其他一些学术、艺术领域,给词提供了良好的发展条件。南唐君臣喜好文学,形成了词这种文学样式繁荣的文化氛围。中主李璟、后主李煜,以及重臣冯延巳都是当时重要词人。尤其李煜,开一代风气,在词史上占着非常重要的地位,产生了深远的影响。

冯延巳(903—960),一名延嗣,字正中,广陵(今江苏扬州)人,南唐元老,是唐五代一位重要词人。南唐开国君主烈祖李昇授予秘书郎,使与李璟游处,为元帅府掌书记。后李璟即位,冯延巳以旧恩骤升高位,官至中书侍郎、左仆射同平章事。后因南唐朋党之争被罢相,任太子少傅,不久即死去。他一生致力于词,"虽贵且老不废"(陆游《南唐书》本传),有《阳春集》传世,存词百余首,是晚唐五代词人中作词最多的一个。冯延巳词多写歌舞宴饮、相思离别,着力于抒写人物的内心无法排遣的哀愁,塑造一种感情境界。冯延巳的词不仅长于抒情,也长于写景状物,他常常能够把握客观景物的特征而构成鲜明意象,如"满眼游丝兼落絮,红杏开时,一霎清明雨"(《鹊踏枝》),"春艳艳,江上晚山三四点,柳丝如剪花如染"(《归自谣》)等,都描写得十分精当,使人有身临其境之感。

李煜(937—978),初名重嘉,字重光,即位时改名煜,号钟山隐士、莲峰居士,为李璟第六子。少聪慧,善属文,工书画,精通音律,具有多方面的文艺才能。初封安定郡公,累迁诸卫大将军、诸道副元帅,封郑王。建隆二年(961),25 岁的他即位,世称李后主,时南唐已时刻处于北方宋朝的压力之下。他虽心存忧虑,但天性懦弱,既无政治家任贤用能、治国御敌的气魄才干,又无军事家整军治武的良策,只有年年卑辞厚礼,纳贡求全,自己则在吟咏游宴、参禅拜佛中苟且偷安了 15 年。至开宝八年(975)十一月,宋将曹彬率军南下,毫不费力地攻下金陵。城破之日,李煜出降,被系入汴京之后受尽百般侮辱,过着"此中日夕,只以眼泪洗面"的日子。终于在太平兴国三年(978)七月七夕,被宋太宗派人用牵机药毒死,时年 42 岁。他著述颇丰,有《文集》30 卷,又著《杂说》百篇,惜多散佚,可考见的,有《全唐诗》所录 18 首诗、32 个断句,其中有些可能不是出自他的手。后人将其词和李璟的词合刊为《南唐二主词》。李煜词流传下来较可靠的有 30 多首,以亡国为界限,呈现出两种不同的面貌。前期词主要写宫廷中的豪华生活和男女间的柔情蜜意,如《玉楼春·晚妆初了明肌雪》充分反映出李煜早年的声色豪奢、风情旖旎的宫廷生活,那些肌肤像雪的宫娥们在宫殿里成行成列地按着悠扬的音乐节拍,一遍又一遍地翩翩起舞,直至夜深更阑才踏月归去,结尾二句是传诵的名句,明代王世贞在《弁州山人词评》中称为"致语"。此词在人物情态、场面景物的描写与刻画方面都逼真生动,但因内容奢靡,格调并不高。在李煜前期所写的词中,还有一部分是表现爱情和离愁感伤情调的作品。如他为小周后所作的《菩萨蛮·花明月暗笼轻雾》写一情窦初开的少女赴情人约会的情景,写得大胆、率真,打破了抒情小词的界域。在一个百花盛开、淡月朦胧、轻笼着烟雾的夜晚,一位女子朝着她所爱的人那边走去,为了不被别人听到脚步声,她把鞋子脱掉提在手上,只穿着双袜轻轻跑向画堂的南边,紧偎着她心爱的人,一边因紧张、激动而微微颤动,一边倾吐着悄悄情话。一系列的细节描写,将人物因热恋情至之极而不复检束的心理表露无遗。虽然在亡国被俘之前,李煜留恋宫中歌舞游宴的生活,苟且偷安,但是国势日衰、江山残破的悲剧日子逐渐逼近,由此也作了一些伤感之作,如《乌夜啼·无言独上西楼》。李煜后期词主要写国亡家破的深悲巨痛和抚今追昔的无穷悔恨。李煜被俘之后,过的是阶下囚的生活,此前词中的绮罗香泽、醉生梦死为深悲巨痛所代替,因此,这个时期的词作呈现出了厚重纯朴、沉郁凄怆的风格,如《虞美人·春花秋月何时了》以不堪回首的往事和现状的对比来抒发无穷的愁恨,用高度的夸张和贴切的比喻,将抽象的愁情形象化,意境博大,感慨深重,具有很强的艺术感染力。《浪淘沙·窗外雨潺潺》充满着悲恨凄楚的感情色彩,既是亡国之君的哀歌,也是受尽侮辱的囚徒的怨曲。李煜之所以成为五代词坛上最伟大的作家,主要是因为他为词寻找到了一条新的路径,扩大了词的境界。首先,李煜的词直抒胸臆,真率自然。无论是前期宫中的纵情享乐,还是后期囚居的悲苦心境,李煜在词中都没有进行掩饰,而是将其毫无顾忌地抒写了出来。其次,李煜的词形象鲜明,情景交融,结构完整细密,意境浑成高远。李煜不但善于通过人物动作、神态来构造富于立体感的画面,予人以清晰鲜明的形象,而且更善于抓住客观景物中最富特色的方面,注入主观感情,造成特有的艺术氛围。他还能通过周密巧妙的布局使全词从句到篇都围绕一个中心结合成和谐的整体,在此基础上,再以极形象的语言提炼概括,总摄全词并开拓出新的艺术境界。再次,李煜的词艺术概括力强。李煜很善于造境,在他的词中,产生某种感情的境界,往往既是具体的,又是极为形象的。他还善于把某些具体的感情作更深入的概括,使之上升为带有一定普遍性的人生体验。最后,李煜的词语言明白如话而又精练隽永。李煜主要用白描的语言,但读来却如行云流水,舒展自然。即使是前期描绘豪华生活的词也显得明丽脱俗。总之,李煜拓宽了词的题材,他把词从狭窄、浮艳的花间派的格调中突破出来,提高了词表现生活、抒发感情的能力,展示了词这种文学形式的潜在生命力。他在词的艺术上所取得的成就,使他不仅成为唐五代词坛上最杰出的词人,也成为我国词史上杰出的词人之一。

(二)五代十国的小说创作

五代时,徐铉撰《稽神录》仍未脱尽魏晋以来志怪小说的窠臼,书中充斥因果报应、图谶灵验之说,唯时代背景有所不同,笔涉底层社会时,略具现实意义。《稽神录》,《郡斋读书志》小说类著录十卷,说:"记怪神之事。序称自乙未至乙卯,凡二十年,仅百五十事。"乙未当为公元935年,乙卯即南唐保大十三年(955),书作于入宋之前,所以《郡斋读书志》称作"南唐徐铉撰"。《稽神录》原书十卷,现存传本都作六卷。商务印书馆1919年排印本有补遗四十六条,是最完善的本子,已大大超过了一百五十条。《稽神录》基本上继承了六朝志怪的传统,与干宝撰《搜神记》一样,想以"明神道之不诬"。李叻也说"讵有率更言无稽者",就是把它当作实录来看待的。书里有些故事情节因袭了前代的小说,如卷2《望江李令》类似《搜神记》的《秦巨伯》;《太平广记》卷454引《张谨》与《灵怪集》的《王生》构思相同。至于《类说》卷12所收《老猿窃妇人》一条,完全是《补江总白猿传》的缩写,不免可疑。由于徐铉以纪实为标准,书中记载了不少五代十国的逸闻,可以看出当时社会生活的某些侧面。

《稽神录》与其作者都是由南唐入宋的,它反映了小说由唐到宋的一个转折,对宋代小说的影响不小,北宋以后,从徐铉女婿吴淑的《江淮异人录》到洪迈的《夷坚志》都是走这条路子,"大都偏重事状,少所铺叙,与《稽神录》略同"。书中也有一些篇幅较长、情节较完整的故事,比较可取的如卷6《食黄精婢》,讲述的是一个受尽苦难的婢女的故事。这个婢女逃进荒山,靠吃草根维持生命,却还是逃不出现实世界,最后还是被"东家"设计抓住了,还想逼她去找黄精,最终,这个"有仙骨"的婢女还是被折磨死了,这则故事映射着血淋淋的现实世界。

五代传奇是唐传奇的继续,《三水小牍》是唐末进入五代的作品,保持着不少唐人的余韵,是五代传奇小说的压卷之作。《三水小牍》,最早见于《崇文总目》传记类,皇甫枚撰。皇甫枚,生平事迹不详。《三水小牍》原书已有散佚,现存的是辑本。《三水小牍》里的作品,最著名的是《飞烟传》,见于原本《说郛》卷33。《太平广记》卷491引作《非烟传》,不说出自《三水小牍》,像是也曾单行。《说郛》本的末尾比《太平广记》所引多出一段,很值得重视。

小说讲述的是功曹参军武公业的爱妾步飞烟才貌俱全,被邻居少年赵象看中了,托人给她送诗去调情。飞烟看了赵象的诗,不免动情,也写了诗回答赵象。于是双方赠诗酬简,暗通情愫。飞烟终于"不能自顾",约赵象跳墙幽会,来往不断。最后被女奴告发了,武公业把飞烟绑在大柱上鞭打得血肉淋漓。她临死时说:"生得相亲,死亦何恨。"赵象则改名逃走了。这是一桩没有爱情的婚姻,何况她只是一个被玩弄的姬妾。即使如此,她仍打算规规矩矩做武功业的"爱妾",虽然见过有着大好才貌的赵象,但她并无非分之想。可惜的是,赵象的狂热追求使她的心灵天平失衡,让她决心越过不幸婚姻的栏杆。于是就造成了不可避免的悲剧。她对武功业的鞭挞毫不畏惧,但却一再对赵象表白,自己不是那种放荡、肆意妄为的女人。除《飞烟传》外,还有《王知古为狐招婿》一篇写得较好。这一个狐精故事,王知古是卢龙军节度使张直方的幕客,一天跟张直方出外打猎,因追赶一只狐狸迷了路,撞到崔家投宿。崔家的夫人隆重招待,还要把小女儿嫁给他。王知古在更衣时说出了自己是张直方的朋友,就引起崔家的惊惶,立即把他赶了出去。后来张直方带了人找到这个地方,挖出了一个大狐穴,打死了百余头狐狸。小说借王知古投宿招亲的奇遇,侧面写出张直方的飞扬跋扈,放纵遨游,经常以打猎为乐,弄得禽飞兽奔,连狐精也听到张直方的名字就害怕。这是一种烘云托月的写法。本文篇幅漫长,曲折入微,用了不少骈俪句的对话,和《飞烟传》的风格十分近似,在《三水小牍》里是比较突出的。

《三水小牍》还写了不少冤报故事。如《王表》(《太平广记》卷 123,又见《小说旧闻记》)叙卫南县宰裴光远,要夺取王表的儿子,王表不从,就设下圈套害死了他。后来受到冤报,得病后折磨而死。作者记载这类故事,是为了警诫别人。

《三水小牍》中有很多篇末尾都以"三水人曰"发议论,重在教训。这种写法在唐代小说里不多,宋代以后就成为风气了。《三水小牍》写成于五代初年,正体现了承先启后的历史转折。

此外,唐末五代初是一个天崩地裂的时代,874—884 年,王仙芝、黄巢横扫半个中国,唐王朝如枯木朽株,已经失去力量。904 年,朱温杀死唐昭宗,立昭宣帝,907 年,他废昭宣帝而自立为帝,国号梁,从此,历史进入五代十国时期。生活在祸乱相继、人民流离的五代时期,最引人注目的当属盗侠形象。所以,在五代时期为数不多的传奇小说中,盗侠形象写得最为成功,最著名的当推杜光庭的《虬髯客传》。《虬髯客传》写隋末权臣杨素的侍妾红拂与胸有胆略的李靖私奔,二人在赴太原途中结识豪侠虬髯客;虬髯客有帝王之志,后见李世民有"真天子"之风,遂毅然赴海外开创基业,而以家财尽付李靖,嘱他辅佐世民。过了十余年,李靖成为唐朝开国元勋,虬髯客则在海外得手,成为扶余国主。这篇小说成功地塑造了"风尘三侠"(即李靖、红拂、虬髯客)的形象。《虬髯客传》的故事在明代备受青睐。凌濛初据以创作杂剧《虬髯翁》,张凤翼和张太和创作了同名传奇剧本《红拂记》。

第五章 文化视角下的宋代文学研究

在中国文学史上,宋代文学是继辉煌灿烂的唐代文学之后的又一座艺术高峰。受到两宋时期独特的文化特征影响,宋代文学在诗、词、文等方面也显示出自身的特色。尤其是词的发展达到了整个中国古代词的发展高峰。与唐人的文学相比,宋代文学呈现出了较强的散文化、议论化的艺术特征和"书卷气"。

第一节 独具风神的宋代文化

经过特定的社会土壤和时代条件的孕育,宋代文化形成了自己独立的风貌和形态。把握宋代文化所体现出的独具风神的文化特点,对于理解宋代文学的发展及其特征与神髓有着重要的作用。以下就是宋代文化所体现出的几大重要特征。

第一,多元性与融合性。宋代是文化多元的时代,也是走向融通的时代。从哲学上说,宋代儒、道、释三教并行,互有驳议,又互相渗透。宋初儒学家承传唐代韩柳道统文统之说,以宗经明道为己任,柳开、王禹偁、孙何、欧阳修等都有排佛的言论。而后儒生学道谈禅,僧道写诗习文,文人禅学化、禅家文士化的趋向日益显著。儒释道的融合是朝野认同的思潮。理学的开山之师周敦颐沿出入释老、反求诸六经的路数建构"太极图说";二程吸取释、道,融合三家,体察出"天理"为道学的最高范畴;朱熹援释、道入儒,熔铸三家修炼观、宇宙观、认识论的思想因子,完成集大成的理学体系。宋代文学名家大都融通佛老,如苏轼浑化三教,喜爱谈禅,善于将儒、道、禅对待人生磨难的哲理贯通起来,形成一种圆通明达的忧乐观;辛弃疾是志在复国的事业型词人,也同样兼通佛老,咏过充满禅机理趣的诗章。从文学观念上说,当时文学形态有雅俗的对立,文人大都尚雅忌俗。《沧浪诗话》"诗法"条提出"学诗先除五俗",即俗体、俗意、俗句、俗字、俗韵。但宋人诗词演化的趋向却是贯通俗雅,以俗为雅,俗雅兼工。因而雅词、俗词是同时发展的,诗文题材日常化,语言通俗化,体格多样化,使文学发展呈现出新的面貌。从文体来说,诗、词、文、赋,各有疆界,技法亦异,它们在两宋分途并驰,却又出现了写作上互相参鉴、交叉吸取、突破窠臼、拓展新境的现象。其实这些都反映出宋代文化多元融通的特点。

第二,内向性与开放性。从哲学思维上来看,宋代新儒学主张内省,要在自我心性上下功夫,倡导"格物致知""正心诚意"。文学理论上,《沧浪诗话》提出以禅喻诗,"大抵禅道惟妙悟,诗道亦在妙悟"。所以,宋代的诗歌不同于盛唐的诗歌,它没有那样宏放博大的气象,表现视角相对内倾,大多倾向于表现自我、咏唱高情雅趣。宋词倾泻自我情愫诣精造微,而描述社会现象的叙事成分相对减弱。其实这些都是文化思潮内向性的投影。当然,这里所谓的"内向",只是相对于盛唐气象而言的,放之历史来看,宋代文化也是开放的。开放性有多种表现,从参议朝政来说,国初一些有识度的士大夫,敏锐体察到国弱民贫、宴安守成的局面潜伏着时代危机,陆续不断地倡议变革图强。赵宋建国将近四十年,便已提出"新法"之说。此后"庆历新政"、荆公变法,以及南渡后的中兴之论、光复之谋,历朝改易更革的政见和意图接连不断,宋代始终荡漾着不墨守成规、不安于凝滞的议政思潮,这是观念开放的体现。从学术风气来讲,随着仁宗朝改革声浪的高扬,经学界掀起"疑古"之风,刘敞著《七经小传》,欧阳修作《毛诗正义》,王安石撰《三经新义》,司马光发表《疑孟》篇,以及后来理学家力破旧注,以及意和义理解经,均是学风上超越旧权威、开辟新蹊径的体现。从文学创作观念来讲,宋代文人反对模拟,强调创新,鼓励立异。欧阳修、梅尧臣、苏轼等无不提倡革新与新创。以宋词为例,除传统题材外,词作在表现性爱、艳情、婚嫁等方面,有不少袒露的描写和无顾忌的衷情倾泻。如果说前期词多为风流文士咏歌馆伎倩、酒楼艳遇,那么随后则出现不少深闺女性抒写幽会欢情、闺闱恋情、刻骨离情之作,还有的以血泪笔墨控诉自身的婚姻悲剧,这无疑是对封建女诫的大胆违离。显然,宋代文化的开放性也是我们在研究宋代文学时所不能忽视的。

第三,善思辨与重情惊。宋朝的政治环境是宽松的,文人的地位也比较高,这很有利于启开言路,发挥议论。政府还特别鼓励台谏议论时政,纠弹官吏,当局甄拔人才专设"能言极谏科"。宋代儒者摆脱汉唐窠臼重新解经,学派分立,思想活跃,传统儒学趋向哲学化,发展了文士的理性思辨。当时士大夫不仅惯于议政、议兵、谈学、论文,而且常就宇宙、历史、人生等幽玄的课题进行高层次的思考和探究,提高了思理品位。宋人爱发议论,长于思辨,使各体文学染上了较为普遍的理性色彩。致论文和奏章固然言论滔滔,连记叙散文也多含议论成分。吴讷《文章辨体序》举出范仲淹记严祠,欧阳修记昼锦堂,苏东坡记山房藏书,张文潜记进学斋,朱熹记婺源书阁,都专尚议论,这说明擅长议论是宋代文学作品的一般特征。就是在诗歌方面,宋人也多以宣发议论为主。虽然说,一直以来诗歌并不排斥议论,但"以议论为诗"的情况则在宋代是非常普遍的。这从一定程度上表明宋代文人是非常善于思辨的。辩证地来看,宋代文学虽然重理性,但并不排斥情感的抒发,只是在抒发情感上偏于委婉含蓄。宋代的词是最具抒情性的文学样式,不少作品都情深意切,撼动人心。当然,除了词之外,诗、文都不乏情深意浓之作。例如,诗坛上,晏殊的《寄远》、梅尧臣的《悼亡》、文同的《春闺》、王安石的《寄吴氏女子》、张耒的《赠营妓刘淑女》、朱淑真的《伤别》等,读来都令人肝肠寸断,其情不可谓不深。散文上,不少碑传文、亭台记、书札文、随笔、小品,多写自我,见胸臆,显性灵,其抒情功效更是一绝,如苏轼的《记游松风亭》《在儋耳书》,情感恣意流淌,让人难忘。

上述这样的文化特征深深影响宋代文学的发展,促使宋代文学体现出了自身鲜明的时代特征。

第二节 诗歌的革新与发展

北宋的诗歌在初期多效仿唐人诗歌,表现了对唐诗的崇拜。随着宋人文学理念的不断发展,北宋诗歌试图摆脱唐诗的樊篱。但是由于唐诗在表现社会生活方面达到了巨细无遗的程度,因此,北宋诗歌只能在唐诗美学境界之外另辟新境,追求平淡之美,最终也形成了自己的独特风格。南宋初期,受到战争影响,诗人表现的重大主题主要是抗敌和北伐,这时期爱国诗派创作的爱国诗成为超越前代并影响后代的典范。以陆游为代表的中兴诗人逐渐形成自己独特的诗歌艺术风格。南宋后期,先后活跃在诗坛上的四灵诗派和江湖诗派重新走上了宋初沿袭晚唐诗风的老路,末期文天祥等遗民诗人以血泪凝聚成的诗歌让宋诗展现出引人注目的艺术特色。总之,在独特的时代背景与文化背景下,宋诗成为唐诗之后的又一座高峰。宋代诗坛上最具代表的诗人要数王禹偁、欧阳修、苏轼、黄庭坚、陆游,以下便对这些诗人的诗歌创作进行一定的分析。

一、王禹偁的诗歌创作

王禹偁(954—1001),字元之,济州钜野(今山东菏泽市巨野县)人。家世务农,太平兴国八年中进士,历任右拾遗、左司谏、知制诰、翰林学士。由于敢于直言讽谏,屡受贬谪。宋真宗即位,被召回,复知制诰。又贬至黄州,故世称王黄州,后又迁蕲州病死。

王禹偁的诗歌创作可以分为前后两期。前期的诗歌多为闲适诗,成就不大,后期多为讽喻诗,有较大成就。他被贬商州之后,诗歌风格发生了改变。初到商州时,王禹偁常借吟诗酬唱排解自己的苦闷心情,与友人互为慰藉。例如,《岁暮感怀贻冯同年中允二首》其二:

> 谪居京信断,岁暮更凄凉。
> 郡僻青山合,官闲白日长。
> 烧烟侵寺舍,林雪照街坊。
> 为有迁莺侣,诗情不敢忘。

这首诗的领联虽然有寄情"青山""白日"之意,但是颈联中的"烟侵""雪照",已构定全诗孤寂凄冷的氛围和情调。而且"官闲白日长"的表面悠闲实际上正是其绵长愁绪的表露,"郡僻青山合"的外在在景观实际上也是其郁闷心态的外现。

王禹偁此时的诗歌中充满了忧愁之感,他有着满腔的热情和抱负,但是这次贬谪却让他感觉到了仕途的炎凉,在《得昭文李学士书报以二绝》中,他抒发了自己的这种苦闷,诗曰:

> 左官寂寥惟上洛,穷愁依约似长沙。
> 乐天诗什虽堪读,奈有春深迁客家。

在这首诗中,"寂寥""穷愁"已饱含幽忧,"春深迁客"更明见怨愤,同时将读"乐天"之诗与似"长沙"之境联系起来,虽然体现出白体唱和诗在失意境况中的慰藉和自建作用,但"虽堪读"与"奈有"二词又显露出白体唱和诗与诗人当时心理状态的不协调性。从这首诗中可以看出王禹偁的诗歌创作正在由仿效白居易晚年唱和诗转而学习白居易早年讽喻诗的变化迹象。

宋初士大夫承晚唐五代之余,对通俗浅显的白居易闲适诗情有独钟。于是出现了一个宗唐的诗歌流派——"白体诗派"。这一诗派的代表人物就是王禹偁。王禹偁学写白体诗并不囿于元和体(就是元稹、白居易创建的那种次韵相酬的长篇排律和包括艳体在内的流连光景的中短篇杂体诗),而是提倡学写讽喻诗。所以,他以关心社会时政的积极用世精神,创作了不少反映民间疾苦、抒发忧国忧民情怀的诗篇。不仅如此,他还进一步学习杜甫,曾仿照杜甫的《八哀诗》作《怀贤诗》《五哀诗》共八首,仿《槐叶冷淘》作《甘菊冷淘》。在语言风格上也有意学习杜甫诗的凝练含蕴,以纠正白体诗直露、率浅的不足。虽然他学杜甫诗,但毕竟达不到杜甫的高度。然而,与一般白体诗人的闲适诗相比,他却高高在上,即使一些景物诗也能够借景抒情、咏物言志,富有创新的意境。例如,脍炙人口的佳篇《村行》:

> 马穿山径菊初黄,信马悠悠野兴长。
> 万壑有声含晚籁,数峰无语立斜阳。
> 棠梨叶落胭脂色,荞麦花开白雪香。
> 何事吟余忽惆怅,村桥原树似吾乡。

这首诗描绘了山村黄昏的动人情景和诗人的感触,语言平易流畅,风格简雅古淡。

王禹偁晚年编写了《小畜集》。在诗歌创作中,他努力实践白居易“歌诗合为事而作”的主张。《对雪》《感流亡》《对雪示嘉佑》等诗,以深厚的同情描写了当时农民、士兵的苦难境况,揭露了现实的黑暗,而且严于针砭自身,继承和发扬了杜甫“三吏”“三别”与白居易《秦中吟》的风格。《畲田词》五首生动地记录了山区刀耕火种的情景,赞扬了普通人民勤劳刻苦和团结互助的美德。诗中还吸取了民歌的思想艺术营养。

二、欧阳修的诗歌创作

欧阳修(1007—1072),字永叔,号醉翁,晚年又号六一居士,庐陵(今江西吉安)人。24 岁进士及第,次年任西京(今洛阳)留守推官,结识了梅尧臣、尹洙等人,互相切磋诗文,后入京任职。欧阳修风节凛然,勇于言事,因为上章批评时政的范仲淹辩护而被贬为夷陵县令。仁宗庆历年间,欧阳修又因积极参加范仲淹领导的“庆历新政”,再次被贬滁州,48 岁才被召回京师。欧阳修晚年官至参知政事,后又相继任刑部尚书、兵部尚书等职。65 岁辞职归家,定居颍州,次年病逝,谥文忠。

欧阳修是北宋诗歌革新运动中的重要领导者。在革新运动中,他重点进行了诗风改革,力矫西昆体的浮艳诗风。他认为作诗应该“因事有所激,因物兴以通”,“以气格为主”,在“平易疏畅”上下功夫,因此他十分推崇韩愈的诗,认为韩愈的诗“如善驭恶马者,通衢广陌,纵横驰逐,惟意所之,至于水曲蚁封。疾徐中节,而不少蹉跌,乃天下之至工也”,对韩诗“不可拘以常格”的艺术特点和价值进行了新的确认。

欧阳修的诗歌内容大体上可分为以下三类。

第一类是以反映现实民生为主的诗歌。在这些诗歌中,欧阳修对朝廷的各种黑暗腐败现象进行抨击,同时表现出了对广大底层劳动者的同情,表达了他个人在政治上的政治理想。例如,《答杨辟喜雨长句》:

> 吾闻阴阳在天地,升降上下无时穷。
> 环回不得不差失,所以岁时无常丰。
> 古之为政知若此,均节收敛勤人功。
> 三年必有一年食,九岁常备三岁凶。
> 纵令水旱或时遇,以多补少能相通。
> 今者吏愚不善政,民亦游惰离於农。
> 军国赋敛急星火,兼并奉养过王公。
> 终年之耕幸一熟,聚而耗者多於蜂。
> 是以比岁屡登稔,然而民室常虚空。
> 遂令一时暂不雨,辄以困急号天翁。

> 赖天闵民不责吏,甘泽流布何其浓。
>
> 农当勉力吏当愧,敢不酌酒浇神龙。

在这首诗中,诗人揭露了朝廷赋敛、兼并、力役之苦,叙述了农民的悲惨遭遇,并明确指出"今者吏愚不善政,民亦游惰离於农""终年之耕幸一熟,聚而耗者多於蜂"的社会现状,通过古今对比,指出了当今社会应该改革的方向。

第二类是以感慨人生世态,反映其思想情怀为主的诗歌。这类作品多与欧阳修的人生经历有关,抒发了他自己的人生心态。例如,《戏答元珍》:

> 春风疑不到天涯,二月山城未见花。
>
> 残雪压枝犹有橘,冻雷惊笋欲抽芽。
>
> 夜闻归雁生乡思,病入新年感物华。
>
> 曾是洛阳花下客,野芳虽晚不须嗟。

这首诗作于诗人贬为峡州夷陵县令之后,历来被看作其代表作,虽然诗人遭受贬谪,但是仍以坦荡的胸怀和旷达的精神在困境中奋发向上,抒发了自己倔强不屈的心境。

第三类是以写景咏物为主的诗歌。这些诗歌往往饱含哲理,体现了诗人的人生思考,别具韵味,如《画眉鸟》:

> 百啭千声随意移,山花红紫树高低。
>
> 始知锁向金笼听,不及林间自在啼。

在这首诗中,诗人借咏画眉抒发了自己的人生哲理。诗人面对"山花红紫"中画眉鸟的"自在啼啭",并未多作欣赏和描述。而是突然联想到"锁向金笼"中的画眉鸟,在对两种处境的比较中,以"不及"显示出诗人自身鲜明的主观意向,蕴含了深广的社会意义和人生价值的评判。

可以说,欧阳修的诗歌以议论和散文笔法入诗,开拓了诗歌艺术美的新领域,同时又多家借鉴,自成一家,有力地促进了诗歌革新运动的发展,对王安石、苏轼等人的诗歌也产生了很大影响。

三、苏轼的诗歌创作

苏轼(1037—1101),字子瞻,又字和仲,号东坡居士,眉州眉山(今属四川)人,北宋文学家、书画家。他与父苏洵,弟苏辙合称三苏,著有《苏东坡全集》和《东坡乐府》等。苏轼一生起落很大,饱尝悲喜。他二十二岁考中进士,受到主考欧阳修的称赏,曾在凤翔、杭州、密州、徐州、湖州等地历任地方官。因在返京的途中见到新法对普通老百姓的损害,苏轼对王安石的变法持反对态度,后被变质新党诬告"讪谤朝廷"而被捕责贬黄州。司马光当政后,他被调起用京官。因为对旧党执政后所暴露出的腐败现象进行了抨击,苏轼又被远贬惠州、儋州。1101 年,苏轼北返,在常州逝世。

苏轼博采李、杜、韩等众家之长,融合了儒、道、禅多方面的思想内涵,雄放豪健,想象奇特,卷舒自如,情理兼胜,妙趣横生,以诗歌的形象化与散文的议论化相融会的写法而开创了宋调新诗风。他的诗大多以批判现实为主题,善于由写景寄情升华为对人生、社会和物理的深沉反思,而使意象贯注哲思和理致。苏轼在许多州郡做过地方官,对民情十分了解,他经常把耳闻

目见的民间疾苦写进诗中。例如,《荔枝叹》:

> 十里一置飞尘灰,五里一堠兵火催。
> 颠坑仆谷相枕藉,知是荔枝龙眼来。
> 飞车跨山鹘横海,风枝露叶如新采。
> 宫中美人一破颜,惊尘溅血流千载。
> 永元荔枝来交州,天宝岁贡取之涪。
> 至今欲食林甫肉,无人举觞酹伯游。
> 我愿天公怜赤子,莫生尤物为疮痏。
> 雨顺风调百谷登,民不饥寒为上瑞。
> 君不见武夷溪边粟粒芽,前丁后蔡相笼加。
> 争新买宠各出意,今年斗品充官茶。
> 吾君所乏岂此物? 致养口体何陋耶!
> 洛阳相君忠孝家,可怜亦进姚黄花!

这首诗的前十二句以纪实手法,追思了唐代贡荔之害。唐朝时,昏君佞臣为使荔枝鲜如"新采",遍设驿站,飞车跨山急如兵火,致荔使前仆后继,死者枕藉。诗中用"宫中美人一破颜,惊尘溅血流千载"的对比充分暴露除了权力高层的穷奢极欲,"至今欲食林甫肉"写出了贡荔祸民之烈。诗的后十二句对当时朝中重臣热衷贡茶(粟粒芽)、牡丹(姚黄花)的行为进行了抨击,揭露了他们"争新买宠"的丑陋心理,对民众遭受祸害深切同情。整首诗从唐代的进贡荔枝写到宋代的贡茶献花,就像一篇直指时政腐败、痛斥奸佞争新买宠的政论文一般,对官吏的媚上取宠、宫廷的穷奢极欲进行了非常尖锐的讥刺。

苏轼也十分善于从人生遭遇中总结经验,从客观事物中见出规律,道出生活的哲理。这当然得益于他丰富的人生阅历。在他眼中,极平常的生活内容和自然景物都蕴含着深刻的道理,如《题西林壁》:

> 横看成岭侧成峰,远近高低各不同。
> 不识庐山真面目,只缘身在此山中。

这首诗是苏轼游观庐山后的总结,它通过描写庐山变化多姿的面貌,揭示了生活中的一个哲理,那就是人们会因所处的地位不同,形成不同的看问题的角度,从而在认识客观事物的方面会存有一定的片面性,要想认识事物的真相与全貌,必须超越狭小的范围,摆脱主观成见。

苏轼学识渊博,才华高超,经常以翻奇出新的态度来对待诗歌创作。他在诗歌中常会使用生动新奇的比喻,例如"春畦雨过罗纨腻"(《南园》,《苏轼诗集》卷一四)、"相排竞进头如黾"(《王维吴道子画》,《苏轼诗集》卷三)、"欲知垂尽岁,有似赴壑蛇。修鳞半已没,去意谁能遮"(《守岁》,《苏轼诗集》卷四)等,都十分具有新意。苏轼用典也极为稳妥精当,达到了如水中着盐的妙境。他作诗安慰落第的李廌说:"平生谩说古战场,过眼终迷日五色。"这两句诗就通过引用唐人李华写《吊古战场文》、唐人李程写《日五色赋》而不第两个典故,对李廌进行了安慰。

总的来说,苏轼的诗在题材的广泛、形式的多样和情思内蕴的深厚方面,都是出类拔萃的,并且在创作理论与实践中,并没有把某一风格推崇到一尊的地位,从而为宋诗呈现出新的面貌做出了巨大的贡献。

四、黄庭坚的诗歌创作

黄庭坚（1045—1105），字鲁直，自号山谷道人洪州分宁（今江西修水）人。北宋英宗治平四年（1067）进士，历官叶县尉、北京国子监教授、校书郎、著作佐郎、秘书丞、涪州别驾、黔州安置等。徽宗时受命内迁，又因人排挤而被除名编管宜州，后卒于贬所。

在诗歌创作方面，黄庭坚强调推陈出新，追求"脱胎换骨"和"点铁成金"。所谓"脱胎换骨"，就是体味和模拟古人的诗意而进行新的加工创造；"点铁成金"则是以"陶冶万物"为基础，取"古人陈言"加以点化，赋予新的意蕴。黄庭坚的这些见解对江西诗派影响深远。

黄庭坚的诗追求去陈反俗，多用拗律、险韵，好用奇字僻典，尚硬求奇，深折透辟，显现了一种壁立峭拔、清劲执拗的诗风。例如，《寄黄几复》：

> 我居北海君南海，寄雁传书谢不能。
>
> 桃李春风一杯酒，江湖夜雨十年灯。
>
> 持家但有四立壁，治病不蕲三折肱。
>
> 想见读书头已白，隔溪猿哭瘴溪藤。

这首诗的首联写怀念友人，却不能见；颔联中追忆京城相聚之乐，抒写别后相思之深；颈联称黄几复为官清廉，且已经有政绩，治国救民的才干已经得到了展示；尾联与首联相照应，不平之鸣，怜才之意，蕴含其中。诗中多处使用了《左传》和《史记》中的典故，但不露痕迹，与自己的身世较为切合，属于难得的成功之作。

黄庭坚的创作态度十分严谨，其诗歌立意曲深，富有思致，给人以初读觉枯涩平淡，细味之则备感齿颊回甘，余味无穷之感，例如《题竹石牧牛》：

> 野次小峥嵘，幽篁相倚绿。
>
> 阿童三尺箠，御此老觳觫。
>
> 石吾甚爱之，勿遣牛砺角。
>
> 牛砺角尚可，牛斗残我竹。

这首诗前四句写了石、竹、童、牛，寥寥数笔就将石之怪、竹之幽、童之神情、牛之老态等写得惟妙惟肖；后四句写观感，诗人对画中的小牧童谆谆嘱咐，妙趣横生，别致新颖，描写生动逼真，表达了诗人酷爱自然之情。

在黄庭坚的诗歌中，写的最出色，最具个性，最能代表其成就的是表现自我抒写心灵的诗歌，从这些诗歌中，我们可以看到黄庭坚明达的识度、坚定的操守、一反尘俗的情怀、爱乐自然的雅趣和笃于情谊的淳厚性灵。例如，《题胡逸老致虚庵》：

> 藏书万卷可教子，遗金满籝常作灾。
>
> 能与贫人共年谷，必有明月生蚌胎。
>
> 山随宴坐图画出，水作夜窗风雨来。
>
> 观水观山皆得妙，更将何物污灵台。

在这首诗中，诗人先对庵主人藏书的热情进行了赞扬，接着说会有英才弟子出其门厅，之后写了景致的美妙，环境的优雅，最后，写庵主人生活雅洁，品格高尚，不受权、利污染。诗人对庵主人的赞扬实际上也表明了诗人自己的一种人生追求。

又如，《雨中登岳阳楼望君山》：

> 投荒万死鬓毛斑，生入瞿塘滟滪关。
>
> 未到江南先一笑，岳阳楼上对君山。

这首诗写于诗人遇赦归来之时。诗的首句写历尽坎坷，九死一生，次句写劫后重生的喜悦。第三、四句进一步写了放逐归来的欣幸心情：还没有到江南的家乡就已欣然一笑，在岳阳楼上欣赏壮阔景观。言外之意是等回到了家乡，还不知该是如何的欣慰！整首诗语言流畅，意兴洒脱，映照出了诗人不畏磨难、豁达洒脱的情怀。

黄庭坚有时也会以口语入诗，形成了一种近似游戏的风格。例如，《子瞻诗句妙一世，乃云效庭坚体，盖退之戏效孟郊、樊宗师之比，以文滑稽耳。恐后生不解，故以韵道之》：

> 我诗如曹郐，浅陋不成邦；
>
> 公如大国楚，吞五湖三江。
>
> 赤壁风月笛，玉堂云雾窗；
>
> 句法提一律，坚城受我降。
>
> 枯松倒涧壑，波涛所舂撞；
>
> 万牛挽不前，公乃独立扛。
>
> 诸人方嗤点，渠非晁张双；
>
> 但怀相识察，床下拜老庞。
>
> 小儿未可知，客或许敦厖；
>
> 诚堪婿阿巽，买红缠酒缸。

在这首诗中，诗人把自己和苏轼的诗进行了对比，诗人自谦说自己的诗比苏轼要低一等，从一个侧面体现出了诗人所具有的个性。

总的来说，虽然黄庭坚的诗多数以讲究法度，求深求异，以瘦硬为美，给宋诗带来了一定的发展，但他也忽视了中国传统诗歌的艺术本质和审美特征，有的诗歌具有明显的堆砌典故、议论生硬、结构松散的毛病。

五、陆游的诗歌创作

陆游（1125—1210），字务观，号放翁，越州山阴（今浙江省绍兴市）人。幼年时颠沛流离的生活经历给他的心灵留下了深重的创伤。宋高宗时，他参加礼部考试，因受秦桧排斥而仕途不畅。孝宗初，赐进士出身，后因坚持抗金，受到投降派的排斥，多次遭到贬黜，他的爱国之情、报国之情只能通过诗歌表达出来。66岁之后，陆游基本上都赋闲在家，过着清苦平静的田园生活，在悠长的闲居岁月中，陆游的爱国热情一直不减，他关心时局，与抗战派人士多有来往。宁宗嘉定二年（1209），85岁的老诗人终于抱着"死前竟不见中原"的遗恨，与世长辞。

陆游一生创作了大量的诗歌，诗歌的内容也极为丰富，几乎涵盖了当时社会生活的各个方面，其中最重要的是爱国诗。由于南宋王朝当时爱国与卖国、抗战与投降的斗争一直持续不断，而且规模特别大，斗争也特别激烈，所以陆游的爱国诗多写对投降派的强烈谴责，对沦丧区

人民的同情和关心,对收复失地的信心,如《关山月》:

> 和戎诏下十五年,将军不战空临边。
> 朱门沉沉按歌舞,厩马肥死弓断弦。
> 戍楼刁斗催落月,三十从军今白发。
> 笛里谁知壮士心,沙头空照征人骨。
> 中原干戈古亦闻,岂有逆胡传子孙。
> 遗民忍死望恢复,几度今宵垂泪痕。

全诗十二句,四句一韵,分三层描绘了后方、前线、沦陷区不同人物的不同生活画面。诗人假托一位老战士之口,痛责统治者以一纸和议抛弃半壁江山、苟且偷安、贪图享乐的无耻行径,倾诉了爱国将士和沦陷区人民的满腔悲愤,对广大渴望恢复家园的下层士兵和人民给予了热情的赞扬。权贵的耽于享乐与"壮士"的内心悲愤、"遗民"的失望泪眼同时出现,构成强烈的对比,增强了批判的效果。

民族矛盾始终是南宋社会最受人关注的热点问题。宋王朝的半壁河山已经沦于异族的统治之下,而且金兵继续南侵的威胁也始终存在。陆游作为爱国诗人,理所当然要把抗敌复国作为最重要的主题,如《金错刀行》:

> 黄金错刀白玉装,夜穿窗扉出光芒。
> 丈夫五十功未立,提刀独立顾八荒。
> 京华结交尽奇士,意气相期共生死。
> 千年史策耻无名,一片丹心报天子。
> 尔来从军天汉滨,南山晓雪玉嶙峋。
> 呜呼,楚虽三户能亡秦,岂有堂堂中国空无人!

这是一首托物寄兴之作,全诗可分为三层,第一层从咏金错刀入手,引出了提刀人渴望杀敌立功的形象。第二层从提刀人写到"奇士",抒发了共同的报国丹心。第三层揭明全诗题旨,抒发了国家必胜的豪情壮志。全诗议论英发,情韵富饶,描绘简省,形象鲜明,表达了诗人的抗战理想和为国立功的壮志,写出了南宋军民不甘屈服的气概。

陆游爱国诗诗歌内容的另一个鲜明特色是尽管自己对祖国有着献身精神,但却"报国欲死无战场"(《陇头水》),且长期遭到冷酷现实的扼杀,因此他的大量作品抒发了壮志难酬的悲愤,其中最为著名的是作于淳熙十年(1183)冬的《感愤》:

> 今皇神武是周宣,谁赋南征北伐篇?
> 四海一家天历数,两河百郡宋山川。
> 诸公尚守和亲策,志士虚捐少壮年!
> 京洛雪消春又动,永昌陵上草芊芊。

这首诗抨击了南宋统治者因循苟且的投降政策,痛心于沦陷金人之手的祖国河山,而有志之士却虚度青春,不能有所匡救。诗中奋发之气、愤慨之情,溢于言表,充分表现了陆游诗所特有的悲中见壮的抒情风格。

不管如何,陆游的爱国之心从未更改,他在不少的诗作中都流露出了以身许国的决心。例

如,《示儿》:

　　　　死去元知万事空,但悲不见九州同。

　　　　王师北定中原日,家祭无忘告乃翁。

　　这首诗是诗人在 85 岁高龄的时候创作的,他不谈家事及父子间私情,只说"北定中原",可见诗人的爱国之情至死不变。这种强烈的爱国之心很难让人不感动。

第三节　词的繁衍与鼎盛

　　词是宋代最有特色的文学样式。在北宋初期,词还没有随着新王朝的建立而兴盛,基本上是晚唐五代的延续。四五十年间,词作者及词作都不多。虽然此间王禹偁、寇准、钱惟演、潘阆和林逋的零星词作也有较强的可读性,但并没有形成一种独特的时代风貌,词作多清新、明丽、婉转、缠绵,缺乏开拓性和独创性。直到 11 世纪上半叶,柳永等词人先后登上词坛之后,宋词才开始步入迅速发展的轨道。除柳永外,这一时期的著名词人还有范仲淹、张先、晏殊、欧阳修、苏轼、周邦彦等。他们的词作代表着北宋词坛的最高成就和发展趋势。两宋过渡时期,词坛已经发生较大的变化。婉约派自作正宗之想,其中的人物既多,词作更多;豪放派开始崭露头角,苏轼之后,虽有一段沉寂,但随着叶梦得等词人词风的兴起,出现新的历史征兆;加上变乱突发,终于酿成一场以豪放词风为主旋律的大风暴。南宋豪放派词人中,辛弃疾是重量级的人物。将本节通过对柳永、苏轼、秦观、李清照、辛弃疾、姜夔的词创作进行一定的分析,来统观宋代词的繁衍与鼎盛。

一、柳永的词创作

　　柳永(984—1053),字耆卿,初名三变,崇安(今福建武夷山市)人。祖父柳崇,是五代末年的"处士"。父亲柳宜,本仕南唐,入宋后为沂州费县令,太宗雍熙二年(985)登进士第,官至工部侍郎。柳永生长在世代书香的士大夫门第,深受家庭环境熏陶,这对他后来的文学创作和对功名富贵的态度,都有很大的影响。柳永在少年和青年时期,主要活动地点是在汴京。这时他流连于秦楼楚馆之中,恣情游宴,是一个风流浪子型的人物。由于科场失利,使他对功名富贵产生某种冷淡和不满。后来,他虽然中了进士,但仕途不顺。奔波漂泊的"游宦"经历使他进一步看到了现实的黑暗,从而写出了一些优秀的现实主义诗篇。多年飘浮不定的游宦生涯倒是使他对天涯沦落者的不幸遭遇,有深刻的体会,故能深谙个中滋味。他的大量离别羁旅词正作于此时。由于柳永被词名所累,最后的官职只是微不足道的屯田员外郎,他的词虽然受到教坊乐工、歌伎和一般人民的喜爱,可是晚年的景况却十分悲惨,他终于在充满偏见与不平的封建社会里挣扎着走完一生,最后郁郁不得志地死在润州。

　　柳永在词上的最大成就是慢词。从敦煌曲子词中看,慢词早已在民间流行,但文人创作慢词则较少。柳永长期生活在市民之中,为了适应歌伎们演唱的需要,大量制作慢词,这就为词人在小令之外找到了一种可以容纳更多内容的新形式,并为词中抒情、写景、叙事、说理提供了有利条件,为开拓词的境界做出了新的贡献。

　　柳永的慢词占《乐章集》中之七八,像《戚氏》《甘州遍》《木兰花慢》《乐半乐》《雨霖铃》《八声甘州《望海潮》等这样复杂的内容,以几十个字的小令来表达,显然是很困难的,而慢词就有它的优势所在。柳永的《戚氏》,全词212字,是《乐章集》中最长的一阕。这首词不但内容丰满,意境浑融,而且音律谐和美听。全词句法活泼,平仄通叶,韵位错落有致。像这样声情并茂的自度新腔,只有身兼出色词人与优秀音乐家的柳永才能创作出来。

在两宋词坛上,柳永是创用词调最多的词人。他现存213首词,用了133种词调。在宋代所用880多个词调中,有100多调是柳永首创或首次使用。词至柳永,体制始备。令、引、近、慢,单调、双调、三叠、四叠等长调短令,日益丰富。形式体制的完备,为宋词的发展和后继者在内容上的开拓提供了前提条件。如果没有柳永对慢词的探索创造,后来的苏轼、辛弃疾等人或许只能在小令世界里左冲右突,而难以创造出像《水调歌头》(明月几时有)、《念奴娇·赤壁怀古》《水龙吟·登建康赏心亭》那样辉煌的慢词篇章。

柳永不仅从音乐体制上改变和发展了词的声腔体式,而且从创作方向上改变了词的审美内涵和审美趣味,即变"雅"为"俗",着意运用通俗化的语言表现世俗化的市民生活情调。北宋陈师道说柳词"执骸从俗,天下咏之"(《后山诗话》),王灼也认为柳词"浅近卑俗,自成一体,不知书者尤好之"(《碧鸡漫志》卷二),都揭示出柳词面向市民大众的特点。

柳永的相当一部分词作表现了世俗女性大胆而泼辣的爱情意识。当时很多文人在写这类题材的词时,往往表现的女子是爱情缺失的深闺女性,经常自怨自艾,逆来顺受,内心的愿望含而不露。而柳永词中的女性则大胆而主动地追求爱情,直率地表述心中对平等自由的爱情的渴望。例如,他的《定风波》:

> 自春来、惨绿愁红,芳心是事可可。日上花梢,莺穿柳带,犹压香衾卧。暖酥消,腻云嚲。终日厌厌倦梳裹。无那。恨薄情一去,音书无个。
>
> 早知怎么。悔当初、不把雕鞍锁。向鸡窗、只与蛮笺象管,拘束教吟课。镇相随,莫抛躲。针线闲拈伴伊坐。和我。免使年少,光阴虚过。

这是一首脍炙人口的闺怨词。通篇以第一人称的口吻,灵活运用白描手法,把闺妇热烈追求爱情生活的心曲和盘托出,表现得淋漓尽致。语言通俗,风格明快,怨妇形象活灵活现,跃然纸上,带有浓厚的市民色彩。

柳永也有不少词表现了被遗弃的或失恋的平民女子的痛苦心声,表现了下层妓女的不幸和她们从良的愿望。他将笔端伸向平民妇女的内心世界,为她们诉说心中的苦闷忧怨。例如,《满江红》:

> 万恨千愁,将少年、衷肠牵系。残梦断、酒醒孤馆,夜长无味。可惜许枕前多少意,到如今两总无终始。独自个、赢得不成眠,成憔悴。
>
> 添伤感,将何计。空只恁,厌厌地。无人处思量,几度垂泪。不会得都来些子事,甚恁底抵死难拚弃。待到头、终久问伊看,如何是。

这首词以女主人公自叙的口吻,诉说失恋的痛苦和难以割舍的思念,是一首表现普通女性心声的词作,配合着哀婉动人的新声曲调演唱,非常容易引起大众情感的共鸣。

柳永长期生活在都市里,对都市生活有着丰富的体验,因此,他还有许多展现北宋繁华富裕的都市生活和丰富多彩的市井风情的词。例如,《迎新春》写了令他流连忘返的汴京;《瑞鹧鸪》写了令他赞叹不已的苏州。此外,他还一一描绘过洛阳、益州、扬州、会稽、金陵、杭州等城市的繁荣景象和市民的游乐情景。

在词的语言表达方式上,柳永也进行了大胆的革新。他充分运用了现实生活中的日常口语和俚语,如副词"恁""怎""争"等,代词"我""你""伊""自家""伊家""阿谁"等,动词"看承""都来""抵死""消得"等。将这种富有表现力的口语运用到词中,不仅生动活泼,而且像是直接与人对话、诉说,使读者和听众既感到亲切有味,还非常容易理解接受。

为适应慢词长调体式的需要和市民大众欣赏趣味的需求,柳永还创造性地运用了铺叙和白描的手法。上面的《定风波》《满江红》就运用铺叙手法直接层层刻画抒情主人公丰富复杂的内心世界。在一些词中,他也铺陈描绘情事发生、发展的场面和过程,以展现不同时空场景中人物情感心态的变化。例如,《雨霖铃》:

> 寒蝉凄切。对长亭晚,骤雨初歇。都门帐饮无绪,留恋处,兰舟催发。执手相看泪眼,竟无语凝噎。念去去,千里烟波,暮霭沉沉楚天阔。
>
> 多情自古伤离别。更那堪、冷落清秋节。今宵酒醒何处,杨柳岸,晓风残月。此去经年,应是良辰、好景虚设。便纵有,千种风情,更与何人说。

这首词写离情别绪。上阕依次把送别的气氛、地点和过程,一层一层地呈现出来。焦点由近而远,感情由浅入深。最后将主人翁黯然销魂的心情与暮霭沉沉的天空相融合,达到情景交融的艺术境界。下阕写离别,从狭隘的个人遭遇,领悟出人生的聚散无常的哲理。"今宵"二句以点染的笔触,烘托出漂泊江湖的感受。最后从别后着想,表现对情人的眷恋和彼此关切的心情。整首词意绪缠绵,凄恻哀婉,有泛叙,有特写,有联想,有细节,有感叹,有议论,有景物描绘,亦有心理刻画。

柳永还善于巧妙利用时空的转换来叙事、布景、言情,而自创出独特的结构方式。词的一般结构方式,是由过去和现在或加上将来的二重或三重时空构成的单线结构;柳永则扩展为从现在回想过去而念及现在,又设想将来再回到现在,即体现为回环往复式的多重时间结构,如《驻马听》(凤枕鸾帏)、《浪淘沙慢》(梦觉)和《慢卷绸》(闲窗烛暗)等。毋庸置疑,柳永在词的创新方面做出了突出的贡献,对后世文人的文学创作产生了深远的影响。

二、苏轼的词创作

在词的创作上,苏轼取得了非凡的成就,就一种文体自身的发展而言,苏词的历史性贡献又超过了苏文和苏诗。苏轼对词体进行了全面的改革,最终突破了词为"艳科"的传统格局,提高了词的文学地位,使词从音乐的附属品转变为一种独立的抒情诗体,从根本上改变了词史的发展方向。

在苏词中,占重要地位和绝大部分篇幅的是有关壮志、哲理、送别、怀古、旅怀、悼亡、农村、闲适、风光、贺寿、嘲谑等题材。这些广泛的题材使苏词与前代任何词人的词都有了实质的不同。苏词这种题材上的巨大变化在继承五代温庭筠、韦庄、冯延巳、李煜之风的基础上开拓新的境界,开始时其影响并不突出,至南宋则适逢其会,直接影响了辛词派。

《江城子·密州出猎》是表现苏轼壮志平生的第一首豪放词:

> 老夫聊发少年狂,左牵黄,右擎苍,锦帽貂裘,千骑卷平冈。为报倾城随太守,亲射虎,看孙郎。

酒酣胸胆尚开张，鬓微霜，又何妨！持节云中，何日遣冯唐？会挽雕弓如满月，西北望，射天狼。

这首词作于熙宁八年(1075)冬，全词塑造了一个斗志昂扬、威武雄姿、渴望驰骋疆场杀敌报国的英雄志士形象。上阕描写出猎的气势恢宏场面。当时作者已经 40 岁左右，自称"老夫"，说明自己壮心未已，与"少年"形成鲜明对比，颇有调皮、自嘲意味。"狂"生动活泼地表现了词人的真实个性。从熙宁三年到七年，宋代和辽与西夏虽已订立过屈辱的和约，但仍遭到他们的数次南侵。所以下阕的"持节""会挽雕弓如满月，西北望，射天狼"表达了词人抗击敌人的壮志和为国效力的愿望，大有"横槊赋诗"的气概。词中一连串表现动态的词十分生动形象，如发、牵、擎、卷、射、挽、望等。

苏轼也有一些留恋光景的词作，如《水调歌头·黄州快哉亭赠张偓佺》：

落日绣帘卷，亭下水连空。知君为我，新作窗户湿青红。长记平山堂上，欹枕江南烟雨，渺渺没孤鸿。认得醉翁语，山色有无中。

一千顷，都镜净，倒碧峰。忽然浪起，掀舞一叶白头翁。堪笑兰台公子，未解庄生天籁，刚道有雌雄。一点浩然气，千里快哉风。

这首词以古文章法入词，与晚唐五代词风有很大的区别。上阕主要描绘快哉亭的风光，"快哉"的自得之趣使人产生一种超然之感；下阕则是即景抒情。最后四句起到了点题的作用，可谓此词的"文眼"。"浩然气"出自《孟子·公孙丑》："我善养吾浩然之气"，"其为气也，至大至刚，以直养而无害，则塞于天地之间。""快哉风"出自《风赋》："昔楚襄王从宋玉、景差于兰台之宫，有风飒然至者，王披襟当之，曰：'快哉此风！'""一点"与"千里"形成极大反差，目的是突出词人的"浩然气"，以此自勉，也与天下有浩然之气者共勉之，可谓词人情绪流程的自然终结。全词熔写景、抒情、议论于一炉，展现出词人身处逆境却处之泰然、大气凛然的精神风貌，充分体现了苏词豪放的特色。

苏轼还常常利用词来表现对人生的思考。"乌台诗案"以后，命运的巨变让他不止一次地感慨"人生如梦"（《念奴娇·赤壁怀古》）、"笑劳生一梦"（《醉蓬莱》）、"万事到头都是梦"（《南乡子·重九涵辉楼呈徐君猷》）、"世事一场大梦"（《西江月》）。这种对人生命运的感性和理性的思考，无疑增强了词境的哲理意蕴。苏轼的哲理词代表作当推《定风波·三月七日，沙湖道中遇雨》：

莫听穿林打叶声，何妨吟啸且徐行。竹杖芒鞋轻胜马，谁怕？一蓑烟雨任平生。

料峭春风吹酒醒。微冷，山头斜照却相迎。回首向来萧瑟处，归去，也无风雨也无晴。

这是苏轼在黄州被贬后的第三年初春所作的。词人通过野外偶遇春雨的生活平凡小事，寄予超凡的人生理想深意，表现出旷达超脱的胸襟。中国的诗词文学和人生都讲究妙悟，由寒雨推及整个人生的高度。词人一行人路上遭雨，没有雨具，甚是狼狈，而作者却坦然接受了这初春寒雨，"豪言""竹杖""芒鞋"即可"任平生"，传达出一种笑傲风雨人生的豪迈之情。"莫听""何妨""谁怕"表达了词人对外物不屑一顾，甚至透出一点俏皮，更增加挑战色彩，显示一种乐观、大无畏的情怀。最后的"回首向来萧瑟处，归去，也无风雨也无晴。"精妙至极，一下子将苏轼那种泰然的处世观表现出来。"风雨"可谓一语双关,表面指野外途中所遇风雨,实暗指政治上的"风雨"和人生险途。

苏轼也有一些清新之作,如《浣溪沙》(其一):

> 麻叶层层苘叶光,谁家煮茧一村香。隔离娇语络丝娘。
>
> 垂白杖藜抬醉眼,捋青捣䴰软肌肠。问言豆叶几时黄?

这首词以浅显生动逼真的语言,描写了麦收前后乡村夏日的农事活动,表达了对农事的关怀之情,清新生动。词中虽未用"夏"字直接点明时令,却借助苘麻、收麦等间接告诉读者时值夏日。全词以视觉、听觉、嗅觉等方面的感受来描绘乡村夏景。"麻叶"句诉诸视觉;"谁家"句诉诸嗅觉;"隔篱"句诉诸听觉。下阕三句也诉诸视觉、听觉等。词尾一句"捋青捣䴰软饥肠,问言豆叶几时黄?"可谓惟妙惟肖,富有乡村气息。是对农事和民间风情进行描写的清新之作

可见,苏轼的词在题材上并不单一,或寓情于景,或于景议论,或于景言志,各种题材内容杂糅到一起,营造了一种新颖独特的意境。

三、秦观的词创作

秦观(1049—1100),字少游,后改为太虚,号淮海居士,高邮(今属江苏)人。他的父亲是宋代名儒胡瑗的学生,因羡慕太学中王观"高才力学",故而给儿子取名为秦观。秦观少年豪俊,胸怀壮志,攻读兵书,准备驰骋边疆,建立不朽的奇功伟业,并以为"功誉可立致,而天下无难事"(陈师道《秦少游字叙》)。宋神宗熙宁十年(1077),经人介绍成为苏轼的爱徒。但是,世事艰难,他在宋神宗元丰八年(1085)即37岁时才中进士。到43岁时,才因苏轼推荐在朝廷谋得秘书省正字一职,兼国史院编修官。元祐年间,是他一生中仅有的仕途较顺的一段时期,但不久因与苏轼兄弟的密切关系被卷入党争的政治旋涡。随着苏轼等屡受迫害,连遭贬斥,他也先贬监处州(今浙江丽水)酒税,徙郴州(今湖南郴州),编管横州(今广西横县),最后竟被贬逐到雷州(今广东海康县)地区。秦观的人生期望值过于高,而且他对人生的挫折、失败缺乏没有足够的心理准备,因而希望一旦破灭,他就感到异常的失望和痛苦。在他被贬到雷州时,他还因心理承受能力较弱而自作挽词,丧失了对生命的信念。直到宋徽宗即位时,他才得以复职北还,但中途不幸在滕州(今广西藤县)病逝,终年52岁。

秦观在"苏门四学士"中最受苏轼的器重,但他作词并没有承袭苏轼,而是另辟蹊径。他"承继'花间'、南唐的传统而参以本人幽微深细之'词心',沿着主情致、尚阴柔之美的方向,将曲子词要眇宜修、言美情长、音律谐婉的艺术特质发挥到了极致"[①]。所以,秦观属于正宗的婉约派词人,也是词心、词艺最纯正的抒情高手。他创立了"秦淮海体",这种词体的艺术风格婉丽清新,以"俊逸精妙"见长。

秦观的一生随着当时朝廷中激烈的政治斗争形势而沉浮。他的词中泪水盈盈,情调悲苦,这与他的经历和个性气质都有关系。他那些写羁旅愁怀、贬逐凄苦的词作表现出他后半生穷愁潦倒的生活,也一定程度上对北宋末期的社会现实进行了反映。由于他的词始终离不开别恨离愁的主题,因而格调气魄不如苏轼词高,境界和局面也不如柳永词大,但妙在情韵兼胜,胜

---

① 刘扬忠.唐宋词流派史[M].北京:中国社会科学出版社,2007:253.

在一个情字。此外,他的词语言优雅,意境深婉,音律谐美,符合词体的本色和当时文人士大夫的审美趣味,这是许多婉约派词人无法比拟的。在他的手中,词的技巧也得到了很大的发展。

秦观词中的"情"包括两个方面,一个是豪情,另一个是爱情。由于秦观和苏轼的关系甚好,因而他的一些词作就不可避免地受到了苏轼的影响,表现出阔大的境界和旷达豪放的情怀,如《满庭芳·红蓼花繁》:

> 红蓼花繁,黄芦叶乱,夜深玉露初零。霁天空阔,云淡楚江清。独棹孤篷小艇,悠悠过、烟渚沙汀。金钩细,丝纶慢卷,牵动一潭星。
>
> 时时,横短笛,清风皓月,相与忘形。任人笑生涯,泛梗飘萍。饮罢不妨醉卧,尘劳事、有耳谁听。江风静,日高未起,枕上酒微醒。

这首词的意境类似于苏轼的《前赤壁赋》,上阕描绘的是楚江秋夜一片清悠空远的境界,词人泛舟垂钓,景物如画,意趣横生。下阕写的是词人临风弄笛,醉饮忘形,进而传达出自己旷达的情怀。

在秦观的词中,以爱情为题材的约占今传《淮海词》的一半。这些以爱情为题材的词作有不少描写了与少女或歌伎相悦相恋的感情,如《南歌子·赠陶心儿》:

> 玉漏迢迢尽,银潢淡淡横。梦回宿酒未全醒。已被邻鸡催起、怕天明。
>
> 臂上妆犹在,襟间泪尚盈。水边灯火渐人行。天外一钩残月、带三星。

这首词是词人在蔡州时赠给营妓陶心儿的,描写的是一对恋人因春宵苦短而害怕天明的情景,进而表明了他们害怕分离的情爱思想。词的上阕起首两句写一对恋人分别时的感受,通过对天黎明前的景象的描写,表达了离人在长夜已尽、别离在即的心理感受。"玉漏"是古代的一种计时器,"迢迢"形容漫漫长夜,"尽"表示漏斗里的漏水一滴一滴地快滴完了,也就是天快亮了。"银潢淡淡横"是说天快亮了,银河西斜,不再那么光亮。后面两句写昨夜借酒浇愁,到黎明被邻鸡啼醒时,酒尚未全醒,天亮了就要分别了,所以恋人觉夜短"怕天明"。下阕前两句写夜里一对恋人伤离的情景,衣臂上还染有昨夜留下的脂粉,衣襟上则落满了昨夜伤别的泪水,借泪冷写昨夜伤别。最后两句写水边的灯火下已有赶路行人的影子,天空仅有一钩残月和几颗星星,离别的时间又近了。整首词字字句句都在写天色将明、离别在即,从"玉漏"尽、"银潢"横、"邻鸡"鸣、"渐人行""残月""三星"等词可以看出,这表明这对恋人时时刻刻都在关注着时间的流失,生怕时间过得太快,离别来得太早。

秦观爱情词的基调通常是比较低沉的,感伤色彩也十分浓厚,乐观的精神与高亢的情调很少有所表现。但他有一首爱情词却十分例外,虽然具有一定的感伤色彩,但传达出了乐观的精神,那就是《鹊桥仙》:

> 纤云弄巧,飞星传恨,银汉迢迢暗度。金风玉露一相逢,便胜却人间无数。
>
> 柔情似水,佳期如梦,忍顾鹊桥归路。两情若是久长时,又岂在朝朝暮暮。

这首词写的是牛郎织女七夕相会的故事,对牛郎织女真诚不渝的爱情进行了歌颂,并以丰富的想象对牛郎织女悲欢离合的复杂心情进行了形象的反映。全词在无限的悲恨中孕育无限的欢乐,像行云流水般自由舒卷又波澜层出,表现出了与众不同的爱情观,情操和境界都堪称是独高的。"两情若是久长时,又岂在朝朝暮暮"二句是誓言也是期望,是欢乐也是悲哀,尽管无可奈何,天各一方,只要彼此真心相爱,有相会的希望,爱情就将地久天长,永无尽期。词人的这种坚贞不屈的爱情观,意味深长,耐人咀嚼。"金风玉露一相逢,便胜却人间无数""两情若是久长时,又岂在朝朝暮暮"将追求耳鬓厮磨、朝夕相处的世俗爱情升华到崇高的精神境界,在很大程度上使词体的品格得到提高。

秦观在为歌伎们写词的时候,偶尔也会委婉地表达出对自己仕途坎坷的悲愁,如《满庭芳·山抹微云》:

> 山抹微云,天连衰草,画角声断谯门。暂停征棹,聊共引离尊。多少蓬莱旧事,空回首、烟霭纷纷。斜阳外,寒鸦万点,流水绕孤村。
>
> 销魂。当此际,香囊暗解,罗带轻分。谩赢得、青楼薄幸名存。此去何时见也,襟袖上、空惹啼痕。伤情处,高城望断,灯火已黄昏。

这首词作于词人乡贡落榜后一年,年过而立的他尚未求到功名,不免有坎坷蹉跎之悲,此种情绪自然而然地会渗入抒情作品中。词人通过描写与一个歌女相恋相别的情景,抒写了自己离别的眷恋情怀,抒发了自己的离别之恨,感慨了自己的飘零身世。这首词写得非常好,词中描写风景差不多全是白描的手法。"词本艳物,使用白描而出色,可谓奇中之奇。"①而且,全词没有一处用典,显得情真意切。

秦观"少豪俊,慷慨溢于言辞",却不得重用,历尽坎坷,仕途抑塞,满腹怀才不遇的不平,又无处诉说,因而只能作词来抒发自己的失意的愁绪。他在抒发自己的失意的愁情时,并不像苏轼似的直接倾吐内心的苦水,而是另辟一途,将深沉的辛酸苦闷融注在类型化的离情别恨之中,即周济所说的"将身世之感打并入艳情,又是一法",从而给传统的艳情词注入了新的情感内涵。因此,秦观的一些爱情词只是在表面上抒写爱情,实质上是寄寓着自己怀才不遇、政治上屡遭打击的一腔忧郁的愁情,如《虞美人》:

> 碧桃天上栽和露,不是凡花数。乱山深处水萦回,可惜一枝如画、为谁开。
> 轻寒细雨情何限,不道春难管。为君沉醉又何妨,只怕酒醒时候、断人肠。

这首词运用了传统的香草美人的比兴手法,花象征美人,美人身上又有词人自身的影子。词的上阕着重对花进行了描写,"碧桃天上栽和露"化用了唐人高蟾《下第后上永崇高侍郎》的"天上碧桃和露种,日边红杏倚云栽"。"不是凡花数"说得斩钉截铁,反而更让人感到隐含不愿接受的现实。"乱""深"二字可见碧桃托身非所、处地之荒僻,开得盈盈如画却无人欣赏。"为谁开"以探寻的语气委婉道出对碧桃"无主"之慨,音情更为低徊摇荡。上阕着重描写的是美人。微微春寒,细雨霏霏,一枝桃花更加脉脉含情。或许是女主人公的忧虑太过深重,这宜人的春景竟然很快从她忧伤的目光底下滑过去,让她发出"不道春难管"的一声伤叹。伤春也是自伤,在这惜春之心中,女主人公想要表达的是自己青春难驻、年华易逝的感伤。"为君沉醉又何妨,只怕酒醒时候、断人肠"写惜别,难得知音怜爱,却又要匆匆离别,为了报答知音的怜爱之情,拼却一醉也是理所当然,何况她还要借酒来排遣愁绪呢。一醉自然是容易,可酒醒之后发现心上人已离去,不是更令人肠断?"只怕"二字委婉说出打算沉醉又不能沉醉的矛盾,"何妨"

---

① 史仲文.唐宋诗词史[M].北京:中国社会出版社,2011:270.

是为了他,而"只怕"也是因为他,其中的惜别之情深自见。全词情感发展万转千回,亦进亦退,亦退亦进,在"断人肠"的怨叹声中戛然而止,凄咽恻断。

四、李清照的词创作

李清照(1084—1155),号易安居士,济南章丘(今属山东)人。出生书香门第,早期生活优越。父亲李格非是著名的学者和散文家,曾官至礼部员外郎,母亲亦善文藻,但在李清照还在褥褓时就去世了。李清照在这样的书香之家环境中,自小就受到了很好的文学教养,也打下了深厚的文学底蕴,16岁前后已经在词坛崭露头角,写了一首名震朝野的《如梦令·昨夜雨疏风骤》,成了名动京师的"词女"。18岁时,李清照嫁于了当时宰相赵挺之的儿子赵明诚为妻,两人情投意合,又志趣相投,共同校勘古籍、整理金石文物,唱和诗词,赏玩书画鼎彝,生活舒心而惬意。可惜好景不长,新旧党之争使赵挺之被罢相,赵明诚被捕入狱。不久,赵明诚罢官,携李清照退归青州,开始了近十年的屏居生活。这段时期两人虽然失去了京城优渥的生活,但得到了居于乡里的安宁生活,他们互相支持,共同研究文学,度过了一段平生少有的和美岁月。靖康之变发生后,她和赵明诚避兵江南,但赵明诚在战乱中得病死于建康(今南京),两人用半生心血收藏的文物图书也在战火中丧失殆尽。此后,她只能孤身一人四处奔逃避难,先后辗转漂泊于杭州、越州(今绍兴)、台州和金华一带,过着流亡难民的生活。晚年孤苦伶仃,极尽凄凉痛苦。绍兴二十五年(1155),她怀着对死去亲人的绵绵思念和对故土难归的无限失望悄然辞世。

李清照的词集原有6卷,但今天流传下来的词作只有70首左右,其中还有些不可靠。她在宋代刊行的《漱玉词》也已经失传,现存的《漱玉词》是后人所辑录的。

李清照的词创作并不属于任何一门一派,而是自成一家,创造了独具风格的"李易安体"。她率先提出了词"别是一家"之说,要求词创作要协律、高雅、浑成、铺叙、典重、尚故实,她的这一与众不同的词创作门径和审美风貌在其争论颇大的《词论》中有着鲜明的体现。在这篇《词论》中,李清照回顾和总结了词这种音乐文学样式自唐以来的发展史,对柳永、晏殊、欧阳修、苏轼、晏几道、贺铸、秦观、黄庭坚等名家词作均有批评,并正面阐明了一套求全责备的作词要求,画出了词"别是一家"应有的艺术风貌。当然,《词论》对音律的要求有细锁过苛之嫌,对词人的批评也有挑剔不实之处,但它对于词的艺术由粗而精、不断完善和追求词的音乐美等方面还是具有较高的价值的,这不得不承认。

李清照的词创作集婉约派诸家之长,甚至有超过诸家之处,具有历久不衰的艺术魅力;在思想上敢于冲破封建的规范,超出"非礼勿思"的雷池,成为"写情圣手";在内容上以南渡为界,可以分为前后两期。这里主要分析一下李清照在南渡之前的婉约词创作。

李清照南渡之前的词作多写自己天真烂漫的少女生活以及夫妻间的爱情,表现的多是闺情和对幸福爱情的向往和追求,深挚清隽、含蓄秀婉。例如,《点绛唇》:

> 蹴罢秋千,起来慵整纤纤手。露浓花瘦,薄汗轻衣透。
> 见有人来,袜划金钗溜。和羞走,倚门回首,却把青梅嗅。

这首词塑造了一个活泼顽皮而又情窦初开的少女形象,写出了少女可爱娇羞的情态。上阕形象地描绘了少女刚下秋千,懒洋洋地擦拭着双手,轻衣透出香汗,天真娇憨、活泼妩媚、好奇而又脉脉含情;下阕生动地表现了少女的内心世界,看到人后慌忙穿着袜子就走,滑落了金钗,却又倚门假装嗅青梅,既将少女初恋的情态写得传神入化,又表现出少女对封建礼教束缚的轻视。

又如,《一剪梅》:

> 红藕香残玉簟秋。轻解罗裳,独上兰舟。云中谁寄锦书来?雁字回时,月满西楼。
>
> 花自飘零水自流。一种相思,两处闲愁。此情无计可消除,才下眉头,却上心头。

这首词是词人新婚后不久后创作的,是她写给丈夫赵明诚的。词中以别出心裁的艺术构思,从不同角度表现了女性特有的深婉细腻的感情。上阕写在荷花凋零、竹席嫌凉的秋天里,词人因丈夫的离家过着独居的日子。为了排解心中的愁苦郁闷,她轻手轻脚地换上便装就独自上了小船。但词人并没有把自己的这种愁苦归咎于对方的离别,而是设想对方也会思念着自己的,"云中谁寄锦书来?雁字回时,月满西楼"。下阕写词人由想象回到现实,进一步描绘她对丈夫的思念之情。花与水的各自飘流为眼前所见,又自然比喻两人分居的处境。"才下""却上"两词连用,极其生动而逼真地表现出深藏在心头的时刻都无法放下的愁情以及这种愁情在短暂中起伏变化的波澜。

再如,《醉花阴》:

> 薄雾浓云愁永昼,瑞脑消金兽。佳节又重阳,玉枕纱厨,半夜凉初透。
> 东篱把酒黄昏后,有暗香盈袖。莫道不消魂,帘卷西风,人比黄花瘦!

这是词人通过重阳节来怀念出仕在外的丈夫。词的上阕开篇写天气,一整天天空都阴沉沉的,布满着"薄雾浓云",使人感到愁闷难挨。天气不佳,词人百无聊赖,只好独自在屋里看着香炉里瑞脑香的袅袅青烟出神。又逢重阳佳节,天气骤凉,半夜凉意透入帐中枕上,与夫妇团聚时闺房的温馨相比真是不可同日而语。"又"字带有很浓的感情色彩,表达了她的伤感情绪。时令转凉,却别有一番凄凉滋味。寥寥数句,就把一个闺中少妇心事重重的愁态描绘得十分形象。词的下阕写重阳节这天赏菊饮酒。词人在屋里闷坐了一天,为了应景,傍晚时分才强打精神"东篱把酒",但是借酒消愁愁更愁。词人一边饮酒,一边赏菊,菊花开得极盛极美,却让她触景伤情,因为再美再香的菊花也无法送给远在异地的亲人。"有暗香盈袖"化用的是《古诗十九首》中的"馨香盈怀袖,路远莫致之"一句,暗写她无法排遣的对丈夫的思念。"莫道不消魂,帘卷西风,人比黄花瘦",晚来风急,瑟瑟西风掀起挂帘,帘外的黄花与帘内似花的人相互辉映,花与人浑然一体,且西风吹进室内,也带进了一股寒意。菊花纤长瘦细却斗风傲霜,而人则悲秋伤别、消愁无计,因此词人才有了人不如菊的感慨。"人比黄花瘦"的"瘦"字是"词眼",为该词画龙点睛之笔。以菊花拟人,以菊花之"瘦"比人之瘦,花瘦而人比花更瘦,表达出闺中人情爱之深、相思之苦,寓情于景,情景交融,创造出一个凄清寂寥的深秋怀人的境界,使人脑海中出现一幅画面:重阳佳节,佳人独对西风中的瘦菊。写情至此,堪称极致。

李清照南渡之前的词作虽然多表现闺阁之情,但她却并未完全将自己封闭在闺房之内,而是经常走向大自然,亲身感受大自然的美丽与和谐,以陶冶情操,开阔胸襟。因此,李清照也有很多词作表达了她对大自然的喜爱之情,如《怨王孙》:

> 湖上风来波浩渺。秋已暮、红稀香少。水光山色与人亲,说不尽、无穷好。

> 莲子已成荷叶老。青露洗、蘋花汀草。眠沙鸥鹭不回头,似也恨、人归早。

这首词可以说描绘了一幅湖上秋色图,表达了词人对大自然的喜爱。词中,词人利用人在面对外物时常会有移情作用,借外物表现自己对大自然的热爱。在词人看来,水光山色都是有生命和感情,喜欢与人亲近,即使是眠沙的鸥鹭也不愿与人分离,当人离去时它都不忍回头望一望。

李清照的词创作在表现对大自然的喜爱之情时,也时常流露出一定的感伤情绪,如《如梦令·昨夜雨疏风骤》:

> 昨夜雨疏风骤,浓睡不消残酒。试问卷帘人,却道海棠依旧。知否? 知否? 应是
> 绿肥红瘦。

这首词通过女主人公与卷帘侍女的一问一答,暗示出词人惜春而又不伤春的内心感受。词中的前四句化用了孟浩然《春晓》中"夜来风雨声,花落知多少"的诗意,春夜里大自然经历了一场风吹雨打,词人预感到庭园中日前盛开的花朵定会惨遭蹂躏,而树木通过雨水的浸润必然是绿叶繁茂。在翌日清晨,词人急切地向"卷帘人"询问室外的情况,而粗心的"卷帘人"却说"海棠依旧"。为了纠正"卷帘人"的粗疏与错误答案,词人一连用了两个"知否",绘声见形,神情毕现。"绿肥红瘦"既形象地写出了经雨之后绿叶的丰润和红花的憔悴,也形象地反映出了词人对春天将逝的惋惜。

可以看出,李清照的词作有着较高的艺术特色,不仅表现出了真实的感情和鲜明的个性,而且语言平淡、自然,声律和谐,富有音乐美。她不愧为中国封建社会一位最杰出的女词人。

五、辛弃疾的词创作

辛弃疾(1140—1207),原字坦夫,后改字幼安,号稼轩,历城(今山东济南)人。辛家世代仕宦,祖父辛赞因"以族众拙于脱身",被污仕金,但他常怀念故国,鼓励辛弃疾等人归正。辛弃疾自幼受到家庭的影响、老师的教诲,具有强烈的爱国热情。辛弃疾少有大志,绍兴三十一年(1161)九月,金主完颜亮大举南侵,年轻的辛弃疾也组织了一支义军,并且第二年便加入了耿京的起义军,并在军中掌书记,后又劝说耿京投归南宋。后来,耿京被叛徒张安国谋害,辛弃疾率领50人驰骑直入张安国5万人大营,缚张安国于马上,当场号召上万的战士反正,长驱渡淮,回到南宋。南归后的最初几年,辛弃疾没有被重用,他先后写成《美芹十论》和《九议》献给宋孝宗,但因"持论劲直,不为迎合"(《宋史》本传),没有被朝廷采纳。宋孝宗乾道八年(1172)春,辛弃疾出任滁州知府,之后历任江西提点刑狱、京西转运判官、湖北安抚使、江西安抚使等职。淳熙八年(1181),辛弃疾在江西安抚使任上被弹劾罢官,以42岁的有为之年退居江西上饶带湖,自号稼轩,过着田园式的闲居生活。开禧三年(1207),朝廷诏命辛弃疾任兵部侍郎,不久又决定起用他为枢密都承旨,辛弃疾力辞,并已患病。韩侂胄北伐大败后,辛弃疾反而受到指责,同年9月,辛弃疾与世长辞。

《稼轩词》存词600多首,虽然有闲适词、农村词和艳情词等,但抗战词是其最主要的部分,他以词为武器来表达自己强烈的爱国热情,将苏轼开启的豪放词发展到了一个新的高峰,如《破阵子·为陈同甫赋壮语以寄》:

醉里挑灯看剑,梦回吹角连营。八百里分麾下炙,五十弦翻塞外声。沙场秋点兵。

马作的卢飞快,弓如霹雳弦惊。了却君王天下事,赢得生前身后名。可怜白发生。

这首词以激动自豪的心情追忆了少年时驰骋沙场、抗击金兵的英雄气概和战斗经历,回顾了当年为国立功的远大抱负,写得激昂慷慨。但是,由于南宋懦弱主和,爱国志士壮志难酬,作者为此深切哀痛,"可怜白发生"以忧愤的长叹结束全词,极尽悲壮沧桑之感。

又如,《永遇乐·京口北固亭怀古》:

千古江山,英雄无觅,孙仲谋处。舞榭歌台,风流总被,雨打风吹去。斜阳草树,寻常巷陌,人道寄奴曾住。想当年,金戈铁马,气吞万里如虎。

元嘉草草,封狼居胥,赢得仓皇北顾。四十三年,望中犹记,烽火扬州路。可堪回首,佛狸祠下,一片神鸦社鼓。凭谁问,廉颇老矣,尚能饭否?

这首词上阕怀念孙权、刘裕,表现了对英雄业绩的向往;下阕借谴责刘义隆,表明自己抗金的主张。结句借廉颇的故事,抒发对南宋王朝的愤懑,表明了辛弃疾自己不服老、还希望能为国效力的耿耿忠心。

再如,《水龙吟·过南剑双溪楼》:

举头西北浮云,倚天万里须长剑。人言此地,夜深长见,斗牛光焰。我觉山高,潭空水冷,月明星淡。待燃犀下看,凭栏却怕,风雷怒,鱼龙惨。

峡束沧江对起,过危楼、欲飞还敛。元龙老矣,不妨高卧,冰壶凉簟。千古兴亡,百年悲笑,一时登览。问何人又卸,片帆沙岸,系斜阳缆。

这首词上阕写词人要借倚天长剑来扫荡浮云、收复失地的雄心壮志;下阕抒发词人老当益壮、想为国出力却不被用、壮志难酬的悲愤情怀。全词运用了大量的典故和神话传说,赋予了全词以积极浪漫主义精神,使理想与现实构成尖锐的矛盾,将自己的豪情壮志和悲愤情绪抒发得酣畅淋漓,形成全词苍凉悲壮的基调。

辛弃疾还有一些闲适词写得也较有特色,如《西江月》:

明月别枝惊鹊,清风半夜鸣蝉。稻花香里说丰年,听取蛙声一片。

七八个星天外,两三点雨山前。旧时茅店社林边,路转溪桥忽见。

这首词上阕写一路的夜行见闻,词人的闲适心境与丰收在望的愉悦之情相应和,令人如醺如醉;下阕时移景换,点点星雨衬托出词人的疏放情意,而避雨急转、路弯溪桥、茅店忽现、恍惚惊喜更将夜行人的情态描绘得细致入微。整首词笔调跳跃活泼,曲尽其妙,深具魅力。

辛弃疾还写过一些抒情小令,主要表现其自身的生活感受,有的体味深微、缠绵有致,有的轻松活泼、生意盎然,既含寓意,又富有理趣,如《丑奴儿》:

少年不识愁滋味,爱上层楼。爱上层楼,为赋新词强说愁。

而今识尽愁滋味,欲说还休。欲说还休,却道天凉好个秋。

这首词上下阕都用叠句转折,今昔对比,既跌宕有致,又含蓄婉约。"却道天凉好个秋"一句表面闲淡,但却是词人饱经患难后的深切体会,表达了词人胸中深悲巨痛,是一种高妙的抒情手法。

辛弃疾也写过一些非常婉约的词作,如《青玉案·元夕》:

> 东风夜放花千树,更吹落,星如雨。宝马雕车香满路,凤箫声动,玉壶光转,一夜鱼龙舞。
>
> 蛾儿雪柳黄金缕,笑语盈盈暗香去。众里寻他千百度,蓦然回首,那人却在,灯火阑珊处。

这是一首写上元灯节的词,上阕除了渲染一片热闹的盛况外,似乎没有什么独特之处。下阕纵然有惹人眼花缭乱的一队队的丽人群女,词人都只为了寻觅那一个意中之人。词尾借"那人"的孤高自赏,反衬出一个孤高淡泊、超尘拔俗、不同于金翠脂粉的形象,表明词人政治失意后,不肯同流合污的高洁品格。全词构思新颖,语言工巧,曲折含蓄,余味不尽。

总之,辛弃疾的词无论是思想内容还是艺术形式,都是丰富多彩的,在不同的题材中表现不同的风格与情调,"慷慨纵横,有不可一世之慨,于倚声家为变调,而异军特起,于剪红刻翠之外,屹然别立一家,迄今不废"(《四库全书总目提要》)。

六、姜夔的词创作

姜夔(1154—1208),字尧章,号白石道人,鄱阳(今江西波阳)人。他自幼即随父亲旅居沔鄂,14 岁父亲死后,他便住在了湖北汉川的姐姐家。因屡试不第,姜夔一生未做官,而是浪迹江湖,过着清客式的生活。青年时代,姜夔曾北游淮楚,南历潇湘。淳熙十三年(1186),姜夔结识了著名诗人千岩老人萧德藻,并娶了萧德藻的侄女为妻,第二年跟随萧德藻到了湖州,因与弁山之白石洞天为邻,因此而号白石道人。他曾以清客身份与张镃等人交往甚密,还与家世显赫的张鉴结交,曾辞谢其为他买官爵。姜夔精于诗词、书法、音乐,颇受杨万里、范成大、辛弃疾等人推赏。晚年旅居浙东、嘉兴、金陵等地,卒于西湖。被友人吴潜等人葬之于钱塘门外西马塍。有诗词、诗论、乐书、字书、杂录等多种著作。著有《白石道人诗集》《白石道人歌曲》等。

姜夔词的主题主要体现在恋情和咏物两个方面,其主要贡献在于对传统婉约词的表现艺术有所发展,建立起了新的审美规范。

在以恋情为主题的词中,姜夔通常会在词中过滤掉爱恋细节,注意雅化恋情,注重描写离别后的相思之苦,以冷色调处理炽热情感,赋予柔思超脱尘俗的意韵。例如,《踏莎行·自沔东来丁未元日至金陵江上感梦而作》:

> 燕燕轻盈,莺莺娇软。分明又向华胥见。夜长争得薄情知,春初早被相思染。
>
> 别后书辞,别时针线。离魂暗逐郎行远。淮南皓月冷千山,冥冥归去无人管。

这首词以怀念恋人为主,以梦始,又以梦终,写得迂回曲折,含蓄而多不尽之意。小题点出了此词乃"感梦而作",全词对梦里和梦外两个角度进行了书写。上阕写梦里,着力刻画恋人形象:"燕燕""莺莺",且"轻盈""娇软"的体态。"夜长争得薄情知,春初早被相思染"补叙梦中情,一个埋怨薄情郎,另一个感叹相思比春天来得还快,表现了欢乐与痛苦交织着的凄苦。下阕写梦外,"别后书辞,别时针线"写睹物思人,随即"离魂暗逐郎行远",借用倩女离魂典故想象与恋人在梦里相会,"冥冥归去无人管"描写了黯然归去的凄凉情境。其中"淮南皓月冷千山"一句,创造出了词史上少见的冷境。

又如,《鹧鸪天·元夕有所梦》:

> 肥水东流无尽期,当初不合种相思。梦中未比丹青见,暗里忽惊山鸟啼。
> 春未绿,鬓先丝,人间别久不成悲。谁教岁岁红莲夜,两处沉吟各自知。

这首词也是因思成梦,为怀念心上人而作。上阕先写对昔日恋情的"悔恨"。"肥水东流无尽期"点明了情缘的发生地,也揭示了梦的原因。东流无尽期的肥水,在这里可看作在漫长岁月中无穷无尽的相思和眷恋的象征,由此带来的无穷无尽的愁思,引出了"当初不合种相思"的"悔恨"。"种"字用得精妙无比,由人联想到了种相思树,赋予抽象的相思以形象感,也对应了"无尽期"。"不合"二字,貌似悔种前缘,实为反语,更有力地表现这种相思的真挚深沉及受其长期折磨的痛苦。下阕说别久伤悲。换头"春未绿"关合元夕,开春换岁,而春郊尚未绿遍,却"鬓先丝"。"人间别久不成悲"乃全词感情的凝聚点。由于年年重复的相思和伤痛,不免使人变得迟钝和麻木,愁思也会在不自觉之中潜藏到意识深处。当发展到"不成悲"时,其内心的深切悲痛积累到了极点,也更富于悲剧色彩了。"谁教岁岁红莲夜,两处沉吟各自知"中的红莲夜,指元宵灯节,红莲指灯节的花灯。"各自知"指双方在互相怀念,而这种两地相思的况味也只有彼此此心知。"谁教"似问似慨,像是怨恨,又像是自怨情痴不能泯灭相思。与具有柔婉软媚的传统风格的情词相比,这首词显示出了清健的特点,情致深婉空灵。

在以咏物为主题的词中,姜夔通常会通过对物的吟咏来表达内心的感情,写得委婉含蓄。例如,《小重山令·赋潭州红梅》:

> 人绕湘皋月坠时,斜横花树小,浸愁漪。一春幽事有谁知? 东风冷、香远茜裙归。
> 鸥去昔游非。遥怜花可可,梦依依。九疑云杳断魂啼。相思血,都沁绿筠枝。

这首词明着是写红梅,实际上是在借红梅隐喻情人。上阙描写人花相恋的情景。起句"人绕湘皋月坠时",写离别后的哀愁。一个"绕"字写出了万般离愁。"斜横花树小"化用了林逋《梅花》中的"疏影横斜水清浅,暗香浮动月黄昏"一句。但词人没有写梅在水中的倒影,而是用"浸愁漪"字写梅影浸透在水中,以此来烘托愁的强烈。"一春幽事有谁知? 东风冷、香远茜裙归"既承上句,进一步写梅之愁,从"幽事"暗点出心上人。"香远茜裙归",把梅花之飘零比喻成茜裙女子的归去,由花瓣幻化成分离的情人。这阙词描绘出了潭州红梅独特的品格风貌,也奠定了全篇离别相思的基调。下阕以"鸥去昔游非"引起了词人的相思之情,鸥鸟的拍翅声把词人从迷惘的回忆中回到当前,亦表明往昔的情事就像鸥鸟一样飞去了。"相思血"使用了湘妃的典故。词人把红梅之红想象是娥皇、女英二女的相思血泪染成的,借斑竹暗喻红梅,进而把娥皇、女英对舜帝之相思比作心上人对自己之相思,不拘泥于故实,贴切、灵活。全词通过"月坠""鸥去""东风""愁漪"以及"绿筠"的渲染烘托,还有"茜裙归""断魂啼""相思血"的比拟隐喻,形成了一种朦胧迷离的美,塑造出充满愁苦、浸透相思情味的红梅形象,表达了词人对心上人的深深眷恋。

受社会政治环境的影响,姜夔的词虽然以恋情、咏物为主,但作为生活在南宋这样一个风雨飘摇的社会中的文人,姜夔并没有完全忘记社会现实,沉浸在个人的情感世界中,他与同时代的词人一样,也创作了一些关心政治和时局的词,如《扬州慢》:

> (淳熙丙申至日,予过维扬。夜雪初霁,荠麦弥望。入其城,则四顾萧条,寒水自

碧,暮色渐起,戍角悲吟。予怀怆然,感慨今昔,因自度此曲。千岩老人以为有黍离之
悲也。)

淮左名都,竹西佳处,解鞍少驻初程。过春风十里,尽荠麦青青。自胡马窥江去
后,废池乔木,犹厌言兵。渐黄昏,清角吹寒,都在空城。

杜郎俊赏,算而今,重到须惊。纵豆蔻词工,青楼梦好,难赋深情。二十四桥仍
在,波心荡、冷月无声。念桥边红药,年年知为谁生。

这首词作于淳熙三年(1176),当时姜夔路过被金主完颜亮曾占领的扬州,看到的是一片劫
后的萧条景象。在这首词中,词人对扬州的惨状进行了描绘,通过眼前的荒凉与往日繁华的强
烈对比,寄托了"黍离之悲"和家国之恨。全词布局严密,由少驻写到观景,由观景所见的荒芜
写到原因,既有眼中所见,也有耳中所闻,还有心中所思所想,有声、有色,情景交融,并采用点
染法渲染,揭示主题,通过对比手法进一步对主题进行了深化。音调谐婉,辞句精美。

从整体上来看姜夔的词,会发现他的词具有"清空""骚雅"的特点,他既能够体情察物,做
到字句工整,音韵和谐,又能够吸取豪放词刚健、飘逸的特质,避免其生硬、粗狂,营造出空疏、
灵动的意境,从而使自己的词具有一种清冷的特色。姜夔词中所体现出来的特色,与他本身的
性格和生活经历有着密切的关系。姜夔与仕宦无缘,长年浪迹江湖山林,与大自然进行了亲密
的接触,并在与自然之物的会心交流中陶冶了自己的清高雅洁之性,在创作时就常常以绝尘之
物与清幽之景为主要吟咏对象。

第四节 散文的承袭与新变

宋初散文延续五代文风,形成以南唐降臣徐铉为代表,以陶谷、张昭、张洎、李昉、李至、宋
白等为先后羽翼的创作群体。他们比较擅长写骈体文,为文主张文道并重,讲究辞采,风格以
典丽俊伟、博雅自然著称。不过,由于因袭过重,追求骈俪工巧,尚未能呈现新的面貌。直到柳
开、王禹偁等大力提倡复古,矫正五代文风,以继承韩愈之文,学习圣人之道相号召,宋代文坛
风气才有所改变。他们力涤排偶之习,崇尚散行之文,要求语言自然平易。从仁宗天圣年间开
始,文坛上逐渐兴起以明道、致用、法唐、崇散为特征的散文之风。仁宗庆历前后,伴随着范仲
淹、欧阳修等人领导的政治革新运动的开展,文学革新的思想变得更为自觉。这一时期,著名
的散文大家有柳开、王禹偁、范仲淹、欧阳修、苏舜钦、曾巩、王安石、苏轼、苏洵、苏辙等。南宋
的散文成就一般,风格变化也不大,艺术创新甚少,所以并没有将北宋散文的发展势头继续下
去。以下主要对王禹偁、欧阳修、苏轼、王安石、朱熹的散文进行一定的论述与分析。

一、王禹偁的散文创作

王禹偁曾任知制诰,擅长辞赋骈文,如《三黜赋》以赋明心,被很多人所称颂。不过,他的成
就主要在于倡导古文。他在《小畜集》卷十八《答张扶书》指出:"姑能远师六经,近师吏部(韩
愈),使句之易道,义之易晓,又辅之以学,助之以气,吾将见子以文显于时也。"所以,他的文章,
大多骈散兼行,节奏明快,简易醇质。

王禹偁在改革弊政上奉献了自己的终生,因而在文章中最喜欢议政论事。在太宗时,他献

御戎十策；真宗即位，又上书言五事：一曰谨边防，二曰减冗兵，三曰艰难选举，四曰沙汰僧尼，五曰亲大臣、远小人（《宋史·王禹偁传》）。这些文章的议论大都切实精当，有西汉贾谊、晁错之风。王禹偁议政的代表作，是太宗雍熙四年（987）所写的《待漏院记》，文中用正反对比的手法和骈散交错的文笔，揭示了贤相和佞相临朝待漏之际不同的思绪和心态：

> 待漏之际，相君其有思乎？其或兆民未安，思所泰之；四夷未附，思所来之。兵革未息，何以弭之？田畴多芜，何以辟之？贤人在野，我将进之；佞臣立朝，我将斥之。六气不和，灾眚荐至，愿避位以禳之；五刑未措，欺诈日生，请修德以厘之。忧心忡忡，待旦而入。九门既启，四聪甚迩。相君言焉，时君纳焉。皇风于是乎清夷，苍生以之而富庶。若然，总百官，食万钱，非幸也，宜也。

> 其或私仇未复，思所逐之；旧恩未报，思所荣之。子女玉帛，何以致之？车马器玩，何以取之？奸人附势，我将陟之；直士抗言，我将黜之。三时告灾，上有忧色，构巧词以悦之；群吏弄法，君闻怨言，进谄容以媚之。私心慆慆，假寐而坐。九门既开，重瞳屡回。相君言焉，时君惑焉。政柄于是乎隳哉，帝位以之而危矣。若然，则死下狱，投远方，非不幸也，亦宜也。（《小畜集》卷十六）

这篇散文以"勤"字开端，然后以设想"待漏"宰相的所思所想来点明正题，分别引出作者对贤相和佞相的生动刻画和不同评价，最后以"慎"字总结全文，深化"待漏"所蕴含的主题。全文论述就像剥笋一样，层层深入，脉络分明，一气贯注。以道德言政，可以说充分体现了宋代议政文章的特点。

《黄州新建小竹楼记》写于咸平二年（999），是王禹偁晚年之作，描绘了在寓居竹楼所领略到的独特风光和生活雅趣，勾勒了一位高情旷怀的文吏的儒雅风流。下面一段描写了竹楼风光和谪居乐趣：

> 远吞山光，平挹江濑，幽阒辽夐，不可具状。夏宜急雨，有瀑布声；冬宜密雪，有碎玉声。宜鼓琴，琴调虚畅；宜咏诗，诗韵清绝。宜围棋，子声丁丁然；宜投壶，矢声铮铮然。然皆竹楼之所助也。

> 公退之暇，披鹤氅，戴华阳巾，手执《周易》一卷，焚香默坐，消遣世虑。江山之外，第见风帆沙鸟，烟云竹树而已。待其酒力醒，茶烟歇，送夕阳，迎素月，亦谪居之胜概也。（《小畜集》卷十七）

这篇散文文笔优美，意象清迥，声情并茂，是一篇素淡雅致、优美简洁的抒情文章。

实际上，王禹偁的文章在当时并不为人所称道，到数十年后，才得到众人的认可，成为古文写作的精神偶像。

二、欧阳修的散文创作

欧阳修是宋代散文的第一位大师，他对宋初以来近一个世纪的古文和流行文体的斗争作了总结，为宋代散文史揭开了新的一页。欧阳修在散文上，首先，承继韩愈和柳宗元古文运动的精神，认为文章之"道"（道主要指儒家之道）胜于"文"，以"道"指导作文，自然会使文不迂拘而切近人情物理；其次，重"道"，但不以"道"代"文"，也就是说他也注重文章的形式技巧；最后，提倡明白晓畅的文风,反对浮靡雕琢和好奇险怪。

欧阳修的散文大致可分为两大类:一是政论、史论和文论,包括奏疏、书信以及解释六经的"经旨"等;二是写景抒情记人的散文,包括记序、墓志、祭文等。

欧阳修论事以义理取胜,追求平淡简洁的文风。用词实际上是很锋利的,但能藏锋敛锷,写得雍容舒缓,抑扬有致。例如,《与高司谏书》从自己闻高司谏之名以来,十四年间三次怀疑对方是否君子的心理活动谈起,先作出高司谏绝非君子的结论。然后才根据范仲淹被贬,高司谏随众人加以排诋的事实,将得出该结论的缘由有条有理地说出来。他先退一步为高司谏着想,说他为顾利禄而不敢得罪宰相,也是庸人之常情,至多做个不才的谏官罢了。高司谏却昂然自得,毁谤贤人,这就不是庸愚的问题,而是君子之贼了。然后反过来假设范仲淹不是贤人,高司谏也不应当在范仲淹受重用时无一言之谏,等范仲淹出事才跟着非议。一进一退,一正一反,从两面分析,再以尹洙等人因范仲淹被贬,挺身而出要求同贬的行动作反衬,鲜明地揭示出高司谏的卑鄙品质。笔锋极其锐利,而论证却从容委婉,滴水不漏,使对方无可辩驳。

《五代史伶官传序》是欧阳修最著名的一篇史论。作者由后唐庄宗死于伶人之乱的下场,追想他当初得天下时的意气。文中先写庄宗消灭燕梁时告成太庙的得意情景,与他后来困于乱兵、断发哭泣的狼狈模样相对照,在叙事中作一层扬抑,又从史事中生发出"忧劳可以兴国,逸豫可以亡身"的感慨,用议论再作一层扬抑,低昂反复,情从词出。

欧阳修的记叙文大都委婉流畅,摇曳多姿,具有浓厚的抒情意味。他所写下的大量墓志铭善于形象地概括人物一生为人和事业的基本特点,精当地描绘出个性特点较难捕捉的人物形象。例如,在《故霸州文安县主簿苏君墓志铭》中,他这样形容苏洵:

> 君之文,博辩宏伟,读者悚然想见其人。既见而温温似不能言。及即之,与居愈久而愈可爱,间而出其所有,愈叩而愈无穷。

可以看出,他是从他人与苏洵接触中印象逐渐改变的感受来谈,寥寥数语便将苏洵的文风、神情和气质都传达出来了。韩愈笔下的人物大多有奇特鲜明的个性,而欧阳修则能将不易见出个性又无奇事异行的人物写活,这是需要较高的语言功底的。

唐代以来,山水亭阁记大致上形成了以景物归入议论的固定框架。欧阳修的这类记文却没有一定的程式,艺术表现各有特点,谋篇很有自己的特点。《醉翁亭记》是他被贬到滁州时所创作的。虽然有很深的寄托,却不见构思的痕迹。欧阳修将山水之乐归结到与民同乐,这大大不同于以往这类文章的创作风格,因此这篇山水记写得十分快活热闹,毫无孤冷幽清的情调。章法也很有特色:劈头一句"环滁皆山也",以突兀的文势展开了气势雄伟的全景。然后作者的笔顺峰巅舒徐下行,一步步将人从群山中带到琅琊山,再从琅琊山带到酿泉,以一句"有亭翼然",托出峭拔飞耸的醉翁亭。接下去分写山水之乐和游人之乐:

> 若夫日出而林霏开,云归而岩穴暝。晦明变化者,山间之朝暮也。野芳发而幽香,佳木秀而繁阴。风霜高洁,水落而石出者,山间之四时也。

这一段将大赋全面铺叙的章法凝缩为骈散相间的两对排偶句,概括四时朝暮的典型景色,使不以奇特取胜的琅琊山也有了独特的佳趣。而兴味更浓的还是与众人同乐的醉翁:

> 至于负者歌于途,行者休于树,前者呼,后者应。伛偻提携,往来而不绝者,滁人

> 游也。临溪而渔,溪深而鱼肥。酿泉为酒,泉香而酒冽。山肴野蔌,杂然而前陈者,太守宴也。宴酣之乐,非丝非竹。射者中,弈者胜。觥筹交错,起坐而喧哗者,众宾欢也。苍颜白发,颓然乎其间者,太守醉也。

这里先展开一幅欢乐的大全景,然后让视野渐次缩小到太守宴上来,在觥筹交错的众宾之中,把焦点凝聚到太守身上,集中刻画了一个不拘形迹的可爱的醉翁形象。最后写游人去后禽鸟之乐,并结束全文:

> 已而夕阳在山,人影散乱。太守归而宾客从也。树林阴翳,鸣声上下,游人去而禽鸟乐也。然而禽鸟知山林之乐,而不知人之乐。人知从太守游而乐,而不知太守之乐其乐也。

这一结尾非常值得回味,不但补足了醉翁亭的各种乐趣,也暗示了热闹之中的难言的寂寞。太守之乐在酒、在山水,也在与民同乐的欢声笑语之中。虽然在喝酒作乐、游玩山水中仍有不为人知的烦恼,但在热爱生活的人民中间,是可以暂时忘却的。全文写景逐圈缩小视野,从全景推到特写。文章又一连用了二十一“也”字,句法新颖;文字似散似排,一唱三叹,具有和谐流畅的节奏感。因此,这篇游记的水平非常之高,也闻名遐迩。

欧阳修还有不少为纪念友人所写的诗文集序和祭文,都是相当感人的抒情散文。限于篇幅,这里就不再赘述了。总的来说,欧阳修的散文富有变化和新创,而其基本风格则平易简洁、委婉流畅。

三、苏轼的散文创作

苏轼的散文以奇纵恣肆、波澜迭出见长。他的散文主要有论事文和杂体文两种。论事文纵横驰骋,杂体文行云流水。

苏轼善于以文议政、议史、议事、议人、议物、议理、议道、议艺,卓识博辩,能达古今,非常注重明理适用,因而写了不少论事文。他的这类文章,往往有雄阔的视野,有深邃的哲思,有精辟的议论。作于仁宗嘉祐元年至六年(1056—1061)的时务策,就以正面设论为特点,显出了他的议论之才能。例如,《教战守》论点明确,论证严密,设喻浅近,说理透辟。苏轼到了中年以后,开始涵纳儒、释、道诸家精华,将事、理、情、景、意、趣融为一体,变化视角,发为议论,既博大精深,又境界高远,豁达通脱。例如,《超然台记》以“凡物皆有可观”发端,引出议论,而收笔于“游于物之外”;《潮州韩文公庙碑》在议论中评述韩愈对儒学与文学的贡献,精深博洽。

《留侯论》就体现出了苏轼立论善于翻空出奇的特点。汉朝张良为圯上老人拾履,后得老人以奇书相授,这本是一件并不可靠的传闻。而文章却联系张良一生事迹,旁征博引历史上许多能够忍一时之耻的人物,从自己不确定的假设中引申出一则新警的论断:“天下有大勇者,卒然临之而不惊,无故加之而不怒。此其所挟持者甚大,而其志甚远也。”并据此论定张良临辱不惊不怒就是他能成大事的主要原因,居然将空中楼阁变成了凿凿有据的事实。

苏轼在论事文创作方面的一个独特之处就是不只长于议论,还精于思辨。例如,作于神宗元丰元年(1078)的《日喻》,借“盲人识日”和“北人学没”两则故事,指导后进务学求道。“盲人识日”的比喻说:

生而眇者不识日，问之有目者。或告之曰："日之状如铜槃。"扣槃而得其声，他日闻钟，以为日也。或告之曰："日之光如烛。"扪烛而得其形，他日揣籥，以为日也。日之与钟、籥亦远矣，而眇者不知其异，以其未尝见而求之人也。道之难见也甚于日，而人之未达也，无以异于眇。达者告之，虽有巧譬善导，亦无以过于槃与烛也。自槃而之钟，自烛而之籥，转而相之，岂有既乎？故世之言道者，或即其所见而名之，或莫之见而意之，皆求道之过也。

这段文字设喻精妙，深入浅出，通过像佛家参禅妙解一样来点化人，充分体现了苏轼的文章议论富于哲理思辨而启悟人心的特点。

苏轼除了以议论与思辨为主的论事文外，还沿着欧阳修文章开辟的风格平易自然的方向，写出了具有天然灵动、舒卷自如境界的杂体文。关于这类文章，他在《文说》中说：

吾文如万斛泉源，不择地而出，在平地滔滔汩汩，虽一日千里无难。及其与山石曲折，随物赋形，而不可知也。所可知者，常行于所当行，常止于不可不止，如是而已矣。其他，虽吾亦不能知也。

可以得知，苏轼要求行文应如行云流水，文理自然，姿态横生。他使古文由载道、解经、论兵、议政，扩展到根据情感自由地叙写日常百事，体现个人性灵。例如，《文与可画筼筜谷偃竹记》名为"画记"，却与一般的画记不同，实际上是悼文，但又不同于一般的悼念文字。起笔既不先讲画的内容来历，也不介绍文与可的爵里生平，而是从文与可"成竹于胸中"的画论落笔，神思飙举，进而引出议论。下文笔锋一转，以叙述为主，详细介绍与"筼筜谷偃竹"有关的几件趣事，最后归结到睹画怀人的悲伤之情，痛切肺腑。全文随意自由，信笔而为，无所拘束，妙趣横生，灵动自然。

再如，《凌虚台记》劈头就以凌空而起的笔势，大谈近山者应当"起居饮食与山接"的道理，然后才写扶风太守建凌虚台的缘起。凌虚台未筑之前，只见山头"出于林木之上，累累如人之旅行于墙外而见其髻也"。筑成之后，登台看山，"恍然不知台之高，而以为山之踊跃奋迅而出也"。人站在地势高低不同之处，看山的视觉印象顿时大变，这种感受不但写得新奇天真，而且将人猛然见山的欢快踊跃的心情赋予南山，大有相看两不厌的妙趣。最后从台上所望见的秦汉隋唐宫殿遗址，联想到高台在建成之前和废毁之后一片荒草野田的景象：

昔者荒草野田，霜露之所蒙翳，狐虺之所窜伏。方是时，岂知有凌虚台耶？废兴成毁，相寻于无穷，则台之复为荒草野田，皆不可知也。尝试与公登台而望，其东则秦穆之祈年橐泉也，其南则汉武之长杨五柞，而其北则隋之仁寿、唐之九成也。计其一时之盛，宏杰诡丽，坚固而不可动者，岂特百倍于台而已哉？然而数世之后，欲求其仿佛，而破瓦颓垣无复存者。既已化为禾黍荆棘丘墟陇亩矣，而况于此台欤？夫台犹不足恃以长久，而况于人事之得丧、忽往而忽来者欤？

苏轼说尽兴废成毁的道理，又暗中归结到万事皆虚之意，也就从台的凌空之感和历史的虚无之感说透了"凌虚"二字的含蕴。

苏轼的赋体之文也写得随便自由，注入散行的气势。两篇《赤壁赋》都打破了赋之常体，而成为一种新的文体，可以说是游记，也可以说是杂文。其中有叙事，有抒情，有问答，有议论，而

且或韵或散,不拘格套,既不同于骚体,也不同于俳体。例如,《前赤壁赋》开头写道:

> 壬戌之秋,七月既望,苏子与客泛舟,游于赤壁之下。清风徐来,水波不兴。举酒属客,诵明月之诗,歌窈窕之章。少焉,月出于东山之上,徘徊于斗牛之间。白露横江,水光接天。纵一苇之所如,凌万顷之茫然。浩浩乎如冯虚御风,而不知其所止;飘飘乎如遗世独立,羽化而登仙。

文笔亦散亦骈,流畅自然。之后又运用主客对话的赋体手法,反映了自己由月夜泛舟的舒畅,到怀古伤今的悲咽,再到精神解脱的达观,使情、景、理达到了水乳交融的程度。

《后赤壁赋》同是写携酒夜游的乐趣,着眼在长啸于赤壁之上的意兴。其中"霜露既降,木叶尽脱,人影在地,仰见明月"几句,真切地道出了冬天夜行,因四周萧条空旷明月当空,地上人影分外清晰的感觉经验。"江流有声,断岸千尺。山高月小,水落石出"几句,描写赤壁秋深冬初水位下落的景象,字字如画,也是千古名句。此时,泛舟水上的感受也大不相同了:

> 划然长啸,草木振动。山鸣谷应,风起水涌。予亦悄然而悲,肃然而恐,凛乎其不可留也。反而登舟,放乎中流,听其所止而休焉。时夜将半,四顾寂寥。适有孤鹤,横江东来,翅如车轮,玄裳缟衣,戛然长鸣,掠予舟而西也。

境界的寒凛、森爽、动人心魄,不同于《前赤壁赋》的清旷高邈。尽管苏轼所游的黄州赤鼻矶并不是历史上周瑜破曹的赤壁,但这两篇赋却并不因为这点地理位置的差错而损害其艺术价值。

四、王安石的散文创作

王安石(1021—1086),字介甫,晚号半仙,抚州临川(今江西抚州)人,晚年封荆国公,因而世称"临川先生"或"王荆公"。他出身于中下层小官吏家庭,年少时曾随父亲宦游南北各地。宋仁宗庆历二年(1042)中进士,神宗熙宁二年(1069)被任命为参知政事,次年拜相,开始变法改革,几经反复,变法失败,于熙宁九年(1076)退居江宁。元祐九年(1086),司马光执政,废尽新法,王安石在忧愤中逝世。著有《临川集》。

王安石的散文大多是直接为其政治服务的,这些作品论点鲜明,逻辑严密,有很强的说服力,如《上仁宗皇帝言事书》《本朝百年无事劄子》《周礼义序》《诗义序》。其中,《上仁宗皇帝言事书》《本朝百年无事劄子》等都对宋王朝的现实形势作了深刻的分析,从而证明实行变法的必要性和可能性,堪称新法的纲领。王安石每论时弊,既能就具体事宜提出切实可行的解决办法,又善于从中总结出带有普遍意义的问题。例如,《再上龚舍人书》详细分析庆历到嘉祐以来南北饥馑相继,朝廷忙于赈济灾民,不知建长久之策的问题,一针见血地指出:"某窃谓百姓所以养国家也,未闻以国家养百姓也。"而《答段缝书》驳斥段缝对曾巩的诋毁,并生出一段议论:

> 天下愚者众而贤者稀。愚者固忌贤者,贤者又自守,不与愚者合,愚者加怨焉。挟忌怨之心,则无之焉而不谤。君子之过于听者,又传而广之,故贤者常多谤,其困于下者尤甚。势不足以动俗,名实未加于民。愚者易以谤,谤易传也。

此段议论可以说是切中世俗常态的批评。

王安石对封建政治中的一些根本性弊端和社会上的人情习尚看得很透,所以在改革中毫不顾忌他人的非议,直陈己见。这种性格突出地反映在他的《答司马谏议书》中。熙宁三年(1070)二月,司马光写了一篇长达 3 000 余字的《与王介甫书》,指责王安石变法是侵官、生事、争利、拒谏,以致朝野吏民莫不怨叹。王安石回信简短扼要,以 380 字的短书作答,集中笔墨对司马光信中的五点指责一一批驳,语意廉悍,文笔犀利。比如对"征利"的反驳仅用一句话:"为天下理财,不为征利!"一针见血,语约义丰,具有高度的概括性。全文共分三层。第一层作者就指出,他与司马光"议事每不合,所操之术多异故也"。既然两人看问题的角度和政治主张不同,就没有辩论的基础,所以只能"略上报"。第二层举出儒者重视名实相符这条原则,指出两人对侵官、生事、争利、拒谏的看法不同。在司马光看来是罪状,在自己看来恰恰是功绩。这种分歧不可能用辩论解决。第三层分析自己招天下怨谤的根源,在于"人习于苟且非一日",只要不肯"同俗自媚于众为善",必然招致汹汹谤议。然后举商朝君主盘庚五次迁都的故事,证明凡为长远之计、有所改作的行动,必然会招来士大夫甚至百姓的反对。最后申明:

> 如君实责我以在位久,未能助上大有为,以膏泽斯民,则某知罪矣;如日今日当一切不事事,守前所为而已,则非某之所敢知。

这段文字意思是说司马光如指责自己无所作为,则知罪;如要求自己一切守旧,无所事事,则不敢领教。这种驳论没有纠缠在具体的申辩中,而是站在更高的立足点上。文风的劲悍廉厉可谓前无古人,极度的简洁和周密的说理相结合,被清人刘熙载称为"瘦硬通神"(《艺概·文概》)。

王安石的文章简练省净,陈言务去,多是短句短篇,很少用复叠、对偶、排比的句法和章法,完全洗刷了唐代的骈俪习气。同时逻辑的衔接又十分紧密,从一个论点转入下一个论点,很少发挥,除了前面提到的《答司马谏议书》外,还如史论《读孟尝君传》:

> 世皆称孟尝君能得士,士以故归之,而卒赖其力,以脱于虎豹之秦。嗟乎! 孟尝君特鸡鸣狗盗之雄耳,岂足以言得士? 不然,擅齐之强,得一士焉,宜可以南面而制秦,尚何取于鸡鸣狗盗之力哉? 夫鸡鸣狗盗之出其门,此士之所以不至也。

全文一共只有四句话,不足百字,然而层次分明,第一句把世人说孟尝君依赖鸡鸣狗盗之徒能得士的例证变成作者驳论的有力依据。第二句分析孟尝君所得之士的性质,不过是鸡鸣狗盗之类罢了。第三句是转折的关键,从真正的士应起什么作用的角度说,孟尝君如真能得士,就不至于依赖鸡鸣狗盗的力量从秦国逃脱了。第四句顺势逼进一层:正因为他只能得鸡鸣狗盗之徒,所以真正的士是不会与他相交的。四句话,三层转折,抓住"士"的真伪优劣立论,就驳倒了一个传统的说法。全文议论周密,词气凌厉而贯注,势如破竹,具有不容置辩的逻辑力量。

王安石的一些游记、杂著和抒情短文也偏重于议论,构思往往深而难,章法各见奇趣,如《游褒禅山记》《石门亭记》《同学一首别子固》。

《游褒禅山记》写王安石游览褒禅山所得到的启示。上半篇随游踪由近而远,从前洞到后洞,着重描写了"人之愈深,其进愈难,而其见愈奇"的过程:

> 有怠而欲出者,曰:"不出,火且尽。"遂与之俱出,盖余所至,比好游者尚不能十一。然视其左右,来而记之者已少。盖其又深,则其至又加少矣。方是时,予之力尚

足以入，火尚足以明也。既其出，则或咎其欲出者，而余亦悔其随之而不得极夫游之乐也。

由于注意剪裁，这一游览过程已经给人以很清楚的哲理启示。但下半篇却能从中抽绎出更高一层的道理。议论部分章法与叙事部分对应，也用由浅到深、层层上升的结构。作者结合游洞不深的体会分析达到险远之地所应具备的条件："有志矣，不随以止也，然力不足者，亦不能至也。有志与力，而又不随以怠，至于幽暗昏惑而无物以相之，亦不能至也。"尽管各人条件不同，不一定都能达到至境，但是否尽志、尽力则取决于自己，只有尽了最大努力，才能于己无悔，不为人所讥。议论与记游丝丝入扣，分外警快透辟。它对于勤奋或怠惰的人们都有广泛的启示，尤其在研究学问和开创事业方面，给人的教益更为深刻。

《石门亭记》先列出五个问题，将前人在山上建亭所可能有的用意全都问遍："好山乎？""好观游眺望乎？""于此问民之疾忧乎？""燕闲以自休息于此乎？""怜夫人之刻暴剥偃踣而无所庇障且泯灭乎？"然后一一回答五个问题，将五方面的用意都收拢到一个"仁"字上，犹如将伞骨收拢到伞柱上，同时又大大拔高了建亭的意趣。

《同学一首别子固》是一篇送别曾巩的序文，却拉出自己的另一个朋友正之，让子固和正之这两个各处江南和淮南的贤人遥相呼应，指出他们虽然"足未尝相过""口未尝相语""辞币未尝相接"，但两人的言行极其相似，原因就在都学圣人。两人虽然从未见过面，但听了自己的介绍就彼此深信不疑，可见"所谓贤人者，既相似又相信不疑也"。

总的来说，王安石的散文充分发挥了古文的实际功用，从而提高了这种文体的实用价值，这对古文的发展是大有裨益的。当然王安石的散文也有缺点，他过于注重逻辑说服力，而对艺术感染力重视不够。

五、朱熹的散文创作

朱熹（1130—1200），字元晦，号晦庵，晚称晦翁。朱熹自幼家贫，但却天资聪颖，曾师承北宋的程颢、程颐的三传弟子李侗。绍兴十八年（1148），朱熹中进士。绍兴二十一年（1151）时授任泉州同安主簿，任满后辞官，潜心研究理学，并四处进行讲学，宣扬他的理学思想体系。庆元六年（1200）卒，享年71岁。

朱熹的散文创作多以实用为目的，既用来著述，也用来讲学。朱熹写得最多的议论文是学术论著，这些论著大多以注释、序跋的形式出现，还有一些单独成篇，可以说是古文中的名篇。

同时，由于朱熹师承程颢、程颐的三传弟子李侗，因此也继承了北宋时期的周敦颐和程颐等人的文道观，认为"道"是非常重要的，他说道：

> 这文皆是从道中流出，岂有文反能贯道之理？文是文，道是道，文只如吃饭时下饭耳。若以文贯道，却是把本为末，以末为本，可乎？

这段话语出《朱子语类》卷一三九，是针对唐代的李汉在《昌黎先生集序》中提出的"文者，贯道之器也"而说的。在朱熹看来，李汉的说法太过于重视文了，因而他要特别强调第一性的应该是道，道才是最根本的，文只不过是一种辅助手段。不过，朱熹并不认为文与道是毫不相干的：

> 道者,文之根本。文者,道之枝叶。惟其根本乎道,所以发之于文,皆道也。三代
> 圣贤文章,皆从此心写出,文便是道。

这段话也是语出《朱子语类》卷一三九,清楚地说明了道为本、文为末的关系。朱熹的文道观从表面上来看和北宋的理学家是如出一辙的,但由于他在对重道轻文进行强调的同时又认为文道一体,因而他事实上是承认文学的价值的。

总之,朱熹虽然是南宋的著名理学家,但他对文学相当重视,并积极参与到了散文的创作之中,在很大程度上推动了散文的后续发展。

第五节　宋代的诗话、词话与话本

一、宋代的诗话、词话

诗话,是一种论诗之体。诗话概念上有狭义与广义之分。狭义的诗话,是诗歌故事;广义的诗话,是中国诗歌鉴赏、诗歌批评的主要著作形式。这种诗话体式,是中国诗歌繁荣发展的产物。

诗话在宋代文坛写作上处于鼎盛时期。第一部诗话是北宋中叶欧阳修的《六一诗话》。在这以后,诗话成为评论诗人诗作、发表诗歌理论批评意见的一种广泛流行的形式。终两宋之世,有近140部问世,流传下来的也有40多部。

宋代诗话的发展经历了这样一个过程:早期的诗话以记事为主不过不同于一般的记事笔记它所记的都是有关诗人和诗作的琐事逸闻。欧阳修在《六一诗话》自序中说:"居士退居汝阴,而集以资闲谈也。"就说明了它的宗旨在于集琐事,资闲谈。司马光的《温公续诗话》也同样如此。后来,诗话的范围不断扩大,除记事外,逐渐增加了考订辨证、谈论句法一类的内容。诗话的再进一步发展,是越来越多地谈论有关诗歌创作和诗歌理论问题,加强了它的理论批评性质。这方面成就较高的诗话有张戒的《岁寒堂诗话》、姜夔的《白石道人诗说》、严羽的《沧浪诗话》等。

两宋时期的诗话作品中,欧阳修的《六一诗话》、司马光的《温公诗话》、刘敛的《中山诗话》主要是反对当时流行的西昆体,提倡平易自然、言之有物的文风;陈师道的《后山诗话》、葛立方的《韵语阳秋》、魏泰的《临汉隐居诗话》、叶梦得的《石林诗话》、张戒的《岁寒堂诗话》、黄彻的《䂬溪诗话》、杨万里的《诚斋诗话》、曾季狸的《艇斋诗话》等主要是围绕着如何评价江西诗派展开;刘克庄的《后村诗话》、姜夔的《白石诗说》、严羽的《沧浪诗话》则是后期的诗话代表,内容丰富。

在宋代的诗话中,严羽的《沧浪诗话》是非常重要的一部。严羽,字仪卿,号沧浪逋客,邵武(今属福建)人,一生未仕。他在诗歌创作方面没有太大的成就,但在文学理论方面卓有建树,最著名的代表作便是《沧浪诗话》。

《沧浪诗话》是一部系统的诗歌理论著作,分"诗辨""诗体""诗法""诗评""诗证"五部分,其中"诗辨"最为重要。严羽以禅论诗,推崇"妙悟",针对苏轼、黄庭坚的"以文字为诗、以才学为诗、以议论为诗"诗风,提出了自己的诗歌主张:

夫诗有别材,非关书也;诗有别趣,非关理也。然非多读书,不穷理。则不能极其至所谓不涉理路,不落言筌者,上也。诗者,吟咏情性也。盛唐诸人惟在兴趣,羚羊挂角,无迹可求。故其妙处透彻玲珑。不可凑泊,如空中之声,相中之色,水中之月,镜中之象,言有尽而意无穷。

(《沧浪诗话·诗辨》)

严羽推崇盛唐王孟数家,尊重诗歌的形象性、内在神理和特有的审美规律,并试图以此来补救宋诗的说教之弊。他的说法虽然有一定的片面性,但还是具有重要的理论意义和实践价值。

对于如何学习作诗,严羽反对像"四灵"那样注重姚、贾以及中晚唐的诗歌,他最推崇盛唐,但同时却主张"从上做下",要求对汉魏六朝、初、盛、中、晚唐诗在熟读细参的基础上从"悟"而入,突出"妙悟"的思想,这接触到了中国诗歌创作的本质。

词是晚起的形式。词话就是评论词、词人、词派以及有关词的本事和考订的著述。其始于宋代,最早的词话专著是宋杨绘的《时贤本事曲子集》,今佚。随着词的繁荣发展,南宋词话也逐渐发展起来,有影响的有王灼的《碧鸡漫志》、张炎的《词源》、沈义府的《乐府指迷》等。

《词源》是一部有影响的词论专著。上卷论述了五音十二律等词乐理论,下卷论述字词句法和修饰方法等。《词源》的"音谱""拍眼"条中对法曲、大曲及词乐中的慢曲、引、近的节奏形式和唱法都有所叙述。在"讴曲旨要"中对于各种体裁的词曲在演唱中如何发声咬字提出了具体要求。在作曲技法方面,张炎强调终结音(他称为"结声",即调式主音)的重要,认为结声如有变化,就可能犯调(转调)。在"结声正讹"中列举了商调犯越调、仙吕宫犯黄钟宫、正平调犯仙吕调等6种犯调的实例,在犯调理论上提出了自己的见解。书中还对照排列了八十四调所用雅乐调名、燕乐调名和俗字谱符号。

二、宋代的话本

话本是说话艺人"说话"的底本,也指故事文本。而经过加工的话本就可以称作"话本小说"。话本小说与"说话"关系密切,"说话"的发展与成熟可以说为话本小说的出现创造了良好的条件。不过,话本小说毕竟属于书面文学,其出现不能以口头讲述而应以书面作品为据。话本小说在唐代就已萌生,在宋代时期获得了极大的发展。

宋代话本小说是话本小说史上的第一个高峰。在唐代繁荣的社会经济基础上,宋代城市繁荣,因而市民阶层空前壮大,形成了一股强大的社会力量。市民们不仅需要物质生活,也需要文化生活。因而文化娱乐活动越来越多。尤其是"说话"伎艺非常受市民的欢迎。与唐代"说话"相比,宋代"说话"表现出了一些新的特点,主要表现在以下几个方面。

第一,宋代"说话"有了固定的演出场所,即瓦舍勾栏。"瓦舍"也称为"瓦""瓦子""瓦市""瓦肆",是宋人市语,主要指都市中的游乐场所。"勾栏"也称为"勾肆",原是栏杆的意思,用栏杆围成一座演艺场所,后来就将演艺场所称为"勾栏"。"勾栏"往往是"瓦舍"的中心。北宋时,京城汴梁的瓦舍勾栏有很多,一个瓦子可以容纳几千人,规模不小。南宋的瓦舍勾栏甚至能容纳万人。可以说瓦舍勾栏第一次将大量的民间伎艺和市民群众稳定地聚集在一起,提供了满足他们精神渴求和审美需要的固定场所。

第二，宋代出现了很多专业化的"说话"艺人。据胡士莹先生统计，在《东京梦华录》《西湖老人繁胜录》《梦梁录》《武林旧事》及其他笔记中，出现的"说话"人共有129人，去掉重复的人，也有110人。这是在文献中出现的，可想而知，没有出现在的文献中的更多。这些"说话"艺人主要是男性。

第三，宋代出现了"说话"艺人的行会组织。这里所说的行会组织主要指雄辩社，是一种职业性的团体，是"说话"艺人磨砺唇舌、提高"说话"技巧的组织。

第四，宋代有了编写话本的团体，即书会，如九山书会、永嘉书会、古杭书会、武林书会等。书会中的"书会先生"专门为说话人编写话本。

第五，"说话"有了门类。这是"说话"伎艺高度发展的标志。关于"说话"的门类，说法一直不太统一，有的认为分为五个门类，即讲史、说三分、小说、五代史和说诨话；有的认为分为四个门类，即银字儿、说铁骑儿、说经和讲史书。

正是在"说话"大兴盛的厚实基础上，宋人话本大量产生。而话本的大量产生就促进了宋代话本小说的发展。据《醉翁谈录》《也是园书目》《宝文堂书目》的记载，有大约140篇小说话本名目。

现存的北宋话本有《梁公九谏》和《大唐三藏取经诗话》，前者属于讲史类，后者属于说经类，它们能够让我们对早期话本的面目有一定的认识。

《梁公九谏》原名《梁公九诗词》，共一卷九节，梁公的每一谏为一节，无名氏撰。话本全篇基本上以唱词为主，与变文较为接近。小说主要讲述了唐代武则天废太子庐陵王，想传位于侄儿武三思，经梁国公狄仁杰九次进谏劝阻后，复召李显为太子的故事。全篇围绕"九谏"，对梁公狄仁杰的刚正不阿，以及为国家利益而宁死不屈的可贵精神进行了颂扬。很显然，作者在塑造狄仁杰这一人物形象上倾注了较大的热情。由于该话本主要是通过人物的语言来刻画人物的性格，因而在人物神态、场景的描写上不够绘声绘色，导致话本的艺术感染力不是很强。此外，情节也不够曲折，全篇平铺直叙，语言不够通俗易懂。由此可看出，北宋话本与"说话"相比，显得较为粗糙和简朴，也没有脱离文言小说的樊篱。

《大唐三藏取经诗话》又名《大唐三藏法师取经记》，分上、中、下三卷，内容有一定残缺，撰者不详。全篇夹杂"诗"和"话"而成，以"话"为主。话本主要讲述了主人公玄奘前往西天取经过程中克服各种困难后终于取得成功的故事。作者想借此故事磨砺宗教徒众求佛的坚强意志，鼓励他们为获得佛家真谛一定要不畏艰险，坚持不懈。从艺术方面来看，话本较为粗糙和简单，只有情节的发展没有故事的铺陈，人物描摹也不够细腻，当然文学作品的各种基本要素已经具备。要说本篇话本的亮点，就属虚构了"猴行者"这一人物，作者赋予了这一人物非凡的本领，使其在玄奘取经的过程中发挥了重要作用。

从上述两篇话本小说可以看出，早期话本小说在艺术上还不够成熟。

话本小说真正是从南宋开始走向兴盛道路的。南北宋之交，"靖康事变"使社会动荡不已，但赵构建都临安后，江南却相对稳定，江南城市经济的发展速度加快。富庶的经济，旖旎的河光山色以及深厚的民族文化滋养和市民的需求，极大地刺激着娱乐业的发展。"说话"也因此发达起来。这就给南宋话本小说的发展奠定了良好的基础。

南宋话本小说数量较多。据罗烨记载，南宋话本从题材上分为灵怪、烟粉、传奇、公案、朴刀、杆棒、神仙、妖术八类。具体的作品有《西湖三塔记》《合同文字记》《风月瑞仙亭》《蓝桥记》

《洛阳三怪记》《陈巡检梅岭失妻记》《杨温拦路虎传》《董永遇仙传》《梅杏争春》《灯花婆婆》《绿珠坠楼记》《李亚仙》《苏小卿》《碾玉观音》《错斩崔宁》《赵伯昇茶肆遇仁宗》《史弘肇龙虎君臣会》《杨思温燕山逢故人》《陈可常端阳仙化》《崔待记生死冤家》《钱舍人题诗燕子楼》《闹樊楼多情周胜仙》《郑节使立功神臂弓》《十五贯戏言成巧祸》等，真是数不胜数。这些大多被收录在《清平山堂话本》《熊龙峰刊行小说四种》《古今小说》《警世通言》《醒世恒言》中。这些小说话本大体上有两种情况：一种是"说话"艺人表演时的底本，这类话本的艺术风貌较为粗糙，文字也较为拙朴，没有经过文人的改编或艺术加工，如《蓝桥记》《灯花婆婆》《西湖三塔记》《绿珠坠楼记》等；另一种是经过"说话"行业组织——书会中的"才人"改编或进行艺术加工的话本。这类话本情节完整，文字生动，人物描写细腻，具有较高的艺术价值，如《万秀娘仇报山亭儿》《杨思温燕山逢故人》《崔衙内白鹞招妖》等。

南宋还有"说铁骑儿"话本、讲史话本和说经话本。"说铁骑儿"话本有《狄青》《杨家特》《中兴名将传》《复华篇》《邵青起义》《吕相青云得路》《宣和遗事》等，现存的只有《宣和遗事》一本。讲史话本现存的仅《五代史平话》一种。此话本分《梁史平话》《唐史平话》《晋史平话》《汉史平话》《周史平话》各上、下两卷，共十卷。《梁史平话》和《汉史平话》下卷缺失。这部讲史话本记述的是各国君主发迹的故事，民间色彩极浓，也反映了强烈的宋人思想意识。作者在叙及五代兴替时，不仅对石敬瑭尊契丹为父，割燕、云十六州之事，颇为不满，而且对后唐明宗表示赞赏，强调中国与胡人的界限。可以看出，作者借这部话本体现了封建统治下老百姓的愿望和真实生活。说经话本有《问答录》《花灯轿莲女成佛记》和《五戒禅师私红莲记》三种。

很显然，南宋话本小说已经摆脱了文言小说的樊篱，它通篇使用专业说书人的叙述形式，在长期的艺术实践中，形成了一套较完整的艺术体制。其基本上由篇名、入话、头回、正话、篇尾五个部分构成。这一体制被后代所沿用。此外，南宋话本小说的故事题材极为丰富，情节曲折生动，人物形象鲜明突出，语言泼辣俚俗，充分体现了市民阶层的社会生活，以及他们的审美心理和思想愿望。

第六章　文化视角下的辽金元文学研究

契丹族、女真族和蒙古族是生活在我国北方地区的三个少数民族,先后建立了辽、金、元三个政权。与汉民族文化相比,契丹、女真和蒙古的文化相对落后,但他们不断地汲取汉民族文化的优秀成果,形成了具有鲜明民族特色的文化,在文学创作领域表现突出。辽代遗留的文学作品不多,引人注目的是女作家辽懿德皇后萧观音,传世之作以《回心院》最为有名。金初的文学作者大多是辽、宋降臣或被留使者,他们心中怀念的仍然是辽、宋故国。至金中叶,出现的诗人和诗歌数量都比较多。金末,忧时伤乱开始成为诗文作品的一个重要主题。

第一节　多姿多彩的文化与规模空前的文化交流

辽、西夏、金、元都是少数民族建立的政权,除了蒙古人建立的元代统一了全国外,其余三个王朝只辖有部分地区。因民族不同、统治的地区不同,政治、经济措施也不尽相同,这些措施对文化产生的影响当然也有区别。但是这几个王朝都积极汲取中原先进文明,由此形成了多姿多彩的文化,有多次规模空间不等的文化交流。

一、多姿多彩的文化

(一)少数民族政权一致推崇儒学

中华民族的文化虽然多种多样,但儒学是其中的主体和核心。千百年来,历代汉族统治者服膺儒学,以此作为治国平天下的理论基础,就是少数民族的统治者,也对儒学顶礼膜拜。不管是入主中原的少数民族政权,还是偏居一隅的少数民族政权,对吸收、传播儒学,都采取了积极态度,儒学显示了旺盛的生命力。

契丹人与汉族接触较早,从北魏至隋唐,儒学通过不同渠道,逐渐传入了契丹地区,但是当时儒学的力量还小,不足以动摇契丹人根深蒂固的草原文化。耶律阿保机建国称帝后,决定把尊孔崇儒定为基本国策,并修建了孔子庙,这一措施为儒家文化在辽朝的传播大开了方便之门。辽太宗耶律德光灭亡后晋,将中原文物运往上京(内蒙古巴林左旗驻地林东镇东南二里波罗城),为辽朝礼乐制度改革的儒家化奠定了基础。在儒家思想的浸润影响下,契丹上层人士中涌现出了不少具有儒家思想的人物,世宗、景宗、圣宗、兴宗、道宗就是其中的佼佼者。

女真人在进入中原后,受契丹人和汉人的影响,大力提倡和推行儒家思想,把九经、诸史规定为学校的必修课程,科举考试也以儒家思想为主要内容。重视儒学就必然尊孔,自熙宗始孔子便受到了统治者的敬重。在他的倡导下,上京修建了孔子庙,章宗时又修葺曲阜孔子庙学,并把这一措施推广到全国各地。在金代无孔庙之处必须修建,凡有孔庙之处亦必办学校,授课内容也必须是儒家经典。孔子的陵墓也得到了保护。随着金朝统治者对汉文化的了解日益加深,一般的女真人也开始接受孔、孟学说和儒家思想了。

西夏虽僻居西北一隅,但汉文化基础深厚,受儒家文化的影响很大。李继迁时期就模仿中原王朝建立了寝庙、宗庙,元昊在立国之初,便十分重视儒家学说,建立了一套与中原王朝大体相同的政治制度。元昊也很注意从汉人士子中网罗儒学人才,为自己的统治服务,凡是汉人儒士前来投奔者,元昊都欣然接纳,有的任以公卿之职,倚为长城。毅宗、惠宗、崇宗都向往中原文明,即位后大力提倡汉族文化。推广儒学最热心,取得成就最大的是第五代皇帝仁宗。他酷爱中原文化,积极推广儒学,建立了以学习儒家经典为主的大汉太学,并亲临太学祭奠孔子,尊孔子为文宣帝,命令各州郡立庙祭祀,庙堂务必庄严恢宏,美轮美奂。孔子在历代都受到敬重,几乎每代都有封谥,但封为帝号,还是第一次。仁宗还全盘照搬了中原的科举制度,设进士科以取士,考试内容不外乎是儒学经义,凡考中者都是儒学修养较高的士子,其中不少人成为西夏以儒治国的人才。儒家学说不断译成西夏文,为儒学在西夏的发展提供了便利,西夏统治者在潜移默化中受到了很大影响。《论语》《孟子》《孝经》固不必说,渗透着儒家学说的《贞观政要》可作治理国家的龟鉴,自然也在翻译之列。即使是西夏人的著作,也要千方百计融入儒家学说内容。总之,西夏统治者利用儒家学说作为思想统治的精神支柱,维护了自己的统治。

蒙古统治者从成吉思汗开始,就已经认识到了儒士的作用,他倚之如左右手的谋士耶律楚材就是一个儒士。真正大规模地任用儒士,是在世祖忽必烈时期。他在即位之前,就留意延揽儒士,凡天下鸿才硕学,往往延聘,以备顾问。元世祖之后,统治者仍然推崇儒学,如成宗在京师文宣王庙建成时行释奠礼,牲用太牢;武宗时将《孝经》译为蒙古文字,并颁赐诸王,主张把此书的内容"自王公达于庶民";仁宗时命人节译《大学衍义》。而该书是地道的儒家学说。元朝末年,儒士地位开始跌落。

理学北传是这一时期的一个重要特色。金朝因受蒙古人的攻击,自中都(北京)迁都汴京,大批儒士也跟随南下,宋金双方距离的缩短与使臣的频繁往来,使金朝儒士得以接触到南方的理学著作。宋朝的经学和理学能够在金朝传播,是在世宗、章宗提倡汉化之后,但未能出现足以和二程、朱熹相颉颃的大儒。杜时升、麻九畴、王若虚、赵秉文等人,虽然研治程朱之学,并有著作传世,但在学术上建树不大。金代流传于北方的理学,系二程学说的一部分,偶尔有朱熹学说的断续传入。宋蒙联袂灭金于蔡州(河南汝南)后,双方旋即交恶,蒙军攻陷德安(湖北安陆)后俘获了儒士赵复,被奉旨搜求儒、道、释、医的杨惟中、姚枢送往燕京,建立起太极书院,请赵复讲授程、朱之学。赵复陆续撰成《传道图》《师友图》《希贤录》等以飨学者。姚枢可能没有参与太极书院的活动,他在燕京不久,便弃官归隐于辉州(河南辉县市),作家庙,又另筑室奉孔子及宋儒周敦颐等人的像,刊布从赵复那里得来的伊川《易传》、晦庵《论语》、《孟子》集注等书,又与许衡、窦默同居苏门(河南辉县市),共同探讨程朱之学。通过赵复的官方讲学以及姚枢、许衡、窦默等人的讲习,程朱理学在北方开始传播起来。

(二)草原文化与农业文化汇合

辽、西夏、金、元代时期草原文化与农业文化的交融汇合,是这一时期文化发展的一个特色。草原文化能与农业文化汇合,不外乎两个原因:一是契丹、女真、蒙古人占领汉族地区后,为了统治下去,就不能照搬草原地区的治理方式,而必须另辟蹊径,采取草原文化与农业文化相结合的方法;二是实践证明,农业文化优于草原文化,比较落后的文化向先进的文化看齐,是社会发展的必然规律。草原文化与农业文化相互汇合交融,是自然而然地发生的,不是人为的结果。从耶律阿保机成为契丹可汗到元顺帝逃出大都的四个半世纪中,战祸频仍,这些战争既给中华民族文化的发展造成了灾难,又给草原文化与中原地区农业文化的融合和交流提供了契机。从某种意义上说,战争是这两种迥然不同的文化互相碰撞吸收的催化剂。草原文化与农业文化汇合的过程也是落后文化向先进文化学习的过程。在这一点上,辽、西夏、金、元诸朝有许多共同之处,如崇尚儒学,重用汉族儒士,在政治制度上采用汉官体制等。

汉族百姓与北方少数民族的杂居,加速了草原文化与农业文化汇合的进程。辽初大批汉人、渤海人曾迁往上京、中京(均在内蒙古昭乌达盟)从事农耕,统和年间又有许多汉人迁往胪朐河(内蒙古人民共和国克鲁伦河)畔及镇州(内蒙古人民共和国布尔根省哈达桑东青托罗盖古城)屯田垦种,增加了汉人与契丹、渤海人接触的机会。金朝初年曾将汉、契丹、渤海、奚人等迁往上京(黑龙江阿城)等地,他们为女真社会带来了先进的文化及农业、手工业、畜牧业技术。随着金朝统治重心的南移,汉人与其他少数民族的北移被女真人的南迁所取代。天会至皇统年间,金朝统治者陆续将猛安谋克人户迁入河北、山东、陕西等地,用意是镇压各族人民的反抗。金宣宗由中都搬迁汴京,河北军户迁徙河南者达几百万口。这一批女真人长期处在汉族势力包围之中,受到比较先进的文化与经济的影响,因而加快了自然同化过程。元代时期,随着蒙古人入主中原,一批蒙古人、色目人进入了内地。他们或致仕后卜地而居,或因屯戍而即营为家,或因经商而寓居不返,与汉人杂居。例如,一部分西夏人迁居合肥,契丹人迁云南,畏兀儿人移居南阳、云南,乞儿吉思人迁山东,回族人更是遍布全国,形成大分散、小集中的局面。与此同时,也有一部分汉人被遣送到边疆少数民族地区,如元统治者多次遣发汉人士兵到漠北屯田。这些杂居区的各族人民又互相通婚,久而久之,他们在语言、服饰、生活习俗等方面都有了共同之处。汉族与各少数民族既有自己的特色,又吸收了对方的长处,草原文化与农业文化的汇合真称得上珠联璧合,相得益彰了。

(三)文化交流范围扩大

辽、西夏、金、元时期的文化交流,不论是在地域上或是规模上,都超过了此前的任何朝代。

这一时期的文化交流分为几种类型:一是各个王朝之间的文化交流,如宋与辽、西夏、金的交流,辽与宋、西夏、金的交流;二是元代中央政府与宗藩国钦察汗国、伊利汗国的交流;三是辽、金、元与高丽、欧洲、亚洲、非洲之间的文化交流。这些文化交流绚丽多姿,各具特色。

辽、西夏、金、元4个王朝都与北宋、南宋有文化交流,这几个王朝之间有时阴云密布,干戈不息,有时风霁月朗,桴鼓不鸣。他们之间的文化交流不外两个途径,一是通过战争,比如辽灭后晋、金灭北宋、元灭南宋之后,都把对方的图书典籍掠夺一空,然后加以吸收继承。二是干戈止息,骤雨初歇之后,双方使轺相接,和平共处,可以从容不迫地吸收对方文化的精华。如辽、宋之间的文化大规模进行交流,是在"澶渊之盟"以后;金与南宋的文化交流,也是在世宗对宋议和,"南北讲好,与民休息"之后。至于西夏,因国力相对较弱,只得依违于宋、辽、金之间,时而向宋纳款,时而对金称臣。西夏在与宋、辽、金的交往中,接纳吸收了对方的文化,但总的来看,西夏吸收宋朝的文化最多,比如设官职、译儒经、立学校等,就都是从宋代学来的。

辽与高丽之间虽有龃龉,但为时甚短,和平友好是两国关系的主流。在两国关系友好时期,高丽派童子到辽去学契丹语,高丽国王王治又请求结为秦晋之好,辽朝将东京留守、驸马萧恒德之女嫁给他。圣宗之母去世,高丽也曾派人吊祭。金灭辽后,高丽以事辽之礼事金,高丽实际上是金的藩属,国王的废立,都必须征得金方的同意,双方使节往来甚多,文化交流就是在这种情况下进行的。

元代是中国历史上文化交流的极盛时代。由于元代疆域广袤,陆路、海路交通范围的扩大,此疆彼域的樊篱已不复存在,元代政府鼓励商人四海经商,因而外国商人来中国者极多。再加上元代政府对各种宗教、文化采取兼容并蓄政策,这就给东西方文化的交流大开了方便之门。

元代中央政府与宗藩国钦察汗国、伊利汗国关系密切。钦察汗国的都城萨莱(俄罗斯伏尔加格勒附近)是沟通东西方的国际性城市,中国工匠人居者甚多,钦察、阿速、斡罗思等族工匠入元代者亦不少。伊利汗国境内各族人入元经商、做官、行医者不少,汉族官员、文人前往伊利汗国者也很多,双方经济、文化的交流都达到了空前规模。

元代与亚洲诸国的文化交流偏重于诗书、儒学、佛教等方面;与非洲的交流偏重于懋迁有无;与欧洲的交流则是传教士大批进入中国,马可·波罗、卢布鲁克、鄂多立克等人先后入元,兴建教堂,广收信徒。在这一时期,中国的印刷术、火药、武器制造等科学技术传入西方,阿拉伯、波斯的天文、医学成就也被介绍到中国来。伊利汗国从元代学会印钞技术,至今波斯语犹称纸币为"钞",波斯所用的乘驿圆牌,也仿效元代。波斯人拉施都丁还编纂过反映中国医学成就的书籍。

由于元代政府实行开放政策,许多西域人纷至沓来,或为仕宦,或为商贾,他们的足迹遍及全国各地,颇受元廷优遇,人们以"色目人"称之。其中不少人学有专长,技艺精湛,在医药、天文星历、建筑等方面都做出过辉煌的贡献。

二、规模空前的文化交流

(一)辽与宋、中亚的文化交流

辽宋曾经交恶,自"澶渊之盟"后两国关系步入了一个新阶段。双方聘使往来络绎不绝,使臣名目繁多,有贺正旦(农历正月初一)、生辰使,还有告登位、赠馈等使。据统计,从景德元年(1004)至北宋末的宣和三年(1121)的117年间,仅贺生辰使一项,宋遣使赴辽140次,辽遣使赴宋135次;为贺正旦而派遣的使臣,宋赴辽139次,辽赴宋140次;为吊祭而派遣的使臣,宋赴辽46次,辽赴宋43次;因有事商讨而派使的,宋赴辽19次,辽赴宋20次。如此频繁的使节往来,必然密切了宋辽之间的文化交流。

辽与中亚的文化交流主要是指的西辽(又称喀喇契丹)与中亚的文化交流。西辽是契丹人耶律大石创立的。西辽是辽朝的继续。西辽把汉语作为官方的语言文字。契丹文也没有废弃,很多人在通晓汉语的同时,也熟悉契丹文。西辽末年的宰相李世昌就知晓契丹文,为元代安邦定国立过功勋的耶律楚材就跟李世昌学过契丹文,然后把辽朝寺公大师用契丹文写的《醉义歌》翻译成汉文,可知西辽政府在有些场合下也使用契丹字。西辽王朝在向河中地区(阿姆河与锡尔河间地)发布诏谕时,则是用波斯文书写的。在生产技术上,中亚承袭汉文化的痕迹非常明显。李志常随其师丘处机赴西域谒见成吉思汗,就其见闻撰成《长春真人西游记》。中亚地区人民原来只以瓶汲水,后来中原汉地的汲水器具如桔槔、水车之类传入了西域。耶律楚材的《西游录》记载,位于阿姆河以南的斑城(巴里黑)、博城(团八刺)颇为繁华壮丽,"城中多漆器,皆长安题识"。由是可知,中原的漆器已传入了中亚。

在建筑与造型艺术方面,中亚也受到了汉文化的影响。例如,在亚历山大古城发现了有代表性的远东建筑材料:方砖、灰色的半圆瓦(用织物模子做成)。在这里还发现了瓦当,在瓦当上有图案。看来中央坐着的是佛,四周是菩萨。

哈喇契丹修建的庙宇,用汉人风格的绘画作为装饰,有富丽堂皇的塑像。例如,在巴拉沙衮发现了石佛像的断块,其身躯比人略高。还发现一尊站在金台座上的佛像,其身后的石板上是光轮和菩萨。除去一些石像断块外,还有许多保存完好的泥塑像的断块,带有衣服皱褶的躯干、在艺术处理上很有特色的头发。无论是神的外貌,还是其周围的陪衬物——保卫佛的神兽、蟾、莲花的形状,都表明这些塑像不仅源于汉艺术的原型,而且也源于古代印度古典艺术的优秀模型。

(二)金与宋、西夏、高丽的文化交流

金与宋的文化交流主要是女真人对汉文化的吸收,但在宋、金对峙时期,金国一直占上风,因此女真文化在汉人中也有相当影响。女真人吸收汉文化,主要通过三条途径:一是从降金和陷金的汉族士人与官吏获得;二是向被扣留于金的宋朝使臣学习;三是提倡学习儒家经典和汉人诗文集。北宋灭亡,女真人占有中原后,学习汉文化采取了更加积极的态度。为了和汉人交往方便,女真人改汉族姓者甚多。

金与西夏发生联系,是在辽末年天祚帝时期,金国为拉拢西夏攻辽,许割地作为酬偿,西夏才以事辽之礼称藩。北宋灭亡,南宋建立后,金国又采取联夏制宋的政策,两国交往频繁,双方聘使往来三百余次。两国经济上的联系,主要是榷场贸易,西夏因金国阻隔,无法与南宋贸易,只能与金懋迁有无。金国在兰州、保安(陕西志丹)、绥德(今属陕西)等地开设榷场。当时金宋战事正殷,金国想通过榷场购买西夏的马匹,而西夏投放榷场的多是珠玉之类。

金和夏也有文化交流。例如,西夏黑水城(内蒙古额济纳旗东南哈拉和图)曾发现金朝在平阳(山西临汾)所刻的《刘知远诸宫调》剧本,表明金国的文艺书籍已传入西夏。夏国官员李师白两次使金,写有《奉使日记》一书,专记金朝民风民俗。夏国其他使臣赴金时,也注意购买儒、释方面的书籍。

金与高丽陆地接壤,金国建立前双方便有联系。有金一代,"金遣使赴高丽共118次……高丽遣使赴金共174次"[①]。通过使节往还,金与高丽建立了比较密切的联系。双方也有贸易往来。这种贸易均是以朝贡、回赐的名义进行的,金方输往高丽的物品主要有国王、王室穿戴的服饰,还有供观赏用的金银手工艺品以及弓箭、马匹等。高丽输往金方的有金银器皿、纺织品、药材、铜器以及米、纸、墨等。

(三)西夏与辽、宋的文化交流

夏辽建立联系,是在李继迁时开始的。辽夏两国因经济、文化均落后于宋朝,凡有需求,都与宋朝交涉,有求于对方者甚少,因此文化交流不多。双方的经济交流主要是商旅贸易。辽上

---

① 杨昭全,韩俊光. 中朝关系简史[M]. 沈阳:辽宁民族出版社,1992:182.

京的临潢驿、中京城的来宾馆,均是西夏商人下榻之地。辽国设有榷场,作为双方贸易的场所,除了规定铜、铁、马不准流入西夏外,其他物品不作限制。西夏也向辽国提供贡品,这些贡品如马匹、骆驼、锦绮、锦被、井盐等,辽朝回赐物品有马具、衣饰、弓箭、酒、锦绮罗绫、衣著绢等。

西夏与宋之间的文化交流,主要是体现在西夏统治者推崇儒学并组织人力翻译汉文经典方面。在其他方面,也有双方互相交流的记载。例如,在音乐上,汉人就受西夏的影响。西夏人以前使用的乐器只有琵琶、箫、笛等,羌笛在汉族人中很受欢迎。西夏人也喜欢汉人歌曲,沈括任职廓延时,曾写过很多歌词,其中就有"万里羌人尽汉歌"的句子。至于西夏人喜欢北宋词人柳永的词。"凡有井水处,即能歌柳词",在文学史上被传为佳话。西夏的国家机构中设有"蕃汉乐人院",可知他们的音乐是西夏音乐与汉族音乐并用。

(四)元朝中央政府与宗藩国的文化交流

元代的宗藩国是指钦察汗国、察合台汗国、窝阔台汗国、伊儿汗国,也称四大汗国。这四个汗国是成吉思汗把所征服的土地当作"份地"分给长子术赤、次子察合台、三子窝阔台的,后来形成钦察汗国、察合台汗国、窝阔台汗国,伊儿汗国则是成吉思汗第四子拖雷的儿子旭烈兀的封地。钦察汗国辖境为额尔齐斯河以西,咸海、里海以北地区。术赤之子拔都西征后,领土扩大,西至多瑙河,北达斡罗思,南抵高加索,首都是伏尔加河流域的萨莱城(俄罗斯国阿斯特拉罕附近)。其后又分为白帐汗、蓝帐汗以及拔都直接管辖的金帐汗。境内百姓主要是钦察人或斡罗思人。察合台汗国辖境白天山南路直至今阿姆河、锡尔河间广大地区,初建都于阿力麻里(新疆霍城县西北),东部地区居民为畏兀儿人,西部为突厥语系的民族,河中地区的居民使用波斯文。居民信仰伊斯兰教者居多,少部分人信奉佛教与基督教。窝阔台汗国辖境自额尔齐斯河上游至巴尔喀什湖以东,建都叶密立(新疆额敏县)。后来其国被分割,部分并入察合台汗国,部分归属钦察汗国,部分并入元朝。伊儿汗国辖境东起阿姆河,西至地中海,北达高加索,南临印度洋,建都于帖必力思(伊朗大不里士)。居民成分复杂,有讲波斯语者,也有讲阿拉伯语者。大多数人信奉伊斯兰教,一部分人信奉基督教。

元朝中央政府与钦察汗国有频繁的贸易往来,文化上也有交流。由于该汗国的都城萨莱位于元朝与西亚、欧洲的贸易通道上,伊儿汗国、察合台汗国、窝阔台汗国均有驿站与之相通,加上蒙古权贵喜欢经商,因此这里的贸易空前繁荣。欧洲来的商人也多经由萨莱前往中国。中国的丝织品在萨莱到处可见。在别儿哥萨莱(俄国伏尔加格勒附近)出土有汉文题词的青铜镜,可知这些青铜镜是由元朝输入的。最值得一提的是大批钦察人、康里人、斡罗思人、阿速人等民族迁入元朝。这些民族因骁勇善战,成为元朝中后期军队的主力。有些人因才干卓异,成为元廷重臣,被天子倚为心腹,如成宗时的宰相不忽木为康里人,名将土土哈、床兀儿父子为钦察人。床兀儿之子燕铁木儿因拥立文宗有功,权势炙手可热。察合台汗国距元廷最近,元廷与其他汗国和欧洲交往,均须取道于察合台汗国,成吉思汗西征时,便有一批汉人官吏、工匠由此进入河中地区,河中地区的俘虏、工匠等也由此进入中土。

(五)元朝与毗邻诸国的文化交流

蒙古国时期,高丽就向蒙古统治者朝贡。元朝建立后,双方依然保持朝贡关系。之后,尽管元朝与高丽时有龃龉,但因两国疆土毗邻,双方贸易往来与文化交流仍然很频繁。贸易分官方的和民间的两种。在官方贸易中,高丽向元朝输出的物品有金、银、铁及金银制品、丝织品、黄漆、樟木、动物、人参、海产品、武器、葡萄酒、香料、马具、书籍等。元朝与高丽的民间贸易也很活跃。搞这类贸易的多是手中有特权的权贵和官僚。例如,元世祖时的行省宰相朱清、张瑄;元末割据东南沿海的张士诚、方国珍等。

元朝时期,高丽学者、使节、应试者纷至沓来,或做官、或侨居,或出使,或游学。他们以文会友,与元朝学者唱答酬和,切磋学问,关系非常密切,从而把双方的文化交流推向了一个新阶段。

元世祖忽必烈在世时期,曾先后6次遣使赴日,皆被日本婉拒。至元十一年(1274)、十八年(1281)两次兴兵侵日,又遭灭顶之灾。但是双方的贸易十分活跃。至元十四年(1277),"日本遣商人持金来易铜钱,许之。"(《元史·日本传》)这是元与日本之间第一次贸易,以后贸易次数越来越多。开往元朝的商船多是日本西部冒险商人的私人船只,这类商船最典型的例子就是天龙寺船。天龙寺船与一般商船输入元朝的商品大致是黄金、刀、折扇、螺钿、硫黄、铜与其他工艺品,带回的物品有铜钱、香药、书籍、经卷、文房用具、绘画、禅寺用具、茶叶、丝织品、瓷器、珍玩等。这里值得重视的是书籍与经卷。可以说,在元朝与日本进行贸易的同时,文化交流也就开始了。日本自建立幕府后,统治者就很注意吸收中国文化。幕府的首建者源氏,嗜好儒家经典,研究《贞观政要》。执政者北条氏非常重视收藏儒家经典的"金泽文库",从那里阅读儒学经典与佛教经典。在他的影响下,上至戚畹贵族,下至武士、僧侣,都努力钻研儒家经典。随着元朝和日本的频繁交往,来元朝的除了商人外,最多的就是僧人了。据《元史》记载,泰定三年(1326)七月,一次就"遣日本僧瑞兴等四十人还国",可见日本僧人进入元朝者甚多。日僧入元的主要目的是历访江南的寺院,从事修禅。他们学成回国后,大都在京都、镰仓的巨刹供职,有些则隐居于幽僻之地,接待云游僧人。当然,入元日僧还有一个任务,那就是收集佛教经典、文物,学习建筑、艺术、书法、绘画、印刷、茶道等。日本僧人回国后,大都带回了在元时所师事的师僧语录,在日本重新刊刻流布,同时还带回了不少宋元人的诗文集。当时日本刊印的中国书籍有《景德传灯录》《五灯会元》《禅林类聚》、李善注《文选》《集千家注分类杜工部诗》《新刊五百家注音辨唐柳先生文集》《春秋经传集解》《佛祖统记》等。元僧赴日本者也不少,据木宫泰彦《日中文化交流史》记载,共有13人,还有许多人因姓名无考,故未列入表中。这13人中有传临济宗的,也有传曹洞宗的。赴日的原因也不同,有的是奉元廷之命赴日的,有的是应日本政府的招聘前往的,还有的是因羡慕日本的优美环境而打算移居于彼的。

第二节　辽金时期文学的发展

辽、金作为北方少数民族政权,政权内外复杂的民族关系对文学有着深刻的影响。少数民族政权促生了少数民族汉语文学,并显示出很强的活力;普遍存在的民族歧视使得辽代汉族文人创作寥落,使得金代汉族文人在政治上无所作为,但也因此能将更多精力用来创作。民族对立还激起辽金文人对宋朝的敌视态度,促使辽金文学保持一定的独立性。本节将对辽金两代文学的发展进行阐述。

一、辽代文学的发展

辽是契丹族在我国北方及东北地区建立起来的政权，它从公元 916 年建国，到 1125 年为金所灭，共有 209 年的历史，其中有 165 年的时间与北宋对峙，双方虽有军事冲突，但在经济文化上却保持着交流，深受汉族文化的影响。辽时期的文学主要分为两种，一种是宫廷文学，另一种是民间文学。

辽代帝王、后妃及贵族中能够吟诗作赋者不乏其人，可惜流传至今者不多。究其原因，一是辽代统治者多次颁布诏令，禁止民间刊印文字，"契丹书禁甚严，传入中国者法皆死"。因此，辽代文学书籍流入汉地者极少；二是辽朝灭亡时，大量档案典籍文献毁于兵燹之中，以至于元代修辽、金、宋三史时，都总裁官脱脱在《进辽史表》中发出了"国既丘墟，史亦荒芜"的感叹。因为史料不足，辽史文学列传显得阙略粗疏。

辽宋双方自"澶渊之盟"后，桴鼓不鸣，使轺相接，朗月霁风，关系融洽，辽政权进入了巩固发展时期。圣宗、兴宗、道宗祖孙三代政事之暇，留心翰墨，造诣颇深。圣宗耶律隆绪（972—1031）幼喜书翰，10 岁能诗，既长，精骑射，晓音律，善丹青，喜欢唐诗，尤其喜爱白居易质朴无华的乐府诗。他曾亲自翻译白居易的《讽谏集》为契丹文，并题诗云："乐天诗集是吾师。"然后将翻译的诗集颁赐群臣，俾便学习。圣宗写有诗、词五百余首，可惜已亡佚殆尽，《全辽文》卷一载有他写的《传国玺诗》：

> 一时制美宝，千载助兴王。
> 中原既失鹿，此宝归北方。
> 子孙宜慎守，世业当永昌。

诗虽平淡，但出自一位契丹族天子之手，也算难能可贵了。

流风所及，一些契丹族大臣也以写诗赋著称。如林牙、知惕隐事耶律资忠工辞章，著有《西亭记》；其兄耶律国留善属文，颇得圣宗赏识，因杀奴判死，在狱中写有《兔赋》《寤寐歌》；大将萧柳多智能文，写诗千余篇，裒成一集，名目《岁寒集》（今已亡佚）。由于圣宗的倡导，辽国朝野都雅好诗词，使辽代文学出现了一个新局面。

兴宗耶律宗真（1016—1055）善骑射，好儒术，晓音律，也是契丹帝王中吟诗作赋的好手。从他与一些大臣乃至佛教沙门为"诗友"来看，可以断定他是辽代诗坛上非常活跃的诗人。兴宗的诗词流传下来的不多，《以司空大师不肯赋诗以诗挑之》是唯一保存下来的一首：

> 为避绮吟不肯吟，既吟何必昧真心？
> 吾师如此过形外，弟子争能识浅深。

这首诗是写给沙门海山的，海山是进士郎思孝遁入空门后的法名。兴宗以万乘之尊谦称"弟子"，而尊海山为"吾师"，以此来激海山赋诗。海山不得已，赋诗二首相答：

> 一
> 为愧荒疏不敢吟，不吟恐忤帝王心。
> 本吟出世不吟意，以此来批见过深。
>
> 二
> 天子天才已善吟，那堪二相更同心。

直饶万国犹难敌，一智宁当三智深？

天子已是吟诗能手，再加上两位善于辞章的宰相推波助澜，海山纵然是才华盖世，也难以招架了，因此才说"直饶万国犹难敌，一智宁当三智深"。天子引诱、逼迫他人赋诗，堪称一段文坛佳话。

兴宗对诗赋情有独钟，太平无事时命大臣作《四时逸乐赋》，并亲加评骘，优秀者加以奖赏；廷试进士时，赐诗褒美。皇太弟生子、幸大臣府第、召宋使臣钓鱼等场合，兴宗也有即兴之作。虽然他的诗不能和李后主、宋徽宗等帝王相媲美，但也是位才思敏捷的契丹诗人。

道宗耶律洪基（1032—1101）娴于诗词，文学修养超过其父、祖。其诗作《银佛背铭》，文字虽短，但意味深长：

> 白银千两，铸二佛像。
>
> 威武庄严，慈心法相。
>
> 保我辽国，万世永享。
>
> 开泰寺铸银佛，愿后世生中国。

耶律洪基虔心银铸。作为辽朝皇帝，希望辽国江山亿万斯年地传下去，自是应有之义；"愿后世生中国"一句表达了少数民族帝王向风慕化的心情，是值得称道的。

辽代还有几位擅长翰墨的契丹女贵族，她们的诗文风格不同，有的粗犷刚毅，有的委婉细腻，都有很高的艺术造诣。如太师耶律适鲁之妹耶律常哥，道宗时以闺阁才女著称。枢密使耶律乙辛爱其才，屡屡求诗，她写了一首回文诗讽刺他。道宗耽于淫乐，政事多废，她委婉进谏说："君以民为体，民以君为心。人主当任忠贤，人臣当去比周，则政化平，阴阳顺。欲怀远，则崇恩尚德；欲强国，则轻徭薄赋……淫侈可以为戒，勤俭可以为师。错枉则人不敢诈，显忠则人不敢欺。勿泥空门，崇饰土木；勿事边鄙，妄费金帛……"忧国忧民之情，溢于言表！

天祚帝耶律延禧的文妃萧氏，小字瑟瑟，工文辞，善诗歌。当她看到金兵步步进逼，辽代国土大片沦丧，而天祚帝仍四时游猎、不恤政事时，不禁忧心如焚，写了一首《讽谏歌》：

> 勿嗟塞上兮暗红尘，勿伤多难兮畏夷人；不如塞奸邪之路兮，选取贤臣。直须卧
> 薪而尝胆兮，激壮士之捐身；可以朝清漠北兮，夕枕燕云。

盼望天祚帝斥奸邪，选贤臣，刻苦自励，奋发图强，朝政便会清明；天子以身作则，卧薪尝胆，便可激励臣下舍生忘死，捍卫社稷。君王圣明，臣下忠贞，上下一体，勠力同心，就能收复被金人夺去的土地了。

值得注意的是，《辽代石刻文编》一书中集有三百余篇具有重要史料和文学价值的辽代寺庙碑、哀册、墓志、题记、纪事碑、石棺记、佛法碑、题名碑等石刻文字，不仅对研究辽代的宗教大有裨益，而且具有很高的文学艺术价值。例如，陈觉撰写的《秦晋国妃墓志》：

> 辽水右兮同山阳，悲风起兮愁云翔。
>
> 天凛冽而敛色，日萧索而无光。
>
> 驻仙軿兮时促，闭幽扃兮夜长。
>
> 虽陵迁而谷变，妃之淑德兮与令名而不亡！

辽水呜咽，愁云飞翔，草木含悲，天地变色，作者以此来形容人们失去秦晋国妃萧氏的悲痛；尽

管陵谷变迁,但萧氏的淑德与令名将永存于人们的记忆之中。通篇哀婉悲怆,具有强烈的感染力。

辽代各族劳动人民创作的谚语、歌谣等口头民间文学,也具有很高的价值。例如,契丹人歌谣《焚骨咒》:

> 夏时向阳食,冬时向阴食。
>
> 使我射猎,猪鹿多得。

契丹旧俗:"父母死,而悲哭者以为不壮,但以其尸置于山树上,经三年之后,乃收其骨而焚之。"把酒浇在地上,祭奠时口念此咒,便可去祸除灾。他的父母在冥冥之中便能保佑他在射猎时"猪鹿多得"。

二、金代文学的发展

金是我国东北部的女真族于公元1115年建立的政权,到1234年被元所灭,共有120年的历史,公元1125年金灭辽,次年灭北宋,从此与南宋对峙了109年。

金代的文学比起辽代要发达很多,金初的诗文作者多是辽、宋的旧臣,还有一些奉使赴金但被强留在那里的宋朝使臣,他们的作品一般都是抒发故国之思和仕金之后矛盾痛苦的心情。

金初诗坛盟主宇文虚中(1079—1146),字叔通,成都人,仕宋累官至资政殿大学士。建炎二年(1128)为南宋太上祈请使(即要求金国归还宋徽宗的使臣)至金,被留不遣,官以翰林学士承旨,掌辞命,被尊为"国师"。但他心系故国,密谋挟宋钦宗南归,被人告发,全家遇害。他在金国常以不失节的苏武自比,诗中充满了哀怨悲愤。例如,《又和九月》诗:

> 老畏年光短,愁随秋色来。
>
> 一持旌节出,五见菊花开。
>
> 强忍玄猿泪,聊浮绿蚁怀。
>
> 不堪南向望,故国又丛台。

身在异邦,心系故园,百无聊赖,借酒浇愁,诗中表现出了强烈的思乡之情。

金中叶的文学主要是文学侍臣之作,如党怀英和王庭筠。

党怀英(1134—1211),字世杰,号竹溪,少年时与辛弃疾同拜刘岩老为师。金军至,弃疾南奔归宋,党怀英则应金世宗大定十年(1170)科举考试,擢进士甲科,官至翰林学士承旨。他的诗词在大定、明昌年间为"一时文学宗主",于明丽中透出苍劲。例如,《立春》:

> 水结东溪冻未漪,风凌枯木怒犹威。
>
> 不知春力来多少,便有青蝇负暖飞。

春天刚到,乍暖还寒,冰块未融,风犹逞威。尽管如此,已有青蝇在飞,表明春天已经来了。

王庭筠(1151—1202),字子端,号黄华山主,大定进士,官至供奉翰林。他的诗清新流丽,例如,《河阴道中》:

> 梨叶成阴杏子青,榴花相映可怜生。
>
> 林深不见人家住,道上唯闻打麦声。
>
> 微行入麦去斜斜,才过深林又几家。

一色生红三十里,际山多少石榴花。

这是一个麦收季节,因为农家住在林荫深处,不见其人,只听到打麦的声音。放眼望去,只见梨叶成荫,杏子未熟,石榴花怒放,红似火焰,好一派农村风景!

金代后期,国势衰微,蒙古族兴起之后,金宣宗在蒙古族强大的军事威胁下被迫迁都汴京,此后,内忧外患并至,社会动荡不安,民不聊生。这种社会环境促使当时的文学发生了变化,反映社会苦难和民生疾苦成为创作的主要内容,这一时期的主要代表人物是元好问和王若虚,元好问在第三节中会具体介绍,这里不再详述。王若虚的文学评论是这个时期的一大成就。

王若虚(1174—1243),字从之,号慵夫,藁城人,承安二年(1197)经义进士,官至翰林应奉转直学士。著有《滹南遗老集》《慵夫集》等。《滹南诗话》对黄庭坚及江西诗派进行了猛烈抨击,他说:"古之诗人,虽趣向不同,体制不一,要皆出于自得。至其辞达理顺,皆足以名家,何尝有以句法绳人者!鲁直(黄庭坚)开口论句法,此便是不及古人处。"又说黄庭坚的诗"有奇而无妙,有斩绝而无横放,铺张学问以为富,点化陈腐以为新,而浑然天成,如肺肝中流出者,不足也"。《滹南诗话》主张诗要注重"意""真""自得""天成",也就是说诗歌要有充实的生活内容,反对过分雕饰与忽视思想内容。他说:"雕琢太甚,则伤其全;经营过深,则失其本。"主张"文章以意为主,字语为之役。主强而役弱,则无使不从。世人往往骄其所役,至跋扈难制,甚者反役其主"。很显然,他反对离开内容片面地追求辞藻、堆砌典故的不良倾向。

第三节　诗词文的沿革与新创

在两宋之后的北方中国,文学也取得了较高的成就,尤其是金元统治中原地区的时间里,文学创作相当繁荣。一方面,辽金元的少数民族统治者受到汉文化很深的影响,在统治政权建立后,常常会学习汉族政权选取官员,以稳定政局,因此汉学正宗诗词文在辽金元时期也有一定的发展。另一方面,辽金元与宋王朝之间的军事对峙,并未阻断南北文化的交流。南北之间使臣的往来,也在一定程度上促进了文学创作活动的开展。因此,在辽金元时期,诗词文也有所发展,创造出了一定的成绩。

一、辽代的诗词文

辽处于从奴隶制向封建制过渡时期,从五代到北宋,与中原汉族政权发生过多次战争,也有过较长时期的和平共处,并在经济上、文化上接受汉族多方面的影响。如建孔庙,辽太祖亲临祭祀;朝廷颁行《五经传疏》《史记》《汉书》等汉文典籍,并实行科举取士制度;参考汉字创制契丹文字。辽的文学受唐宋文学影响颇大。如唐代白居易的诗在辽很受推崇,辽圣宗耶律隆绪曾说:"乐天诗集是吾师。"并将白居易的《讽谏集》译为契丹文,令群臣诵读;苏轼的作品也在辽广为流传,范阳书肆曾翻刻他的文集。辽代的文学也具有自己的一些特色,主要作家包括帝王后妃、贵族和由中原入辽的汉族文士,其文学形式主要有诗、文和词、曲。

在诗歌创作上,辽代政权为我国北方契丹族所建,因此它融合了契丹与汉族的文化。诗的风格具有粗犷豪放的特点,主要代表人物有耶律倍和女诗人萧观音。

耶律倍(899—936)是契丹族比较有名的诗人,现存的诗是一首《海上诗》:"小山压大山,大山全无力。羞见故乡人，从此投外国。"大概意思是说自己被迫转让帝位，而诗中"山"的意思与契丹文"可汗"的意思相符，这是契丹文与汉文融合的体现。

契丹女诗人最有名气的当属萧观音（1040—1075），她不仅人长得漂亮，而且才华横溢，清宁初立为懿德皇后。她的诗比较著名的有《伏虎林应制》：

> 威风万里压南邦，东去能翻鸭绿江。
>
> 灵怪大千俱破胆，那教老虎不投降。

这首诗主要赞扬了皇帝打猎雄姿英发，气势如虹的场面。

在词的创作上，辽代的词主要有两派：一派为婉怨词派，另一派为高丽词派。

婉怨词派的代表词人如萧观音，多为宫怨词。辽代词作虽因其"书禁甚严，不准传邻邦。五京兵燹，缣帛扫地"（缪荃孙《辽文存序》）等原因，今日所见甚为寥寥，但以辽道宗后萧观音为代表的后宫女子却因文化造诣较高，创作了一批柔婉细腻、缠绵幽怨、格调浑雅的宫怨词，这些词可与中原传统的宫怨词媲美。例如，萧观音的《回心院词》：

> 其二
>
> 拂牙床，凭梦借高唐。敲坏半边知妾卧，恰当天处少辉光。拂象床，待君王。
>
> 其三
>
> 换香枕，一半无云锦。为是秋来转展多，更有双双泪痕渗。换香枕，待君寝。

清人徐釚评此词云："回心院词怨而不怒，深得词家含蓄之意，斯时柳七之调尚未行于北同，故萧词大有唐人遗意也。"（《词苑丛谈》）确实，这种词风是和《花间集》温、韦词相仿的，也与北宋婉约词相类，因而称为婉怨词人是适宜的。

高丽词派的出现与高丽曾附属于辽，每年聘使往来，其中有歌舞音乐交流密切相关。据郑麟趾《高丽史·乐志》记载，当时有不少无名氏的词作，风格与高丽词十分接近，且造诣颇高。这些词的主要内容多是颂扬皇州太平，圣主万年，朝宫佳会，君臣同乐，写得富丽堂皇，典雅圆熟，例如无名氏所作的一首《行香子慢》：

> 瑞景光融，换中天霁烟、佳气葱葱。皇居崇壮丽，金碧辉空。彤霄外、瑶殿深处，帘卷花影重重。迎步辇、几簇真仙，贺庆寿新宫。
>
> 方逢，圣主飞龙。正休盛大宁，朝野欢同。何妨宴赏，奉宸意慈容。韶音按、露觞将进，蕙炉飘馥香浓。长愿承颜，千秋万岁，明月清风。

这首词带有典型的歌功颂德的色彩，词风华丽，用词圆熟。

在散文的创作上，辽国建国之初以鞍马为家，不尚礼文，至景宗、圣宗时期，才开科举，崇尚儒学。帝王、后妃、朝臣渐好文学，吟诗作文。但是，由于辽国书禁甚严，传入中国者皆为死罪，所以流传下来的辽国文章不多。不过，从史传留下来的文章中可窥探出辽代作家从事文章创作的情况。辽代散文尽管也受唐末散文余绪的影响，但其主要特征表现为文以致用，更加注重文章的实用性，很少有纯粹随意而作的文章，更多地表现为质朴和实在。从创作类型看，大部分是诏书、奏表、造经题记、造像记以及碑铭之类，不少已经佚名，但有一些作者及作品的名字保留了下来，如王鼎等人的作品实为辽代散文的瑰宝。

王鼎（？—1106），字虚中，琢州人，清宁五年（1059）擢进士第，累迁翰林学士，著有《获椒录》,《辽史》有传。辽代文章多不注意文采,更无作者性格特征及风格特色;王鼎的散文则不同,文采浓郁,个性突出,感情强烈,甚至可与宋室一般文士争一席之地。从王鼎的散文中仍然可以见到唐宋的影响,但是其性格的表现更为突出,写作时总是把自己的观点暴露无遗,毫不掩饰,而在不经意间,文字的优美也和他的个性两相称配。

《焚椒录》是王鼎在酒醉口吐狂言触犯朝廷,被朝廷刺文面谪贬之后为抒愤懑所作的文章。其《焚椒录序》更是一篇带有强烈个人感情色彩的序文,在文章中王鼎为懿德皇后抱不平,大声辩言:"大墨蔽天,白日不照,共能户说以相白乎。"字里行间充满着愤愤不平的情绪,可见,在他眼里,世界是黑暗的,所以其叹息更是深长激越。王鼎在这篇文章中尤其是文中的"视口如岁。触景兴怀,旧感来集"云云,恰如唐代王勃的《滕王阁序》忽然加入"勃三尺微命,一介书生"那段似乎有点离题,然而却是终日心怀怨愤的自然表露,简直是潜意识的流露,虽为被诬帝后抱不平,却带有强烈的个人感情色彩。此序文放置唐宋也毫不逊色。其同类作品《懿德良后论》也显现了同样的风格特色。

二、金代的诗词文

金代诗词文总体成就虽然不及南宋,但历经一百余年的文人创作,最后仍然发展出具有不同于南宋的"中州文派"个性特色。总体来看,金初三十余年,属于借才异代时期,当时金国的首都及文化中心尚在上京(今黑龙江阿城南),宇文虚中、吴激、蔡松年等人由宋而金,开金代诗词文风气之先,尤其是吴激、蔡松年开创的"吴蔡体",代表了金代词的最高成就。金代中期,文化中心随首都南移到燕京,政局稳定,经济繁荣,尤其是世宗和章宗统治的时代,出现了大批文学侍从之士,文学创作兴盛,古文骈文方面主要有"以文章政事显"的王寂,"以高文大册主盟一时"的党怀英;诗歌方面,王寂、王庭筠等人的创作被视作大定明昌时期代表,词亦尚雅,多抒文人旨趣及隐逸之趣,这些作家被后人视为国朝诗人、中州文派。金元易代之际,元好问更将金代的文学成就推向顶峰,他的诗歌叙写时事、记录历史、抒发情怀,尤其是七律,继承杜甫七律实大声弘一面,功力深厚,沈郁悲凉,动人心魄。元好问词力尊苏辛,又兼取婉约之长,自铸伟词,况周颐《蕙风词话》卷三称其"亦浑雅、亦博大、有骨干,有气象",将金词"伉爽清疏、自成格调"的特色充分展现;其古文也落落大方,有金元间大家风范。

具体来看,在诗歌的创作上,金初以武立国,此前尚处于游猎部族阶段,谈不上什么文学艺术。到了金世宗时期,世宗以文治国,重视对汉文化的吸收,大力提倡儒家思想和伦理道德,还重视科举,鼓励以诗词为主的科举考试,指令"勿限人数"。在这样的政治境况、经济基础和文化政策的背景下,金诗也逐渐走向成熟,初步形成了自己的特色。而到了金后期,元蒙一统北方,不断进攻金境,金王朝进入了全面衰朽的时期,诗歌也开始走向郁勃愤懑、奇峭骨鲠。纵观金代诗歌的发展历程,最能代表金代诗歌创作成就的便是元好的诗作。

元好问(1190—1257),字裕之,号遗山,太原秀容(今山西忻州)人。祖先出于北魏鲜卑拓跋氏。他32岁登进士第,曾任南阳等县的县令,后入朝任右司都事、东曹都事等职。金亡,他被元兵押解到聊城,后回到家乡从事著述。他推崇杜甫,又潜心与苏轼诗的研究,撰有《东坡诗雅》和《东坡乐府集选》,在诗歌风格上也比较接近苏轼。

元好问是金代最重要的诗人,也是杰出的诗论家。他存诗一千四百多首,作品之富在金代诗坛上首屈一指,成就也最为突出。元好问生逢金代后期的动乱时代,亲身经历了亡国的惨痛,他个人的遭遇与民族、国家的命运息息相关,他的诗歌生动地展示了金、元易代之际的历史画卷。在艺术上,元好问全面地继承了中国古典诗歌的优秀传统,熟练地掌握了各种诗体的艺术形式。时代和个人的条件使他成为金代诗坛上迥然挺出的大诗人。

元好问"纪乱诗"的特点之一,是他对国家灭亡、人民遭难的现实不是一味地哀叹悲泣,而是把悲壮慷慨的感情表现于苍茫雄阔的意境之中。例如,他在蒙古军围攻汴京城时写的《壬辰十二月车驾东狩后即事五首》之二:

惨澹龙蛇日斗争,干戈直欲尽生灵。

高原水出山河改,战地风来草木腥。

精卫有冤填瀚海,包胥无泪哭秦庭。

并州豪杰知谁在,莫拟分军下井陉。

对于战争所带来的巨大灾难和国家的危急形势,诗人深为悲怆沉痛,但字里行间仍充溢着一股慷慨壮烈之气。这类作品在元好问诗中相当常见,如"北风猎猎悲笳发,渭水潇潇战骨寒"(《岐阳三首》之三,《遗山先生文集》卷八),"紫气已沉牛斗夜,白云空望帝乡秋"(《卫州感事二首》之一,《遗山先生文集》卷八)等,都是以雄劲的笔力抒写深悲巨痛。情感悲凉而骨力苍劲,是元好问的独特诗风。

元好问"纪乱诗"的另一个特点是具有深刻的历史洞察力。他往往把对现实的悲怆情怀与对历史的批判意识融合在一起,从而增加了诗的思想深度。例如,《癸巳四月二十九日出京》:

塞外初捐宴赐金,当时南牧已骎骎。

只知灞上真儿戏,谁谓神州遂陆沉。

华表鹤来应有语,铜盘人去亦何心。

兴亡谁识天公意,留着青城阅古今。

这是天兴二年(1233)诗人被蒙古兵押解出京时所作。当年金人破宋,俘宋徽、钦二帝,在青城受宋人之降;如今蒙古军破金,也在青城受金人之降,历史的悲剧在同一个地方重演。诗人在国家沦亡的悲愤中,对国家武备松弛而招致败亡的历史教训作了深刻的省察。其他如《出都》《岐阳三首》等,也都表达了诗人对金朝败亡原因的理性思考。

元好问擅长各种诗体,尤以七律的成就最为突出。他的七律,深受杜甫的影响,功力深厚,意境沉郁。他的七古也往往气势磅礴,意象奇伟壮丽,但又没有粗粝豪肆、一览无余之病。《涌金亭示同游诸君》《游黄山》等诗就集中地体现出这种特色。即使是被拘聊城时所作的《南冠行》,仍然是壮气凛然,风骨遒劲,后半首中更充满奇特壮逸的想象。他的五言诗,浑融含蓄,如五古《颍亭留别》中"寒波淡淡起,白鸟悠悠下"二句,物我相融,意象平淡而韵味隽永,体现出元诗的另一种风格。

在词的创作上,女真族是一个以狩猎游牧为生的民族,他们与宋朝南北对峙,战争不断,长期过着戎马生涯。因此这种尚武精神,不能不在他们的词中得到反映。况周颐在《蕙风词话》里说:"金源人词伉爽清疏,自成格调。"受所处环境与性格的决定,尽管他们也继承词的传统,但婉约的格律派词风对他们影响不大,清刚的豪放派词风对他们的影响则更加明显。而最能体现金代词这一特点的词人便是蔡松年。

蔡松年(1107—1159),字伯坚,因家乡别墅有萧闲堂,故自号萧闲老人,真定(今河北正定)

人,金代文学家。宋宣和末从父守燕山,宋军败绩随父降金,天会年间授真定府判官。完颜宗弼攻宋,与岳飞等交战时,蔡松年曾为宗弼"兼总军中六部事",仕至右丞相,封卫国公,卒谥"文简"。蔡松年虽一生官运亨通,其作品在出处问题上却流露了颇为矛盾的思想感情。内心深处潜伏着的民族意识使他感到"身宠神已辱",作品风格隽爽清丽,词作尤负盛名,与吴激齐名,时称"吴蔡体",有文集《明秀集》传世。

此外,蔡松年善写慢词,词集中有《念奴娇》多首,最能代表他的特色。例如,《念奴娇·还都后,诸公见追和赤壁词,用韵者凡六人,亦复重赋》:

> 离骚痛饮,笑人生佳处,能消何物。夷甫当年成底事,空想岩岩玉璧。五亩苍烟,一丘寒碧,岁晚忧风雪。西州扶病,至今悲感前杰。
>
> 我梦卜筑萧闲,觉来岩桂,十里幽香发。鬼魅胸中冰与炭,一酹春风都灭。胜日神交,悠然得意,遗恨无毫发。古今同致,永和徒记年月。

这首词反映作者屈仕异族统治的愧惧,以及希求解脱的复杂心态。上阕借谢安"放情丘壑",表达自己对名士风流的向往。下阕以卜筑萧闲堂,与知己相聚,过清谈诗酒为乐的生活,抒发自己"东山之志"。景物清峭幽冷,笔致深沉曲折,于旷达中潜藏忧患意识。元好问《中州集》八卷对此词评价甚高,谓:"公乐府中最得意者,读之则平生自处为可见矣!"况周颐《蕙风词话》亦谓"全词清劲能树骨",确是中肯之语。

在散文的创作上,金代的散文创作主要兴于大定、明昌之际(1189),盛于贞祐南渡之后(1214)。它们或以语言波俏见长,或以娴雅稳重著闻,或以自然天趣为人称道,代表性作家是王寂。

王寂(1128—1194),字元老,蓟州玉田人。他宦途曲折,所以为文博大舒畅,时有感怀抒愤之作,略见衷曲,从《曲全子诗集序》《三友轩记》等文章中可略见一斑。《曲全子诗集序》是为其弟王采写的传,刻画了一位旷达而失意的读书人的形象。因为是为自己兄弟的诗集作序,情分自然比朋友更深一些。文章正是抓住兄弟之情作为切入点,以"情"字贯穿始终,既写了鹡鸰情深,也为兄弟作了传;既可从中感到作者的深挚情感,也可以看出他在材料取舍上的费心斟酌。《三友轩记》通过写自己贬官后甘与笋石、榆木为友,抒写了其贬官期间的失意之情,流露出自己恬淡而又孤寂的情怀。

三、元代的诗词文

标志元代文学最高成就的,当然是戏剧和散曲,相比之下,诗、词、文就颇为逊色了。但是,这不是说,除了戏剧、散曲,其他文体就不足道了。如果说戏剧的作者和观众,主要是不屑仕进的失意文人和市民,那么诗、词、文则主要是中上层人士抒发性情、咏叹志趣或借描写景物以言志的载体。因此,元代诗词文成就既不及元曲,也不能与唐宋诗词文相提并论,但由于元代社会文化以及文人处境的特殊性、文人审美追求的变化,使得元代的诗词文创新性虽然不强,却颇有一些特色。

在诗歌创作上,元代许多诗人,在创作上提倡"宗唐得古",以唐诗和魏晋古诗为皈依,这是由于他们不满意宋代以文为诗、以理入诗的倾向,要求注重诗歌的形象性。例如,描绘自然景物,许多作者把兴趣集中在审美客体的局部或细部,他们善于捕捉自然界中声色的细微变化,捕捉审美主体内心世界的细微律动,并用流畅的语言和韵律表达出来。元初的时候,北方的诗人如郝经、刘因等人,学习苏轼的诗,风格趋于清淡古朴,豪放自然。南方的诗人如刘辰翁、方回等人推崇唐诗,风格趋于清丽婉约。此外还有契丹族诗人耶律楚材的诗歌,描写塞外风光,意趣天然。元代中叶,作古诗的学魏晋,律诗则学盛唐,风格清丽遒壮,南北的诗风趋于统一。比较著名的有虞集、杨载、范梈、揭傒斯,号称元代四大家。其中虞集、杨载以技巧胜,范梈、揭傒斯以内容胜。此外,少数民族诗人贯云石、萨都剌也是著名的诗人。元末的诗人中以王冕的成就为高,以杨维桢的名气为大。这里以他们为例,对元代的诗歌进行分析。

王冕(1310—1359),字元章,号煮石山农,中国绍兴诸暨人。他出身农家,毕生未仕,这样的人生经历使他对元末的社会现实有真切的了解。元末,王冕以题画诗闻名,但写得最好的作品是反映社会现实之作。例如,《伤亭户》写盐民之家在课税催逼下全家丧亡的悲剧;《悲苦行》写"前年鬻大女,去年卖小儿"的惨景;《江南民》写人民在差役、兵灾之下辗转呻吟;《痛哭行》写"京都大官饮酒肉,村落饥民无粒粟";《冀州道中》刻画北方农村的贫困萧条等。有的诗作揭露官僚富豪荒淫无耻的面目,笔锋犀利,如《对景吟》写"五陵年少郎,卖田去买青楼娟";《吴姬曲》写"王孙公子金无限,为君一笑成飞埃";《苦寒作》讥刺官僚好比"豺狼夹道狐兔骄"等。种种惨状,令人触目惊心。《猛虎行》描写了元末残酷的乱世税政:

> 去年江北多飞蝗,今年江南多猛虎。
> 白日咆哮作队行,人家不敢开门户。
> 长林大谷风飗飗,四郊食尽耕田牛。
> 残膏剩骨委丘壑,髑髅啸雨无人收。
> 老乌衔肠上古树,仰天乌乌为谁诉?
> 遁逃茫茫不见归,归来又苦无家住。
> 老翁老妇相对哭,布被多年不成幅。
> 天明起火无粒粟,那更打门苛政酷。
> 折胫败肘无全民,我欲具陈难具陈。
> 纵使移家向廛市,破猰獝貐喧成群。

诗人把自然灾害和课税作对比,把课税比作猛虎,其对民众的危害甚于"飞蝗",让每家每户不敢开门。民众颗粒无收,连耕牛都吃光了,那些饿死的人,连其尸骨也无人收。老乌也无家可归,在枯树上像人一样哭诉。老头老太婆无计可施,相对哭,家里的布被多年来从没有完整过。面对此景象,诗人无奈道:"我欲具陈难具陈。"结尾的"纵使移家向廛市,破猰獝貐喧成群"更是有力地控诉了官吏对民众的残害,语气沉痛,尖锐激烈。

杨维桢(1296—1370),字廉夫,号铁崖、铁笛道人,又号铁心道人、铁冠道人、铁龙道人、梅花道人等,晚年自号老铁、抱遗老人、东维子,会稽(浙江诸暨)枫桥全堂人。泰定四年(1327)中进士,历天台县尹、杭州四务提举、建德路总管推官,元末农民起义爆发,杨维桢避寓富春江一带,张士诚屡召不赴,后隐居江湖。

杨维桢的诗被称为铁崖体,诗歌融汇了汉魏乐府以及李白、李贺等人的长处,以气势雄伟的奇特幻想突破了元代中期诗歌平稳的畦径,给人以石破天惊的感觉。例如,《鸿门会》:

> 天迷关,地迷户,东龙白日西龙雨。

撞钟饮酒愁海翻,碧火吹巢双狻猊?
照天万古无二乌,残星破月开天余。
座中有客天子气,左股七十二子连明珠。
军声十万振屋瓦,拔剑当人面如赭。
将军下马力拔山,气卷黄河酒中泻。
剑光上天寒彗残,明朝画地分河山。
将军呼龙将客走,石破青天撞玉斗。

这首诗模仿了李贺的《公莫舞歌》,意象之奇崛与原作相似,而气势之雄放则有过之而无不及。诗的开篇两句概括出了英雄并起、天下纷争的时代背景,作为鸿门会的铺垫主体部分以酣畅淋漓之笔,营造出了鸿门会上剑拔弩张的气氛。强调刘邦系真命天子突现樊哙的勇力逼人,则又是其重心。这样的安排,不仅有利于在有限篇幅内反映事件的主脉,同时也暗寓了斗争双方未来的胜负命运。诗的结篇选取了两个对比色彩极为鲜明的细节,即刘邦在樊哙等人护卫下逃离鸿门,而项羽的谋士范增因愤怒击碎玉斗,突出了鸿门会刘得而项失的结局。

在词的创作上,元代的词人初期多来自宋金遗民,元中叶之后,陆续出现一批较有影响力的词人。他们的词在艺术上取得了一定的成就,对后代颇有影响。元词是宋金词的延伸,而金词又以苏轼豪放词风为主,以此为出发点,元代词人可依照宋词四大流派的划分法也将元词分为豪放派、雅正派、旷逸派、婉约派。豪放派是元词的最大流派,词人多是由金入元的北方词人,如白朴、刘秉忠、刘因、姚燧、王恽、许有壬、刘敏中、张之翰、曹伯启、卢挚、萨都剌等,大多承祧以苏轼豪放词为主导的遗山体词风。其中,少数民族词人萨都剌也是元词豪放派的代表人物之一,他被看作元代少数民族文人中最杰出的代表。雅正派以元代南方词人为主,如仇远、袁易、陆文圭、陆行直、张翥、司马昂夫、邵亨贞等,他们承续宋代雅正派的余绪,推崇周邦彦、姜夔、张炎的词风,以"清空""雅正"为尚。其中最著名的词人为邵亨贞。元代旷逸派词代表词人有李孝光、袁易、滕宾、张雨、倪瓒、吴镇等,他们主要承续了宋代闲逸词的风范,而侧重于旷逸一派的色调。其中,最具代表性的词人是张雨和倪瓒。婉约词在元词中不占重要地位,但也出现了一些婉约风味的词作,代表词人有赵雍、王同器、张玉娘、刘燕哥、王从叔等。这里以萨都剌为例对元代的词进行分析。

萨都剌(1308—?),字天锡,号直斋,回族(一说蒙古族)。其先世为西域人,出生于雁门(今山西代县),泰定四年进士。授应奉翰林文字,擢南台御史,以弹劾权贵,左迁镇江录事司达鲁花赤,累迁江南行台侍御史,左迁淮西北道经历,晚年居杭州。萨都剌善绘画,精书法,尤善楷书。有虎卧龙跳之才,人称燕门才子。他的文学创作,以诗歌为主,诗词内容,以游山玩水、归隐赋闲、慕仙礼佛、酬酢应答之类为多,思想价值不高。萨都剌还留有《严陵钓台图》和《梅雀》等画,现珍藏于北京故宫博物院。

萨都剌的词文雄健,诗笔绮丽,长于抒情。虽然,萨都剌仅留下15首词,但其成就刚好,曾被誉为"一代词人之冠"。

萨都剌的词中成就最高的为吊古伤今的怀古诗。这类诗的特点是洒脱、奔放、气势磅礴,因此历来为人所称道。例如,《念奴娇·登石头城,次东坡韵》:

石头城上,望天低吴楚,眼空无物。指点六朝形胜地,惟有青山如壁。蔽日旌旗,连云樯橹，白骨纷如雪。一江南北，消磨多少豪杰。

　　寂寞避暑离宫，东风辇路，芳草年年发。落日无人松径里，鬼火高低明灭。歌舞尊前，繁华镜里，暗换青青发。伤心千古，秦淮一片明月！

　　这首词是写作者登上石头城时所见所感而作。上阕重点写的是昔日在这里发生过无数次激烈的战争。起句极有气魄，雄浑有力。下阕写凄凉冷清的行宫，多少歌舞粉黛在这里送走了青春，耗尽了年华。整首词抚今追昔，以苍凉的韵调，以富有悲剧意味的形象，咏出了风云易消、青山常在的感慨。

　　由于为人正直，萨都剌在做官期间，能坚持操守，洁身自好，不断与黑暗势力进行斗争，也因此，他触怒了权贵，遭到打击与压抑，从而使萨都剌备感苦闷和压抑，因此，在他的词中，也有一些作品表现了他的这种心情。例如，《卜算子·泊吴江夜见孤雁》：

　　明月丽长空，水净秋宵永。悄无踪乌鹊南飞，但见孤鸿影。

　　自离边塞路，偏耐江波静。西风鸣宿梦魂单，霜落蒹葭冷。

　　这首词是诗人被贬官南行途中所作，上阕专说"泊吴江夜见孤雁"之事，前两句交代"见孤雁"的环境、背景，后两句点明题中"见孤雁"三字。下阕转说孤雁，从过去说到未来，借雁说人，相当全面地写出了孤雁的处境及其心态，也表现了词人自己南行途中的孤寂之感以及对前途的忧惧之情。

　　在散文的创作上，元代散文作家继宋代古文运动之后，仍推崇韩、柳古文，没有任何其他散文形式可与这种唐、宋古文抗衡。元初散文，仍以南金入元的元好问为大家，而他正是推崇韩愈，继承欧、苏的。此外，许衡、刘因、姚燧都是当时儒学领袖，为时推重。他们在文学上受南方影响颇深，便都以韩、欧古文为正宗，用来宣传儒家学说，并得到蒙古统治者的支持与尊重，力量更大，无人敢于公开反对。这时，儒家讲理学的还有金履祥、吴澄、戴表元、袁桷、马祖常、黄潜、柳贯等，也都颇有文名。元代散文家最有名的是虞集，影响也最大。与之齐名的，尚有杨载、范梈和揭傒斯，号为"元代古文四大家"。他又和揭傒斯、黄潜、柳贯并称为"儒林四杰"，当然也都是儒家而兼文学的。因此，他们的文章无论思想艺术都必然和唐、宋古文家一样，不敢也不可能有所创造。元好问的弟子郝经在元初是一个比较重要的文学批评家，他的主张就是："至韩、柳、欧、苏氏作为文章，而有文章之法，皆以理为辞，而文法自具；篇篇有法，句句有法，字字有法。所以为百世之师也。"这正是元代散文家的道路。

第四节　元杂剧与南戏的发展

　　元代是中国戏曲艺术的黄金时代，而杂剧作为元代文学艺术的翘楚，堪称中国古典戏曲艺术的一朵奇葩。除了杂剧外，综合了杂剧体制所长，又能扬弃其所短的南戏，也在这一时期获得了迅速发展，并逐渐取代了杂剧，成为剧坛的主流。

一、元杂剧的发展

　　元杂剧是在 13 世纪前半叶，即蒙古灭金(1234)前后，以宋杂剧和金院本为基础，融合宋、金以来的音乐、说唱、舞蹈等艺术样式而形成的戏曲艺术。它先在中国北方流行，到 13 世纪

80年代,即元灭南宋(1279)以后,又逐渐流行到南方。元代杂剧作家大都"能词章,通音律""明曲调""善讴歌"(钟嗣成《录鬼簿》),具有高超的文学艺术造诣,并精通杂剧艺术,这就使他们能够运用自如地、创造性地创作出便于舞台演出的杂剧作品。另外,元杂剧作家在戏曲语言的运用上,总是脚踏实地地从舞台艺术规律的要求出发,从平民观众的审美需要出发,追求出口成章,明白易懂,达到"写情则沁人心脾,写景则在人耳目,述事则如其口出"的艺术境界(王国维《宋元戏曲史》),这是元杂剧在中国文学史上的突出建树。关汉卿、王实甫、白朴、马致远、纪君祥、郑光祖、宫天挺、乔吉、秦简夫、钟嗣成、金仁杰、杨梓、朱凯、沈和、范康、王晔、屈子敬、鲍天佑等都是著名的元杂剧作家,这里着重分析一下关汉卿、王实甫、白朴、马致远和纪君祥的杂剧创作。

(一)关汉卿的杂剧创作

关汉卿,约生于金末,卒于元成宗大德年间(1297—1307),号已斋叟,大都(北京)人。贾仲明《录鬼簿》吊词称他为"驱梨园领袖,总编修师首,捻杂剧班头",可见他在元代剧坛上的地位。他在晚年曾南下漫游,到过杭州、扬州等地。

关汉卿是元代杂剧最杰出的的代表之一,他推动了元杂剧脱离宋金杂剧的"母体"从而走向成熟。关汉卿的杂剧题材广泛,多取材于现实生活、民间传说、历史故事,而且在艺术结构、戏剧冲突、人物塑造、语言风格等方面都取得了巨大成就。此外,关汉卿一生创作的杂剧多达67种,今存18种,即《窦娥冤》《鲁斋郎》《救风尘》《望江亭》《蝴蝶梦》《金线池》《谢天香》《玉镜台》《单鞭夺槊》《单刀会》《绯衣梦》《五侯宴》《哭存孝》《裴度还带》《陈母教子》《西蜀梦》《拜月亭》《诈妮子》。其中,《窦娥冤》《蝴蝶梦》《鲁斋郎》等是关汉卿社会剧的代表作,而《窦娥冤》的思想艺术成就最高,堪称彪炳一代的悲剧杰作;《救风尘》《望江亭》《拜月亭》《诈妮子》等是爱情婚姻剧的代表作,这些作品从未孤立地描写男女恋情,也很少直接地、细致地刻画青年男女缠绵曲折的情感,而总是将爱情婚姻故事同现实生活、社会矛盾紧密结合,着力展示现实生活中青年男女对幸福生活的追求和向往,并通过这种追求和向往彰显道德的力量;《单刀会》《西蜀梦》《哭存孝》等是历史剧的代表作,这些历史剧作品,继承宋代说话艺术和杂剧艺术"多虚少实"的创作传统,往往随意捏合历史史料,歪曲历史事实,从现实出发去缅怀历史英雄人物,曲折地表达作家的现实感受和金元之际的时代精神,借历史之酒杯,浇心中之块垒。因此,这些历史剧往往流溢着悲凉凄怆的时代情绪。在这里,着重分析一下关汉卿的杂剧《窦娥冤》和《单刀会》。

《窦娥冤》的故事源于《列女传》中的《东海孝妇》,但关汉卿并没有局限于这个传统故事去歌颂为东海孝妇平反冤狱的于公的阴德,而是紧紧扣住当时的社会现实,用这段故事真实而深刻地反映了元蒙统治下中国社会极端黑暗、极端残酷、极端混乱的悲剧时代,表现了中国人民坚强不屈的斗争精神和争取独立生存的强烈要求。在关汉卿笔下,女主人公窦娥的悲剧命运是最具震撼力和典型意义的。窦娥是一位善良而多难的女性,她出生在书香之家,但3岁丧母且家境贫寒,因而从小就遭受失恃之痛和穷困之苦。后来,父亲为了抵债,无奈将她出卖,让她成了债主蔡婆婆的童养媳。她在蔡家平淡地度过了一段相当长的时期,岂料至17岁即婚后不久,丈夫因病去世,窦娥随即变为寡妇,与婆婆相依为命。窦娥的婆婆蔡氏以放债来收取"羊羔儿利",一次借债的赛卢医因无力偿还蔡氏的钱而起了杀心,蔡氏在危难之际意外地被张驴儿父子救出。不料张驴儿是个流氓,趁机搬进蔡家后,威迫婆媳与他们父子成亲,窦娥言辞拒绝。张驴儿为此怀恨在心,趁蔡氏生病,暗中备下毒药,伺机害死蔡氏,逼窦娥改嫁。可是,阴差阳错,张驴儿的父亲误喝了有毒的汤水,倒地身亡,张驴儿见状便心生歹念,嫁祸窦娥,以"官休"相威胁,实则强行逼窦娥"私休"。窦娥一身清白,不怕与张驴儿对簿公堂,本以为官府能判个一清二楚,岂料贪官桃杌是非不分,胡乱判案,屈斩窦娥,造成千古奇冤。

这部剧作的戏剧冲突有三个依次递进的层面,即社会冲突、道德冲突和意志冲突。首先,高利贷如羊羔儿息的经济剥削,地痞流氓如张驴儿的社会恶势力,糊涂官吏如州官桃杌的政治压迫,这是造成窦娥冤案的社会原因、外在机缘。其次,窦娥同张驴儿以及桃杌太守的冲突,不仅仅是两种社会势力之间的冲突,而且深化为传统道德与不道德现实的激烈冲突。最后,作品以形象的笔触揭示了表现在窦娥内心的意志冲突,即不安于现状与不得不安于现状、不相信天地鬼神与不得不相信天地鬼神、明知道德无用与不得不遵从道德之间的冲突,这种意志冲突是道德冲突的内化与深化。此外,这部剧作的结局是十分耐人寻味的,窦娥的冤案最终是由她的已任"两淮提刑肃政廉访使"的父亲出来平反。窦天章当然不属贪官墨吏,可是,窦娥的冤魂一而再、再而三地在他书案前"弄灯""翻文卷",好不容易才引起了他的注意。这一细节表明,即便是奉命"随处审囚刷卷,体察滥官污吏"的窦天章,要不是窦娥鬼魂的再三警示,他也会糊里糊涂地将一份冤狱案卷"压在底下",不予追究。最后,冤狱总算平反了,但起关键作用的是审判者与被审判者的特殊关系。换言之,窦娥得还清白,靠的是父亲手中的权力。这样的处理,固然反映出关汉卿崇尚权力的思想局限;但也体现出他让受害者亲属惩治恶人报仇雪恨的强烈愿望,同时,在一定程度上寄寓着对元代吏治沉重的疑虑。因此,《窦娥冤》的结局,是有着比较复杂而深刻的含义的。

《单刀会》描绘的是演三国时关羽应鲁肃邀请到江东赴宴的故事。剧本以"曹操占了中原,孙仲谋占了江东,刘玄德占了西蜀"的局势为背景,以鲁肃向关羽讨还荆州的举动为契机,环绕关、鲁的戏剧冲突,刻画出叱咤风云的英豪形象。关汉卿笔下的鲁肃,用心险诈,为讨还荆州,设下圈套,名义上邀请关羽赴宴,实际上伺机胁迫对方就范,不惜挑起祸端引发战争。关羽则明知鲁肃有诈,却光明磊落,胸有成竹,毅然赴会。他力斥鲁肃的阴谋,捍卫"汉家"的基业,及时平息了一起惊心动魄的纷争,维持住平稳的局面。

这部剧作在构思上,是十分有特色的。剧本第一折,先由东吴的亲贵乔公主唱,第一、二支曲即点出"俺本是旧臣僚",特别提出"兵器改为农器用,征旗不动酒旗摇;军罢战,马添膘;杀气散,阵云消"。这实际是表达了作者以及人民大众在乱世中对和平生活的渴望。接着,乔公表示反对鲁肃裹胁关羽的计策,并追述了关羽的英勇业绩。第二折,由隐士司马徽再一次介绍关羽的勇武威猛。这两折戏,主人公关羽尚未出场,但反复渲染、铺垫,产生了让关羽形象先声夺人的艺术效果。关羽是在第三折才出场的,他一亮相便从刘邦开国谈到天下三分的过程,坐实荆州是汉家基业。他指点江山,纵论古今,在叙说中更是气度不凡地兼论刘、项的兴亡得失。可见,剧中的关羽,固然勇武过人,更具备卓越的政治见识。他冒险过江东,并非逞一己之勇,而是要以最小的代价稳定动荡的军事局面,免使人民再遭涂炭。在江东,他义正词严,警告鲁肃不要玩火。在第四折,关羽单刀赴会。在单刀会上,甲士拥出,关羽揪定鲁肃,拍案而起,那"怒则跃匣铮铮而有声"的宝剑戛然响了三次,把关羽神威烘托得栩栩如生;特别是当鲁肃喋喋不休地指责关羽失信时,关羽一针见血地指出,荆州这块土地,本来就是汉家基业,不存在归还孙吴的问题。这一番言辞,大义凛然,直使鲁肃张口结舌。

此外,关汉卿在创作这部剧作时,吸取了民间说话的内容,突破了历史情境的制约,不仅通过艺术虚构把关羽塑造成孤胆英雄,而且将信誉之争改变为"正统"之辩。这一变动,境界全出。剧中关羽的一举一动,无非是捍卫"汉家"基业。在"汉家皇统"这一前提下,鲁肃"讨还"荆州的行为,显然是无理取闹,故而关羽质问鲁肃:"则你这东吴国的孙权,和俺刘家却是甚枝叶?"鲁肃反而理亏,无辞以对,正义则属于蜀汉一方。这也表明,经历了战乱和社稷巨变,目睹了百姓颠沛流离的关汉卿是在呼唤英豪。

(二)王实甫的杂剧创作

王实甫(生卒年不详),名德信,大都人。他创作的杂剧计有 14 种,完整地保留下来的除《西厢记》外,还有《丽春堂》四折、《破窑记》四折和《贩茶船》《芙蓉亭》曲文各一折。至于其他剧作,均已散佚不传。

《西厢记》是王实甫影响最大的一部杂剧,而且达到了元代戏曲创作的最高水平。这部剧作描写的是张君瑞和崔莺莺的爱情故事,而这一故事来源于唐代元稹的传奇小说《莺莺传》。《莺莺传》讲述了贫寒书生张生对没落贵族女子崔莺莺始乱终弃的悲剧故事。这个故事流传深广,到了宋代,文人诗词以之为典事,如苏轼《张子野年八十五,尚闻买妾,述古令作诗》中有"诗人老去莺莺在",自注用《莺莺传》事(《苏轼诗集》卷十一)。而苏门文人秦观、毛滂,则分别以崔、张故事为题材,写了"调笑转踏"歌舞曲,摒弃了"始乱终弃"的结局。后来,崔、张故事也进入了民间说唱和戏剧领域。在南方,南宋皇都风月主人《绿窗新话》卷上收有《张公子遇崔莺莺》,元初罗烨《醉翁谈录》"小说开辟"中列有《莺莺传》。在北方,金章宗(1190—1208)时人董解元,集其大成,以北宋时期的崔、张故事作品为基础,创作了《西厢记诸宫调》。《西厢记诸宫调》改写了《莺莺传》的悲剧性结局,写崔莺莺和张生相爱、私奔,最后得到圆满结局,将崔莺莺、张生和崔夫人的冲突代替了张生和崔莺莺的冲突,改变了故事的主题。

王实甫的《西厢记》以《西厢记诸宫调》为蓝本,重新改写了崔、张故事。这部剧作着重展示了两组矛盾,即以老夫人为一方和以崔莺莺、张生、红娘为一方的矛盾,亦即封建势力和礼教叛逆者的矛盾;崔莺莺、张生、红娘之间的性格矛盾。这两组矛盾形成了一主一辅两条线索,它们相互制约,起伏交错,推动着戏剧情节的发展。此外,这部剧作的戏剧冲突,是在一个很奇妙的环境中展开的。故事的发生地点是佛寺,时间是崔氏一家扶灵归葬的几个月。本来,佛寺应是六根清净、修心养性的场所,而王实甫竟安排崔、张在这里偷期密约,供奉菩萨的"庄严妙境"成了培育爱情之花的园圃。按照礼教规定:"父丧未满,未得成合。"偏偏在父亲棺材还在这里搁着的时候,崔莺莺却生出了一段风流韵事。王实甫把春意盎然的事件放置在灰黯肃穆的场景中,这本身就构成了强烈的矛盾,它既是对封建礼教的无情嘲弄,也使整个戏充满了浓厚的喜剧色彩。

综观全剧,矛盾冲突贯穿始终,这种矛盾冲突具有深刻的社会根源,也植根于人物的思想性格之中。故事情节一波未平,一波又起,却又始终紧扣着人物的命运。在每一次的戏剧冲突中,作者总是使人物性格得到进一步的发展;总是写年青一代节节胜利,封建势力节节败退,并且处在被嘲弄的位置。从整部戏看,冲突是尖锐激烈的,却又处处显露乐观的前景。作者充分地利用误会、巧合、夸张、打趣、滑稽、诙谐等各种手段,制造出多变的舞台节奏。与此同时,我们不难看到配角在剧中推动情节发展和调节舞台节奏气氛的作用,尤其是红娘这一"脚色"的作用。红娘一出现,舞台的气氛就活跃起来。因此,《西厢记》和一些悲悲切切的爱情戏大不一样,它的格调是轻松明朗的,它要让观众在一串串的笑声中得到精神的满足,它是我国戏剧史上一部出色的喜剧。

《西厢记》的语言也是极有特色的,即使是唱词,作者也考虑到人物身份、地位、性格的不同,使之呈现不同的风格。同为男性角色,张生的语言显得文雅,郑恒则鄙俗,惠明则粗豪。同为女性角色,崔莺莺的语言显得婉媚。莺莺是大家闺秀,她的唱词节奏舒展,色彩华美,感情含蓄,与婉约派词风相似。红娘的语言则显得鲜活泼辣。红娘是丫头,口齿伶俐,作者让她的语言夹杂着俚语、俗语和日常生活用语,显得既质朴本色又生动活泼。

(三)白朴的杂剧创作

白朴(1226—1307),字仁甫,又名太素,号兰谷,祖籍隩州(今山西河曲),后徙居真定(今河北正定县),终身未仕。白朴是最早以文学世家的名士身份投入杂剧创作的重要作家,他一生共创作杂剧16种,现存《梧桐雨》《墙头马上》2种,《绝缨会》《赶江江》《梁山伯》《银筝怨》《崔护谒浆》《高祖归庄》《赚兰亭》《斩白蛇》《幸月宫》《钱塘梦》《凤凰船》11种已佚失,《流红叶》《箭射双雕》2种仅存曲词残文。另有《东墙记》,可能经过明人增饰修改,已非其原貌。在这里,着重分析一下白朴影响较大的两部杂剧——《墙头马上》和《梧桐雨》。

《墙头马上》取材于唐代诗人白居易的新乐府诗《井底引银瓶》,该诗讲述了一个婚姻悲剧故事:一个女子爱上了一位男子,同居了五六年,但被家长认为"聘则为妻奔则妾",逐出家门。白朴在剧本中所写的内容,大致与《井底引银瓶》一诗相同,但它表现的思想倾向,则与原诗迥异。剧作写李千金与裴尚书之子裴少俊相爱,私奔至裴家,在后花园同住七载,生下一儿一女。后被裴尚书发现,将李千金驱赶回家。裴少俊中状元后,方得与李千金团圆。剧中的李千金虽然出身于大家闺秀,但她对爱情的追求大胆、率真、泼辣、主动,与《西厢记》里的崔莺莺性格迥然不同,更多地体现了市民阶层的思想情趣。她一上场就毫不掩饰对爱情和婚姻的渴望,她声称:"我若还招得个风流女婿,怎肯教费工夫学画远山眉。宁可教银钮高照,锦帐低垂。菡萏花深鸳并宿,梧桐枝隐凤双栖。"当她在墙头上和裴少俊邂逅,看上了"一个好秀才",便处处采取主动的态度。她央求梅香替她递简传诗,约裴少俊跳墙幽会。当两人被嬷嬷瞧破,她和裴少俊一忽儿下跪求情,一忽儿撒赖放泼,还下决心离家私奔。为了爱情,李千金什么也不怕,什么也敢做。她甘愿做出牺牲,"爱别人可舍了自己"。她深信自己要求及时婚嫁的合理性,"那里有女儿共爷娘相守到头白"。因此,她不像深闺待字的少女那样羞羞答答。显然,在这个人物身上,白朴融合了市井女性有胆有识敢作敢为的特征,表现出要求婚姻自主的鲜明倾向。全剧富于清新、明快、风趣的风格,有着浓厚的喜剧色彩。

《墙头马上》的艺术风格,以紧凑、生动的情节安排取胜,并注重通过戏剧场面刻画人物形象。例如,第三折裴尚书撞见了重阳和端端,便打醒了正睡得糊涂的院公查问:

> (院公做醒着扫帚打科,云:)打你娘,那小厮!(做见懵科,尚书云)这两个小的是谁家?(端端云)是裴家。(尚书云)是那个裴家?(重阳云)是裴尚书家。(院公云)谁道不是裴尚书家花园,小弟子还不去!(重阳云)告我爹爹妈妈说去。(院公云)你两采了花木,还道告你爹爹妈妈去。跳起您公公来打你娘!(两人走科,院公云)你两个

不投前面走,便往后头去!

这一段戏把小孩子的天真无邪和老院公力图遮掩的狼狈相,描绘得栩栩如生。在裴尚书不阴不阳满腹狐疑的态度面前,端端、重阳活蹦乱跳,实话实说;老院公手足无措,支支吾吾。这充满喜剧性的场面使人忍俊不禁,人物的形象就在戏剧的冲突中凸显出来。

《梧桐雨》是描写杨玉环、李隆基爱情生活和政治遭遇的历史剧,取材于白居易的长篇叙事诗《长恨歌》和陈鸿的传奇小说《长恨歌传》。从中唐开始,历来描绘、评论杨、李故事的作品,或侧重同情、赞誉杨、李生死不渝的爱情,或偏于揭露、讽喻杨、李耽于享乐,贻误朝政。白朴的《梧桐雨》固然也写到杨、李的情爱、侈逸,但其创作的着眼点在于突出地流露出对时世陵替、人生变迁、盛衰转化的哀愁、凄恻的感伤情绪,这与白朴词作中反复抒发的山川之异和沧桑之变的感叹是相通的。

《梧桐雨》的楔子写李隆基在"太平无事的日子"里,不问是非,竟给丧失时机的安禄山加官晋爵,让他镇守边境。第二折写李隆基与杨玉环在长生殿乞巧排宴,两人恩恩爱爱,情意绵绵,"靠着这招新凤,舞青鸾,金井梧桐树映,虽无人窃听,也索悄声儿海誓山盟",相约生生世世,永为夫妇。第三折是故事的转折点,安禄山叛乱,李隆基仓皇逃走;到马嵬坡,六军不发,李隆基在"不能自保"的情况下,只好让杨玉环自缢。"黄埃散漫悲风飒,碧云黯淡斜阳下",经过这一场激变,一切权力、荣华、烟消云散。第四折是全剧最精彩的部分,主要描写唐明皇忆旧、伤逝、相思、哀愁等感情交织搅扰的心境,同雨打梧桐的凄凉萧瑟的氛围融为一体,淋漓尽致地烘托出李隆基凄楚悲凉的心境。

整部剧的曲词文采飘逸而又自然生动,具有强烈的艺术感染力。王国维评《梧桐雨》杂剧:"沉雄悲壮,为元曲冠冕"(《宋元戏曲史》),正是着眼于其悲凉的意境。吴梅称誉"此剧结构之妙,较他种更胜,不袭通常团圆套格,而以夜雨闻铃作结,高出常手万倍"(《吴梅戏曲论文集·瞿安读曲记》)。

(四)马致远的杂剧创作

马致远(生卒年不详),字千里,一说字致远,号东篱,元大都(今北京)人。马致远年轻的时候,曾经热衷于功名,希望在仕途上有所作为,但奋斗多年却未能如愿。他在江浙行省做过提举官,晚年的时候过着隐居的生活。

马致远在元代梨园声名很大,有"曲状元"之称。他既是当时名士,又从事杂剧、散曲创作,亦雅亦俗,备受四方人士钦羡。所做杂剧15种,现存7种,即《汉宫秋》《陈抟高卧》《任风子》《荐福碑》《青衫泪》《岳阳楼》以及《黄粱梦》(与人合作)。在这里,着重分析一下马致远的杂剧《汉宫秋》。

《汉宫秋》以历史上的昭君出塞故事为题材,但它不完全拘泥于史实,而是结合元代的时代精神和作者的现实感受,进行了全新的艺术创作。首先,史载王昭君是汉元帝的宫女,"入宫数岁,不得见御",匈奴单于呼韩邪来朝求婚,昭君因"积悲怨,乃请掖庭令求行"。临行之期,"昭君丰容靓饰,光明汉宫,顾景徘徊,竦动左右。帝见大惊,意欲留之,而难于失信,遂与匈奴"。杂剧改为汉元帝因闻琵琶得见昭君,惊其姿容绝伦,纳为宠妃,恩爱备至。奸臣毛延寿携昭君美人图叛逃,唆使匈奴王以武力讨娶昭君。汉廷文武惧于匈奴威势,胁迫元帝割爱媚敌,昭君"怕江山有失","情愿和番",以息刀兵。行前留下汉家衣服,以誓不辱汉室,这就突出了王昭君对祖国的深沉感情。其次,剧中的毛延寿由最初见于晋葛洪《西京杂记》等笔记小说中的"京师画工",剧本将画工毛延寿的身份改为中大夫,他因索贿未成,将昭君画像献给单于,唆使匈奴攻汉,从贪婪的奸臣发展为"忘恩咬主"、卖国求荣的叛臣。最后,史载昭君和亲去到匈奴,生子育女,并"从胡俗"为两代单于阏氏,剧中则写王昭君未入匈奴便投江殉国,歌颂了她的民族气节,显示了她崇高的悲剧性格。行至汉匈交界处,举酒南向浇奠,纵身投江,殉节而死。经过这样的改动,昭君故事便被赋予了新的主题,成为金元、宋元之交家国兴亡和民族情绪的曲折反映。

在这部剧作中,马致远对王昭君的形象虽然着墨不多,但依然写得相当突出。她空有才情与美貌,但事事总不如意。皇宫选美,使她背井离乡;毛延寿弄权,她被打入冷宫;偶然间得遇恩宠,却又好景不长,被迫和番;后来身入异邦,她眷恋汉朝,义不受辱,投江自尽。可以说,王昭君就是乱臣贼子横行天下时代的牺牲品。

(五)纪君祥的杂剧创作

纪君祥(生卒年不详),一名天祥,大都(今北京)人。其所撰杂剧 6 种,今存《赵氏孤儿》1种,另《松阴梦》有残曲存于《雍熙乐府》等曲籍中。

《赵氏孤儿》是一部历史剧,主要依据《史记》敷演而成,但情节上作了较多改动。该剧写春秋时晋灵公昏聩不君,武将屠岸贾擅权,将大臣赵盾满门抄斩,其子驸马赵朔亦被逼自杀。赵朔妻在幽禁中生下赵氏孤儿,被赵朔门客程婴偷带出宫。屠岸贾得知后,下令屠杀全国所有半岁以下婴儿。程婴为保赵家骨血,与退休老臣公孙杵臼商议,将自己的儿子送给公孙,顶替赵氏孤儿,然后出首,揭发公孙收藏了赵氏孤儿。结果程子被杀,公孙自杀,程婴被屠岸贾收留为门客,所携赵氏孤儿也被屠岸贾认为义子。20 年后,孤儿长大成人,程婴告之以真相,终于报了大仇。

很明显,这是一部具有浓郁悲剧色彩的剧作。奸臣屠岸贾的残暴狠毒与程婴、公孙杵臼等人冒死历险、慷慨赴义的自我牺牲精神构成了尖锐激烈的戏剧冲突。屠岸贾为了个人私怨而杀害赵盾全家,为了搜捕赵氏孤儿而不惜下令杀死全国的小儿,这种令人发指的残忍行径,使他成为邪恶的化身。由于他得到昏君的宠信,掌握了大权,这就使得程婴、公孙杵臼等人为救护无辜而进行的斗争特别艰巨,甚至要以牺牲自己的生命和舍弃后代为代价,从而构成了全剧惨烈悲壮的基调。在邪恶势力黑云压城、风雨如磐的黑暗年代,呼唤正义,讴歌为正义而献身的自我牺牲精神,并坚信正义必将战胜邪恶,应该是此剧广受欢迎、流传久远的更重要的原因。

这部剧作的人物形象塑造,也颇具特色。剧中的一批正面人物形象,作者赋予他们不畏强权,见义勇为,视死如归的崇高品格。但他们性格的完成,并不是标签式的抽象道德观念的外化,而是在剧情的展示和尖锐的矛盾冲突中加以凸显的,因而显得真实感人。例如程婴,最初受托救护赵氏孤儿时,还是出于单纯的报恩思想,而当屠岸贾声言要杀尽晋国"半岁之下,一月之上"的小儿以后,他的舍弃己子的举动,就不仅仅是为了一个赵氏孤儿,同时也是为了挽救更多的无辜,他的思想境界明显地有一个升华的过程。在剧本第三折,狡诈的屠岸贾让程婴拷打公孙杵臼,以试其真伪。程婴为保住赵氏孤儿,既要担当卖友求荣的恶名,又要亲手拷打共谋者,特别是屠岸贾当着程婴的面,亲手将假冒赵氏孤儿的程子剁为三段,这都使程婴处于常人所无法承受的巨大精神重负之下。而程婴在严峻的考验面前,强忍悲痛,始终不露破绽。正是在这种尖锐激烈的矛盾冲突中,程婴忍辱负重、沉着坚毅、视死如归的思想性格特点得到了充分表现。

二、南戏的发展

南戏是由流行于宫廷和民间的杂剧、唱赚、词、歌舞戏、南方民间乐曲等综合发展而来,大约在12世纪20年代时由温州(今属浙江)一带的艺人创立,到12世纪90年代已流传到南宋都城临安(今浙江杭州),并盛行于今浙江、福建沿海。在元代时,南戏吸收了北杂剧的艺术经验,获得了迅速发展,并渐渐有压倒北杂剧的势头。一直到明初,南戏仍然活跃,后逐渐向传奇演化,故而前人论曲,往往"南戏""传奇"不分。

元代南戏的代表作是"荆、刘、拜、杀"(《荆钗记》《刘知远白兔记》《拜月亭记》《杀狗记》),以及被后人誉为"曲祖"(明魏良辅《曲律》)、"南曲之宗"(清黄图珌《看山阁集闲笔》)的《琵琶记》。

《荆钗记》一般认为是元末柯丹邱所作,现存多种明刻本,以温泉子编辑的《原本王状元荆钗记》较近原貌。剧中讲述穷秀才王十朋和大财主孙汝权,分别以荆钗和金钗为聘礼,向钱玉莲求婚。玉莲重才而轻财,选择了王十朋的荆钗。成婚后,王十朋赴京考中状元,因拒绝万俟相招其为婿的好意,被改调至烟瘴之地潮阳任职。而他给钱玉莲的家书,却被孙汝权套改为"休书",继母因此逼迫钱玉莲改嫁。钱玉莲不从,投江自尽,幸被钱安抚救起。王十朋得知钱玉莲死讯,设誓终身不娶;钱玉莲也听到了十朋死于瘴疫的误传。后来两人在钱安抚的舟中以荆钗相认,重续前缘。

这部剧作在许多方面突破了儒家的价值观,如钱玉莲重才而轻财,为了自己的信念,甘赴一死,她的"节",虽有封建守贞节的因素,但更多体现了"富贵不能动其志,威逼不能移其情"的品质。又如,王十朋在误闻玉莲死讯后,守情不移,甚至宁无子嗣,也不再娶,就突破了"不孝有三,无后为大"的纲常观念。剧中涉及如何对待贫贱,如何对待富贵,如何处理夫妻关系、继母与前妻子女的家庭关系等,这些都是人们深为关切的社会问题。因此,这部剧作的出现吸引了广大观众的注意,明王世贞称《荆钗》"近俗而时动人"(《曲藻》)。所谓近俗,正好说明它具有贴近现实生活的一面。此外,这部剧作的情节结构颇为精巧,戏剧性较强。它利用荆钗这一道具贯穿全剧,层次分明地展开冲突与纠葛,因而"以情节关目胜"(明徐复祚《曲论》),特别适宜于舞台表演。

《刘知远白兔记》为永嘉书会才人编,剧作中的刘知远是五代后汉的开国皇帝。他以一个流浪汉而登上皇帝的大位,这样的传奇经历使他为民间所喜闻乐道。该剧写刘知远落魄流浪,被财主李文奎收留,充当佣工。李文奎因见刘知远睡时有蛇穿其七窍,断定日后必然大贵,就将女儿李三娘嫁给他。李文奎死后,刘知远不堪妻兄李洪一夫妇的欺侮,被迫从军,入赘岳帅府,享受高官厚禄。三娘受尽兄嫂折磨,在磨坊中产下一子,送至刘知远处乳养。15年后因儿子追猎白兔,与生母相逢,终于惩处李洪一,全家团圆。通过这部剧作,作者表明了"贫者休要轻相弃,否极终有泰时,留与人间作话题"的创作意图。

《拜月亭记》相传为元人施惠所作,原本已佚,以明世德堂刻本较近原貌。这部剧的剧终说"书府番誊燕都旧本"(尾声),可知它是根据关汉卿同名杂剧改编而成的。该剧写金主诛杀主战派大臣陀满海牙一家,派尚书王镇向敌国求和。海牙子兴福在逃亡途中与书生蒋世隆结为兄弟。敌军入侵,金主迁都汴梁。蒋世隆和妹瑞莲、王镇的夫人和女儿瑞兰都在兵乱中失散。瑞兰遇见世隆,在患难中结为夫妻,瑞莲也被王夫人收为义女。后王镇出使回来,在旅店中遇见瑞兰,不愿女儿嫁给患病的穷秀才世隆,强行将瑞兰带走。敌兵退走后,王镇一家在汴京团聚,瑞兰在拜月亭前对月祷告,祝夫婿平安,被瑞莲窃听,方知彼此实为姑嫂。后来朝廷开科取士,世隆、兴福分别考取文武状元。王镇奉旨招两人为婿,夫妇兄妹相认团聚。

这部剧作着力描写了蒋世隆、瑞兰二人在患难相扶、生死与共中建立起来的纯洁、坚贞的爱情,指斥了"倚势仗权,将夫妻苦苦拆散"的王镇忘恩负义。同时,这部剧作提倡不以贫富为转移的婚姻观,批判以门第为标准的婚姻观,具有浓厚的民间文化色彩。此外,这部剧作与一般才子佳人儿女风情题材不同,它还写出了广阔的社会风貌。通过重大的事变,让上自朝廷大臣,下至招商店主人、小二的形象,按照他们不同的社会地位和生活道路,一一在舞台上显现,把兵荒马乱的岁月,颠沛流离的生活,和剧中人物的命运紧密地结合起来,从而使这个悲欢离合的故事具有深刻的意义。

《杀狗记》相传为元末明初人徐所作,写财主孙华与市井小人柳龙卿、胡子传结为兄弟,受柳、胡二人挑唆,把胞弟孙荣赶出家门,寄身破窑。孙华妻杨月真屡劝不听,设计杀狗,假扮人尸,放在门外。酒醉归来的孙华,误以为祸事临门,便请那些酒肉朋友帮忙移尸,胡、柳二人不仅不肯前来,反而向官府告发,而其弟孙荣则不计前嫌,当即为兄埋"尸",还在官府前主动承担杀人罪名。最后杨月真说明真相,兄弟重归于好。剧本提倡"亲睦为本""孝友为先""妻贤夫祸少",以宣扬封建伦理道德为主旨,赞美恪守妇道而又能劝夫改过的贤妇,事兄如事父、被逐无怨言的悌弟,以及忠心事主的义仆,充满封建宗法礼教气息。但剧作对封建宗法家庭的矛盾和封建家长的专横有所揭露,其警诫世人不可妄交酒肉朋友,也有一定的社会意义。剧本对柳龙卿、胡子传的游手好闲、招摇撞骗,描绘得颇为生动。语言通俗质朴,但过于俚俗,艺术上显得比较粗率。

《琵琶记》代表了元末南戏艺术的最高成就,创作者是高明。高明(1307?—1359),字则诚,号菜根道人。温州瑞安人。自少即以博学著称,求学于理学家黄活门下,深受儒家思想的影响。至正五年(1345)中进士,做过多任地方官。任职期间,颇有能声,也意欲有所作为。至正十一年(1351),从军南征方国珍起义,因与统帅论事不合,兼之目睹时政日非,对现实生活深感失望。约在至正十六年(1356)之后,隐于浙东宁波的栎社,以词曲自娱,并创作了《琵琶记》。此外,据徐渭《南词叙录》,他还作有南戏《闵子骞单衣记》,今佚。

《琵琶记》是在宋代戏文《赵贞女蔡二郎》的基础上创作而成的,《赵贞女蔡二郎》的情节大致写蔡伯喈(即蔡二郎)应举,考中了状元,他贪恋功名利禄,抛弃双亲和妻子,入赘相府。其妻赵贞女在饥荒之年,独力支撑门户,赡养公婆,竭尽孝道。公婆死后,她以罗裙包土,修筑坟茔,然后身背琵琶,上京寻夫。可是蔡二郎不仅不肯相认,竟还放马踩踏,致使天神震怒。最后,蔡二郎被暴雷轰死。由于高明强调封建伦理的重要性,希望通过戏曲"动人"的力量,让观众受到教化。因此,他在《琵琶记》中保留了赵贞女的"有贞有烈",但对蔡伯喈的形象作了全面的改造,让他成为"全忠全孝"的书生。为了终养年迈的父母,他本来并不热衷功名,只是辞试不从,辞官不从,辞婚不从,这"三不从"导致一连串的不幸,落得个"可惜二亲饥寒死,博换得孩儿名利归"的结局。

这部剧作在人物塑造上取得了较大的成功,对人物心理的刻画尤为突出。以蔡伯喈来说,他的形象体现了知识分子的软弱性格和复杂心理。他努力按照伦理纲常行事,但封建伦理本身难以周全的矛盾却使他无所适从。从君从父的伦理要求,使他难以违抗;家庭的灾难,又使他难辞其咎。所以他始终处于夹缝之中,难以两全。另外,蔡伯喈也是有情有欲的。入赘相府的那一刻,他情不自禁,流露出"喜书中今日,有女如玉"的喜悦;但他也确实思念前妻,牵挂父母,经常彷徨苦闷,忐忑不安。他想过弃官而归,又怕招来不测,只想等待三年任满,趁牛丞相"不提防""双双两个归昼锦"。其实,当他苦苦做着团聚终养之梦的时候,家中早已是支离破碎。可以说,正是优柔寡断、委曲求全的软弱性格,造成了蔡伯喈的人生悲剧。

此外,这部剧作的戏剧冲突也颇有特色。它的情节沿着两条线索发展:一条写蔡伯喈离家后的件件遭遇;另一条写赵五娘在家中的种种苦难。既集中笔力写蔡伯喈在荣华富贵的罗网中辗转无奈,又酣畅地写赵五娘饥寒交迫,陷入绝境,比较广阔地展示出生活画面。在关目安排上,特别注意让两条线索交叉进行,让不同的生活场景对比衔接。如此一来,贫富悬殊的情景形成了强烈的反差,使观众加深了对不合理的社会现实的认识。

第五节 散曲的兴起与流变

汉唐以来,配上音乐而可以歌唱的诗,是由文字的"词"和音乐的"曲"两部分组成的,到了宋代,则把"词"作为一种新诗体的名称,元代"曲"成为继词而起可以歌唱的新诗体"散曲"的名称。独立存在的散曲叫"清曲",放在戏曲中,则称为"剧曲"。

散曲最初兴起于金末北方,尚未形成完整的体系。蒙古人统一全国的过程中,北方少数民族的音乐得以输入中原,在金代"俗谣俚曲"的基础上融入"胡夷之曲""胡乐",便形成了散曲。

就文学上的发展来看,散曲曲词作为一种新型的诗体,首先在北方地区替代了词的功能,而成为金元时期的流行歌曲和流行文体。文人曲词创作受传统诗词影响,但更多地受到了民间文艺的影响,因此与诗词相比,曲的口语化、生活化、民间化程度要高得多。

散曲与词一样有宫调、有调名(词称词牌,曲称曲牌),北曲现存十二宫调三百三十四曲牌,不同曲牌对字数、句式、平仄、押韵都有规定。曲与词形式上最重要的区别是:曲可以在曲谱规定的句型中加进"衬字",同时又不违背曲律原有的节奏。衬字使得曲词的语言更加生动活泼而富于变化,表现力更强,作者在创作中也有更多的自由发挥余地。曲与词更深层的区别,任讷《散曲概论》有极简要的概括:"词静而曲动,词敛而曲放,词纵而曲横,词深而曲广,词内旋而曲外旋,词阴柔而曲阳刚。词以婉约为主,别体为豪放;曲以豪放为主,别体则为婉约;词尚意内言外,曲竟为言外而意亦外。"

散曲包括小令与套数两种。小令是独立的只曲,如马致远的【越调·天净沙】《秋思》:

> 枯藤老树昏鸦,小桥流水人家,古道西风瘦马。夕阳西下,断肠人在天涯。

所用宫调为"越调",曲牌为"天净沙",题目是《秋思》。这是一支传唱千古的小令。不过,诗一首或词一阕中间可以换韵,散曲中小令则必须一韵到底,不能换韵。在特殊情况下,有小令"带过曲",它是由于作者填写了一支小令,觉得意犹未尽,于是续填一调,若两调还嫌不足,则还可再填写一调,但直到三调为止。也可以从套数里摘出二支或三支连唱的曲调,跟双叠或三叠的词调相似,在题目中标明"带用"二字,或只用其中一字,或用"兼"字,或称"兼带",如题目为《锦上花带清江引碧玉箫》等。小令还有"重头"的出现,与词中上下两叠完全相同的"重头"一样,是把同一小令一再填写时,每支用韵各不相同,但用同一题目或类似题目,如《四季》

《四时行乐》等为总题目,"春""夏""秋""冬"为分题目。

元代流传下来的散曲作品,据隋树森《全元散曲》统计,有小令3 800多首,套数400多套,从数量上看,以小令居多。与词比较,曲的小令没有双调或多叠的形式,它的用韵比词更密,几乎句句入韵,而且平仄可以通押。套数是由两支以上属于同一宫调的曲子联合而成的组曲,如马致远的【双调·夜行船】《秋思》、睢景臣的【般涉调·哨遍】《高祖还乡》就是比较大型的套数。有一种小型的套数,被称作"带过曲",它由同一宫调里习惯连唱的两支或三支曲调组成,如中吕宫的【十二月】带【尧民歌】,南吕宫的【骂玉郎】带【感皇恩】【采茶歌】等。隋树森《全元散曲》收录220余家的3 800余首小令,470余首套数。这些作品的主题内容,首先集中于叹怨现实,其中包括怨世、愤世、刺世、讪世、玩世等对现实各种不满不平态度;其次是怀古咏史,在对历史人物事件的咏叹评判中,嘲讽英雄豪杰忠臣义士而赞美遁世隐士,其中嘲讽屈原尤为引人注目。唐诗宋词中常见的恋情闺怨,在元曲中凸现的是写作的大胆性、市井性、调笑性、诙谐性,给人截然不同的感受。描写自然山水的散曲,也与传统诗词有所不同,无论是简淡闲放、清新明丽,还是萧瑟凄凉、雄浑瑰丽,都表达得痛快淋漓,一目了然。

散曲中的套数来源于宋、金时的说唱诸宫调,是连缀几调成为一组歌曲,即小令的合调组曲,其中至少由两支同宫调的曲牌联合而成一整体,有首有尾。因以套计数,便称为一套、两套等,故名为"套数",也叫"套曲",别名亦叫"大令",是专对小令而言的,通常,称其为"北曲套数"。元杂剧中剧曲"套数"各套是有联系的,而独立存在的套数不连贯,只是清唱,故亦名"清曲",亦叫"散套"。北曲套数各套往往根据情节繁简伸缩其长短,最长的套数用曲调达三十四调之多,而且各套所用曲牌,都有规定法则,某调宜先,某调宜后,不可颠倒错乱。最重要的是,每套从头至尾必须押同一韵,不可换韵,而且每套末须有"尾声",以表示首尾的完整与全套音乐的完结,若尾声与它调浑为一体时,亦名"煞尾""收尾""拍煞"等。

从其发展上来看,金元散曲发展大体上分为两个阶段,前期多为大都、山西等北方人,元好问现存散曲13首,有明显变词为曲的痕迹,代表了金遗民的散曲特点。杜仁杰的【般涉调·耍孩儿】《庄家不识勾栏》、王和卿的【仙吕·醉中天】《咏大蝴蝶》、关汉卿的【南吕·一枝花】《不伏老》等作品,将民间俗谣俚曲变为文人创作,或滑稽诙谐或豪辣狂放,被视为散曲本色派,而白朴、马致远、卢挚、姚燧等人的创作,或清丽秀雅,或明丽清爽,其中尤以马致远创作数量最多且脍炙人口,奠定了后期清丽派兴盛的基础。下面以关汉卿和白朴的散曲为例对前期阶段的散曲进行分析。

关汉卿自称"普天下郎君领袖,盖世界浪子班头"。他的著名套数【南吕·一枝花】《不伏老》可视为"浪子"的一篇宣言,其【黄钟尾】曲云:

> 我是个蒸不烂煮不熟捶不扁炒不爆响当当一粒铜豌豆,恁子弟每谁教你钻入他锄不断斫不下解不开顿不脱慢腾腾千层锦套头。我玩的是梁园月,饮的是东京酒,赏的是洛阳花,攀的是章台柳。我也会围棋,会蹴踘,会打围,会插科,会歌舞,会吹弹,会咽作,会吟诗,会双陆。你便是落了我牙,歪了我口,瘸了我腿,折了我手,天赐与我这几般儿歹症候。尚兀自不肯休。则除是阎王亲自唤,神鬼自来勾,三魂归地府,七魄丧冥幽。天那,那其间才不向烟花路儿上走。

此曲浓墨重彩,层层晕染,集中而又夸张地塑造了"浪子"的形象。不难发现,在这一"浪子"的形象身上所体现的传统文人道德规范的叛逆精神、任性所为无所顾忌的个体生命意识，以及不屈不挠顽强抗争的意志，实际上是向市民意识、市民文化认同的新型文人人格的一种表现。此曲在艺术上也很有特色。曲中一系列短促有力的排句，节奏铿锵，具有精神抖擞、斩钉截铁的意味。全曲把衬字运用的技巧发挥到了极致。如首两句，作者在本格七、七句式之外，增加了 39 个衬字，使之成为散曲中少见的长句。而这些长句，实际上又以排列有序的一连串三字短句组成，从而给人以长短结合舒卷自如的感觉，也增强了作品的气势和节奏感。这种浪漫不羁的表现形式，恰能表达浪漫不羁的内容，以及风流浪子无所顾忌的品性。

关汉卿散曲创作最多的题材是男女恋情，尤其以刻画女子细腻微妙的心理活动见长，如【双调·沉醉东风】：

> 咫尺的天南地北，霎时间月缺花飞，手执着饯行杯，眼阁着别离泪。刚道得声"保重将息"，痛煞煞教人舍不得。好去者，望前程万里。

此曲将男女离别的场面刻画得细致入微，可与柳词相埒。但柳词以含蓄蕴藉见长，关曲于含蓄中得真率直白之味。

白朴的散曲创作，今存小令 37 首，套数四篇。其散曲作品常以表面的放旷超脱，来表达内心的抑郁和牢骚，具有浓郁的文人趣味，如以下四首【中吕·阳春曲】《知几》：

> 知荣知辱牢缄口，谁是谁非暗点头。诗书丛里且淹留。闲袖手，贫煞也风流。
> 今朝有酒今朝醉，且尽樽前有限杯。回头沧海又尘飞。日月疾，白发故人稀。
> 不因酒困因诗困，常被吟魂恼醉魂。四时风月一闲身。无用人，诗酒乐天真。
> 张良辞汉全身计，范蠡归湖远害机。乐山乐水总相宜。君细推，今古几人知。

这几首小令描写了宦途的险恶，社会的黑暗，人生的无奈，生命的短暂，山水的赏玩，由此抒发了作者无可奈何而又深切感悟、看透世事而又眷恋人生的隐逸情调。

白朴抒写男女之情的散曲，感情真挚而热烈，如【中吕·阳春曲】《题情》：

> 从来好事天生俭，自古瓜儿苦后甜。奶娘催逼紧拘钳，甚是严，越间阻越情忺。

此曲以恋爱自由为主题，反对家长束缚，言情中蕴含哲理。

实际上，白朴散曲最多的是叹世归隐之作，如【双调·沉醉东风】《渔父》：

> 黄芦岸白蘋渡口，绿杨堤红蓼滩头。虽无刎颈交，却有忘机友，点秋江白鹭沙鸥。
> 傲杀人间万户侯，不识字烟波钓叟。

此曲通过描写主人公秋江上和鸥鹭相与忘机的渔父生涯，表明了作者否定现实功名，向往遁世隐退生活。然而表面的潇洒脱略并不能完全掩盖作者心中的悲愤，"不识字"三字即透出个中消息。强调渔父的不识字可以无忧无虑、傲视王侯，由此表现了文人对现实生活的反感。

后期散曲作家虽仍以北方人为主，但不局限于大都、山西，南方人如徐再思、张可久也加入散曲创作行列，散曲变成全国性的文体，而且明显南方化。乔吉、张可久被视为后期清丽派代表，他们的散曲从语言到内容，都进一步向清丽典雅、格律谨严、含蓄凝练发展。维吾尔族文人贯云石、薛昂夫的创作代表了"色目人"散曲创作成就。在清丽曲风大盛时期，张养浩、睢景臣、刘时中、张鸣善等人还能保持曲体的直白通俗，将本色曲风发扬光大。下面以张可久、乔吉为代表对后期的散曲进行分析。

张可久,生卒年不详,字小山,一作字伯远,庆元(今浙江宁波)人。张可久虽然饱读诗书却一生不得志,直到 70 多岁还在昆山做幕僚。张可久一生游历的地方很多,特别是江南的南京、苏州、扬州、绍兴、天台等地,多所流连。晚年则居住在杭州(今属浙江)西湖,并且留下了大量的题咏。张可久一生专写散曲,有《小山乐府》,今存小令 855 首,套数 9 篇,是元代散曲存世作品最多的。

张可久的散曲取材广泛,包括写景抒怀、叹世归隐、男女恋情、酬唱赠答等文人生活的各方面,其中不乏愤世嫉俗的悲叹怅恨之作,如【正宫·醉太平】(叹世):

> 人皆嫌命窘,谁不见钱亲?水晶环入面糊盆,才沾粘便滚。文章糊了盛钱囤,门庭改造迷魂阵,清廉贬入睡馄饨。葫芦提倒稳。

此曲揭示了当时社会黑白颠倒、贤愚不分的现实,愤世极深,对道德沦丧、贤愚颠倒的人情世态作了辛辣的讽刺。类似这样主题在他的九首小令【双调·庆东原】《和马致远先辈韵》中有比较充分的表现,九首小令皆以"他得志笑闲人,他失脚闲人笑"作结,反映了一个饱经忧患的文人参破穷通,深谙世态炎凉的沉痛的思想感情。现举其第五首:

> 诗情放,剑气豪,英雄不把穷通较。江中斩蛟,云间射雕,席上挥毫。他得志笑闲人,他失脚闲人笑。

此曲写英雄人物应有的气度和胸怀。感情豪迈旷达,笔力雄健奔放,曲辞亦是英雄本色。篇幅短小,却含义深沉,文字精练,仿佛是一首小词,具有"骚雅"与蕴藉的特点。

由于身受不公平的待遇,当然对于世道黑暗也比较敏感。这种感受甚至使张可久在吟咏景物时也有所联想,如【中吕·红绣鞋】《天台寺瀑布》:

> 绝顶峰攒雪剑,悬崖水挂冰帘,倚树哀猿弄云尖。血啼杜宇,阴洞飞廉,比人心山未险。

这首小令写山峰怒挺,瀑布奔泻,阴洞悲风,猿猴哀啼,以情入景宣发了作者凄怆幽怨的心情;末句点题,写出他对现实生活的不满。此外,这首小令以雄奇峭拔的笔力,极写山水景物之险,而曲末奇语突兀,寓理于景,显得别开生面。

生活的不如意,使他在凭吊古迹时,不禁抚昔叹今,有时也会联想起百姓的疾苦,如【中吕·卖花声】《怀古》:

> 美人自刎乌江岸,战火曾烧赤壁山,将军空老玉门关。伤心秦汉,生民涂炭,读书人一声长叹。

不难看出,这首小令受到张养浩著名的《潼关怀古》小令的影响。但也足以证明作者在发思古之幽情时,与张养浩有同样的感受。在此,张可久暂时从个人命运的狭小圈子突破出来,把视线落到人民的疾苦中去。

然而,最能代表张可久创作风格的是大量的山林隐逸和写景之作。在以"归兴""旅思""道中"等命题的作品中,常常表现出无可奈何的悲凉情绪和向往安定的田园生活的渴望,如【双调·沉醉东风】《秋夜旅思》和【黄钟·人月圆】《春晚次韵》。现举【黄钟·人月圆】《春晚次韵》:

蒌蒌芳草春云乱,愁在夕阳中。短亭别酒,平湖画舫,垂柳骄骢。一声啼鸟,一番
夜雨,一阵东风。桃花吹尽,佳人何在,门掩残红。

全曲以写景见长,景语又是情语,而所写的眼前景物,多与故实相关,显得典雅工丽,倍能体现缠绵委婉的情味;它攫取唐人崔护《题都城南庄》的诗意入曲,使意境更加幽邃深致。

乔吉(1280?—1345),字梦符,号笙鹤翁,又号惺惺道人。散曲今存小令 209 首,套数 11 篇。他在散曲创作上与张可久齐名,有"曲中李杜"之誉。乔吉一生穷愁潦倒,寄情诗酒,故散曲多啸傲山水和青楼调笑之作。

乔吉散曲的风格同样以清丽婉约见长,讲究形式整饬,节奏明快,勤于锻字炼句,如【中吕·满庭芳】《渔父词》:

秋江暮景,胭脂林障,翡翠山屏。几年罢却青云兴,直泛沧溟。卧御榻弯的腿痛,
坐羊皮惯得身轻。风初定,丝纶慢整,牵动一潭星。

全曲酣写隐逸者乐于避世而又不甘寂寞的内心矛盾,于恬淡中透出豪俊不凡之气。同时,把典故与俗语糅合在一起,典雅中有天籁,婉丽中有洒脱,充分显现了雅俗兼至的艺术特色。

乔吉歌咏山水风光、寄情声色诗酒的作品,为数最多,表现了不愿与世浮沉、追求高洁脱俗的志向,如【双调·水仙子】《寻梅》:

冬前冬后几村庄,溪北溪南两履霜,树头树底孤山上。冷风来何处香,忽相逢缟
袂绡裳。酒醒寒惊梦,笛凄春断肠,淡月昏黄。

全曲突出在一个"寻"字。梅,是春天的使者,所以寻梅即是寻春。寒冬经久了,亟盼春天的到来,本是人之常情。作者兴致勃勃地寻,即源于此。问题在于作者在准确地捕捉到春天的信息,而且经历了一番狂喜之后,却又黯然神伤起来。这样就变寻春而为伤春。一般伤春,多伤在春之归去,而作者伤春,却伤在春之未来。这感伤的情思,不绝如缕,与寻梅时的急切,得梅时的喜悦,恰成鲜明的对照。这种对照,反映了暂时的喜悦与长久的忧愁的矛盾。希冀摆脱忧愁而去寻春,又由于忧愁的无法摆脱而又伤春起来——因为在寻到春之后更感知忧愁的无法摆脱,所以对春的感伤情绪反倒更加浓重。作者以"寻梅"表达对人生理想的追求,充满着一种深沉的失落感和孤独感,化词入曲,格调含蓄,境界高远。

总之,散曲的蓬勃发展,尤其是套数的形成,促进了杂剧的定型。但作为新兴诗体,散曲有更多不同于剧曲的特征,这在散曲创作中得到充分展现。元代散曲的成就,明清两朝都难以为继。

第六节　话本小说与说唱文学的发展

元代商业经济有了新的发展,城市人口集中,而一般侧重于表现作者个人意趣胸襟的诗词,不易符合市民的需要。为了满足市民群众在勾栏瓦肆中的文化消费,宋代演述故事的话本、说唱在元代得到进一步的繁荣,进而出现了话本小说。元代的话本小说源于绝妙传神的"说话"艺术,是脱胎于民间技艺的一种文体。话本小说与前代小说的最大不同在于它是一种市民文学,有着浓烈的市民气息,它将视野扩大到了社会各个阶层,士农工商,无一不包,向世人展示了那个时代人们生活最为真实的一面,无论是它的内在思想,还是外在形式,都表现出

极为明显的市民特色。而由于话本是民间说话人的创作,因其口传文学的特色催生了说唱文学,即诸宫调。诸宫调作品中出现的代言体叙事,与小说话本对人物声口的模拟,有着密切的关系。

一、话本小说

宋代,农业生产的快速发展,带动了手工业和商业的发展,带来了城市的繁荣,壮大了市民阶层,夜市繁荣,娱乐业发达。在这种背景下,传统的雅文学已经不能满足广大市民的阅读需求了。为了迎合市民,文学创作中也显现出一些明显的市民色彩,许多具有市民特征、根植于民间的俗文学形式便由此兴盛,而"说话"便是具有时代特色的俗文学的代表之一。

"说话"的"说"是讲述的意思,"话"则是指故事。在宋代时,"说话"已经有了勾栏瓦舍等专门进行演出的场所。同时,以"说话"为职业的艺人纷纷出现。随着"说话"的发展,根据讲说的题材内容,人们对"说话"进行了分门别类,称为"家"或"家数"。这为后世通俗小说的分类提供了借鉴。"说话"具有鲜明的平民性、极强的娱乐性、浓厚的商品性,其思想内容与审美意识则具有世代积累性。而"说话"人讲故事的底本就叫"话本",是中国古代白话小说的开端。

话本小说具有以下几个特点。第一,主人公市民化。在话本小说中,主人公多为普通市民,市民的生活与情感在小说中得到了多方面的展示。例如,《金鳗记》(《计押番金鳗产祸》)这篇小说以足以展开为长篇小说的艺术容量,描绘了一幅动态的宋代市民生活画卷。小说中如官府小吏为生计从事第二职业、小伙计的生活情状、市民借婚姻高攀的愿望,以及女性的婚姻问题,包括女子无权决定自己的婚事,妻妾的矛盾等,其间的悲欢离合与新旧社会观念的交替丝丝入扣,显示出作者对题材的把握达到了很高的思想水平。第二,语言通俗化。话本小说在语体上最显著的特点就是语言通俗化。以往的文言小说基本上属于文人话语体系,在观念上受史传文学影响较大,在构思和描写时较为拘谨。虽然唐代的说唱艺术已经有一些作品采用了白话语言,但白话为一种文学语言,应该说还是从话本小说开始得到普遍的运用。话本小说本自说话艺术,是用来宣讲的,一切以听众为中心,而听众又主要是文化水平不太高的普通市民,因此描写尽可能具体细致,并以能吸引接受者的故事为作品的重点。在语言上,话本小说力求通俗易懂,使人物的性格表现得也生动传神。话本小说以白话作为文学语言,不仅在小说史,甚至在整个文学史上,都可以说具有里程碑的意义,为后世的小说在语言方面提供了一个有益的尝试。第三,小说叙述风格娱乐化与商业化。"说话"既然是商业化表演,说话艺人就要想尽一切办法吸引"看官",而"看官"进书场,为的是消遣,只有情节曲折有趣的故事才能博得他们的欢心。因此,趣味性、娱乐化就成了小说的一个最重要的艺术追求,也就是商业化的重要表现。总之,话本小说题材丰富,内容广泛,大多为短篇小说,多表现现实生活,作品善于从小处着手,情节安排曲折生动,脉络清晰,引人入胜;语言运用白话,少严肃深奥的书卷气,通俗易懂,生动活泼,有浓郁的生活气息,通过描摹人物行动、言语,展现人物性格和心理变化,人物形象鲜明生动,个性张扬,对明清小说的发展有深远影响。

从内容来看,元代话本小说可分为讲史话本、说经话本,其代表作的作者均不详。

(一)讲史话本

元代讲史话本现存八种:《宣和遗事》《薛仁贵征辽事略》《三分事略》《三国志平话》《武王伐

约书》《乐毅图齐七国春秋后集》《秦并六国平话》和《前汉书平话续集》。

《宣和遗事》现存版本分两个系统：一个是二卷本，有旌德郭卓然刻本、《士礼居丛书》本；另一个是四卷本，有金陵王氏洛川校正重刊本、吴郡修绠山房刊本。二卷本较近原貌。该书多本宋人记载，叙写王安石变法之祸、梁山泊聚义本末、宋徽宗幸李师师、金兵灭北宋等故事，特别有感于帝王的荒淫误国，表达了汉族人民爱国抗金的感情。《宣和遗事》中最重要的一段是叙述宋江于梁山泊聚义之事，虽仅数千字，但已具《水浒传》的雏形，对后世小说意义重大。这段故事基本用口语表达，但文字十分简略，主要讲述宋江等三十六人会合始末，可能仅是梁山故事的梗概。有学者认为，"这'梁山泺聚义本末'，是从当时的水浒传话本来缩写的概要"[①]，并认为那时的水浒传话本已有了相当的具体的定型。据该书《士礼居丛书》本的目录，有"杨志等押花石纲违限配卫州""孙立等夺杨志往太行山落草""宋江因杀阎婆惜往寻晁盖""宋江得天书三十六将名""宋江三十六将共反""张叔夜招宋江三十六将降"六节。水浒故事，在南宋就已"见于街谈巷语"，至宋末元初，龚开作《宋江三十六人赞》记录了三十六人的姓名与绰号，但无事迹。其所记姓名与《宣和遗事》稍异，如少了公孙胜、林冲、杜千，多了解珍、解宝，把宋江算在三十六人之内，有些人名绰号与《水浒传》更为接近。而这三十六人基本上就是今本《水浒传》里的三十六天罡星，仅只个别姓名或绰号不同而已。《水浒传》中次序已有变化。而《宣和遗事》中的一些故事已基本接近《水浒》的某些情节，如《宣和遗事》中的"杨志卖刀""智取生辰纲"，分别接近于《水浒传》第十二回、第十四回至十六回中的情节。书中讲徽宗与李师师的故事，是《宣和遗事》中语言流畅、文笔活泼有生气的段落。写宋徽宗微服私行，到市井勾栏与名妓李师师荒淫的故事。李师师不见于正史，但前人笔记如《贵耳集》《浩然斋杂谈》《汴都平康记》《墨庄漫录》《瓮天脞语》及无名氏的《李师师外传》都载有李师师的故事。由文人创作的《李师师外传》将李师师描写成《桃花扇》中李香君一般的人物，当张邦昌要将她送给金人时，她竟以金簪刺喉而死。但《宣和遗事》中的这段故事显系市井细民创造，金人攻破汴京后，她流落湖湘，嫁作商人妇，可能更接近现实。书中其他内容系辑录《皇朝大事记讲义》《宾退录》等书。因而《宣和遗事》的内容涉及历史、当代政治和社会生活等各方面的内容，系"钞撮"野史笔记以及当日所流行的话本而成，但是并没有进行全面加工，体例不一，仅"节录成书，未加融会"。语言也同《五代史平话》一样，既有典雅的文言又有流畅的白话。与《五代史平话》相近，《宣和遗事》也是编年体制结撰的，这从书中特有的阴文现象可以看出。《宣和遗事》与其他讲史话本相比在阴文方面有一个特点，那就是凡年号处皆用阴文醒目标出，下系以该年所发生之事。尤其是前卷的内容中每一节故事前都用阴文且低两格的醒目方式标出各个年号，如崇宁二年，此下便是有关此年的事情，既有故事又有简单事件的叙述，极类《资治通鉴》之体裁。

《薛仁贵征辽事略》原书已佚，仅保存于《永乐大典》卷五千二百四十四"辽"字部，有赵万里辑校本。《薛仁贵征辽事略》以唐太宗发动的辽东战争为背景，以薛仁贵为中心，讲述薛仁贵在征辽战争中屡立大功，但屡次都被主将张士贵和副将刘君昴冒功受赏，二人甚至还企图谋害薛仁贵，意图杀人灭口，中间变故迭起，直至最后真相大白，薛仁贵终于受到太宗的赏识，得以成就功名；张士贵、刘君昴也分别受到了应有的惩罚，是一种典型的中国俗文学的大团圆以及好人好报、恶人恶报的结构模式。《薛仁贵征辽事略》最值得注意的是，它在情节结构方面刻意制

---

① 严敦易. 水浒传的演变[M]. 北京：作家出版社，1957：99.

造悬念,从而使得它与其他几种平话相比,颇具自己的特色。其他平话如《三国志平话》因为有丰富的历史史实作依据,往往按史书的编年顺序一路写去,不免显得平铺直入,故事无甚波澜。而《薛仁贵征辽事略》因为于史可征的事迹很少,主要着眼于个人传奇,因而不得不依靠人物的传奇经历与故事情节的曲折起伏以吸引受众,为后来的《水浒传》等英雄传奇小说导夫先路。诸如薛仁贵杀人重围救出了任城王李道宗,当任城王正要向唐太宗举荐薛仁贵时,却突然口中吐血,倒地身亡,使得张士贵得以乘机冒功。又如薛仁贵救出了段志贤,而当段志贤脱险后要为其报功时,同样又不幸伤重身亡。《薛仁贵征辽事略》在太宗征辽这个大背景下设计了多次以薛仁贵为中心人物的战役,在虚构这些战役时,作者不重史实,纯以塑造薛仁贵的英勇而虚构许多戏剧性的冲突,利用小说中常用的巧合手法,制造矛盾冲突,虽然情节的设计略显重复,没什么新奇变化,但较其他几种平话已足以显示出它的特色了,也可以看出讲史平话向小说、戏剧艺术技巧借鉴的倾向。这是此平话比其他几种平话在艺术构思、布局的高明之处。

《三分事略》叙述汉末魏、蜀、吴三国纷争之事,自汉光武帝建国,传至汉灵帝、汉献帝,有黄巾叛军,天下大乱。刘、关、张桃园结义,以图大事。后刘备三顾茅庐,孔明出山,赤壁鏖兵,刘备招亲,三国鼎立,直至诸葛亮死于五丈原。此书所叙与元至治建安虞氏刊《三国志平话》无论情节、文字、版式、图像,几乎全同,仅漏刻八页,其中卷上漏刻三页,即张飞三出小沛;张飞见曹操;水浸下邳擒吕布。卷中漏刻二页,即孔明班师入荆州;吴夫人欲杀玄德。卷下漏刻三页,即孔明斩马谡;孔明百箭射张郃;孔明出师。图像较《三国志平话》更为朴拙,文字亦有少量不同。两者应是同一部书的两家刻本。这些漏页在《三国志平话》中亦完好无缺,疑书商有意漏刻,以罔读者。

《三国志平话》是在宋元民间"说三分"的基础上积累形成的,大约定稿于金代[①],是"说三分"话本系列中的一个经过删削的简本。该书叙事始于汉光武帝刘秀赏春和司马仲相阴司断狱,止于刘渊灭晋。故事情节的主体从桃园三结义到秋风五丈原,演述三国时期魏、蜀、吴三方割据的种种矛盾和斗争。全书基本故事不完全符合历史记载,但和元杂剧中的三国戏大致相同,如刘备黄鹤楼私遁,和朱凯的《刘玄德醉走黄鹤楼》杂剧相同;又如貂蝉其人其事更是史书中所没有的,但却可见于《董卓戏貂蝉》《关大王月下斩貂蝉》等元代无名氏杂剧。全书所叙故事带有浓厚的民间传说色彩,如诸葛亮出身农家,刘备在太行山落草,汉献帝斩十常侍、把头颅拿去招安等,具有丰富的想象力和感动人心的力量。作品流露出鲜明的拥刘反曹倾向,这既表现了封建的正统观念,也反映了当时平民百姓的爱憎感情。

《三国志平话》和《武王伐纣书》《乐毅图齐七国春秋后集》《秦并六国平话》《前汉书平话续集》,今人合称《全相平话五种》。《全相平话五种》原都是各自独立的讲史话本,元至治年间(1321—1323),书商建安(今福建建阳)虞氏将它们合并在一起,编辑成系列性的丛书。其中,《武王伐纣书》的故事从"汤王祝网"和"纣王梦玉女授玉带"开始,到"八百诸侯会孟津"和"武王斩纣王、妲己"结束。故事多依傍正史,但增添许多荒诞不稽的情节,进行了大量光怪陆离的描写,为明代小说《列国志传》《封神演义》所本。《乐毅图齐七国春秋后集》叙乐毅代齐事,但以孙膑为中心,写他破燕、抗齐的种种事迹,全书充满诡异的神怪气氛,与正史多有不同。《秦并六国平话》则基本上忠实于历史,较少虚构成分,文中大量引用诗赋赞词。《前汉书平话续集》写

---

① 宁希元.《三国志平话》成书于金代考[J]. 文献,1991(2):29-37.

刘邦大杀功臣,死后,吕氏专权乱政,刘泽起兵破吕氏,文帝即位。其中许多情节出于虚构,人名、官名和细节多与史实不符,神怪色彩较重。这四种讲史话本无情地谴责了昏君的残暴不仁和荒淫无耻的罪恶,尖锐地揭露和批判了封建君主杀戮开国功臣的阴谋诡计和背信弃义的行为。在艺术上,这些话本大多文字平实质朴,叙事简略粗率,具有民间说话的特色。

(二)说经话本

继宋代的《大唐三藏取经诗话》之后,元代出现了话本《西游记平话》。原书已佚,残文见于朝鲜人编的《朴通事谚解》。《朴通事谚解》大约编写于至正六年到元亡(1346—1368)之间[①],《谚解》中多处引用《西游记平话》,可知《西游记平话》的问世在至正之前。从残文可以看出,《西游记平话》的内容已接近于后来相传的八十一难故事。而且,在《西游记平话》中,猪八戒、沙和尚已经出现,形成了"一僧三徒"的取经队伍。而在明永乐五年(1407)编订的《永乐大典》中,卷一万三千一百三十九送韵"梦"字条里,收有《梦斩泾河龙》一段话文,注明引自《西游记》,也许也是来源于《西游记平话》。

二、说唱文学

说唱文学,又名讲唱文学,是中国俗文学的一个重要分支,也是中国文学史的重要组成部分。"讲唱文学"的名称最早是由郑振铎提出来的,他自己著的《中国俗文学史》中说,说唱文学"不是戏曲;虽然有说白和歌唱,甚至演唱时有模拟故事中人物的动作的地方,但全部是第三身的讲述,并不表演的","它们也不是叙事诗或史诗;虽然带着极浓厚的叙事诗的性质,但其以散文讲述的部分也占着很重要的地位,决不能成为纯粹的叙事诗"。这种形式特殊的文学样式对于读者又有着极强的吸引力。说唱文学作品大量涌现于唐代,那就是发现于甘肃敦煌莫高窟藏经洞唐五代手抄卷子中的说唱文学作品,它们被今人统称作"变文"。变文发展到北宋已经式微,"但它却幻身为宝卷,为诸宫调调,为鼓词,为弹词,为说经,为说参请,为讲史,为小说,在瓦子里讲唱着"[②],直接影响到后世的各种说唱艺术和文学形式的形成和发展。

说话伎艺在元代仍在流行,这从元代官方制止百姓"搬唱词话"的禁令中可以约略窥知(《通制条格·搬词》《元典章》"刑部"下"杂禁"、《元史·刑法志四》等)。词话并不一定即是说话,它也包括其他说唱艺术,诸如宫调。所谓诸宫调,是相对于限用一个宫调的说唱形式而言,其中唱的部分用多种宫调串接而成,其间插入一定的说白,与唱词配合,叙述有人物、情节的长篇故事。而每种宫调,则由若干曲牌联成短套,套曲少则一二首,多则十多首。这一说唱形式,在宋室南渡后,传至南方。南方的诸宫调主要以笛子伴奏,北方的诸宫调多以琵琶和筝伴奏,故北诸宫调也称"掐弹词",某些作品还冠以"弦索"字样,以示其有别于南诸宫调的特点。

诸宫调的曲目,仅《西厢记诸宫调》第 1 卷所提及的就有 8 种,元杂剧《诸宫调风月紫云亭》也提到多种。今存者除《西厢记诸宫调》外,尚有《刘知远诸宫调》与《天宝遗事诸宫调》。《刘知远诸宫调》,作者不详,仅存残本。原书共有 12 卷,现只剩下一头一尾,合计 5 卷。作品叙述刘

---

① 朱德熙."老乞大谚解""朴通事谚解"书后[J]. 北京大学学报(哲学社会科学版),1958(2):7.
② 郑振铎. 中国俗文学史[M]. 北京:商务印书馆,2005:244.

知远发迹及其与妻子李三娘悲欢离合的故事,其具体情节、细节与《五代史平话》及南戏《白兔记》,均互有出入。语言质朴,文句时有错讹,当非文人手笔。《天宝遗事诸宫调》,元王伯成撰。原作已经失传。今存辑佚本,共60套,只有曲词,没有说白。作品叙述唐天宝年间李隆基与杨玉环的爱情故事以及“安史之乱”所导致的二人的生离死别;其间有对李、杨悲剧命运的同情,亦有对杨玉环、安禄山“私情暗通”的谴责,还含有对“玄宗无道”的批判,思想内容较为复杂。

《西厢记诸宫调》是现存唯一完整的诸宫调作品。作者董解元,生卒年不详,名字也已佚,“解元”是金、元时期对读书人的敬称。

《西厢记诸宫调》的本事源于唐元稹的《会真记》。原作一方面以婉曲深挚的笔触描述张生与崔莺莺的相爱,另一方面又肯定张生“非礼不可入”的行径。董解元的《西厢记诸宫调》对原作中的人物性格、人物关系、故事情节等作了大幅度的改动和创造,成了一个以大胆追求婚姻自由为基调,充满乐观进取精神的爱情故事。

《西厢记诸宫调》中的张生与《会真记》中的张生形象大不相同,他虽然从小习儒读经,但并不是“书虫”,而是一个珍惜青春、充满生命活力的年轻人。在庄严的普救寺,他偶然见到眼含秋水、容貌清雅的崔莺莺,不禁“胆狂心醉”,竟然忘形失态,不顾寺僧法聪的劝阻,意欲造访崔莺莺居所,还说:“便死也须索看。”更为突出的是,当他爱上崔莺莺以后,“不以进取为荣,不以干禄为用,不以廉耻为心,不以是非为戒”(卷一)。作者正是以这“四不”,改造了《会真记》中“非礼不可入”的张生形象。在以后的情节中,张生敢爱敢恨,敢于承担对恋人的责任和义务。他修书请兵,退贼解围,保住了崔莺莺一家的安全。为了崔莺莺,他不假思索,义无反顾。所谓“不以功名为念,五经三史何曾想”(卷三【中吕调·棹孤舟缠令】),是他执着追求爱情的写照。当然,他对“功名”尚未放弃,当情事显露、老夫人令他“上京取应”,他也觉得“功名世所甚重,背而弃之,贱丈夫也”,于是“发策决科”去了,但他中举后仍回到了崔莺莺的身边。

崔莺莺的形象也比原作显得更为鲜明丰满。一方面,她长于深闺,却向往外面的世界;少女怀春,萌发对爱情、自由的追求;另一方面,母亲“治家严肃”,也使她深深懂得应遵守礼教的规范。张生的出现,激发了崔莺莺对眼前的年轻书生的情思;然而,她对渐渐爱上张生,但内心却翻起了巨澜,产生强烈的冲突。因为,这既要冲破老夫人的管束,更要冲破礼教对她的束缚。在《西厢记诸宫调》里,莺莺的性格,有一个心理发展过程,她先是唯恐“辱累先考”(卷四【中吕·鹊打兔】),因而压抑着对张生的情感,后来经过内心的激烈冲突,终于觉得“报德难从礼”(卷五),做出了大胆的越轨行动。作者以细腻的笔法,在描绘她的内心世界的巨大变化中,完成了对莺莺形象的塑造。

在艺术方面,《西厢记诸宫调》将叙事与抒情结合起来,既曲尽其妙地叙述了男女主人公波澜起伏、好事多磨的恋爱故事,又深入细致地刻画出人物的情感世界和心理活动。作者借助说白与唱词,把张生的痴迷、崔莺莺的娇羞,还有婢女红娘的爽朗机灵,写得惟妙惟肖、生动传神。

第七章　文化视角下的明代文学研究

中国传统文化儒、法、道、释兼收并蓄,虽然在不同的时期各有消长,但是基本格局是在理学的范畴内逐渐演化,进而发展到士人文化与市民文化相互包容和融合。这种总体的特征对明代文学的发展有着深刻的影响。从洪武政权确立以来,封建专制主义趋向极端,作家失去自由创作的环境,文学基本上处于一个非常低迷的状态,直到弘治、正德年间才呈现初步繁荣的气象。到后来,随着资本主义的萌芽,人文主义思想的萌发,明代的文学艺术创作才真正进入了它的鼎盛时期。本章将对明代文化趋向与文化特征、诗文的发展与蜕变、声腔的流变与杂剧的流变、传奇的发展与繁荣、话本小说的辑集与章回小说的类型化发展进行研究。

第一节　明代文化趋向与文化特征

明代的文化趋向是与其政治格局、经济发展紧密相关的,在发展的过程中也表现出了几个不同的文化特征。本节将对明代文化趋向进行简单的概述,然后对明代的文化特征进行详细研究。

一、明代的文化趋向

洪武元年(1368)正月初四,明太祖朱元璋在南京登基称帝,建立起大明帝国的时候,就在距南京并不很远的松江府(今属上海市),一位名叫杨维桢的元朝遗逸与当时文坛的名流们正在醉生梦死中享受着依然旧日的生活。一边是明太祖与开国功臣们用刀剑建立的强有力的君主专制政权,一边是旧式文人士大夫的茫然颓废,他们甚至不知道或者不愿意知道新朝的建立。这两种格格不入的文化追求,就构成了明初文化的特点。

在中国历史上,凡是推行文化专制的君主,必求将文人士大夫们玩弄于股掌之间,因此他们必然给文人们以人格上的摧残,以使其屈服于专制制度。明代的文人士大夫大都为专制模式所造就,文人们日趋官僚化,文风崇尚"台阁体",明代的文坛从此沉寂了一百余年,直到正德以后才又重新繁荣了起来。

明代的政治到了仁、宣时代发生了一次重大的变化,那便是文官政治的确立。文官政治作为一种政体,比较起明初的君主专制来说,是一个进步,这同时也是传统政治成熟的表现。这种社会变化在文化上的表现,首先便是杨士奇的"台阁体"和李东阳的"茶陵诗派"终于为"前后七子"复古派所取代。长时间寂寞的文坛,突然之间变得丰富喧闹了起来。

从历史的角度来看,"前后七子"的复古主义文化的繁荣是明代文化发展过程中的一个过渡性的阶段。从文学史的角度来看,他们的复古主义诗文既非对于汉唐文学的发展,亦非创新,而只是盲目的复古和带有剽窃性的模仿。因此"前后七子"所体现的文学潮流,丝毫没有文艺复兴的性质。但是复古派是针对着长期以来统治文坛的"台阁体"和"茶陵诗派"而产生出来的一支文化新军,它的出现也就如同一块投石,或多或少地激起了一点死水微澜。

从正德时开始,中国历史进入了从传统社会向近代社会的转型时期,造成社会转型的根本原因当然还是明代中叶以后商品经济的发展。物质生活的丰富给人们的追求提供了基本条件,作为文化先导的文人士大夫,首先是拥有财富和权势的士大夫们,将物质生活和文化生活都推向了一个新阶段。人们的社会观念开始发生了变化。

然而令人遗憾的是,这种观念的更新在当时显然是极为有限的。一切变化都只能在不伤及旧体制的前提下进行。这样的结果也就造成了晚明社会观念更新最终还是回到了无限的物质追求和有限的个性追求上面。看不到出路的晚明士大夫们在醉生梦死中得过且过,从而由他们推动了晚明社会奢靡风气的盛行。当时最根本的问题是人们日新的观念和追求与难以改变的旧体制之间的矛盾。

当时还出现了另一种情况,那就是文化的商品化。在中国传统观念中,文人士大夫应当是持清傲之节的。但是晚明的文人士大夫却颇有爱财之名。晚明的士大夫们这时已发生了变化,他们不再耻于言利,这时候清傲的标准也已经变成了君子爱财、取之有道了。

文化既然成为商品,它就必然要与社会需求相适应,使之能够尽可能地拥有市场。这就迫使相当一批士大夫的文化作品必须改变以往的那种高雅和孤芳自赏,而设法能够使更多的人接受。文化商品化是晚明的一大特征,从而也就决定了晚明文化的发展趋势。这一发展趋势造成了两个截然不同的结果,一是通俗文化的发展,二是色情文化的发展。

文化的通俗化给晚明文化带来了勃勃生机,晚明文化突然之间显得丰富了起来。这情形也直接影响到了士大夫们的上层文化创作,使他们也必须更加贴近生活,于是晚明的小品文也就应运而生了。小品文虽然还是属于雅文化的范畴,但它不仅在文风上与复古派有着根本的不同,就其所表现的内容来看,也是明显体现出了现实主义的风格,使人切实地感到了熟悉可亲。

创作人们感兴趣的东西,或者说社会需求的东西,是文化商品化以后的必然结果。于是在这种条件下产生的文化作品,也就难免要去迎合当时的社会风气和需求者的心理。晚明的社会纵欲思潮对当时文化作品的作用也就必然要有所体现,其结果则是晚明色情文化在一定程度上的泛滥。

晚明出现的这种色情文化的泛滥固然缘于时代的风气和文化的商品化,但同时也从一个侧面反映了当时的政治状况,这显然是颓废的政治状况的结果。作为统治阶级的士大夫们面对社会的转型,感到茫然而不知所措。翻开这段历史,我们总感到当时的士大夫们似乎是在历史的潮流中挣扎,他们既不具备引导这一潮流的能力,又不可能阻挡这一潮流的前进,他们只能在随波逐流中得过且过。一批思想相对激进的文人士大夫也曾经掀起了一场结党结社的运动,这是他们推行自身政治主张的强有力的手段。晚明党社运动的结果,一方面导致了文人士大夫们与社会下层的进一步接近,另一方面就当时的统治集团来说,也就必然面临着政治多元化的发展,这也就从根本上破坏了旧的政治体制,相当程度地削弱了帝国的集权力量。

到了万历后期,来自辽东的军事压力和来自内部的农民革命的冲击更进一步加深了士大夫们的混乱心态,旧的文化依托已经完全无力支撑将倾的帝国大厦。晚明的统治集团也开始找寻新的文化依托,他们甚至希望能够从西方传教士那里再找来一个新的救世主,用天主教来替代传统的佛教。这当然无法挽救明代的颓势。明代的社会这时候似乎是走到了尽头,它面临着一场痛苦的社会变革。

二、明代的文化特征

一般来说,从不同角度来看,文化的特征也不尽相同。对于明代文化的特征,我们可以从四个不同的角度来分析。

明代文化的第一个特征应该是它的时段特征。

从明代的历史来看,它经历了传统社会与从传统社会向近代社会过渡的前后两个历史阶段。按照这样的理解,我们也可以将明代的文化分为前后两个截然不同的时期。它的前期突出表现了传统文化的成熟,具体说来便是文化专制的空前发展。它的后期则表现为传统文化的变异,具体来说便是多层多元文化的发展与主文化的转换。这种变化则非诗文成就所能概括的。明代的文坛,从它被政坛吞没,到它的再生,经历了相当的历史时期和种种变化。因此明代文化的繁荣表现出来的不是帝国文化的辉煌,而是民间文化的发展。

明成祖比前人更加追求官文化的宏大,在他的心目中,大才算是大混一之时的一统之制作。我们很容易在明初找到许多这类的例子,除去《永乐大典》之外,还有郑和的航海、北京城的修建以及那块巨大到始终未能树立起来的孝陵石碑,等等。

明初对于大的追求,一定程度上反映出了当时统治阶级的自信。明初的极端专制政治的成功,给了统治者们强大的信心,也从而培养了他们一切求大的心理。

然而此时,与官文化的发展相反的则是民间文化的寂寞。这一方面是出于当时政治的控制,另一方面也是出于当时经济条件的限制。我们且不必去说那些衣不遮体、食不果腹的尚未复业的农民,就连当时的文人士大夫们也不能去奢求文化的满足。

明代后期的士大夫们经常谈到正德、嘉靖前后社会的变化,他们几乎都认为正、嘉以前风尚淳厚。士大夫们所关心的无非是文章、政事、行谊、气节,很少有人去关心田舍声利之事,更不用说去畜养妓乐了。没有取得功名的士人,授徒为生者更是常见之事,军民百姓则各守本分,敬畏官长,没有敢于服饰僭越而与士大夫抗衡者。所以人们一般都会感到,正、嘉以后社会的变化就现象而论,与前即有四大不同之处:一是逐利,二是纵欲,三是僭越,四是不守妇道。这实际上反映出了当时的社会特征,所谓逐利,便是商品经济的发展;纵欲则是对于传统禁欲主义的一种反叛;僭越说明传统的等级标志失去了旧有的价值,金钱开始发挥作用;妇女活动的增多,一定程度上也反映出了传统礼法的破坏。

随着社会生活的丰富,文化生活也变得丰富起来。一些过去只有通过权力才能够享受的东西,现在通过金钱也可以享受得到了。这就不仅打破了传统等级的神秘,而且将以往少数人的某种活动扩大到了相当的范围。一个非常明显的现象便是文学作品的主人公不再限于那些官宦人家和才子佳人们,而痴情的卖油郎、发迹的商人们也开始成为自己命运和社会的主宰者。这便是向人们展示出了一种新的社会关系。明代后期的文化便是在这样的基础之上产生出来的。我们之所以会感到明代前后期文化有着相当大的差别也就不足为怪了。

明代文化的第二个特征应该是它的层面特征。

在传统社会中,统治阶级的文化,或者说地主阶级的文化成了时代的主文化;人民大众的文化,或者说民间文化虽然以其极强的生命力而能够在统治阶级的摧折下顽强地存在,但是却不得不长期处于从属地位,而且往往得不到表现与发展的机会。明代的前期基本上也还是保持了这种文化特征。然而明中叶以后,随着社会政治经济情况的变化,这种统治阶级文化一统天下的局面也发生了明显的变化,明中叶以后,下层文化有了明显的发展,从而使文化的层面开始显得鲜明了起来。

如同传统政治的发展一样,作为统治阶级的传统文化发展到明代以后更加表现出它的没落和毫无生命力。与之相反的是民间大众的文化却得到了勃兴与繁荣。

明代的文化基础虽然没有摆脱传统社会的文化模式,然而与前相比毕竟有了很大的不同,一方面在商品生产的冲击下,传统的等级制度部分地被金钱所打破;另一方面无法进入仕途的受教育人数增多。这都在一定程度上改变了原有的文化分野的格局,文化层面的特征鲜明起来,文化的层间互动也随之而加剧。

在传统文化中,最上层的文化应该是宫廷文化,宫廷文化是统治阶级文化的集中体现。明代的宫廷文化与前有所不同,而它本身前后期也发生了很大的变化。明初的宫廷文化突出反映了极端君主专制的政治背景,明中叶以后的宫廷文化则鲜明地反映出这种专制政治的逐步瓦解与政治的腐败。这种情况直接影响到了上层官僚文化。从太祖到成祖时宫廷文化的枯寂与主宰文坛的台阁体表现了政治上的协调。而武宗时从廊下家到豹房中所体现的则是走向腐败的政治局面与民间文化的一种畸形的结合。事实上,自从成化间内阁大学士已经开始向皇帝进献房中术小册子的时候,那种歌功颂德追求宏丽的台阁体诗文的时代也就一去不复返了。

下层文化永远比上层文化更具活力,因此当上层文化去改造下层文化的同时,它也就必然要被下层文化所改造。所谓的下层文化,更准确地来说就是民间文化。明代民间文化一个突出的特点是市镇民间文化的兴起,这是与明代市镇商业的发展情况密切相关的。一方面是上层文化的不断向通俗化发展,另一方面又是民间文化的不断提炼与提高,因此明中叶以后的民间文化实际上已经不能再笼统地称为下层文化了。

综上,我们可以说,明代民间文化本身也出现了不同的层次特征。这与通常所说的民间各种群体或者行业自身保持的文化特征情况是有所不同的,它在一定程度上反映出了各个阶层在社会中的自我表现的追求。这时候的社会确实是发生了与前明显的变化。多层文化主要是民间文化发展的结果,而一些本来属于民间文化的东西在被文人士大夫们吸收加工后,成为上层社会的文化形式和内容,于是出现了一种人们常说的雅俗共赏的文化,这在一定程度上反映了传统等级观念的变化。但是,这种文化的互动并不意味着多层文化的消失。文化的多层特征的明显与层间互动的加快是从传统社会向近代社会转型时期的一种突出的文化现象。

明代文化的第三个主要特征是它的地域特征。

文化的地域特征可以包括国家、民族等特定的地域界线,然而仅就同一国家民族内部而言,文化的地域特征也是非常明显的。人们常说十里不同风,百里不同俗,这在某种程度上便反映了地域的文化特征。明代的地域文化特征也是十分突出的,而且有它自身的特点。

明代建国之初,政治文化中心是江南一带,大约主要包括江浙和江西地区,这是自唐宋以来形成的一种经济文化布局。明初太祖建都应天(今南京)以及北方与北元的战争形势更决定了这样一种文化的布局。随着明代统一局面的发展,这种南重北轻的布局本应有所改变,但是北方在经济文化上的恢复发展却比人们所想象的要困难得多,虽然太祖晚年曾经发生"南北榜"的案件,给了北方士子们更多进入仕途的机会,其目的却只是保证皇帝对于科试的控制,而并非专意于扶植北方士子,所以这并未能改变北方与南方的文化差异,这种情况直到成祖后期迁都北京以后,才开始有所变化。

成祖迁都北京的目的当然只是为了政治与军事的北移,以保证朝廷对于北方的控制。但是政治中心的北移和大批江南官僚士大夫来到北京后,对于北方的文化发展也就必然会起到相当大的作用。永乐迁都后,以北京为代表的北方文化得到了长足的发展,到明中叶以后,逐渐形成了以南北两京为中心,以江浙为先趋的全国文化新布局。这时候江浙的文化与南北两京的文化在很大程度上已经融为一体了,大量江南官员的入仕,把江南文化带到了北京,同时也把北京的文化带到了江南一带,而且随着社会经济的发展,全国经济流通的加快,这种地域文化间的互动也越来越快。不仅官僚士大夫的文化加快了流动,民间文化的流动也随之而加快了起来。

这种地域间的文化影响最突出的还是在那些经济文化相对发达的地区。不过值得注意的是,在有明代的近三百年间各地区文化的发展也并不平衡,随着一些地区经济的发展,文化也相应得到了较快的发展,而且其原因也是多方面的。例如明初在北方设立的军事重镇如大同、宣府(今河北宣化)等地区经济与文化的发展。或者像永乐迁都前后漕运的通航使得沿运河城市的发展,对于山东临清这样的北方城镇的经济文化发展所起到的作用,以及像徽商或山西商人的发展对于当地经济文化发展的影响等。当然明代政府对于地方儒学以及科举考试的南、北、中分卷录取制度,也在一定程度上促进了相对落后地区的文化发展。但是总的来说,文化相对发达的地区也往往就是经济相对发达的地区,而且到明中叶以后,这些文化相对发达的地区也都是商品经济相对发达的地区。随着商品经济的发展,地区间的文化影响也不断加快,到明中叶以后,便出现了流行文化的趋势,地域文化在保持自身固有的特点的同时,也融入了相当程度的各种外来文化。直到真正的外来文化的到来:西方传教士的来华。

明代文化的第四个特征是中西文化的交流。

明代确实是一个非常有意思的时代,它的前期曾经是帝国文化向外输出的时期,郑和的航海以及派往中亚的使者们,将恢宏的中华文化传播到海外。但是到了它的后期,却开始了外来文化的输入时期。西方传教士们的来华使明代人开始了对于西方文化的接触。这样的前后期截然不同的变化,实际上是当时世界经济文化形势发展的结果,也是明代自身经济文化发展的结果。西方资本主义的发展,使它们逐渐走到了东方的前面,而明代自身这时候也开始了在传统社会基础上的转型。这前后三百年间的变化给予中国人的启示应该是永远难忘的。

当西方文化到来的时候,明代人采取了不尽相同的态度。一种本能的对于外来文化的排斥和部分士大夫对于西方文化的乐于接受,构成了明后期中西文化交流中那种不十分协调的进程。

晚明时期是中国思想解放的一个高峰期,有些学者甚至将其比之于先秦的诸子百家时代。但是正如有人指出的那样,这时候来华的西方传教士所代表的还是西方封建教会的旧教,而不是代表了西方资产阶级的新教,因此他们的来华并没有给中国带来真正新观念的冲击,尽管与这些传教士接触的明代士大夫中颇有一些思想比较开明的人士,却未能够从这种中外接触中引出更为激动人心的发展,明代人完全是依靠着自己在进行着艰难的社会转型。

第二节　诗文的发展与蜕变

明代诗文的发展基本是与当时的时局紧密相关的,明初,政治与文化混进较为严厉,许多诗文作家创作的热情受阻,逐渐演化为呆板的台阁体,后来,随着政局的稳定,诗文趋于平易雍容。弘治、正德年间,以李梦阳、何景明为代表的"前七子",提倡诗文复古,有力地改变了文坛的风气。但还有一些江南诗文作家不为"前七子"所囿,这就是杨慎与吴中文士等作家群体,其诗文富有地域特色和个性精神。嘉靖时期,以李攀龙、王世贞为代表的"后七子",步"前七子"的后尘,继续推动文学的复古运动。

一、诗文的发展

(一)台阁体诗歌创作

明代中期的台阁体诗指永乐至天顺年间以台阁重臣杨士奇、杨荣、杨溥(亦称"三杨")为首的诗派。台阁体诗文题材内容大多比较贫乏,多为应制、题赠、酬应而作,题材如杨士奇《东里诗集》卷首所云"颂圣德,歌太平",艺术上追求平正典丽。这是由于台阁体诗作家身居要职,处境优裕,大多怀有受朝廷礼遇而产生的感恩心理,容易形成歌颂圣德、美化生活的创作意向。同时,相对封闭与狭窄的上层官僚生活,限制了台阁体作家的生活视野,导致创作素材相对贫乏。另外,永乐以来,明王朝经过初期整休调治,社会秩序趋于稳定,经济民生逐渐繁荣,政治也相对清明。后又经历了史家称道的"仁宣之治",明代社会出现了一派盛世景象。明王朝经过初期整休调治,政权相对稳定,给台阁体营造了一种"颂德鸣盛"的创作氛围。下面我们对三杨杨士奇、杨荣、杨溥的诗歌创作进行分析。

杨士奇(1365—1444),名寓,以字行,泰和(今属江西)人,建文初入翰林,历任四朝内阁大臣,太平宰相,卒赠太师,谥文贞。著有《东里全集》。少时从江西派梁兰学习诗文,论诗有江西派的渊源,为"三杨"中成就最高、地位最重的作家。

杨士奇早期入阁前的诗,比较清新自然;入阁后,开始形成雍容闲雅、平正安和的诗风,内容则以歌咏升平为主。钱谦益在《列朝诗集小传》评云:"大都词气安闲,首尾停稳,不尚藻辞,不矜丽句,太平宰相之风度,可以想见。"如他的《从游西苑》:

> 广寒宫殿属天家,晓从宸游驻翠华。
> 琼液总颁仙掌露,金支皆播御前花。
> 棹穿萍藻波间雪,旗珂芙蓉水上霞。
> 身世直超人境外,预判亲捧枣如瓜。

此诗写随从皇帝游西苑,饮酒赏乐,游湖观花,真是入境桃源。

在杨士奇诗歌中,题赠送别诗歌也占相当的数量,或同僚的走马上任,或朋友解甲归田,或是与友人酬唱相和。这些诗歌不仅仅是抒发自己的感情,而更多的是用此来联络与同僚或友人之间的感情①。其中与陆伯阳的赠答诗最多，如《杂诗三首赠陆伯阳》《同陆伯阳作》《和陆伯阳池上梅花》《古意答陆伯阳》《吴教授席上同路保养汲井咏》《题陆伴读伯阳草书后》等。可见，陆伯阳与杨士奇之间感情甚厚，经常酬和赠答。

杨士奇推崇王、孟、高、岑、韦诸人的"清粹典则，天趣自然"，其一些游历诗和山水诗借景抒怀，也还有些真情实感，如《同蔡尚远、尤文度、朱仲礼、杨仲举、蔡用严游东山》：

> 步出城东门，逍遥望云巘。
> 累月怀佳游，兹晨遂登践。
> 梵宇绕层阿，飞楼凌绝𪩘。
> 方塘涵湛碧，乔林茂树衍。
> 繁翳幽莫通，丰茸纷不剪。
> 攀磴穷高跻，缘径屡回转。
> 是时微雨收，轻霞澹舒卷。
> 睇遥素横川，俯夷绿盈畎。
> 陟降体自便，顾睇心已缅。
> 况接旷士言，复偕释士辩。
> 析空理弗昧，违喧抱逾展。
> 何因此闲栖，永令浮虑遣。

这首诗给人以心旷神怡之感，不仅在于东山的景观美丽："方塘涵湛碧，乔林茂树衍"，而且处在"是时微雨收，轻霞澹舒卷"的美好时光，更何况接触的是"旷士言""释士辩"。此刻的情景、此刻的时光、此刻的心境都令他们"浮虑遣"。

杨士奇诗歌里五言绝句写得非常清丽雅淡，有着陶渊明的淡雅之趣与归隐之情。如《西畴耕读》：

> 幽栖寡世营，结庐在西墅。
> 充室惟诗书，开门绕田圃。
> 方春九扈鸣，俶载向南亩。
> 高原燥宜黍，下隰湿宜稌。
> 种植既得时，耘耔亦无苦。
> 况当长养节，霖霖承膏雨。
> 朝耕暮还息，潜心以稽古。
> 上窥姚姒余，下掇姬孔绪。
> 亹勉究微言，优游启玄悟。
> 所得欣日新，逍遥自容与。
> 年登秋获竟，穰穰溢我庾。
> 击鼓荐牺牛，欢娱报田祖。
> 傍舍数老人，言行皆邹鲁。

---

① 黄佩君. 杨士奇台阁体诗歌研究[D]. 南昌大学,2009.

相与知帝力,讴歌颂明主。

陶然墟里间,终岁同乐处。

全诗呈现了一个幽静且与世无争的安详和谐画面:幽静的田野边,有一座古朴的房子,室内是诗书,室外是田园,鸟语花香,农民按时令节气种植,精心培育,朝耕暮息,来年获得丰收。而专心读书研究学问的亦有心得,喜悦与畅快溢于全身。所有人和谐相处。这种祥和气象体现出其作为宰相的"安闲之气"。

杨荣(1371—1440),字勉仁,初名子荣,建安(今属福建)人。永乐十六年至二十二年(1418—1424)任当朝首辅。因居地所处,时人称为"东杨"。杨荣既以武略见重,尤其擅长谋划边防事务。且又有文才,著有《杨文敏集》。

杨荣的诗歌也多半为应制而作,咏歌太平,颂扬圣德,典稚雍容,四平八稳,如《元夕赐观灯》:

海宇升平日,元宵令节时。

彩云飘凤阙,瑞霭绕龙旗。

歌管春声动,星河夜色迟。

万方同燕喜,千载际昌期。

此诗写元宵节皇帝赐大臣观灯,一派升平祥瑞气氛,举国欢庆,繁荣昌盛。诗歌缺乏实际内容,形式上工丽华贵,平庸乏味。

杨荣诗有四言古诗、五言古诗、五言律诗、五言排律、五言绝句、歌行、七言律诗、七言排律、七言绝句等,著名的《神龟诗》用四言体诗歌颂天下太平,皇帝英明,所以天降瑞物以示圣朝之兴,充满了赞美之情:

于昭皇祖,圣神文武。　德合乾刚,功超前古。

肇基江左,虎踞龙蟠。　鸿图巩固,宗社奠安。

际天极地,罔不臣服。　朝贡以时,献琛执玉。

卉裳椎髻,接踵梯航。　南金大贝,厥篚相望。

猗欤我皇,绍继大统。　一遵成宪,天锡智勇。

念形羹墙,永言孝思。　陵庙奕奕,未树穹碑。

圣德神功,纪于史氏。　载勒贞珉,以诏后世。

贞石既获,厥跌是求。　爰启爰劚,龙潭之丘。

有昂者龟,若瞻若顾。　忽焉以呈,神物斯护。

其傍璀璨,果得巨石。　相跌是宜,弗爽毫尺。

惟皇孝诚,孚于神明。　有感斯应,神祇效灵。

濯以温泉,莹如紫玉。　陈之丹陛,韫之宝椟。

窪然其分,间错以文。　匪雕匪琢,气凝絪缊。

臣庶聚观,宛然天成。　欢呼踊跃,幸觌嘉祯。

帝曰嘻哉,匪予之力。　神瑞之应,皇考之德。

载蠲吉日,献于孝陵。　陈之閟宫,纪之金縢。

昔闻神龟,负书出洛。　夏后取则,洪范是作。

今逢圣明，文命诞敷。获此奇瑞，异世同符。

颂声洋溢，洽乎四海。福祚绵绵，亿千万载。

诗人并不是凭空高唱颂歌，而是在叙事的过程中交代出事情的原委，此诗写的就是太宗为昭示太祖开业定国的功德，为其寻一良石作墓碑之用，开采工人在龙潭山麓之阳果然获得一神龟状巨石，栩栩如生。皇上臣子无不欣喜。诗歌先写太祖的功德无量"肇基江左，虎踞龙蟠。鸿图巩固，宗社奠安"。应昭示后世，但尚无立碑，这样便顺理成章地交代觅良石的过程，紧接着描写石龟的样子，最后颂扬天降奇瑞，昭示盛世。语言简洁，行笔从容。

杨荣诗歌创作的台阁气比杨士奇还浓一些，甚至于他作的一些山水诗也有较重的歌功颂德的倾向。只是他的一些题写山水画的诗作，还能较为清新、自然描写山水，并抒发一些自我的感情，如《题王侍讲山水》：

木落霜气清，秋山净如洗。

天空万籁寂，地迥孤云起。

深溪湛寒绿，对此清心耳。

安得扫苍苔，横琴写流水。

诗中充分展示了大自然的美景以及欣慰之情，比起其他台阁题材的诗作要有生气得多。

杨溥（1372—1446），字弘济，石首（今属湖北）人。"三杨"中入阁最晚的，正统九年至十一年（1444—1446）任当朝首辅，为明代贤相，时人称为"南杨"。著有《杨文定公全集》。

杨溥诗按题材大致可以分为应制诗、题物诗、赠别诗、咏怀诗、写景诗五种。应制诗是友人间酬唱应答或奉皇上之命所作的诗歌。以反映馆阁生活、歌功颂德、"润饰太平"为主。这一特点在杨溥的应制诗中表现最鲜明。这类诗有《万寿圣德诗》《麒麟诗》《奉使出德胜门》《瑞雪诗应制》《直弘文馆》《丙辰除日》《拜孝陵》《赐观九龙池》《元旦早朝》《正统五年元旦早朝·贺喜雪》等。从这些诗的题目可看出它是歌颂皇帝圣德或丰年盛景的。

题物诗包括给图画、书房、住宅、松树及花中四君子梅兰竹菊题的诗。其中作者写竹咏梅的诗占有将近三分之二。这可以看出诗人非常欣赏竹子的高风亮节和梅花傲立霜雪，独自飘香的崇高品质[①]。如《题雪竹》：

冉冉岁云暮，百草时已零。

此君独何似，雪际尤棱层。

翻思艳阳日，此屋管弦声。

但见繁华好，谁识此君清。

幽人有深趣，相好在平生。

披图忆安道，写我千古情。

诗人赞扬了竹子清高、脱俗的品性，语言简淡雅致。

赠别诗在杨溥的诗集中占的份额比较多。主要是友人致仕或回乡省亲及告老还乡时，所赠予的诗。内容多为勉励友人保持良好的节操，励精图治，建立政绩，做一个廉洁有为的清明

---

① 籍芳丽. 明代文坛"三杨"研究[D]. 上海师范大学，2006.

官。这样的一些朋友赠答诗,尚能抒写些性灵,如《送素庵给谏还里》:

> 槐荫滴翠满前除,芸阁凉生暑雨余。
>
> 啼鸟数声清昼永,北窗睡起课儿书。

《送素庵给谏还里》送人还里,描写还里后的情景与闲逸,笔锋都较亲切,因而也能感人。

咏怀诗是抒发诗人杨溥内心感受,表达自己情怀的诗。语言疏朗雅淡,感情真挚,如《离家泻怀》《赦后感怀四首》《途中漫兴》《感兴》《闲中泻怀》《岁暮书怀》《新正泻怀》《读周书有感》《途中有感》《过百步洪有感》等。这类诗表达作者的思乡之情或对故友的怀念。

(二)前七子的诗文创作

以李梦阳、何景明为首的前七子是弘治、正德年间的文学流派,提倡诗文复古。当时文坛,一些台阁诗,多是粉饰现实、点缀升平的无病呻吟;一些理气诗,多是迂腐庸俗、诗味干瘪的空洞说教。另外,明初以来,程朱理学受到官方高度重视,崇经穷理风气盛行,影响到文学领域。李梦阳等人面对文坛萎弱卑冗的格局,以复古自命,企图恢复汉魏盛唐那种卓然奋发的雄浑之体,从而欲达到变革的目的,起着振聋发聩的作用。这也是前七子文学复古的实质所在。

李梦阳(1472—1530),字天锡,又字献吉,号空同子,庆阳(今甘肃)人。出身寒微,曾祖父入赘于王氏,到他父亲才恢复李姓。其父曾任周府封丘王教授,后来移家河南开封。弘治六年(1493)陕西乡试第一,次年中进士。由于连丧父母在家守制,27岁才出任户部主事,34岁升员外郎,次年升郎中。36岁被谪为山西布政司,未几又被罢官。40岁时出任江西按察司提学副使。三年后因事下狱,罢官回开封。李梦阳可谓为封建社会的忠臣义士,因其为反对朝廷的腐败势力,4次被贬,3次入狱,几乎死于非命。著有《空同集》。

李梦阳的诗歌有不少富有现实意义的作品,尤其是一些乐府、古诗,描写具体,形象也较为逼真生动。比如,《朝饮马送陈子出塞》揭露了明代军队的腐败:"万里黄尘哭震天,城死长城前。"笔力颇为苍劲沉重。《君马黄》将宦官的骄横刻画得栩栩如生:

> 君马黄,臣驷骊。
>
> 飞轩驶碱交路逵,锦衣有曜都且驰。
>
> 前径狭以斜,曲巷不容车。
>
> 攘臂叱前兵,掉头麾后驱,毁彼之庐行我舆。
>
> 大兵拆屋梁,中兵摇楣枹,小兵无所为。
>
> 张势骂蛮奴,尔慎勿言谍者来,幸非君马汝不夷。

因为"曲巷不容车",坐车的宦官竟然下令拆房毁屋,暴露了封建集团的罪恶。

李梦阳的古体七言叙事诗《石将军战场歌》雄健浑厚、流丽婉转,直追盛唐之风:

> 清风店南逢父老,告我己巳年间事。
>
> 店北犹存古战场,遗镞尚带勤王字。
>
> 忆昔蒙尘实惨怛,反覆势如风雨至。
>
> 紫荆关头昼吹角,杀气军声满幽朔。
>
> 胡儿饮马彰义门,烽火夜照燕山云。

内有于尚书，外有石将军。

石家官军若雷电，天清夜旷来酣战。

朝廷既失紫荆关，吾民岂保清风店。

牵爷负子无处逃，哭声震天风怒号。

儿女床头伏鼓角，野人屋上看旌旄。

将军此时挺戈出，杀敌不异草与蒿。

追北归来血洗刀，白日不动苍天高。

万里烟尘一剑扫，父子英雄古来少。

单于痛哭倒马关，羯奴半死飞狐道。

处处欢声噪鼓旗，家家牛酒犒王师。

应追汉室嫖姚将，还忆唐家郭子仪。

沉吟此事六十春，此地经过泪满巾。

黄云落日古骨白，沙砾惨淡愁行人。

行人来折战场柳，下马坐望居庸口。

却忆千官迎驾初，千乘万骑下皇都。

乾坤得见中兴主，杀伐重开载造图。

姓名应勒云台上，如此战功天下无。

呜呼战功今已无，安得再生此辈西备胡！

此诗塑造了一位血洗刀刃的石将军，表现出他的赫赫战功，笔力千钧，颂扬了土木之变中石亨的战功，希望今天能有石亨那样武艺超群的猛将御边抗敌，寄托了作者的爱国思想。

李梦阳的一些七律也写得兴象飘逸、风味盎然，比如《舟次》的"贪数岸花杯不记，已冲风雨缆犹牵"，《春暮》的"荷因有暑先擎盖，柳为无寒渐脱绵"诗句用词精警而又自然，情趣横生而又不落俗套。

李梦阳散文创作的主要风格，与其诗歌一样，雄浑劲健，其《梅山先生墓志铭》《明故王文显墓志铭》《潜虬山人记》《鲍允亨传》等篇都是为商人作的传记、记事作品，特别是《梅山先生墓志铭》能生动地描述一位商人的品德、性情、个性：

> ……已，又问："鲍七（梅山）何为？"演曰："理生，饬行，训幼，睦族，玩编，修艺，课田，省植，八者焉已。其久也，内孚而外化之。是故乡人质平、剖疑、决谋、丐益者，必之焉。故效良则芳、标美规懿者，必曰'鲍梅山，鲍梅山'云。"
>
> 正德十六年秋，梅山子来。李子见其体腴厚，喜。握其手曰："梅山肥耶！"梅山笑曰："吾能医。"曰："更奚能？"曰："能形家者流。"曰："更奚能？"曰："能诗。"李子乃大诧喜，拳其背曰："汝吴下阿蒙邪！别数年而能诗、能医、能形家者流。"
>
> 李子有贵客，邀梅山。客故豪酒，梅山亦豪酒，深觞细杯，穷日落月。梅山醉，每据床放歌，厥声悠扬而激烈。已，大笑筹客；客亦大笑，和歌醉欢。李子则又拳其背曰："久别汝，汝能酒又善歌邪！"客初轻梅山，于是则大器重之，相结内。明日，造梅山邸，款焉。……

墓主乃徽商鲍弼，与李梦阳交情笃深。墓志描绘了作者闻墓主讣音的哀恸及与其生前谴笑不避、亲密无间的交往,亡者的音容笑貌和作者的友情跃然纸上,形象生动,感情自然,与一般的酬应文字大异其趣。

何景明(1483—1521),字仲默,号白坡,又号大复山人,信阳(今河南)人。16岁举于乡,20岁中进士,授中书舍人,与李梦阳等相互交游,倡言复古,即从此时开始。后因上书抨击宦官刘瑾而被免官。正德九年(1514),上奏《应诏陈言治安疏》,针对各种弊端,提出"义子不当畜,边军不当留,番僧不当宠,宦官不当任"。久之,进吏部员外郎,后又任西提学副使。

何景明对当时社会种种弊端有着较为清醒的认识,并常在诗歌创作中加以揭露和表现。如歌行体诗《玄明宫行》(节选):

> 祠园复为中贵取,遗构空传孽臣作。
> 雄模壮丽凌朝廷,远势连衮跨城郭。
> 忆昨己巳年来事,乘权自倚薰天势。
> 朝求天子苑,暮夺功臣弟。
> 江艘海舶送花石,戚里侯门拥金币。
> 千人力尽万牛死,土木功成悲此地。
> 碧水穿池象溟渤,黄金作宫开日月,
> 虹蜺屈曲重三梁,蛟龙盘拿抱双阙。
> 城中甲弟更崔嵬,亲戚弟兄皆阀阅。
> 城里歌钟宾客迎,排门冠剑公卿谒。

此诗对官吏窃权、作威作福的情况进行了生动的描述。

宦官专权是正德朝的最大弊端之一,他的《鲥鱼》就敏锐地表现了这个题材,讽刺皇帝的昏庸兼及宦官的得宠:

> 五月鲥鱼已至燕,荔枝卢橘未能先。
> 赐鲜遍及中珰第,荐熟谁开寝庙筵。
> 白日风尘驰驿骑,炎天冰雪护江船。
> 银鳞细骨堪怜汝,一箸金盘敢望传?

此诗描写火速送到燕都的"五月鲥鱼",既未祭礼宗庙,又未送给大臣,却"赐鲜遍及中珰第",这里表现了诗人的愤恨之情和讽刺之意。

与反映社会现实的歌行体诗相比,《津市打鱼歌》则是另一番景象,该诗描绘鱼市热闹情景,生动如画,富有生活气息:

> 大船峨峨系江岸,鲇鲂鲅鲅收百万。
> 小船取速不取多,往来抛网如掷梭。
> 野人无船住水浒,织竹为梁数如罟。
> 夜来水长没沙背,津市家家有鱼卖。
> 江边酒楼燕估客,割鲜砍绘不论百。
> 楚姬玉手挥霜刀,雪花错落金盘高。
> 邻家思妇清晨起,买得兰江一双鲤。

> 莛莛红尾三尺长,操刀具案不忍伤。
>
> 呼童放鲤潋波去,寄我素书向郎处。

诗人一面着意描写酒楼"割鬐斫绘"时,"楚姬玉手挥双刀,雪花错落金盘高"的情景,一面刻画的"邻家思妇"则是"莛莛红尾三尺长,操刀见案不忍伤。呼童放鲤撇波去,寄我素书向郎处。"其主旨因相互对照而益彰明,颇有情趣。

应该看到,何景明的一些歌行也写得雄奇劲健,如《画鱼》,全诗虎虎有生气,以至杨慎也评论说:"此篇雄奇排荡,直踞少陵之垒,可夺献吉(李梦阳)之帜。"

何景明近体诗也颇见功力,诗风清远俊逸,如《武关》:

> 北转趋刘坝,西盘出武关。
>
> 微茫一线路,回合万重山。
>
> 天地几龙战,风云惟鸟还。
>
> 关门锁溪水,日夜送潺湲。

此诗将粗笔、细笔融合为一,凸显出一幅立体图画。其颔联的前句写细,后句写阔;其颈联的前句写阔,后句写细,如此相互交错,形象生动、饱满。其尾联的"锁""送"动词,韵味颇为悠长。

何景明也能文,但多属议论文,文风劲健、峭拔。其《何子》十二篇不乏一些真知灼见。例如关于"清法之国,人畏法而不畏吏;乱法之国,人畏吏而不畏法"的论述,关于"任将而中,将者败;用兵而外,监者疑"的判断,关于"睹显福者,必思隐祸;临近利者,必图远害"的思想,都充分显示了作者的远识。其文多用排比、对偶等修辞手法,因而文中较有气势。

二、诗文的蜕变

(一)杨慎的诗歌创作

杨慎(1488—1559),字用修,号升庵,后因流放滇南,故自称博南山人、金马碧鸡老兵。杨廷和之子,四川新都人。少时即以诗文知名,11岁能诗,12岁拟《古战场文》《过秦论》,众人都很惊异于这样的才能。并得到李东阳的赏识,进士及第又出于李东阳门下,与前七子亦交好。正德六年(1511)状元,授翰林修撰。嘉靖三年(1524)为翰林学士,参与《武宗实录》的修撰,因两次上议大礼疏并率群臣撼奉天门泣谏而触怒世宗,以"永远充军"被谪戍云南永昌卫(今保山市),终身不得赦免。从那以后,或归蜀,或居云南会城,或留戍守,达30余年之久,最终老死云南。杨慎著述甚多,凡百余种盛行于世,诗文有《升庵集》。他兼善诗、词、曲,所著诗话以博学取胜,内容和题材较为广泛。他的诗众体兼备但不是各体皆善,尤长于七言绝句、律诗、歌行。

杨慎善为嘲讽之辞,旁敲侧击地吐露内心对最高统治者一些作为的不满。他"感时抚事"而写下了《衍古谚》:

> 天马龙为友,来自渥洼池。
>
> 青丝为之络,黄金为之鞿。

　　围人新承命，剪拂下瑶墀。
　　骑出横门外，茸茸春草时。
　　东城接南陌，观者咸嗟咨。
　　弄臣矜迅足，长鞭终日施。
　　汗血忽憔悴，筋肉尽驱驰。
　　未树边隅绩，徒马冶游疲。
　　始信杀君马，端是路傍儿。

　　此诗以马为喻，斥责了奸佞、"弄臣"引导武宗微行游乐的荒唐。

　　杨慎自廷杖、贬谪后，其诗常常围绕着自己的命运抒发情思。刚离京去滇时，在舟上他感到政治风波的险恶，引起他联翩的沉思，写下《沛县守风》：

　　昨日溯流波浪悭，逆行寸步如登山。
　　谁意顺流风更恶，停帆屡向芦浦泊。
　　迁客中宵归思多，奈此阳侯相调何？
　　安得荆非三尺剑，中流直下斩蛟鼍。

　　从此诗中的"逆行寸步如登山"句可知诗人不后悔"泣谏"，对自己前途仍抱有积极乐观态度，认为"谁意顺流风更恶"。诗结尾更可见出诗人仍然有一种手持宝剑、直斩蛟鼍的豪情。

　　投荒边塞使得杨慎更广泛地接触社会底层，有诸多诗作表现边塞人民的生活艰辛，如《白崖》：

　　仆夫双牵缆，登岭如上滩。
　　下坂亦何险，骏马如流丸。
　　上下两艰阻，行路常苦艰。
　　霖雨贯四时，阴箐不曾干。
　　弱泥岂易蹑，弱杖岂易攀。
　　暮投三家市，暂假一夕安。
　　篁篱既穿漏，荆扉且无完。
　　东家采樵女，适遭猛虎餐。
　　哭声起邻屋，行者为悲酸。

　　此诗描写的是诗人在赶赴永昌卫途中看到惊心动魄的一幕幕：牵缆仆夫行路的艰难，投宿人家篁篱穿漏、荆扉无完的窘况，采樵女惨遭虎餐，引起哭声四起，这令久居京师的官吏无法想象。

　　杨慎长期在边塞生活，故其诗能对滇池、苍洱之滨的秀丽风光和当地的淳朴民风作精彩的描绘。如《滇海曲》中的两首：

　　　　其八
　　昆明池水三百里，汀花海藻十州连。
　　使者乘槎曾不到，空劳武帝御楼船。
　　　　其十
　　苹香波暖泛云津，渔柵樵歌曲水滨。

天气常如二三月,花枝不断四时春。

组诗《滇海曲》广泛地描写了云南秀丽的景色、淳朴的风俗,是一幅幅富于诗情画意的彩图。笔调婉转洒脱,似乎诗人沉浸于此而忘掉贬谪的忧愁和烦恼,给人以神往之思。《滇海曲》(其八)把对滇池风光的描写与云南的历史事典融合在一起,达到了尺幅万里的境界。云南之所以简称滇,即因滇池之故。一二句不仅抓住了这个最能代表云南风物的意象,而且写出了滇池的浑阔气势和清婉秀色。后两句由水及事,自然地引出汉王朝征服云南的历史典故。《滇海曲》(其十)写昆明气候的特点,朴素贴切而富于美感。昆明素有春城之称,"天气常如二三月,花枝不断四时春"一联诗,是自古以来同类诗中的绝唱。

杨慎的七言歌行佳作甚多,意象色彩鲜明,音韵流转自如,极富艺术感染力,如赠别诗《赋得千山红树图送杨茂之》:

萧郎雅工金碧画,爱画碧鸡与金马。
画作千山红树图,行色秋光两潇洒。
摇落深知宋玉悲,登山临水送将归。
丹林初晓清霜重,紫谷斜阳赤烧微。
故人辞我故乡去,滇树遥遥接巴树。
桑落他山共醉时,枫香客路销魂处。
白首迁荒老未还,流波落木惨离颜。
锦城红树那能见,千里随君梦里攀。

"金马"、"碧鸡"是昆明的两道著名牌坊,诗歌以此为起句,写出画的来历,相送之地已隐含其中。下面对画中秋景的描写是借图言情,不仅深得画意,而且妙传诗情。"丹林初晓""紫谷斜阳",诗人以洗练的手法点出千山红树图的题旨,浓郁的秋气扑面而来。"故人"一句巧妙地扣题抒情,转接无迹。"滇树遥遥接巴树"思落万里,与接下来的两句构成悠远凄迷的意境,传达出诗人的自伤和思乡之情。结句惜别,关合诗题,再现乡愁,情韵悠悠。

杨慎爱用典故,使诗歌显得雅致。但他常常是明典、暗典交叉使用,既追求雅致,又不十分晦涩难懂。比如《钓鱼城王张忠臣祠》:

钓鱼城下江水清,荒烟古垒气犹生。
睢阳百战有健将,墨翟九守无降兵。
犀舟曾挥白羽扇,雄剑几断曼胡缨。
西湖日夜尚歌舞,只待崖山航海行!

此乃歌颂抗蒙将领王坚、张钰的诗歌。二联用"睢阳百战""墨翟九守"这样的明典来赞赏他们是决不投降的健将,明白晓畅;三联暗用《后汉书·张衡传》《晋书·顾荣传》以及《庄子·说剑篇》的典故,来说明他们指挥若定、几丧蒙主的英雄业绩,典雅蕴藉。两者很好地联系起来,诗歌显得十分精美。当然,杨慎也有用典过多,以致往往弄巧成拙的弊病,应注意甄别。

(二)吴中诗人的诗歌创作

在明代中期诗坛上,吴中诗人是一个奇异的存在。他们通常被人们视为一个群体(如吴中四才子)。同处一个地域,他们之间往往有私人交谊或师生关系,如唐寅、文徵明曾师从沈周学画,唐寅与祝允明又有深厚的交谊。吴地诗人向来注重才情,追求人生的自由,强调自己的个性精神。下面将对沈周、唐寅、祝允明和文徵明的诗歌创作进行介绍。

沈周(1427—1509),字启南,号石田,晚号白石翁,长州(在今苏州市东北)人。出身于名扬三吴的诗画世家,受到良好的教育与熏陶。成年后一生不仕,赋诗作画,广交文友,声名四扬。景泰年间,郡守曾想以贤良举荐沈周,其辞之不应,隐于相城里有竹庄中耕读,以奉养老母,终年八十三岁。沈周工画亦工诗,名重一时,隐居之时仍宾客盈门。在他身边聚集了一批朋友,如吴宽、文林、文森、史鉴、吴昇、刘珏、韩襄等,多为吴中人。他是一位诗人,又是著名的画家,开创"吴门画派",与文徵明、唐伯虎、仇英合称"明四家"。著有《石田先生集》。

沈周的诗集《石田诗选》有大量老来伤病悲衰之叹,但值得一读的作品也不少。淡泊名利的隐士生涯,使沈周的诗风情致天真,《雪作二首》(其一)最能表现这种风格:

> 经春十日忽作雪,如此纷然门且关。
> 瞥见豪华成白屋,错加粉饰累青山。
> 侵凌广野容无地,零乱高空落自闲。
> 兀坐搔头何遣拔,梅花寒勒未开颜。

此诗中,作者从自己的观感出发,纯用白描手法,写出了一个充满灵机妙趣的白雪世界。

唐寅(1470—1523),字伯虎,后改子畏,号六如居士、桃花庵主、鲁国唐生、逃禅仙吏等,江苏吴县人。弘治十一年(1498)应天府(南京)乡试第一名,世称唐解元。会试时因被富家子作弊案牵连下狱,贬为吏,不就而归。他玩世不恭而又才气横溢,诗文善名,与祝允明、文征明、徐祯卿并称"江南四才子",画名更著,曾求学于周臣、沈周,更与沈周、文征明、仇英并称"吴门四家"。

唐寅早年的诗比较秾丽,科场失利后性格狂荡不羁,诗风也一变而为放达,风格则浅近俚俗,率而成章,而时有奇思警句。如《桃花庵歌》:

> 桃花坞里桃花庵,桃花庵下桃花仙。
> 桃花仙人种桃树,又摘桃花换酒钱。
> 酒醒只在花前坐,酒醉还来花下眠。
> 半醒半醉日复日,花落花开年复年。
> 但愿老死花酒间,不愿鞠躬车马前。
> 车尘马足贵者趣,酒盏花枝贫者缘。
> 若将富者比贫贱,一在平地一在天。
> 若将贫贱比车马,他得驱驰我得闲。
> 别人笑我太疯癫,我笑他人看不穿。
> 不见五陵豪杰墓,无花无酒锄作田。

这首以桃花仙人自诩的诗,充分表达了他的狂放个性和复杂微妙的心态,展示了他的人生态度与无奈的悲哀,耐人寻味,令人感叹。

祝允明(1460—1526),字希哲,号枝山,因右手有六指,自号"枝指生",又署枝山老樵、枝指山人等,长洲(在今苏州市东北)人。弘治五年(1492)中举,此后多次会试不第,补官广东兴宁知县,后迁应天府(南京)通判,旋即致仕。他与唐寅为肺腑之交,相似的科场经历,使他们的生活态度接近,都是狂放不羁之士,民间还流传着两人的种种趣事。善诗文,擅长书法,特别是其狂草颇受世人赞誉,流传有"唐伯虎的画,祝枝山的字"之说,是"吴中四才子"之一。他也有鲜明的个性,蔑视理法,放诞傲世,追求个性自由,思想颇有异端色彩。著有《怀星堂集》。

他论诗倡导效仿李白,贬抑宋人乃至杜甫,曾作《春日醉卧戏效李白》《梦作月山独步歌》等,甚有太白体风味。其诗题材丰富,风格多样,语言也变化多端,不拘一格。成就最高的是其清雅平易的小诗,如《山窗昼睡》:"身在云房梦亦闲,松头鹤影枕屏间。一声隔谷鸣华雉,信手推窗满眼山。"《闲居秋日》:"逃署因能暂闭关,不须多把古贤攀。并抛杯勺方为懒,少事篇章未碍闲。风堕一庭邻寺叶,云开半面隔城山。浮生只说潜居易,隐比求名事更艰。"此类作品可谓清新明净,不同流俗。

文徵明(1470—1559),初名璧,字徵仲,因先世为衡山人,故号衡山居士,世称"文衡山",长洲人。性情温正,高洁淡泊,有君子之风。曾从沈周学画,与多名才子交游往还,一时号称"诗书画三绝",在画史上与沈周、唐寅、仇英合称"吴门四家"。他多次乡试未就,50余岁才经人举荐入仕吏部,授翰林院待诏。不久即辞归故里,筑玉磬山房,潜心翰墨,优游山林。诗宗白居易、苏轼,文受业于吴宽,学书于李应祯,学画于沈周。在诗文上,与祝允明、唐寅、徐真卿并称"吴中四才子"。著有《甫田集》。

文徵明致仕还乡后,曾作《致仕出京言怀》,其中的"倦游零落病相如""翠竹黄花不负余"诗句,可见诗人对仕宦生涯的厌倦和对田园的向往。他的诗如其人,温正平和,淡雅娟秀。如《沧浪池上》:"杨柳阴阴十亩塘,昔人曾此咏沧浪。春风依旧吹芳杜,陈迹无多半夕阳。积雨经时荒渚断,跳鱼一聚晚波凉。渺然诗思江湖近,更欲相携上野航。"《雪后》:"寒日晶晶晓溜声,中庭快雪一宵晴。墙西老树太骨立,窗里幽人殊眼明。想见渔蓑无限好,怪来诗思不胜清。江南残腊相将尽,会看门前春水深。"此类诗可谓温厚平和中蕴飘逸风致,又兼有吴中诸子的通俗放达。

(三)后七子的诗文创作

从嘉靖二十八年(1549)中秋李攀龙、王世贞、谢榛初会于北京,到万历十八年(1590)王世贞病逝,后七子在晚明文坛持续活动长达40年之久。由于吴中文士、唐宋派等不认同摹古拟古,因而复古之风有所消歇。因此,后七子又一次掀起复古之风,其声势更胜过前七子,将复古运动推向极盛,影响时间也比前七子长。下面将对李攀龙、王世贞和谢榛的诗文创作进行介绍。

李攀龙(1514—1570),字于鳞,号沧溟,历城(今山东)人。9岁而孤,家境贫寒,无力延师,但他勤奋好学,性情疏放,稍长就嗜好诗歌,已而益厌训诂学,日读古书,乡邻的人都称为"狂生"。嘉靖十九年(1540),取乡试第二名。嘉靖二十三年(1544)进士。历任刑部郎中、陕西提学副使、河南按察使。在京期间,先后与谢榛、王世贞、宗臣、徐中行、梁有誉、吴国伦结诗社,"诸人多少年,才高气锐,互相标榜,视当世无人,七才子之名播天下"(《明史·李攀龙传》)。著有《沧溟集》。

李攀龙推崇汉、魏古诗和盛唐近体,在复古上主张严守古法,其古乐府诗及古体诗大多有明显的临摹痕迹,故被王世贞以"临摹帖"指责。而他的一些七律七绝被人称作"高华矜贵,脱弃凡庸"，尤其是七绝，"有神无迹，语近情深"。如七律《登黄榆马陵诸山是太行绝顶处》（其一）：

> 太行山色倚巑岏，绝顶清秋万里看。
> 地坼黄河趋碣石，天回紫塞抱长安。
> 悲风大壑飞流折，白日千厓落木寒。
> 向夕振衣来朔雨，关门萧瑟罢凭栏。

此诗呈现了一幅广阔壮观，气象高远的秋景图，既刻画了凭高眺望的壮景，也写出了诗人开阔不凡的胸次，可见作者创作七绝有着不一般的功底。

李攀龙的五言律诗也有不少，这些诗尚能自写情愫。有时诗人要感时伤世、忧旱问饥："难将忧旱意，涕泣向蒿莱"（《广阳山道中》）；面对潦水，感慨万端："潦水阴相积，兼葭晚自寒"（《赵州道中》）。这说明诗人是能将涝、旱牢记心头的人。

李攀龙也善文，为文的特点是奥衍艰涩。比如其游记《太华山记》就体现了这种特色：

> ……罅中穿如峡中，峡中衔如罅中。峡中之繘垂，罅中之繘倚，皆自级也。栈北得崖径丈。人仄行于穿手在决吻中，左右代相受。踵二分垂在外。足已茹则啮膝也；足已吐是以趾任身。北不至十步，崖乃东折，得路尺许于崖剡中。人并崖南行，耳如属垣者二里。剡穷复西出崖上行，则积穿三丈。有崖从北来，竣北崖上。……

此行文的艰涩，咀嚼数遍才能晓其意旨。

王世贞（1526—1590），字元美，号凤州，又号弇州山人，太仓（今江苏）人，嘉靖二十六年（1547）进士。他为官正直，不附权贵，杨继盛下狱后，亦时进汤药，又代其妻草疏，既死复棺验之。严嵩对此十分嫉恨，吏部两拟提学皆不用，并调其为山东副使。隆庆二年（1568），王世贞起任大名府兵备副使，历任浙江左参政、湖广按察使等，累官至南京刑部尚书，后病归。他学识渊博，诗文以外，兼涉戏曲、词曲，著作甚丰，有《弇州山人四部稿》《弇州山人续稿》《弇山堂别集》《艺苑卮言》等。

在王世贞的古诗、歌行中，颇有一些佳作，构思精妙，善于章法。如《钦𪃑行》：

> 飞来五色鸟，自名为凤凰。
> 千秋不一见，见者国祚昌。
> 响以钟鼓坐明堂，明堂饶梧竹，三日不鸣意何长？
> 晨不见凤凰，凤凰乃在东门之阴啄腐鼠，啾啾唧唧不得哺。
> 夕不见凤凰，凤凰乃在西门之阴媚苍鹰，愿尔肉攫分遗腥。
> 梧桐长苦寒，竹实长苦饥。
> 众鸟惊相顾，不知凤凰乃钦𪃑。

此乃一首绝妙的寓言诗。诗中让自封为"凤凰"的"钦𪃑"自我出丑：晨在东门之阴啄腐鼠，夕在西门之阴媚苍鹰，梧桐不栖，竹实不食，这使"众鸟"认清了它的本来面目，使这个"五色鸟"臭不可闻。

就创作风格而言，拟古的习气在王世贞的作品中仍然显得比较浓厚，锻炼精纯、气势雄厚，或时寓变化，神情四溢，乐府及古体诗更是如此，如五律《登太白楼》：

昔闻李供奉，长啸独登楼。

此地一垂顾，高名百代留。

白云海色曙，明月天门秋。

欲觅重来者，潺湲济水流。

诗人巧妙地弃其实事，择其风度、襟怀等精神气质上的情状，从空中落笔加以咏颂，非常传神。前四句从"李白"处落墨，"长啸独登楼"写出李白自负的风貌。后四句从诗人自己处着眼，写出了诗人登楼后观望的景色，写出了诗人登楼后生发的感慨：欲觅重来者，那只有去问潺湲的济水。而这正说明现在诗人独登楼，同样也有自负意，与前面李白的"长啸独登楼"正暗暗地互相呼应。明与暗、显与隐，直露与含蓄相结合，避免了结构上的板滞。

王世贞晚年诗作往往不复检束，任意挥洒，有些诗作尚能做到语俗而意深，比如《弃官》《暮秋村居即事》。但绝大多数的诗作的诗味不浓，是不足取的。

王世贞的文章十分繁富，其中一些游记及杂文，较有文学色彩。如《游摄山栖霞寺记》首先写出了作者的情趣。在通往摄山的路上，"大雨，肩舆出没于危峰峭壁之址，与江相胶带而行。如是者凡二十里，雨盖甚"。但是，当他们看到"江山之胜，顾亦奇秀，色在眉睫间，应接不暇时"，就"欣然忘其衫屦之淋漓也"，"兴发"而"不可遏"了。其次这篇游记将描写与叙述有机结合起来，既刻画了历历如画的景色，又烘托出游人的愉悦心情，如从"千佛岩"进发的情况就是出色的一段，文笔清新爽达。

谢榛（1495—1575），字茂秦，号四溟山人，一号脱屣老人，临清（今属山东）人。少喜游侠，16岁就作《乐府商调》，流传颇广。后折节读书，刻意为歌诗，有闻于世。入京师，与李攀龙、王世贞等人结诗社，谢榛为长，后为李攀龙所排斥，削名"七子"之外，客游诸藩王间，以布衣终其身，卒于游历途中的大名。其诗以律句绝句见长，功力深厚，句响字稳，著有《四溟集》《四溟诗话》。

谢榛在"后七子"中是唯一提出较完备的论诗主张的人，《四溟诗话》即其论诗言论的结集。他主张复古，认为诗至盛唐便发展到了顶点。但他反对尺尺寸寸的模拟、蹈袭古人成句，主张据眼前景翻出新意。因此，谢榛论诗主取法盛唐，与"前七子"及"后七子"诸人并无不同，而在如何取法古人的方法上，则有许多不同，并指出盛唐诸人有可瑕疵之处，并非尽善；宋诗亦时有佳句，未可全废。他强调了诗歌创作中各有所得的"天机"和"超悟"。指出："诗有天机，待时而发，触物而成。虽幽寻苦索不易得也。""诗固有定体，人各有悟性。夫有一字之悟，一篇之悟，或由小以扩乎大，因著以入乎微，虽小大不同，至于浑化则一也。"在此基础上，他要求诗歌情真：

今之学子美者，处富有而言穷愁，遇承平而言干戈。不老曰老，无病曰病，此摹拟太甚，殊非性情之真也。

与此同时，谢榛还强调独创，认为："赋诗要有英雄气象。人不敢道，我则道之；人不肯为，我则为之。厉鬼不能夺其正，利剑不能折其刚。古人制作，各有奇处，观者自当甄别。"这些看法颇有可取之处。

谢榛擅长近体，五律最优，句烹字炼，气逸调高，比如《榆河晓发》的"云出三边外，风生万马间"。《渡黄河》的"日翻龙窟动，风扫雁沙平"。《元夕道院同公实子与于鳞元美子相五君得家字》的"夜火分千树,春星落万家"。沈德潜《明诗别裁集》的评点很能体会其诗"句烹字炼"的特色。第一首,沈评道:"读'风生万马间',纸上有声。若衍成二语,气味便薄。"第二首,沈评道:"'翻'字、'扫'字,得少陵诗眼法。"第三首,沈评道:"'春星'五字,亦警亦秀,自能高压满坐。"这三首五律都表现出谢榛风度端凝、坚整如城的艺术功力。此外,谢榛的七绝也有不少节制精严、神采焕发的佳作,如《捣衣曲》《怨歌行》《远别曲》,这些诗抒写情怀,颇为蕴藉。

第三节　声腔的演变与杂剧的流变

明初,杂剧的创作遵循元剧的规范,一般仍用北曲曲调、一本四折和一人主唱。由于严酷的专制统治、思想控制和科举取士的引诱等,明初文人中很少有人执笔写剧,杂剧因之日趋衰落。明中期以后,杂剧开始注意吸收南戏的优点,逐渐形成了独具特色的南杂剧,不仅在体制上发生了新的变化,而且在声腔、内容上也出现了新的创新。下面将对声腔的演变和杂剧的流变进行研究。

一、声腔的演变

声腔的演变大约经历了以下四个阶段的发展。

第一个阶段是明代前叶的一百多年间,由元代继承下来的北杂剧仍然在流行,只是文人创作明显减少,而创作作品由于内容多为诔世之作,已失去了元杂剧那种受广大人民群众热烈欢迎的程度;明代杂剧演出已主要依靠传统剧目来维持。然而,其时南戏流行不广,剧坛上活跃的剧种仍然以杂剧为主。这种情况一直继续到嘉靖年间,南曲的海盐、昆山等声腔渐兴,南北声腔角逐局面出现。又到万历间,北杂剧在明代延续了二百年的生命始告衰竭。

第二个阶段是南戏诸声腔的兴起。明代南北两大戏曲声腔在并行发展了百余年后,南戏忽然出现了新的转机。大约从成化元年(1465)以后开始,南戏在东南几省间,陆续变化出新的腔种来。在嘉靖年间,新腔异调更是层见叠出。这些新声腔调一经产生,立即便以异常迅速的态势,向南北各地流布,其发展之快,足迹之远,致使原有的古老南戏根本不能望其项背。而在这些新腔调咄咄逼人的攻势下,曾经一度盛极全国的北杂剧竟然从此一蹶不振,陆续萎缩,直至消亡。

第三个阶段是南戏体制的演进。明代南戏的演出体制大体上是对于宋元南戏的继承,但也有所发展,即在形式上逐渐走向整饬,主要体现在剧本以及音乐体制的定型化上,包括曲牌联套方法的趋于精密,曲牌宫调归属的完成等,角色分工则日渐精细合理,这一切变化,都把南戏推向了其发展的高峰时期。同时,与南戏演出的繁盛相适应,一种变化了的表演形式——折子戏开始形成。

第四个阶段是北方弦索腔种的萌芽。万历朝以后,南戏变体声腔在民间广大地面上到处流播,又互相角逐,彼此竞争,形成了南戏的一代之盛,而把疲惫衰弱的北杂剧排擠到无人注意的角落去苟延残喘。但是,弦索北曲已经在北方广大民间遍地播撒下了种子,这些种子随处生根发芽,很快就孕育出了众多新生的声腔剧种,就在万历年间北杂剧衰竭的同时,它们生生繁衍起来,成为与南戏变体腔调抗衡的中坚力量。而南戏腔调随着流行地的日广,时间日益持久,也发生了重大的变化。北方弦索腔种兴起后,很快又与南戏变体发生交流,产生大大小小、许许多多的南北声腔变种。从此,中国戏曲声腔南北划界的局面不复存在了。

二、杂剧的流变

明初的杂剧剧坛,基本上被皇家贵族垄断。明中期以后,吸收了南戏的优点,形成了独具特色的南杂剧,打破了题材的限制,涌现出一大批优秀的杂剧家,下面将对朱权、王九思和徐渭的杂剧创作进行详细介绍。

(一)朱权的杂剧创作

朱权(1378—1448),是明太祖第十六子,自称大明奇士。晚年喜"修真养性",故别号腥仙,又号涵虚子、丹邱先生。于洪武二十四年(1391)就封大宁。大宁在喜峰口外,东连辽左,西接宣府,带甲八万,革车六千,所属蒙古骑兵,骁勇善战。朱权数会诸王于塞外,肃清沙漠,威震北荒,并以善谋著称。朱权博览群书,多才多艺。他的论曲之作《太和正音谱》影响最大,《务头集韵》《琼林雅韵》亦研究戏曲之作。朱权的杂剧作品有十二种,现存的杂剧主要有《冲漠子独步大罗天》《卓文君私奔相如》两种。

《冲漠子独步大罗天》是一部宣扬神仙道化的"度脱剧",描写吕纯阳、张紫阳奉东华帝君之命,到匡阜南彭蠡西,点化冲漠子锁住心猿意马,戒除酒色财气,并逐去三尸之虫,给予丹药服用,于是同人"大罗天"的故事。此剧情节简单,无甚戏剧冲突。唯于描写仙界之乐时偶而言及尘世间之丑恶:

> 【鹊踏枝】你道是可伤情,你听我细推评。你则待竞利争名,狗苟蝇营。盼功名,恰便是投河般奔井;趋富贵,若饮鸩吞羹。

> 【寄生草】你道他贪酒色如蝇竞血,为利名若蛾扑灯。人心毒似蛇蝎性,人情狡似豺狼俫,他都向那是非场矛矢相喧竞。争如我片云孤鹤九霄间,抵多少闲骑宝马敲金镫。

该剧中冲漠子对"忆昔人间四十年,满头风雨受熬煎"的感叹流露出朱权对人情险恶、自己处境艰难的现实社会的怨愤、不平之情,这也是朱权晚年修道生活及成仙冲举幻想的自我写照,实为避朱棣之疑忌、以修道炼丹为韬光养晦之计。

《卓文君私奔相如》写卓文君"不待父母之命,媒妁之言",自择理想配偶,私奔司马相如,为了爱情,宁愿抛弃富豪家庭,与意中人过着当垆卖酒的穷困生活。该故事来源于《史记》和《西京杂记》中的部分记载,也参考了宋、元戏剧中也的某些情节。该剧的推出具有十分重要的思想意义。

在《卓文君私奔相如》中,朱权将司马相如题桥言志、琴挑文君、文君私奔相如、驾车夜遁、临邛卖酒、赋白头吟,以及二人荣归西蜀等事都集中写在一本杂剧之中。杂剧本短,容纳这么多的内容,自然难对所有情节作细致描写。作者有选择地以相如琴挑文君为重要关节之一。第二折演相如借宿卓王孙宅,卓王孙久闻其名,盛情接待。文君知相如为"天下之奇士",乃于画屏后偷窥。相如瞥见文君后,有如下数曲:

> 【调笑令】我这里见耶,他那里忙把面皮遮。我手抵着牙儿自想着。莫不是梦中走入嫦娥阙?莫不是上天台误入仙穴?这的是王孙宅内观了艳奢。可知道看的人醉

眼乜斜。

　　卓王孙："久闻先生善琴，愿操一曲，以涤尘想。"相如鼓琴，歌曰："凤兮凤兮求其凰。安得接翼兮从其翔。巢五云兮鸣朝阳。凤兮！凤兮！怀予心兮何能忘？"

　　【圣药王】我这里曲未绝，他那里心早邪。只将那一声长叹向人说。他心又怯，我情又劣。咫尺间千里水云赊。欲寄字呵，又恐怕风急雁行斜。

　　【麻郎儿】我这里偷睛儿望着，他将个笑脸儿迎着。可喜娘知疼热的姐姐，又撞着我这软厮禁不识羞的徕徕。

　　【么】对面儿似隔着苍梧迥野。（旦下）呀，回去了也。转过那屏风呵！又隔了巫山万叠。恰便似支楞的把琴上冰弦断绝，枉把我春心漏泄。

　　一曲【调笑令】唱出文君被相如瞧见后的羞涩之态和相如瞥见文君、见其美艳如仙时的痴迷之状。从这一句中可以想象到相如歌《凤求凰》曲，文君听后忍不住一声长叹的样貌。聪明的相如于长叹声中探知文君"心早邪"，只是胆儿"怯"。正在相如着急难通音讯时，但见文君为情所动，终于战胜怯懦，以笑脸相迎，与相如眉目传情。碍于卓王孙在场，文君不得不离去，相如感到失落、懊丧。这四支曲子，不仅道出了相如内心的活动、感情的起伏，而且从相如眼中所见的角度说出了文君情态的变化，描写细腻生动，用词儒雅、俏皮而多风致。此折选用具"陶写冷笑"特点的越调曲牌，宜于轻巧、畅快地表达相如此时此地的情怀，演于场上，有助于更加淋漓尽致地表现其谐谑之趣。通过该剧的描写，朱权借此才子佳人的风流韵事，表达了自己才不获展的苦闷、安邦定国的抱负。

（二）王九思的杂剧创作

　　王九思（1468—1551），字敬夫，号渼陂，鄠县（今属陕西）人。出身于书香之家，家境富裕，自幼读书，学识渊博，尤长文学。王九思是明代前七子之一，除了文人皆有的诗文创作外，王九思还进行过杂剧的创作，他的杂剧创作中，以《杜子美沽酒游春记》和《中山狼院本》最为有名，下面我们对《中山狼院本》进行介绍。

　　《中山狼院本》是一部只有一折的杂剧。该部杂剧是根据宋人谢良的小说《中山狼传》来安排剧情的。中山狼被赵简子追赶，在逃亡的过程中遇到了东郭先生，在中山狼的苦苦哀求之下，善良的东郭先生秉承以墨者兼爱自居的思想决定出手相助，他将中山狼藏在了书囊中，帮助它躲过了赵简子，但是中山狼在脱险之后却不知感恩图报，反而想要吃掉东郭先生。东郭先生在无计可施，待受死之际，幸遇一杖藜老人（土地神）相救，将中山狼诓入书箱杀死，东郭先生才得以活命。关于这个故事，康海、陈与郊、汪廷讷等皆进行过杂剧创作，但目前留下来的只有王九思和康海的作品。

　　在剧中，王九思用更为简练的笔墨描写出了中山狼的那种无赖思维模式。当中山狼想要吃东郭先生时，中山狼说道：

　　我从今早晨被赵王军马追赶，直缠了这一日。如今天色将夜，我肚里饥饿，没处寻些虫蚁来吃。甫能着那师父救出性命，若还饿死了，也是徒然。那师父是个慈悲的人，罢！罢！我还寻他去，有个商量。我有一句话儿要和师父商量，我有一条妙计，只得碍口不好说，计策虽是妙，只是不好说。师父！你试猜——

它想要吃掉东郭先生,却说这是一条妙计,还反复强调"不好说",貌似是为难的样子,可事实上却早已经将礼义廉耻都丢到了一旁:

> (生云)天!天!天!这个禽兽好生无礼!我救了他的性命,他倒要吃我。这等忘恩背义,是何道理?(狼云)师义,你看世上的人,一个个穿衣戴帽。都说他是好人,他是君子。一旦受了人的厚恩,一切都忘了。遇到讨便宜处,就下手。又有那乱臣贼子,什么做不出来?我本是个禽兽,怎么责我忘恩背义。我比这些人如何?

中山狼将自己与那些忘恩负义的人相比,体现出了本剧的讽刺意味。通过这段中山狼的自白,我们可以看出,在王九思看来,世上忘恩负义之徒与乱臣贼子比这中山狼更有过之而无不及。

从艺术特色来说,剧中人物的塑造是非常出色的。首先,该剧在中山狼的身上放入了人性的部分,使其成为既具有狼的本性又掺杂着一点点"人性"的复杂型禽兽,在想要吃掉东郭先生的时候还能找到借口,成为人世间某些披着礼仪外衣的无赖的代表;其次,该剧将东郭先生塑造成了一个单纯、善良、固执的人,对其加入了同情的成分,使人们能够通过他的所作所为有更为深刻的反思,寻找其背后的原因。这部作品还运用了夸张、比喻、寄托、象征等手法,进一步深化了主题。这部仅有一折的短杂剧还引发了明代中后期短杂剧创作的热潮。

(三)徐渭的杂剧创作

徐渭(1521—1593),初字文清,后更字文长,号天池、青藤,别署田水月、柿叶翁、苍箕中人、翁洲道士等。山阴(今浙江绍兴)人。少时慕古文词,9岁能文,人皆以为奇。徐渭性格狂放不羁,身卑而气实傲,胡宗宪督府威势甚重,文武将吏进府莫敢仰视,他却布衣敝巾,长揖纵谈,幕中有急事,深夜开戟门以待,却有时大醉不至。徐渭乐于结交的多是那些胸怀磊落、豪放旷达的诗友酒侣,或刚正不阿、勇于献身的文臣武将。徐渭多才多艺,在诗文、书画、词曲等各方面都取得了相当高的成就,其戏曲成就最大,著有杂剧《四声猿》《歌代啸》,具有鲜明的反封建思想倾向,在艺术上也有其独创性。下面我们对《歌代啸》进行简单分析。

《歌代啸》是由四段小戏穿合而成的,在故事情节上有连贯性,它以喜剧的形式表达愤懑的主题,被人称作"严肃的闹剧",嬉笑怒骂、讥讽嘲弄、滑稽戏谑、诙谐调侃在剧中随处可见。也有人认为"这是中国古代的非主流",这部戏中几乎没有一个"好人"。"楔子"中的四句"正名"是四出剧的情节:

> 没处泄愤的是冬瓜走去拿瓠子出气;
> 有心嫁祸的是丈母牙痛灸女婿脚跟;
> 眼迷曲直的是张秃帽子教李秃去戴;
> 胸横人我的是州官放火禁百姓点灯。

作者借四句俗语敷演成四个内容相连的故事,情节似荒诞不经,却真实地再现了那个荒谬绝伦的社会现实。第一出写张和尚辛勤管理菜园,正是丰收时节,李和尚却耍弄奸计,用蒙汗药把张和尚、长工麻翻,趁机偷去全部冬瓜和张和尚的僧帽,还谎说梦见冬瓜成精而走;张和尚怒气难消,把瓠子打得粉碎。第二出写李和尚戴着张和尚的帽子与王辑迪妻吴氏偷情,适逢王的丈母牙痛而来,为了掩饰奸情,王妻吴氏伪称李和尚精于医道,设计借口治丈母牙疼须灸女婿之足,灸死亲夫王辑迪,王畏惧出逃,将妻衣抢走,无意中将李和尚偷来的张和尚僧帽也一并带去。于是,演出了一场强灸女婿脚跟以治丈母牙痛的闹剧。第三出叙王辑迪发现奸情,以帽子为据向州官告李和尚。而李和尚则与王妻吴氏及其母串通一气,嫁祸于张和尚;糊涂州官颠倒是非,不辨真假,将无辜的张和尚发配,李和尚的阴谋诡计得逞并升作寺观住持。第四出述州官夫人在内宅放火,民众张灯救火,州官因惧内却说民众犯了明火执仗之罪,从此不许点灯。把州官夫人之骄妒蛮横、州官畏妻如虎,写得淋漓尽致,讽刺昏官入木三分。全剧通过李和尚奸诈偷骗而得逞、张和尚柔弱忠厚却致祸、州官惧内而残民的戏剧冲突,暴露当时善恶不分、是非混淆的黑暗吏治,并嘲讽佛门僧徒的虚伪性。从州官糊涂判案中,抒发了作者的愤怒与不平。所以作者还自云《歌代啸》"以描写谐谑为主,一切鄙谈猥事俱可入调,故无取乎雅言",是个饶有风趣的滑稽剧。

《歌代啸》为杂剧,却不拘于杂剧旧格。例如,剧首有"楔子",而其作用却同于传奇"开场",用以叙述作者立意和剧情大意;全剧四出,四出写四事,非一事贯穿;每出由一人主唱,但四出却不出于一喉,第一出主唱者是张和尚。第二出主唱的是李和尚的姘妇吴氏。第三出由李和尚主唱。第四出由州官主唱。凡此等等,皆作者有意为之,于《凡例》中均有说明,可见作者改革之志。本剧的缺点是素材琐细,失于剪裁,审美趣味格调不高。

第四节　传奇的发展与繁荣

明代戏曲的主体的传奇,明传奇的发展与繁荣,开创了戏曲艺术的新生面,明代传奇是在宋元南戏基础上吸收北曲杂剧的某些因素发展而来的。明代中期戏曲所产生的变化时十分明显的,从传奇的创作来看,《宝剑记》《浣纱记》《鸣凤记》三大传奇的出现,开创了明代中期传奇的新局面。明代中叶以后,戏曲的创作开始达到高峰,出现了以汤显祖为代表的"临川派"和以沈璟为代表的"吴江派"。下面我们将对三大传奇与汤、沈二人的传奇创作进行研究。

一、传奇的发展

嘉靖、隆庆之际,明代传奇非常盛行,从内容到形式都发生了十分明显的变化。这期间最令人瞩目的就是《宝剑记》《浣纱记》和《鸣凤记》这三部各在一个方面开风气之先的作品。

《宝剑记》是明代文人传奇创作中第一部具有较强的现实主义精神的剧作,创作者是李开先。李开先(1501—1568),字伯华,号中麓,山东章丘人,是明代传奇创作高潮出现之前最重要的作家之一。李开先出身书香门第,七岁能文,博闻强记,曾于弱冠访康海、王九思,诗赋词曲得其赏识。嘉靖八年,考中进士,官至太常寺少卿四夷馆。他为官廉慎自持,忠于职守,曾两次获朝廷勒命嘉奖;但性伉直,不阿权贵,年三十九岁时罢官归里,以后长期潜心于文学、戏剧创作。作为一个富有才华的知识分子,李开先颇有文名,不仅在诗文创作方面有着卓越的贡献,身居"嘉靖八才子"之列,而且对散曲、戏曲的创作怀有浓厚的兴趣。他一生著作颇丰。

《宝剑记》是李开先的代表作,作于嘉靖二十六年,是他罢官归里后的第六个年头在其乡先辈之作的基础上再创作而成的,其中矛头直指朝廷权奸,透示了他对时代政治的思考。

《宝剑记》共52出,基本情节和人物取材于《水浒传》中林冲被逼上梁山的故事,但颇有李开先根据自己的解释所作的改动。写的是汴梁书生林冲弃文从武,因征讨方腊有功而被授以征西统制之职。他忠君爱国,但不会趋炎附势,先是因为上本参奏童贯而被谪降提辖,后又因为弹劾高俅等惹怒了奸党,招致了一系列的报复。高俅先是以看剑为名设计将林冲引入白虎节堂,然后以"擅入节堂"意欲行刺问成死罪。林冲的妻子张贞娘到金殿击鼓鸣冤,皇帝让开封府尹杨清审理此案。杨清开脱了林冲死罪,只是将他发配沧州充军。途中押送林冲的差役受到高俅的指使,准备在野猪林将他杀掉,但被鲁智深救下。林冲到达沧州后,奉命看守草料场,而高俅又指使陆谦、富安火烧草料场,意欲加害。万般无奈之下,林冲杀死了陆谦和富安,并投奔了柴进。此时,高俅之子高朋又想要强娶林冲的妻子张贞娘,林冲的母亲被逼悬梁自尽,而张贞娘在王妈妈的护送下逃出汴梁,到白云观出家,侍女锦儿代她出嫁,后在洞房自尽。家破人亡后,林冲在柴进的指点下,到了梁山宋公明的寨中参加聚义。梁山派林冲领兵攻打汴梁,而皇帝却下诏招安,并把高俅父子送给了梁山英雄处置。林冲大仇终于得报,还再次与张贞娘团聚。

从上面的内容中可以看出,《宝剑记》和情节与小说《水浒传》的不同:首先,小说中林冲与高俅的矛盾冲突是由高衙内垂涎林冲娘子的美色而引起的,林冲在屡遭暗算以后,手刃仇人而上了梁山,而在《宝剑记》中,林冲与高衙内之间并无夺妻之恨,也没有其他的个人恩怨,他上梁山是因为他多次上本参奏高俅和童贯狼狈为奸、祸国殃民的罪行而遭到陷害。其次,小说中的林冲形象是只会慨叹个人命运之不公平的中下级武官"禁军教头",而在《宝剑记》中林冲变成了一位出身于世代书香门第、曾被授予"征西统制"之职,有着较高社会地位而且士大夫气颇重的上层儒将。再次,小说中的水浒英雄在受到招安后,都结局悲惨,而《宝剑记》却以林冲受招安后官晋旧职二级、母妻受封、夫妇团圆和宋江等亦加官晋爵、封妻荫子、从此作王臣结束。最后,小说中高俅等贼臣在阴谋害死了宋江等人后,仍然受到皇帝信用,而《宝剑记》中宋江等人被招安后,权奸被诛。

《宝剑记》中的这些变化都强化了忠奸斗争的力度,揭露和挞伐了奸佞弄权致百姓流离、干戈扰攘而直言敢谏之臣遭贬抑、流放或杀身之祸的黑暗社会,反映了明代朝廷内激烈的政治斗争和明代的社会现实,突出了斗争的政治性质。而这些"是由作者'诛谗佞,表忠良,提真托假振纲常'(第一出)的作剧旨意所决定的"[①]。同时,该剧也表达了创作者愿君主亲贤远佞、重用才德之士、严惩奸恶小人,振封建之纲常,达太平之盛世的理想。

总之,《宝剑记》最为明代文人传奇创作中第一部具有了较强现实主义精神的剧作,使传奇的创作面貌为之一变,有力地阻断了"以时文为南曲"的反现实主义戏剧潮流,为明代传奇标树了崭新的一帜。《宝剑记》之后,文人创作传奇之风盛行,《宝剑记》也成为明代传奇从弱转盛的中转点。

《浣纱记》是明代文人传奇发展新时期开端的标志,也是最早将改革后的昆山腔引入戏曲演唱而产生广泛深远影响的传奇名作,创作者是梁辰鱼。梁辰鱼(1519—1591),字伯龙,号少伯、仇池外史,江苏昆山人。梁辰鱼祖辈世代为宦,他也曾精心经史、究治乱之旨,以期有所作为,但仅以例贡为太学生。由于家中连遭不幸,哀毁逾十年,中岁赴秋试又不第而归,以至落魄终生。梁辰鱼姿貌甚伟,平生慷慨任侠,喜结交,曾营建华屋招徕四方豪杰之士,骚人墨客、羽衣草纳之士乃至击剑扛鼎、鸡鸣狗盗之徒,无不罗致。他又倜傥好游,足迹遍及吴越荆楚齐鲁

---

① 金宁芬,明代戏曲史[M].北京:社会科学出版社,2007:116.

等地,并有广游天下之志。他还风流跌宕,善度曲,啭喉发响,声出金石,日在家中与歌儿舞女度曲自娱,又与同好精研音理,所制艳丽缠绵,声调清丽婉转。梁辰渔的交往甚广,当时的文坛泰斗李攀龙、王世贞、张凤翼、徐渭、屠龙等皆是他的文友。梁辰鱼的一生也著作颇丰,有传奇《浣纱记》《鸳鸯记》,散曲集《江东白苎》,杂剧《红线女》《红绡妓》《补无双传》,诗集《鹿城集》《远游稿》等。

梁辰鱼是明代曲坛的一位非常重要的人物。他身处南戏声腔发展的重要转折时期,此前流行的南戏声腔主要是弋阳腔和海盐腔,创作的传奇剧本也主要是为这两种声腔演出用。而在他的时代,昆山曲师魏良辅以及一批志同道合者使得昆山腔的演唱技巧和艺术水平有了长足的发展,已远远胜过了弋阳腔和海盐腔,但是还停留在清曲阶段。就在此时,梁辰鱼参与到魏良辅等人的研琢活动中,并用自己的传奇创作推进了昆曲从清唱转向剧场的实践。可以说,梁辰鱼的《浣纱记》是第一部直接为昆山腔舞台演出所用而创作的传奇剧本。上演后,获得了巨大的成功,也推动了昆山腔在文人中的影响,并很快压下去了弋阳腔和海盐腔。因而,梁辰鱼以及他的《浣纱记》在明代戏曲史上具有十分重要而特殊的地位。

《浣纱记》首先是一出极为崇高而苦涩的爱情悲剧。一缕洁白的轻纱在情人的胸中珍藏,也维系着国运的兴衰。范蠡和西施借此分而后合,越国和吴国也随之存亡迁移。范蠡足智多谋,事君以忠,肩负着国家的重任,他与天姿国色的女娇娃西施遇合定情于明澈的溪水旁,却因为沉重的政治风云不得不怅然分手。范蠡和西施在面对国家的利益和儿女恋情时,选择了牺牲后者,共同作出了无限悲凉、痛苦、屈辱而豪壮的决定。范蠡和西施这对苦命的恋人,先是因范蠡在吴国为奴苦等三年,后又因西施被吴王占有煎熬三年。六年的相思终于换来了越国的胜利,但是对花已残、心更苦的范蠡和西施来说不能不说是一场灵与肉的大劫难。勇于献身的爱国精神乃至极为崇高的政治品位,都是以爱情悲剧为前提铺展开来的。

《浣纱记》又是一出十分沉重的政治悲剧。作品一方面对越国君臣卧薪尝胆以及艰难复国的坚毅精神进行了赞扬和表彰,另一方面对吴王夫差的荒淫无耻和宠信奸佞进行了无情的嘲弄,揭露了贪婪腐化、狠毒奸诈的权臣伯嚭,肯定了屡次直谏却悬头城阙的忠臣伍子胥。即使是智勇双全、一心事君、为越国做出了巨大贡献的范蠡,也听从了吴王夫差临终前有关兔死狗烹的警告,悟出了勾践"可与共患难,不可与共安乐"的为人,毅然挂官归隐,偕西施隐于湖上。梁辰鱼在表现吴越的兴亡成败时,还赋予了作品浓厚的悲剧意味,引出了苍凉沉重的王朝兴衰之感:"呀,看满目兴亡真惨凄,笑吴是何人越是谁?"这也体现了作者对明代中叶面临的内忧外患以及深层根源的担忧。

《浣纱记》有着较强的艺术性,剧中自始至终都贯穿着矛盾冲突,既有剑拔弩张的两军对垒、互不相让的忠奸斗争,也有美丽、曲折的爱情故事穿插其间。因此,虽然《浣纱记》要表现的主题是严肃的,但能够吸引广大的观众。而且,此剧构思较巧妙周密,组织颇工,以赠纱、分纱、合纱代表范蠡和西施的聚散离合,在《显圣》《吴刎》中回应伍子胥、公孙圣临死前"观勾践之入吴"和"后作影响"的预言。可以说,凡所叙述的事事有交代,处处有照应。但是由于作者过于求全,以至作品旁枝错节较多。

《浣纱记》的文辞华丽工整,无堆砌艰涩之弊,还恪守昆山新声格律,音调和谐柔美。这样的文词开启了昆山一派,鼓励了文人投入其中的积极性,导致了万历以后出现了传奇作品多如牛毛的现象。但有些后学仿作将追求文字的优美发展到了字雕句镂、卖弄学问的地步,传奇从此成为文人播弄辞藻、游戏音律的工具。更有甚者写作传奇不再考虑是否适合登场,专门向文辞曲藻中推敲,只要是读之艳丽华赡、声调铿锵,赢得才调出群之赞,其创作的目的就告实现。南戏质朴本色的舞台风范虽然至此已被文人抛弃净尽,但明代传奇创作的高峰也已经隐现其端了。

《鸣凤记》是明代传奇表现当代重大政治事件的开端之作。关于《鸣凤记》的创作者,有多种说法。今多从无名氏作之说。

《鸣凤记》描写的是明代嘉靖年间以夏言、杨继盛为首的忠直朝臣与擅权一时的严嵩父子之间的激烈斗争。在剧作中,作者不仅对忠奸双方在朝廷之上的正面交锋过程进行了真实的再现,而且穿插了忠臣被贬黜、严党势败、议复河套和倭寇入侵等情节从而使得斗争的场面朝野结合、内外交错,对广阔而复杂的社会生活进行了再现。剧中的严嵩父子及其党羽无恶不作,不仅在朝廷中独揽大权,残害忠良,还肆无忌惮地卖官鬻爵、侵吞财物、霸占良田、奸淫妇女。他们甚至还打着讨倭的旗号,行掠夺之实。剧中在写到倭寇入侵时,有这样一笔描写:福建巡按差人报告军情,并请求救兵,严嵩却说:"我国家一统无外,便杀了几个百姓,烧了几间房屋,什么大事。不看我在这里,辄敢大惊小怪。拿那厮去镇抚司监候!"从这一笔描写中可以看出严嵩之恶,虽不免过分脸谱化、滑稽化,却也憎恶分明。正是由于上述对明王朝政治腐败和黑暗的真实揭露,使《鸣凤记》有了突出的政治倾向性和强烈的现实意义,这构成它的鲜明特色。因而,一旦被搬上戏曲舞台,就立即在广大观众中引起了巨大的共鸣,发挥了振聋发聩的效用。

《鸣凤记》写事井然有序,作者颇得构局之法。剧中虽然涉及很多的人物,但通过一个接一个的斗争中陆续写出,壁垒分明。而且,作者突破了传奇一生一旦的体制,出现了二生二旦。由于在这场反严嵩斗争中,邹应龙是竞全功者,因而全剧以邹应龙夫妇这对生、旦为主,将一次次既独立又相关的斗争串联起来。杨继盛夫妇仅仅是在第5出、第11出、第14出、第15出和第16出中上场,虽然戏不多,事迹却最为可歌可泣,不以生、旦扮演,不足以显示其地位的重要。事实上,剧中也有关于杨继盛的几场戏写得最为有声有色,相比之下,邹应龙夫妇的戏则显得较平淡无奇。剧中的后半部不仅没有出现超过杨继盛夫妇死节的高潮,而且枝蔓颇多,显得不够紧凑。

《鸣凤记》"上继我国古代戏剧迅速反映、甚至直接参与现实斗争的优良传统,下开明代时事剧的先河"①,是明代众多的时事剧中成就最高、影响最大的传奇作品。

二、传奇的繁荣

(一)汤显祖的传奇创作

汤显祖(1550—1616),字义仍,号海若,又号若士,别署清远道人,晚年自号茧翁。江西临川人。他出生在一个诗礼传世的隐士家中,承袭了四代习文的家风,父亲曾聘请泰州学派大师王艮的三传弟子罗汝芳在自家私塾任教。汤显祖自小显示出聪颖不群的才气,5岁能属对,10

---

① 金宁芬. 明代戏曲史[M]. 北京:社会科学出版社,2007:131.

岁学古文词,14 岁补县诸生,21 岁中举,以至声明日盛。汤显祖被公认为是明代成就最高的戏曲作家,他的代表作品为《紫钗记》《牡丹亭》《南柯记》和《邯郸记》,因居处为玉茗堂,又因为剧中皆写了梦境,因此合称为"临川四梦"或"玉茗堂四梦"。下面将对《牡丹亭》进行介绍。

《牡丹亭》又名《还魂记》或《牡丹亭还魂记》,完成于万历二十六年(1598),是汤显祖戏曲创作在思想和艺术上都达到最高水平的作品。他本人亦十分满意和看重,曾说:"一生'四梦',得意处唯在《牡丹》。"(王思任《批点玉茗堂牡丹亭叙》)。关于这部作品的题材来源,曾经有过许多传说和考证,根据作者本人在《牡丹亭·题词》中所说:"传杜太守事者,仿佛晋武都守李仲文、广州守冯孝将儿女事。予稍为更而演之。至于杜守收考柳生,亦如汉睢阳王收考谈生也。"所谓"传杜太守事者",即指话本《杜丽娘慕色还魂》,由此可见,汤显祖应该是以此话本为蓝本,加上一些新内容,敷演成传奇《牡丹亭》的。

《牡丹亭》共五十五出,主要讲述杜丽娘和柳梦梅的爱情故事。女主人公杜丽娘是南安太守杜宝之女,身为大家闺秀的她长期幽居闺阁。一日在丫环春香的带引下踏进后花园,春色盎然的自然景象使她意识到自己青春的美好和价值,内心产生了对美好爱情的强烈向往,并因此生梦,在梦中与一手持柳枝的风流才子幽会于牡丹亭畔的梅树下。此后杜丽娘忧郁成疾,在临终前,她描摹下自己的容貌,题诗于上,埋在花园太湖石下。不久,杜丽娘香消玉殒,葬于牡丹亭边,此处又建起梅花庵。三年后,书生柳梦梅赴京赶考南安,因染病居于梅花庵,并在太湖石下得到杜丽娘画像。柳梦梅日夜呼唤画中美人,丽娘鬼魂遂赶来与之幽会。柳梦梅依丽娘所示,掘坟开棺,丽娘起死回生,两人结为夫妇,同赴京城。后来,柳梦梅受丽娘之托寻找父亲杜宝,可是杜宝并不认梦梅,反诬他为盗墓贼,把死而复生的女儿视妖孽,不相信丽娘会起死复生。后来柳梦梅高中状元,皇帝允婚,杜宝才勉强同意女儿的婚姻,柳梦梅和杜丽娘始得真正团圆。

全剧围绕着以杜丽娘、柳梦梅为代表的真情、人性和以杜宝为代表的封建势力之间的矛盾冲突展开,表现了"情"与"理"的斗争,并最终"情"取得了胜利。汤显祖在这里所表现的"情",并不是一般的爱恋之情、理想之情,而是一种普遍的、发自内心地对生命、自然、个性的诚挚追求,是一种人性的礼赞。可以说,这使《牡丹亭》具有比以往爱情剧更为深刻的内容。

《牡丹亭》中描写最为成功的当为杜丽娘,这个人物形象也倾注了作者全部的思想追求。身为官宦人家的千金小姐,杜丽娘淑静温顺,被封建礼教牢牢地锁在深闺中。但是当她春日游园时,就开始萌发出少女所特有的情思,这是封建礼教所不能阻止的。于是,无可排遣的春情幽怨越积越多,她终于在昏然梦幻中越过那些紧锁身心的礼教制度,开始追求自身的爱情。然而,梦醒之后,她依然面对着深重的枷锁,使她病死于寻梦觅爱的徒然渴望之中。杜丽娘死后,依然继续追求爱情,她的鬼魂与柳生幽会,真诚的爱情使她获得重生。但是,回到人世间的杜丽娘,不可避免地又受到自幼所受到的礼教的约束和封建势力的压迫。这时的她毕竟已经过了一番出生入死的锻炼,因而更加大胆,更具斗争精神,开始勇敢地反对封建礼教,用实际行动争取自己的爱情、幸福和自由。最后,她直上丹墀,面见皇帝,陈述与柳梦梅结合的经过,驳斥无"父母之命,媒妁之言"的责难,她终于获得了爱情与幸福。

与杜丽娘的形象相反,她的父亲杜宝是一个固执而呆板、严守封建伦常的封建家长。作为父亲,他深爱自己的独生女儿,但是却不理解自己的女儿,更是按照封建礼教的要求管教女儿。他要求女儿多读诗书,并特为丽娘延师教化,是为了女儿"他日到人家,知书达理,父母光辉"。

丽娘伤情致病,他不能理解,也不愿承认,以致丽娘苦闷而死。丽娘因情复生,他更不能理解,也决不肯相信,一口咬定丽娘是"花妖狐媚",不仅不亲自勘验,反而再三奏本,请皇上着人擒打妖女。对于他的固执,柳梦梅曾一针见血地指出:"他做五雷般严父的规模,则待要一下里把声名煞抹。"他自己也向皇帝申辩:"论臣女呵,便死葬向水口廉贞,肯和生人做山头撮合。"原来,他是怕女儿的不"廉贞",败坏了他的名誉和家声。王思任在《批点玉茗堂牡丹亭叙》中评价说"杜安抚摇头山屹,强笑河清,一味做官,片言难人",这正是说出了他极端自私的性格和维护封建礼教的顽固立场。

《牡丹亭》也获得了极高的艺术成就。

首先,该剧体现出了浓郁的浪漫主义风格。作者以"梦"为关键点,将现实与奇幻紧密结合,使剧中的天上地下、虚实正奇之间达到了一种随心所欲的境界。

其次,《牡丹亭》也特别注重展示人物的内心世界,探析人物内心幽微细密的情感。从《惊梦》《寻梦》到《写真》《闹殇》都是杜丽娘的内心情感的展示和抒发。比如《寻梦》中的几支曲子:

【醉扶归】你道翠生生出落的裙衫儿茜,艳晶晶花簪八宝填,可知我常一生儿爱好是天然?恰三春好处无人见,不提防沉鱼落雁鸟惊喧,则怕的羞花闭月花愁颤。

【皂罗袍】原来姹紫嫣红红遍,似这般都付与断井颓垣。良辰美景奈何天,赏心乐事谁家院。朝飞暮卷,云霞翠轩。雨丝风片,烟波画船。锦屏人忒看的这韶光贱。

【好姐姐】遍青山啼红了杜鹃,荼蘼外烟丝醉软。牡丹虽好,他春归怎占的先?闲凝眄,生生燕语明如剪,呖呖莺歌溜的圆。

最后,该剧曲辞典雅绚丽,案头场上两全其美,具有浓郁的抒情诗的韵味,既能含蓄蕴藉地表达浪漫的情思,又能明白如话、通俗晓畅的表明故事情节,显示了作者高超的语言运用能力。

(二)沈璟的传奇创作

沈璟(1533—1610),字伯英,号宁庵,又号词隐,江苏吴江人。生于世代仕宦之家。16岁补邑弟子员,万历二年(1574)中进士,授兵部职方司主事,后改礼部,升员外郎,复转吏部员外郎。后因忤旨降行人司司正,奉使归里。万历十六年还朝,为顺天同考官,迁光禄寺丞。因科场舞弊案遭忌者毁谤,遂辞官归乡,时年37岁。此后的时间里,他闲居故里,放情词曲,精心考订音律,并从事戏曲创作,艺术生涯近30年,直至万历三十八年辞世。天启五年,追录谏臣,恤赠奉政大夫光禄寺少卿。沈璟著作颇丰,在他的传奇作品中,以《红蕖记》《义侠记》《博笑记》最为盛行,下面就对此进行介绍。

《红蕖记》是沈璟的前期剧作,取材于唐代薛莹的传奇《郑德璘传》。写郑德璘与韦楚云、崔伯仁和曾丽玉的巧合姻缘。两个盐商之女韦楚云和曾丽玉各随父母去湘潭,途中相遇,结为姐妹。两人采红莲并书以"七月初七日采"置于水中。红莲为书生崔希周,后崔希周得遇二女,经过一番波折巧合,曾丽玉嫁给崔希周。湘潭尉郑德璘见韦楚云而爱之,以红笺、红绡传情,后韦楚云因风浪翻船而死,龙君因其余郑有缘,让其复生并嫁与郑德璘。

从剧中的思想内容来看,曾丽玉违抗母命、坚决不从魏财主而愿下嫁穷书生崔希周;水府龙君一饭必报、酬恩世人,以愧天下不知报德者,批评"覆手为雨,翻手为云,当面输心,背面窃笑"的世态,在"人欲""天理"之争方兴、重利轻义之风甚炽的晚明有一定的社会意义。但是,剧本抹去原作中人情可移天意的思想，着力宣扬善恶有报、万事天定的宿命论观念，其消极影响是不容忽视的。在艺术特点上看，一方面，剧中多有巧合情节，情致淋漓，千转百折，不过剧情也显得错综分散。另一方面，沈璟所作传奇，以本色朴素为其特征，此剧却是例外，十分具有文采。吕天成《曲品·新传奇品》云："《红蕖》着意著词，曲白工美。郑德磷事固奇，无端巧合，结撰更宜。先生自谓：字雕句镂，正供案头耳，此后一变矣。"王骥德《曲律》卷四亦云："《红蕖》蔚多藻语，《双鱼》而后，专尚本色，盖词林之哲匠，后学之师模也。"

《义侠记》是沈璟流传最广、舞台搬演最盛的一部作品，取材于《水浒传》，其剧情大致相当于《水浒传》第二十二回至第三十回，略有剪裁增饰。全剧36出，以武松的故事为主干，从他栖住柴进庄上写起，历叙其景阳冈打虎、为亡兄复仇、醉打蒋门神、血溅鸳鸯楼，一直写到上梁山、受招安。但穿插了柴进失陷高唐州、武松发配孟州道路过梁山拒绝宋江挽留等情节，增加了武松未婚妻和岳母流离坎坷、悲欢离合这条线索。

关于这部戏曲的主题，吕天成在《义侠记序》中说："先生诸传奇，命意皆主风世。""风世"即以封建伦理道德针砭社会上堕落的人情世态。剧末下场诗云："世情真假尽经过，傀儡场中面目多。忠义事存忠义传，太平人唱太平歌。"这也点明了他欲以传奇进行风化之教的目的。从这个主题和目的出发，作者将武松塑造成一位他心目中的忠义之士：一方面，他疾恶如仇、仗义除奸，使奸夫、淫妇、强徒、贪吏都受到应有的惩处；另一方面，他忠于朝廷，宁被发配做囚徒，不肯落草依绿林，直至别无生路才怀抱"暂时遁迹且偷生，听取金鸡天上声"的愿望向山寨存身，最后主动接受招安，愿以武功保卫边塞、报效朝廷。《义侠记》对忠义贤良的武松终于被迫聚义梁山，以及对其他起义英雄的不幸遭遇表示深切的同情；描写并歌颂他们锄强扶弱、舍生取义的豪举使行；揭露、鞭笞了强梁横行、奸佞当道的黑暗社会，这是有一定积极意义的。但是作者又将武松士大夫化，将原本有着英雄豪气的武松加上一层厚厚的"忠君"的外壳，歌颂皇恩浩荡，不仅削弱了作品的思想，缺乏原作中的神韵，加强和发展了原作中的消极成分，也使人物形象缺乏生气和特点。

《博笑记》是沈璟最后完成的传奇作品，也是一部独具特色的作品。全剧共有28出，由10个小故事串联而成，每事两出或四出。这10个故事一般都根据明人王同轨《耳谈》所载改编，各有其独立性，而其题目也如小说回目。其中，第一出是介绍作者旨意和内容提要，以下依次是10个小故事，分别为《巫举人痴心得妾》《乜县丞竟日昏眠》《邪心妇开门遇虎》《起复官遭难身全》《恶少年误鸳妻室》《诸荡子误计赚金钱》《安处善临危祸免》《穿窬人隐德辨冤》《卖脸客擒妖得妇》《英雄将出猎行权》。

从剧本来源上看，作者以往的剧作多根据明代以前的小说、戏剧或古书所载之人、事进行改编，而《博笑记》却是根据本朝人所写改编，直写当代之人，当代之事。从剧本内容上看，作者以十分简洁的笔墨写出了一系列道德堕落、情理反常，是非颠倒的现象。尽管剧名《博笑》，取"未必谈言微中，解颐亦自忘劳"之意。其实，此剧也不是游戏之笔。10个故事无一不含讽世之意。剧中巫举人受骗下聘，洞房花烛夜险遭劫夺、杀身之祸；乜县丞不学无术、终日昏睡，却知滥施淫威；起复官途中投宿，被僧人毒害，成为寺院赚钱的"活佛"；恶少年趁兄在外经商，计卖亲嫂；诸无赖设骗局，敲诈道士钱财；结义兄弟见利忘义，互相残杀等，作品无情揭露、嘲讽了那个官吏昏聩、道德沦丧、歹徒四起的黑暗社会。作者借剧中人之口说出"虎有仁义，人不如兽"更有着震撼人心的力量。剧末下场诗云："旧迹于今总未湮，一番提起一番新。"亦点明了其讽劝当世的用意。不过,剧中也有着浓厚的因果报应色彩、落后的封建道德思想等,如安处善命中注定该被虎噬,以孝、信而免,船家本不应入虎口,因谋害人命致果虎腹;寡妇守节志不坚,终于被虎啮食;小叔贪财卖嫂,却使妻室被抢等,这与作者思想上的局限和时代有关。

《博笑记》在艺术上的特点十分突出。首先,《博笑记》不再以才子佳人或历史传说人物为主,而以僧道、流氓、商贩、小偷、县丞、举人等为主角,尤其是以一些下层的普通百姓为主角,并且从当代故事和现实生活中选取题材,这是对于传统的突破,具有时代气息,使人耳目一新。其次,《博笑记》在传奇的体例方面也有创新。在形式上,它由 10 个短小精悍的喜剧故事构成。每个故事演完后,又用一两句话引出下一个故事。最后,《博笑记》曲文宾白简练生动,活泼明快,风格诙谐,尤其是语言富有生趣而意味深长,体现了场上之曲的特色。

第五节　话本小说的辑集与章回小说的类型化发展

一、话本小说的辑集

明中叶以后,随着话本小说的流行,一些文人在润色、加工宋元明旧篇的同时,开始有意识地模仿"话本小说"的样式而独立创作一些新的"拟话本"小说,其中最为著名的就是"三言"和"二拍"。

(一)三言

冯梦龙的"三言"就是针对宋元明三代的话本和拟话本小说编纂的大型小说集。它的出现,也标志着古代白话短篇小说整理和创作高潮的到来。

"三言"是中国历史上著名的通俗文学短篇小说集,是宋元明三代最重要的一部白话短篇小说的总集,编著者是冯梦龙。冯梦龙(1574—1646),字犹龙,一字子犹,别署龙子犹、墨憨斋主人、顾曲散人等,长洲(今苏州)人。冯梦龙出身于书香门第,据《苏州府志》卷八十一《人物》记载,他"才情跌宕,诗文丽藻,尤明经学"。冯梦龙热衷科举,并为此耗尽了心血,但却始终未能在科举中获得功名。直到崇祯三年,他 57 岁时才选为贡生,61 岁时任福建寿宁知县。在通俗文学方面,他最大的成就是编著了"三言"。

"三言"是《喻世明言》《警世通言》《醒世恒言》三部小说集的总称,《喻世明言》也称《古今小说》,但是"古今小说"实为"三言"的通称。"三言"分别于天启元年(1621)前后、天启四年(1624)和天启七年(1627)刊刻。这些作品有的是对宋元明以来的旧本的辑录,但是作了不同程度的修改。有的是依据传奇小说、文言笔记、戏曲、历史故事,乃至社会传闻等进行的再创作。因此,"三言"实际上"包容了旧本的汇辑和新著的创作,是我国白话短篇小说在说唱艺术的基础上,经过文人的整理加工到文人进行独立创作的开始"①。笑花主人在《今古奇观序》中称其"极摹人情世态之歧,备写悲欢离合之致"。

"三言"每部四十篇,共一百二十篇。在这一百二十篇作品中,约有宋元旧篇作十八篇,从

---

① 袁行霈. 中国文学史(第二版,第四卷)[M]. 北京:高等教育出版社,2005:156.

文中的地名、官衔、一些明显地带有时代特点的词汇以及作品明白点出为明代作品的有四十余篇(有些可能表明是经过后人编纂修改的),难以确定时代的约有六十篇。

"三言"中的拟话本类型主要有三种,第一种便是文人拟话本。在"三言"中,能够坐实完全是冯梦龙个人创作的只有《警世通言》中的《老门生三世报恩》一篇。这篇小说是冯梦龙头脑中现实和幻想的结合,回前有入话,文字也是处处以话本为模式,可以说是一篇典型的文人拟话本。这篇小说创作的确切年代已不可知,《警世通言》序中署的是"天启四年甲子(1624)"。小说中写到老门生鲜于同五十七岁中举,六十一岁才成为进士,而那时的冯梦龙只有五十一岁。老门生的中举和冯梦龙成为贡生都在五十七岁时,这应该只是个巧合。常见的拟话本的产生一般都会经过文人创作、说话艺人在说话过程中加工提高、文人改编写定三个阶段,但具体的事例已不可考。因此,《老门生三世报恩》经过很久的流传才被编入《警世通言》是不大可能的。这是"三言"中拟话本一种少见的情况,与冯梦龙兼有这篇小说的作者和编者的双重身份有很大的关系。

"三言"中的拟话本类型的第二种便是文人对坊间旧刻故事的新编。《喻世明言》中的《蒋兴哥重会珍珠衫》的前身是宋楙澄《九籥集》卷二中的《珠衫》一文,而《珠衫》又是宋楙澄从他的族侄宋存标的《情种》卷四中抄录来的。宋存标的原作总评中有"居士曰",还说这是新《珠衫》,坊间有旧刻。而宋楙澄在其《珠衫》中将居士改为了废人,冯梦龙评辑的《情史类略》卷一六《珍珠衫》中又将废人改为了九籥生。可见,《蒋兴哥重会珍珠衫》在入选《喻世明言》之前已经被宋楙澄和冯梦龙校改过了,而在此之前宋存标又参校了坊间旧刻。也就是说,在通常的拟话本成篇的三个阶段中的第一个阶段之前,这一故事已经有了一个或长或短的流传过程了。冯梦龙在《喻世明言》中将它由文言改写为白话,是由旧刻改为新《珠衫》之后的又一次刷新。

"三言"中的拟话本类型的第三种是文人对文言小说的改编。《警世通言》中的《杜十娘怒沉百宝箱》其实是将宋楙澄创作的文言短篇小说《负情侬传》改编成了白话短篇小说。《警世通言》刊刻于天启四年(1624),而话本入话提到万历帝在位四十八年(1573—1620),由此可知,话本的改编必在1621—1624年之间。鉴于从改编到《警世通言》出版的时间较短,因而《负情侬传》和《老门生三世报恩》一样,在入选之前也不大可能有一个在说话艺人间流传提高的过程,因而出于冯梦龙改编的可能是很大的。《负情侬传》中因果报应的结尾和冯梦龙在《老门生三世报恩》中流露出来的思想也十分接近。一般来说,将文言小说改编为白话小说,很有可能会弄巧成拙。但冯梦龙在改编《负情侬传》时,却新增了柳遇春这一人物,既与纨绔子弟李甲和孙富作对照,又使得情节得以更好的开展,可以说是改编本的得意之笔。冯梦龙在将文言小说《负情侬传》改写成白话小说《杜十娘怒沉百宝箱》时,又仿效话本的款式加上一段入话。总之,《杜十娘怒沉百宝箱》除了一些片段和结尾外,都比《负情侬传》生动精彩,因而这一改编是基本成功的。

"三言"虽然存在着很多不足,例如内容中存在着很多封建说教、因果报应之类的陈词滥调,在艺术上过分偏重于故事的叙述和情节的生动曲折,对人物的多侧面塑造也有很多不足,但它在实际上超越了说话人的话本模式,重塑了一种专供普通人案头阅读的、白话短篇小说的文体,也标志着我国古代白话短篇小说整理和创作高潮的到来。

（二）二拍

"三言"之后，白话短篇小说进入了文人拟话本创作的繁荣时期，并产生了很多拟话本的专集，影响较大的是凌濛初的"二拍"。"二拍"在我国古代小说史上一向与"三言"并称，但"三言"大多是文人改编汇辑的话本，总体上属集体创作，而"二拍"则标志着文人拟话本的成熟。因而"二拍"的问世，标志着我国短篇小说的创作进入了一个新的阶段。

"二拍"是我国古代小说史上以个人创作为主的拟话本小说集，编著者是凌濛初。凌濛初（1580—1644），字玄房，号初成，别号即空观主人，浙江乌程（今浙江省湖州市）人。凌濛初12岁入学，18岁补廪膳生，后科场一直不利，屡次应举未中，直到年过半百才以副贡生入仕，在崇祯初年被授上海县丞，官至徐州通判。明王朝灭亡前夕，他应何腾蛟之征入幕，为剿灭李自成的农民起义军进献《剿寇十策》。当起义军逼近徐州，他负隅顽抗，最终呕血而死。凌濛初是晚明通俗文学非常重要的一位创作者和传播者，用力最大的是白话短篇小说。他一生著述甚多，编纂了"二拍"，还写过杂剧《虬髯翁》《北红拂》《颠倒姻缘》《乔合衫襟记》《蓦忽姻缘》等，并编有戏曲选本《南音三籁》，戏曲理论著作《谭曲杂札》，但影响最大的是"二拍"。

"二拍"是《初刻拍案惊奇》和《二刻拍案惊奇》的简称，各有四十卷，每卷为一篇小说。但《二刻拍案惊奇》的第二十三卷《大姊魂游完宿愿，小姨病起续前缘》和《初刻拍案惊奇》第二十三卷重复，而第四十卷《宋公明闹元宵》实际上是一篇杂剧，因而《二刻拍案惊奇》实有三十八篇小说，两部共七十八篇小说。《初刻拍案惊奇》完成于天启七年（1627），《二刻拍案惊奇》完成于崇祯五年（1632）。由于《二刻拍案惊奇》是迫于书肆盈利的需求，收《初刻拍案惊奇》"柏梁余材、武昌剩竹"而成，因此就"二拍"本身而言，《二刻拍案惊奇》不及《初刻拍案惊奇》。

"二拍"中已经没有了宋元旧篇，它的一些题材出自书卷，凌濛初对此不时地有所说明。如《初刻拍案惊奇》第十二卷《陶家翁大雨留宾，蒋震卿片言得妇》中说："此本说话，出在祝枝山《西樵野记》中……所以今日依着本传，把此话文重新流传于世，使人简便好看。"又如第二十卷《李克让竟达空函，刘元普双生贵子》中说："这篇话文，出在《空缄记》，如今依传编成演义一回，所以奉劝世人为善。"但是在"二拍"中，取材于明代社会生活的故事十分惹眼，以《初刻拍案惊奇》为例，出现明代年号的有第一、四、十一、十二卷的成化年，第二卷的万历年，第八卷的景泰年，第三十一卷的永乐年等。

"二拍"作为拟话本，在艺术上有几点是很值得称道的。"二拍"总是能在不经意处稍加点染，从而引发读者对作品潜在信息的感悟，两个很好的例子就是《李克让竟达空函，刘元普双生贵子》和《顾阿秀喜舍檀那物，崔俊臣巧会芙蓉屏》。这两篇小说描写的都是落难人骨肉分离，但在善人的救助下终得团圆的故事。《李克让竟达空函，刘元普双生贵子》中的刘元普空函认义，将前来投靠的新科进士李克让的妻子和孤儿收留，并将孤儿抚养成人。但刘元普终究还是有意当着众人说破了内情，李夫人母子当众"号恸感谢"，众人也是"十分称叹不止"。《顾阿秀喜舍檀那物，崔俊臣巧会芙蓉屏》写崔俊臣与王氏夫妇由于得到了御史高公的帮助得以报仇雪恨，高公在事后还邀请门生故吏让崔俊臣和王氏当众团聚，两个人都"哭拜高公，连在座之人无不下泪，称叹高公盛德，古今罕有"。这些看似很不经意的描写，却能够让人感觉到"行义之人其实是为了市义，他们的行事让人完全嗅不到义的气味。这是晚明追名逐利之风对义的异化，充分表现了斤斤计较的心理——做了好事虽不望当事人还报,却也要换得一个好名声才合算"①。

另外,"二拍"作为拟话本,诗词是其不可或缺的内容。虽然"二拍"中的诗词不是很高明,但却有颇多新制,不同于旧话本的陈陈相因。凌濛初所说的"小说中诗词等类,谓之蒜酪。强半出自新构,间有采用旧者,取一时切景而及之,亦小说家旧例,勿嫌剽窃"基本上与作品的实际是相符合的。

总之,"二拍"作为短篇白话小说的艺术宝库,对宋元明时代的社会生活的面貌进行了多侧面的刻画,形象地反映了各阶层人物,尤其是新兴的市民阶层的家庭、爱情和婚姻状况,以及他们的理想和愿望。同时也反映了人与人之间的关系、价值取向以及道德伦理观念的变化。作品中虽然不乏封建迷信说教、色情描写等不健康的成分,但仍不失为一部封建社会后期的百科全书,影响了繁盛一时的白话短篇小说创作,使之向着"劝善惩恶"的方面倾斜。

二、章回小说的类型化发展

章回小说以章回分段叙事的长篇小说。每回常用两句相对仗的句子标目,以揭示本回的主要内容。其源出宋元话本,后为古典长篇小说的主要形式。在明代,章回小说出现了类型化发展的趋势,主要有以下几种类型。

(一)历史演义小说

演即演绎、铺陈,义即史事、寓义,而"历史演义",就是用通俗的语言,将争战兴废、朝代更替等为基干的历史题材,组织、敷演成完整的故事,并以此表明一定的政治思想、道德观念和美学理想,是小说体裁之一,是中国古代小说的重要形式。历史演义小说又由宋代的讲史话本发展而来,"讲史"原为宋代说话四家之一,以说讲历史故事为主,其讲说的故事或取材于正史或取材于野史传说,故事内容侧重于朝代兴亡和政治军事斗争,篇幅较长。历史演义小说是在宋代讲史话本分卷分目和元末明初罗贯中《三国演义》分回并用七言单句为标题的基础之上采用章回体形式,这种独特的文学样式深得素重历史传统的中国人民的喜爱,在民间广泛地流行起来。

明代是历史演义小说繁荣大盛的时代,《三国演义》是我国第一部长篇章回小说,也是历史演义小说的开山之作,从此,历史演义小说迅速发展,可观道人《新列国志叙》说,明代"自罗贯中氏《三国志》一书,以国史演为通俗演义,汪洋百馀回,为世所尚,嗣是效颦日众,因而有《夏书》《商书》《列国》《两汉》《唐书》《残唐》《南北宋》诸刻,其浩瀚几与正史分签并架",形成了一个创作历史演义的传统。

历史演义小说主要有:罗贯中的《三国演义》、褚人穫的《隋唐演义》、熊大木的《杨家将演义》、李雨堂的《万花楼演义》、余邵鱼、冯梦龙、蔡元放的《东周列国志》以及钟山居士甄伟的《西汉演义》等。其中《三国演义》的影响力和知名度都已经远远超过了其他几部历史演义小说。

---

① 徐朔方,孙克秋.明代文学史[M].2版.杭州:浙江大学出版社,2009:415.

(二)英雄传奇小说

在我国长篇章回体通俗小说十分繁荣的明代出现过一个兴旺发达的英雄传奇小说群,并产生了较大的影响。英雄传奇小说是指小说主人公或武艺超群绝伦,或胆略非同常人,或遭遇神奇怪异,或事迹悲壮感人,而得以被人们敬仰和崇拜。英雄传奇小说的突出特点是"忠""义"思想贯穿全篇,尤以"忠"为甚。小说中的主人公在社会矛盾和民族矛盾日益尖锐的时刻,或以"天命所归"的驱使,或以忠奸之判的激发,纷纷登场亮相,演绎出一幕幕感人至深的悲壮画面。

严格地说,英雄传奇小说属于讲史小说,但它在演绎某一历史故事时,并不拘泥于正史的记载,而是广泛采取包括正史、野史、逸闻逸事以及民间同一故事流传中所积累起来的新奇情节,并且将其不断融化,不断完善。因而,英雄传奇小说比之讲史小说更具有故事性和趣味性。英雄传奇小说也不同于唐传奇,因为唐传奇完全是虚构的,而英雄传奇小说则是"三实七虚"。

《水浒传》就是英雄传奇小说的开山之作。之所以将其称为英雄传奇,主要是与《三国志演义》之类历史演义相区别。这两类小说有相同之处其主要人物和题材都有一定的历史根据,但是,与历史演义小说不同的是,英雄传奇小说一般是从宋元小说话本中的"说公案""朴刀、杆棒及发迹变泰之事"或"说铁骑儿"之类发展而来,以塑造一个或几个传奇式的英雄人物为重点,故事虚多于实,甚至主要出于虚构,这些特点让英雄传奇小说可能突破历史事实的制约,跳出帝王将相、军国大事的圈子,将目光移向民间日常的生活和普通的人。在明代的英雄传奇小说中,继《水浒传》之后,还有《杨家府演义》《大宋中兴通俗演义》等较有名。

(三)神怪小说

神怪小说是中国古典小说的一种,也叫神魔小说,这一说法最早是由鲁迅提出来的。明代后期,在通俗小说领域中兴起了编著神怪小说的热潮。这批神怪小说,是在儒、道、释"三教合一"的思想主导下,接受了古代神话、六朝志怪、唐代传奇、宋元说经话本和"灵怪""妖术""神仙"等小说话本的影响,吸取了道家仙话、佛教故事和民间传说的养料后产生的。它与讲究"真"与"正"的历史演义、英雄传奇不同,其主要特征是尚"奇"贵"幻",多言"怪力乱神",以神魔怪异为主要题材,背景或为虚幻或为海外某地假托,参照现实生活中政治、伦理等方面的矛盾和斗争,比附性地编织了神怪形象系列,并将一些零散、片段的故事系统化、完整化,想象力丰富,多有影射世情之意,语言风格不拘一格,综合宗教、神话等民间喜闻乐见的形式,至今广为传颂。

万历二十年(1592),后来被称为明代"四大奇书"之一的《西游记》首次由南京书坊世德堂刊出。由于经营通俗小说的刊售,世德堂很清楚读者的阅读口味及其变化,乐意推出新鲜题材的读物以满足阅读市场的需求,有心留意于稿源的世德堂主人唐光禄也果然遇见了这样的机会,他购得《西游记》书稿,翻阅之后,"奇之,益俾好事者为之订校,秩其卷目梓之"。唐光禄正确地预见到《西游记》刊印后的畅销,这一经营决策引起了通俗小说史上的神怪小说的崛起。

《西游记》问世之际正是通俗小说创作重新起步的阶段,当时作品不多,成书方式也多为低层次的编撰,即以某种话本为底本,增添一些文字介绍人物与连接情节,或敷演某些热闹场面,或适应章回小说每回开头和结尾处的需要,此外便是插入诏旨奏表一类的历史文献,或若干诗词以供"有诗为证"之用。置身于简单的缀连辑补式的作品之间,《西游记》真可谓是鹤立鸡群。

作者回到了通俗小说的起点，即《三国演义》与《水浒传》的编创方式，这样他的作品无论是艺术成就或与现实生活的贴近程度都远远超过了同时代的小说，同时《西游记》又具有开拓新题材的示范意义。这两者无论是哪一方面都给明后期通俗小说的创作者或编撰者以启迪，它们的结合更是对小说创作的发展具有深远的意义，而正是在《西游记》的直接影响下，神怪小说在万历后期迅速地崛起。

明代后期荒诞离奇的神怪小说十分流行，其思想内容也相当混杂。这里面既有世俗欲念乃至某种反传统精神在幻想形态中的表现，也包含着许多夸饰宗教、宣扬因果报应的成分。在这些神怪小说中，有的作品完全以宣扬宗教迷信、封建道德为主要目的，故事荒唐，文字粗鄙，很快被历史淘汰。但其中以《西游记》为代表的一些优秀作品，往往能以生动的形象、奇幻的境界、诙谐的笔调怡神悦目，启迪心志，一直被读者珍视。

（四）世情小说

所谓世情小说，就是以"极摹人情世态之歧，备写悲欢离合之致"（笑花主人《今古奇观序》）为主要特点的一类小说，又称为人情小说、世情书等，是中国古典白话小说的一种。人情指微观层面上处于特定环境中人们隐秘的精神世界，是影响甚至决定人们如何处理各种矛盾、各种人际关系的微妙的情感、心理愿望和理想；世态指宏观层面上的社会氛围与社会风气，也是整个社会状况和各种社会矛盾冲突。

世情小说以描写日常生活为主。小说涉及世情，自可溯源到魏晋以前，但从晚明批评界开始流行的"世情书"的概念来看，主要是指宋元以后内容世俗化、语言通俗化的一类小说。从鲁迅的《中国小说史略》起，学术界一般又用世情小说（或称人情小说）专指描写世俗人情的长篇。于是，鲁迅称为"最有名"的《金瓶梅》，就常常被看作世情小说的开山之作。之后，明清两代的世情小说，或着重写情爱婚姻，或主要叙家庭纠纷，或广阔地描绘社会生活，或专注于讥刺儒林、官场、青楼，内容丰富，色彩斑斓。

世情小说兴起于明中后叶，清康熙至乾隆时期达到高峰，其作品以《红楼梦》最著名。

第八章　文化视角下的清代文学研究

清代文学作为我国古代文学发展中的重要一环,呈现出一种集我国古代文学之大成的景观,各种文体都再度辉煌,蔚为大观,取得了不容忽视的成就,而且其中不乏造诣很高的作者和堪称杰作的传世之作。在本章中,将站在文化的视角,对清代文学进行具体分析。

第一节　文化专制及其对文学的影响

清王朝是以人口很少、经济文化相对落后的民族来征服人口众多、经济文化高度发达的汉族的政权,因而其从入关开始,为了巩固其统治,制定了一整套适应其民族统治的政策。具体来说,清王朝为了加强其对社会文化思想的控制,维护其在意识形态领域中的统治地位,推行了文化专制政策,严厉打击各种反抗思想。造成了这一时代文网密布、动辄犯忌、思想沉闷的恶劣文化氛围,对当时的学术和文化的发展都产生了极为深刻的影响。

一、清代的文化专制

清统治者为推行文化专制政策,采取了一系列的措施,其中影响最大的是大兴文字狱、独尊程朱理学和编书与禁书。

(一)大兴文字狱

文字狱是清王朝对社会思想进行控制的最为严厉的手段,而且文字狱可以说是清王朝封建专制的残酷性、野蛮的集中体现。

在清代历史上,大兴文字狱案件之繁多,株连之广,惩治之残酷,超过历史上任何一个朝代。清初的军事征服阶段,清王朝尚无暇顾及文化学术。康熙一朝文字狱尚少,著名的庄廷鑨《明史》案、戴名世《南山集》案,是对抗拒思想的镇压,因为其中记载、议论明末史事,表现出眷恋明王朝的思想情绪。也就是说,康熙朝的文字狱是为了遏制反清复明的政治思想。

到了雍正朝时,文字狱渐多。康熙朝文字狱主要是压制反清思想,而雍正时则较多用来网作为罗织罪名打击政敌的手段,"查嗣庭试题案"就是其中著名的大案。雍正四年(1726),礼部左郎查嗣庭出任江两正考官,以《诗经·商颂·玄鸟》中"维民所止"一句为考题,被雍正歪曲为维、止二字乃是雍正二字去头,因而大怒将其下狱,后查嗣庭病死狱中,雍正将其戮尸,家产入公,其兄、子、侄或遭流放或被斩。查嗣庭案虽缘起文字之祸,但实际上是雍正用来打击科场朋党、巩固皇权的引子。

文字狱到了乾隆时期达到高峰,当时文网特别严密,望文附会、滥杀无辜的情况更加严重。比如,江西举人因排列康、雍、乾三帝庙号名字,临文不讳而遭斩;河南刘峨印卖《圣读实录》教应考童生如何避讳,因岁列应避讳诸帝名字而被处决;文人全祖耀做诗歌颂顺治帝,有"为我讨贼清乾坤"之句,湖南学政胡中藻诗中有"一把心肠论浊清"之句,都被认为故意影射诬蔑大清而获罪。这些文字狱,大部分在政治上并没有反清的意思,而清统治者捕风捉影,大动干戈,在社会上造成了极大震动。

清代文字狱造成了极为严重的恶果,使许多知识分子皓首穷经,脱离现实,不敢过问时事,影响了社会科学和自然科学等领域的发展,严重阻碍了文化乃至社会的进步。

（二）独尊程朱理学

清初虽然强制推行野蛮的剃发易服政策,但同时又承袭明代的学术思想传统,在治国方略中大力维护"三纲五常"等伦理道德,极力尊孔崇儒、提倡理学,充分表现出满族统治者力图与汉族文人在思想学术上沟通血缘联系的政治企图。此外,清代统治者积极扶持程朱理学,使程朱理学成为官方哲学,这也是清王朝实行文化专制统治的一个重要表现。

满族统治者在入关后,立即祭祀"先师孔子",以孔子后人袭封"衍圣公",又为孔子加上"大成至圣文宣先师"的头衔。清政府还规定学习四书、五经、《性理》诸书,科举考试仍沿用八股文,取四书、五经命题。此外,清统治者尤其是康熙帝与历代封建帝王一样,对孔子和儒学非常尊崇,而且特别崇尚朱熹。他曾称赞朱熹（1130—1200）的学说,说:"文章言谈之中,全是天地之正气、宇宙之大道。朕读其书,察其理,非此不能知天人相与之奥,非此不能治万邦于袵席,非此不能仁心仁政施于天下,非此不能外内为一家。"（《御纂朱子全书序》）他还任用了一批信奉宋代程朱理学的官员,如魏介裔、熊赐履、汤斌等所谓"理学名臣",编纂理学图书,升朱熹为孔庙大成殿配享十哲之次,成为第十一哲。

自康熙后期开始,程朱理学被尊为正统,成为朝廷信仰的中心。康熙皇帝和雍正皇帝就曾经被人们称为"理学天子"。乾隆皇帝更是对程朱理学推崇备至,他说,理学"由之则治,失之则乱,实有裨于化民成俗,修己治己之要"（《清高宗实录》卷一百二十八乾隆五年十月乙酉条《训诸臣研精理学谕》）。在他的授意下,清廷采取了一系列表彰程朱、强化理学的方针政策,如刊行《十三经注疏》,颁布于学宫等,箍紧了纲常名教的枷锁。嘉庆皇帝较之乃父更有过之而无不及,他"夙好程、朱,深谈性理,所著《幾暇余编》,其穷理尽性处,虽夙儒耆学,莫能窥测"。而且,他还刊定《性理大全》《朱子全书》等书,特命朱子配祠十哲之列。故当时宋学昌明,"世多醇儒耆学,风俗醇厚,非后所能及也。可以说,尊孔崇儒,表彰程朱,是有清一代持之以恒的基本国策。

（三）编书与禁书

对朱熹的尊崇和对程朱理学的倡导,又引发了大规模的编书与禁书的现象,这也是清代文化专制的一个重要表现。

康熙帝在位期间,曾实行"偃武修文"的措施,下诏开博学鸿词科,在程朱理学思想的指导下进行大规模的书籍编纂工作,为思想学术订立标准,以巩固清王朝的封建统治,促进文治教化功能的实现。《明史》《康熙字典》《渊鉴类函》《佩文韵府》《古今图书集成》《全唐诗》等都是在这一时期完成的。乾隆年间编成的《四库全书》收经史子集典籍 3 400 多种,近十万卷,为我国古代文化典籍之一大总汇。主持编纂的纪昀等人作成《四库全书总目提要》,对已收入的 3 400 多种和未收入而存目的 6 700 多种书籍作了简要的介绍评论。

从保存古代文化典籍的角度说,编书未尝不是一件功德。但是,清王朝在组织编书的同时,也采取了禁书措施,即在全国进行图书检查,凡"违碍"的书籍都要查缴并销毁。据统计,乾隆时被禁毁的书籍有"将近三千余种,六、七万卷以上,种数几与四库现收书相埒"(孙殿起《清代禁书知见录·自序》)。从这一角度来说,清代时组织的编书,又是一次文化专制造成的图书厄运。

二、文化专制对清代文学的影响

清王朝实行的文化专制政策,对清代的文学创作与发展也产生了深刻影响。具体而言,清王朝实行的文化专制造成了汉学学风,而汉学学风又造成了清代文学的背离文学的滞化现象。

清代的散文创作中,桐城派古文及其正宗地位的确立,与科举考试用八股文和汉学的兴盛都有关系,而且桐城派的理论奠基人方苞信奉程朱理学,并在此基础上提出了"古文义法"说,即所谓"言有物""言有序",讲求的是文章之"雅洁"。

汉学之学术思想还渗透进诗歌和小说领域。在诗歌领域,翁方纲的肌理说的提出,也深受程朱理学和乾嘉汉学的影响。他所谓"肌理",意即可以捉摸的"理",包括义理、文理,类似方苞所说"有物""有序",也就将"理"作为诗之本、诗之法。在他看来,"考据训诂之事与辞章之事,未可判为二途"(《复初斋文集》卷四《蛾术篇序》)。这样,诗便不是陶冶性情,而是可资考据学术渊源、历史是非得失的材料。在小说领域,由于汉学成为一种风气,因而历史小说重在叙述历史事件,如《东周列国志》,作者自谓是"有一件说一件","哪里有功夫去添造",不仅可作"正史"看,而且可学到稽古、用兵之类的学问(蔡元放《东周列国志读法》)。在小说领域,这一时代的小说创作多将小说作为"庋学问文章之具"(鲁迅《中国小说史略》),如《野叟曝言》《镜花缘》等作品,虽有人物、情节,也有思想内蕴,但以逞才学为能事,添入许多学问、技艺,便违背了小说艺术的本性。

总的来说,清代的文化专制造成了汉学学风,也造成了清中叶文学的背离文学的滞化现象,继而制约了清代文学甚至整个中国古代文学的进一步发展。

第二节　诗文的中兴与词的复兴

在清代时,诗文又爆发出令人惊异的潜能,为后世留下一笔丰厚的遗产。与此同时,由于受到政治环境的影响,词成为清代文人曲写心迹的方式,清代词坛也由此出现了复兴的局面。

一、诗文的中兴

(一)诗歌的中兴

清代是中国漫长封建社会的最后一段时期,在这一时期,商品经济的发展,资本主义萌芽的出现,追求人的个性与自由、尊重人的自我价值的新哲学思潮的产生,都对文学的发展产生了深远影响。诗歌作为传统文学的重要一支,自然也深受影响,这一时期的诗人不满于元诗的绮弱,明诗的复古和轻浅、狭窄的毛病,在技巧上兼学唐宋诗的长处,不断追求创新,并在不同程度上反映了当时的现实,从而使得古典诗歌有所复兴和发展。

清代诗歌在发展的过程中,也形成了众多的诗歌流派,影响较大的有清代遗民诗派、江左诗派、"神韵说"诗派、浙中诗派、"格调说"诗派、"性灵说"诗派、"肌理说"诗派、清代爱国诗派和同光体诗派等。在这些诗派的努力下,清代诗歌成为中国古典诗歌最后的华章。

1. 清代遗民诗派

清代遗民诗派主要由一些由明入清的遗民诗人组成,包括顾炎武、黄宗羲、王夫之、吴嘉纪、屈大均、杜濬、钱澄之、归庄、申涵光等。这些诗人受传统的民族思想、爱国主义熏陶,反对清朝的民族压迫与歧视,入清不仕,其中不少人曾参加过抗清复明的斗争,始终以遗民的身份处世为人、吟诗终老。因此,遗民派的诗歌包含着反对压迫和侵略的正义性和爱国精神,在当时激励了汉族人民的反抗斗争,也对后世产生了积极的影响。

清代遗民诗派诗人的出发点虽然仍是儒家的"严夷夏之防",但是在当时的社会背景之下,他们用"保天下者,匹夫之贱与有责焉"的生存危机和民族忧患,唤起了人们的反抗精神,并最终形成了"天下兴亡,匹夫有责"的爱国认识,从而使其成为中华民族爱国主义精神的传统的一个有机组成部分。也就是说,清初的遗民诗派通过诗歌创作对爱国主义精神进行了深刻的传达。此外,从风格取向来看,虽然遗民诗派的诗歌因作者的不同而显示出一定的差异,但是从整体上来说,这些诗歌都缘事而发,直抒胸臆,激越苍凉,质朴浑厚,具有现实主义的特点。

在清代遗民诗派的诗人中,成就最高的要属顾炎武、黄宗羲和王夫之,这里着重分析一下顾炎武的诗歌创作。

顾炎武(1613—1682),初名绛,明亡后改炎武,字宁人,学者称亭林先生,江苏昆山人。明末时,顾炎武加入复社,明亡后,他曾在家乡一带参加抗清斗争。失败后,离乡周游各地,秘密串联,企图再起。清廷曾多次试图收买他,但是都被他拒绝了,为此,他受到了清廷的监视,并曾因文字狱而被囚禁。但他始终没有屈服,坚持了自己的信仰,表现出了崇高的民族节操。

顾炎武认为,诗歌创作应当重性情,反对模拟,反对一切阿谀奉承、无聊的应酬文字。因此,顾炎武的诗歌具有强烈的现实性。他的诗歌不管是拟古、咏怀类,还是游览、即景类,都围绕抒发民族感情和爱国思想的主题而展开,都以反清复明和坚守气节为主色调。《秋山》二首是顾炎武表现爱国精神和复国理想的著名诗篇。在第一首诗中,诗人以"秋山复秋山,秋雨连山殷"起兴,点明了抗清战事的时间和地点,接着通过三个层次抒发了自己对这场战事的感受。第一个层次是从"昨日战江口"到"复见左拒残",主要写明军的节节败退,暗含着诗人对战事失利的心急如焚的心情;第二个层次是从"族旗埋地中"到"伏尸遍冈峦",主要描写了战事的惨烈,表达了对壮烈牺牲的数十万吴中子弟的痛悼以及对清虏的愤恨;第三个层次是从"北去三百舸"到结尾,主要揭露了清军的残酷暴行。全诗至此,沉痛的感情发展到了顶峰。在第二首诗中,诗人从"秋山复秋水"到"一旦生荆杞",描写了抗清战争的惨败结局。诗人还借用晋大夫先轸在晋狄作战中免胄入狄师和齐人王蠋忠君不降燕两个典故,充分表现了南明臣民在抗战中可歌可泣、英勇壮烈的民族精神。从"归元贤大夫"到"存亡自今始",诗人借古谏今,表现了自己希望南明君臣可以像子期焚廪和勾践兴越那样胸怀斗志、实现复国的理想。

2. 江左诗派

江左诗派是以"江左三大家"(钱谦益、吴伟业、龚鼎孳)及其追随者所形成的一个诗人群体。钱谦益、吴伟业、龚鼎孳都是江东人,在明末时诗歌已负盛名,入清之后,三人继续从事诗歌创作,并有了一批效仿者。由于钱谦益、吴伟业、龚鼎孳等人没有像顾炎武等人那样在明亡之后参加抗清的战斗,而是选择了归顺清廷,因此,被清代遗民诗派的诗人视为有辱名节的士人。受此影响,他们的诗歌没有清代遗民诗派的影响大。

江左诗派在诗歌创作上取法盛唐、中唐诸家,博采众长。钱谦益(1582—1664)可以说是江左诗派最重要的诗人。他字受之,号牧斋,晚号蒙叟、绛云老人、东涧遗老等,江苏常熟人,人称虞山先生。他曾是东林党人,也是复社后期的重要人物。清兵渡江兵临城下时,他归顺了清廷,被授礼部侍郎管秘书院事,充修明史副总裁。归顺清廷后,钱谦益有感于自己丧失大节,因此又和南明政权的抗清力量暗中联系,秘密参加反清活动,并一再忏悔自赎,希望取得世人的谅解。

钱谦益的诗歌创作以仕清为界可以分为前后两期,前期时他有感于仕途坎坷、明代的内忧外患,因此诗歌中多感叹、愤慨之情。例如,《费县三首》《乙丑五月削籍南归十首》《狱中杂诗三十首》等诗,都表达出了失意者的感喟与清正之士的孤愤,并和忧虑国事融为一体。他还曾写了《葛将军歌》讴歌了市民领袖葛成,把他与反抗阉党而牺牲的苏州五义士并列。后期时,钱谦益因为经历了故国沧桑、身世荣辱的巨大变故,因此诗歌中多悼念亡明,指斥新朝暴行,对反清复明活动进行歌颂。此外,钱谦益通过诗歌创作表达出了自己仕清之后的复杂心情。比如,《西湖杂感二十首》通过寄情于景的方式,表达出了自己的悔恨之情。

3. "神韵说"诗派

"神韵说"诗派是指以王士禛为领袖、以其提出的"神韵说"诗歌理论为中心的诗人群体。因此,王士禛是"神韵说"诗派最重要的诗人。

王士禛(1634—1711),字贻上,号阮亭,别号渔洋山人,人称王渔洋,祖籍山东新城(今属桓台县)。他出身于书香门第,并在家庭的影响下很早就能做诗,并有诗名。同时,他少年得志,官运亨通,18岁中举人,22岁便进士及第,24岁便被选为扬州推官,30岁后擢礼部员外郎、户部郎中、国子监祭酒,最终官至刑部尚书。著有《池北偶谈》《古夫于亭杂录》《香祖笔记》等。他认为论诗应以神韵为主。早在南朝时人们就用神韵来品评人物,评论绘画。用神韵来品诗,与南朝钟嵘《诗品》的"滋味说"、唐司空图《二十四诗品》的"韵味说"的主旨大致相同。王士禛在提出神韵说的同时,还对神韵说的内容进行了规定:第一,要典雅,即"诗人之诗和学人之诗应该统一";第二,要远,即诗歌的意境应是悠然淡远、含蓄空灵、余味不尽的,这是神韵说的核心;第三,要谐音律,即诗歌要声调谐律,具有一定的音乐性;第四,要丽以则,即"诗歌要写得绮丽而摇荡性情,又要不失正则,符合'温柔敦厚'的诗教"①。

王士禛以"神韵说"的理论主张为宗旨,在诗歌创作方面十分推崇王维、孟浩然等的冲和淡远、风致清新、不可淡泊而富有诗情画意的诗作。这也使得他的诗歌作品中写得最好的是寄予

---

① 张涤云. 中国诗歌通论[M]. 杭州:浙江大学出版社,2006:234.

个人情感的山水景物诗,如《江上》:

> 吴头楚尾路如何? 烟雨秋深暗自波。
> 晚趁寒潮渡江去,满林黄叶雁声多。

在这首诗中,诗人生动描绘了秋天江畔的情景,并从多个角度出发勾勒出了一幅深秋江畔图:空中,雁鸣阵阵;江上,白波涌起;四面,烟雨迷蒙;地上,落叶萧萧。总体来看,全诗冲和淡远、空灵含蕴,具有神韵美。

4. 浙中诗派

浙中诗派是清康、雍年间以查慎行、汤右曾、厉鹗为代表的诗歌流派,由于其主要代表人物是浙江人,故称浙中诗派。浙中诗派先导于秀水(今嘉兴市)人朱彝尊,后经查慎行等人的努力后逐渐成为一个在清代诗坛有影响力的诗派。

在浙中诗派中,影响较大的是查慎行(1650—1727)。他初名嗣琏,字夏重,号查田;后改名慎行,字悔余,号他山,赐号烟波钓徒,晚年居于初白庵,所以又称查初白。海宁袁花(今属浙江)人。康熙四十二年(1703),查慎行考中进士,进入内阁,直到康熙五十二年(1713)乞休归里。雍正四年(1726),因弟查嗣庭讪谤案,以家长失教获罪,被逮入京,次年放归,不久去世。著有《他山诗钞》等。

查慎行受学于黄宗羲,诗歌学苏轼、陆游,尤致力苏轼,得宋人之长,是浙派承前启后的大家。赵翼对其评价极高,他曾在《瓯北诗话》卷十中说:"功力之深,则香山、放翁后一人而已。"

查慎行的诗多纪游吊古之作,又多作组诗,如《金陵杂咏二十首》《荆州杂诗六首》《邯郸怀古三首》《汴梁杂诗八首》等,这些诗通过不同角度描述了诗人不同的纪游吊古感受。他的诗歌布局精工,格调老成,雄浑流畅,功力不凡。同时,他的诗歌创作也体现出鲜明的崇宋特征,正如徐世昌在《晚晴移诗汇》卷五十六中所说:"(查慎行)挑唐祖宋,大畅厥词,为诗派一大转关。"以其《舟夜书所见》一诗来说:

> 月黑见渔灯,孤光一点萤。
> 微微风簇浪,散作满河星。

在这首诗中,诗人细致描绘自己在舟中所见的情景。另外,全诗既没有艰深的典故、艳丽的辞采,也着墨不浓,但表达出真切的情辞,且给人强烈的质实之感,即给人一种极为生动的画面感和静谧感,使人似身临其境。这显然是诗人学习宋诗风格的结果。

5."格调说"诗派

"格调说"诗派是指康、乾时期以沈德潜为领袖、以其"格调说"诗论为中心的诗人群体。沈德潜认为,论诗应该从儒家的观点出发,主张诗歌要去"淫滥",归"雅正",要具有"和性情、厚人伦、匡政治"(《唐诗别裁序》)的教化作用。为此,他主张宗唐抑宋,要求诗歌创作要"一归于中正和平"(《重订唐诗别裁集序》)。他所提出的"格调"二字,源于《文镜秘府论·南卷·论文意》:"凡作诗之体,意是格,声是律,意高则格高,声辨则律清,格律全,然后始有调。"沈德潜的这种"格调说"受到了一些诗人的追捧,因而形成了清代诗坛上的又一个诗歌流派。

"格调说"诗派的诗歌总体上以崇唐为主,大多追求气象阔大的风格和含蓄蕴藉的审美境界,强调诗中所蕴含的真实意味,也严格要求声律、音调等。此外,在"格调说"诗派的诗人中,成就最为突出的就是沈德潜(1673—1769)。他字确士,号归愚,长洲(今苏州市)人。他从23岁起就继承父业,以授徒教馆为生,过了40多年的教馆生活。年近古稀的时候才成为进士,因其诗歌受到乾隆的喜爱而受到了重用,官运亨通,显赫一时,影响甚大。卒后追赠太子太师,赐祭葬,谥文悫。其礼遇"从古诗人所未有"(袁枚《随园诗话》卷九)。著有《沈归愚诗文全集》《说诗晬语》《古诗源》《唐诗别裁》《明诗别裁》《清诗别裁》等。

沈德潜强调诗人应该"学古"和"论法",因而他非常推崇明代后七子,认为是李梦阳、何景明等人使"诗道复归于正"。总体上而言,沈德潜的诗歌中正和平,温柔敦厚,讲求诗歌的格律、声调。同时,他的诗歌大多是歌功颂德之作,但也有一些反映民生疾苦,揭露时弊与社会黑暗的作品,如《凿冰行》与《后凿冰行》等。在《凿冰行》中,诗人通过几个细节充分地描绘了穷人砸冰时所遭受的痛苦。"水深没髁衣露肘,手足皲裂无人色"这两句更是直接使用白描的手法勾勒了穷人的惨状。在《后凿冰行》中,诗人则通过对比的手法,揭露了藏冰商家不顾穷人死活残酷剥削他们的情景,斥责了旁观富人的冷漠无情。

6."性灵说"诗派

"性灵说"诗派是清乾隆年间以袁枚(1716—1797)为领袖、以其"性灵说诗"论为中心的诗歌流派,其成员除了袁枚外,还有号称"乾隆三大家"之一的赵翼,以及张问陶、孙原湘、王昙、舒位、郭麐、吴嵩梁、席佩兰、严蕊珠、金逸、骆绮兰、归懋仪等。

"性灵"二字,最早见于《文心雕龙·原道》中的"惟人参之,性灵所钟,是为三才",原意指的是人的才智或秉性灵秀。晚明公安诗派的领袖袁宏道提出了"独抒性灵,不拘格套"艺术主张,认为诗歌要抒发人的性灵,表现人的真实情感。袁枚便是继承和发展了这一主张。他认为,诗歌的本质就是表达感情的,是人的感情的自然流露。因此,诗歌创作要求真,要直接表现诗人的性情。

在"性灵说"诗派的诗人中,影响最大的是袁枚,字子才,号简斋,钱塘(今浙江杭州)人。他自幼聪颖,青年时即与年老的沈德潜同举进士,同入翰林院为庶吉事。后因满文考核为下等,外放江南为知县。在任江宁县知县时,购得小仓山旧江宁织造园,将其进行整治,改名为随园,之后托病辞去县令,退居园内,自号随园山人、仓山居士,不再出仕。

袁枚的诗歌贯穿了其"性灵说"的精神,注重从日常生活中,从花鸟草木、山川河流等事物的微妙变化中,抓住瞬间呈现的诗情画意,并将其用文字表现出来。例如,《所见》:

> 牧童骑黄牛,歌声振林樾。
> 意欲捕鸣蝉,忽然闭口立。

在这首诗中,诗人通过"骑""振""捕""闭"几个词,生动地描绘了一幅牧童意欲捕蝉的情景,由动到静的转变写得既突然又自然,充分表现了小牧童的天真烂漫。

袁枚也创作了一些对民生疾苦表示关切和同情的诗作,如《马嵬》《苦灾行》《南漕叹》《捕蝗歌》《鸡》《偶然作》《养马图》等。以《马嵬》一诗来说,诗人借吟咏马嵬抒情,提出了诗歌要多反映人民苦难生活的主张。全诗虽然几处用典,但是通俗易懂,包含了非常丰富的内容,给人以韵味无穷之感。

7."肌理说"诗派

"肌理说"诗派是指清乾、嘉年间以翁方纲为创始人、以其"肌理"诗论为中心的诗派。"肌理"二字源于杜甫《丽人行》中的"肌理细腻骨肉均"之句。肌理本来是指肌肉的纹理,翁方纲借用肌理论诗。"肌理说"中的"理"是指义理和文理。义理属于诗歌内容的范畴,指以六经为代表的合乎儒家规范的思想和学问;文理属于诗歌表现形式的范畴。指诗歌的写作方法,要讲究谋篇布局,遣词用字,要讲求声律和"诗法","穷形尽变"而又合乎"绳墨规矩"。"肌理说"实际上是翁方纲对王士禛的"神韵说"和沈德潜的"格调说"的调和及修正。他说:"今人误执神韵,似涉空言,是以鄙人之见,欲以肌理之说实之,其实肌理亦即神韵也。"(《神韵论上》)"诗之坏于格调也,自明李、何辈误之也。李、何、王、李之徒,泥于格调而伪体出焉。非格调之病也,泥格调者病之也。"(《格调论上》)又说:"其实格调即神韵也。"(《神韵论上》)

翁方纲(1733—1818)是"肌理说"诗最重要的诗人,他字正三,一字忠叙,号覃溪,大兴(今属北京市)人。乾隆进士,官至内阁学士,精通金石、谱录、书画、词章之学,书法与当时的刘墉、梁同书、王文治齐名。著有《复初斋全集》《石洲诗话》《两汉金石记》等。

翁方纲的诗,大量以学问、考据入诗。比如,在《汉石经残字歌》一诗中,诗人对汉代的石经进行了考证,发表了自己的看法。该诗具有以学问为诗,用韵语做考据的特点。由于翁方纲过于强调义理和文理,所作的诗歌多枯燥乏味,毫无诗意,所以遭到了广大诗人,尤其是"性灵说"诗派诗人的反对和嘲笑。袁枚曾在《仿元遗山论诗》绝句中写道:"天涯有客号冷痴,误把抄书当作诗。抄到钟嵘《诗品》日,该他知道性灵时。"

8. 清代爱国诗派

清代爱国诗派是清嘉庆、道光年间以"宣南诗社"的龚自珍、魏源、林则徐以及张维屏等为代表的诗派。这一诗派通过诗歌创作反映了鸦片战争前后黑暗的社会现实,抒写了自己强烈的爱国情感和民族义愤,表现了爱国志士和广大人民卫国的抗敌斗争,充满了爱国主义精神。

清代爱国诗派的诗歌在内容上多反映社会现实,表现出了革新精神和爱国情怀。在这一诗派中,以龚自珍的诗歌创作最为突出。龚自珍(1792—1841),字尔玉、字璱人,更名易简,字伯定,号定庵、羽琌山民,浙江仁和(今杭州市)人。他出身世代官宦学者家庭,是著名学者段玉裁的外孙。虽然龚自珍自幼习经学文,并早就显露出卓越的才华,但是直到道光九年(1829)才中了进士。其后他历官宗人府、礼部、主客司主事,但大多官职卑微。道光十九年(1839),因与上级官员不和,他辞官南归,1841 年,暴卒于丹阳。

龚自珍受明中叶以来伸张个性思潮的影响颇深,重情,重童心,强调"人""我"与"心之力"的作用,反对压制与束缚。他激烈抨击专制统治和思想束缚,预言世变将至,倡言变法革新,提出了"尊情""尊史"的文学观。他的诗歌创作绝少单纯地描写自然景物,而是着眼于现实政治、社会形势,揭示清王朝的黑暗和危机。例如,《咏史》:

> 金粉东南十五州,万重恩怨属名流。
> 牢盆狎客操全算,团扇才人踞上游。
> 避席畏闻文字狱,著书都为稻粱谋。
> 田横五百人安在,难道归来尽列侯?

在这首诗中,诗人通过对南朝史事的吟咏,批判了清王朝的文化高压政策,揭穿了朝廷以名利诱骗文人用心。末句"田横五百人安在,难道归来尽列侯"的质问表现出了诗人的愤慨之情。

龚自珍最具有代表性的诗歌作品是作于晚年的大型传记体组诗《已亥杂诗》,这组诗由315首七言绝句组成,全面而深刻地反映了清末现实生活和社会面貌,集中体现了他深刻的思想、抗争个性。

9."同光体"诗派

"同光体"诗派是清光绪年间,以陈三立、陈衍、沈曾植、郑孝胥为代表的一个诗歌流派。关于""同光体""名称的由来,陈衍在《沈乙庵诗序》中说:"丙戌(1886)在都门,苏堪(郑孝胥)告余,有嘉兴沈子培(沈曾植)者能为"同光体"。"同光体"者,余与苏戡戏目同光以来诗人不专宗盛唐者。"

"同光体"诗人反对专崇盛唐诗,他们不仅学习宋诗,还将韩愈、孟郊等一些唐代诗人的创作也纳入了学习的范围之中,打破了崇唐崇宋之间的界限,从而提出了新的理论主张,自成一派。从整体上看,"同光体"诗派的诗歌创作主要有以下几个特点:从宋诗中寻找灵感,有显而易见的摹拟痕迹,具有浓厚的拟古气息;刻意求新,在词句上制造僻词拗句以显示自己的新奇;好以学问入诗,喜用僻典。

"同光体"诗派的诗人中,最具代表性的是陈三立(1852—1937)。他字伯严,号散原,江西义宁(今江西修水)人。光绪十五年(1889)间进士,曾任吏部主事。他早年曾对康有为、梁启超的改良运动给予了积极的支持,戊戌变法失败后,陈三立与其父亲以"招引奸邪"的罪名被革职。之后,陈三立遂从新潮流中退出,参禅礼佛,写诗自慰,后来,他还参与了一些社会活动,兴办有利于国民生计的事业。清亡后,他既不参与保皇复辟,也不投身革命,以遗老自居。1937年,抗日战争爆发,北平沦陷,日伪政权对他百计劝说,企图要他效忠日伪,遭到他言辞斥逐,后绝食而死,表现出崇高的民族气节。

陈三立被誉为中国最后一位传统诗人,他的诗中时常表现出家国之痛、民生之哀,体现出了他对国家命运的关心。例如,《十月十四夜饮秦淮酒楼闻陈梅生侍御袁叔舆户部述出都遇乱事感赋》一诗中,他对外国侵略者的残暴进行了揭露,对广大人民所遭受的痛苦给予了深切的同情。同时,陈三立的诗歌表现出了他的矛盾心态,一方面,政治上的打击使他灰心丧气,他渴望通过佛道思想脱离现实生活;另一方面,作为一个有着民族气节的知识分子,面对国难,他又无法割舍对国家命运的关注,因此他常处于出世与入世的矛盾中。例如,在《黄公度京卿由海南人境庐寄书并附近诗感赋》一诗中,诗人虽然身处隐居之地,但是对国家的风云变化并没有置之不理,而是忧心忡忡,体现出了一种无奈。

(二)散文的中兴

清代的散文创作相比明代而言,也出现了中兴的现象。

1.清代初期的散文

清初的散文,有一部分是论说文,创作者多是学者。他们留心世务,研经治史,发表意见,在学术和思想上都有重要的价值。而这一时期，写作文学散文的是被称为"清初三大家"的侯方域、魏禧和汪琬。其中，魏以观点卓越、析理透辟见长，汪则写人状物笔墨生动，侯方域（1618—1654）的影响最大，继承韩、欧传统，融入小说笔法，流畅恣肆，委曲详尽，推为第一。侯方域，字朝宗，明归德府（今河南商丘）人。少有才名，入清未仕。早期为文流于华藻，功力欠深，自述"仆少年溺于声伎，未尝刻意读书，以此文章浅薄，不能发明古人之旨"，有"春花烂漫，柔脆飘扬，转目便萧索可怜"之弊（《与任王谷论文书》），后学八大家，转益多师，臻于成熟。著作有《壮悔堂文集》《四忆堂诗集》。

侯方域的散文具有多样的体裁，广泛的内容，有议论而指斥权贵的，如《癸未去金陵日与阮光禄书》《答田中丞书》等；有抒情而抒写怀抱的，如《与方密之书》《祭吴次尾文》等；有评说而论功罪的，如《朋党论》《王猛论》《太子丹论》等。同时，侯方域的散文风格或义正词严，酣畅饱满，或缠绵悱恻，声情并茂，或雄辩汪洋，纵横奔放，具有唐宋八大家的遗风，敢于打破文体壁垒，以小说为文。

2. 清代中期的散文

进入清代中期后，散文创作影响最大的是桐城派。"桐城三祖"方苞、刘大櫆、姚鼐继承了司马迁、韩愈、欧阳修、曾巩、归有光一脉相续的儒家散文艺术传统，都注重章法的严谨、用语的雅洁，叙事写人善于抓住典型细节渲染、摹画以传其神，偏于追求阴柔之美，但他们的不同还是很明显的。这里着重分析一下方苞的散文。

方苞（1668—1749），字凤九、一字灵皋，晚年自号望溪，康熙四十五年（1706）进士，因戴名世《南山集》案牵连，下狱论死，遇赦得免。以后历仕康、雍、乾三朝，达30年之久。方苞被视为清代桐城派散文的鼻祖，以文章道德名于当时，也是当时文坛公认的"一代正宗"。他尊奉程朱理学和唐宋散文，提倡为文要重"义法"和"清真雅正"，其散文创作即以此为旨归。他创作甚丰，多为经说、书序、碑传之类，其中以记事记人文为佳，主要代表作品有《左忠毅公逸事》《狱中杂记》《辕马说》等。其文选材精当，行文注意结构和修辞，风格凝练雅洁、气韵深厚，具备明白晓畅的特点，开桐城派风气。这里着重分析一下《左忠毅公逸事》和《狱中杂记》两篇散文。

《左忠毅公逸事》记述的是左光斗与权阉魏忠贤斗争的遗闻。文章以"逸事"命题，决定它不是传记人物一生的经历，而是选取主人公一生行事中的某一部分，借一斑而显示全貌。全文围绕着左光斗与学生史可法的师生交往线索选材，紧扣左光斗"忠毅"的特点，从他一生行事中，主要抓住京畿视学、狱中斥史以及史公治兵三个典型片段，多方向地表现左光斗刚毅正直和以国家为重、不计个人生死荣辱的崇高品德。文章笔触之简洁、剪裁之精审，足见方苞散文之功力。

《狱中杂记》是方苞在刑部狱中近两年的生活实录。文章有条不紊、层次迥然地记述了狱中恐怖的瘟疫流行，记述了狱卒们对犯人触目惊心的敲诈勒索，记述了胥吏胆大妄为的贪赃枉法，还记述了屡犯与胥吏狼狈为奸的内外勾结。如此种种，揭露了清初狱中种种黑暗的内幕，触及封建司法制度的种种弊病，撕破了掩盖在封建法制上冠冕堂皇的外衣，使人们透过这座魔窟的窗户看清了国家机器的一些内幕。文章题为"杂记"，事繁而细，却围绕着治狱之弊这一主题来组织材料，事杂而意不杂，形散而意不散，章法谨严，记叙简洁，不失为一篇颇有特色的散文作品。难怪有的评论者将其誉为"桐城派散文的扛鼎之作"。

3. 清代晚期的散文

进入清代晚期后，由于受到资产阶级文化思想的催化，文学界发生了"文界革命"。这是近代资产阶级改良派倡导的一次散文改良运动，主要为宣传改良派的改良主义思想而服务。

梁启超(1873—1929)既是"文界革命"口号的提出者，又是新文体的成功创造者。他提倡的新文体散文，要求语言通俗，条理明晰，真正做到了"平易畅达"；对自己的思想和意见进行自由大胆地展现，且思想新颖动人；采用多种多样的艺术手段，不避俚语俗言，吸收外国语法，不分骈散与有韵无韵，词汇丰富，句法灵活，音调铿锵，大大提高了散文的表现力；将浓厚的感情融于笔锋，善于用铺排与奔腾的笔墨加强文章的煽动力、感染力。

在梁启超等人所领导的"文界革命"的影响下，散文作为宣传新思想最有力的武器，在文坛中越来越活跃，也确实发挥了其在思想政治领域的巨大影响力。

二、词的复兴

元明两代，曲盛而词衰，虽然也有不少词作家，但是名家少有。至明末陈子龙，词开始有复兴之势。到了清初，名家鹊起，一扫词坛数百年沉寂迹象，遂开清词中兴之局。此时的清代词坛，无论是数量还是质量，都足以与两宋的词相媲美，在宋词的群山峻岭前别开峰峦。其中，清初顺治、康熙年间，是清词最为繁盛的时期。在这一时期的词创作中，王士禛的词创作取得了重要成就。与此同时，这一时期出现了众多的词创作流派，影响较大的是以陈维崧为代表的阳羡词派、以朱彝尊为代表的浙西词派和以纳兰性德为代表的饮水词派。进入清代中后期以后，词坛的成就远不及前期。究其原因，主要是文网严酷、风波迭起，造成了思想文化界的万马齐喑。大部分词人在风声鹤唳的精神状态中，有意淡化文学的社会功能，隐蔽抒情主体的独特个性，而转向声律格调的探讨。在这近百年的时间里，虽有独抒性灵的词人不时突起，但已不能雄霸词坛、树帜立派了。到了晚清，社会动荡，"国家不幸诗家幸"，这个时期词人词作之多，超过了前期和中期，而且题材丰富、紧贴现实、风格多样、技艺高超，乃"词的中兴光大时代"。因此，这里着重阐述一下清词繁盛时的创作状况。

(一)王士禛的词创作

王士禛的词创作以小令为主，而且以写艳情为主。但是，他的言情词"极哀艳之深情，穷情盼之逸趣"，很有特色。比如《点绛唇·春词和漱玉韵》：

> 水满春塘，柳绵又蘸黄金缕。燕儿来去，阵阵梨花雨。
> 情似黄丝，历乱难成绪。凝眸处，白蘋红树，不见西洲路。

这首词是通过写景来抒发离别之情的，其中上片写景，杨柳飘绵，燕子归来，梨花成雨，一派暮春的景象；下片抒情，以柳丝之历乱比思绪之难理，继而表达对情郎的思念。全词由景入情，即景生情，而且写得含而不露、艳而不妖、语淡情浓、娓娓动人，可以说是言情词中的佳作。

王士禛在进行词创作时，也在不自觉中贯穿了其诗歌创作的神韵说理论。以《小重山·和湘真词》一词来说：

> 行云如梦雨如尘，秣陵惆怅事，最伤心。当年琼树照临春。胭脂井，犹带落花痕。

芳草碧氤氲，旧时朱雀桁，几回新。青溪休赛蒋侯神，风景换，红泪上罗巾。

这首词从结语来看，描写的好像是宫怨。但是，对全词进行观照却会发现题旨模糊，而且虽略露兴亡之感，但朦胧隐约，只是淡淡地吞吐其意而已。这与王士禛诗歌创作所追求的"神韵"是颇为相似的。

(二)阳羡词派的创作

以陈维崧为代表的阳羡词派，在词创作中呈现出长歌当哭、蕴发无端的鲜明特色，并着重对康熙前期文人们的迷茫与无助进行了生动的反映与揭示。同时，他们在进行词创作时常常运用激扬奋发的语调，从而开创了清初词创作的新格局。

阳羡词派的历史贡献主要有三点：第一，在创作实践中，敢于"拈大题目，出大意义"，大量反映民生之哀，大胆抒发亡国之痛，大力表现乡土之情，以其丰富多彩的创作，加快了清词的嬗进。正如王煜指出，阳羡词派出而"镗铬辉煌，清词初大"(《清十一家词钞序》)。第二，提出了全新的词学观。陈维崧《词选序》明确指出："天之生才不尽，文章之体格亦不尽"，"为经为史，曰诗曰词，闭门造车，谅无异辙"，"选词所以存词，其所以存经存史也夫"。将词的地位提到了前所未有的高度。这实质是向世人宣告，文体的流变是必然的，一代有一代之文学，词的出现便是"补古人之所未备"(任绳隈《学文堂诗余序》)。经、史、诗、词并无大小之分，高下之别。阳羡词派不仅从根本上否定"词为小道"的传统观念，而且以补遗补缺的意义阐释"诗余"，强调词的独市价值。第三，及时编辑了《今词苑》《瑶华集》《名媛词选》等词集，以巨额篇幅汇录了当代的词人词作，使大批清初词人的篇章得以保存。而《荆溪词初集》则是阳羡词派自我检阅式的群体结集，对自身创作作了镌碑勒石式的历史性总结。

阳羡词宗陈维崧(1625—1682)，字其年，号迥陵，江苏宜兴人。在康熙十八年(1679)，他被补入博学鸿儒，之后忍住与翰林院，并参与了《明史》的修撰工作。有《湖海楼词集》三十卷存世。陈维崧所生活的时代，不少词人在词学观点偏向于婉约缠绵一种，在词创作上多依《花间》《草堂》之风，亦步亦趋。而陈维崧极力反对婉约词风，提倡"苏辛之风"，强调词要表现寒士的失志不平之气。在陈维崧等人的大力提倡下，康熙初期的词坛逐渐形成了以豪放风格、慢词为主的词创作趋势，不论是对当时还是后世的词创作都产生了极其重要的影响。

综观陈维崧的词创作，可以发现其早期的词作并未以豪放为主，而是深受婉约风格的影响。以其词《醉公子艳情》来说：

小姑牵妹臂，笑夺鸳鸯坠。娇面向姑斜，黛痕添酒花。

碧纱郎掐损，偷觑深闺怎。有意近春肤，自怜非小姑。

这首词从整体上来看，写得极其婉转、风流、多情，与其后期的词风相比有着很大的不同。

陈维崧后期的词作，随着其家道中落、生计困难，词创风格开始有所转变，如《点绛唇·夜宿临洺泽》：

晴髻离离，太行山势如蝌蚪。稗花盈亩，一寸霜皮厚。

赵魏燕韩，历历堪回首。悲风吼，临洺驿口，黄叶中原走。

这首词作于词人在康熙十七年(1678)北上赴鸿博试的途中。众所周知，燕赵之地多慷慨悲凉之士,而且这里经历了太多的沧桑变幻和金戈铁马的故事。因此,词人在词中表现了自己的悲壮激昂之情,可谓是"气盛言宜"之作。

除陈维崧外,阳羡词派的其他词人如史惟圆、万树、陈维岳等也都以雄浑激昂、歌哭无端的抒情方式,奏响了康熙词坛最为雄壮的音符。

(三)浙西词派的创作

清康熙朝,浙西籍词人朱彝尊、李良年、李符、沈皞日、沈岸登与龚翔麟曾将各家所作合刻为《浙西六家词》,故后人称为浙西词派。浙西词派的创作对清初词风的转向起到了决定性的作用,并开创了清词新格局。

浙西词派的兴起,虽稍晚于阳羡词派,但影响之大、持续时间之久,都超过阳羡词派。朱彝尊序曹溶的《静惕堂词》中说:"数十年来,浙西填词者,家白石而户玉田,春容大雅,风气之变,实由先生。"前文已经提到,曹溶虽然对朱彝尊从事词的创作起过促进作用,但曹溶的词并非属于醇雅一派,两人风格有明显差异。因此,真正推动此一词风的巨大变化的,则应是朱彝尊。朱词宗南宋,主张用姜、张的雅正矫革苏、辛之显露,而归于"温柔敦厚"的诗教,这仍是南宋风雅派的宗旨。他又选唐宋迄于金元之词为《词综》34卷,标举醇雅,对于转变明词倚红偎翠、浮泛荏弱之风习,有廓清湔涤之功。

浙西词派的领袖朱彝尊(1629—1709),字锡鬯,号竹垞,秀水(今浙江嘉兴)人。其前半生的经历与陈维崧颇为相似,依人远游,居无定所。50岁时,与同年参加博学鸿词试,中第一等第17名,授同样的官职,官翰林院检讨,参修《明史》。朱彝尊博学工词,著有《曝书亭集》八十卷,其中词七卷,500余首。同时,他还选编《词综》,辑唐宋金元词659家,2 253首,这成为词学研究的重要书籍。

朱彝尊在词创作方面,并没有形成系统、完整的词论,但对他所写的一些序和跋进行分析,不难发现他在词创作上极力推崇"雅正"观。比如,他在《书绝妙好词后》云:"周公谨《绝妙好词》本,虽未全醇,然中多俊语,方诸草堂所录,雅俗殊分。"由此可以看出,朱彝尊已经有了"醇"和"雅"的概念;在《书乐府雅词》跋中,朱彝尊提到:"桑见鸡泽殷伯岩、曲周王堪求、永年申和孟随叔言:作长短句,必曰雅词,盖词以雅为尚,得是编(指《乐府雅词》),《草堂诗余》可废矣。"由此可以知道,朱彝尊在词创作方面提倡"雅正"观。

朱彝尊在提倡词的"雅正"观的同时,也积极对这一词学观进行了实践。他流传至今的词集《江湖载酒集》《蕃锦集》《静志居琴趣》《茶烟阁体物集》等中的大部分词作,都写得典雅、工稳,受到了世人的好评。综观他的词创作,可以发现他的词都宗法南宋,以姜夔、张炎为圭臬,反对浓艳质实,崇尚醇雅,以期提高词品;主张在词创作以比兴托意救浅陋芜滥之弊;继承了"词别是一家"一说,"词者诗之余,然其流既分,不可复合。有以乐章语人词者,人交诮之矣"(《紫云词序》),即主张诗与词是不同的体裁;认为词的功能"宜于宴嬉逸乐,以歌咏太平"(《紫云词序》)。朱彝尊的词创作理论,既投合了当时文人学子由悲凉意绪转入安于逸乐的心态,又适应了清统治者歌颂升平、钳制文化和思想的需要,因而得到了大量词人的拥护以及清统治者的支持。

综观朱彝尊的词创作,从题材上来说,大致主要有以下几种类型。

第一类是羁愁乡思之作。朱彝尊在《报周青士书》中说:"仆频年以来驰逐万里,历游贵人之幕,岂非饥渴害之哉?每一念及,志已降矣,尚得谓身不辱哉!"由于在羁愁乡思方面有真切的感受,因此朱彝尊的这类词作往往能"情见乎词"。比如,《青玉案·临淄道上》:

> 清秋满目临淄水,一半是,牛山泪。此地从来多古意。王侯无数,残碑破冢,禾黍西风里。

> 青州从事须沈醉,稷下雄谈且休矣!回首吴关二千里。分明记得,先生弹铗,也说归来是。

这首词是词人在康熙七年(1668)离京去山东路过临淄时所作。词的上片中,词人对人生短促进行了慨叹,并由此呈现出浓郁的悲慨苍凉之情;词的下片中,词人由人生短促联想到自己仕途不利,还远离家乡和亲人,由此将自己的思乡之情传达出来。

第二类是咏史怀古之作,这是朱彝尊较有时代气息的一类诗作,而且他往往通过咏史怀古,或是感慨国家兴亡,或是缅怀故国,或是自伤身世。比如,在《卖花声·雨花台》一词中,他借助衰柳、秋草、空坛、斜阳等意象,对南京的荒凉进行了凸显,由此表现了清兵南侵对南京城的破坏。同时,词人还通过对南京荒凉景象的描写,抒发了自己的时过境迁、江山依旧的沧桑兴亡之感。

第三类是酬唱赠答之作。这类词作中,有不少情辞真切之作,且以表现友情的词作最为有价值。比如,《冒马索·送崔二再游黔中,兼讯李斯年》一词中,词人先是描写了临行钱别时的情境,并对去者离开的凄凉心境进行了想象。接着,词人对去者旅途中的所见所闻进行了描写,并在描写中突出了黔中的荒僻。最后,词人表达了自己对去者的关心。全词的基调是苍凉的,而且笔致冷隽,表达出浓浓的抑郁之情。

第四类是抒写恋情之作。朱彝尊的恋情词"艳而不浮、疏而不流,工丽芊绵而笔墨飞舞"(陈廷卓《白雨斋词话》卷七),而以《高阳台》为最佳。该词上片写的是女主人公对一少年一见倾心,但既无法挽留住所钟情的少年,也无法将自己的爱慕之情传达给少年,于是日日夜夜期盼少年到来;下片写的是叶元礼重来,对曾深爱他的少女进行悼念。全词不仅结构严谨、层次分明,而且深刻且细致地刻画出男女主人公的内心情感,并对封建社会的悲剧进行了表现。此外,词中的语言哀感顽艳,读来令人动容。

朱彝尊的词从风格上来看,以和平醇雅为主。不过,朱彝尊的一些诗作也体现出激昂慷慨之风。这在其诗作《百字令度居庸关》中有着鲜明的体现,在词的上片,词人对居庸关的险要和周围环境的萧瑟进行了生动描写;在词的下片,词人联系明亡的史实,激烈抨击了明臣的不作为。郭摩评价道:"激昂慷慨,逮陵为最。竹均亦时用其体,如《居庸关》《李晋王幕》诸作,直欲平视辛、刘,自出机杼。"一语指出了朱彝尊的一些诗作具有悲凉激越之调,以行发心中的不平和感慨。

总的来说,以朱彝尊为代表的浙西词派,一扫明末以来词坛上的纤弱风气,使清词真正具备了自己的特征,并影响了有清一代词学的发展。

(四)饮水词派的创作

在康熙词坛,对词的复兴做出重要贡献的是纳兰性德。而纳兰性德的词作,就是清词振兴的硕果。

纳兰性德(1654—1685)是清代最为重要的词人,原名成德,因避东宫讳改名,字容若,号楞伽山人,属满洲正黄旗,太傅明珠长子,并曾担任康熙帝的贴身侍卫。不过,这样的出身和仕途并没有使他感到欣喜,反而被他认为是难以解脱的束缚,并因此变得郁郁寡欢。而这反映到他的词创作中,就使他的词作具有了浓郁的哀婉、幽绝色彩。

纳兰性德的词作对当时的社会面貌有着真实而生动的反映,同时他在进行词创作时强调主情,崇尚入微有致。此外,纳兰性德的词作,以悼亡词和边塞词最为有名。由于爱妻早丧,其心灵受到严重创伤,以致悼亡之吟不绝,知己之恨绵绵,成为历代写悼亡之作最多的词人。《纳兰词》中明确题为"悼亡"的,共有七首,其他虽未标题而内容可以确认为"悼亡"的,尚有四十多首。数量之多,在词史上,还没有第二人可以与之相比。纳兰的悼亡词,不但数量多,而且词境扩大,内容充实,在艺术方面,也有新的突破。更重要的是,他的悼亡词赤诚浑厚,沉挚真纯,出自肺腑,对亡妻的深悲巨痛,真可谓"声声泪,字字血",读之足使人断肠。在纳兰悼亡词中,最能体现其痴情刻骨、哀感无端的,无疑是他的《金缕曲·亡妇忌日有感》一词:

此恨何时已?滴空阶、寒更雨歇,葬花天气。三载悠悠魂梦杳,是梦久应醒矣!料也觉、人间无味。不及夜台尘土隔,冷清清、一片埋愁地。钗钿约,竟抛弃。

重来若有双鱼寄。好知他、年来苦乐,与谁相倚?我自中宵成转侧,忍听湘弦重理。待结个、他生知己。还怕两人俱薄命,再缘悭、剩月零风里。清泪尽,纸灰起。

这首词是纳兰性德悼亡词的代表作,最能体现其痴情刻骨、哀感无端的特色。而且,整首词不加藻饰,但情辞哀婉,内蕴深厚,典实贴切自然,淋漓尽致地抒发了词人对亡妇的真挚情感。

纳兰性德的边塞词抑郁悲凉、苍茫阔远,所表达的情绪既不是因罪投荒或遣戍远域官吏的失意悲伤,又不是久戍边关士卒的思乡哀痛,而是自己对仕宦生涯的厌恶之情。比如,《蝶恋花·出塞》:

今古河山无定据,画角声中,牧马频来去。满目荒凉谁可语,西风吹老丹枫树。

从前幽怨应无数。铁马金戈,青冢黄昏路。一往情深深几许?深山夕照深秋雨。

在这首词中,词人运用白描的手法,对边塞秋天的景象进行了生动描绘,并借助西风吹散落叶这一荒凉萧索的景色表达了自己的无穷幽怨之情以及对官场生活的厌恶。

纳兰性德的词创作,从风格上来说,以苍凉为主。同时,纳兰性德的词流转圆润,香艳却又给人清新之感,婉丽而不乏俊逸之气,因而赢得了大批拥护者,甚至有清初第一词人之称。与此同时,在他周围还形成了一个词学群体,唱酬频繁,即所谓的饮水词派。他本人礼贤下士,又是相国之子,在当时影响甚巨。故其门下招纳、吸引了大批词人,著名的有顾贞观、严绳孙、毛际可等人,晚清文廷式在《琴风余谭》中论及纳兰时云:"容若当时爱贤礼士,物论归之。康熙初年,维持文物之功,定当指数。不独词章清越,足示方来也。"文廷式的这段话,对纳兰性德的好贤纳士、声名籍甚给予了与词坛地位同样高的评价。

第三节　传奇的繁盛与消解

从明代中叶开始进入繁荣时期的传奇,到清初仍然保持着兴旺的势头。这一时期的清代传奇继续沿袭了明代戏曲的风格,在内容上推陈出新,多取材于历史,通过历史反映现实。但是,自雍正年间开始,清代传奇的发展日益缓慢,并最终被地方戏取代。

一、传奇的繁盛

从顺治元年至康熙末约 80 年,传奇剧继明后期的繁荣进入全盛期,这具体表现在以下几个方面。

(一)专业作家异军崛起

在清代初期,出现了一批以创作和演出谋生的专业文人剧作家,其中以李玉为代表的苏州剧派和李渔最为著名。

苏州剧派是中国戏曲史上阵容最大的戏剧流派,有影响的作家约 20 人,活动时间长达四五十年之久,创作剧本有 150 多个,全本传世的近 60 种。由于这批作家处于明末清初社会大动荡时期,又是处在商品经济最为发达、市民斗争蓬勃发展的苏州地区,因此他们的创作大都打破"传奇十部九相思"的传统写法,而是在继承中国第一部时事剧《鸣凤记》优良传统方面取得新的突破。也就是说,李玉和其他苏州派剧作家的创作都已有意识地超越出了才子佳人、忠臣孝子的旧套。他们的眼光更开阔,举凡历史事件、新近事情,都成为创作的素材,甚至下层百姓、江洋大盗,也都成为他们重点描绘的对象。苏州创作群的探索确实带给人们新的传奇风格。同时,他们的创作以对现实层面的观照为核心,当然冲淡了以往戏曲中浓郁的抒情、浪漫和奇幻色彩。这无疑是对传统审美原则的扬弃。由李玉主创,朱素臣、毕万后、叶雉斐等人辅助完成的明清四大传奇之一的《清忠谱》,便是这种新鲜风格的代表。《清忠谱》以明末天启年间,东林党人和苏州普通市民拼死反抗魏忠贤的史实为素材创作而成。吴伟业称它"事俱按实……目之信史可也"。

李渔的传奇作品有《怜香伴》《风筝误》《意中缘》《蜃中楼》《玉搔头》《比目鱼》《奈何天》《凰求凤》《慎鸾交》《巧团圆》,合称《笠翁十种曲》。这些作品多写才子佳人的爱情故事,因而有不少人评论其庸俗浅薄。他的剧中确实表现了封建文人的情调和小市民趣味,但这些作品也表现了对爱情的追求,并包含着某些反传统的因素。比如,《玉搔头》写至高无上的皇帝和社会最底层的妓女的爱情。正德皇帝认为男女相交全在真情,而不在势力地位,因此他不顾一切,冒雪私访,并说"万一有了差池,我也拼一死将他殉,敌了九泉下两痴鬼"。这种爱情观念显然是反传统的。李渔的传奇作品还充分肯定了个人的正当欲望。《慎鸾交》具体地描写了情欲是如何突破了道义。剧中的华秀爱上了妓女王又嫱,但为了遵守不娶妓女的祖训,便千方百计地压抑个人情感。但道义的堤防一步步崩溃,终于为感情征服,突破了不娶妓女的祖训。个人欲望不但与封建道义相矛盾,有时也会与他人利益相矛盾。对此,李渔的作品肯定了个人欲望高于一切,歌颂了为个人利益奋斗的人物,打破了歌颂传统的理想人物的文学传统。

此外,李渔对传奇作品,首重新奇。出于娱乐动机,出于对观众"物恒求新"的审美心理的理解和重视,李渔自觉地把扫除旧套、创造新奇作为"高人造福之一事"。他说:"且戏场关目,全在出奇变相,令人不能悬拟。若人人如是,事事皆然,则彼未演出而我先知之,忧者不觉其可忧,苦者不觉其为苦,即能令人发笑,亦笑其雷同他剧,不出范围,非有新奇莫测之可喜也。"(《闲情偶寄》卷五)因此,他的传奇作品无一不是地地道道的场上之剧,新奇、机趣,有着强盛的艺术生命力。例如,《意中缘》将明末享誉文坛的书画家董其昌、陈继儒和当时的才女林天素、杨云友分别配成佳偶。据黄媛介《意中缘序》，林、杨二人虽与董、陈相识，但却未曾为其妾媵。李渔以为二女子善画，乃绝代佳人，自应配天下才子善书画者，如董、陈。又如，《奈何天》以丑角阙里侯为主人公，造成绝妙的喜剧效果。李渔之所以"破尽传奇格，丑旦联姻真叵测"，乃有鉴于"风流剧"导致"纷纷邪行"（第一出《崖略》[蝶恋玉楼春]），欲使"红颜知薄命，莺莺合嫁郑恒哥"（卷末收场诗）。这种教化的意图虽然迂腐，但全剧的立意却不乏新奇。化腐朽为神奇，这正是李渔的艺术造诣所在。全剧关目布置，情节展开，针线照应，皆能于极度夸张反常之处见其自然合理，水到渠成。而阙里侯的三次娶妻与三次逃避，意趣各异，决不雷同，更可见李渔的巧思。

（二）戏曲理论研究观念新颖

清代的曲论研究在明代的基础上取得新的成就。音律研究著作有毛先舒的《词学全书》和《韵学通指》；曲谱研究著作有沈自晋的《南词新谱》和李玉的《北词广正谱》等；曲学理论研究著作有李渔的《闲情偶寄》、金圣叹的《第六才子书》等。在这些戏曲理论中，以李渔的《闲情偶寄》成就最高。

《闲情偶寄》堪称中国戏曲理论史上里程碑式的著作，在这部杰作中，不管是思维方式还是理论观点，都有许多拓新前人的贡献。例如，以往的曲沦多集中在声律、文辞何者第一的思考，李渔则以"结构第一"展开一系列的论述。他说："填词首重韵律，而予独先结构。"又如对戏曲语言风格的追求，以往的曲论多在"典雅绮丽"或"雅俗共赏"中展开论述，李渔则强调"于浅处见才，方是文章高手"。此外，李渔所提出的"立主脑""密针线""减头绪""戒荒唐"等理论，不但切中传奇创作之时弊，具有导引方向的价值，而且给人以观念一新之感。

（三）南洪北孔誉满文坛

康熙年间，洪昇的《长生殿》和孔尚任的《桃花扇》问世，把中国戏曲的结构、音乐、表演和史剧创作等艺术发挥至登峰造极的境界。据徐灵昭《长生殿序》记载，《长生殿》问世后，"一时朱门绮席，酒社歌楼，非此曲不奏，缠头为之增价"。据《桃花扇本末》记载，"《桃花扇》本成，王公荐绅，莫不借抄，时有纸贵之誉"。正是这两部作品的问世及其产生的轰动性效应，使洪昇和孔尚任蜚声文坛。再加上加之朱佐朝、朱素臣、叶时章、丘园、毕魏、尤侗、吴伟业一批有影响的传奇作家出现，从而使清代传奇进入其发展的高峰。在这里，着重分析一下洪昇的《长生殿》和孔尚任的《桃花扇》。

1. 洪昇与《长生殿》

洪昇（1645—1704），字昉思，号稗畦，钱塘（今浙江杭州市）人。他生于世代官宦而中落的缙绅之家，康熙七年（1668）进京入国子监为监生，次年返乡。之后，他因蒙家难而长期在外漂泊，备尝穷困潦倒、颠簸坎坷之苦。其间，他曾长期客居京师，结识权贵名流李天馥、王士禛等人，希望得到举荐，但始终未能如愿。于是，他渐渐寄情词曲，创作了众多词作和戏曲，其中以戏曲为最佳。康熙二十八年（1689），他创作的戏曲《长生殿》在国忌日演出。这使他遭到小人谗害，被国子监除名。之后，他离开京师，返回家乡。但此时的他生活越发贫困，后因不幸落水而亡。

洪昇的《长生殿》创作于康熙二十七年(1688),经三易稿而成,而且演出后深受人们的欢迎。《长生殿》长达 50 出,从内容上看讲的是唐明皇与杨贵妃的爱情故事。以"李杨情缘"为题材的文学创作,在历代文人中都有所涉及,较为著名的作品有唐代白居易的《长恨歌》和陈鸿的《长恨歌传》、宋代乐史的《杨太真外传》、元代王伯成的《天宝遗事诸宫调》和白朴的《唐明皇秋夜梧桐雨》。而这些作品在对唐明皇与杨贵妃的故事进行表现时,多是将他们的情缘视为加过悲剧的根本原因,在对二人的关系进行处理时往往是泼污水,甚至对他们在宫廷的淫乱极尽夸饰。而《长生殿》中,洪昇对前人之作的观念进行了反驳,称:"念情之所钟,在帝王家罕有,马嵬之变,已违夙誓。而唐人有玉妃蓬莱仙院,明皇游月宫之说,因合用之。专写钗合情缘。以《长生殿》题名。"[①]

在剧中,洪昇对唐明皇和杨贵妃的态度是十分值得注意的。这里着重分析一下作者对于杨贵妃的态度。对杨贵妃,洪昇倾注了更多的同情和赞赏,甚至将自己对真挚爱情的理想都寄托在她的身上。在传统文人的笔下,杨贵妃也是一个倾国妖种、乱阶尤物。但在剧中,洪昇却表达了不同的观点。他删除了杨贵妃本是寿王之妃的痕迹,删去了杨贵妃与安禄山暖昧关系的描写,把有损于她和唐明皇爱情的情节都除去了,这实际上是对唐明皇与杨贵妃的关系进行了净化。而在处理杨贵妃的嫉妒时,洪昇强调的是杨贵妃在感情上的正当要求,而不是她固宠求荣的心计。在马嵬之变,面对六军哗动、鸾驾失惊的情况,杨贵妃自请赐死,以保宗社。实际上,杨贵妃有强烈的求生欲望,但她深知这是根本不可能的,所以她并不怨恨唐明皇。但是,洪昇对杨贵妃的死是怀有深深遗憾的,于是给了她重登仙籍的荣光,让她与她所爱之人最终得以在天上团圆。同时,他并没有因对唐明皇和杨贵妃情缘的肯定,而对哗变的士兵进行描写时采取丑化的态度,这表明他的创作态度是非常严肃的。

在剧中,除去有损于描写唐明皇和杨贵妃情缘的史实以外,洪昇都尽可能地按照历史的原貌去写。在对于安史之乱中叛将降臣的怒斥中,显然流露出对明末朝政的痛切感受,曲折地表达了自己的故国之思、山河之痛。因此,在整部剧中,李杨爱情故事与历史大事件穿插出现,情节波澜壮阔。

《长生殿》从结构上看,在极为广阔的社会政治背景下,对历史题材进行了精心的选择,并对历史真实与艺术真实的关系进行了恰当处理。因此,它的结构是十分独特的,即以唐明皇和杨贵妃的情缘为主线,以朝政军国之事为副线,编织进唐以来文人记述过的、诗人咏叹过的人事,内容十分丰满。而且,在对唐明皇和杨贵妃的情缘这条主线进行描写时,极尽曲折。从语言上看,《长生殿》的曲词充满诗情画意而又恪守韵律,曲牌的选择与气氛的配合也十分恰当,兼有曲词之美和音律之美,是台上之曲与案头之曲的完美结合。

总的来说,《长生殿》是一部"寄托尤深"的剧作,在中国戏剧史上有着极其重要的地位。

2. 孔尚任与《桃花扇》

孔尚任(1648—1718),字聘之,号东塘,曲阜(今属山东)人。他是孔子六十四代孙,青年时代曾努力争取由科举进入仕途,但并未如愿。后来,由于受到康熙的称许,孔尚任被吏部破格任用,成为国子监博士。次年,他受命随同工部侍郎去淮扬治理下河,疏浚黄河海口,其间广泛

---

① 廖奔,刘彦君. 中国戏曲发展简史[M]. 太原:山西教育出版社,2011:305-306.

结交当地的或流寓扬州的文士,其中不少是对侯方域、李香君非常熟悉的前朝遗老,这就为他创作《桃花扇》提供了重要条件。孔尚任还曾经访问了隐居的身历北京甲申之变和南京弘光败局的张怡,也就是写进《桃花扇》中的历史见证人张瑶星道士。之后,他返回京城,继续为官。在康熙三十八年(1699)六月,孔尚任完成了《桃花扇》,并在次年上演后引起了朝野轰动,而这也导致他被罢官。

《桃花扇》共40出,故事讲的是明代末年,曾经是明朝改革派的"东林党人"侯方域逃难到了南京,他重新组织"复社",和曾经专权的太监魏忠贤余党还有已被罢官的阮大铖展开了斗争!此时他结识了妓女李香君,并与其结婚;阮大铖为了拉拢侯方域,就悄悄托人赠送丰厚的礼品,没想到被李香君知道后坚决退回,阮大铖因此怀恨在心。南明弘光皇帝即位后,重新起用了阮大铖。阮大铖趁机陷害侯方域,迫使侯方域投奔史可法,并强行将李香君许配他人;李香君坚决不从。南明灭亡之后,李香君就入山出家了。后来,扬州陷落后,侯方域逃回南京寻找李香君,最后找到李香君时也做了出家人。全剧还穿插了很多当时著名的历史事件,如南明君臣如何花天酒地、四镇带兵打内战、史可法坚守扬州城后来投河自尽等。

孔尚任在创作这部剧作时正值清初,正是考据学极其盛行的时期,这促成了他忠于历史的态度。剧本中绝大部分人物都是真人真事,所写的重大历史事件甚至可以精确到某月某日。但由于并不是历史书籍,所以剧中加入了一些故事情节和人物感情。作品从深度和广度反映社会现实,并且具有很高的艺术表现力,成为一部对后世影响很深的历史剧。

此外,剧中塑造了众多的人物形象,上自帝王将相,下至艺人歌妓,有姓名可考的人物就达39人之多。但无论是主要人物,还是起陪衬作用的次要人物,孔尚任都精心设计,细笔勾勒,但以李香君的形象最为光彩照人。李香君色艺非凡,身为秦淮名妓却出淤泥而不染,注重气节,很有政治远见。她非常看重与阉党划清界限的名节,而她和侯方域的结合,很大程度上是建立在憎恶魏阉余孽这一共同的政治态度上。因此,她会对侯方域在收了阮大铖赠送的妆奁后的"徇私废公"进行指责:"阮大铖趋附权奸,廉耻丧尽,妇人女子,无不唾骂。他人攻之,官人救之,官人自处于何等也?""官人之意,不过因他助俺妆奁,便要徇私废公,哪知道这几件钗钏衣裙,原不放在我李香君眼里!(拔簪脱衣介)脱裙衫,穷不妨;布荆人,名自香"。这不仅在政治上挽救了侯方域,而且表明了李香君鲜明的政治觉悟以及"富贵不能淫"的高尚气节。

对这部戏剧的结构进行分析,可以发现其是极具匠心的,即是借离合之情,写兴亡之感使侯方域和李香君的情缘时时与政治风云纠结在一起。也就是说,孔尚任在对国家兴亡进行考虑时,是以儿女情长为前提的。另外,该剧的曲词也极有特色,以工整典雅见长,对曲词、宾白的安排匀称合度,根据剧情和人物不同使用不同风格的曲词与宾白。在孔尚任看来,"凡胸中情不可说,眼前景不能见者,则借词曲以咏之"(《桃花扇·凡例》)。至于交代情节,说明戏剧进程,则用宾白。

总的来说,《桃花扇》在清代戏曲中是一部思想和艺术达到完美结合的传奇戏剧作品。

二、传奇的消解

自雍正年间开始,清代传奇的发展进入了余势与蜕变期,并最终消解。在雍乾时期,民族矛盾淡化,经济繁荣发展,加上文字狱的严酷实施,许多文人开始歌功颂德,粉饰太平,埋头考据,传奇创作也就日益脱离了现实。同时,昆曲经过文人的长期琢磨,以及随着它的进入宫廷,题材越来越狭小，曲词越来越典雅，曲调越来越缓慢细密，结构冗长，逐渐使大多数人不能欣赏。再加上花部的兴起，夺走了广大的观众。因此，传奇便日益衰落。其主要表现是宣传封建伦理道德和娱宾遣兴之作增多，内廷大戏出现，艺术上很少有创新。吴梅《中国戏曲概论》云："余谓乾隆以上有戏有曲，嘉道之际，有曲无戏，咸同以后实无戏无曲矣。"于是，清代传奇便逐渐走向了末路。

　　虽然自雍正年间开始，传奇便逐渐走向了消解，但这一时期也出现了一些值得关注的作品，对于清代传奇戏曲甚至是整个中国古代戏曲的研究具有重要的作品。

　　唐英（1682—1756）是这一时期比较有成就的传奇作家。唐英创作的传奇共有五种，分别是《双钉案》《转天心》《天缘债》《梁上眼》《巧换缘》。其中，《双钉案》写贫妇康氏命长子江芸去应试，但江芸中试做官后，其妻不通知康氏及康氏次子江芊。江芊钓鱼奉母，一日钓得金龟，并得知江芸做官消息，寻到江芸住所。江芸之妻有一婢女互儿，互儿之母苟氏曾用长钉钉入互儿父亲头顶致死。互儿为江芸妻献计，用此法害死了江芊。后赖上帝的力量，江芊又得复苏，并由包公审明案情，恶妇正法。作品歌颂了江芊的孝母，批判了不孝不仁的恶妇，情节引人入胜。今京剧《钓金龟》即由此而来。《转天心》写书生吴明屡试不中，在上帝面前狂吟，被罚投生乞丐。但因做了拾金不昧、救人危难等善事，使天心回转，终于飞黄腾达。唐英在创作这部作品时，特意设置乞丐吴定的孝义与二品大员何时贤的欺君弃母两相对照的结构，惩恶劝善，褒贬分明。《天缘债》是梆子秦腔剧本的改编本。《缀白裘》"乱弹腔"中，收有《借妻》《回门》《月城》《堂断》四折，实为一完整的剧本。唐英以此为底本，改写了张骨董的形象，突出他"割恩全义"的友道，并增饰他与李环嶂之女喇叭花的婚姻之事，使他终于有了一个好结果，这就是所谓"好人终得好报"。《梁上眼》写珠宝商蔡鸣凤为其妻和好夫谋害，其岳父受到诬陷。但奸夫淫妇作案时却被梁上君子所见，故使案情大白。作品带有恶有恶报的思想。《巧换缘》写一酒鬼将外甥女张蕴珠卖给55岁的木匠马冲霄，蕴珠自杀为老妇周氏救活。周氏又被其侄小李儿卖与少年书生洪遇。周氏自愿与蕴珠换亲，成就了老少两对夫妻。作品批判了不合理的买卖婚姻，表现了年貌相当的正常婚姻要求。该传奇中的故事本来是颇饶悲剧意味的故事，但作者却有意构置成一个喜剧结构：洪遇所购得的老妻和老木匠马冲霄所买到的少妻，由于丹徒知县"乱点鸳鸯谱"，得以调换，各适其所。总的来说，唐英的传奇作品虽没有反映重大深刻的社会问题，但情节生动引人入胜，语言通俗，曲词冲破了旧的格律束缚，产生了一定的影响。

　　在进入晚清后，传奇进一步衰落。在光绪二十四年（1898）以前，传奇创作虽然多多少少浸染了时代的色调，但基本上操持的是明中叶以来传奇写作的传统招数，老调重弹，旧样翻新，在散发着糜烂气息的封建文化圈子里打转转，传奇的艺术生命力不断在丧失。而且，由于皮黄戏等花部戏曲蓬勃兴盛，即便在剧坛上，传奇创作也已经越来越由中心走向边缘，为社会所普遍冷落。尽管如此，许多文人作家仍不甘寂寞地在传奇创作的田地上耕耘。他们大多拾蒋士铨《藏园九种曲》之余唾，顽固地秉持封建文化传统，作品多描写男女之情和表彰忠烈，甚至诬蔑农民起义，表现了落后的思想倾向。

　　到了近代，随着社会的巨大变动，戏曲也受到相应的影响。尤其是到戊戌变法前后，为了配合政治斗争，许多戏曲作品揭露了清王朝的腐朽统治和帝国主义的侵略罪行，歌颂了资产阶级改良和革命运动中的代表人物，鼓吹革命，宣传新思想。阿英的《晚清戏曲小说目》收录传奇剧目55种。这些作品有的是借中国历史故事表现反清的民族思想和反帝的爱国思想，如忧宾子的《黄龙府》写岳飞抗金,川南筱波山人的《爱国魄》写文天祥,浴日生的《海国英雄》写郑成功,吴梅的《风洞山》写瞿式耜抗清;有的写现实政治事件揭露帝国主义对中国的侵略,如沈继恒的《武陵春》写八国联军侵略中国的罪行,陈时泌的《非熊梦》写沙俄侵略中国东北的野心;有的借寓言表现反帝救国思想,如洪炳文的《后南柯》写槐安国面临外国瓜分,请去淳于梦后代大败敌国,其《警黄钟》写黄蜂国面临胡蜂国、玄蜂国的瓜分,退职官员谢瑶芳等大败敌军,杀死投降奸臣;有的歌颂中国资产阶级革命的英雄人物,鼓吹革命,如萧山湘灵子的《轩亭冤》、夏庐的《轩亭血》、悲秋散人的《秋海棠》等,描写秋瑾为了国家的自由独立而英勇献身的壮烈事迹;有的写外国故事鼓吹革命,如梁启超的《新罗马》写意大利烧炭党人反对神圣同盟的斗争。此外,还有一些宣传女权的作品,如蒋景缄的《侠女魂》、柳亚子的《松陵新女儿》、大雄的《女中华》等。这些作品大都写得慷慨激昂,但情节单薄,戏剧性不强,缺乏艺术性,完全是脱离舞台演出的案头之作。至此,清传奇便逐渐地烟消瓦解了。

第四节　地方戏的兴起与繁荣

在清代传奇戏剧衰退之后,取而代之的是地方戏的兴起。地方戏在兴起后,有着极大的发展活力,直至当前也有着重要的影响。

由于戏曲艺术已成为极其成熟的表演艺术,它的影响已经深入到社会生活各个领域和民众的内心之中,因此戏曲成为当时一切表演艺术的中轴,所有表演艺术都产生了一种对戏曲的向心力,在这种力量作用下,就有大量的歌舞说唱艺术开始向戏曲表演艺术演化。新的戏曲样式大都是从民间歌舞说唱的简单表演形态脱胎而来的,因而相对清初的四大声腔和复合声腔来说,它们的形式都比较简陋,出场角色少,音乐唱腔简单明快,表演风格生动活泼而生活气息浓厚,演出剧目也多半是比较简单的民间生活内容,不同于成熟腔种,演出大量表现宫廷历史生活和军事斗争的袍带戏。它们被统称为地方戏。由于这些地方戏的角色多半为小生、小旦、小丑,因此也称之为"三小戏"。当然,这些小戏在它们的发展过程中,也吸收了各种声腔的成分。这些由民间歌舞说唱形成的地方戏,数量极其众多,其涵盖的地域也极其广阔,成为清代中、后期戏曲声腔里一个极为重要的支流。

地方戏的类型主要有两种。一种出自民间歌舞,大都来源于各地乡镇农村为庆贺年节丰收而举办的社火、社会、灯会等歌舞表演活动。这些活动大多是演唱当地民间流传的民歌、俗曲、秧歌小调等,配以简单而热烈的表演。这类表演在各地的名称不一,五花八门,如花鼓、花灯、秧歌、连厢、唱灯、采茶、彩调等。表演形式也色彩各异,不过基本路子相同。这类表演往往带有简单的故事情节,在民间的长期演出过程中,慢慢发展成装扮角色的演出,搬上戏台,形成小戏。这类小戏在各地的名称不同,如花鼓戏、采茶戏、秧歌戏、灯戏、彩调戏等。另一种出自民间说唱,来源于各地的曲艺演出活动。明清以来,在俗曲演唱基础上发展起来许多通俗曲种,如道情、滩簧、落子、琴书、坠子、八角鼓等,用各种有特色的民间唱调说唱故事。最初往往采用"坐唱""唱门子"的形式,逐渐发展到分角色的化装演唱,然后加入表演,最终由地摊子演出正式走上戏曲舞台,成为戏曲形式。这类小戏主要有北方陕西、山西、河南几省的道情戏,东南几省的滩簧戏,以及各地的许多曲子戏。

地方戏的剧目绝大多数出自下层文人和民间艺人之手,靠师徒口授和艺人传抄,在戏班内流传,刊印机会极少,大都散传。从目前见到的刻本、抄本、曲选、曲谱、笔记和梨园史料的记载可以发现,当时的地方戏剧目是十分丰富的。仅《高腔戏目录》就著录高腔剧本 204 种。钱德苍的《缀白裘》第六和第十一集收有五十多种花部诸腔剧本。此外,叶堂的《纳书楹曲谱》"外集""补遗",李斗的《扬州画舫录》,焦循的《剧说》《花部农谭》,以及《清音小集》等书也记载了不少地方戏剧目,据说有两百种。这些剧目,或移植昆曲演唱的传奇、杂剧的剧目,或是从民间故事传说和讲唱文学取材,或是改编《三国演义》《水浒传》《隋唐演义》《杨家将》等通俗小说,带有新的时代特征,题材广泛,贴近生活,由于经过无数艺人琢磨和长期在舞台实践中加工提高,许多戏已经成了深受群众欢迎的舞台演出本。

地方戏的内容以反映古代政治、军事斗争为主。例如,《神州擂》《祝家庄》《贾家楼》《两狼山》等,主要歌颂了反抗斗争和人民群众爱戴的英雄人物。爱情婚姻剧目相对较少,但有新的特点,如《拾玉镯》《玉堂春》《红鬃烈马》《穆柯寨》《三休樊梨花》等。其中《穆柯寨》《三休樊梨花》主要描写的是武艺高强、富于胆略的女子积极争取爱情的故事,具有强烈的传奇色彩,因而在爱情戏里别具一格。社会伦理剧《四进士》《清风亭》《赛琵琶》等,主要歌颂了正直善良,批判负恩忘义;生活小戏《借靴》《打面缸》等活泼清新,富于浓郁的生活情趣。

《打渔杀家》是地方戏中十分值得关注的,故事来源于陈忱《水浒后传》第九、第十两回。原作本写李俊严惩豪绅丁自燮和贪官吕志球,后将二人放还,劝其"改过自新"。而《打渔杀家》改李俊等人为萧恩父女,写梁山起义失败后,萧恩父女隐居河下,打渔谋生,恶霸丁自燮勾结官府,百般勒索,萧恩父女忍无可忍,杀了丁氏全家,萧恩自刎,女儿出逃。该剧不仅表现了对勾结官府为非作歹的恶霸豪绅的刻骨仇恨,还深刻揭示了官逼民反、封建统治势力与被压迫者之间不可调和的尖锐矛盾和斗争。在该剧中,作者对人物的性格刻画非常出色。剧中令人信服地交代了萧恩思想的转变过程,较好地运用了父女二人不同性格的对比和衬托,使人物形象鲜明生动,而萧恩与丁家教师爷之间武艺乃至人格的较量也取得了同样的艺术效果。作品既不回避在官兵追捕下萧恩被迫自刎、女儿流落江湖的悲剧性结局,同时又痛快淋漓地嘲弄了以丑角教师爷为代表的反派人物,这就使该剧又带有一些讽刺喜剧的效应,极大地满足了观众的欣赏心理,因此广受好评。

第五节 文言小说的奇葩与章回小说的高峰

在中国历史上,统治者视小说为洪水猛兽,利用政治手段来强行禁黜的情况,以清代最为突出。但也正是在清代,中国古典小说在一片禁黜、诅咒声中进入了它的全盛时期,在创作的质和量方面都达到了此前时代所不曾达到的水平。此外,清代的小说创作继承和发展了明代的传统,数量众多,流派纷呈,形成一种群星争辉的繁荣局面。在这一时期,文言小说和白话小说互相影响,彼此争胜,都得到很大发展,达到各自的全盛时期。

一、文言小说的奇葩

文言小说盛行于魏晋六朝时期,唐人传奇的出现标志着文言小说已由笔记体发展到故事体;宋元两代,白话小说勃然兴起,相形之下,文言小说则进入低谷;明代前期,瞿佑、李祯等有意追踪唐人,复有振兴传奇之势,但他们的传奇作品集《剪灯新话》《剪灯余话》多写闺情艳语,文笔冗弱，总未能摆脱文言小说的衰微状态；到了明末清初时，文言小说开始突出困境，走向坦途，形成以《聊斋志异》为主体的群峰拱岱的新高峰，开创了文言小说史上的一个新时代。综观清代的文言小说创作，蒲松龄和纪昀的成就最高。

（一）蒲松龄的文言小说创作

蒲松龄（1640—1715），字留仙，一字剑臣，别号柳泉居士，世以其斋名尊称聊斋先生，山东淄川（今淄博市）蒲家庄人。蒲松龄一生穷愁潦倒，命运坎坷，但这为他创作《聊斋志异》提供了广泛的素材。

《聊斋志异》是在广泛采集民间传说、野史佚闻的基础上，又经过艺术加工再创造而成的。同时，《聊斋志异》是一部具有独特思想风貌和艺术风貌的文言短篇小说集，也是我国文言短篇小说的典范。小说中所写的绝大部分是神仙狐鬼精魅故事，这是它在题材上一个不容忽视的特色。但是，蒲松龄笔下的狐、鬼、妖绝非"毫无对证"，而是在非现实的故事中融入了现实的问题，对现实社会进行了生动和深刻的反映。

《聊斋志异》从内容上，是极为丰富的。第一，它描绘、控诉了科举制度的腐败及其给文人带来的伤害。对于怀才不遇而又把终身理想寄托在科举考试的蒲松龄来说，使他最为"孤愤"的无疑是科举制度的腐败，因此他对科举腐败的体会最深、揭发也最准确、勾勒也最生动。蒲松龄对科举制度的讽刺，在《司文郎》一篇可谓尤其辛辣。文中的主人公余杭生是一个才情庸劣且目中无人之人，自认为自己的文章比才华横溢的王生要好。但是，鬼魂宋生却说王生的文章写得更好，但余杭生并不认同。三人争执不下，于是去请一个瞎子和尚评判。而瞎子和尚在嗅到余杭生烧成灰的文章后感觉作呕，这说明其文章质量是多么低劣。但是，余杭生却凭借自己所作的低劣之文，在科举考试中获得第一名。由此，蒲松龄对科举考试"目鼻并盲"、不辨良莠的弊端进行了尖锐批判。第二，它揭露和批判了现实社会的黑暗，展现了人民的反抗斗争，富有现实意义。蒲松龄所生活的时代，社会政治腐败、官贪吏虐、豪强横行、生灵涂炭，这些在《聊斋志异》中都有所反映。在《促织》一篇中，蒲松龄将现实题材加以幻化，写了一出因"天子偶用一物"而引发的悲剧，继而对封建统治阶级对人民的残酷压榨进行了深刻揭露。小说中的主人公成名是一个"操童子业"的下层知识分子，生活在"宫中尚促织之戏，岁征民间"的年月。当时，各级官吏因天子好斗蟋蟀，纷纷进蟋蟀求宠。为此，他们不顾人民的死活，"卸责一头，调倾数家之产"。而成名被人陷害当了里正后，被县官"严限追比"，逼贡蟋蟀。一天，他终于捉到了一只"巨尾修身"的蟋蟀，并因此而高兴不已。但不想，他的儿子不小心将这只蟋蟀弄死了。这使得成名夫妇极其害怕，儿子也因害怕而跳井自杀，并在死后变成了一只蟋蟀，以帮助父母逃离责罚。通过成名一家的遭遇，我们就可以知道当时的人们在黑暗的封建专制统治下所遭受的摧残是多么的沉重。第三，它借助于花妖狐媚对真挚的爱情进行了热情讴歌。《聊斋志异》中有100多篇爱情婚恋故事，也是写得最为精彩的篇章。在这些爱情婚恋故事中，有很多都是少女主动追求，先行示爱的。这些少女，多是鬼狐，姣好、清纯、智慧、善良，而且自由、自立、自信、自主，她们常常翩然而至，有如女神，给书生带来意外的精神慰藉。鲁迅《中国小说史略》所谓"花妖狐魅，多具人情，和易可亲，忘为异类，而又偶见鹘突，知复非人"，指的主要就是这种情形。在《婴宁》一篇中，蒲松龄刻画了一个不受封建礼教束缚的女子形象。婴宁本是孤女，后由鬼收养，在远离世俗、无拘无束的环境下长大，并养成了憨直任性的性格。由于人间的礼教观念对她的影响甚微,因此她没有"笑不露齿""男女授受不亲"等观念,且处处按照自己的意志行事,还敢于与向自己求婚的王子伏嬉笑、玩耍,这对于深受封建礼教影响的人们来说是极其大胆的。第四,它对世俗民风进行了深刻讽喻。有的抨击了浇薄的社会风气,如《胡四娘》《凤仙》等写岳父母对贫富不同的女婿的炎凉态度,《镜听》写"贫穷则父母不子"的冷暖世情;有的表现了作者对妇女问题的一些进步见解,如《颜氏》《狐谐》《仙人岛》等歌颂了女子的超人才智,《侠女》《农妇》等赞扬了女子的独立人格等。

《聊斋志异》除了涉及众多的社会问题,表现出复杂的社会思想外,在艺术方面也取得了十分重要的成就。而《聊斋志异》艺术成就的取得,首先得益于其摇曳多姿、令人难忘的艺术情节。英国小说家佛斯特曾经说过:"在小说中,'美感的出现常是也必须是出其不意的,奇诡的情节最能配合她的风貌'。"[①]因此,在小说中,若是情节没有多少波澜,看到开头就能知道结尾,则其艺术效果必然会降低。在《聊斋志异》中,几乎每一篇作品都有着曲折多变、出人意表、陡起陡落的情节。而且,《聊斋志异》在展开情节时,并未对人物造成压抑,而是尽可能使情节成为对人物形象进行塑造的有机环节。因此,作品中的情节往往奇幻而不失其真,曲折而入情入理。以《西湖主》一篇来说,陈弼教在副将军贾绾幕中充当文书,一次随贾绾游洞庭停船时,正巧一条猪婆龙浮出水面,贾绾一箭射去,正中猪婆龙的背,于是将其捉住了拴在船桅上。而看着奄奄一息、嘴巴一张一合、似乎在恳求援救的猪婆龙,陈弼教心生怜悯,并请求贾绾放了它,还将随身带的金创药试着涂在它的箭伤上。一年后,陈弼教返回北方老家,再次经过洞庭湖时,遇大风翻船,死里逃生,竟偶至一清幽之处,心旷神怡,并在捡到的一条红巾上题诗。但由于红巾是洞庭公主所丢,并因其被弄脏而生气,于是陈弼教陷入了"汝死无所矣"的绝望深渊。后来,经过一番波折,待公主态度有了转变,他得以见一线生机。但是,这件事被王妃知道了,并因此而大怒。就在陈弼教准备到王妃处引颈受戮时,见到的竟然是华筵盛席。原来,王妃就是陈弼教救助过的猪婆龙。应该说,小说中的情节是十分曲折的,而且几次起伏都写得十分引人入胜。但是,这些情节虽然曲折、陡起陡落,但给人的感觉却是平平实实,毫无故做委曲、令人不可思议之处。

亦真亦幻的手法,即现实与幻想两种成分浑然无迹、出神入化的融合,也是《聊斋志异》在艺术上的一个重要成就。比如,所描写的虽然是仙狐鬼魅、精灵动物等非现实的人物,但他们不论是所拥有的思想灵魂还是所具有心情意绪,都是现实人物所拥有的;所设置的艺术环境和背景虽然常常并不是现实的地方,但是不论是环境布置还是情景气氛,都有着鲜明的现实生活的特点;所讲述的故事虽然充满了奇特、虚幻的色彩,但所刻画的细节又分明有着现实生活细节的影子;在创作过程中,注重奇而不怪,幻而不虚。以《促织》一篇来说,其前半部分内容是充分写实的,对历史史实进行了直接概括,如明宣宗"酷好促织之戏"、成名因官府征促织受尽追比之苦等。而到了后半部分,作者则运用幻化的手法,使得波澜频起。成名的儿子在死后,其灵魂竟然化为了一只促织,而且这只促织英勇、好斗、斗无不胜。对此,皇帝非常高兴,不仅大大奖赏了成名,使成名过上了富足的生活;而且大大嘉赏了抚军、邑宰。很显然,成名的儿子死后幻化成促使的情节是虚幻的,但抚军、邑宰等因为所觐现之物获得天子的喜爱而幸进的事实,不仅在现实生活中真实存在,而且极其常见。正是在这种亦幻亦真的艺术手法下,使得作

---

① 胡益民,李汉秀.清代小说(修订本)[M].合肥:安徽教育出版社,2009:82.

品的批判力量得到大大增强。

总的来说,《聊斋志异》是一部通过幻想的形式谈狐说鬼,"用传奇法而以志怪",以奇幻迷离的鬼狐世界折射人间的善恶美丑,书写作者的愤懑愁思,把传统文言小说的创作发挥到极致的作品。

(二)纪昀的文言小说创作

纪昀(1724—1805),字晓岚,一字春帆,直隶献县(今属河北省)人。乾隆进士,历任侍读学士、学政、知府等。后因姻亲罹法,纪昀"漏言"获罪,谪戍乌鲁木齐。三年后,遇赦回京。乾隆三十八年(1773),开始任《四库全书》总纂官十余年,并主持写定《四库全书总目提要》。后累官至礼部尚书、协办大学士。纪昀学问渊通,长于考证训诂。除本书外,尚有诗文集《纪文达公遗集》三十二卷。

《阅微草堂笔记》是纪昀在文言小说创作方面的代表作,包括《滦阳消夏录》六卷、《如是我闻》四卷、《槐西杂志》四卷、《姑妄听之》四卷、《滦阳续录》六卷,凡一千一百九十六则。《阅微草堂笔记》从思想内容上来看,"不乖于风教"(《阅微草堂笔记·姑妄听之》小序),盛谈因果报应,宣扬封建伦理道德,但也多有批判现实之笔。具体而言,《阅微草堂笔记》主要包括五方面的思想内容。

第一,揭露官场的污浊,反映民间的疾苦。由于作者多年宦海浮沉,对官场弊端有真切感受,所以,这部分内容写得异常冷隽尖峭。比如,如卷六第十则借鬼之口揭露无论人世幽冥,整个官场都"相攘相轧",腐败成风;卷八第十三则记述了"明季,河北五省皆大饥,至屠人鬻肉"的惨痛景象。

第二,抨击浇薄世风,揭穿鬼蜮伎俩。鲁迅曾指出:纪昀"很有可敬佩的地方:他生在乾隆间法纪最严的时代,竟敢借文章以攻击社会上不通的礼法,荒谬的习俗,以当时的眼光看去,真算得很有魄力的一个人"(《中国小说的历史的变迁》)。书中不少作品描写了当时人情的冷暖,世态的炎凉,表现了作者的愤世嫉俗之情。比如,卷十七第四十三则,连写六个以假象惑人的小故事,说明京城遍布陷阱,暗伏机谋,人情狡诈,稍不谨慎,便会上当受骗。

第三,抉摘理学流弊,鄙薄宋儒学风。小说对理学家虚伪的言行、苛察的议论、拘迂的见解、空谈的学风,往往"有触即发",痛加驳斥和抨击。比如,卷九第七十一则记一未婚先孕的女子,两次找某医生买堕胎药,医生以"岂敢杀人以渔利"回绝,迫使那女子自缢而死。后女子在阴司告了他,冥官喟然曰:"宋以来,固执一理,而不揆事势之利害者,独此人也哉?"由此谴责了理学家的迂腐,不知权变。

第四,识别鬼怪狐魅,宣扬不怕鬼精神。比如,卷一第二十二则"曹某不畏鬼"、卷六第九则"许南金戏鬼"、卷八第四十七则"鬼避姜三莽"等。

第五,描写爱情悲剧,哀怜妇女不幸遭遇。与《聊斋志异》相比,《阅微草堂笔记》中的爱情故事很少,而且写的多是下层社会男女的爱情悲剧。比如,卷十五第七则写佃户子女三宝、四宝的爱情遭遇;卷十二第十七则写"窭人子"青年夫妇的双双殉情等。

《阅微草堂笔记》在艺术方面,最为鲜明的特征便是"著述者之笔",即学术思想融入小说中,把学术范畴的考据方法引入小说,小说的创作从传奇的虚构回归晋宋的实录,力图使小说有"资考证"的功用。此外,《阅微草堂笔记》的叙事简古渊雅,它记录见闻,往往不讲来龙去脉不加铺张渲染,多粗笔勾勒,略陈梗概,即事见理,但章法谨严,叙述简雅,饶有情致;议论妙极精微,议论形式,或借他人之口,或直抒己见,灵活多样;内容多持论平允,鞭辟入里,予人以启迪;语言质朴无华。叙事写人,绘景状物,语言平实,简洁自然,看似随兴所至,当即挥毫,实则字斟句酌,摇曳多姿,饱含情韵,别具笔记神采;风格古淡典实,鲁迅曾说《阅微草堂笔记》"雍容淡雅,天趣盎然"(《史略》)。

《阅微草堂笔记》问世后,在文人学者中广泛流传,与《聊斋志异》形成齐名对峙之势。蔡元培序其书云:"清代小说最流行者有三:《石头记》《聊斋志异》及《阅微草堂笔记》是也。"当代作家孙犁也认为:"《阅微草堂笔记》是一部成就很高的笔记小说……它与《聊斋志异》是异曲同工的两大绝调。"

二、章回小说的高峰

在明代获得了快速发展的章回小说,进入清代后获得了继续。清代的章回小说在继承了明代章回小说的历史与现实两大题材、现实与叛逆两大传统的基础上,获得了进一步的发展。此外,在清代章回小说的创作中,以吴敬梓和曹雪芹获得的成就最大。

(一)吴敬梓的章回小说创作

吴敬梓(1701—1754),字敏轩,一字文木,号粒民,安徽全椒人。移家南京后自号秦淮寓客,因其书斋署"文木山房",故晚年又自称文木老人。著有《文木山房集》十二卷(今存四卷)、《文木山房诗说》七卷(今存四十三则)、小说《儒林外史》。

《儒林外史》是吴敬梓以章回小说的形式创作的一部以讽喻、劝诫、谴责、批判及娱乐为特征,以讽刺、嘲弄等艺术手法为外在形式,将戏剧形式与悲剧主题、戏谑滑稽与凄厉感伤、现实幻灭与理想建构、人心之恶与道德重塑有机融合在一起的讽刺小说。关于《儒林外史》的版本,历来有 50 回本、55 回本、56 回本等歧说。可是,当前 50 回本、55 回本均未见。现存最早的刻本是嘉庆八年(1803)卧闲草堂的巾箱本,56 回。

《儒林外史》共约 40 万字,真实地描绘了康乾时期知识分子生活的沉浮、境遇的顺逆、功名的得失、仕途的升降、情操的高尚与卑劣、理想的倡导与破灭、出路的探索与追寻等。全书描写了 270 多个人物,各色人物都有,展示了当时社会的政治、文化、世态、人情,构成了一幅全景式的社会生活画,以启迪人们对历史的深沉回顾和对现实的思考。总的来说,《儒林外史》的思想内容主要体现在以下两个方面。

第一,刻画了科举制度下病态的人物群像。在封建社会,科举制度是一种通过公平竞争选拔政府官员的考试制度。它从隋代大业元年(605)开始实行,到清代光绪三十一年(1905)举行最后一科进士考试止,共历 1 300 多年。隋唐时期,科举制度对打破门阀贵族垄断地位、武人专权、宗教政治等曾起到了积极的作用,科举制度本身也在这一过程中逐渐成熟完善起来。但到了明清时期,科举制度从内容到形式完全被定型,腐朽性日益暴露出来,也失去了培养人才、选拔人才的进步意义,反而是极大地摧残和毒害了人才及其心灵。《儒林外史》正式通过形象的思维方法,以真实的生活和人物为基础,经过精湛的艺术锤炼与想象虚构,刻画了一系列封建文人形象,设计出极富理性表达力的故事情节,从而对科举制度的弊端及其对人的荼毒进行了生动而真实的反映。

　　具体来说，《儒林外史》主要刻画了四类科举制度下的病态人物群像。一是迂陋穷酸的腐儒群像，迂陋穷酸的腐儒群像最为主要的特点就是迂愚，借助这一人物群像，作者对科举制度愚人心智、迷人心性以及培养庸才废物的罪恶进行了强烈批判，极具启蒙价值。小说开篇第一回"说楔子敷陈大义，借名流隐括全文"中，作者先是就王冕的故事"敷陈大义""隐括全文"，并借王冕之口对科举制度导致知识分子一味地追逐功名富贵的罪行进行了痛斥；接着描写了两个可怜又可笑的、将科举作为荣身之路的腐儒——周进和范进，从而与王冕形成了强烈对比。正是通过周进与范进的悲喜剧，作者对当时的社会以及科举制度对人的毒害进行了辛辣的讽刺。在描写周进与范进这两个腐儒形象的同时，作者还着力描写了在他们命运转变前后环绕在他们周围的人物的色相，深刻地揭露了科举制度对社会各阶层人物的毒害，以及这一制度所造成的乌烟瘴气的社会风气。二是自欺欺人的假名士群像，自欺欺人的假名士群像最为主要的特点就是假，借助这一人物群像，作者对科举制度败坏人才、坏人心术以及培养骗子无赖的罪恶进行了强烈的批判，并揭露了在功名富贵之下的儒林精神道德的沦丧。这些假名士或因科场败北，或因自身条件的限制无法取得功名进入仕途，但又不敢寂寞，于是拉帮结伙，互相吹捧，招摇过市，以一种自欺欺人的心态在市井中沽名钓誉。实际上，这些假名士慕洁士高人的潇洒风流，骨子里却又忘不了功名富贵。因此，他们的丑态别具审美价值。三是无耻官绅的群像，无耻官绅的群像最为主要的特点就是丑恶。借助这一人物群像，作者对科场官场的黑暗腐朽以及科举制度对世风人情的腐蚀和败坏进行了深刻揭露。科举是求取功名的道路，功名则是通向富贵的桥梁，少数幸运者一旦功成名就，就要用无厌的贪求来攫取财富，压榨百姓。他们出仕多为贪官污吏，在乡里则多是土豪劣绅。科举制度实际上成为这些无耻官绅的培养基地，成为政治腐败的根源。小说中的匡超人是贪官污吏的典型代表，他原是出身贫寒的纯朴青年，为求富贵将科举作为人生的唯一出路后，最终堕落成无耻的势利之徒。小说中的严贡生是土豪劣绅的典型代表。他利用自己的某些特权及与官场的关系，无耻地讹诈和欺压百姓。四是市井棍徒的群像。市井棍徒的群像最为主要的特点就是巧取人间之富厚"。借助这一人物群像，作者对以富贵为诱饵的科举制度的腐朽进行了辛辣的批判。小说中的差役潘三是典型的市井棍徒，他对假名士有着深刻而透彻的观察与分析，因而当他看到匡超人和他们鬼混时，便点化他，匡超人在听了潘三的点化后，如梦初醒，于是改务虚为务实，跟着潘三"做些有想头的事"。他们把持官府，包揽词讼，为非作歹，或者假雕印信，伪造官府文件，或者买嘱枪手替人代考，或者拐带人口，或者威逼平民，或者私和人命，总之是以各种不法手段巧取豪夺，通过害人发财。不用读书，不通过科举考试，没有功名，但同样可以拥有富贵，这就是潘三一类市井棍骄人傲人的理由。

　　第二，表达了改造社会的理想。在《儒林外史》中，作者通过刻画科举制度下病态的人物群像，对当时丑恶的社会现实以及腐朽的科举制度进行了辛辣而深刻的讽刺。但同时，作者也在书中表达了自己改造社会的理想。而作者改造社会的理想，是通过一系列的理想人物表达出来的，具体来说有以下三类：一是通过王冕的人物形象表达了自己改造社会的理想；二是通过真儒名贤的人物形象表达了自己改造社会的理想，《儒林外史》中塑造了一批真儒名贤，如杜少卿、迟衡山、庄绍光、虞育德等，他们代表了作者理想中"真儒"，体现了作者改造社会的理想；三是通过市井奇人的人物形象表达了自己改造社会的理想。真儒名贤的教化不能挽救每况愈下的世风，科举制度下追逐功名富贵的社会风气愈演愈烈，充斥着社会各个角落。作者虽然清楚地意识到社会改造理想的难以实现,但同时又不忍放弃对社会理想与完美人格的追求、不能忘怀人世且渴望施以救治。于是,他寄希望于中华民族精神,把目光转向了社会的底层,转向了那些远离科举名利场、不受功名富贵污染的市井平民的形象,塑造了四大奇人的形象,分别是季遐年、王太、盖宽和荆元。但是,这"四大奇人"终究是作者心造的幻影,"那一轮红日,沉沉的傍着山头下去了"。

《儒林外史》的创作由于直接受到《史记》秉持公心的实录精神与委婉曲折的讽刺手法的影响,这就决定了其写实的创作精神,主要体现在两个方面。一方面,讽刺描写是真实的。《儒林外史》善于从平淡和寻常的生活现象中显示讽刺锋芒的写实艺术,吴敬梓以其独特的审美视角,发现"常见"的现象中的不合理性,然后将荒谬可笑的事物按照它本来的面貌加以描写,从而开拓了讽刺小说的现实主义新路。例如,第五回写严监生临死时因家人多点一茎灯草而伸着两指挣扎一段,是最富有讽刺意味的,但这并不是夸张,反而使得人物更加真实。另一方面,讽刺对象是写实的。吴敬梓把讽刺对象的性格特征、内心世界丰富化、复杂化。他不仅通过讽刺客体的外部行动来展示他们的性格的丰富性,更主要的贡献是在于他能够多层次地披沥人物心理活动的波澜,或人物因某一事件的触发而引起诸端心理、情绪的波动。

(二)曹雪芹的章回小说创作

曹雪芹(1715?—1763?),名霑,字梦阮,号雪芹、芹圃、芹溪;一说字芹圃,号梦阮。曹雪芹的祖先随清兵入关,得到宠幸,成为显赫一时的世家。康熙死后,雍正继位,新皇帝为了巩固自己的帝位,开始肃清其父亲的内外亲信,而曹家也由此开始失势。曹雪芹经历了曹家由盛而衰的过程,晚年生活更加穷苦。穷困潦倒的贫困生活,精神上的压抑和苦闷,促使曹雪芹对郁结的情感进行宣泄,对苦难的人生进行解脱。他以坚忍的毅力,专心致志地从事《红楼梦》的写作与修订,并将他的"辛酸泪"与"其中味"全部熔铸到这部书之中。在乾隆二十七年(1762),曹雪芹因幼子夭折,陷入过度的忧伤与悲痛,卧床不起,于这年除夕因贫病交加离开人世。

曹雪芹留给世人最重要的一部作品便是《红楼梦》,这是一部事情小说,标志着世情小说在中国古代小说发展史上登上了顶峰,成为当时众多小说流派中成绩斐然的一派小说。

《红楼梦》产生的时代,虽然正值所谓"康乾盛世",然而从整个封建制度的漫长延续过程来看,却只不过是残阳夕照,留下一片"最后的辉煌而已",其必然衰亡之势已经日益显露。在思想界,在人们的精神世界里,一股世纪末的情绪正在蔓延,感伤思潮笼罩文坛、诗坛、剧坛和小说界。在反思旧制度和传统文化及其积弊的沉重忧患意识中,冲破腐朽文化的千年格套,向往思想解放,追求个性舒张的民主进步思想,继晚明之后,更不可遏制地生长起来。产生在这样一种时代文化氛围之中,而且似乎要对整个封建社会的生活和文化作一个艺术总结的《红楼梦》,虽然也不时描写歌舞宴乐与欢声笑语,但从情节的走向、人物命运以及创作者感伤意识的不断流露等许多方面来看,它都是一部催人泪下更启人感悟的大悲剧。《红楼梦》的所有描写,最终都指向了一个深刻的悲剧主题。正是:

> 满纸荒唐言,一把辛酸泪!
> 都云作者痴,谁解其中味?

《红楼梦》从内容上来看,以荣国府的日常生活为中心,以宝黛钗的爱情婚姻悲剧为主线,以四大封建贵族家庭贾、史、王、薛由鼎盛走向衰亡的历史为暗线,展现了穷途末路的封建社会终将走向灭亡的必然趋势。因此,强烈的悲剧气氛是《红楼梦》给人印象最深的方面之一。整体而言,这部小说的悲剧具体表现在以下几个方面。

第一,爱情婚姻悲剧。《红楼梦》素以言情小说著称,作者也毫不讳言小说"旨在言情"。而言情中尤以宝黛为重。富贵闲人贾宝玉,是封建贵族家庭勇敢的叛逆者,他反对男尊女卑的世俗观念,弃绝功名富贵,并反对科举仕宦,他追求纯洁的感情与个性的自由发展,因此被王夫人看成是"不肖的孽障""混世魔王"。他平等、善意地对待大观园中那些年轻美丽的女子,是一种与肉欲无关的审美关系,是出于对美的尊重。他始终想躲避追求仕途经济,希望永远生活在孩童般的天真之中。能理解他的这份情怀、"从来不说混账话"的,就是林黛玉。所以,他把自己的爱情只寄托在林黛玉身上。林黛玉聪慧无比,任情率性,孤高自许,保持了自然的性情与真实的自我。由于幼年丧母,体弱多病,在贾府过着寄人篱下的生活,在封建大家庭中,她显得曲高和寡,因此她才把自己的希望、爱情甚至生命交付给她的知音——宝玉。原本宝黛二人相貌、才情、根基与门第都十分相配,贾府中的一干人起先都将二人定为一对。但是,大家族里又添了个品格端方、容貌丰美且戴着金锁的薛宝钗,她宽厚豁达,举止娴雅,对长辈奉行"悦亲"之道,注重"仕途经济",自觉地用"礼"约束自己,成为符合封建标准的"冷美人"。显然,在封建大家长眼中,她比林黛玉更加符合贾宝玉妻子的身份。因此,围绕宝黛钗三人的爱情婚姻关系,小说演绎了一出"悲金悼玉"的红楼大戏。

第二,女儿国的悲剧。宝黛爱情悲剧并非孤立存在,而是与"千红一窟(哭),万艳同杯(悲)"的大观园众女儿的人生悲剧紧密相连,深刻地表现了红颜薄命的悲剧主题。可以说,曹雪芹由宝黛爱情悲剧及大观园众女儿的悲剧,对封建社会女性性别整体的悲剧进行了深刻思考。此外,围绕宝黛爱情悲剧,小说通过贾府这一百年望族盛极而衰的发展历程,深刻反映了宗法社会末世错综复杂的尖锐矛盾。由贾府联系史、王、薛各大家族,并牵引勾连起宫廷、官场、市井、乡村等各种社会关系,使作品所反映的社会生活,显得非常隐微曲折,深沉广阔,从而揭示了宗法社会必然灭亡的历史趋势,具有历久不衰的思想认识价值。

第三,贾宝玉的人生悲剧。贾宝玉实际上是个半现实半意象化的人物,作者将自己对社会以及人生的怨恨、企盼与思考全部熔铸到贾宝玉这个形象里。他一生追求纯真、自由的爱情、并尊重一切生命。他既认定了与自己同样骨肉的林黛玉,便遵从自己的感觉,钟情于林黛玉,甚至装疯卖傻来保护二人的感情。而当女孩们一个个离他而去,他感到无能为力时,他的痛苦更加深刻。满怀希望的他却找不到出路,最终陷入了失望的深渊之中。其实,贾宝玉就是块"无材补天、幻形入世"的石头,他"潦倒不通庶务,愚顽怕读文章,行为偏僻性乖张,那管世人诽谤"的行为先显然是顽石的翻版。但他根本就不想把自己锻炼成一块有益于"补天"的石料,从而走上了一条叛逆的道路而这种叛逆实际上与封建社会之间存在着不可调和的矛盾,而这种矛盾也必然使得宝玉经历悲剧的人生。

第四,封建大家族的悲剧。在《红楼梦》中,以贾府为代表的封建贵族的衰落过程是全书的一条重要线索,围绕这一线索广泛而深刻地反映了封建末世复杂深刻的矛盾冲突,显示了封建贵族家族的本质特征及其必然衰败的历史命运。作为封建贵族世家的典型代表,贾府一方面和上层统治阶级密切相关,长女元春的进宫并册立为妃,成为贾府在政治上的靠山;另一方面众多的亲戚也都使贾府与朝廷的军事、经济甚至外交活动都有了关联。这样的一个大家族实际上也是封建社会的一个缩影,作者冷眼旁观地写了这个显赫家族的衰败过程。

《红楼梦》不仅表现了丰富的内容,而且有着独特的艺术特色,这具体表现在以下几个方面。

第一,《红楼梦》的结构既继承了传统章回小说的某些形式,又有其匠心独具之处。小说的序幕部分形式上接近于话本的"篇首""入话"和"头回",为整个故事的展开起铺垫作用,但又不完全相像,甄士隐、贾雨村和英莲的活动都要延续到最后。它与《水浒传》《说岳全传》等章回小说开头的因果报应框架也相类似,但又显然要立意高远得多。石头的故事是甄士隐在梦中听僧道讲的,而甄士隐的故事又写在僧道所说的那块石头上,它所显示的是扩展了的现实,或者说是现实的多样化,也即提出了所谓"真实的"现实和"幻想的"现实之间的关系问题。这种哲学层面上的思考和表现,使《红楼梦》在章回小说中脱颖而出,成为无可争辩的巅峰之作。此外,《红楼梦》与其他的章回小说相比,在自然环境描写上有长足的进步。在描绘大观园的建制时,不再采诗或词笼统描写的形式,而是采用白描手法,将大观园的美好景色真实地展现在读者眼前。此外,《红楼梦》中还善于把自然风景和人物活动结合起来,写出一充满诗情画意的场面,如宝钗扑蝶、湘云眠芍、黛玉葬花等。

第二,《红楼梦》巧妙地运用了现实主义的创作手法,以作者的亲身经历和见闻为基础,以真切可感的笔触展现了十分宽广的生活画面,涉及社会的各个层面,描写了世上的芸芸众生,成为18世纪封建末期的一幅写真画卷。在创作过程中,作者以自己独特的方式去感觉与把握现实人生,又将自己观察到的、体验到的丰富的社会生活进行高度的凝练,以独特的方式把自己的感知艺术地表达出来,形成了独特的叙事风格,不仅是高度的写实而且充满了理想的光彩,谱写出了一曲蕴蓄着青春激情和幽深思考的悲凉慷慨的挽歌。

第三,《红楼梦》的内容丰富,涉及面广,书中人物众多,事件纷繁,上起朝廷官场,下至平民百姓,方方面面,林林总总,于是作者采取了多条线索齐头并进、交相联结又互相制约的网状结构,以梦开始,又以梦告终,形成了一个严密的、契合天地循环的圆形的结构,人生如梦、世事无常的旋律一直在字里行间回荡。同时,小说的布局犹如中国古典建筑,疏密相间,稳中有变,既有宏伟的殿堂,又有精巧的亭台;既有绵延的小径,又有兀立的假山。作者精心布置,巧妙安排,使全书的结构布局缜密严整而又灵活多变,仿佛一首节奏和谐、悦耳动听的交响曲,"错综变化,如线穿珠,如珠走盘,不板不乱"。此外,《红楼梦》的情节精巧严谨,气势宏大。宝黛爱情悲剧的主线与贾府的衰败、宝玉的精神历程和生活际遇、大观园诸艳的离合悲欢等副线,有机地联系在一起。作者又处处设置伏线,巧渡金针,将千丝万缕的情节头绪,妙手编织为纲目严整的网络,清晰而不直露,复杂而不紊乱。王希廉谓"小说中无出其右者"①,绝非虚誉。

第四,《红楼梦》中的人物塑造是极为成功的,它林林总总描写了几百个人物,大多形象鲜明,性格生动。不仅贾宝玉、林黛玉等主要角色成了文学史上不朽的典型,一些次要、甚至很次要的角色也都写得面目生动,比如像焦大或傻大姐这样的角色,虽然出场次数不多,但都能给读者留下深刻的印象。在对人物进行塑造时,不仅性格不同的人物面貌迥异,性格特征比较接近的人也决不雷同。此外,《红楼梦》也注意在同一场合下运用各种描写方法准确地展现各人的不同地位和性格差异,注意对人物的复杂内心世界进行细腻的描写,这实为章回小说所罕

---

① 张俊,沈治钧.清代小说简史[M].太原:山西人民出版社,2005:134.

见。比如,刘姥姥在大观园的宴席上演出滑稽戏的时候,豪爽的湘云"撑不住,一口茶都喷出来",病弱的黛玉笑得"岔了气,伏着桌子哎哟",宝玉有贾母"搂着叫'心肝'",娇小的惜春要奶母"揉揉肠子",王夫人则"手指熙凤,说不出话来"。在主子乐不可支的同时,奴才们则忍着笑、躲着笑、蹲着笑。因此,从总体上来说,《红楼梦》中所描写的已经不是传统小说中的平面型人物,而是生活中的立体型人物,是具有鲜明个性和不完美性的"真的人物"。

第五,《红楼梦》的叙述方式在基本方面已转变为颇有现代意味的叙述人叙事,但在叙述语态上又多少保留了说书人叙事的痕迹。首先,在小说中,作者不再以说书人的身份直接面对拟想听众,而是经由自己创造的叙述人向拟想读者讲述故事,从而与叙述者以及主人公之间保持了某种若即若离关系,这样的叙述方式在我国长篇小说史上是第一次。其次,小说的叙述采用了第三人称为主、第一人称为辅的方式这既是出于特定叙事内容的需要,也符合作者对叙述者的艺术构想和设计。

第六,《红楼梦》在语言方面,也极有特色。它语言精练准确,流畅生动。善于化用文言语汇和方言俚语,善于以诗词意境写景抒情,人物语言均具鲜明个性,读者听其言便可知其人。《红楼梦》独特优雅的语言风格,借用薛宝钗《咏白海棠》中的诗句来形容,就是"淡极始知花更艳"。正因为平淡自然到了极点,反而显现出了娇艳动人的风采与耐人回味的魅力。作者注重词汇的推敲和锤炼,名词新雅丰富,动词准确生动,副词及形容词逼真活泼,极富表现力。他还创造了"意淫""禄蠹"之类奇妙的新词语,尝试了语言表达的各种可能性,真实地记录了康乾之际汉语的使用状态,从而有力地推动了白话语体向前发展,为中华民族共同语的进步做出了突出贡献。

总的来说,《红楼梦》是高度思想性和艺术性达到完美结合的巨著,实现了中国古代小说艺术的重大突破。

参考文献

[1]鲍昌.风诗名篇新解[M].郑州:中州书画社,1982.

[2]鲍志娇.中国神话[M].北京:中国林业出版社,2007.

[3]北京师范大学文学院.中国古代文学史[M].北京:北京师范大学出版社,2008.

[4]曹道衡,刘跃进.先秦两汉文学史料学[M].北京:中华书局,2005.

[5]常森.屈原及其诗歌研究[M].北京:北京大学出版社,2012.

[6]车振华.清代说唱文学创作研究[M].济南:齐鲁书社,2015.

[7]陈大康.明代小说史[M].上海:上海文艺出版社,2000.

[8]陈广宏.竟陵派研究[M].上海:复旦大学出版社,2006.

[9]班固.白虎通疏证[M].陈立,疏.北京:中华书局,1994.

[10]陈瑞青.燕赵文化史稿:魏晋北朝卷[M].石家庄:河北教育出版社,2013.

[11]陈文新.中国古代文学[M].北京:北京大学出版社,2010.

[12]陈薛俊怡.中国古代文学[M].北京:中国商业出版社,2015.

[13]程毅中.宋元小说研究[M].南京:江苏古籍出版社,1992.

[14]单芳.南宋辛派词人研究[M].成都:巴蜀书社,2009.

[15]董乃斌,等.中国文学史[M].石家庄:河北人民出版社,2003.

[16]方玉润.诗经原始:上卷[M].北京:中华书局,1986.

[17]傅斯年.中国古代文学史讲义[M].上海:上海古籍出版社,2012.

[18]高亨.诗经今译[M].上海:上海古籍出版社,1980.

[19]高奇.走进中国文学殿堂[M].济南:山东大学出版社,2014.

[20]高玉昆.中国古典诗歌艺术研究[M].北京:人民出版社,2014.

[21]葛晓音.唐诗宋词十五讲[M].2版.北京:北京大学出版社,2013.

[22]葛晓音.唐宋散文[M].上海:上海古籍出版社,2011.

[23]葛晓音.先秦汉魏六朝诗歌体式研究[M].北京:北京大学出版社,2012.

[24]龚贤.中国传统文化概论[M].广州:世界图书出版广东有限公司,2011.

[25]郭丹.先秦两汉史传文学史论[M].上海:上海古籍出版社,2014.

[26]郭英德,过常宝.中国古代文学史[M].北京:中国人民大学出版社,2012.

[27]郭英德.明清传奇史[M].北京:人民文学出版社,2011.

[28]郭预衡.中国古代文学史简编[M].上海:上海古籍出版社,2003.

[29]郭预衡.中国古代文学史[M].上海:上海古籍出版社,1998.

[30]韩传达,隋慧娟.中国古代文学基础[M].北京:北京大学出版社,2006.

[31]胡国瑞.魏晋南北朝文学史[M].上海:上海文艺出版社,2004.

[32]胡士莹.话本小说概论[M].北京:中华书局,1980.

[33]胡益民,李汉秋.清代小说[M].合肥:安徽教育出版社,2009.

[34]胡益民.清代小说史[M].合肥:合肥工业大学出版社,2012.

[35]黄拔荆.中国词史[M].福州:福建人民出版社,2001.

[36]黄卉.简明中国文学史[M].兰州:兰州大学出版社,2006.

[37]黄霖.中国小说研究史[M].杭州:浙江古籍出版社,2002.

[38]黄佩君.杨士奇台阁体诗歌研究[D].南昌:南昌大学,2009.

[39]籍芳丽.明代文坛"三杨"研究[D].上海:上海师范大学,2006.

[40]姜光斗.中国古代文学[M].3版.上海:华东师范大学出版社,2009.

[41]姜书阁.中国文学史纲要[M].杭州:浙江大学出版社,2015.

[42]金宁芬.明代戏曲史[M].北京:社会科学出版社,2007.

[43]荆立民.中国文学史[M].西安:太白文艺出版社,2004.

[44]赖振寅.中国小说[M].上海:同济大学出版社,2007.

[45]冷成金.唐诗宋词研究[M].北京:中国人民大学出版社,2005.

[46]冷成金.中国古代文学史[M].北京:中国人民大学出版社,2003.

[47]李丰楙.最神奇的上古地理书:山海经[M].北京:中国友谊出版公司,2013.

[48]李明军,高宏存.康雍乾时期的文化政策与18世纪中国的文学精神[J].广西社会科学,2007(4):118—121.

[49]李善奎.中国诗歌文化[M].济南:齐鲁书社,1999.

[50]李修生,赵义山.中国分体文学史[M].3版.上海:上海古籍出版社,2014.

[51]李宗为.唐人传奇[M].北京:中华书局,1985.

[52]廖奔,刘彦君.中国戏曲发展简史[M].太原:山西教育出版社,2011.

[53]廖名春.中国文化发展史:先秦卷[M].济南:山东教育出版社,2013.

[54]刘大杰.中国文学发展史[M].上海:上海古籍出版社,1997.

[55]刘乃昌.两宋文化与诗词发展论略[M].2版.济南:山东大学出版社,2009.

[56]刘世南.清诗流派史[M].北京:人民文学出版社,2004.

[57]刘伟.生命美学视域下的唐代文学精神[M].北京:中国社会科学出版社,2012.

[58]刘扬忠.唐宋词流派史[M].北京:中国社会科学出版社,2007.

[59]鲁迅.中国小说史略[M].北京:中华书局,2010.

[60]罗根泽.中国文学批评史[M].2版.上海:上海古籍出版社,1984.

[61]罗筱玉.宋元讲史话本研究[M].北京:中国社会科学出版社,2010.

[62]马积高,黄钧.中国古代文学史[M].北京:人民文学出版社,2011.

[63]马兰.影响世界历史进程的100件大事[M].天津:天津人民出版社,2015.

[64]毛芳烈,张向东.人文教育导读[M].昆明:云南科技出版社,2002.

[65]苗壮.笔记小说史[M].杭州:浙江古籍出版社,1998.

[66]莫砺锋.古典诗学的文化观照[M].北京:中华书局,2005.

[67]聂石樵.先秦两汉文学史[M].北京:中华书局,2007.

[68]宁希元.《三国志平话》成书于金代考[J].文献,1991(2):29—37.

[69]欧阳代发.话本小说史[M].武汉:武汉出版社,1994.

[70]乔力.话题中国文学史[M].北京:北京工业大学出版社,2008.

[71]庆振轩.中国文学史发展纲要[M].兰州:兰州大学出版社,2007.

[72]屈原.楚辞[M].王承略,李笑岩译注.济南:山东画报出版社,2014.

[73]任崇岳.中国文化通史:辽西夏金元卷[M].北京:北京师范大学出版社,2009.

[74]商传.明代文化史[M].上海:东方出版中心,2007.

[75]施国锋.中国古代文学[M].北京:北京大学出版社,2012.

[76]史言喜,梁文娟.中国历代文学简史[M].郑州:河南科学技术出版社,2014.

[77]史仲文.唐宋诗词史[M].北京:中国社会出版社,2011.

[78]四川大学中文系中国古代文学教研室.中国文学[M].成都:四川人民出版社,2006.

[79]谭邦和.明清小说史[M].上海:上海古籍出版社,2006.

[80]谭佳.断裂中的神圣重构:《春秋》的神话隐喻[M].广州:南方日报出版社,2010.

[81]王齐州.中国文学史简明教程[M].武汉:华中师范大学出版社,2006.

[82]王汝梅,张羽.中国小说理论史[M].杭州:浙江古籍出版社,2001.

[83]王巍.魏晋时局与魏晋文学[M].北京:文化艺术出版社,2012.

[84]魏世民.魏晋南北朝小说史[M].合肥:安徽大学出版社,2011.

[85]文史哲编辑部.中国古代文学:作家·作品·文学现象[M].北京:商务印书馆,2012.

[86]闻一多.闻一多全集[M].北京:生活·读书·新知三联书店,1982.

[87]吴志达.明代文学与文化[M].武汉:武汉大学出版社,2010.

[88]萧兵.楚辞文化[M].北京:中国社会科学出版社,1990.

[89]熊礼汇.魏晋南北朝文学史[M].武汉:武汉大学出版社,2009.

[90]徐坚.初学记[M].北京:京华出版社,2000.

[91]徐朔方,孙克秋.明代文学史[M].2版.杭州:浙江大学出版社,2009.

[92]许殿才.汉书典雅优美的历史记述[J].史学史研究,1996(1):7.

[93]许殿才.中国文化通史:秦汉卷[M].北京:北京师范大学出版社,2009.

[94]许总.唐宋诗体派论[M].南昌:江西人民出版社,2008.

[95]严昌迪.清诗史[M].杭州:浙江古籍出版社,2000.

[96]严敦易.水浒传的演变[M].北京:作家出版社,1957.

[97]杨昭全,韩俊光.中朝关系简史[M].沈阳:辽宁民族出版社,1992.

[98]叶君远.中国古代文学史[M].北京:中国人民大学出版社,2010.

[99]尹恭弘.明代诗文发展史[M].北京:社会科学文献出版社,2012.

[100]余嘉锡.世说新语笺疏[M].上海:上海古籍出版社,1993.

[101]余恕诚.唐诗风貌[M].北京:中华书局,2010.

[102]袁行霈,孟二冬,丁放.中国诗学通论[M].合肥:安徽教育出版社,1998.

[103]袁行霈.中国诗歌艺术研究[M].3版.北京:北京大学出版社,2009.

[104]袁行霈.中国文学史[M].2版.北京:高等教育出版社,2005.

[105]张兵,等.文化视域中的清代文学研究[M].北京:人民出版社,2013.

[106]张兵.话本小说简史[M].太原:山西人民出版社,2005.

[107]张涤云.中国诗歌通论[M].杭州:浙江大学出版社,2006.

[108]张庚,郭汉城.中国戏曲通史[M].北京:中国戏剧出版社,1980.

[109]张国风.中国古代文学史[M].北京:中国人民大学出版社,2003.

[110]张建军.诗经与周文化考论[M].济南:齐鲁书社,2004.

[111]张俊,沈治钧.清代小说简史[M].太原:山西人民出版社,2005.

[112]张岂之.中国思想史[M].西安:西北大学出版社,2012.

[113]张庆利.读赋通识[M].北京:中国和平出版社,2014.

[114]张应杭.中国传统文化概论[M].杭州:浙江大学出版社,2005.

[115]赵敏.宋代晚唐体诗歌研究[M].成都:四川出版集团巴蜀书社,2008.

[116]赵敏俐.两汉诗歌研究[M].北京:商务印书馆,2011.

[117]赵雨.清代文学[M].长春:吉林文史出版社,2009.

[118]赵玉萍.魏晋南北朝文学发展研究[M].成都:四川大学出版社,2009.

[119]郑孟彤.中国诗歌发展史略[M].哈尔滨:黑龙江人民出版社,1981.

[120]郑师渠.中国文化通史·辽西夏金元卷[M].北京:北京师范大学出版社,2009.

[121]郑振铎.中国俗文学史[M].北京:商务印书馆,2005.

[122]中国历史文献研究会.历史文献研究:北京新二辑[M].北京:北京燕山出版社,1991.

[123]《中华文化通志》编委会.中华文化通志·秦汉文化志[M].上海:上海人民出版社,2010.

[124]周裕锴,谢谦,刘黎明.中国古代文学[M].重庆:重庆大学出版社,2010.

[125]朱宝清.中国文学史[M].北京:首都师范大学出版社,2004.

[126]朱德熙.“老乞大谚解”“朴通事谚解”书后[J].北京大学学报(哲学社会科学版),1958(2):71—77.

[127]朱晓东.戏曲[M].重庆:西南师范大学出版社,2014.